# 박완서 소설어 사전

# 박완서 소설어 사전

**개정판 1쇄 인쇄**　2021년 12월　1일
**개정판 1쇄 발행**　2021년 12월　8일

| | |
|---|---|
| **엮은이** | 민충환 |
| **펴낸이** | 이재종 |
| **펴낸곳** | 도서출판 아로파 |
| **주소** | 서울시 강남구 도곡로 63길 23, 302호 |
| **전화** | 02-501-1681 |
| **팩스** | 02-569-0660 |
| **홈페이지** | www.cnaedu.co.kr |
| **전자우편** | rainbownonsul@hanmail.net |
| **ISBN** | 979-11-87252-09-2 91810 |

# 박완서

## 소설어 사전

민충환 엮음

아로파

# 개정판에 부쳐 …

　지난 4월 16일, 서울 종로구 영인문학관에서 〈해산 바가지와 그들 – 박완서 10주기 전(展)〉이 열렸다. 덕분에 선생님의 육필 원고와 편지, 사진 등을 가까이에서 만나 볼 수 있었다. 이 중에서 특히 내 눈을 사로잡은 건 이 책의 모티브가 되었던 실제 '해산 바가지'였다. 선생님에 대한 오래전 추억이 어제 일처럼 생생히 머리에 떠올랐다.

　《박완서 소설어 사전》을 염두에 두고 선생의 작품을 열독할 때다. 치매에 걸린 노모님을 모시고 살 때여서 그랬는지, 작품 〈해산 바가지〉가 유다른 감흥으로 가슴에 와닿아 한밤중에 전화를 걸었다.
　"…〈해산 바가지〉를 읽고 크게 감동하였습니다. 이렇게 좋은 작품을 쓴 작가인 줄 미처 몰라뵈어 죄송합니다. 한국 문학계를 위해서라도 오래오래 사십시오."
　대충 그런 이야기를 하였던 것 같다.
　그 후 무슨 일이 있어 박완서 선생님께 또다시 전화를 할 일이 있었고 말말끝에,
　"웅진출판사에서 간행된 《박완서 문학 앨범》의 '자선 대표작' 초판에는 〈그 가을의 사흘 동안〉이 실렸는데, 재판(再版)에서 왜 〈해산 바가지〉로 바뀌었나요?"
　"선생이 좋다고 하셨잖아요."
　나는 이 대답을 듣고 어린애처럼 크게 감격했다.

　도서출판 아로파에서 《박완서 소설어 사전》의 개정판 출간을 제안하여 초판 내용을 검토했다. 이로써 초판에서 놓쳤던 상당한 오류를 바로잡을 수 있었다. 선생님이 작고한 후 다시 고쳐 쓰는 이 책이 단순한 어휘 사전에 머무는 것이 아니라, 소설의 명장면을 선생님의 육성으로 직접 들려주는 채록집(採錄集) 같다는 생각도 들었다.
　많은 독자들이 박완서 문학 이해의 지평을 넓히는 이 초대에 널리 함께하기를 바란다.

2021년 겨울에

민충환

# 발문(초판) …

민충환 교수로부터 내 소설을 읽는 데 도움이 될 소설어 사전을 만들고 싶다는 소리를 처음 들은 게 아마 3년 전쯤 되지 않았나 싶다. 그 무렵 민 교수는 《이문구 소설어 사전》을 탈고한 뒤라고 했다.

이문구 소설쯤 되면 사전도 있을 법하다고 생각했다. 그의 소설을 읽다 보면 나처럼 토속어를 많이 알고 있다고 자처하는 독자에게도 걸리는 낱말이나 관용어가 많다. 나는 그게 이문구의 투박하면서도 능청스러운 충청도 정서 때문이라고 생각했고, 실상 그게 없이 매끄럽게 넘어 가면 이문구 소설을 읽는 재미는 반감될 터였다.

그러나 나는 아니었다. 나는 경기 태생이고 초등학교부터 서울서 교육받았다. 누구보다도 반듯한 표준어를 쓴다고 자부하는 터였고 글을 쓸 때 특별한 경우 아니면 사전에 나오는 낱말을 쓰려고 노력해 왔다. 부득이 사전에도 없는 외래어나 우리 집안에서나 통용됐을지도 모르는 관용어를 쓸 때도 문맥상 쉽게 이해할 수 있는 것들이었다. 점점 우리말의 어휘가 빈약해지는 추세라 젊은 사람이 읽다가 막히는 대목은 얼마든지 있을 수 있다고 생각했지만 그건 스스로 사전을 찾아서 해결해야지 단지 내 소설을 읽기 위해 따로 사전이 있어야 한다면 저자로서는 과분한 사치일 수도 있고, 이미 한물간 구닥다리가 됐다는 뜻일 수도 있었다. 둘 다 내가 바라는 바가 아니었다. 아무리 세대차가 날로 심해지는 시대라 해도 동시대의 작가와 독자가 그런 식으로 멀어지기는 싫었다.

그래 그랬던지 처음부터 나는 어정쩡한 입장을 취했다. 민 교수의 제안이 저자의 승낙을 구하는 것인지, 그렇게 하겠다는 일방적인 통고인지도 확실하게 파악하지 못한 채 그 일이 진행되는 걸 그저 묵인할 수밖에 없었다. 그러나 민 교수는 내가 모르는 척하고 있도록 내버려 두지도 않았다. 내가 잊어버릴 만하면 궁금한 걸 물으러 오는 그의 방문을 받기도 하고, 나의 교정을 요하는 일거리를 한보따리씩 보내오기도 했다.

솔직히 말해 처음엔 그게 여간 귀찮은 일이 아니어서 밀어 놓은 채 몇 번씩이나 그의 조심스러운 전화 재촉을 받고서야 겨우 펼쳐 보곤 했다. 펼쳐 보면서도 이럴 바엔 차라리 내가 사전을 만들고 말지 싶은 짜증을 억제할 수 없을 적도 있었다. 그러건 말건 민 교수의 집념은 대단했다. 이런저런 사정으로 중복되어 실린 글이 많아 잊어버리고 싶은 초기의 수필집까지 어디서 잘도 발굴해다가 편집상 오자까지 낱낱이 찾아내서 물어 오는지 점점 더 넌더리가 났다.

넌더리는 실상 두려움이 아니었을까. 활자를 함부로 남길 게 아니라는 두려움은 차츰 내 글이 과분한 사랑을 받고 있다는 고마움으로 변했다. 사전을 찾으면 나올 것이 뻔한 낱말이나 속담을 다시 나에게 묻고자 하는 뜻은 사전적인 정확성보다는 작가의 글 안에서 그 정확성이 어떻게 유연성을 얻고 살아나는지를 보여 주고 싶어서가 아니었을까. 이 책보다 앞서 나온 《이문구 소설어 사전》을 틈틈이 들춰 보면서도 그런 걸 느꼈다. 아무데나 들춰도 그의 체취 그의 육성 같은 게 느껴져서 슬며시 또는 껄껄 웃으면서 읽게 된다. 그건 일반 사전을 찾아서는 얻을 수 없는 수확이다. 내 소설어 사전에서도 민충환 교수의 노고와 집념이 그런 보상을 얻을 수 있었으면 좋으련만, 이건 순전히 나의 바람이다.

한 번도 고맙다는 말을 못 한 민충환 교수에게 이 자리를 빌어 고마움을 전합니다.

2003년 여름
박완서

# 책을 펴내며(초판 머리말) …

　1970년 40세의 나이로 《여성동아》에 장편 소설 《나목》이 당선되어 문단에 나온 박완서는 왕성한 창작 활동을 폈던 동시대 작가이다. 그의 작품 세계는 크게 전쟁의 비극, 중산층의 삶, 여성 문제 등의 주제로 압축되는데, 각각의 작품마다 특유의 신랄한 시선과 뛰어난 현실 감각으로 우리 삶의 실체를 온전하게 드러내고 있으며 6·25 전쟁과 분단 문제, 물질 중심주의 풍조와 여성 억압에 대한 현실 비판을 사회 현상과 연관해서 작품화하고 있다는 평가를 받고 있다.

　박완서는 1931년 경기도 개풍에서 태어났으며 숙명여고를 거쳐 서울대 국문과에 입학했으나 6·25 전쟁으로 학업을 중단했다. 이미 한국문학작가상(1980), 이상문학상(1981), 대한민국문학상(1990), 이산문학상(1991), 중앙문화대상(1993), 현대문학상(1993), 동인문학상(1994), 대산문학상(1997), 만해문학상(1999), 황순원문학상(2001) 등 그가 수상한 굵직한 문학상들은 박완서가 우리 문단을 대표하는 작가임을 무언으로 증명해 준다.

　그의 작품은 '천의무봉'으로 비유되곤 하는 막힘없는 유려한 문체와 일상과 인간관계에 대한 중년 여성 특유의 섬세하고 현실적인 감각이 결합되면서 빛을 발한다. 그의 소설은 끔찍할 정도로 생생하게 현실을 그려 낼 뿐 아니라, 치밀한 심리 묘사와 능청스러운 익살, 삶에 대한 애착, 핏줄에 대한 애정과 일상에 대한 안정된 감각을 보여 준다.

　현실에 기반을 둔 그의 소설은 대체적으로 이해하기 쉬운 문체를 지니고 있다. 근·현대사의 경험을 다채롭게 보여 주는 풍속 작가로서의 그의 면모는 당대의 세태를 충실히 반영하면서 일상적 삶을 살아가는 인물들에게 생동감을 부여한다.

　그간 오랫동안 그의 작품을 읽으면서 작가적 역량이 명불허전(名不虛傳)임을 절감할 수 있었다.

　그런데 작품을 읽다가 문체상의 특징과 어휘의 특이점을 발견할 수 있었다. 식민지 시대를 살아온 관계로 일본어가 많이 사용되고 있으며, 생경한 한자어와 작가 개인의 체험에 바탕을 둔 개인적 어휘들이 많이 나타나고 있다.

이러한 언어적 특이점과 관련된 문제로 독자들이 자칫 박완서 문학의 참맛을 놓쳐 버릴까 저어하여 이번 소설어 사전을 기획하게 되었다.

당대의 풍습과 연관된 일본어 표현을 보면 다음과 같다.

▶ 나는 온종일 석필로 까미머리 하고 핸드백 들고 뾰족구두 신고 짧은 통치마 입은 여자를 그리고 또 그렸다.

▶ 미제 아니면 군것질도 안 하고 담배도 양담배 중에서도 아까다마만 찾더라니까…

오늘날의 독자들에게 '까미머리'라는 말은 생소하게 느껴진다. 박완서 선생님은 이러한 내 의문에 대해,

일본어 '히사시까미'에서 온 말로, 비녀를 꽂지 않고 머리 뒤를 둥글게 마무리하는 헤어스타일. 긴 댕기 머리나 쪽 찌고 비녀 꽂던 머리를 자르고 뒤로 동그랗게 말아 올려 핀으로 고정시킨 머리. 그런 머리를 한 여자는 대개 짧은 통치마에 구두를 신었기 때문에 쪽 찌고 긴 치마 입은 구식 여자에 비해 훨씬 멋쟁이로 보였고 신여성이란 이름으로 통했다. 30년대 도시에서 교육받은 여성들 사이에서 유행했다.

라는 주석을 달아 주셨고, '아까다마'에 대해서도 상세한 풀이를 해 주셨다.

6·25 전쟁 중 최고의 담배로 치던 양담배 '럭키 스트라이크'를 시중의 속어로 그렇게 불렀다. 담배 껍질에 빨간 동그라미 문양이 선명해 '적옥(赤玉)'이라는 일본어 발음을 따다가 그렇게 부른 듯하다.

그리고 '구더기 밑살 같다'와 같은 개인적 어휘에 대해서도 도움의 말씀들을 주셨다.

이에 힘입어 선생님 댁 앞의 능소화가 세 번 피고 지는 동안 때로는 지루하고 힘겨운 나날이었지만 무난히 이 책 작업을 마무리할 수 있었다.

모쪼록 이 책이 '한국 문학의 축복'이라 상찬되고 있는 박완서 문학의 심도 있는 이해를 돕는 데 길잡이가 되고, 후학들의 연구에도 조그만 참고가 되었으면 한다. 또한 일반 독자들에게도 값진 음식 뒤에 나오는 후식처럼 예전에 받았던 감동을 반추해

보는 좋은 계기가 되었으면 하는 바람을 가져 본다.

이 책이 나오기까지 많은 분들의 은혜를 입었다. 먼저 나의 귀찮은 질문에도 항상 해맑은 미소로 답해 주신 박완서 선생님의 친절하고 세심한 배려에 깊은 감사를 드린다.

끝으로, 원고 입력과 정리 작업을 도와준 부천대학의 많은 제자들과 여러 선생님, 그리고 연구에 전념할 수 있도록 힘써 준 아내와 가족에게도 고마움을 전한다.

2003년 한여름에
민충환

# 일러두기 … 🍺

1. 이 책은 엮은이가 지속적으로 살피고 있는 '현대 소설에 나타난 어휘 탐색' 작업—
   이태준·임꺽정·이문구·송기숙에 이은 다섯 번째 작업이다. 표제어는 박완서 문
   학 작품에서 독특하게 사용되고 있는 어휘·관용어·속담·비속어 등 2,700여 개를
   가려 뽑아 가나다순으로 나열하였다.

2. 각 항목은 표제어, 표제어 풀이, 예문, 예문 출전 순으로 수록하였다. 이때 장편
   소설과 단행본은 《 》, 단편 소설과 산문은 〈 〉로 표시하였다. 기타 ㈜은 속담, ㊙
   는 비속어, 예문 앞의 (산)은 일반 산문을, (동)은 동화를 각각 의미한다.

3. 이 책에서 사용한 텍스트는 다음과 같다.

   【소설집】
   • 《이민 가는 맷돌》, 심철당, 1981.
   • 《서울 사람들》, 글수레, 1984.
   • 《그 많던 싱아는 누가 다 먹었을까》, 웅진출판, 1992.
   • 《목마른 계절》, 세계사, 1993.
   • 《욕망의 응달》, 세계사, 1993.
   • 《살아 있는 날의 시작》, 세계사, 1993.
   • 《서 있는 여자》, 세계사, 1994.
   • 《엄마의 말뚝》, 세계사, 1994.
   • 《너무도 쓸쓸한 당신》, 세계사, 1994.
   • 《그 산이 정말 거기 있었을까》, 웅진출판, 1995.
   • 《나목》, 세계사, 1995.
   • 《나의 아름다운 이웃》, 작가정신, 1996.
   • 《그대 아직도 꿈꾸고 있는가》, 세계사, 1999.
   • 《어떤 나들이》, 문학동네, 1999.

- 《조그만 체험기》, 문학동네, 1999.
- 《아저씨의 훈장》, 문학동네, 1999.
- 《해산 바가지》, 문학동네, 1999.
- 《가는 비, 이슬비》, 문학동네, 1999.
- 《아주 오래된 농담》, 실천문학사, 2000.
- 《휘청거리는 오후》 1~2, 세계사, 2012.
- 《도시의 흉년》 1~3, 세계사, 2012.
- 《미망》 1~3, 세계사, 2012.
- 《그해 겨울은 따뜻했네》 1~2, 세계사, 2012.
- 《오만과 몽상》 1~2, 세계사, 2012.
- 〈그리움을 위하여〉, 《2001 제1회 황순원문학상 수상 작품집》, 중앙일보·문예중앙, 2001.
- 〈그 남자네 집〉, 《문학과 사회》 제58호, 2002 여름호.
- 〈마흔아홉 살〉, 《문학동네》 제34호, 2003 봄호.
- 〈후남아, 밥 먹어라〉, 《창작과비평》 제120호, 2003 여름호.

【산문집】
- 《꼴찌에게 보내는 갈채》, 평민사, 1977.
- 《나는 왜 작은 일에만 분개하는가》, 햇빛출판사, 1990.
- 《한 말씀만 하소서》, 솔, 1994.
- 《한 길 사람 속》, 작가정신, 1995.
- 《어른 노릇 사람 노릇》, 작가정신, 1998.
- 《님이여, 그 숲을 떠나지 마오》, 여백, 1999.
- 《아름다운 것은 무엇을 남길까》, 세계사, 2000.
- 《두부》, 창작과비평사, 2002.
- 《우리 시대의 소설가 박완서를 찾아서》, 웅진닷컴, 2002.

【동화집】

- 《속삭임》, 샘터, 1997.
- 《자전거 도둑》, 다림, 1999.
- 《부숭이는 힘이 세다》, 계림북스쿨, 2001.
- 《옛날의 사금파리》, 열림원, 2002.


4. 이 책의 표제어 풀이에 참조한 사전은 다음과 같다.

- 고려대학교 민족문화연구원 편, 《고려대 한국어 대사전》(고려대학교 민족문화연구원, 2009)
- 국립국어연구원 편, 《표준 국어 대사전》(두산동아, 1999)
- 금성출판사 편집부 편, 《국어 대사전》(금성출판사, 1993 제5쇄)
- 김동언 편, 《국어 비속어 사전》(프리미엄북스, 1999)
- 김재홍 편, 《시어 사전》(고려대출판부, 1997)
- 박영준·최경봉 공편, 《관용어 사전》(태학사, 1996)
- 사회과학출판사 편, 《조선말 대사전》(사회과학출판사, 1992)
- 송재선 편, 《상말 속담 사전》(동문선, 1993)
- 송재선 편, 《우리말 속담 큰사전》(서문당, 1983)
- 신기철·신용철 공저, 《새우리말 큰사전》(삼성출판사, 1974)
- 연세대학교 언어정보개발연구원 편, 《연세 한국어 사전》(두산동아, 1998)
- 원영섭 편, 《우리 속담 사전》(세창출판사, 1993)
- 이근술·최기호 편, 《토박이말 쓰임 사전》상·하(동광출판사, 2001)
- 이기문 편, 《속담 사전》(일조각, 1980 개정판)
- 한글학회 편, 《우리말 큰사전》(어문각, 1991)

# ㄱ

**'가' 자 뒷다리 한번 짚어 준 일이 없다** 가 갸거겨로 시작하는 초보적인 한글도 귀띔해 준 일이 없다. (동) "글쎄, 우리 애는 저절로 언문을 깨쳤답니다. 어디 가서 '가' 자 뒷다리 한번 짚어 준 일 없건만 신문을 줄줄 붙여 읽지 뭐예요."《옛날의 사금파리》

**가가대소(呵呵大笑)** 소리를 내어 크게 웃음. ¶새앙쥐는 끄떡도 안 하더군. 그러다가 나는 별안간 그 집 재떨이를 내 주머니에다 털어 넣고 가가대소를 하며 일어섰지. 그놈이 새파랗게 질리면서 내 바짓가랑이를 붙들고 늘어지더군. 〈배반의 여름〉

**가난 구제는 나라도 못한다(俗)** 남의 가난한 살림을 도와주기란 끝이 없는 일이어서, 개인은 물론 나라의 힘으로도 구제하지 못한다는 말. ¶"가난 구제는 나라도 못한다고 어떻게 이루 도와주니. 그리고 그 집 식구들 도도하게 구는 건 하여튼 알아줘야 된다구. 그러니 저쪽에서 머리 숙이지 않는데 우리가 머리 숙여 가며 도와줄 수도 없는 거 아니니?…"《도시의 흉년 1》

**가난한 집 굴뚝의 연기만 하다** 있는 둥 마는 둥 희미한 모양을 이르는 말. ¶다음 날은 가난한 집 굴뚝의 연기만 한 구름조차 없는 맑은 날이었고 조카딸 분이가 시집가는 날이었다.《미망 1》

**가녀리다** 가늘고 연약하다. ¶이 청년은 여자를, 가녀린 소녀를 어떤 방법으로 안을까가 알고 싶다. 〈어떤 나들이〉

**가느스름하다** 보일락 말락 하게 가늘다. (산) B 부인은…고개를 갸우뚱, 눈을 가느스름히 떴다 크게 떴다, 가까이에서 봤다가 멀리 물러나서 봤다가, 손으로 어루만져 봤다가 좀처럼 끝날 것 같지가 않았다. 〈항아리를 고르던 손〉

**가는 날이 장날(俗)** 우연히 갔다가 뜻하지 않은 일을 공교롭게 당함을 비유적으로 이르는 말. (산) 가는 날이 장날이라고 하필 크리스마스 전날이었다. (백화점) 안의 혼잡은 내가 밖에서 상상하고 겁을 낸 것 이상이었다. 〈집 없는 아이〉

**가늘게 먹고 가는 똥 싸라(俗)** 너무 욕심을 부리다가는 봉변을 당하기 쉬우니 제 힘에 맞게 적당히 취하라는 것을 이르는 말. ¶"…여북해야 그 노인이 두 달 만인가 석 달 만인가 애들 내보내고 나서는 앞으로는 절대로 허욕 안 부리고 가늘게 먹고 가늘게 싸겠노라고 맹세를 하고 다니겠어요?…"〈꽃을 찾아서〉

**가닥가닥** 여러 가닥으로 갈라진 모양. ¶숨이 찬지 빈 병에 입김을 불어넣을 때 나는 소리 같은 조 의원의 웃음소리가 가닥가닥 끊겼다. 〈천변풍경〉

**가랑이에서 불이 나다** 바짓가랑이에서 불이 날 정도로 매우 분주하게 왔다 갔다 하다. ¶"아, 그런 양반님네들 안방마님 버룻이 어디 가요. 치맛자락에 흙 안 묻히고 낯나는 일만 하려니 예서 제서 이것 가져와라 저것 가져와라, 이래라저래라 부려먹는 통에 가랑이에서 불이 난답디다…" 《미망 3》

**가모** 일본어로 물오리를 '가모[鴨]'라고 하는데, 어수룩해서 남에게 이용당하고 손해 보기 일쑤인 사람을 이르는 말로 주로 씀. 우리말에서 일본어의 잔재가 사라지고 나서는 이 말 대신 '봉'이란 말이 쓰였다. ¶"…아무리 없이 살아도 네가 가모를 물어 오길 바란 적은 한 번도 없어. 아무쪼록 좋은 사람 만나 시집가서 참하게 사람 노릇 하길 축수했지…"《살아 있는 날의 시작》¶…제놈은 땡전 한 푼 안 쓰고 가모 만난 것처럼 혁이만 우려먹었을 테니 돈도 돈이지만 그 못된 녀석이 순진한 남의 자식을 꼬여서 어딘 안 데리고 갔겠니.〈꼭두각시의 꿈〉

**가물에 콩 나듯**㉑ 어떤 일이나 물건이 어쩌다 하나씩 드문드문 있는 경우를 이르는 말. ¶"듣기 싫어요. 가물에 콩 나기로 한 번씩 들러서는 꼭 그런 끔찍한 소리." 소희 부인이 많이 누그러진 소리로 웃으며 말했다. "가물에 콩 나기로 들르다뇨? 무슨 말씀을 그렇게 섭하게…"《욕망의 응답》¶남녀 공학하는 대학에 가물에 콩 나듯이 듬성듬성 섞인 여학생들은 말만 여학생이지 자의 반 타의 반으로 남성화하는 경향이 있다.〈키 큰 신랑〉

**가물에 단비**㉑ 가물에 단비. 기다리고 바라던 일이 마침내 이루어짐을 이르는 말. ¶그런저런 절망 속에서 만난 성경 구절은 가물에 단비처럼 나를 감지덕지하게

했다.〈사람의 일기〉

**가변두리** 변두리. 외곽. '가'와 '변두리'의 합성어. ¶"…아빠, 제가 얼마나 비참한지 아세요? 저, 가변두리 싸구려 가구점 이층 같은 데 있는 거지 같은 예식장에서 결혼식을 올리고 나오는 신랑 신부만 봐도 눈물이 난다니까요…"《휘청거리는 오후 1》¶(온천이 있는 작은 읍은)…새로 시내로 편입된 서울의 가변두리 버스 종점 부근과 흡사했다.《휘청거리는 오후 2》¶우리 세 사람은 대처의 가변두리로부터 한가운데를 향해 서서히 다가가고 있었다.〈엄마의 말뚝 1〉

**가부시끼**㉑ 주식(株式)을 뜻하는 일본어로, 무슨 일을 도모하여 든 비용을 여럿이 추렴할 때 쓰던 말. 우리말에서 일본어의 잔재가 채 가시지 않았던 50·60년대에 흔히 쓰였다. ¶"미스 리, 그 빵 우리가 가부시키한 거야."《나목》¶"…사업해서 취직한 것보다 더 많이 벌면 될 거 아니냔 말야. 그래 말인데 마침 친구놈 몇 놈 '가부시끼'해서 사업을 벌일 모양인데 나도 한 '가부' 끼여 주겠다는 거야. 나야 기회 놓치기 싫다구. 재수생 발 씻을 절호의 찬스야. 나 좀 도와줘라. 야."《살아 있는 날의 시작》

**가수(假睡)** 의식이 반쯤 깨어 있는 옅은 잠. ¶(그녀는)…공 회장을 김상기로 착각한다. 이런 의식의 가수가 깜박깜박 조는 봄날의 낮잠처럼 아쉽고 달콤하다.《휘청거리는 오후 2》

**가슴에 못이 박히다** 마음속 깊이 원통한 생각이 맺히다. ¶"아이고, 이 불쌍한 것아, 몸 성하고 호의호식하고 은소반에 떠

받치듯이 대접받고 살 것만도 불쌍하고 불쌍해 가슴에 못이 박혔는데 중병이 들어 피접을 온다는 게 참말이냐…"《미망 1》¶그 양지바르고 깨끗한 새 집에서 단 하루라도 살다가 죽었어도 내 가슴에 이렇게 못이 박히진 않았으련만.〈흑과부〉

**가시권(可視圈)** 눈으로 볼 수 있는 범위. ¶비난과 문책이 담긴 날카로운 시선의 가시권 속에 있는 듯한 속박감은 퍽 고통스러웠다.《목마른 계절》

**가시손** 다른 사람의 몸을 만지거나 때리는 느낌이 찌르는 듯한 손을 이르는 말. ¶"앗다 성님도 참, 하나만 알제 둘을 모르는 소리 마시오. 그 몹실 병에 장석이 손이나 약손이제 워디 자아 손도 약손이라요. 가시손이나 안 됐으믄 쓰겠소."〈아직 끝나지 않은 음모 1〉

**가없다** 끝이 없다. ¶"…여기가 글쎄 몇 년 전만 해도 가없는 풀밭이었다는구려. 군데군데 노송이 무성한 언덕이 있을 뿐인 가없는 풀밭을 상상해 보구려…"〈꽃을 찾아서〉

**가오잡다**[비] 일본어로 얼굴을 '가오'라 하는데, 하찮은 일에 나서서 주도권을 잡는 사람의 행태를 표현하는 속된 말로 씀. ¶"…네가 아무리 얌전한 척해도 네 남편은 지금 이층 와이당 판에서 가오잡고 있더라."〈지 알고 내 알고 하늘이 알건만〉

**가운뎃다리**[비] 남자의 성기를 속되게 이르는 말. ¶"정정한 거 좋아하네. 그때 벌써 중풍 들어서 한쪽 팔다리는 건덩건덩 맥을 못 추었잖아." "그렇다고 가운뎃다리까지 맥을 못 추는 걸 네가 봤냐, 봤어?" "아유 잡것, 쟤만 끼면 나까지 입이 걸어진다

니까. 상종을 말아야지."〈지 알고 내 알고 하늘이 알건만〉

**가재는 게 편**[속] 모양이나 형편이 서로 비슷하고 인연이 있는 것끼리 서로 잘 어울리고, 사정을 보아주며 감싸 주기 쉬움을 이르는 말. ¶여란이도 제 딴엔 박승재가 사는 방법을 한껏 업신여기고 있다고 했지만 어멈의 거침없음 앞에서는 가재는 게 편이라는 편가름이랄까 자격지심에 사로잡힐밖에 없었다.《미망 3》¶"가재는 게 편이라고 나야 아무러면 자네들을 위해 한마디라도 거들면 거들었지 사장 배 불릴 생각은 추호도 없었으니까."《오만과 몽상 2》

**가죽방아를 찧다**[비] 남녀의 성행위를 속되게 이르는 말. ¶"뭐라구? 통 생각이 안 난다구? 이 엉큼한 늙은이야. 숏타임도 아니구 밤새도록 사람을 한잠도 안 재우고 방아를 찧고도 통 생각이 안 난다구?" "방아를 찧다니?" "이 늙은이가 누구 기통 터져 죽는 꼴을 보고 싶은가? 아유 내가 미처 미친다니까. 방아도 몰라. 가죽방아 말야. 늙은이가 기운도 좋아…"〈유실〉

**가지 많은 나무에 바람 잘 날이 없다**[속] 자식을 많이 둔 어버이에게는 근심, 걱정이 끊일 날이 없음을 비유적으로 이르는 말. (산) 가지 많은 나무 바람 잘 날 없다더니, 먹통이 된 전화 때문에 누릴 수 있게 된 오붓한 무풍지대에 평지풍파를 일으키는 것도 자식 걱정이었다.〈전화 없는 날〉

**가짜스럽다** 보기에 가짜인 듯하다. ¶자식을 숨 거둔 그날로 묻은 엄마가 받은 벌치고는 너무도 가볍지 않은가. 그래서 귀를 막고 싶게 가짜스럽게 들렸다. 그만, 제

발 그만 해, 소리를 억누르느라 나는 한 방울도 눈물을 안 흘렸다. 《그 산이 정말 거기 있었을까》¶〈불상은〉…유리장 속에 들어앉아 있어서 그런지 꼭 종로 4가 근처의 만물전 진열장 속의 불상처럼 세속스럽고 가짜스러워 보였다. 〈부처님 근처〉¶나의 가냘픈 작가 정신도 그런 것이 줄기를 이루고 있다고 자부해 왔건만 정미의 투박한 진실성 앞에선 어딘지 간사스럽고 가짜스러워지는 것 같았다. 〈사람의 일기〉

**가타부타 말이 없다**㊍ 좋다거나 싫다거나 아무런 의사 표시가 없는 것을 이르는 말. ¶아버지는 가타부타 말없이 앞만 보고 걸었다. 〈아저씨의 훈장〉

**가학**(加虐) 남을 못살게 굶. ¶…엄마와 할머니의 '먹어라 먹어' 공세가 치열해졌고, 이미 음식을 권하고 있는 게 아니라 가학을 즐기고 있었다. 《도시의 흉년 1》

**각설이 떼** 각설이패. 장타령을 부르며 다니는 거지의 패거리. ¶각설이 떼처럼 너덜너덜하고 더러운 옷을 입은 지게꾼들이 우리 곁으로 우르르 몰려왔다. 《그 많던 싱아는 누가 다 먹었을까》

**각죽거리다** 남의 비위를 건드려 불편하게 만들다. ¶그녀는 종상이가 동해랑집을 처가로서가 아니라 이성이를 마땅찮아하는 감정으로 싫어하는 걸 알면서도 각죽거렸다. 《미망 3》

**간극**(間隙) 사물 사이의 틈. ¶나는 나의 침묵과 그의 침묵 사이에 깊은 간극을 느꼈다. 〈어떤 나들이〉

**간난**(艱難) 몹시 힘들고 고생스러움. ¶역경과 간난을 이기고 입신양명한 이야기

들. 〈세모〉

**간담이 서늘하다** 몹시 놀라서 섬뜩하다. ¶간담이 서늘하도록 노여웁고 우렁찬 외침과 무대소 아줌마가 표범처럼 날렵하게 싸진한테로 돌진했다. 〈공항에서 만난 사람〉

**간당간당** 달려 있는 작은 물체가 가볍게 자꾸 흔들리는 모양. ¶무덤가의 원추리꽃에 고추잠자리가 간당간당 앉았다가 날아갔다. 《미망 3》

**간댕간댕** 느슨하게 달려 있는 작은 물체가 조금 위태롭게 자꾸 흔들리는 모양. ¶남편은 한쪽이 불수가 되고부터 기억력도 필라멘트가 간댕간댕 붙었다 떨어졌다 하는 전구처럼 깜박인다. 〈저녁의 해후〉

**간덩이가 붓다**㊂ '간이 붓다'를 속되게 이르는 말. 지나치게 대담해지다. ¶"…당신이 어쩌면 그까짓 손바닥만 한 신문 기사 한 토막에 이렇게 천박하게 변할 수가 있어. 당신 말짝으로 간뎅이가 부은 거 아냐." 《아주 오래된 농담》¶"핵교를? 기집애를 핵교를?" "네, 기집애도 가르쳐야겠어요." "야, 너 대처에 가서 무슨 짓을 했길래…큰돈 모았구나? 아니면 간뎅이가 부었던지. 그렇지 않고서야 무슨 수로 기집애꺼정 학교에 보내 보내길?" 〈엄마의 말뚝 1〉

**간망**(懇望) 간절히 바람. ¶두 죽음이 얼마나 오래, 얼마나 심하게 우리의 일상을 훼방 놓았던가를, 그 훼방으로부터 놓여나려는 간망이 얼마나 간절한 것인가를 아프게 느꼈다. 〈부처님 근처〉

**간발**(間髮)**의 차이** 서로 엇비슷할 정도의 아주 작은 차이. ¶"너야말로 오리발 내미

는구나. 넌 가위바위보의 도사 아냐." "그래, 도사니까 이기고 지는 게 자유자재란 말야. 이기는 비결은 간발의 차이로 주먹을 상대보다 늦게 내는 거야."《서 있는 여자》(산) '왜 내 동생이 저래야 되나.'와 '왜 내 동생이라고 저러면 안 되나?'는 간발의 차이 같지만 실은 사고의 대전환이 아닌가.〈한 말씀만 하소서〉

**간사위** 다른 사람의 사정을 잘 이해하고 너그럽게 대해 주는 성미. ¶ "탄허지 마시우, 형님. 저 아지머이 황해도 인절미 모양 간사위가 읎어서 그렇지, 마암은 진국이니까 국밥도 탐탁허게 말아 드릴 테니 두고 보시우."《미망 3》

**간에 기별도 안 가다** 먹은 것이 너무 적어 먹으나 마나 하다. ¶ "…우동 한 그릇 가지고야 간에 기별이나 가야지."《나목》

**간에 붙었다 콩팥에 붙었다 한다**(속) 간에 붙었다 쓸개(염통)에 붙었다 한다. 자기에게 조금이라도 이익이 되면 지조 없이 이편에 붙었다 저편에 붙었다 함을 이르는 말. ¶ 자명은 용감하고 싶기도 하고, 비겁하고 싶기도 하고, 둘 다 하기 싫기도 해 지리멸렬해 있었고, 하늘같이 믿고 싶은 남편이 간에 붙었다 콩팥에 붙었다 할 것처럼 왜소해 보여 참담해져 있었다.《욕망의 응달》¶ 그녀가 그때 홀로 맹수였다면 우린 얼마든지 간에 붙었다 콩팥에 붙었다 할 수 있는 토끼나 다람쥐 나부랭이였다.〈공항에서 만난 사람〉

**간을 빼 먹다** 겉으로는 비위를 맞추며 좋게 대하는 척하면서 요긴한 것을 다 빼앗다. ¶ "왜 일이 잘 안됐수?" "일이 아주 더럽게 됐다. 무악재 고개가 보이기도 전에

코 하나는 단단히 움켜쥐었다만, 간 빼 먹는 재주 가진 놈도 있다는 걸 미처 몰랐지 뭐냐?"《미망 1》

**간이 뒤집히다** 속이 상해서 부아가 나다. ¶ 걔 편지의 공개가 강요되고 음탕한 웃음이 구정물처럼 끼얹어지는 걸 참을 수가 없어. 걔가 무참하게 윤간을 당하는 걸 보는 것처럼 간이 뒤집히면서 분별을 잃고 말아.《도시의 흉년 1》

**간이 오그라붙다** 섬뜩한 공포감을 나타내는 말. ¶ …돈궤는 어둠 속에서도 그 장대함과 미려함을 식별할 수 있었다. 광 속에 오랜 세월 갇혀 있었음에도 기름이 자르르 흐르게 윤기가 나는 목질에 비친 두 사람의 그림자는 괴기하고도 불길해서 아씨는 간이 오그라붙는 것 같았다.《미망 1》

**간이 콩알만 해지다** 몹시 두려워지거나 무서워지다. ¶ 그들이 누굴 해칠 처지도 못 됐지만 그럴 뜻이나 힘이 전혀 있어 뵈지도 않았다. 그럼에도 불구하고 우리는 간이 콩알만 해지는 것처럼 그들이 무서웠다.〈엄마의 말뚝 1〉¶ 노파가 옷을 다 주워 입자 깜깜한 밖으로 끌어냈다. 노파는 아마 밖에서 쏴 죽이려나 보다고 간이 콩알만 해졌다.〈그 살벌했던 날의 할미꽃〉

**간조오**(비) '급료'를 속되게 이르는 말. ¶ "그러지 않아도 저이한테는 말도 못 하고 속으로만 간조오 날이거니 하고 돈 생각이 굴뚝 같았다우."《나목》

**간지**(奸智) 간사한 지혜. ¶ 돈과 시간을 함께 벌기 위해 아버지의 간지가 그 정도까지 발전했다고 생각하니 숨통이 틀어막힌 것처럼 괴로웠다.《도시의 흉년 3》

**간특**(奸慝) 간사하고 사특함. ¶ 진작부터

다 풍겨 놓고 성남댁한테만 간특을 떨었단 말인가? 〈지 알고 내 알고 하늘이 알건만〉

**갈수록 태산이라** 속 갈수록 더욱 어려운 지경에 처하게 되는 경우를 이르는 말. ¶갈수록 태산이라더니 하나를 억지로 만나고 나니 또 누굴 만나 주란다. 앞으로도 이렇게 부모의 진과 얼을 야금야금 빼먹어 가면서 결국은 저희들의 목적을 달성하리라.《휘청거리는 오후 1》¶"제발 세상이 다 끝장난 것 같은 얼굴 하지 말아요. 갈수록 태산인 내 입장도 좀 이해해 달라 이거지. 아직도 희망은 있으니까."《그대 아직도 꿈꾸고 있는가》

**갉죽거리다** 날카로운 끝으로 물체를 자꾸 박박 갉다. (산) 일전에 TV로 어느 낙도 국민학생을 비쳐 줄 때 나는 아이들 코만 열심히 보았는데 다 코밑이 깨끗했다. 별것도 아닌 게 까다로운 수수께끼처럼 문득문득 내 신경을 갉죽거리고 있다. 〈없어진 코흘리개〉

**감 놓아라 배 놓아라 한다** 속 남의 일에 참견하여 이래라저래라 하고 주제넘게 간섭하는 것을 비웃어 이르는 말. ¶"나도 그 녀석에 대해선 따로 생각하고 있는 바가 있느니라. 네 따위가 배 놔라 감 놔라 헐 일이 아니니라…"《미망 1》¶"성남댁, 빨리 들어가 있지 못해요. 여기가 어디라고 성남댁이 감히 감 놔라 배 놔라 하는 거예요?"〈지 알고 내 알고 하늘이 알건만〉

**감감무소식** 감감소식. 소식이나 연락이 전혀 없는 상태. ¶무슨 연락 없냐고 영빈이한테만이 자주자주 전화가 걸려 오고 119에 실려 간 환자는 감감무소식인 채로 시간이 흘렀다.《아주 오래된 농담》¶넉넉잡아 일주일 정도 있다 올 줄 안 동생은 열흘이 지나도 감감무소식이었다. 〈그리움을 위하여〉

**감격 먹었다** 비 '매우 감격했다'는 뜻을 속되게 이르는 말. ¶"…어쩌면 요새 아이들이 그렇게 맑고 순수한지 나도 놀랐다니까. 요샛말로 감격 먹었단다. 그래서 외롭게 걔네들 역성을 들고 나선 거지."〈사람의 일기〉

**감나무 밑에 누워서 연시 입 안에 떨어지기를 바란다** 속 아무런 노력도 하지 않고서 좋은 결과만을 바람을 이르는 말. ¶상류층과 연줄이 별로 없는 집안에 그런 혼처가 생길 것을 기대한다는 것은 감나무 밑에 입 벌리고 누워서 연시가 입 안으로 떨어져 주기를 기다린다는 것과 다름없다는 걸 어머니는 곧 알아차렸다.《아주 오래된 농담》

**감동 먹다** 비 '감동하다'를 속되게 이르는 말. ¶노인네들 눈엔 좋은지 만지 얼떨떨한 것도 어머니 아버지 모시고 오려고 아껴뒀던 곳이라고 말해 앤까지 함께 감동 먹게 했다. 〈후남아, 밥 먹어라〉

**감때사납다** ① 휘어잡기 힘들게 억세고 사납다. ¶"여보, 처갓집이 어찌나 감때가 사나운지 장인을 들쳐 업고서야 처음 들어와 본 사위 아뉴? 그러고 있지만 말고 눈 좀 곱게 뜨고 봐주구려."《휘청거리는 오후 1》② 일하기 힘들게 험하고 거칠다. ¶…시(市)에서 한 동네가 옮겨 앉을 수 있도록 마련해 준 생활 터전은 사람이 뿌리내리기엔 뭔가 감때사나운 고장이었다.

《오만과 몽상 1》

**감언이설(甘言利說)** 귀가 솔깃하도록 남의 비위를 맞추거나 이로운 조건을 내세워 꾀는 말. ¶콩쥐는 감언이설이 한 번도 막히는 일 없이 부드럽게 흘러나오는 인철의 입을 멍하니 쳐다보았다.《살아 있는 날의 시작》

**감연(敢然)히** 결단성 있고 용감하게. ¶자명은 아직도 어질대는 머리를 감연히 들고 일어나 서 있는 민우를 끌어다가 침대에 앉히고 자기도 나란히 걸터앉아 등을 토닥거렸다.《욕망의 응답》

**감읍(感泣)** 감격하여 목메어 욺. ¶어머니와 삼촌은…방송국에 감사하고 온 국민에게 감사하고 나서 또 한바탕 감읍을 했다. 내가 참을 수 없는 건 바로 그 감읍이었다. 〈비애의 장〉

**감지덕지(感之德之)하다** 매우 고맙게 여기다. ¶그런저런 절망 속에서 만난 성경 구절은 가뭄에 단비처럼 나를 감지덕지하게 했다. 〈사람의 일기〉

**감질나다** 속이 타고 답답한 느낌이 들다. (산) 감질나게 인색한 비였지만 그래도 땅을 축이면서 풍겨 오는 흙냄새는 제법 강렬하고 싱그러웠다. 〈교감〉

**갑주(甲胄)** 갑옷과 투구를 아울러 이르는 말. ¶…부부라는 관계의 본질적인 잘못이 있었다. 그 잘못은 뿌리 깊고도 완강했고 미풍양속이란 견고한 갑주로 무장되어 있었다.《살아 있는 날의 시작》

**갓난애 젖 보채듯이** 어린애가 젖 달라고 보채듯이 유아적으로 보채는 모양. ¶…그녀의 남편은 아직도 살고 싶은 욕심을 못 버리고 파스니 나이드라지드니 하는 결핵 약을 갓난애 젖 보채듯이 보챈다는 거였다. 〈흑과부〉

**강 건너 불구경(俗)** 자기에게 관계없는 일이라고 하여 무관심하게 방관하는 모양. ¶이씨 왕조가 골육상잔을 하건, 당파 싸움을 하건 강 너머 불처럼 구경하면서 그 허술한 틈바구니를 요령껏 뚫고 돈벌이에 날로 이골이 났다.《미망 1》

**강모(强募)** 강제로 모집하는 것. ¶…어제는 여기뿐 아니라 각 직장 가두에서 의용군의 대거 강모가 있었던 성싶다.《목마른 계절》

**같은 값이면 다홍치마(俗)** 값이 같거나 같은 노력을 한다면 품질이 좋은 것을 택한다는 말. ¶"보급 공작? 근사한데요. 같은 값이면 다홍치마라고 이름이라도 그럴듯하게 붙이고 볼 거예요. 도둑질보다 훨씬 듣기에 편하군요. 그럼 우리도 떳떳이 보급 공작 나갑시다."《목마른 계절》¶"…그 별자리가 그랬다며? 편한 후방으로 보내 줄 순 있어도 카투사 어렵겠다고. 그러니까 우린 부득부득 그 어려운 걸로 달래 보는 거야. 안 될 때 안 되더라도, 같은 값이면 다홍치마라고."《도시의 흉년 1》

**같은 말이라도 아 다르고 어 다르다(俗)** 아 해 다르고 어 해 다르다. 같은 내용의 이야기라도 이렇게 말하여 다르고 저렇게 말하여 다르다는 말. ¶주인 여자는 시골 여자답지 않게 냉담하고 도도하게 "신세 진 거 하나도 없습니다." 했다. 같은 말이라도 아 다르고 어 다르다고 이건 겸사의 말이 아닌, 돈 받고 하숙 치는 관계일 뿐 신세를 주고받는 관계가 아님을 강조하는 말투였다. 〈카메라와 워커〉

**같은 한 그릇 밥도 눌러 푸는 것 다르고 날려 푸는 것 다르다**　밥을 풀 때 꾹꾹 눌러 푸는 것 하고 고실고실하게 푸는 것 하고는 똑같은 한 그릇의 밥이라도 양의 차이가 많이 난다. 요새는 배고픈 사람이 별로 없으니까 꾹꾹 눌러 푸는 밥보다는 고실고실하게 푸는 밥을 선호하지만, 양식이 귀할 때는 고실고실하게 푸는 밥은 쉬 배가 고파진다 하여 밥을 많이 먹어야 하는 육체 노동하는 이들이 싫어했다. 그래서 하숙집이나 밥집에서 푸는 밥을 날려서 푼다고 했다. ¶"…같은 한 그릇 밥도 눌러 푸는 것 다르고 날려 푸는 것 다르다고 이 어른이 며느리 생각을 이만큼 끔찍이 하시는구나 싶어 한편 흐뭇하더라굽쇼."《미망 1》

**개 눈에는 똥만 보인다**(송)　평소에 자신이 좋아하거나 관심을 가지고 있는 것만이 눈에 띈다는 것을 놀림조로 이르는 말. ¶"…개 눈엔 똥만 보인다고, 정신이 올바로 박히지 못한 식민지 백성이 이 욱일승천하는 제국주의의 본바닥에서 보고 배울 게 못된 짓밖에 더 있겠어요.…"《미망 3》¶"뭐 눈에 뭐만 보인다더니 자네도 이제 좀 나잇값을 하게나." "무슨 소리야? 자네. 저걸 보게나. 저 새카만 개미 떼를."〈유실〉

**개 발에 편자**(송)　옷차림이나 지닌 물건 따위가 제격에 맞지 아니하여 어울리지 않음을 이르는 말. ¶구두나 가죽신에도 물론 양말이 잘 어울렸지만 짚신에도 양말이 버선보다 편했다. 그러나 짚신에 양말을 신으면 개 발에 편자라 할 만큼 양말은 아직 귀물이었다.《미망 2》¶그러나 마을 사람들은 부스럼 딱지 같은 판자촌에 반짝반짝 반들대는 철제 뒷간을 개 발에 편자처럼 못마땅해하면서도 시기해하는 마음도 대단해서 강 씨네 화장실이라고 비꼬았다.《오만과 몽상 1》

**개 팔아 두 냥 반**(송)　못된 양반을 놀림조로 이르는 말. ¶"양반? 개 팔아 두 냥 반도 아니고, 진사 값이 자그마치 만 냥이네 오천 냥이네 허는 세상이유. 벼슬은 아무나 허는 줄 알우?"《미망 1》¶언젠가 할머니에게 양반이 뭐냐고 물어 보았더니 픽 웃으시면서 "개 팔아 두 냥 반이란다."라고 대답하셨다.《그 많던 싱아는 누가 다 먹었을까》

**개가 웃을 일이다**(송)　너무도 어이없고 같잖은 일임을 이르는 말. ¶참 개가 다 웃는다더니 우리나라 순종 똥개들이 들으면 웃기는커녕 울어도 시원치 않을 일이었다. 어디 똥개뿐일까. 나도 웃어도 울어도 풀릴 것 같잖은 고약한 기분이었다.〈어떤 야만〉

**개같이 벌어서 정승같이 산다(쓴다)**(송)　제 몸은 아무리 천하게 낮추어 일하더라도 거기에서 번 돈으로 보람 있게 살면 된다는 말. ¶개같이 벌어서 정승같이 먹는다는 옛말이 있다. 그 말은 신통하리만큼 엄마가 돈 버는 현장과 이룩한 생활의 현장과의 격차를 적중시키고 있었다. 그러나 내 친구들은 다 정승같이 벌어서 정승같이 사는 집 딸들이었다.《도시의 흉년 3》¶남들이야 뭐라고 수군대든 손가락질을 하든 종상이만은 아내가 개같이 벌어서 정승같이 쓴다는 걸 알기 때문에 음으로 양으로 아내의 돈벌이를 후원했고 어려울 때는 긴요한 자문을 했고 심지어는 자기

가 하는 일은 잘 안되는 것처럼 위장을 하기까지 했다.《미망 3》

**개개 풀리다** 개개 풀어지다. 졸리거나 술에 취해서 눈에 정기가 흐려지다. ¶개개 풀렸던 눈자위에 어느 틈에 타는 듯한 정기가 돌아와 있었다.《미망 3》

**개구리 올챙이 적 생각을 못 한다**⊛ 전날 미천하던 사람이 전의 일을 생각지 않고 잘난 듯이 행실함을 이르는 말. ¶"…철민이 너 장가 잘 가서 별안간 문화생활하게 됐다고 올챙이 적 생각 안 하면 재미없다. 내가 계수씨한테 낱낱이 폭로할 테니까"《서 있는 여자》¶"당신은 언제까지 공순이 공돌이 편만 들 거야? 개구리가 올챙이 적 생각 너무 안 해도 욕먹지만 너무 하는 것도 우스워."《오만과 몽상 2》

**개구멍받이**⊞ 남이 밖에 내다 버리고 간 것을 받아서 기른 아이를 홀하게 이르는 말. ¶…친정어머니와 의논해서 계집애를 손이 없는 친척집에 개구멍받이로 들여보내기로 했다.《도시의 흉년 3》

**개떡 같다**⊞ '하찮다'를 속되게 이르는 말. ¶"…쟤가 시에미 알기를 개떡 같이 아는 앱니다.…그러니 말해 뭘 하겠습니까…"〈해산 바가지〉

**개똥도 약에 쓴다**⊛ 아무리 하찮은 물건이라도 요긴하게 쓰일 때가 있음을 이르는 말. 소똥도 약에 쓸 때가 있다. ¶오늘은 글쎄 그 언니가 은근슬쩍 남편 자랑을 하는데 뭐랜 줄 알아? 뭐 개똥도 약에 쓸 적 있더라 이러는 거야.《서 있는 여자》

**개똥밭에 굴러도 이승이 좋다**⊛ 아무리 천하고 고생스럽게 살더라도 죽는 것보다는 사는 것이 낫다는 말. (산) 천당에 대한 확신이 있는 분이 천당을 마치 골고루 답사하고 온 것처럼 구체적으로 그려 보이는 설교를 들어 본 적도 있습니다만 어쩐지 하나도 마음에 차지 않고 차라리 '개똥밭을 굴러도 이승이 좋다.'라는 원색적인 속담이 훨씬 설득력 있게 들리는 걸 어쩔 수가 없습니다.〈내가 꿈꾸는 부활〉

**개똥철학**⊞ 대수롭지 아니한 생각을 철학인 듯 내세우는 것을 낮잡아 이르는 말. ¶늙어빠진 어른이 마련해 놓은 개똥철학을 부정하고 전혀 새롭고 싱싱한 자기만의 삶의 의미를 얻어 내기 위해 직접 인생에 부대낄 생각은 꿈에도 안 한다.《휘청거리는 오후 1》

**개만도 못한 놈**⊞ 행실이 짐승만도 못한 사람을 욕으로 하는 말. ¶그때 승재는 속으로 아주 쓰거운 마음으로 저런 개만도 못한 놈 같으니라고, 하면서 마도섭의 밀정의 자질 자체를 의심했을지언정 달래의 죽음을 별로 대수롭게 여기지 않았다.《미망 3》

**개미 새끼 하나 볼 수 없다** 아무것도 찾아볼 수 없다. ¶오빠의 성화 때문에 엄마까지 셋이서 번갈아 가며 바깥세상의 동정을 살피러 드나들었지만 살아 움직이는 거라곤 개미 새끼 한 마리 눈에 띄지 않았다.《그 산이 정말 거기 있었을까》

**개미 쳇바퀴 돌듯**⊛ 다람쥐 쳇바퀴 돌듯. 앞으로 나아가지 못하고 제자리걸음만 함을 이르는 말. ¶그런 고장들은 재수하는 일 년 동안 개미 쳇바퀴 돌듯 뱅뱅 돌던 고장이라 어머니보다 더 지긋지긋했다.〈꼭두각시의 꿈〉

**개미 콧구멍만 하다** 콧구멍만 하다. '아주

좁다'를 형상적으로 나타내는 말. ¶하여튼 엄마가 상관한테 선물 사 가지고 가라고 준 돈까지 그 작자한테 털어 줬다. 휘이휘이 멀리 오래오래 꺼지라고. 하긴 꺼져 봤댔자 개미 콧구멍만 한 그 바닥 속의 어디메겠지만 말야.《도시의 흉년 2》

**개발쇠발** 괴발개발. '괴발개발'은 글씨를 되는대로 아무렇게나 써 놓은 모양을 이르는 말. ¶근식이가 전대에서 꼬깃꼬깃한 서찰을 꺼내 놓았다. 썼다기보다는 개발쇠발 그린 것 같은 언문 편지는 천명이로부터였다.《미망 1》

**개밥에 도토리**⑧ 축에 끼지 못하고 따돌려져 고립된 사람을 이르는 말. ¶"우리 도망가요. 네, 샛골 도련님. 도련님이 우리 아씨 외가 친척이라곤 허지만 이 댁에선 개밥의 도토리 신세라는 거 지가 모를 줄 알구요?" "너 시방 무슨 소릴 허는?" 《미망 2》¶"…그 여자가 그런 생각 못 할 리가 없고, 쎈 자존심으로 봐서도 개밥의 도토리가 되기 전에 국제결혼이라도 했으면 싶은데, 아니라고 펄쩍 뛰니까 믿을 수밖에."《그 산이 정말 거기 있었을까》

**개성 사람 앉았던 자리엔 풀도 안 난다** 개성 사람은 너무 셈이 정확해서 꾸어 준 돈을 꼬박꼬박 챙겨 받고, 또 꾼돈을 떼먹는 짓 따위도 절대 안 하는 성품이라는 데서 나온 말. (산) 꿔 준 돈을 재촉하면 과연 개성 깍쟁이는 무섭다고 싫어했다. 개성 사람 앉았던 자리엔 풀도 안 난다더니 정말이라고 비꼬기도 했다.〈개성 사람 이야기〉

**개소리**⑪ 조리 없고 당치 않은 상대방의 말을 욕하는 말. ¶도심에서 빌딩 숲 사이에 어쩌다 남아 있는 조선 기와지붕의 그 참담한 퇴락상을 보면 전통 가옥 보존 어쩌고 하는 소리가 얼마나 무책임한 개소리인지 알 것이다.〈그 남자네 집〉

**개었다** '개어었다'의 준말. (이부자리 같은 것을) 개켜서 포개어 올려놓다. ¶…궤짝 위에 개었은 이부자리는 두엄 더미처럼 누추했다.《미망 1》

**개천에서 용 난다**⑧ 미천한 집안이나 변변하지 못한 부모에게서 훌륭한 인물이 나는 경우를 이르는 말. ¶"글쎄…무자비한 것하곤 좀 다르겠지만 우리 집에선 나보고 개천에서 용 났다고 그러지." "그래? 참 우습네. 민수 씨가 무슨 출세를 했다고?" "나 정도가 개천에서 용 난 거로 보이는 게 우리 집 가정 환경이고 우리 집 생활 정도야. 알아듣겠어."《휘청거리는 오후 1》¶"…며느리가 잘 들어오면 개천에서도 용이 난다는데 이 집은 산소를 잘못 썼는지 어떻게 된 게 들어오는 족족 화냥기 있는 며느리만 들어와서 한바탕 풍파를 일으키고 재산이나 축내고 나가니 원."《오만과 몽상 1》

**개칠(改漆)** 한번 칠한 것을 다시 고쳐 칠함. ¶연지는 철민과 헤어지는 게 잘못 개칠이 아니라, 잘못에서 벗어나거나 잘못을 고치는 일이 되길 바랐고 부모와 자신이 그것을 납득할 수 있길 바랐다.《서 있는 여자》¶덜 간 먹물을 개칠해 놓은 것 같은 하늘에서 눈이 내리기 시작했다. 정초의 눈이니 서설인가?〈비애의 장〉

**개판**⑪ 상태, 행동 따위가 사리에 어긋나 온당치 못하거나 무질서하고 난잡한 것을 속되게 이르는 말. ¶"아, 요새하고 그때하고 같아? 그땐 지독한 시대였어. 사변

직후 아냐? 한 반에 껌팔이 하던 놈, 양담
배 장수 하던 놈, 하다못해 뚜쟁이 하던
놈까지 있었으니까. 한마디로 개판이었지
뭐…"《살아 있는 날의 시작》

**개혼(開婚)** 한 집안의 여러 자녀 가운데 처
음으로 혼인을 치름. 또는 그 혼인. ¶우
리 집안의 개혼이었다. 사랑이 무르익은
꽃다운 결혼을 보고 싶었다. 〈저물녘의
황홀〉

**객줏집 칼도마 같다**㊚ 객줏집의 칼도마는
손님을 치르느라고 많이 써서 가운데 부
분이 움푹 패었다는 뜻으로, 이마와 턱이
나오고 눈 아래가 움푹 들어간 사람을 놀
림조로 이르는 말. ¶서울선 눈 감으면 코
베어 간다더란 송도의 소문을 빗대 놓고
하는 소리이기도 했지만, 꼭 객줏집 도마
처럼 가운데가 죽은 근식이의 못생긴 얼
굴을 놀리는 소리이기도 했다.《미망 1》

**객쩍다** 하는 말이나 행동이 실없고 싱겁
다. ¶수지는 이런 객쩍은 생각을 떨쳐 버
리려고 가볍게 진저리를 치다 말고 문득
창밖에 눈길이 머문다. 〈가는 비, 이슬비〉

**거나하다** (술이) 많이 취해 있다. ¶이성이
는 짐짓 한잔한 것처럼 거나하니 유쾌한
말투를 꾸미면서…너스레를 떨었다.《미
망 2》

**거두치다** 거두어 치우다. ¶아내는…옴두
꺼비 같은 세간들은 거두칠 척도 안 하고
기껏 사기그릇을 꺼내 조신한 동작으로
닦고 있는 것이다. 〈어느 시시한 사내 이
야기〉

**거들먹거리다** 잘난 체하며 함부로 행동
하다. (산) 대개 성인병의 내방을 받는 것
은, 제 몸 안 돌보고 길러 낸 자식들이 제

각기 거들먹거리며 부모 슬하를 떠나갈
무렵이다. 〈노년〉

**거딱거딱** '지딱지딱(함부로 자꾸 두들겨
부수어 못 쓰게 만들다)'의 오자. ¶"…독
립운동이라는 것도 그래. 빼앗길 때처럼
거딱거딱 되찾아지는 것도 아니고. 부지
하세월 버틸 수 있는 것도 아니고."《미
망 3》

**거루** '거룻배'의 준말. '거룻배'는 돛이 없는
작은 배. ¶녀석들이 서로 주거니 받거니
이죽대며 소도둑놈 같은 발로 거루만 한
운동화를 찍찍 끌면서 대문을 나갔다.《도
시의 흉년 1》

**거른거른** '걸근걸근'의 오자. '걸근걸근'은
가래가 끓어오르는 것처럼 목구멍에 기분
나쁘게 걸리면서도 참을 수 없는 느낌을
나타내는 부사. ¶분이의 여윈 볼 위로 번
들거리는 게 흘러내리는 걸 보면서 경수
는 분노가 걷잡을 수 없이 거른거른 끓어
오르는 걸 느꼈다. 〈땅집에서 살아요〉

**거하다** 산 따위가 크고 웅장하다. ¶실상
신선이 살 만큼 거하거나 수려한 산도 아
니건만 그랬다.《그 많던 싱아는 누가 다
먹었을까》

**걱정도 팔자**㊚ 하지 않아도 될 걱정을 자
꾸 하거나 자기에게는 아무 관계도 없는
남의 일에 참견하는 것을 놀림조로 이르
는 말. ¶"걱정도 팔자라더니 느이 올케야
말로 팔자가 늘어지다 보니 요샌 괜헌 걱
정을 사서 하나 보더라…"《미망 1》 ¶"원
걱정도 팔자군. 내년이면 대학 졸업반이
야. 서둘기는커녕 너무 늑장 부리고 있는
거나 아닌지 모르겠어…"《그해 겨울은
따뜻했네 1》

**걱정이 태산 같다** 해결해야 할 일이 너무 많거나 복잡해서 걱정이 태산처럼 크다. ¶"…태기 있단 소리 듣고 한편 반갑구 한편 걱정이 태산 같다. 또 딸 낳으면 어드럭허나 하구…"《미망 2》¶…그저 자식새끼들하고 앞으로 먹고 살 걱정만 태산 같아 눈물이고 콧물이고 한 방울 안 흘려서 독종 소리도 들었건만 이게 무슨 꼴이람. 〈지 알고 내 알고 하늘이 알건만〉

**건각(健脚)** 튼튼한 다리. ¶…온몸으로 젊음을 강한 체취처럼 풍기며 아침마다 달리기를 하던 이웃집 총각의 건각 〈로열박스〉

**건덩건덩** 달려 있는 물체가 거볍게 자꾸 흔들리는 모양. ¶"정정한 거 좋아하네. 그때 벌써 중풍 들어서 한쪽 팔다리는 건덩건덩 맥을 못 추었잖아." 〈지 알고 내 알고 하늘이 알건만〉

**걸근거리다** 재물 따위를 얻으려고 자꾸 치사하고 구차스럽게 굴다. ¶그녀야말로 한 몸에 가장 많은 물건을 감쪽같이 숨길 수 있는 초능력자였다. 남보다 곱절이 넘는 물건을 차고도 좀 더 차지 못해 걸근거렸다. 〈공항에서 만난 사람〉

**걸근걸근** 음식 따위를 얻으려고 자꾸 치사하고 구차스럽게 구는 모양. ¶영감님은 말도 못 하고 늘 눈으로 걸근걸근했다. 〈지 알고 내 알고 하늘이 알건만〉

**걸레(卑)** 성관계가 문란한 여자를 욕으로 이르는 말. ¶"그 계집앤 당신이 질투할 만한 계집애가 못 돼. 체통을 지키라고." "체통이요?" "그래 가정부인의 체통이라는 게 있지. 그 계집앤 이 근처에서도 소문난 걸레야."《서 있는 여자》

**걸음나비** 보폭(步幅). ¶…아버지는 고개를 끄덕이고, 보일 듯 말 듯한 미소를 짓고 걸음나비가 넓은 특이한 걸음걸이로 뚜벅뚜벅 걸어 나갔다. 〈배반의 여름〉

**걸음아 날 살려라** 있는 힘을 다하여 매우 빨리 도망침을 이르는 말. ¶수도는 철통같이 방위되고 있으니 안심하라는 빈 목소리만 남기고 귀하신 몸들은 걸음아 날 살려라 하고 미리미리 도망쳐 버린 비열하고 파렴치한 배신에 대해선 한마디의 사과도 없이 다만 무자비한 복수만을 허용했다.《목마른 계절》¶…누구한테 들킬세라 흘끔흘끔 곁눈질해 가며 짐짓 느리게 걸었다. 그러나 동구 밖을 벗어나자 걸음아 나 살려라 하고 여우골 쪽으로 내달았다.《미망 1》

**걸치다(卑)** '술 따위를 마시다'를 속되게 이르는 말. (산) 속초에 대한 예의처럼 바닷가에서 회와 소주를 걸치고 양양으로 향했다. 〈노년〉

**검박(儉朴)하다** 검소하고 질박하다. (산) 부자 나라의 승리한 군대는 그 검박하고 조용한 고도에 풍요와 자유의 물결을 가져왔다. 〈살아 있는 날의 소망〉

**검부락지** 검부러기. 〈방언〉'검부러기'는 검불의 부스러기. ¶사위어 가는 불꽃에 검부락지를 던지듯이, 나는 상소리로 내 취기와 체온의 마지막 땔감을 삼고 있었다. 〈어떤 나들이〉¶…엄마는 검부락지처럼 무력하게 나를 아버지에게 빼앗겼다. 〈배반의 여름〉

**검은 머리 파뿌리 되도록(속)** 오래 살아 아주 늙을 때까지를 이르는 말. ¶그는 새삼스럽게 주례를 나이 지긋한 사람이 서야 한다는 데 대해 뭘 좀 알 것 같았다. 한 남자와 한 여자가 검은 머리 파뿌리 되도록 살고 나면 거기 비로소 고요하고 아름다운 도통의 경지가 있을 것 같았다. 《살아 있는 날의 시작》 ¶ 검은 머리 파뿌리가 되도록은 아니라 해도 십여 년을 같이 산 남자를 그렇게까지 비참하게 만들어선 안 될 것 같은 생각이 들었다. 《아주 오래된 농담》

**겁탈(劫奪)** ① 위협하거나 폭력을 써서 빼앗음. ② 위협하거나 폭력을 써서 성관계를 맺음. ¶ 별안간 집이 생겼다는 사실에 놀라면서 콩쥐네 식구들이 나타낸 천박한 허욕의 표정을 생각하면 그 여자는 개운해지기는커녕 남편이 콩쥐를 겁탈했다면 자기는 콩쥐네 가난을 겁탈한 것 같은 착잡한 심정에 사로잡혔다. 《살아 있는 날의 시작》

**경정경정** 긴 다리를 모으고 가볍게 자꾸 내뛰는 모양. ¶ 그녀와 나는 손을 잡은 채 경정경정 뛰었다. 《나목》 ¶ 우리는 지게꾼을 따라 경정경정 뛰다시피 했지만 지게꾼은 줄창 저만큼 앞서가고 있었다. 〈엄마의 말뚝 1〉

**경중경중** 긴 다리를 모으고 힘 있게 솟구쳐 뛰면서 계속 걷는 모양. ¶ …나는 별안간 굴러들어 온 가연이의 행운을 이렇게 대견해하면서 경중경중 으스대며 위층으로 올라갔다. 〈저문 날의 삽화 2〉

**겉 다르고 속 다르다**(孰) 겉으로 드러나는 행동과 마음속으로 품고 있는 생각이 서로 달라서 사람의 됨됨이가 바르지 못함을 이르는 말. ¶ 세상의 모든 인간관계가 속 다르고 겉 다른 이중성을 갖더라도 부모 자식 관계만은 거짓 없이 순수하고 믿음직스러워야지 않겠느냐는 원칙적인 것에 대한 소박한 믿음이 있는 이상, 나의 미묘한 딸 노릇은 나만의 외로운 불행이요 고통이었다. 《도시의 흉년 3》 ¶ 종상이는 아직도 목사는 겉 다르고 속 다른 사람이라는 뿌리 깊은 편견을 가지고 있었다. 《미망 3》

**겉궁합** 생년월일만 알아 가지고 전문가 아닌 사람이 대강 맞춰 보는 궁합을 이르는 말. ¶ "그런데 나이는 참 몇 살이지? 우선 겉궁합이라도 맞춰 봐야지." 그녀는 마디 굵은 손가락을 세워서 벌써 육갑 짚을 준비 운동부터 한다. 《나목》

**겉보리 서 말만 있으면 처가살이하랴**(孰) 처가살이는 할 것이 못 됨을 이르는 말. ¶ …남편은 처가 식구와 같이 사는 걸 조금도 불편하게 여기지 않았다. 겉보리 서 말만 있어도 안 한다는 처가살이를 그는 아무도 불편해하거나 미안해하지 않도록 잘 해냈다. 〈환각의 나비〉

**게 눈 감추듯**(孰) 음식을 매우 빨리 먹어 버림을 이르는 말. ¶ 그들은 어머니가 급히 지은, 보리가 듬성듬성 섞인 밥을 한 그릇씩 게 눈 감추듯이 비웠다. 《나목》 ¶ 봉당이나 추녀 끝에서 더러운 아이들이 국에만 밥을 게 눈 감추듯이 먹어 치우고 엄마 치마꼬리에 숨어서 빈 그릇을 내밀었다. 《오만과 몽상 1》

**게딱지 같은 집** 아주 작고 초라한 집. ¶ 아무리 게딱지 같아도 방과 부엌과 뒷간은 갖추어야 집 구실을 하듯이 개성 집이라면 거기에다 화초석이라는 화초 놓는 긴 돌을 하나 덧붙여야 비로소 집이 된다. 《미망 1》

**계염** 부러워하며 시샘하여 탐내는 마음. ¶ "…엄마의 금니를 보고 있으면 사람의 집념, 계염 그런 게 확고한 모습으로 물질화해 버린 걸 보는 느낌이 들면서 저절로 지긋지긋해지게 마련이야."《도시의 흉년 1》

**겨끔내기** 서로 번갈아 하기. ¶종상이만 해도 양복과 두루마기를 겨끔내기로 입었지만 사람들은 양복쟁이라고 할 만큼 양복이 태가 났고 입을 줄도 알았지만 후성이만은 못했다.《미망 2》¶영감님이 숨을 거두자 일 거든답시고 겨끔내기로 드나드는 이 집 맏며느리인 진태 엄마의 동창계 친구 꽃꽂이 친구 동네 친구들은 말이 많고 웃기들을 잘했다.〈지 알고 내 알고 하늘이 알건만〉

**격앙(激昂)** 기운이나 감정 따위가 격렬히 일어나 높아짐. ¶한동안 그렇게 걷던 진이는 격앙한 수많은 벽보 사이에 희미한 먹글씨로 초라한 모조지에 아무렇게나 갈겨쓴 '자유주의 만세'란 문구를 본다.《목마른 계절》¶그녀는 화가 잔뜩 난 격앙된 소리로 외쳤다.〈꽃 지고 잎 피고〉

**겪음내기** 겨끔내기. ¶ "여름엔 베 고의적삼을 두 벌 지어 가지고 겪음내기로 빨아들였지…"《도시의 흉년 2》¶그 다음엔 혁주가 오고 또 그 다음 날은 황 여사가 오는 식으로 모자가 겪음내기로 드나들면서 문경이를 지치게 했다.《그대 아직도 꿈꾸고 있는가》

**견강부회(牽强附會)** 이치에 맞지 않는 말을 억지로 끌어 붙여 자기에게 유리하게 함. ¶ "…지는 게 이기는 거고 이기는 게 지는 거예요. 내 말 무슨 뜻인지 아셨죠?" 어쩌고 했던 말을 떠올리며 그는 유식이 견강부회할 수 있는 범위의 무한함에 구역질을 느꼈다.〈침묵과 실어〉

**결곡하다** (얼굴 생김새나 마음씨가) 깨끗하고 여무져서 빈틈이 없다. ¶꽃송이가 잘고 향기가 짙은 토종 국화는 엄동이 될 때까지 그 결곡한 자태를 흐트러뜨리지 않았다.〈엄마의 말뚝 1〉¶안개 속에서 눈이 왔나? 그러나 찻길과 보도블록에 눈의 흔적은 없었다. 눈처럼 희되 눈처럼 헤프지 않고, 훨씬 더 결곡했다.〈무중(霧中)〉

**결벽(潔癖)** 특별히 깨끗한 것을 좋아하는 까다로운 성격. ¶ "어디 그 모양으로야 돈암동까지 가겠소? 그냥 그 병원에 누워 있으면 어때서. 하 선생도 결벽이 지나쳐서."《목마른 계절》

**겸자(鉗子)** 날이 서지 않은 가위 모양으로 생긴 외과 수술 기구. ¶내 손에는 겸자를 쥐었던 자리와 큐렛을 쥐었던 자리 세 군데가 옹이처럼 뿌리 깊은 못이 박혀 있다. 웬만한 읍을 구성할 만한 인명을 처치한 흔적이다.〈그 가을의 사흘 동안〉

**경기(驚氣)** 어린아이가 경련을 일으키고 기절하는 병. (동) 나는 나의 잘잘못을 설명하기를 단념하고 울고불고 난동을 부리다가 경기를 일으켰다.《옛날의 사금파리》

**경멸(輕蔑)하다** 깔보아 업신여기다. ¶아마 그 아가씨들은 오늘밤 바람맞으리라. 그 여자는 길거리에서 바람이나 맞는 아가씨를 경멸했다. 동정의 여지없이 경멸했다.《살아 있는 날의 시작》

**곁두리** 끼니 외에 참참이 먹는 음식. 새참. 샛밥. ¶ "어느새 어쩐 일이시니까? 곁두리라도 차려 올리리까?" "아니요. 김심은 작은애네서 들겠소…"《미망 1》

**계고(戒告)** 경계하여 알림. ¶나는 그 섬뜩함을 내 아이와 나 사이에만 있는 눈에 보이지 않되 분명히 있긴 있는, 신비한 끈을 통한 계고였다고 생각했다.〈엄마의 말뚝 2〉

**고가(高價)하다** 값이 비싸다. ¶고가한 것일 뿐, 몰취미한 것들이 한껏 난잡하게 집합하여 있을 뿐, 집합한 것끼리 서로 사귀어 관계를 맺을 맥락이 없었다. 그래서 그것들은 빈집에 인부가 막 부린 가구들처럼 뿔뿔이 있었다.《도시의 흉년 1》

**고고(呱呱)의 소리** 고고지성(呱呱之聲). 아이가 막 태어나서 처음으로 우는 소리. ¶귀는 또 어찌나 밝으신지 삼시 진지 외에도 어디서 입맛 다시는 소리만 나도 "얘들아, 느들만 먹지 말고 나 좀 다우. 늙은이 몰래 느들만 먹으면 죄받는다." 하고 고고의 소리처럼 생경하고 앳된 소리로 보채신다.〈집 보기는 그렇게 끝났다〉¶(근수는)…고고의 소리처럼 싱싱한 자기 목소리를 갖고 싶었다.〈그림의 가위〉

**고기도 먹어 본 사람이 많이 먹는다(속)** 무슨 일이든지 늘 하던 사람이 더 잘한다는 말. ¶"괴기도 먹어 본 사람이 잘 먹는다더니, 자네 식성은 과연 굉장하군. 기운깨나 쓰지? 돈은 안 부러워도 그저 하난 부럽구먼. 훔쳐 가질 수 있는 거라면 당장 훔치겠네."〈유실〉

**고기도 저 놀던 물이 좋다(속)** 평소에 낯익은 제 고향이나 익숙한 환경이 좋다는 말. ¶고기도 놀던 물이 좋다더니, 사람도 살던 데가 이렇게 좋은 것을, 하면서 할머니가 기지개를 켜듯이 마음껏 느긋하고 만족스럽게 굴 적에는 옛날 이 집에 살던 할머니가 돌아온 게 아닌가 싶기도 했다.〈환각의 나비〉

**고깝다** 섭섭하고 애석한 느낌이 있다. (동) 오늘 장사가 좀 잘 안돼서 그런지 말씨가 퉁명스럽긴 했지만, 나쁜 말은 아닌데도 수남이는 고깝게 듣는다.〈자전거 도둑〉

**고담(枯淡)하다** 글이나 그림 따위의 표현이 꾸밈이 없고 담담하다. ¶늘 고담한 물빛 항아리를 그리던 부수수한 사나이.〈세상에서 제일 무거운 틀니〉¶한때 다채로웠던 잎의 허영도 지금은 고담한 갈색으로 퇴색하여 대지를 향해 조용히 침잠하고 있었다.〈저문 날의 삽화 5〉

**고래 등 같다** 집이 덩실하게 매우 높고 큼을 이르는 말. ¶중문을 지나면 고래 등 같은 기와집이 높이 솟아 있고 마당의 꾸밈이 운치스러워 볼 만했다.《미망 1》¶(박승재의)…적선정 집은 안팎 굴도리에 부연 달린 고래 등 같은 기와집이었다.《미망 3》

**고래 싸움에 새우 등 터진다(속)** 강한 자들끼리 싸우는 통에 아무 상관도 없는 약한 자가 중간에 끼어 피해를 입게 됨을 이르는 말. ¶"…암요. 그 틈바구니에서 우린 돈을 벌자 이 말씀 아닙니까요. 고래 싸움에 새우 등 터지는 게 아니라 한심한 양반님네들 싸움에 송상은 더욱더 치부를 하자 이 말씀이야요."《미망 1》

**고력(古曆)** 옛날의 달력. ¶이모의 표정에서 늘 나이를 헷갈리게 만들던 주책스러운 여자 끼가 가시고, 나이 먹은 여자 특유의 고력처럼 시효를 잃은 위엄만 남았다.《도시의 흉년 2》

**고립무원(孤立無援)** 고립되어 구원을 받을
데가 없음. ¶우리가 살고 있는 꼭대기 쪽
에 사람이 살고 있는 집은 우리 집밖에 없
었다. 고립무원이었다. 《그 산이 정말 거
기 있었을까》

**고명딸** 아들만 여럿 있는 집의 외딸. ¶곱
단이는 범강장달이 같은 아들을 내리 넷
이나 둔 집의 막내딸이자 고명딸이었다.
〈그 여자네 집〉

**고목에 꽃이 핀다(속)** 죽은 나무에 꽃이 핀
다. 다 망하여 버렸던 것이 다시 소생하여
활기를 띠게 되는 경우를 이르는 말. ¶
"…손 끊긴 집안에 손이 생겼으니 우리 집
안도 고목나무에 꽃핀 셈이 되는 거죠. 아
마 업둥이가 들어왔다면 동네방네 입 가
진 사람은 한마디씩 경사 났다고 안 허는
사람 없을 거구먼요…"〈그 가을의 사흘
동안〉 ¶"…배 교수님은 오늘 우리 백수
회 회원도 되셨겠다, 또 고목나무에 꽃 필
날도 머지않았겠다. 안 그렇습니까요? 배
교수님."〈천변풍경〉

**고삐 풀린 망아지(속)** 굴레 벗은 망아지. 구
속이나 통제에서 벗어나 몸이 자유로움
을 이르는 말. ¶말이 아이들이지 이미 고
등학생인 아이들은 덩치가 초희보다 훨
씬 컸고, 시험이 끝난 날 오후의 아이들의
모습엔 고삐 풀린 망아지 같은 생기와 해
방감이 충만해 초희는 까닭 모를 두려움
에 사로잡혔다. 《휘청거리는 오후 2》 ¶애
리 엄마는 말을 마치고 획 돌아서서 출구
를 통과했다. 출구를 통과해서 저만치 돌
아보면서 손을 흔드는 모습은 고삐 풀린
망아지처럼 거침없이 자유스러워 보였다.
《살아 있는 날의 시작》

**고사를 지내다** 어떤 일이 이루어지기를 아
주 간절하게 바라다. ¶"…괴기 먹고 기운
차려 내 아들 보고 죽을란다. 내 아들 보
기 전에 아무리 죽으라고 고사를 지내도
안 죽는다. 안 죽어."〈집 보기는 그렇게
끝났다〉

**고색창연(古色蒼然)하다** 오래되어 예스러
운 모습이 그윽하다. ¶편안하고 조용히
있을 때의 송 부인의 모습은 노망기 없이
품위 있고 고색창연했다. 《살아 있는 날의
시작》

**고생 끝에 낙이 있다(속)** 어려운 일이나 고
된 일을 겪은 뒤에는 반드시 즐겁고 좋은
일이 생긴다는 말. ¶"크게 불리진 못해
도 위험하지 않은 한도 내에서 불리도록
해볼게요. 아저씨, 반드시 고생 끝에 낙이
있을 거예요. 집도 사시고 장가도 드시고
하셔야죠."〈내가 놓친 화합〉

**고생을 사서 한다(속)** 여러 가지 정황을 보
고는 자신이 스스로 어려운 일을 맡아서
고생을 한다는 말. ¶현은 집을 나가 고생
을 사서 하면서 의학 공부를 한다고 했다.
《오만과 몽상 1》

**고소원(固所願)이나 불감청(不敢請)이라** 본
디부터 바라던 바이나 감히 청하지 못하
는 터이라. 불감청이언정 고소원이라. ¶
경영주와 수지 타산, 그 두 가지에 대해선
절대로 신경 쓰지 말고 오로지 좋은 잡지
만드는 데만 힘쓰라는 게 경영주의 소신
이나 부탁이었고 경영주는 그걸 몸소 실
천해서 좀처럼 자기를 나타내는 법이 없
었다. 고소원이나 불감청인 좋은 주인이
었다.〈침묵과 실어〉 ¶시집갈 때 혼수를
간소하게 하라는 간절한 요청은 불감청이

언정 고소원이어서 부잣집과 사돈을 맺는 데 따르는 부담감을 일시에 벗겨 주었다. 《아주 오래된 농담》 ¶ 나는 조카들과 의논해서 어머니를 번갈아 모시기로 했다. 조카들 또한 불감청이언정 고소원인 눈치였다. 〈엄마의 말뚝 3〉

**고수레** 민간 신앙에서, 무당이 굿을 할 때, 귀신에게 먼저 바친다는 뜻으로 음식을 조금 떼어 던지는 일. ¶ 그 앞에는 뭔가를 비는 사람이 그치지 않았고, 굿당에 큰굿이 들었을 때도 거기다 먼저 고수레를 했기 때문에 그 앞엔 떡 부스러기가 늘 널려 있었다. 《그 많던 싱아는 누가 다 먹었을까》

**고수련** 앓는 사람의 시중을 들어 줌. ¶ "…애기·서는 사람 고수련하랴, 그 대단한 법관 사위 대접하랴 눈코 뜰 새 있을 줄 알아…"《도시의 흉년 3》

**고스란하다** 건드리지 아니하여 조금도 축이 나거나 변하지 아니하고 그대로 온전하다. (산) 〈나는 문학 동네〉…소식에 어둡고 잘 어울리지 못하고 쭈뼛쭈뼛하면서도 그 동네에 대한 일말의 그리움은 신인 때처럼 고스란하다. 〈내 이야기에 거는 꿈〉

**고실고실** 털 따위가 기름기가 거의 없이 무질서하고 꽤 잘게 고부라져 있는 모양. ¶ 때맞춰 야미 파마장이가 집집마다 찾아다니며 계집애들을 꼬여서, 머리에 고약한 냄새가 나는 약을 칠하고 돌돌 말아 숯이 든 쇠집게로 집어 놓더니 고실고실 볶아 났다. 〈부끄러움을 가르칩니다〉

**고심참담**(苦心慘憺) 몹시 마음을 태우며 애를 쓰면서 걱정을 함. ¶ (그날부터 사나이는)…이 악마 같은 돌과의 싸움으로 고

심참담의 세월을 보냈다. 〈다이아몬드〉

**고얀** 성미나 언행이 도리에 벗어나는. ¶ "저런 고얀 놈이 있나…"《미망 2》

**고양이 낯짝 씻듯이** 눈에 보이는 데만 겨우 씻는 것을 이르는 말. (산) 가끔 딸에들 방을 청소해 줘야 할 때가 있다. 다 큰 애들이니까 저희들이 치우기로 돼 있지만 가끔 고양이 낯짝 씻듯이 눈에 보이는 곳만 겨우 쓸고 닦고 지내는 게 뻔하기 때문이다. 〈작은 손을 위한 나의 소망〉

**고양이 앞에 쥐**(속) 무서운 사람 앞에서 설설 기면서 꼼짝 못 한다는 말. ¶ 그 차갑고 콧대 센 며느리가 느닷없이 고양이 앞의 쥐가 된 데 잔혹한 쾌감을 느끼고 있었다. 《미망 1》 ¶ 고양이 앞의 쥐한테서 공포 외에 딴 표정을 읽는다는 것은 불가능했다. 《그 산이 정말 거기 있었을까》

**고양이 쥐 생각**(속) 속으로는 해칠 마음을 품고 있으면서, 겉으로는 생각해 주는 척함을 이르는 말. ¶ "난봉 한 번 폈다고요?" 그 여자는 얼떨결에 픽 웃고 만다. "그래 그 이상도 그 이하도 아냐. 이건 나만 편하자고 하는 소리가 아냐. 그렇게 생각하는 게 당신 신상에도 편하겠기에 하는 소리야." "고양이 쥐 생각해 주는 것만큼이나 고맙군요."《살아 있는 날의 시작》

**고양이도 낯짝이 있다**(속) 족제비도 낯짝이 있다. 너무도 염치없는 사람을 핀잔 주는 말. ¶ "무려 두 시간이나 기다렸단 말이야. 고양이도 낯짝이 있다고 좀 미안한 척이라도 해봐요. 이 빤빤한 아가씨야."《나목》 ¶ "우리 집으로 들어가요. 안 하던 시집살이를 지금 와서 시켜서 어쩌겠다는 거예요?" "안 돼. 우리 집으로 들어가야

돼. 그분들이 어디 당신 시집살이시키실 분들이야? 세상에 고양이도 낯짝이 있지 생각 좀 해봐?…〉〈이민 가는 맷돌〉

**고이고이** 매우 곱게. ¶흠이라곤 없이 고이고이 길러 자랑스럽게 넘겨주고 싶던 딸이었다. 〈사람의 일기〉

**고적(孤寂)** 외롭고 쓸쓸함. ¶…눈 속에선 무의무탁한 노인의 그것 같은 쓸쓸한 고적을 보았다. 《휘청거리는 오후 2》

**고주망태** 술에 몹시 취하여 정신을 가누지 못하는 상태. ¶"…요새 매일 송별흰데 오늘이라고 송별회 없겠수. 아마 자정에나 고주망태가 돼서 들어올 걸 같고 괜히 이 짓이라니까…"《도시의 흉년 1》

**고즈넉이** 말없이 다소곳하거나 잠잠하게. ¶그들은 지금 시름에 잠겨 있다기보다는 삶을 멈추고 정지된 시간 속에 고즈넉이 용해되어 있고, 나만 초조한 시간의 흐름에 휩쓸리고 있는 것 같았다. 《나목》 ¶바위와 소나무가 묵화처럼 고즈넉이 서 있었다. 《목마른 계절》

**고즈넉하다** 고요하고 아늑하다. ¶포성이 또 은은히 들렸다. 그러나 법당 안팎은 태고처럼 고즈넉했다. 《나목》 ¶…미풍도 낙화가 애석해 잠깐 쉬고 있는 듯 주위는 화창하고도 고즈넉했다. 〈세상에서 제일 무거운 틀니〉 ¶나는 아주머니의 눈이 젖어 오는 것처럼 느꼈으나 말씨는 침착하고 고즈넉했다. 〈겨울 나들이〉

**고혹(蠱惑)** 아름다움이나 매력 같은 것에 홀려서 정신을 못 차림. ¶사람 없는 산위, 판잣집 촌은 향수와도 같은, 아니 그것보다도 훨씬 더 집요한 그리움으로 그녀를 고혹하고 손짓했다. 《목마른 계절》

**고혹적(蠱惑的)** 아름다움이나 매력 따위에 홀려서 정신을 못 차리는. ¶다시 그 새침하도록 싸늘하고 고혹적인 병을 향해 내 전신은 온통 곤충의 촉각처럼 예민해진다. 〈어떤 나들이〉

**곡기를 끊다** 음식을 먹지 못하거나 먹지 아니하다. '곡기(穀氣)'는 곡식으로 만든 음식. ¶…박 씨는 가슴을 쥐어뜯었고 딸의 뒤를 따라갈 작정을 하고 곡기를 끊고 있었다. 《미망 1》

**곤곤하다** 매우 피곤하다. (산) 여름이면 몸이 곤곤해지는 체질 탓인지 여름에 길 떠난다는 건 늘 부담스러웠다. 〈신선놀음〉

**곤달걀 다루듯이** 대단치도 않은 것을 조심조심 다루는 것을 이르는 말. ¶손태복 씨가 오만상을 찡그리며 마나님을 향해 팔을 뻗었다. 마나님이 영감님을 겨드랑 밑으로 안아 곤달걀 다루듯이 조심조심 자리에 눕혔다. 《미망 2》

**곤드레** 술에 취하여 정신을 차리지 못하고 몸을 가누지 못하는 상태. ¶"술을 마셨는지는 몰라도 곤드레는 아니었어요.…" 《욕망의 응답》

**곤비(困憊)하다** 아무것도 할 기력이 없을 만큼 지쳐 몹시 고단하다. ¶행렬은 아주 더뎌서 곧 멎을 듯하면서도 여전히 앞으로 움직이고 있다. 너무도 무력해 스스로 멎을 힘조차 잃은 곤비한 행렬은 끝없이 계속된다. 《목마른 계절》

**곤조(ⁿ)** '근성(根性)'의 일본어에서 유래한 말로, 좋은 심성보다는 집요하고 고약한 성질을 말할 때 주로 씀. ¶"그래 애가 얌전하고 일 잘한다고들 하길래 나도 다행스럽게 여겼었지. 그렇지만 고아원 곤조

야 어디 가나?"《그해 겨울은 따뜻했네 1》

**곤죽탕** 질척한 밥이나 흙을 이르는 말. (산) 얼음을 깨고 바가지로 물을 퍼냈다. 그때 맨 밑바닥 걸쭉한 곤죽탕에서 힘차게 몸부림치는 게 있었다. 세 마리의 금붕어였다. 〈사소한 그러나 잊을 수 없는 일〉

**골골하다** 몸이 약해서 늘 조금씩 앓다. ¶ "요새 마누라가 골골해서 사는 게 말씀이 아니라."《나목》

**골마지** 된장, 김치 따위 물기 많은 음식물 겉면에 생기는 곰팡이 같은 물질. ¶남편이 좋아한다고 시어머니가 해 나르는 갓김치나 청국장 따위를 절대로 남편 상에 올리지 않았다. 골마지가 낄 때까지 내버려 뒀다가 일부러 시어머니 눈에 띄도록 했다. 〈꿈꾸는 인큐베이터〉

**골이 비다**⑪ 지각이나 소견이 없음을 낮잡는 뜻으로 이르는 말. (산) 다른 건 다 몰라도 그 신부가 골은 좀 빈 신부려니 하고 믿고 있다. 뭔가 지독한 열등감이 없이 어떻게 그렇게 많은 물량 공세로 나올 수가 있겠는가. 〈난 단박 잘살 테야〉

**골칫거리** 골치를 앓게 하는 사람이나 일. (동) 판잣집은 그 시절 이 도시의 가장 큰 골칫거리였습니다. 〈시인의 꿈〉

**곰삭다** 오래되어 푹 삭다. (산) 카메라가 빌붙듯이 좇는 무대 위의 주요 인사들이 하나같이 너무도 곰삭은 구면이어서 변화의 예감으로 황홀해하던 것도, 심지어는 그동안 살아 낸 세월까지도 무엇에 홀려 허방을 밟은 것처럼 허망하게 여겨졌다. 〈두부〉

**곰살궂다** 성질이 싹싹하고 다정하다. ¶그는…딴사람같이 낮고 곰살궂은 소리로 소곤소곤 속삭였다. 〈조그만 체험기〉

**곰살스럽다** 성질이 부드럽고 친절하고 다정하다. ¶갑순이 어머니는 분희에게 시집 쪽으론 먼 친척이나 친정 쪽으로 따지면 당고모뻘이라 그 측은해하는 눈치가 한결 곰살스럽다. 〈아직 끝나지 않은 음모 1〉

**곰상스럽다** 성질이나 행동이 싹싹하고 부드러운 데가 있다. ¶종상이의 말씨가 점점 더 곰상스러워졌다. 태남이는 까닭 없이 그 감겨 오는 말씨를 뿌리쳐야 할 것처럼 느끼면서 데면데면하게 말했다. 《미망 2》

**공구(恐懼)하다** 몹시 두려워하다. ¶오목이가 천 근의 무게처럼 힘겹게 건네준 건 표주박이었다. 은행알만 하고 청홍의 칠보 무늬가 아직도 영롱한 은 노리개였다. 수지는 벼락을 맞은 것처럼 공구해서 풀썩 바닥에 무릎을 꺾고 그것을 받았다. 《그해 겨울은 따뜻했네 2》¶세수하고 머리 빗고 난 할머니는 향불을 피우더니 무당처럼 생생하게 공구스러운 얼굴로 염불을 외기 시작했다. 《도시의 흉년 3》¶그때가 아직 우리가 새집을 지은 지 3년 안인 때라 사람들은 모두 집터 동티가 과연 무섭긴 무서운 거라고 혀를 내두르며 공구했다. 〈엄마의 말뚝 1〉

**공깃돌 놀리듯** 어떤 일이나 사람을 제멋대로 수월하게 다루거나 농락하다. ¶…온갖 화려한 가능성을 공깃돌처럼 놀리고 있는 줄 알았던 자기의 손아귀에 지금 쥐고 있는 게 고작 그 끔찍한 뚜쟁이의 뜬구름 같은 치맛자락이란 사실은 또 얼마나 놀라운가. 《휘청거리는 오후 1》¶병자를 요리조리 굴리고 주무르는데 그 말라빠진 노파가 어디서 그런 기운이 나는지, 거짓말 안 보태고 꼭 공깃돌 갖고 놀듯 하더라니까요. 아이들 말짝으로 환상적이었어요. 〈나의 가장 나종 지니인 것〉

**공깃돌 다루듯**　공깃돌 놀리듯. ¶허구한 날 똥 치고 씻기느라 공깃돌 다루듯 하던 영감님이건만 염습하는 것도 입관하는 것도 못 보게 했다. 〈지 알고 내 알고 하늘이 알건만〉

**공돌이(비)**　공장에 다니는 남자를 낮게 이르는 말. ¶"흥, 제까짓 게 유명해 봤자 공돌이야. 더군다나 오늘 일 같은 건 누가 시켜서 될 일이 아냐."《오만과 몽상 2》 ¶"…참 느이 신랑 뭐하는 사람이니?" "응 그저 평범한 공돌이야." "요샌 공돌이 세상 아니니? 아무튼 네가 시집간 건 사건이다."〈움딸〉

**공동(空洞)**　물체 속에 아무것도 없이 빈 것. 또는 그런 구멍. ¶…허무를 희롱할 수 있는 한 죽음은 감미로울 수 있었다. 그러나 주먹 속의 허무는 빠르게 자라서 그의 온몸에 공동을 만들기 시작했다.《휘청거리는 오후 2》

**공방살(空房煞)**　부부간에 사이가 나쁜 살. ¶"공방살이 끼었군." "네?" "공방살이 끼었다니까." "네에." 자명은 공방살이 두려워 가슴이 참새가슴처럼 할딱인다.《욕망의 응달 1》¶몇 군데서 한결같이 두 사람 사이에 공방살이 들었다고 했다는 것이다. 〈저녁의 해후〉

**공붓벌레**　공부밖에 모르는 사람. ¶김혜숙은 그가 담임 맡은 반에서 처음이자 마지막으로 내 본 수석 졸업생이었다. 집안 반

듯하고, 용모 깔끔하고, 타고난 머리도 우수한데다 좀 융통성 없는 공붓벌레이기도 해 서울대학에 무난히 합격을 했다. 〈J-1 비자〉

**공소(空疏)하다**　내용이 별로 없고 짜임이 허술하다. ¶내가 갖고 있는 행복의 조건들이 표절한 미사여구처럼 공소하게 느껴지기도 했다. 〈지렁이 울음소리〉

**공수**　무당이 원한을 품고 죽은 사람의 넋을 풀 때, 죽은 사람의 뜻이라고 하여 전하는 말. ¶…그때의 박수의 공수에 의해 올해부터 아버지와 오빠의 제사를 절에서 나마 받들기로 한 것이다. 〈부처님 근처〉

**공수래공수거(空手來空手去)**　빈손으로 왔다가 빈손으로 간다는 말. ¶죽음의 허무를 공수래공수거라는데 나는 그것만도 못하잖아. 온전한 빈손조차 못 되는 이 토막난 왼손―.《휘청거리는 오후 2》

**공수를 주다**　무당이 공수를 전하여 말하다. ¶그러나 무당이 오색의 기를 휘휘 말아 구경꾼들한테 내밀어 뽑게 하고 공수를 주는 소리는 알아듣지도 못하면서 거짓말이라고 여겼다.《그 많던 싱아는 누가 다 먹었을까》

**공순이(비)**　공장에 다니는 여자를 낮게 이르는 말. ¶"…다 안다구 다 알아. 공순이 노릇도 좀 했겠구 주전자 운전사 노릇도 꽤 했겠는데 뭘 그렇게 도도하게 굴고 있어. 자아 한 곡조 뽑아. 어서." 〈돌아온 땅〉¶하긴 공순이들은 대학생에 약했다. 가짜 대학생에게 속아 넘어가 신세를 망치는 수도 흔했으니, 〈티타임의 모녀〉

**공짜라면 양잿물도 마신다(속)**　돈 안 주고 공으로 생기는 것이면 무엇이나 즐겨 먹

는다는 말. ¶난 이래 봬도 공짜라면 양잿물도 마시는 그런 놈은 아닌 걸 선생도 알고 있는 게 좋을 거요.《오만과 몽상 2》

**공치다** 돈벌이를 하려던 그 날의 일을 못하다. (산) 사람 마음이란 누구나 조금씩은 나막신 장수와 짚신 장수 어미를 닮았음인가. 기다리던 비건만 그들이 너무 오래 공을 치지 않도록 알맞게 왔으면 싶다.〈우산〉

**곶감 꼬치에서 곶감 빼 먹듯**㉪ 애써 알뜰히 모아 둔 재산을 조금씩 조금씩 헐어 써 없앰을 이르는 말. ¶저축도 좀 있어서 출산 비용 하고도 2년은 먹고 살 수 있는 목돈이 수중에 있었다. 생후 2년 동안은 아이도 한참 손이 갈 시기이니 목돈을 곶감 꼬치 빼 먹듯이 빼 먹으면서 온갖 시름 다 잊고 아이 기르는 일에만 전념할 작정이었다.《그대 아직도 꿈꾸고 있는가》

**과공(過恭)이 비례(非禮)라**㉪ 지나친 공손은 예가 아니라는 뜻으로, 도에 넘치게 사양할 때 그러지 말라고 권고하여 이르는 말. ¶"겨우 그 말씀을 하시려고 예까지 납시었단 말씀이오? 부인께서 염려해 주신 것만도 과람했거늘, 과공은 비례라더니만 안 오시었으면 좋을 뻔했습니다." 태임이는 비웃음을 감추지 않고 도도하게 말했다.《미망 3》

**과람(過濫)하다** 분수에 넘치다. ¶"당신은 나한테는 과람해요" "나는 미혼모일 뿐이에요. 게다가 처녀 과부, 징그럽지도 않아요?" "당신은 내 신부론 너무 과람해요"《욕망의 응달》 ¶"…여전히 호화판으로 산다는 소문은 듣고 있지만 이 정도의 아파트라면 별로다 얘. 하긴 혼잣몸이니까

삼십 평도 과람하긴 하지."〈쥬디 할머니〉

**과부 사정은 과부가 안다**㉪ 과부 설움은 과부가 안다. ¶"…과부 사정은 과부가 안다더니, 까딱하단 과부가 과부 잡겠어요."《그 산이 정말 거기 있었을까》 ¶"자네 정말 너무하는군그래. 사람이 그럴 수야 있나. 과부 사정은 과부가 안다고 없는 사람 사정은 없는 사람이 알아줘야지 자네가 중간에서 한술 더 뜰 건 또 뭔가?"《오만과 몽상 2》

**과부 설움은 과부가 안다**㉪ 남의 곤란한 처지는 직접 그 일을 당해 보았거나 그와 비슷한 처지에 놓여 있는 사람이 잘 알 수 있음을 이르는 말. ¶"과부 설움은 과부나 안다더니만, 우리 성님이야말로 생과부 며칠에 벌써 독수공방을 못 참고 우리를 붙드는 것 좀 봐."《도시의 흉년 1》 ¶과부 설움은 과부가 안다고 혼잣손으로 자식 기르고 사는 여편네끼리 도와 가며 살자고서 마담이 말했다지만〈흑과부〉

**과부 설움은 홀아비가 안다**㉪ 과부 설움은 과부가 안다. ¶"…늙을수록 짝이 있어야 한다고요. 하긴 그쪽 사정은 배 교수님이 어련하실려고요. 과부 설움은 홀아비가 알아줘야지 누가 알아줍니까? 안 그렇습니까? 배 교수님."〈천변풍경〉

**과부는 은이 서 말이고 홀아비는 이가 서 말이라**㉪ 과부는 돈을 모으며 알뜰히 살아도 홀아비는 생활이 곤궁하다는 말. ¶"…근데 자네한테만 말인데, 이 생활도 나쁘진 않아. 과부는 은이 서 말이고 홀아빈 이가 서 말이란 소린 다 케케묵은 옛날 얘기야…"《서 있는 여자》

**과육(果肉)** 과일의 살. ¶초희가 미장원에

서 돌아왔다. 화장기 없는 맨살이 과육처럼 싱싱하다.《휘청거리는 오후 1》

**관옥(冠玉)** 남자의 아름다운 얼굴을 이르는 말. ¶"아기씨는요?" "난 아직 못 봤지만 눈에 선하다네, 그 아이는 관옥 같다네."《미망 1》¶나는 보리수나무가 세월을 거꾸로 먹어 50년 전엔 그 무성한 그늘에서 관옥같이 아름다운 청년이 단꿈을 꾼 것 같은 착란에 빠졌다.〈그 남자네 집〉

**괄괄하다** 성미가 급하고 과격하다. ¶"어떤 할아버지 뒤를 따라간 생각이 나요. 키가 크고 어깨가 구부정하고 목소리가 괄괄하고 구두쇠였어요…"〈재이산(再離散)〉

**괄하다** 화력이 강하다. ¶석쇠 밑에 두 개의 연탄불이 한참 괄했으므로 은행알은 곧 불꽃을 일으키며 껍질을 벗고 미라처럼 고운 속살을 드러냈다.〈내가 놓친 화합〉¶고층 건물 모서리에 걸려 있는 석양은 괄한 숯불처럼 이글거리고 있었다.〈너무도 쓸쓸한 당신〉

**광분(狂奔)** 어떤 목적을 이루기 위하여 미친 듯이 날뜀. ¶벗꽃은 지면서도 공터뿐 아니라 대기를 온통 채웠다. 그것은 낙화가 아니라 광분이었다.〈저물녘의 황홀〉

**광포(狂暴)** 미쳐 날뛰듯이 매우 거칠고 사나움. ¶이런 광포한 생각이 내 내부에서 세차게 회오리쳤다.《도시의 흉년 2》

**광희(狂喜)** 미칠 듯이 기뻐함. ¶국군이든 미군이든 만나는 대로 열띤 박수와 만세를 보내고 태극기를 흔들고 뜻 없는 고함을 고래고래 지르고 웃다가 울고, 문자 그대로 광희가 거리거리를 넘쳤다.《목마른 계절》¶1950년 9월 28일 서울이 수복되자 시민들의 기쁨은 가히 광희였다.〈복원되지 못한 것들을 위하여〉

**괴다** 특별히 귀여워하고 사랑하다. ¶…할머니는 모르는 소리 좀 작작 하슈. 끼고 다니는 것도 낙이라우, 하는 것이었다. 또 늙은이하고 아이들은 괴는 대로 괴게 마련이라우, 하기도 했다.〈쥬디 할머니〉

**괴불** 괴불주머니. 어린아이가 주머니 끈 끝에 차는 세모 모양의 조그만 노리개. ¶우리는 그 집을 괴불 마당 집이라고 불렀다. 마당이 괴불처럼 세모였기 때문이다.《그 많던 싱아는 누가 다 먹었을까》

**굉음(轟音)** 몹시 요란하게 울리는 소리. ¶가까운 곳에서 폭격이 있는 듯 꽝, 우르르 하는 심한 굉음 끝에 유리창이 곧 박살날 듯이 흔들린다.《목마른 계절》

**구관이 명관이다(속)** 나중 사람을 겪어 봄으로써 먼저 사람이 좋은 줄을 알게 된다는 말. ¶"…더 돈 많이 들여 벼슬 산 원님 배에 잔뜩 발기름이 끼게 하려면 구관이 명관이란 신음 소리가 저절로 나올 게 뻔헌걸."《미망 1》

**구구절절(句句節節)** 말 한 마디 한 마디. ¶이런 뻔한 애기를 왜 그렇게 구구절절 정성을 다해 호소했을까. 안 되는 건 안 된다고 단숨에 윽박질러 버렸으면 좋았을 것을.《그 산이 정말 거기 있었을까》

**구더기 무서워(서) 장 못 담글까(속)** 다소 방해되는 것이 있다 하더라도 마땅히 할 일은 하여야 함을 이르는 말. ¶구더기 무서워 장 못 담그는 식으로, 당하면 그때 가서 대책을 마련하리라는 배짱도 없이 그런 일이 생겼을 때 자기 꼴 우습게 될 것만을 지레 짐작하고 망설이는 건 남의 이목 때문이기도 했다.《살아 있는 날의

시작》 ¶ "너무 심각하게 생각하는 것도
병이야. 구더기 무서워서 장 못 담글 수는
없잖아. 아니꼽든 메스껍든 꾹 참고 어떡
허든지 그놈의 관문을 통과하고 볼 일이
야…"《미망 3》

**구더기 밑살 같다** 아주 누추하고 상스럽
고 구질구질한 모습을 이르는 말. ¶ 초희
는 그녀가 엿보고 엿뵌 것을 함께 구기고
찢어서 쓰레기통에 내던질 수 있다면 얼
마나 시원할까 하는 생각을 한다. 누가
못 할 줄 알고. 이 구질구질한 구더기 밑
살 같은 성공에 흙칠, 아니 똥칠인들 못
할 줄 알구.《휘청거리는 오후 2》 ¶ 구태
여 엄마 말도 빌릴 것도 없이 구더기 밑
살 같은 살림이 구질구질하게 널린 방 속
이지만 아랫목은 따습고 나는 편하고, 이
모도 나 때문에 행복해한다.《도시의 흉년
1》 ¶ "사흘 굶어 도적질 안 하는 사람 없
다고, 어쩌겠나. 벼슬아치니 아전이니 하
는 허가 맡은 도적들한테 이리 빼앗기고
저리 빼앗기고 하다 못해 구더기 밑살 같
은 세간살이까지 분탕질을 당해서 끼니가
간데없는데 철없는 어린것들은 배고프다
악마구리 끓듯 하면 공자님인들 눈이 안
뒤집히겠나.《미망 1》 ¶ 세상에 요즈음은
아무리 구더기 밑살같이 사는 집구석이기
로서니 이는 없이 살건만 이게 웬일일까.
〈카메라와 워커〉

**구뜰하다** 구뜰하다. ¶ 어머니는…내 가쁜
숨결이 채 가라앉기도 전에 밥상을 들여
오고 이내 구뜰한 찌개 냄새라도 풍기면
나는 쉽사리 마음이 놓였다.《나목》

**구뜰하다** 변변하지 않은 국이나 찌개 따위
의 맛이 제법 구수하다. ¶ 그때 할머니 행

주치마에서 풍기던 구뜰하고 시척지근한
냄새는 그를 묘하게 편안하게, 울고 싶도
록 편안하게 했었다.《휘청거리는 오후 1》
¶ …밥이 뜸 드는 냄새, 그리고 우리 집
된장만의 그 구뜰한 냄새, 이런 것들이 서
로 어울려 집안을 자욱하게 채우고 있었
다.《그 산이 정말 거기 있었을까》

**구렁이 담 넘어가듯**⦗속⦘ 일을 분명하고 깔
끔하게 처리하지 않고 슬그머니 얼버무려
버림을 이르는 말. ¶ 허성 씨는 무심히 우
리끼리니까 말씀인데요를 말 사이에 삽입
하며 그 말이 문기범 씨가 즐겨 쓰던 말이
란 생각을 한다. 그 말을 할 때의 문기범
씨의 사교적인 친숙함과 어딘지 구렁이
담 넘어가듯 음흉한 태도도 아울러 떠올
린다.《휘청거리는 오후 2》 ¶ "구렁이 담
넘어가듯이 어느 틈에 슬쩍 이 병원을 옮
기고부터는 사모님 공치사까지 듣는다고
요.《오만과 몽상 1》

**구리만주** 일본어로, 겉은 밤색으로 속에는
흰 팥을 넣은 생과자. ¶ 이를테면 어떤 연
속극은, 거피한 다디단 흰 팥이 노르께하
게 구워진 겉꺼풀에 살짝 싸인 구리만주
같은가 자못 우울우물 맛있어하는가 하
면, 〈지렁이 울음소리〉

**구메구메** 남모르게 틈틈이. ¶ 태임이는 그
다음 상경 때부터 정말 그렇게 했고 그게
딸네 집에서 신세 지는 것보다 속 편했다.
그 대신 상경할 때마다 구메구메 양식이
랑 잡곡이랑 먹을 걸 날랐다.《미망 3》 ¶
동생은 음식 솜씨가 좋다. 구메구메 해 놓
고 가는 밑반찬은 누가 맛있다고 칭찬만
해 주면 아낌없이 덜어 줄 수 있을 만큼
넉넉하기도 하다. 〈그리움을 위하여〉

**구미구미** 구메구메. 〈방언〉 ¶이들 자매는 그래도 이 집 군식구들 중에선 가장 가까운 외손녀들이어서 외할머니가 끼니 외에도 구미구미 주전부리까지 시켰음에도 불구하고 그 밑 빠진 허기증은 오히려 다른 아이들보다 더하면 더했다.《그해 겨울은 따뜻했네 1》

**구비지다** 굽이지다. 한쪽으로 구부러져 돌다. ¶내리막길은 올라올 때와는 다르게 구불구불 구비지고 덜 가팔랐다.〈엄마의 말뚝 1〉

**구사일생(九死一生)** 죽을 고비를 여러 차례 넘기고 겨우 살아남을 이르는 말. ¶살아남은 자는 제각기 구사일생이나 간발의 차이를 안 거친 이가 없었으니, 천명이 아닌 이 또한 없었다.《그 많던 싱아는 누가 다 먹었을까》

**구순하다** 사이가 좋다. 의좋다. ¶"…새사람 들어와서 모처럼 구순해진 집안에 평지풍파 일으키지 말게."《미망 3》

**구슬이 서 말이라도 꿰어야 보배⟨송⟩** 아무리 훌륭하고 좋은 것이라도 다듬고 정리하여 쓸모 있게 만들어 놓아야 값어치가 있음을 비유적으로 이르는 말. ¶평생 호사하고 살 만한 의복을 꿰매고도 남을 만한 피륙이었지만 구슬이 서 말이라도 꿰어야 보배라고 바느질을 하지 않고는 혼수라고 할 수가 없었다.《미망 2》

**구재** 구들재. 방고래에 앉은 그을음과 재. ¶외딴집이건만 쓸 만한 건 구재까지 퍼간 듯 내려앉은 구들장을 드러낸 자국이 여우굴처럼 괴기스러웠다.《미망 2》

**구쥐쥐하다** 구지레하다. 〈방언〉 ¶…아줌마들은 비로드 치마를 허리까지 걷어 올리고 구쥐쥐한 인조 속치마에 싸인 넓적한 궁둥이를 타일 바닥에 붙이고 앉아 버석버석 씹고 마시기가 한창이었다.《나목》

**구지레하다** 지저분하고 더럽다. (산) 그녀의 노상 방뇨는 무사히 끝났다. 그녀는 다시 구지레하고 평범한 여인이 되어 양동이를 이고 유유히 사람들 틈으로 사라져 갔다.〈노상 방뇨와 비로드 치마〉

**구진(久陳)하다** 음식이 만든 지 오래되어 맛이 변하다. ¶할머니는 내 몸에서 나는 구진한 묵은 김치 냄새를 부엌데기 냄새라고 싫어했었다.《도시의 흉년 1》

**구찌(日)** 일본어 '구찌[口]'에서 온 말로, 고정적 일자리가 아니라 한탕 해 먹고 빠질 수 있는 임시적이고 큰 이익을 기대할 수 있는 일거리에 주로 많이 씀. ¶"…전에도 더러더러 그런 구찌가 있긴 있었지만 구찌가 워낙 커놔서 허 선생님 형편엔 어떨까 싶어 침은 넘어가는데도 감히 말을 못 붙이고 있다가 이번 구찐 꼭 알맞기도 하려니와 조명 공사니까, 뭐니 뭐니 해도 조명은 허 선생님 전문 분야 아녜요?"《휘청거리는 오후 2》 ¶그동안 하도 안달을 하면서 살길래 행여 큰 계나 몇 구찌 든 줄 알았더니 겨우 고지식하게 은행 적금 하나 들었더냐고 빈정대기까지 했다.〈서글픈 순방〉

**국물도 없다** ① '아무 이익이 없다'를 속되게 이르는 말. ¶"…당신이 회전의자 돌리고 앉았으니까 뭘 울궈먹을 건덕지라도 있을까 해서들 그렇게 드나드는 거죠? 그렇지만 일찌감치들 속차리라고 그래요. 국물도 없으니까."《도시의 흉년 1》 ② 어림도 없다. ¶"…사모님 댁이니까 내가 큰

맘 먹고 해 드리지 딴 댁 같으면 국물도 없다고요. 장사를 하면 아무리 쉬엄쉬엄 놀면서 해도 하루 삼천 원 벌이야 못 할라구."〈흑과부〉

**국으로** 제 생긴 그대로. 또는 자기 주제에 맞게. ¶나도 따라 나가고 싶었지만 달갑게 여기는 것 같지 않아 국으로 가만히 있기도 했다.《그 산이 정말 거기 있었을까》 ¶"…그 양반 국으로 있었으면 처자식하고 깨가 쏟아지게 살 양반이 그때 암만해도 제정신이 아니었나 봐…"〈돌아온 땅〉

**군계일학(群鷄一鶴)** 많은 사람 가운데 뛰어난 인물을 이르는 말. ¶그 여자는 자기가 그토록 공을 들이고 절절한 애정을 기울여 키운 아이가 군계일학처럼 뛰어나지 못하고 그저 그런 보통 아이란 걸 생각할 때마다 억울하고 불쌍해서 가슴이 찐했다.〈꽃 지고 잎 피고〉

**군돈** 크게 노력하여 번 돈이 아닌, 우연찮게 생긴 돈. ¶군돈이 생기는 자리도 아니었고 설사 그럴 만한 자리에 있대도 그럴 위인들이 못 되는 것까지 양쪽 집 남편은 서로 닮아 있었다.《서울 사람들》

**군식구** 본식구 외에 덧붙어서 얻어먹고 있는 식구. (산) 6·25 동란으로부터 휴전이 되기까지의 시기, 우리 집에 군식구가 끊길 날이 없었다.〈넉넉해지기〉

**군실거리다** 벌레가 살갗에 기어가는 느낌이 자꾸 들다. ¶그는 불과 일 년도 안 되는 세월이 그에게 입힌 때의 두께가 군실거려 어깨를 움츠렸다.《오만과 몽상 1》

**군우물** 먹을 수 있는 우물이 아니라 논 옆에 있는 작은 저수지. ¶아무렇게나 던진 것 같은 돌은 하나같이 저만치 텅 빈 논 귀퉁이에 동그랗게 고인 군우물에 가서 꽂혔다.《미망 2》 (산) 논에는 또 군우물이라는 걸 두고 있었다. 군우물은 논 한쪽 귀퉁이에 파 놓은 우물보다는 크고 연못보다는 작은 웅덩이였는데 어린이에게는 깊이를 알 수 없는 충충한 것이었다.…그 안에서 샘이 솟는 건지 흐르는 물을 가둔 건지도 확실하지 않지만 작은 저수지의 구실을 하지 않았나 싶다.〈내가 잃은 동산〉

**군입정질** 때 없이 군음식으로 입을 다시는 짓. 군입질. ¶"조년, 조 앙큼한 년이 시에미 몰래 군입정질하는 것 좀 봐…"〈울음소리〉

**굳은 땅에 물이 괸다(속)** 헤프게 쓰지 않고 아끼는 사람이 재산을 모으게 됨을 비유적으로 이르는 말. (산) 만약 그 시절에 그런 기막힌 불로 소득의 못된 바람이 들었더라면, 어찌 물도 굳은 땅에 고인다는 신념 하나로 땀 흘려 일하고 근검절약하는 육십 년대를 맞이할 수 있었으랴.〈50년대 서울 거리〉

**굴뚝같다** (무엇을 하고 싶은 생각이) 간절하다. ¶"여보 밥 좀 주구려. 며칠 여관밥을 먹었더니 내 집 밥 생각이 굴뚝같구만."《휘청거리는 오후 2》 ¶따뜻하고 사람 많고 향락적인 장소에 가 있고 싶단 생각이 굴뚝같았으나 최 기사를 만나러 가야만 했다.《도시의 흉년 3》 ¶아무리 힘든 일을 시켜도 안쓰럽지 않던 장사 같은 흑과부 생각이 굴뚝같을 때가 많았다.〈흑과부〉

**굴러 들어온 복이다** 자신이 노력한 것이 아니고 저절로 얻게 된 복이라는 말. ¶그 황소 같은 놈이 무슨 생각으로 굴러 들어

온 복을 찾는지 아무리 생각해도 헤아릴 수가 없었다. 《미망 1》

**굴신스럽다** 궁상맞고 가난스럽다. ¶…아이들도 아니고 나이도 알 수 없이 굴신스럽게 찌든 여편네들한테 할머니 소리를 듣다니. 〈저녁의 해후〉

**굶기를 밥 먹듯 한다**⍩ 자주 굶는다는 말. ¶…매국노의 자손은 순풍에 돛단 듯이 관운을 타고, 무식하고 반골 기질만 강한 투사의 아들은 굶기를 밥 먹듯 하면서도 오기는 살아서 세상 돌아가는 꼴에 한탄만 일삼다가 제 자식 공부 하나 제대로 못 시키고 나이만 먹어 갔다. 《오만과 몽상 1》

**굽잡히다** '굽잡다'의 피동형. '굽잡다'는 남의 약점을 잡아 기를 펴지 못하게 하다. ¶(우희는)…미리 전화 연락도 없이 자고 들어와서도 자기의 외박에 대한 변명은커녕 어느 누구에게도 굽잡히려 들지 않았다. 눈에 거슬릴 만큼 당당하게 굴었다. 《휘청거리는 오후 1》

**굿 뒤에 날장구**⍩ 일이 다 끝나거나 결정된 후에 이러쿵저러쿵하는 것을 이르는 말. ¶"당신 때매 사람만 우습게 됐잖아? 굿 뒤에 날장구도 분수가 있지." 인철이 불쾌한 기색으로 안방을 기웃대며 투덜거렸다. 《살아 있는 날의 시작》

**굿이나 보고 떡이나 먹지**⍩ 남의 일에 쓸데없는 간섭을 하지 말고 되어 가는 형편을 보고 있다가 이익이나 얻도록 하라는 말. ¶굿이나 보고 떡이나 먹으라는 식으로 아버지의 간섭을 철저하게 배제하던 딸의 운명이 저런 추악한 여자에 의해 조작되었다는 게 생각할수록 분했다. 《휘청거리는 오후 2》 ¶기계를 발주만 해 놓고

잔금을 못 치러 법석까지 떨자 남상이도 정이 떨어져 숫제 굿이나 보며 떡이나 먹자 식의 속 편안한 구경꾼이 돼 있었다. 《오만과 몽상 1》

**굿해 먹을 집** 집안 되어 가는 꼴이 될성부르지 않고 심란한 모습. ¶고기는 알맞게 고아졌지만 아무리 뒤져도 파 한 뿌리, 마늘 한 톨이 없었다. 이런 굿해 먹을 집구석 봤나. 이렇게 욕지거리를 하면서도 경숙은 저녁을 거를 생각은 없었다. 《서 있는 여자》

**궁굴리다** 어떤 사물을 이리저리 굴리다. ¶싸움 끝에 있을 법한 것—이를테면 서로서로를 어루만지려 드는 시도를 하지 않고 각각 내던져진 듯한 삭막한 외로움 속에 자신을 궁굴리고 있었다. 《목마른 계절》 ¶…인왕산 자락을 타고 넘어 현저동을 거쳐 걸어 내려가는 게 운동도 되고 이 생각 저 생각 하염없이 궁굴릴 시간도 넉넉해서 좋았다. 《미망 3》

**궁극스럽다** 끝장을 보겠다는 듯이 태도가 극성스러운 데가 있다. ¶아무리 생각해도 재득이만 한 일꾼을 다시 만날 것 같지 않았다. 조금이라도 딴마음을 먹고서야 그렇게 궁극스럽게 일을 할 수는 없는 일이다 싶었다. 《미망 1》

**궁지에 빠진 쥐가 고양이를 문다**⍩ 막다른 지경에 이르게 되면 약한 자도 마지막 힘을 다하여 반항함을 이르는 말. ¶태임이의 목소리가 하도 당차서 종상이는 숨이 멎을 것 같았다. 그는 거의 궁지에 몰린 쥐가 고양이에게 대들 듯이 자초지종을 불기 시작했다. 《미망 1》

**궁하면 통한다**⍩ 매우 궁박한 처지에 이

르게 되면 도리어 펴 나갈 길이 생긴다는 말. ¶유 영감을 만나는 일에 대한 새로운 기대가 솟았다. 궁하면 통하게 돼 있다더니 꼭 무슨 좋은 일이 있을 것 같았다.《휘청거리는 오후 2》¶"형이 눈치챌 턱이 없잖아. 그래두 궁하면 통한다고 닥터 스톤한테 작별 인사하면서 혼인한다는 얘기를 했더니 요긴하게 쓰라고 돈을 좀 줍디다…"《미망 1》

**궤연(几筵)** 죽은 사람의 혼백이나 신주를 놓는 의자나 상과 그에 딸린 물건들. 또는 그것들을 갖추어 차려 놓는 곳. 영실(靈室). ¶인기척 없는 오두막집에 궤연을 둘러친 비단 휘장만이 유난히 호사스러워 나는 뭔가 섬뜩했다. 〈상(賞)〉

**귀가 번쩍 뜨이다** 뜻밖의 이야기에 강한 호기심이 생기다. ¶어느 날 남편이 혼잣말로 깊게 탄식하는 소리가 교하댁의 귀를 번쩍 뜨이게 했다. "에이구 불쌍한 것들. 수돗물 먹고 사는 경성 사람은 걸리지도 않는 병을 부모 잘못 만나…"〈가(家)〉

**귀가 여리다** 속는 줄도 모르고 남의 말을 그대로 잘 믿다. ¶…가끔 그렇지 못한 노인들이 회원이 되고 싶어 끼룩끼룩하다 못해 우리 회원 중 귀가 여린 회원을 붙들고 은근히 입회 청탁을 하는 일이 비일비재였지만 어림이나 있는 소립니까?〈천변풍경〉

**귀골스럽다** 귀한 집안 출신 같은 느낌을 주다. ¶…기생 따위가 주둔군의 천격스러움도 참아 내지 못하는 부윤의 귀골스러움과 일행일 수는 없는 일이었다.《미망 3》¶어머니는 그때 거기서 고생하시면서 이웃을 함부로 상것들 취급하는 것으로

자존심을 지키던 때 같은 터무니없는 귀골스러움을 잃고 계셨다. 〈엄마의 말뚝 1〉

**귀기(鬼氣)** 귀신이 나올 것 같은 무서운 기세. ¶도깨비불처럼 귀기가 돌게 창백한 불빛은 칸델라 불이었다. 〈그 남자네 집〉

**귀머거리 삼 년이요, 벙어리 삼 년이라**㈜ 여자가 출가하면 매사에 흉이 많으니, 귀머거리가 되고 벙어리가 되어 한 삼 년 살아야 한다는 말. (동) 죽어도 시집 울타리 밑에서 죽어야 한다더니, 시집 간 날부터 장님 삼 년, 벙어리 삼 년, 귀머거리 삼 년을 살고 나야 비로소 시집 식구가 될 수 있다더니 하는 소리는 어려서부터 골백번도 더 들은 소린데도 또다시 복습을 강요당합니다. 〈찌랍디다〉¶귀머거리 삼 년, 장님 삼 년, 벙어리 삼 년이라는 남존여비 시대의 며느리 도덕을 현민은 남녀평등 시대의 외아들의 결혼 계율로서 준수하고 있었다. 〈고부간의 갈등〉

**귀물(貴物)** 귀중한 물건. ¶시골에서 물감은 아주 귀물이었다.《그 많던 싱아는 누가 다 먹었을까》

**귀물스럽다** 귀중한 물건인 듯하다. ¶"요새 이런 걸 누가 먹어요?" "먹으라고 하냐, 보라고 하지. 좀 귀물스러우냐? 잘 사는 집 드나들며 별의별 것 다 얻어먹어 본 그 여자도 이 보리수단만은 처음 볼라."《서울 사람들》

**귀부리** 귀의 부리. (동) 삐뚤삐뚤하던 앞머리가 단 한 번의 가위질로 눈썹 위에 일직선으로 그어졌다. 좌우가 다르던 옆머리도 귀부리를 내놓을 만한 높이에서 정확하게 대칭의 사선을 그으며 뒤로 넘어갔다.《옛날의 사금파리》

**귀빠지다**비 '태어나다'를 속되게 이르는 말. ¶"내일이 오빠 생일이거든." "아니 이게 무슨 소리냐? 그럼 내일이 우리 수연이 귀 빠진 날 아니냐?…"《도시의 흉년 1》

**귀살스럽다** 일이나 물건 따위가 마구 얼크러져 정신이 뒤숭숭하거나 산란한 느낌이 있다. ¶과연 몇 날 며칠을 쓸고 닦고 도배하고 나니 한결 집 꼴이 되어 가긴 했지만 어머니가 왜 오직 뼈대 하나만 보고 그 귀살스러운 집을 샀나를 이해한 것은 나중이었다.《그 많던 싱아는 누가 다 먹었을까》 ¶집을 처음 산 걸 좋아하기보다는 저런 귀살스러운 집에서 어찌 살까 난감스럽기만 하던 오빠와 나도 매일매일 달라지는 재미에 학교만 갔다 오면 그 집에 붙어서 엄마를 거들게 됐다.〈엄마의 말뚝 1〉

**귀소(歸巢)** 집으로 돌아감. ¶"내가 언제 한 번이라도 외박하는 거 봤어? 이렇게 꼬박꼬박 기어들어 오잖아." 그게 남편의 대답이었다. 그럼 사랑이란 귀소하고 같은 건가?〈울음소리〉

**귀에 못이 박이다** 같은 말을 많이 반복하여 들어서 지겹다. ¶…사내놈이란 모조리 도둑놈이란 아버지의 남성관을 하도 여러 번 귀에 못이 박이게 들어서 이젠 아버지까지 도둑놈으로 보일 지경이라는 거였다.《도시의 흉년 1》 ¶참아야지, 여자가, 여자가 여자가…귀에 못이 박이게 들어 온 그 소리가 낡은 유성기 판처럼 어지러운 잡음과 함께 그 여자의 귓전에서 반복해서 울렸다.《그대 아직도 꿈꾸고 있는가》

**귀에 익다** 어떤 소리를 여러 번 들어 그것에 젖어 있다. ¶생소하지 않은 염불 소리여서 반가웠다. 생소하기는커녕 잘하면 따라할 수도 있으리만큼 귀에 익은 소리다.〈부처님 근처〉

**귀축(鬼畜)** 귀신과 짐승. (산) 미국과 영국은 사람의 탈을 쓴 귀축인 줄 알았다.〈운명적 이중성〉

**귀티** 귀하게 보이는 모습이나 태도. ¶늙어서도 옷태가 여전한 태임이는 단연 돋보였고 일본 순사나 조선 순사나 간에 귀티 부터엔 약했다.《미망 3》

**귀한 자식 매 한 대 더 때린다**속 자식이 귀할수록 매로 때려서라도 버릇을 잘 가르쳐야 한다는 말. 귀한 자식 매로 키워라. ¶"…귀한 자식에게 매질하는 아픈 마음으로 하는 욕이지 미워서 하는 욕은 아니니라."〈지렁이 울음소리〉

**귓결에 듣다** 귀담아 들으려는 생각 없이 우연히 듣다. '귓결'은 우연히 듣게 된 겨를. ¶지금 때가 어느 때라고 아직도 복덕방일까. 귓결에라도 그 흔해 빠진 ×× 개발, ○○ 부동산 소리도 못 들었나, 그러니까 맨날 저 모양 저 꼴들이지.《서울 사람들》

**귓전** 귓바퀴의 가장자리. ¶그 여자는 꼼짝도 안 하고 인철의 킬킬대는 소리를 들었다. 그리고 귓전을 간지럽히며 속삭이는 음탕한 소리를 들었다.《살아 있는 날의 시작》

**그 아버지에 그 아들**속 아들이 여러 면에서 아버지를 닮았을 경우를 두고 이르는 말. ¶"그 아버지의 그 자식들이로구나." "우릴 통틀어 경멸하는 소리는 삼가 줘. 아버진 거의 필사적으로 그 사실만은 숨

기려고 해…"《도시의 흉년 1》

**그냥저냥** 그럭저럭. ¶"젊은 사돈은 여전히 한양 장사 잘 허구요?" "그냥저냥요." 《미망 1》(산) 주인아저씨가 이래 가지고는 못 고른다고, 다 그게 그겁니다 하고 핀잔을 주었다. 그래도 B 부인은 독 고르기를 그냥저냥 끝낼 눈치가 아니었다. 〈항아리를 고르던 손〉

**그렇해지다** 그렇하게 되다. '그렇하다'는 눈물이 조금 글썽하다. ¶"…지금까지도 그래서 더욱 내가 송도 바닥에서 얼굴을 제대로 못 들고 다니지 않는, 사방에서 손가락질하는 것 같아서…" 부성이 눈이 벌써 그렇해졌다.《미망 2》¶그 여자는 눈물마저 그렇해지도록 힘겹게 그 국숫발을 삼키고 젓가락을 내던졌다. 〈꽃 지고 잎 피고〉

**그림의 떡**㊀ 아무리 마음에 들어도 차지할 수 없는 경우를 이르는 말. ¶터무니없이 비싼 옷을 맞춘다든지, 그림의 떡이던 사치로운 물건을 돈 계산할 필요 없이 손에 넣는 일에 자연스럽게 길들여지면서 자기는 바로 이런 생활을 위해 태어났다는 자신감 같은 걸 굳혀 가고 있었다.《휘청거리는 오후 1》¶나에게는 언제까지나 그림의 떡일 줄 알았던 미제 초콜릿 비스킷 캔디 따위가 어느 틈에 우리 집의 일상적인 주전부릿거리가 되었다.《그 산이 정말 거기 있었을까》

**극기**(克己) 자기의 감정이나 욕심, 충동 따위를 이성적 의지로 눌러 이김. ¶사랑하는 사이에 극기를 필요로 하지 않았기 때문에 아이가 생겼던 것처럼 극기를 필요로 하지 않고도 혼자 살 수가 있었다.《욕

망의 응답》

**극튼다** 서로 굵고 튼다. ¶"…어르신네 돌아가신 후에도 모자가 극튼지 않으면 먹고 살 수 없을 만큼 얻어 가진 게 없었드랬으니까요…"《미망 2》

**근검하다** 마음에 흐뭇하고 남 보기에 굉장하다. ¶할머니가 혼자 사는 아파트 거실 장식장엔…도합 여섯 개나 되는 번쩍거리는 자개 액자가 진열돼 있어서 사뭇 근검했다. 〈쥬디 할머니〉

**근뎅근뎅** 느슨하게 달려 있는 물체가 조금 위태롭게 자꾸 흔들리는 모양. ¶칠이 다 벗겨진 채 때가 더께로 앉은 마룻장은 근뎅근뎅 놀기도 하고 괴기한 소리로 삐걱대기도 했다.《그해 겨울은 따뜻했네 2》

**근지**(根地) 자라 온 환경과 경력. 근본. ¶"소문인즉슨 근지 모를 타관 거간들이 큰 삼포마다 돌면서 눈치껏 이상한 흥정을 붙인다고 합니다."《미망 1》¶"너는 근지 있는 집 자식이다. 본데없이 자란 이 동네 아이들하고 어울려 봤댔자 못된 물만 든다. 나가 놀지 마라." 엄마는 기생 바느질이나 하면서도 근지만 따졌다.《그 많던 싱아는 누가 다 먹었을까》

**근치법**(根治法) 병을 완전히 고치는 방법. ¶그 요법이 병세의 진전을 더디게 할 수 있을진 몰라도 근치법은 못 된다는 것쯤 알고 있었기 때문이다.《살아 있는 날의 시작》

**근친**(覲親) 시집간 딸이 친정에 가서 부모를 뵘. ¶한편 집에선 수빈이가 떠나고, 수희 언니가 근친을 다녀갔다.《도시의 흉년 2》

**글강 외듯** 경신년 글강(예전에, 서당이나

글방 같은 데서 배운 글을 선생이나 시관 또는 웃어른 앞에서 외던 일) 외듯. 누누이 부탁하는 것을 이르는 말. ¶"슬기가 어린애냐 보채게, 내일모레면 학교에 갈 년이." 슬기가 어린애가 아니란 소리는 돌 지나고부터 황 여사가 글강 외듯 왼 소리였다.《그대 아직도 꿈꾸고 있는가》 ¶…가난뱅이는 절대로 안 된다고 내가 글강 외듯 했는데도 지금 와서 가난뱅이를 끌어들이려고 해? 안 된다, 절대로 안 되고 말고. 또 한 번 공갈을 쳤다.〈맏사위〉

**글겅글겅** 무언가 자꾸 먹고 싶어 하는 모양. ¶…그 무렵에 동생들이 먹고 또 먹어대는 꼴이라니 영락없이 밑 빠진 가마솥이었다. 먹고 또 먹고도 빼빼 말라서 글겅글겅 온종일 먹을 것에 환장을 해 쌓았다.〈부끄러움을 가르칩니다〉

**글컹대다** 목 속에서 가래가 끓는 것 같은 소리가 나다. ¶어머니의 괴로운 기침 소리와, 목구멍에서 글컹대는 소리가 부엌까지 들렸다.《나목》

**긁어 부스럼**㈜ 아무렇지도 않은 일을 공연히 건드려서 걱정을 일으킨 경우를 이르는 말. ¶그러나 여란이하고는 긁어 부스럼으로 일단 덧난 사이가 회복되지 않아 여관에서 유하는 것처럼 최소한도의 신세밖에 지지 않았다.《미망 3》 ¶"네 얼굴은 하나도 뜯어고칠 데가 없어. 괜히 긁어 부스럼 만들지 마라."《도시의 흉년 2》

**금강산도 식후경**㈜ 아무리 재미있는 일이라도 배가 불러야 흥이 나지 배가 고파서는 아무 일도 할 수 없음을 이르는 말. ¶"그래, 뭐 좀 먹고…아 배고프다." 일남이는 식모애의 곱지 않은 눈총에도 아랑곳없이 적나라하게 금강산도 식후경이란 표정을 지었다.《그해 겨울은 따뜻했네 2》 ¶극장 앞까지 잘 따라온 노파도 간판에 미리 질렸는지 내키지 않은 얼굴을 하고, 금강산도 식후경이라는데 점심이나 먼저 먹자고 했다.〈이별의 김포 공항〉

**금과옥조**(金科玉條) 금이나 옥처럼 귀중히 여겨 꼭 지켜야 할 법칙이나 규정. ¶여자는 결혼식 올리기 전엔 어떠한 일이 있어도 신랑감에게 몸을 주는 게 아니라는 진부한 금과옥조가 처녀도 아닌 서른다섯의 이혼녀에게도 영락없이 들어맞은 것에 그 여자는 굴욕감을 느꼈다.《그대 아직도 꿈꾸고 있는가》

**금박지**(金箔紙) 금빛이 나는 종이. ¶길에 가다가 금박지를 주렁주렁 매단 것처럼 곱게 물든 은행나무만 봐도 빚쟁이와 맞닥뜨린 것처럼 가슴이 두방망이질을 하면서 가을이구나! 하는 탄식이 절로 났다.《휘청거리는 오후 1》

**금상첨화**(錦上添花) 좋은 일 위에 또 좋은 일이 더하여짐을 이르는 말. ¶말이 지방 대학이지 서울과의 교통편은 출퇴근에 불편이 없을 정도로 좋았고, 금상첨화로 풍광명미하기까지 했다.《살아 있는 날의 시작》

**금시발복**(今時發福) 어떤 일을 한 뒤에 이내 복이 돌아와 부귀를 누리게 됨. ¶"…아무튼 그 집은 살판났겠군. 금시발복을 해도 분수가 있지. 집 한 채가 어디야."《살아 있는 날의 시작》 ¶"…철이넨 큰 수가 났지 뭐예요. 사람 팔자 시간 문제라더니 참 철이네야말로 금시발복을 하려나 봐요. 이 더러운 골목도 곧 면하게 되겠

죠…"〈어떤 야만〉

**금의환향(錦衣還鄉)** 출세를 하여 고향에 돌아가거나 돌아옴을 이르는 말. ¶…아무리 난리 통이라고 해도 이런 꼴로 돌아가고 싶지 않았다. 금의환향까지는 아니라도 고향이란 하다못해 허세라도 부릴 건더기가 있어야 돌아가고 싶은 법이다. 《그 산이 정말 거기 있었을까》

**금이야 옥이야(㕮)** 무엇을 다루는 데 매우 애지중지하여 금이나 옥처럼 귀중히 여기는 모양을 이르는 말. ¶"…너 겨우 지섭이하고 연애 걸다 채였냐? 아이고 우세스러워. 내가 이런 꼴을 보려고 너를 금이야 옥이야 길렀단 말이냐? 아이고 원통해. 겨우 이런 꼴을 보려고."《그 산이 정말 거기 있었을까》 ¶저는 애를 들쳐 업고 시장도 가고 밥도 해 먹을 때, 형님네 애들은 할머니 할아버지 손바닥에서 금이야 옥이야 방바닥에 등 붙일 겨를이 없는 걸 제가 얼마나 부러워했는지 형님도 아시죠. 〈나의 가장 나종 지니인 것〉

**금창** 칼이나 창 따위 쇠끝에 다친 상처. ¶"…달 밝은 밤이면 네 에미 한숨 소리가 문풍지를 울리는 듯하여 금창이 미어지는 듯 밤새 잠 못 이루는 밤이 허다허단다…"《미망 1》 ¶(영감님은)…마누라가 불구덩이에 들어갈 때 얼마나 뜨거웠을까 생각만 하면 금창이 미어지는 것 같다는 하소연을 자주 했었다. 〈지 알고 내 알고 하늘이 알건만〉

**급하기는 우물에 가 숭늉 달라겠다(㕮)** 모든 일에는 질서와 차례가 있는 법인데 일의 순서도 모르고 성급하게 덤빔을 이르는 말. ¶"이 사람아, 자네는 참 성질이 급한 사람이로군. 혼자 그렇게 다 정해 버리면 어떻게 하나."¶"아닙니다, 선생님. 제 동기 중에선 그래도 제가 제일 참을성이 있는걸요. 제가 꼬래비로 장가를 드니까요." 오영민은 웃지도 않고 능청을 떨었다. "아냐, 우물에서 숭늉 달랠 사람이야, 난 아직 주례를 설 만큼 늙지 않았어. 물론 경험도 없고.《살아 있는 날의 시작》 ¶"야아가 얼이 쑥 빠져 갖고 꼭 시골뜨기처럼 구니까 그렇죠.""급하긴. 우물에 가서 숭늉 달랬다. 갸아가 그럼 벌써 서울 뜨기냐?" 할머니는 엄마에게 무안을 주셨다. 〈엄마의 말뚝 1〉

**급해맞다** 다급하다. ¶사람 같지 않은 것들일수록 새끼 만들기 하난 급해맞다니까. 급해맞게 새끼 먼저 만들 적은 언제고, 그 새끼가 꾸역꾸역 비집고 나오려는 걸 보고서야 명색이 애비란 게 돈을 구하러 나가다니?《그해 겨울은 따뜻했네 2》 ¶조금만 더 기다리면 춘삼월 호시절인데 뭐가 그렇게 급해맞어서 이 엄동설한에 면사포를 쓰나 그래. 뭐가 급해맞은지 정말 몰라서 그러냐. 〈참을 수 없는 비밀〉

**기가 차다** 하도 어이가 없어 말이 나오지 않다. ¶풀섶에서 문득 찢어지게 선명한 빛깔로 갓 피어난 들꽃을 본 사람이 있는가. 있다면 알 것이다. 기가 차고 민망한 대로 차마 그게 꽃이 아니라곤 못 할 난감하고도 지겨운 심정을. 그런 심정이 되어 그들 노파를 여자라고 부를 수밖에 없다. 〈그 살벌했던 날의 할미꽃〉

**기고만장(氣高萬丈)** 일이 뜻대로 잘될 때, 우쭐하여 뽐내는 기세가 대단함. ¶엄마는 물론 오빠, 올케, 숙부, 숙모가 다 졸업식에 참석해 축하를 해 주었고 나는 속으로 기고만장했다. 서울대 문리대 국문과에 거뜬히 합격한 뒤였다.《그 많던 싱아는 누가 다 먹었을까》

**기기묘묘(奇奇妙妙)하다** 몹시 기이하고 묘하다. ¶그들이 어리석은 백성을 홀리는 방법은…기기묘묘해서 들을수록 끓어오르는 의분을 금치 못하게 했다.《미망 1》

**기껍다** 마음속으로 은근히 기쁘다. ¶처음엔 이렇게 상하고 비뚤어진 심정과 울지 않는 아기 젖 주랴 싶은 섭섭함 때문에 따로 챙기기 시작한 가욋돈이 부피를 더해 감에 따라 그는 그 일에 자학적인 기꺼움을 느꼈다.《살아 있는 날의 기적》

**기다** '기이다'의 준말. (무엇을) 숨기고 바로 말하지 아니하다. ¶전처만은 지금도 생생하게 기억하고 있었다. 생원댁 눈을 기고 구미구미 집으로 와 어린 동생에게 가슴을 열고 젖을 물리며 눈물짓던 어머니를.《미망 1》

**기둥서방[비]** 기생이나 창기의 뒷배를 돌보며 얻어먹고 지내는 사내를 속되게 이르는 말. ¶만화에 열중하고 있는 남편의 얼굴은 기둥서방처럼 해이해 보였다.《오만과 몽상 1》

**기똥차다[비]** '기막히다'를 속되게 이르는 말. ¶"누나, 시집 기똥차게 잘 가는구려. 엄마, 사위 하나는 정말 잘 보십니다." 그런 소리를 조금도 웃지 않고 진지하게 했기 때문에 오히려 야유조로 들렸다.《도시의 흉년 2》 ¶"그래 회사 식당 식사가 먹을 만하니." "기똥차지, 기똥차. 그거 얻어먹고 폴대 메고 하루 몇십 리씩 산골을 누비는 나도 기똥차구." 〈카메라와 워커〉

**기루다** 일본어 '가루다'의 오자. '가루다'는 딱지를 가지고 노는 놀음의 일종. ¶…잔디 위에 계집애들이 잡담을 하고 있는 게 아니라 요새 남자 대학에 번지고 있는 악습을 그대로 흉내 내어 기루다를 하고 있는 걸 알아차린대도 지금 자기가 감당하고 있는 일을 억울해하거나 비관하는 일은 없으리라.《도시의 흉년 1》

**기마에[비]** '선심'을 뜻하는 일본어. ¶"옛다 모르겠다. 개같이 벌어서 정승같이 쓰랬다구 장돌뱅이 이십 년, 애면글면 모은 재산 이럴 때 안 쓰고 애꼈다가 언제 써 보랴. 기마에다 기마에."《도시의 흉년 2》 ¶'오야지'니 '요오시'니 '기마에'니 '앗싸리'니 '쇼오부'니 하는 소리를 이태우 선생의 입에서 듣다니 기가 막혔다.〈지렁이 울음소리〉

**기생오라비[비]** 기생의 오빠나 남동생처럼 일은 안 하고 모양만 내고 다니는 사람을 놀리어 이르는 말. ¶난봉쟁이라느니 기생오라비라느니 하는 별명이 붙었다.〈가(家)〉

**기승스럽다** 기운이나 힘 따위가 좀처럼 누그러들지 않으려는 데가 있다. ¶날은 완전히 어둡고 온 동네에 인기척이라곤 없는데 포성만이 더욱 가깝게 더욱 기승스럽게 들린다.《목마른 계절》 ¶…우물을 메운 자리는 볕이 안 들어 화초도 안되고 언제부터인지 부추가 자생해서 해마다 기승스럽게 자랐다.《미망 2》

**기절초풍** 기절하거나 까무라칠 정도로 몹시 놀라 질겁을 함. ¶오로지 내 집 장만의 꿈을 위해 십 년, 이십 년 애면글면 모은 목돈을 꾸려들고 무릉동이 변두리란 약점 하나만 믿고 싼 땅을 구해 이곳을 찾아온 가난뱅이가 있다면 우선 그 엄청난 땅값에 기절초풍을 할 것이다. 〈낙토의 아이들〉

**기죽을 펴다** 기를 펴다. ¶…한복을 입고 있는 아버지는 참 보기 좋다. 이목구비가 기죽을 펴고 널찍널찍 자리 잡은 것처럼 신수가 훤하고 관대하고 착해 보인다. 《도시의 흉년 1》 ¶우리만 만날 요 모양 요 꼴로 사는 게 꼭 내 탓만 같아 저절로 기가 죽고 몸이 오그라들었다. 그러나 혼자 있을 때 기죽을 펴고 곰곰 생각해 보면 실상 내 탓일 건 아무것도 없었다. 〈도둑맞은 가난〉

**기지사경(幾至死境)** 거의 죽을 지경에 이름. ¶아버지는 형제 중 가장 체격이 좋고 잔병 한 번 치른 일 없는 건강체였다고 한다. 그런 분이 어느 날 갑자기 복통으로 데굴데굴 구르는 것을 할아버지는 당신의 약방문에 의한 생약 한약 등으로만 다스리고, 할머니는 무당 집에서 푸닥거리를 하는 사이에 마침내 기지사경에 이르렀다. 《그 많던 싱아는 누가 다 먹었을까》

**기체후(氣體候)** 기체. 몸과 마음의 형편이라는 뜻으로, 웃어른께 올리는 편지에서 문안할 때 쓰는 말. ¶편지는 늘 비슷한 말로 시작했다. "할아버지 전 상사리. 할아버님 기체후 일향 만강하옵시고…" 대강 이런 식이었다. 《그 많던 싱아는 누가 다 먹었을까》

**기통 터지는 소리** '복장 터지는 소리'와 비슷한 말로, 상대방이 자기 사정을 몰라주어서 가슴이 터질 듯 답답하다는 말. ¶ "그 기통 터지는 소리 좀 작작 하라우. 요

코도리한테 다 빼앗기고 우리 입엔 헛김이나 들어오라구…"《나목》

**기통이 터지다** 기가 막혀 터질 정도가 되다. ¶"그렇담 중신서도 되겠습지요?" "내 집 식구 아닌 지 오랜 사람을 왜 나한테 묻나? 저렇게 답답한 사람을 믿고 뭔 일을 도모하려니 내 기통이 터질밖에."《미망 3》 ¶그런 공식적인 일에 인간 차별을 할 양키들이 아니었다. 너무도 완벽한 그들의 휴머니즘에 기통이 터진 노무자들이 떼를 지어 항의를 한 모양이다. 《그 산이 정말 거기 있었을까》

**기함(氣陷)** 갑작스레 몹시 놀라거나 아프거나 하여 소리를 지르면서 넋을 잃음. ¶ "어쩌면 엄마에 대해선 물으시지도 않는군요." "느이 엄마 기함 소동이 어디 한두 번이냐?"《도시의 흉년 2》(산) 십여 년 전만 해도 겨울엔 중심가 백화점 식품부에서나 볼 수 있는 수박 값은 심장 약한 사람이 기함을 할 만했다. 〈여름 코스모스〉

**기화요초(琪花瑤草)** 옥같이 고운 풀에 핀 구슬같이 아름다운 꽃. ¶정원에는 고사목 외에도 많은 관상목과 기화요초가 어우러져 무성했지만 나의 방과 시부모님의 거실을 잇는 빗금 사이를 가로막는 것은 아무것도 없었다. 〈소묘〉

**기회는 앞머리만 있고 뒤통수는 대머리다** 기회는 올 때 잡아야지 지나간 후에 잡으려 해서는 절대 안 잡힌다는 말. ¶"그래 기회는 앞머리만 있고 뒤통수는 대머리란 소리도 못 들었어? 어물쩡대다가 지나가 버린 후에 잡을래도 소용이 없거든. 우리 그 양반에게도 기회란 것이 있을 줄은 정말 몰랐어."《그해 겨울은 따뜻했네 1》

**기휘(忌諱)** 꺼리거나 두려워 피함. ¶"안 될걸요. 애기 삼칠일이나 지나면 또 모를 까…" "뭐 뭐라구? 이 난리통에 사, 삼칠 일 기휘를 하겠다구?"《목마른 계절》

**긴짜꾸**비 일본어로 돈주머니를 뜻하는 '긴 착(巾着)'에서 유래한 말로, 여기서는 성 적 능력이 남달라 남자에게 특별한 쾌감 을 주는 여자를 일컫는 음담패설. ¶술이 거나하게 취한 남자들이 소문난 술집 여 자들의 품평회 같은 걸 하는데 수자가 생 전 못 들어 본 긴짜구라는 말이 자주 나왔 다.〈가는 비, 이슬비〉

**길눈이 어둡다** 가 본 길을 잘 찾아가지 못 할 만큼 길을 잘 기억하지 못하다. (동) 그 집은 꼬불꼬불 복잡한 골목 속에 있었고, 나는 촌 계집답게 길눈이 어두웠다.《옛날 의 사금파리》

**길을 막고 물어보라** 길을 막아서 길가는 모든 사람에게 물어보자는 뜻으로, 자기 입장의 정당성을 확신할 때 이르는 말. ¶ 옛말에 '길을 막고 물어보라'는 말이 있다. 자기의 정당성이 만인의 공인을 받을 수 있다는 자신이 있을 때 사람들은 흔히 '길 을 막고 물어보슈.' 하면서 큰소리쳤었다. 〈침묵과 실어〉

**길흉화복(吉凶禍福)** (민속 신앙에서 운명 이나 귀신의 힘으로) 인생에 생기는 좋은 일과 나쁜 일과 불행한 일과 행복한 일. ¶ 농가에서도 설쇠고 나서 보름 안에 일 년 신수를 보러 가는 건 기본이었다. 정확하 게 담당 구역이 정해진 건 아니지만 몇 개 동네에 한 집씩 동네 사람들의 길흉화복 을 건사해 줄 무당 집이 있게 마련이었다. 《그 많던 싱아는 누가 다 먹었을까》

**김새다**비 흥이 깨지거나 맥이 빠져 싱겁게 되다. ¶"…정식 절차를 밟으실 때까진 모 르는 척하세요. 정식 절차가 시쳇말로 김 새지 않게…"〈천변풍경〉 ¶"기분 전환 겸 한번 잘라 봤다가 김만 샜다우."〈꽃 지고 잎 피고〉

**김칫국부터 마신다**속 상대편의 속도 모르 고 지레짐작으로 그렇게 될 것으로 믿고 행동함을 이르는 말. ¶"아무튼 당신 김칫 국부터 마시는 건 알아줘야 헌다구요. 사 람을 보기 전부텀 칭찬을 얼마나 하셨으니 까?…"《미망 2》¶"… 규수 댁에선 마음에 도 없어 하는 걸 우리가 김칫국부터 마시 는 게 아니냐구요…"《휘청거리는 오후 2》

**깃것** 마전[포백(曝白)]하기 전의 광목이나 무명을 이르는 말. ¶이부자리와 버선, 말 기 등을 꾸밀 광목필은 깃것인 채로 있었 다.《미망 2》(산) 나깟줄에는 여기저기 희 고 깨끗한 너른 바위가 노출되어 있어 생 무명이나 광목 등 깃것을 마전하기에 적 합했다.〈개성 사람 이야기〉

**깃대박이** 깃대를 꽂는 대. 국기 게양대. ¶ 다음 날 언덕 위 깃대박이에 태극기가 꽂 혔다. 포성도 폭격도 군복의 교체도 없이 세상이 또 한 번 바뀌었다.《목마른 계절》

**깃대빼기** '깃대박이'의 오자. ¶깃대빼기가 솟아 있는 건물은 형무소 말고도 몇 군데 더 있었지만 아무것도 나부끼고 있지 않 았다.《그 산이 정말 거기 있었을까》

**까르륵까르륵** 간지럼을 탈 때 웃는 모양. ¶여순경은 혹시 나중에 돌아올 분배에 속을까 봐 몸 안에 물건의 부피를 정확하 게 파악하려고 MP가 보기에도 너무한다 싶게 몸을 샅샅이 주물러 보았고, 그럴 때

마다 청소부는 까르륵까르륵 간지럼까지
탔다. 〈공항에서 만난 사람〉

**까마귀 밥이 되다** 죽어서 묻히지도 못하여
까마귀에게 뜯기어 먹힐 가련한 신세가 됨
을 이르는 말. ¶"…우리 고조할아버지는
억울하게 효수당해 까마귀 밥이 되고, 너
희 고조할아버지는 매국한 돈으로 일신의
부귀를 누리다 죽어서도 국상처럼 호사스
러운 장사를 지냈다…"《오만과 몽상 1》

**까막눈** ① 글을 읽을 줄 모르는 무식한 사
람. ② 어떤 일에 대하여 아무것도 모르는
사람을 이르는 말. ¶"…우리 신분증엔 영
문하고 우리말이 같이 들어 있으니까 잘
됐잖아." "뭐가 잘 돼? 그들이 까막눈이
라도 되는 줄 알아? 방위대가 해산됐으면
신분증도 무효가 되는 것도 몰라…"《그
산이 정말 거기 있었을까》

**까무잡잡하다** 약간 짙게 까무스름하다. ¶
옥희는 사는 것 자체가 벅차 보이는 작고
까무잡잡한 소녀였다. 그러나 실제의 나
이는 보기보다 훨씬 더 든 나이배기였다.
《살아 있는 날의 시작》

**까미머리** 일본어 '히사시까미'에서 온 말
로, 비녀를 꽂지 않고 머리 뒤를 둥글게 마
무리하는 헤어스타일. 긴 댕기 머리나 쪽
찌고 비녀 꽂던 머리를 자르고 뒤로 둥그
렇게 말아 올려 핀으로 고정시킨 머리. 그
런 머리를 한 여자는 대개 짧은 통치마에
구두를 신었기 때문에 쪽 찌고 긴 치마 입
은 구식 여자에 비해 훨씬 멋쟁이로 보였
고 신여성이란 이름으로 통했다. 30년대
도시에서 교육받은 여성들 사이에서 유행
했다. ¶쪽을 쪘나 안 쪘나로 쉽게 알아볼
수 있는 머리 모양을 비녀 없이 아기 주먹

만 한 크기로 동그랗게 말아 올린 까미머
리로 빗고 있으니 알아볼 도리가 없었다.
《미망 2》(동) 나는 온종일 석필로 까미
머리 하고 핸드백 들고 뾰족구두 신고 짧
은 통치마 입은 여자를 그리고 또 그렸다.
《옛날의 사금파리》

**깍짓동** ① 콩이나 팥의 깍지를 줄기가 달
린 채로 묶은 큰 단. ¶땔감이 되어 밭두
렁에 아무렇게나 쓰러져 있는 깍짓동이
있는가 하면 수수이삭은 아직도 껑충하니
건들대면서 얼마 남지 않은 가을을 아쉬
워하고 있었다. 《미망 2》② 몹시 뚱뚱한
사람의 몸집을 이르는 말. ¶"시상에, 네
몸이 왜 그렇게 깍짓동 같으?" 깜짝 놀란
듯 찢어지는 목소리였으나 표정은 음흉하
고 교활했다. 《미망 1》

**깐** 어떤 상태나 형태가 이루어진 품이나 됨
됨이. ¶억울한 느낌은 고통스럽고 고약
한 깐으론 거기 동반한 비명이 너무 없다.
〈조그만 체험기〉

**깔축없다** 조금도 축나거나 버릴 것이 없
다. ¶홧김에 스카프를 망쳐 봤댔자 결국
은 환쟁이들의 손해일 뿐이었다. 나는 그
들이 망쳐 놓은 스카프라든가 액자용 화
폭, 하다못해 손수건까지도 깔축없이 셈
하여 두어야 했으니 말이다. 《나목》¶태
임이는…전처만이 현금과 함께 물려준 적
지 않은 어음을 회수하는 데도 깔축이 없
었다. 《미망 1》

**깔치**(비) '애인'을 속되게 이르는 말. ¶…순
정이 이름은 우리 중대 고참들 사이에 내
깔치로 알려지고 말았어. 나는 그걸 참을
수가 없다. 《도시의 흉년 1》

**깔치작거리다** 마음이나 몸에 따끔거리며

거슬리는 모습. ¶영감은 앞을 내다볼 줄 아는 상재와 남다른 배포로 당대에 큰 재산을 이룩했지만 그의 마음속엔 아직도 돈으로 채워지지 않은 빈자리가 있었다. 그 빈자리와 그 속에 손톱 밑의 가시처럼 깔치작거리는 울분을 물려주려 했음인가. 《미망 1》

**깡다구**🅗 악착 같이 버티어 나가는 오기를 속되게 이르는 말. (산) 힘이 있으되 소위 깡다구라고 하는 도회인의 힘처럼 겉으로 나타나는 허구의 용기가 아니라 뿌리가 땅에 내린 듬직한 힘이다. 〈주말 농장〉

**깡똥하다** (겉에 입은 옷이) 속이 드러날 정도로 매우 짧다. ¶점잖은 동네 아이들이라 과연 우리 동네 아이들하고는 달라 보였다. 예쁘장하고 깡똥한 양복으로 차려입은 애가 대부분이었다. 《그 많던 싱아는 누가 다 먹었을까》

**깡소주**🅗 안주 없이 마시는 소주를 속되게 이르는 말. ¶주정뱅이들은 이제 안주를 더 달랠 단계를 지나 깡소주를 마시고 있었다. 깡소주가 그들의 가슴에 불을 붙인 것처럼 서로의 말소리가 불꽃처럼 활기 있어졌다. 《서 있는 여자》

**깡술**🅗 '안주 없이 마시는 술'을 속되게 이르는 말. ¶"아줌마, 통집 몇 개 양념 잘 해 줘요. 깡술로 마시려고 했더니 기분도 그렇지 않고 해서…" 〈내가 놓친 화합〉

**깨가 쏟아지다** 몹시 아기자기하고 재미가 나다. ¶그들 보기에 오목이네 살림은 깨가 쏟아지게 재미있어 보이는 것 같았다. 《그해 겨울은 따뜻했네 2》 ¶활발한 발장구와 킬킬댈 때마다 토실한 어깨에서 넓적한 엉덩판으로 흐르는 육감적인 살집

의 파동으로 보아 그들은 지금 뭔가에 재미가 깨가 쏟아지는 눈치였다. 《오만과 몽상 1》

**깨끼** 깨끼옷. 안팎 솔기를 발이 얇고 성긴 깁을 써서 곱솔로 박아 지은 겹옷. ¶날씨가 더워지면서 엄마의 바느질거리도 깨기나 적삼으로 바뀌어 필히 재봉틀이 있어야 했다. 《그 많던 싱아는 누가 다 먹었을까》

**깽판**🅗 일을 훼방하거나 망치는 짓을 속되게 이르는 말. ¶"야, 고삼짜리하고 재수생하고 같냐? 네가 재수생 심리를 몰라서 그래, 가끔 술 먹고 깽판 좀 쳐야 정신이 좀 난다구…"《살아 있는 날의 시작》

**꺼룩하다** 액체 따위가 조금 걸쭉하다. ¶"제기랄. 오늘은 잡쳤는걸." 먼저 환쟁이 김 씨가 신경질적으로 붓을 부옇게 꺼룩해진 액체에 흔들어 빨자 다른 환쟁이들도 꿈틀거리듯이 서서히 화구를 챙기기 시작했다. 《나목》

**꺼벙하다** 성격이 야무지지 못하고 조금 모자란 듯하다. ¶"…인식이 걔가 그렇게 꺼벙하고 만만해 봬도 대회사 사장이 아니니, 그야 다 즈이 아버지 덕이지만 말야…" 〈맏사위〉

**꺼이꺼이** 큰 목소리로 목이 메일 만큼 요란하게 우는 모양. ¶"…제 내조가 필요하니 제발 날치지 말고 국으로 있으라면서 글쎄 꺼이꺼이 울지 뭐예요."〈저문 날의 삽화 2〉

**께적지근하다** 마음이 내키지 않게 은근히 꺼림칙하다. ¶품위 있는 하석태 교수 부인으로서 바라본 은선의 욕실은 고급 창녀의 욕실처럼 천박해 보였다. 그녀는 그 요란한 치장이 께적지근해서 대강대강 샤

워만 하고 나왔다. 《서 있는 여자》 ¶ …안 방으로 들어가 잠결에 벗어 던진 슬립을 주워 입을까 하다가 께적지근해서 새 걸로 갈아입었다. 〈울음소리〉

**꼬드기다** 어떠한 일을 하도록 마음을 꾀어 부추기다. ¶ (친구들이)…여학생을 꼬드길 동안 나는 내 내면에 보화를 축적하고 있다는 자부심이 있었다. 〈배반의 여름〉

**꼬래비**(비) 꼬라비. '꼴찌'를 속되게 이르는 말. ¶ 나는 묻고 또 물어서 면회 신청하는 줄을 찾아내어 그 꼬래비에 붙어 섰다. 《도시의 흉년 2》

**꼬리가 길면 밟힌다**(속) 나쁜 일을 아무리 남모르게 한다고 해도 오래 두고 여러 번 계속하면 결국에는 들키고 만다는 것을 이르는 말. ¶ 엄마가 이렇게 철석같이 정직성을 믿는 딸이 매일 한 푼 두 푼 엄마의 지갑을 축내고 있었다. 잘못한다는 죄의식조차 없이. 그러나 꼬리가 길면 잡힌다던가. 《그 많던 싱아는 누가 다 먹었을까》

**꼬리를 치다**(비) 아양을 떨어 유혹하다. ¶ "…내 집이 어디라고 저런 계집애가 감히 내 아들한테 다시 꼬리를 치게 할 줄 알구." 《휘청거리는 오후 2》

**꼬리에 꼬리를 물다** 끊이지 않고 이어지다. ¶ 의심은 꼬리에 꼬리를 물고 이어졌다. 나는 스스로 느끼고 생각하기 위한 나인가, 남이 어떻게 느끼고 남이 어떻게 생각하나에 비위 맞추기 위한 나인가? 《살아 있는 날의 시작》 ¶ 다음 날 이상한 소문이 꼬리에 꼬리를 물고 퍼졌다. 〈공항에서 만난 사람〉

**꼬박이** 꼬박. 고스란히 그대로. ¶ 아침부터 저녁때까지 꼬박이 점방을 지키면서 어린 사환들에게 산가지 놓는 법… 등을 가르치고 연습시키느라 입이 닳는 형이 이성이 보기엔 따분하게만 보였다. 《미망 2》

**꼬불탕꼬불탕** 여러 군데가 느슨하게 고부라져 있는 모양. ¶ …이웃 동네 쪽으로 갔다. 곧 갈아엎을 동네라 집 같지도 않은 집들이 다닥다닥 붙어 있고 좁은 골목도 꼬불탕꼬불탕했다. 〈애 보기가 쉽다고?〉

**꼬불탕하다** '고불탕하다'보다 센 느낌을 주는 말로, 느슨하게 고부라져 있다는 뜻. ¶ …한식 기와집 사이로 미로처럼 꼬불탕한 골목길을 무섭다는 생각에 가위눌리면서 달음박질쳤다. 《나목》

**꼬붕**(비) '부하'를 속되게 이르는 일본어. ¶ 그 애는 그걸 즐겼고 아이들 사이에선 내가 그 애의 꼬붕이라는 소문이 났다. 《그 많던 싱아는 누가 다 먹었을까》

**꼬약꼬약** 음식을 한꺼번에 입에 많이 넣고 잇따라 조금씩 씹는 모양. ¶ …조카들이 술도 없이 꼬약꼬약 밥과 고기와 야채만 먹으면서 주고받는 수작을 무심히 흘려듣다 말고 나중 말에 나는 퍼뜩 정신이 들었다. 〈저문 날의 삽화 4〉

**꼭뒤잡이** 뒤통수를 중심으로 머리나 옷깃의 뒷부분을 잡아채는 짓. ¶ "쟤 좀 봐. 개화당이 역적모의한 것도 몰라? 안 되겠다. 꼭뒤잡이를 해서라도 널 송도로 끌고 가야지." 《미망 1》

**꼴값**(비) 격에 맞지 아니하는 아니꼬운 행동을 빈정거려 이르는 말. ¶ 꼴값하고 있네. 화집만 끼고 다니면 간판장이가 화가 되나. 《그 산이 정말 거기 있었을까》 ¶ "꼴값하고 있네. 제까짓 게 그래도 은행나무다 이기지." 밖에선 가을이 깊어 가고 있

었다. 〈로열 박스〉

**꼽사리 끼다**톙 '여럿이 있는 틈에 끼어들다'를 속되게 이르는 말. ¶"…곧 형부 휴가가 있을 모양인데 아무리 약혼한 사이지만 어떻게 둘이서만 보내니. 젊은 것들 일 저지르면 어쩌게. 그러니까 네가 감시꾼으로 꼽사리 끼란 말이다. 알았지?《도시의 흉년 2》

**꽁무니가 빠지게** 꽁지가 빠지게. 매우 빨리 (급하게) 도망치다. ¶배우성 씨는 말을 마치고 꽁무니가 빠지게 아들 앞을 도망쳤다. 〈천변풍경〉

**꽁무니를 빼다** 슬그머니 피하여 물러나다. ¶여자가 바쁘다고 꽁무니를 빼면 이 혼담은 거의 끝장난 거고 졸졸 따라가면 반쯤은 성사가 된 거다.《휘청거리는 오후 1》

**꽁하다** 말이 없고 마음이 좁아, 무슨 일이나 마음에 담아 두고 언짢아하다. ¶태임이가 아직도 종상이 일을 마음속에 꽁하게 간직하고 있음을 알아차렸다.《미망 1》(산) 나는 꽁하니 비사교적인 성질인데다 영어도 짧아 초상화부에서 전혀 실적을 올릴 수 없었다. 〈그는 그 잔혹한 시대를 어떻게 살아 냈나〉

**꽃구름** 여러 가지 빛깔을 띤 아름다운 구름. ¶…머리 어멈이 정성과 수공을 다한 화관도 절세의 미녀의 머리 위에 저절로 드리운 상서로운 꽃구름처럼 보였다.《미망 2》¶저만치 이화대학이 보였다. 고색창연한 석조 건물이 인기척 없이 몽롱한 꽃구름을 두르고 있는 게 대학이라기보다는 전설 속의 고성처럼 보였다.《그 산이 정말 거기 있을까》

**꽃그늘** 꽃나무의 그늘. ¶달래는 좀처럼 부끄럼을 타지 않았지만 말끝에 흥분해서 얼굴을 붉힐 때도 창호지를 통해 꽃그늘이 비치듯이 보일락 말락 은은했었다.《미망 2》¶나는 그가 하고 있는 그 일이 너무도 힘겨워 보여 몇 번이나 거듭 달랜 끝에 가까스로 개나리가 만발한 꽃그늘에 앉아 쉬도록 할 수가 있었다. 〈저녁의 해후〉

**꽃내음** 꽃의 냄새. ¶인간의 꽃내음은 어떠한 꽃내음보다 참으로 좋았다. 참으로 향기로웠다.《욕망의 응달》

**꽃바람** 꽃 필 무렵에 부는 바람. ¶벚꽃이 마구 흩날리고 아이들이 기성과 환성을 지르면서 꽃바람 속을 이리 뛰고 저리 뛰었다. 〈움딸〉

**꽃밭에 불 지른다**쏙 한창 행복할 때에 재액이 들이닥침을 이르는 말. ¶"…그때 일은 우리 친정 식구하고 너밖에 몰라. 네 말 한마디로 꽃밭에 불을 지를 수도 있어. 그럴 리야 없겠지만. 아무한테도 그 얘기 안 했지? 그래 고마워. 너만 믿어…"〈복원되지 못한 것을 위하여〉

**꽃벼락** 머리 위에서 꽃이 많이 지거나 쏟아져 내리는 모양. ¶태남이는 좀 더 오래 이준 열사가 뿌린 꽃벼락을 맞고 싶은 눈치였다.《미망 2》

**꽃샘추위** 이른 봄철, 꽃 필 무렵의 추위. ¶…나는 꽃샘추위 같은 외로움을 느꼈다.《나목》

**꾸어다 놓은 보릿자루**쏙 차지하고 있는 위치에서 자기 역할을 다하지 못하는 사람을 이르는 말. ¶커다란 삼면경 속에 방안의 모습과 그 속에 꾸어다 놓은 보릿자루 모양의 자신의 모습이 비친다.《휘청거리는 오후 2》¶아버지의 모습은 한마디로 꾸어다 놓은 보릿자루였고 나는 지금 이 경황에 아버지가 꾸어다 놓은 보릿자루 같은 게 울컥 화가 났다. 《도시의 흉년 1》

**꾸적꾸적** '구깃구깃'의 방언. ¶철민이가 행주를 꾸적꾸적 빨아서 행주걸이에 널었다. 《서 있는 여자》

**꿀 먹은 벙어리**㊟ 속에 있는 생각을 나타내지 못하는 사람을 이르는 말. ¶"허어 이 사람, 말마다나 해야 할 장소에선 곧잘 꿀 먹은 벙어리 노릇을 하다가도 안 헐 말을 툭툭 잘 내뱉는다니까…"〈그 가을의 사흘 동안〉

**꿀꿀이죽** 여러 가지 먹다 남은 음식을 섞어 끓인 죽. ¶…미군 부대에서 흘러나온 음식 찌꺼기를 모아서 한데 넣고 끓인 꿀꿀이죽이 서울 사람의 최고의 영양식이던 때였다. 〈공항에서 만난 사람〉

**꿈보다 해몽이 좋다**㊟ 언짢은 일을 유리하게 둘러대어 해석함을 이르는 말. ¶꿈보다 해몽이 좋다고 의기소침했던 분위기가 별안간 기고만장해지기 시작했다. 《미망 1》

**꿈인지 생시인지** 생각지도 못한 뜻밖의 일에 부닥쳐 어찌할 바를 모를 때를 이르는 말. ¶이게 꿈인가 생신가 붙들고 울고 불고 웃는 것도 잠시, 우리는 너무도 달라진 오빠의 태도에 가슴이 덜컥 내려앉지 않으면 안 되었다. 《그 많던 싱아는 누가 다 먹었을까》 ¶오늘 먹을 양식과 잠자리 걱정 안 하고 사는 게 얼마나 좋은지 난 그걸로 족해. 이게 꿈인가 생신가 자다가도 꼬집어 볼 적이 있다니까. 〈그리움을 위하여〉

**꿉꿉하다** 조금 축축하다. (산) 바로 머리맡

에서 개울물 소리가 사랑스럽게 재잘되면 시멘트가 부식하는 냄새로 착각되면서 더 할 나위 없이 푸근한 안식과 평화를 맛보게 된다. 〈시골집에서〉

**꿍심** 꿍꿍이셈. 남에게 드러내지 않고 혼자 하는 속셈. ¶"서울 가서 공부할 돈을 대겠다고 할 적에 한사코 마다더니 그런 꿍심이 있었군요." 《미망 2》 (산) 딸은 담배를 피우지 못하니까 찻값을 내면서 무심히 집어넣은 선전용 성냥일 터였다. 어쩌면 남자 친구가 담배 가치를 입에 물고 성냥이 없어 쩔쩔맬 때 잽싸게 꺼내 줄 꿍심으로 집어넣은 건지도 모른다. 〈어떤 횡재〉

**꿩 구워 먹은 자리**㊟ 어떠한 일의 흔적이 전혀 없음을 이르는 말. ¶그러나 일단 당선이 되자 그가 당선시켰던 자세를 할 새도 없이 국회의원은 서울로 가 버리고 공약도 그의 노고도 꿩 구워 먹은 자리가 되고 만다. 〈복원되지 못한 것들을 위하여〉

**꿩 대신 닭**㊟ 꼭 적당한 것이 없을 때 그와 비슷한 것으로 대신하는 경우를 이르는 말. ¶…태임이는 그래, 경우 대신 너라도 내 소원을 풀어 주렴 하고 선선히 승낙을 했다. 그야말로 꿩 대신 닭이 된 셈이었다. 《미망 3》 ¶"실은 저도 바람을 맞았거든요. 이 호텔 나이트클럽이 꽤 괜찮은데 바람맞은 사람끼리 즐기는 게 어떻겠어요?" "꿩 대신 닭인가요?" "처, 천만에요, 닭 쫓다가 꿩을 잡은 거죠." 《서 있는 여자》

**꿩 먹고 알 먹기**㊟ 한 가지 일을 하여 두 가지 이상의 이익을 보게 됨을 이르는 말. ¶…그녀는 박 서방을 그런 방법으로 골

탕 먹여 노자 줄 돈을 굴힐 수 있었다는
게 고소할 만큼 재미있었다. 노잣돈만 아
낀 게 아니라 박 서방까지 손아귀에 꼼짝
못하게 쥐게 되었으니 실로 알 먹고 꿩 먹
기 아닌가.《휘청거리는 오후 2》

**끄륵끄륵** 아무리 울음을 참으려고 해도 새
어 나오는 소리. ¶그는 별안간 썩은 기둥
처럼 무너져 내렸다. 그리고 *끄륵끄륵* 이
상한 소리로 울기 시작했지만 곧 조용해
졌다.《미망 2》

**끈 떨어진 뒤웅박**(송) 의지할 데가 없어져
외롭고 불안하게 된 처지를 이르는 말. ¶
"…영감님 한 분 믿고 타관살이하다가 영
감 돌아가시니 내 신세가 끈 떨어진 뒤웅
박만도 못하다네…"《미망 2》¶남궁 씨는
이제부터 혼자 뭘로 소일을 하나, 끈 떨어
진 뒤웅박처럼 막막했다.〈우황청심환〉

**끗발**(비) ① '잘 나가는 기세나 힘'을 속되게
이르는 말. ¶"집안이 별로 아뉴? 우리보
다 훨씬 못살고 또 형제나 친척 중 끗발
날리게 출세한 사람도 없고…"《서 있는
여자》② 막판에. ¶어떻게 끗발에 그래도
고추 달린 놈을 낳았노 생각할수록 신통
하고 누구에게랄 것 없이 두루 감사하다.
〈세모〉

**끝내주다**(비) '아주 좋다'를 속되게 이르는
말. ¶…그의 머릿속에선 늘 수없는 짧은
말들이 거품처럼 부글댔고, 그중에서 한
마디로 끝내줄 참신하고 암시적인 말을
찾아내고자 조바심했고, 다시는 못 찾아
낼까 봐 전전긍긍했다.〈그의 외롭고 쓸
쓸한 밤〉

**끝전**(―錢) 물건 값의 나머지 얼마를 마저
치르는 돈. 끝돈. ¶…나 혼자서 이 집이

마음에 들어 계약을 했고, 끝전 치르던
날, 전 주인이 들려준 이 집에 대한 기분
나쁜 내력도 나 혼자 들었다.〈어느 시시
한 사내 이야기〉

**끼룩끼룩하다** 목을 길게 빼어 자꾸 내밀
다. ¶…가끔 그렇지 못한 노인들이 회원
이 되고 싶어 끼룩끼룩하다 못해 우리 회
원 중 귀가 여린 회원을 붙들고 은근히 입
회 청탁을 하는 일이 비일비재였지만 어
림이나 있는 소립니까?〈천변풍경〉

**끽소리** 아주 조금이라도 떠들거나 반항하
려는 말이나 태도. ¶아씨는 대답하지 않
았다. 박 씨가 다시 멱살을 쥐고 흔들어
도 끽소리 한마디 안 하고 당하기만 했다.
《미망 1》

# ㄴ

**나가시**⊞ 일본어에서 온 말로. 자가용으로 주인 몰래 영업하는 일. ¶"아유 운전사 곤조는 말도 말아요, 글쎄 밤에 우리 에스터 영어 회화 배우는 데 태워다 주고는 그 기다리는 새에 나가시를 하다가 들켰지 뭐유…"〈세모〉

**나글나글** 매가리 없이 부드러운 모양. ¶나는 왜 사람들이 어른이 됨과 동시에 하나같이 행주처럼 무기력해지고, 자벌레처럼 비열해지고, 잘 삶은 야채처럼 보들보들, 나글나글해지는지를 몰랐었다.〈연인들〉¶탄력은 없이 밀리는 살갗이 눌어붙은 것처럼 나글나글한 게 싫어서 그는 얼른 손을 오므렸다.〈그의 외롭고 쓸쓸한 밤〉

**나까마**⊞ '중간 소개업자'를 이르는 말. ¶"요새는 지갯벌이보다 '나까마' 벌이가 더 쏠쏠하시단다. 시장만 예전처럼 번창하게 되면 아주 나까마로 나서실 모양이시더라. 그러니까 너무 안돼 말아라." 숙모가 되레 나를 위로하려 들었다. '나까마'는 무얼 파는 장산지 생전 처음 들어 보는 소리였다.《그 산이 정말 거기 있었을까》

**나는 새도 떨어뜨린다** 권세가 당당하다. ¶"…나로 말할 것 같으면 ××당 ××군 위원장에다 지금 나는 새도 떨어뜨리는 권××의 직속 부하다. 이런 나를 감히 끌어내리라고 한 놈이 빨갱이밖에 더 있냐 말야. 이 악질 빨갱이들아."〈돌아온 땅〉

**나달나달** 종이 따위가 여러 가닥으로 드리워져 한들거리는 모양. ¶졸업반에 돌기 시작한 이 소설책은 벌써 여남은 명의 손을 거쳐 겉장이 나달나달했다.《미망 3》

**나라비**⊞ '줄'을 속되게 이르는 말. ¶"거 차례로 타 먹읍시다데…." "그렇구만, 나라비를 스면 어터카소?"《나목》

**나락(那落)** 벗어나기 어려운 절망적인 상황을 이르는 말. ¶진이는 문득 그의 머리털 부스스한 뒤통수에 이끌려 걷고 있는 이 길이 깊은 나락으로 이어진 듯한 오싹한 두려움으로 몸을 떤다.《목마른 계절》¶그녀는 누가 툭 건드리기만 해도 깊이 모를 나락으로 떨어져 버릴 것 같은 느낌에 진저리를 쳤다.〈꽃 지고 잎 피고〉

**나목(裸木)** 잎이 지고 가지만 앙상히 남은 나무. ¶내가 지난날, 어두운 단칸방에서 본 한발 속의 고목, 그러나 지금의 나에게 웬일인지 그게 고목이 아니라 나목이었다. 그것은 비슷하면서도 아주 달랐다.《나목》

**나박지** 무를 얄팍얄팍하게 썰어서 양념을 버무려 담근 김치나 깍두기. ¶"나박지가 시원하구나." 전처만은 도무지 식욕이 나지 않아 두어 번 김칫국물만 훌쩍거리면서 말했다.《미망 1》

**나발을 불다**⊞ 비밀 따위를 폭로하다. ¶안 여사의 가출을 제일 먼저 눈치 채고 살판난 듯이 일가문중에 나발을 분 건 그때

부터도 친정 출입이 잦던 고모였다.《오만
과 몽상 1》

**나부랭이** 사람이나 물건을 하찮게 여겨 이
르는 말. (산) 소설 나부랭이라니, 내가 감
히 어떻게 그 따위로 소설을 능멸할 수 있
을까. 그건 내 본심이 아니다.〈소설 나부
랭이, 책 나부랭이〉

**나비잠** 갓난아이가 두 팔을 머리 위로 벌
리고 자는 잠.¶팔을 어깨 위로 쳐들고
나비잠을 자던 갓난아이가 얼굴을 심하게
구기며 울기 시작했다.《미망 2》

**나스르르** 가늘고 보드라운 털이나 풀 따위
가 짧고 성기게 나 있는 모양.¶밭머리나
논두렁이나 가리지 않고 냉이가 질펀하게
돋아나고 있었다. 가끔 시골 처녀의 머리
채처럼 나스르르하고도 청청하게 돋아난
달래가 눈에 띌 적도 있었다.《그 산이 정
말 거기 있었을까》

**나이가 약이다** 젊었을 때 대단하게 여기
던 일도 나이 먹어 보면 별것도 아니게 생
각된다는 말.¶…이왕 잘 참은 것 조금만
더 참지, 조금만 더 참으면 나이가 약이라
고, 꽃 피고 잎 지는데 무심해지듯, 남의
계집 서방 금슬 좋아 흥흥대는 게 되레 더
러워 보여 눈 씻고 외면하게 되련만, 그동
안을 못 참고.《미망 1》

**나이는 못 속인다**(속) 나이를 아무리 속이
려고 해도 행동의 이모저모에서 그 티가
반드시 드러나고야 맒을 이르는 말.¶부
성이도 그가 잔소리와 근력이 줄고 우울
해진 것에 대해 아무리 극성맞은 양반도
나이는 못 속인다는 쪽으로 가볍게 치부
하고 있었다.《미망 1》

**나이배기** 겉보기보다 나이가 많은 사람을

낮잡아 이르는 말.¶옥희는 사는 것 자
체가 벅차 보이는 작고 까무잡잡한 소녀
였다. 그러나 실제의 나이는 보기보다 훨
씬 더 든 나이배기였다.《살아 있는 날의
시작》

**나잇값** 나이에 어울리는 말이나 행동을 얕
잡아 이르는 말.¶옛날 얘기란 소리에 나
는 나잇값도 못하고 그만 가슴이 울렁거
렸다.〈저녁의 해후〉(산) 할미가 나잇값도
못하고 너희들한테 너무 잔소리를 해 싸서
그때 너의 부어오른 얼굴이 지금도 눈에
선하다.〈잔소리꾼 할머니가 손녀에게〉

**나잇살** 지긋한 나이를 낮잡아 이르는 말.
¶"…나잇살이나 먹은 사람도 저러니 요새
젊은 것들 나무라 뭘 하노."《욕망의 응달》

**나풀나풀** 얇은 물체가 바람에 날리어 가
볍게 자꾸 움직이는 모양.¶느네들 둘 다
의사 될 거라면서? 잘났어. 난 훌륭하고
돈도 많이 버는 의사하고 결혼할 건데. 약
오르지롱. 메롱, 하고는 분홍색 혀를 날름
드러내 보이곤 나풀나풀 멀어져 갔다.《아
주 오래된 농담》

**낙인**(烙印) 씻기 어려운 좋지 못한 이름.
¶체경에 비친 나의 단발머리는 참으로
꼴불견이었다. 그러나 그건 이미 대처의
낙인이었다.〈엄마의 말뚝 1〉

**낙토**(樂土) 늘 즐겁고 행복하게 살 수 있
는 좋은 곳.¶암, 알고 말고. 그러나 열은
별로 두렵지 않다. 그렇다고 진이에게 자
기가 발견한 낙토를 설명할 필요는 없다.
《목마른 계절》

**낙혼**(落婚) 강혼(降婚). 지체가 높은 집
이 지체가 낮은 집과 하는 혼인.¶"자네
가 감히 우리 전씨 가의 사위가 돼 보겠

다고?" "가문으로 치자면 제가 되레 낙혼을 하는 셈이올시다." "저런 고얀 놈이 있나…"《미망 2》

**난공불락(難攻不落)** 공격하기가 어려워 쉽사리 함락되지 아니함. ¶그러나 밍크 목도리들이 난공불락의 성새처럼 나와 선생님 사이를 가로막고 있다는 의식이 좀 더 분명해질 뿐이다. 〈세모〉

**난기** '장난기'의 탈자로 보임. ¶수지가 얼굴 가득 혐오감을 과장하면서 대들었다. 기욱의 눈에서도 난기가 싹 가셨다. 섬뜩하도록 예리한 눈빛이었다.《그해 겨울은 따뜻했네 1》

**난다 긴다 하다** 재주나 능력이 남보다 뛰어나다. ¶"난다 긴다 하는 급수 딴 타자수도 얼마나 많은데 할머니한테까지 돌아올 일거리가 있다는 게 신기하네요." 〈나의 웬수덩어리〉

**난리가 나면 어른은 배곯아 죽고 아이들은 배 터져 죽는다** 전쟁이 나면 양식이 귀해지고, 집안에 양식이 귀해지면 철없는 아이들은 더 식탐을 하게 된다. 어른은 아이들이 행여 배 곯을까 봐 자기 배를 줄이면서까지 아이들을 더 먹이는 현상을 두고 하는 말. ¶"난리가 나면 어른은 배곯아 죽고 아이들은 배 터져 죽는다더니…." 어른들은 끼니때마다 게눈 감추듯이 제 밥그릇을 비우고 어른 밥그릇을 넘보는 아이들을 이렇게 개탄하면서도 몇 숟갈의 밥을 자식들을 위해 덜어 주는 걸 잊지 않았다.《그해 겨울은 따뜻했네 1》 ¶어머니와 나는 빈 솥 바닥을 득득 소리 나게 긁으며 "난리 통엔 어른은 배곯아 죽고, 애새끼는 배 터져 죽는다더니 맞다 맞어. 우

리가 그 꼴 되겠다." 하고 한숨을 쉬었다. 〈부끄러움을 가르칩니다〉

**난삽(難澁)하다** 글이나 말이 매끄럽지 못하면서 어렵고 까다롭다. ¶비록 그게 난삽하다 하더라도 성실하고 꾸준한 노력의 결과라는 것만은 의심할 여지가 없다. 〈꿈꾸는 인큐베이터〉

**날개가 돋히다** 상품이 시세를 만나 빠른 속도로 팔려 나가다. ¶용이나 공작을 수놓은 하우스 코트나 파자마가 날개 돋힌 듯이 팔리는가 하면, 조그만 꽃바구니가 품절이 되는 소동까지 빚어냈다.《나목》

**날개옷** 날개가 달린 상상의 옷. ¶소한을 앞둔 소소리바람이 아프도록 찼다. 그러나 바람을 함뿍 안은 한복은 마치 날개옷 같았다. 나는 거의 체중을 의식 못 할 만큼 가볍게, 훨훨 날 듯이 걸었다.《나목》

**날래다** (움직임이) 나는 듯이 빠르다. ¶나라의 위기 중에서 돈벌이가 되는 절호의 기회만을 날래게 포착하고 나면 나머지는 구경거리에 불과했다.《미망 1》

**날집** '날림집'의 탈자. '날림집'은 공을 들이지 않고 되는대로 대강대강 지은 집. ¶여남은 평이 될까 말까 한 날집들이 첩첩이 밀집한 순정이네 동네는 결코 경화가 말했던 것처럼 진저리가 처지게 형편없지만은 않았고 오밀조밀 재미난 데가 있었다.《도시의 흉년 1》

**남남스럽다** 남남 같다. ¶그는 냉랭하고 남남스러운 얼굴로 나를 맞았다. 〈도둑맞은 가난〉 ¶소녀는 안다. 소녀는 여러 번 보아서 알고 있다. 바로 저런 남남스러운 메마른 연민이야말로 비행기 표까지 끊어 놓고 나서 떠나는 날까지의 마지막 얼굴

이란 것을. 〈이별의 김포 공항〉

**남단**(南端)　남쪽의 끝. ¶단풍을 따라 남단까지 내려갔다 오려니 부득이 일박을 하게 되었노라고. 아직도 그렇게 고운 단풍이 남아 있는 데는 남단 어디쯤일까. 〈저문 날의 삽화 1〉

**남대문 입납**㊂　이름도 주소도 모르고 집을 찾는 것을 조롱하는 말. ¶"찾아보지도 않으셨나요?" "남대문 입납이지 이 너른 장안에서 무슨 수로 그년을 찾아내?" 《오만과 몽상 1》 ¶…엄마가 여기저기로 친척 댁을 수소문해 나서기 시작했다. 문안이라도 현저동에서 가까운 문안에 사는 친척을 남대문 입납으로 찾아 나서는 엄마를 보자 오빠까지 참 엄마도 주책이셔 하면서 쓴웃음을 짓고 외면했다. 〈엄마의 말뚝 1〉

**남루**(襤褸)　낡아 해진 옷. ¶말희는 갑자기 더덕더덕 남루라도 걸친 듯이 비참해지면서 눈시울이 뜨거워졌다. 《휘청거리는 오후 2》 ¶정수리에서 한 움큼이나 되는 흰머리가 억새풀처럼 힘차게 들고 일어나는 게 엘리베이터 속 거울에 비쳤다. 반사적으로 박사 학위가 남루처럼 민망하게 느껴졌다. 〈환각의 나비〉

**남부여대**(男負女戴)　남자는 지고 여자는 인다는 뜻으로, 가난한 사람들이 살 곳을 찾아 이리저리 떠돌아다님을 비유적으로 이르는 말. (산)…남부여대 겁에 질린 피난민들은 멀지도 않은 의정부 쪽에서 그렇게 내려오고 있었다. 〈그들은 지금 어디에〉

**남사스럽다**　남우세스럽다. 남에게 놀림과 비웃음을 받을 듯하다. ¶"…시아버지 팬티가 남사스러우면 시아버지는 빼고 그냥 남자 팬티로 일반화해 보자…"〈마흔아홉 살〉

**남산골 샌님이 역적 바라듯**㊂　불우한 처지에 있는 사람이 엉뚱한 일을 바란다는 말. ¶워낙 하늘 무서운 짓을 저지르려니 미리 한바탕 몸살을 치르는가 싶어 어서어서 살아나기만 바랐다. 그러나 재득이의 실종으로 박 씨가 남산골 샌님 역적 바라듯이 잔뜩 바라던 게 어이없이 무너지자 그의 낙담과 앙분은 이만저만이 아니었다. 《미망 1》 ¶"우리 동네가 그린벨트에서 해제된다고들 해요." "공연한 소리. 땅값 좀 오르면 무슨 수가 나겠다고 이 동네 사람들은 꼭 남산골 샌님 역적 바라듯 그 희망에 산다니까."〈저문 날의 삽화 5〉

**남의 눈에 눈물 내면 제 눈에는 피눈물이 난다**㊂　남에게 악한 짓을 하면 자기는 그보다 더한 벌을 받게 됨을 이르는 말. ¶"…어찌 너만큼 배운 여성이 남의 눈에 눈물 나게 하면 기어코 제 눈에선 피눈물이 나게 된다는 이치를 몰랐더냐…"《미망 3》

**남의 떡이 커 보인다**㊂　자기의 것보다 남의 것이 더 많아 보이거나 좋아 보인다는 것을 이르는 말. ¶"지금 이 사진만 보고는 아무것도 단언할 수 없단다. 다만, 떡은 남의 떡이 더 커 보이지만 액(厄)은 내 것이 더 커 보이는 것만은 어쩔 수가 없었다. 나도 모르게 최악의 경우까지 생각했는지도 모르겠다."《아주 오래된 농담》 ¶막상 취직 문제에 부딪치고 보니 남의 떡이 커 보이는 식으로 이공계보다는 인문계 출신의 문호가 훨씬 넓어 보이는 게 우

선 나로서는 적잖이 속상하는 일이었다. 〈카메라와 워커〉

**남의 모에 빠지다** 남과 비교해서 못하거나 뒤처지다. ¶저쪽은 집안이 어마어마한데 이쪽이야 인물 하나 남의 모에 빠지지 않는 것밖에 뭐 있냐는 핀잔을 허성 씨는 달게 받는다. 《휘청거리는 오후 1》 ¶그게 어떤 아들이라고 남의 모에 빠지게 키우랴. 〈세모〉

**낭랑(朗朗)하다** 소리가 맑고 또랑또랑하다. ¶라디오에서 장마가 곧 개리라는 아나운서의 목소리가 낭랑하다. 〈어느 시시한 사내 이야기〉

**낭자하다** 왁자지껄하고 시끄럽다. ¶어깨가 가벼워진 을희는 티셔츠 자락을 치켜 올려 얼굴의 땀을 닦기 시작했다. 속에 입은 게 없어 배꼽과 허리가 드러났다. 아이들이 좀 더 낭자하게 웃었다. 〈무서운 아이들〉

**낭창낭창하다** 가늘고 긴 막대기나 줄 따위가 조금 탄력 있게 자꾸 흔들리는 모양. ¶찬국은 미스 지의…치맛자락 사이로 팔을 돌려 낭창낭창한 가는 허리를 죄어 본 일은 여러 번 있었다. 《서울 사람들》

**낭탁** 주머니라는 뜻으로 '채우다'와 함께 쓰임. 내·제·네 등 대명사가 붙으면 내·제·네 주머니를 채운다는 뜻이 된다. ¶마담뚜의 장황한 수다를 요약하면 보석 수집의 필요성을 만약의 경우의 내조를 위한 것과 자기 낭탁을 위한 두 가지로 나눌 수 있게 된다. 《휘청거리는 오후 2》 ¶사실 민박집도 내가 내 낭탁을 너무 할 줄 모른다고 걱정하고 경환이나 경숙이도 혼인 신고는 할 거냐, 영감 죽은 후를 위한 대책은 뭐냐,

알고 싶어 했지만 나는 무대책으로 그냥 간 거였어. 〈그리움을 위하여〉

**낭탁하다** 자기의 차지로 만들다. ¶"나 어렸을 때만 해도 삼포 가진 사람은 다 큰 부자 같아 그리도 부럽더니만, 그래서 내 낭탁할 줄도 모르고 애면글면 모은 돈으로 백 간 이백 간씩 삼포 늘리는 걸 큰 재미로 알고 살았건만, 해 보니 그게 아닙디다…" 《미망 1》

**낯도깨비 같다** 염치도 체면도 없이 욕심을 부리는 사람을 이르는 말. ¶…허성 씨는 이 여자가 싫다. 저런 낯도깨비 같은 여자한테 딸과 아내가 말려드는 대로 내버려둔 자신의 무능에 새로운 혐오감을 느낀다. 《휘청거리는 오후 2》

**낯가림** 다른 사람을 대하기 싫어하는 것. ¶자기가 살던 동네에 대한 예기치 않은 그녀의 낯가림도 실은 그런 위화감의 표현일 뿐이었다. 《서울 사람들》

**낯가죽이 두껍다** 창피하거나 부끄러운 줄을 모를 만큼 염치가 없고 뻔뻔스럽다는 말. ¶"흥 나쁜 년, 어머니라는 이름으로 어떤 파렴치한 짓도 이해받을 수 있다고 믿고 있나 보지, 낯가죽 두꺼운 쌍년 같으니라구." 《나목》

**낯을 가리다** (어린애가) 낯선 사람을 대하기를 싫어하다. ¶나는 외삼촌이 싫고 무서워서 엉엉 울며 발버둥질쳤다. "그냥 두세요. 낯을 몹시 가리는군요." 〈엄마의 말뚝 1〉

**낳은 정보다 기른 정이 더 크다** 豫 길러 준 정이 낳은 정보다 크고 소중하다는 말. ¶"누구는 낳기만 하면 정든다든? 기른 정이 제일인데…" 《미망 1》 ¶"그동안 태

남이를 거두어 길러 주신 은혜 백골난망이외다. 기른 정이 낳은 정보다 더하다는 걸 모르진 않사오나 이제 때가 된 듯하여 그 애를 데려갈까 하오니 너무 박정하다 마옵시길 바랄 뿐이외다."《미망 2》 ¶낳은 정보다 기른 정이 제일이니라. 지금의 남편과 결혼하기로 정하고 나서 결혼 날까지 나는 어머니로부터 얼마나 자주 그 말을 들었던가.〈움딸〉

**내 밑 들어 남 보이기**㊱ 자기 스스로 제 부족과 약점을 드러낸다는 말. ¶그러자면 문중 늙은이들한테 그만한 구실을 둘러대야 되는데 그 짓은 곧 내 밑 들어 남 보이는 꼴이라 참고 있을 뿐이었다.《미망 3》

**내 코가 석자**㊱ 자기의 곤란이 심하여 남의 사정을 돌볼 겨를이 없다는 말. ¶"왜 내가 친정 걱정하는 게 이젠 같잖우?" "그런 건 아니지만 네 코가 열석 자니까 하는 소리야."《미망 1》 "아이구 당신 코가 열석 자는 되는 양반이 웬 남의 걱정이 그리 많소." 혜정이는 부끄러운 걸 핀잔으로 얼버무리려 든다.《미망 3》

**내남없이** 나와 다른 사람이나 모두 마찬가지로. ¶중학교 시절의 어느 여름날이었다. 내남없이 사는 게 어렵던 시절이었다.《살아 있는 날의 시작》 ¶내남없이 애국심이 가슴에서 목구멍까지 벅차올랐다.《그 많던 싱아는 누가 다 먹었을까》

**내남적없이** 내남없이. ¶보통 때는 각기 제 방에서 흑백텔레비전을 보았지만 이산가족 찾기가 방영될 때만은 너도나도 안집 마루에 모여들어 그 기막힌 광경을 총천연색으로 보려 들었다. 그럴 때면 제 설움 한두 가지 없는 사람이 없어서인지 내남적없이 눈물이 흔했다.〈재이산(再離散)〉

**내남직없이** 내남없이. ¶버리기는 밤중에 몰래 버렸지만 버리면 안 된다는 여론은 대낮에 들끓었고, 내남직없이 자기네는 안 버린 것처럼 시침을 떼었다.《오만과 몽상 1》

**내리닫이** 어린아이의 옷의 한 가지. 바지저고리를 한데 붙이고, 뒤를 터서 똥·오줌 누기에 편하게 만들었다. ¶엄마는 자로 내 키와 품을 대강 재서 옷감을 어설프게 마름질하고 나서 다시 내 몸에 걸쳐 보고는 시침질을 했다. 그건 다음 날 친척집 재봉틀에서 그럴듯한 내리닫이로 완성됐다. 요샛말로 하면 원피스를 우리는 그때 내리닫이라고 불렀다.《그 많던 싱아는 누가 다 먹었을까》 ¶…가연이는 소매 없는 헐렁한 내리닫이를 입고 있었는데 드러난 팔다리가 유난히 희고 매끄러워 보였다.〈저문 날의 삽화 2〉

**내숭을 떨다** 내숭스런 태도를 드러내다. '내숭스럽다'는 겉으로는 수줍어 보이나 속으로 엉큼한 데가 있다. ¶"…의당 받을 돈도 안 받을 것처럼 내숭을 떨다가 받고, 돈 받고 해 주면서 거저 해 주는 것처럼 생색을 내는 게 서울 인심이라는 것밖엔."《미망 1》

**냉냉줄** 냉냉은 전차가 떠날 때 차장이 줄을 잡아당기면 나는 소리. '냉냉줄'이 아니라 '냉냉' 다음을 떼고 '줄을 잡아당기며'로 이어져야 옳다. 띄어쓰기가 잘못된 예. ¶전차가 멎었다. 나는 탈까 말까 망설이고 있었다. 차장이 냉냉줄을 잡아당기며 '막차요, 막차' 했다. 나는 냉큼 올라탔다.《나목》

**냉담(冷淡)** 하느님에 흥미나 관심을 보이지 않고 신앙생활을 소홀히 함. ¶신앙의 초심자다운 순진한 바람일 수도 있었으나 벌써부터 냉담을 예비하며 구실을 찾는 심보인지도 몰랐다. 〈저문 날의 삽화 1〉

**냉수 먹고 속차려라** 무엇을 너무 몰라서 멍청하거나 속 편한 사람에게 정신 차리라고 하는 말. ¶"애 좀 봐. 과장님이 좋아하는 건 너도 아니고 나도 아니고 복실이야. 너야말로 냉수 먹고 속차려야겠다, 애."《오만과 몽상 1》

**냉수 먹고 이 쑤시기(솜)** 냉수 먹고 갈비 트림한다. 잘 먹은 체하며 이를 쑤신다는 뜻으로, 실속은 없으면서 무엇이 있는 체함을 이르는 말. (산) 그러나 그들의 그런 모습은 우리 기성세대의 고질병—필사적인 외화치레, 냉수 먹고 이 쑤시는 허식, 뒷구멍으로 호박씨 까는 점잖음에 대한 일종의 도전인지도 모른다. 〈답답하다는 아이들〉

**너 죽고 나 죽고 해보다(솜)** 맞붙어서 결판이 날 때까지 겨루어 보겠다는 의지나 결심 또는 그런 싸움을 이르는 말. ¶"이년, 이 되기[賣淫女]만도 못한 년, 너 죽고 나 죽자."《미망 1》¶"내가 그 편지를 훔쳐보기가 잘못이지. 그전까지만 해도 너 죽고 나 죽자는 식으로 반대하던 결혼을 차마 못 그러겠는 거 있지…"〈사람의 일기〉

**너누룩하다** ① 심하던 병세가 잠시 가라앉으면서 견딜 만해진 상태. ¶할아버지도 심한 해소의 발작이 겨우 너누룩해서 탈진한 채 벽에 기대 앉아 슬픔이 가득 고인 눈으로 남상이를 바라보고 있었다.《오만과 몽상 1》② 떠들썩하던 것이 잠시 조용하다. ¶아이의 울음이 너누룩한 걸 기화로 그는 아이를 보행기에 앉혔다. 〈애보기가 쉽다고?〉 (산) 밤새도록 내린 장대비가 잠시 너누룩해진 아침이었다. 〈시골집에서〉

**너덕너덕** 여기저기 고르지 않게 깁거나 덧붙인 모양. ¶서로 소식을 끊고 지내는 날짜가 길어질수록 배신감도 확실해졌지만 그까짓 거 이혼녀가 재미 본 셈만 치지, 하는 식의 가장 저속하고 값싼 처방을 상처에 너덕너덕 붙이는 것에도 익숙해졌다.《그대 아직도 꿈꾸고 있는가》

**너두룩하다** '너누룩하다'의 오자. ¶얼이 빠져 등신이 다 된 한씨댁은 아무것도 주장하지 않았다. 기진해서 일단 너두룩했던 수지가 다시 까무러칠 듯이 울고 몸부림쳤다.《그해 겨울은 따뜻했네 1》

**너무 고르다 베 고른다(솜)** 너무 고르다가 눈먼 사위 얻는다. 무엇을 너무 고르면 오히려 처지고 나쁜 것을 가지게 된다는 말. ¶"성님, 두말 말고 그저 맏사위 같은 자리만 나서면 우격다짐으로라도 보내세요. 졸업했다 하면 벌써 올드 미스예요. 똑똑한 앨수록 너무 고르다 베 고릅디다."《도시의 흉년 3》¶너무 고르면 종당엔 베를 고른다는 옛말이 조금도 안 틀리는구먼. 어머니는 이렇게 약간은 섭섭해하면서도 속으론 저으기 다행스러웠다. 〈끊어진 목걸이〉

**너부죽이** 천천히 몸을 낮추어 엎드리는 모양. ¶그는 허둥지둥하는 나를 부축해서 앉히더니 너부죽이 절을 했다. 〈맏사위〉

**너부죽하다** 조금 넓고 평평한 듯하다. ¶"왜 그러세요? 어디가 불편하세요?" 여인이 그의 거동이 수상쩍은 듯이 물었다. "아 아닙니다. 선생님이 어디가 불편하신 것 같아서…" "그래요?" 여인이 너부죽한 코로 사냥개처럼 킁킁댔다. "맞아요. 뒤를 보셨나 봐요." 〈침묵과 실어〉

**너스레를 떨다** 수다스럽게 떠벌리는 말이나 짓을 늘어놓다. ¶주 박사도 일 년에 한 번 전화로 세배 올린다고 얼렁뚱땅 너스레를 떠는 게 고작이지 들른 적은 없다. 〈저물녘의 황홀〉

**너와집** 쪼갠 통나무나 두꺼운 나무껍질로 지붕을 인 집. (산) 내 추억 속에서 비록 너와집은 잃었지만 노스님은 빈 절에 내려와 한여름을 보내고 간 신선이 되어 있다. 〈한여름 낮의 꿈〉

**너울너울** 물체가 부드럽고 느리게 곡선을 이루며 움직이는 모양. (산) 아이들은…환성을 지르며 너울너울 춤을 추었다. 〈교감〉

**너울대다** 너울거리다. 부드럽고 느리게 잇달아 굽이쳐 움직인다. (산) 머리를 예쁘게 빗어서 양 갈래로 땋아 늘어뜨리고 끝에 물린 빨간 열매 모양의 구슬이 아이가 뛸 때마다 너울대는 게 보는 이의 마음을 절로 즐겁게 했다. 〈없어진 코흘리개〉

**넉꿍넉꿍** 어린아이를 어르는 말. ¶그러나 어느 날 아침, 마님은 처음으로 넉꿍넉꿍 두어 번 현이를 어르는 척하더니만 우리에게 떠나는 게 좋을 거라고 했다. 《그 산이 정말 거기 있었을까》

**넌더리가 나다** 몹시 싫어서 진저리가 나다. ¶이미 파다하게 퍼진 소문에 그는 속으로 넌더리를 내면서 입 속으로 요령부득한 소리를 중얼댔다. 〈재이산(再離散)〉

**널름널름** 무엇을 자꾸 빠르게 받아 가지는

모양. ¶나는 영택이와 그의 친구들이 권하는 대로 막걸리도 찔끔찔끔 마셨고 족발도 널름널름 집어 먹었다. 〈저문 날의 삽화 1〉

**널빈지** 한 짝씩 끼웠다 떼었다 할 수 있게 만든 문. ¶…이 집의 수많은 방 중에서 현의 독방만은 창호지 문이 아닌 널빈지 문이었다. 《오만과 몽상 1》

**넙데데하다** '너부데데하다'의 준말. 얼굴이 둥그스름하고 너부죽하다. ¶열린 방문을 통해 남자의 넙데데한 뒤통수와 텔레비전 화면이 보였다. 〈참을 수 없는 비밀〉

**노가다**(비) '공사판 노동자'를 속되게 이르는 말. ¶"뭐라구? 그 좋은 학교 그만두고 시집가겠다는 데가 겨우 노가다 십장이라구? 집안 망신을 시켜도 분수가 있지." 《그 산이 정말 거기 있었을까》

**노구**(老軀) 늙은 몸. ¶그녀는 처음으로 시어머니의 적나라한 노구에 연민을 느꼈다. 〈울음소리〉

**노글노글** 성질이나 태도가 딱딱하지 않고 좀 누그러지거나 부드러운 모양. ¶"…여봐, 계집은 노글노글 품안에 들어야 맛이야. 높은 데서 굽어보는 잘난 여잔 이제 질색이라구. 지긋지긋해" 《살아 있는 날의 시작》

**노느매기** 물건 따위를 노느는 일. 분배. 여러 몫으로 갈라 나누는 일. ¶큰굿이 들었을 때는 구경꾼에게 어른 아이 가리지 않고 떡이나 알록달록한 색사탕 같은 걸 노느매기해 줄 때도 있었다. 《그 많던 싱아는 누가 다 먹었을까》 ¶…나는 기쁜 마음으로 그의 유품을 공평하게 노느매기를 했다. 그러나 모자는 다 내가 가졌다. 〈여

넓 개의 모자로 남은 당신〉

**노독(路毒)** 먼 길을 여행하여 생긴 피로나 병. ¶나이를 헤아릴 순 없지만 정정하게 늙은 노인의 다리는 오랜 노독으로 휘청거리고 있었고 은빛 수염에 덮인 얼굴엔 기품 있고 지혜로운 미소가 감돌고 있었다. 〈노인과 소년〉

**노류장화(路柳牆花)** 아무나 쉽게 꺾을 수 있는 길가의 버들과 담 밑의 꽃이라는 뜻으로, 창녀나 기생을 비유적으로 이르는 말. ¶"…그 하부다이가 요새 이름난 노류장화들 사이에서뿐 아니라 세도하는 사대부가의 안방마님들 사이에서까지 널리 퍼져 물건이 달릴 뿐 아니라 부르는 게 값이란다."《미망 1》

**노른자위** 가장 중요하거나 값이 비싼 부분. ¶…칠성당이야말로 이 절의 노른자위다. 〈어머니〉

**노리끼리하다** 노르께하다. 곱지 않고 옅게 노르다. ¶투박한 찻잔에 생강차가 나왔다. 노리끼리한 액체가 따끈하고 알맞추 맵싸하고 알맞추 단 것이 맞춤한 차였다.《나목》

**노발대발(怒發大發)** (어른이) 매우 화를 내는 것. ¶"일간 저희 아버님을 한번 만나 주십시오. 저희 아버님도 저희들 일을 아시면 일단은 노발대발하시겠지만 잘 수습해 주실 겁니다."《휘청거리는 오후 1》

**노방** 얇은 비단의 종류. ¶달개비 이파리의 도톰하고 반질반질한 잎살을 손톱으로 조심스럽게 긁어 내면 노방보다도 얇게 섬세한 잎맥만 남았다.《그 많던 싱아는 누가 다 먹었을까》

**노염(老炎)** 늦더위. ¶노염이 기승을 떠는

늦여름의 오후, 설희 엄마는 우리 집에 마실을 왔다.〈세상에서 제일 무거운 틀니〉(산) 노염이 복더위보다 기승스럽다. 어서 찬바람이 났으면 싶다가도 연탄 생각을 하면 우울해진다. 〈그때가 가을이었으면〉

**노추(老醜)** 늙고 추함. ¶…뒤에서 본 그 여자는 스무 살을 갓 넘어선 것처럼 싱싱해 보였다. 그러나 그 여자의 앞모습엔 분명하고도 멀지 않은 노추의 예감 같은 게 서려 있었다.《살아 있는 날의 시작》¶(눈 화장이)…눈가에 잔주름을 노추로 만들어 강조하고 있다. 〈부끄러움을 가르칩니다〉

**노털(비)** '노인'을 낮잡아 이르는 말. ¶"…빠리빠리한 젊은애들이 직접 큰 회사 중역실을 찾아다니며 척척 큰 구찔 물어들이는데 나 같은 노털은 기껏 가정집 안방마님이나 찾아다니며 십만 원 이십만 원 올려 봤댔자지 뭐…"《도시의 흉년 1》

**노회(老獪)하다** 경험이 많고 교활하다. ¶…어느 술좌석에서 우연히 노회한 민 사장으로선 다분히 계획적이었을 흔담이 비롯됐다.《목마른 계절》¶그가 성난 듯이 무뚝뚝하게 말했다. 그의 안정에 무분별한 짓궂음 같기도 하고 잘 계산된 노회함 같기도 한 게 얼핏 스쳤다. 〈저녁의 해후〉

**녹의홍상(綠衣紅裳)** 연두저고리에 다홍치마라는 뜻으로, 젊은 여자의 고운 옷차림을 이르는 말. ¶자명은 민우를 내보내고 옷을 갈아입었다. 품, 화장, 치마길이, 버선까지 꼭 맞았다. 커다란 체경에 비치는 녹의홍상의 거침없는 화려함이 이 집의 침울한 분위기와 너무 안 어울리다 못해 불길해 보이기까지 했다.《욕망의 응달》

**녹초가 되다** 맥이 풀어져 힘을 못 쓰고 늘어지다. ¶아이가 젖이 안 나와 울 땐 아기 편이 됐다가, 아기 엄마가 젖이 너무 아파 비명을 지를 땐 아기 엄마 편이 됐다가 하면서, 온몸이 땀에 젖고 녹초가 됐다. 내 생전에 그런 중노동을 해 보긴 처음이었다.《도시의 흉년 1》

**놋바리** 놋쇠로 만든 여자의 밥그릇. ¶이모네 집에는 내 돌날 장만했다는 내 놋바리가 있다.《도시의 흉년 1》¶시골서 가져온 주먹만 한 내 놋바리는 방 안의 궁기와 어울리지 않게 늘 깊고 은밀하게 빛났다.《그 많던 싱아는 누가 다 먹었을까》

**농담(濃淡)** 색깔이나 명암 따위의 짙음과 옅음. ¶녹색 중에서 가장 빼어나고 순결한 녹색이 오묘한 농담을 이룬 푸른 터널을 빠져나오는 동안 줄창 아카시아의 감미로운 향기가 코끝을 간질였다.〈꽃 지고 잎 피고〉

**농담 따먹기 하다**ⓑ '시답지 않은 말을 하다'를 속되게 이르는 말. ¶영빈은 말주변이 없고 농담 따먹기에도 서툴렀다.《아주 오래된 농담》

**농땡이치다**ⓑ '꾀를 부리거나 게으름을 피우다'를 속되게 이르는 말. ¶"농땡이 잘 안 되겠는데, 고모." 풀이 죽어 돌아온 훈이의 말이었다. "그까짓 농땡이칠 거 없다. 같이 가자 서울로. 몸이나 성할 때 일찌거니 집어치는 게 낫겠다."〈카메라와 워커〉

**농밀(濃密)하다** 서로 사귀는 정이 두텁고 가깝다. ¶철들고 나서 어른들의 말다툼 속에 나오는 상피 붙는다는 말뜻을 알고부터 그 불결감에 치를 떨며 부자연스럽게 억압해야 했던 동기간의 순수한 애정이 억압당했던 것만큼 농밀한 것이 되어서 괴어 왔다.《도시의 흉년 1》

**농투성이**ⓑ '농부'를 낮잡아 이르는 말. ¶생전 땅 파는 것밖에 모르던 농투성이 노인은 부처님 가운데 토막처럼 악기라고는 없었다.《아주 오래된 농담》

**놓아먹인 망아지**㉑ 들에 풀어 놓고 기른 말이란 뜻으로, 교양이 없고 막돼먹은 사람을 이르는 말. ¶"계집애가 답답한 걸 알아서 뭘 하는? 쯧쯧. 그래 샛골에선 놓아먹인 망아지처럼 멋대로 싸다녔다 이 말이지. 망측한 일이로다."《미망 1》

**뇌쇄(惱殺)** 여자의 아름다움이 남자를 매혹시켜 애가 타게 함. ¶그녀의 추파에 뇌쇄당하지 않는 남자는 남자도 아니며, 여자라면 설사 비구니라도 한번쯤 야드르르 화장품을 찍어 발라 볼 것 같았다.〈그의 외롭고 쓸쓸한 밤〉

**누구 코에 붙이겠는가** 여러 사람에게 나누어 주어야 할 물건이 너무 적을 때 이르는 말. (산) 떡을 다섯 가마나 하고 돼지를 두 마리나 잡았다고 했다. 나는 웃으면서 "다섯 말이겠죠." 하고 정정을 했다. 그 친척은 큰 잔치에 그까짓 다섯 말을 누구 코에다 붙이냐고 한사코 다섯 가마니를 주장했다.〈시골뜨기 서울뜨기〉

**누리끼리하다** 별로 보기 좋지 않게 누르스름하다. ¶그는…투박한 사기그릇에 누리끼리한 차를 따라 주며 되물었다.〈엉큼한 장미〉

**누습하다(漏濕—)** 축축한 기운이 스며 있다. ¶…늘 지저분하고 시끌시끌한 골목 속에서도 가장 방값이 싼 어둡고 누습한

자취방《오만과 몽상 1》

**누울 자리 봐 가며 발을 뻗어라**㊦ 시간과 장소를 가려 행동하라는 말. ¶ "…외삼촌 심정을 제가 왜 모르겠느니까. 그렇지만 누울 자리 보고 다리 뻗으랬다고 시방은 일본 놈 세상 아니니까. 왜놈이 어드런 놈딜이니까. 어길 게 따로 있죠."《미망 2》 ¶ 엄마는 집을 줄이고 남은 돈을 자청해서 거기다 보태고 조금이라도 떳떳하게 생활비를 받으려고 했다. 누울 자리 보고 다리 뻗는다고 오빠가 국학 대학 야간부에 입학을 했다.《그 많던 싱아는 누가 다 먹었을까》

**누워서 떡 먹기**㊦ 하기가 매우 쉬운 것을 이르는 말. ¶ "사모님. 지금 보신 그 땅 눈 꽉 감고 잡아 놓으십시다. 글쎄 문제없다니까요. 중도금 치르기 전에 평당 오천 원 띠기는 누워서 떡 먹기라니까요." 젊은 신사들이 부인들을 꾀고 노인도 합세했다. 〈서글픈 순방〉 ¶ "아파트 집 찾기야 누워서 떡 먹기지. 동 호수만 알면야." 〈로열 박스〉

**누워서 침 뱉기**㊦ 남을 해치려다가 도리어 자기가 해를 입게 된다는 말. (동) 워낙 신랑이 변변치 못해 당한 일이라 여러 사람 앞에 드러내 놓고 문제 삼기도 누워서 침 뱉기입니다. 〈찌랍디다〉

**눅진눅진** 물기가 있어 매우 눅눅하면서 끈끈한 모양. ¶ 나는 벌거벗은 것처럼 그런 공기가 내 피부에 직접 눅진눅진 엉겨 붙는 것 같은 불쾌감을 느꼈다.《도시의 흉년 1》 ¶ 웬일인지 발밑마저 눅진눅진해지면서 걸음은 점점 더 지지부진하고 고통스러워졌다. 〈울음소리〉

**눈 가리고 아웅**㊦ 매우 얕은수로 남을 속이려 한다는 말. ¶ 망할 자식, 망할 자식…눈 가리고 아웅 해도 분수가 있지, 그까짓 탈바가지 하나만 믿고 다시 군중 앞에 나설 마음을 먹다니, 행여나 제가 무사할 줄 알구.《도시의 흉년 2》 ¶ …우리 집만 그냥 통과하는 건 아니었고, 도리어 딴 집보다 더 여기저기를 찔러 보고 구석구석을 뒤지고 다녔다. 그러나 정작 쌀독은 그냥 지나쳐 주었다. 순전히 눈 가리고 아웅 하는 식이었다.《그 많던 싱아는 누가 다 먹었을까》

**눈 감으면 코 베어 먹을 세상**㊦ 세상 인심이 매우 험악하고 믿음성이 없음을 이르는 말. ¶ 엄마는…맏며느리에다 손 귀한 집 장손의 엄마이기도 했다. 그리고 맨손으로 서울이라는 눈 감으면 코 베어 간다는 대처에다 최초로 말뚝을 박은 담대한 여자였다.《그 많던 싱아는 누가 다 먹었을까》 ¶ (교하댁은)…아무나 서울이라는 눈 감으면 코 베어갈 데서 취직이나 장사를 할 수 있는 게 아니라는 걸 알아듣도록 타이르길 잘했다. 〈가(家)〉

**눈 뜨고 볼 수 없다** 눈앞의 광경이 참혹하여 차마 볼 수 없다. ¶ "…아무리 지은 죄가 하늘 무서워 천벌이려니 받는다 해도 차마 눈 뜨고 볼 수 없을 만큼 참혹했습죠." "미련한 것 같으니라구. 그런 고생을 덜라고 은을 넉넉히 주어 보냈건만…" 영감이 혼잣말처럼 중얼거렸다.《미망 1》

**눈 밖에 나다** (신임을 받지 못하고) 미움을 받게 되다. ¶ "이 서방이 그 숙부님에 대해 어느 만큼이나 아는지 모르지만 돌아가신 할아버님 눈 밖에 났던 건 알고 있

죠?"《미망 2》

**눈 씻고 보려야 볼 수 없다**  아주 보기 어렵다. ¶(비좁은 방은)…초라하지만 더럽진 않았고 여대생의 방다운 데라곤 눈을 씻고 찾아볼래도 없었다.《도시의 흉년 1》 ¶음흉한 데라곤 눈 씻고 찾아도 없는 너무 해맑은 소년 같은 노인이 의심 받는 것은 그의 특이한 말하는 방법 때문이었을 것이다.《그 산이 정말 거기 있었을까》

**눈곱만큼도**  조금도, 전혀, (동) 그런 소리를 자기를 위해 해 주는 주인 영감님을 위해서라면 뼛골이 부러지게 일을 한들 눈곱만큼도 억울할 것이 없을 것 같다.〈자전거 도둑〉

**눈귀가 여리다**  조금만 슬퍼도 눈물이 잘 나는 성품을 이르는 말. '눈귀'는 눈초리란 뜻. ¶"…내가 이래봬도 눈귀 하나는 여린 년이라 이 설움 저 설움 묵은 설움에다 그날의 몸 고달픈 것까지 그만 훌쩍훌쩍 울면서…"〈유실〉

**눈꼴사납다**  (태도나 행동이) 아니꼬워 보기 싫다. ¶눈꼴사납게 계집애가 어디서 술주정이냐는 듯한 여러 시선을 받으며 나는 유유히 대폿집의 넓지 않은 토방을 가로질렀다.《나목》 ¶"기혼 여성은 별수 없단 소리 안 듣도록 일 잘 해요. 수틀리면 그만둬도 된다는 티를 내고 싶어 하는 여사원처럼 눈꼴사나운 건 없더라."〈꿈은 사라지고〉

**눈꼴이 시다**  하는 짓이 보기에 아니꼽다. ¶텔레비전으로 야구 중계를 볼 때마다 눈꼴이 시도록 죽이 잘 맞던 그들이 결승전 때는 경기장에 같이 가자고 약속을 하는 것 같았다.〈저문 날의 삽화 1〉 (산) 요

새 아빠들 딸 예뻐하는 것은 엄마가 봐도 눈꼴이 실 지경이라고들 하더니만, 그게 바로 저런 거로구나 싶어 슬그머니 웃음이 난다.〈잘 가라, 5월의 풍경들이여〉

**눈꽃**  나뭇가지 같은 데에 꽃송이처럼 덮인 눈. (산) 우리 마당의 나무들도 앞산의 나무들도 메마른 가장귀마다 눈꽃이 피어 황홀한 별천지를 연출했다.〈흔들리지 않는 전체〉

**눈도장**  눈짓으로 허락을 얻어 내는 일이나 또는 상대편의 눈에 띄는 일을 이르는 말. ¶다들 마스크로 얼굴을 반 넘어 가려 정확한 표정을 알 수는 없지만, 안됐다는 동정의 눈도장일 수도 있고, 가족이 지켜보고 있다는 걸 잊지 않고 있다는 성의 표시일 수도 있으리라.《아주 오래된 농담》

**눈썰미**  한 번 본 것이라도 그대로 잘 흉내 내는 재주. ¶철우 엄마는 여간 바지런하고 눈썰미 손재주도 있어서 일 년 내내 일거리가 떨어지지 않았다.〈저문 날의 삽화 5〉

**눈썹도 까딱하지 않다**  아주 태연하다. ¶"저 계집애, 저거 사람 여럿 잡을 계집애 아냐. 남의 자식을 요 모양 요 꼴을 만들어 놓고 눈썹 하나 까딱 안 하는 저 독한 꼴 좀 보게."《휘청거리는 오후 2》 ¶나는 지금도 우아하고 기품 있는 어머니의 그 부자 친구가 눈썹 하나 까딱 안 하고 우리의 모든 것을 빼앗아 가던 날을 생생하게 기억한다.〈도둑맞은 가난〉

**눈에 나다**  신임받는 대상에서 벗어나 미움을 받게 되다. ¶견딜 수 없는 건 그녀의 할머니와 어머니의 애걸이었다. 이 두 늙은 여자들은 후남이가 이번 일로 남편이

나 시집 식구 눈에 나 시집을 못 살게 될까 봐 전전긍긍하고 있었다. 〈아직 끝나지 않은 음모 3〉

**눈에 넣어도 아프지 않다** 매우 귀엽고 사랑스럽다. ¶인철의 아버지 노릇은 나무랄 데가 없었다. 그는 아들들에 대한 무조건의 신뢰감과 고명딸에 대한 눈에 넣어도 아프지 않을 것 같은 익애와 하루의 피곤으로 맥없이 충족돼 보였다. 《살아 있는 날의 시작》 ¶"눈에 넣어도 아프지 않을요 예쁜 각시는 어디메서 생겼는데?" "할아버지가 야다리 밑에서 주워 왔지." 태임이가 겨우 말을 배우기 시작할 때부터 가르친 재롱이었다. 《미망 1》

**눈에 들다** 마음에 들다. ¶아들 눈에 들기 전에 분희 부인 눈에 먼저 든 며느리였다. 〈아직 끝나지 않은 음모 2〉

**눈에 뭐가 씌었다** 이성 간에 서로 현혹되어 사람됨을 제대로 못 보는 일을 이르는 말. 흔히 '눈에 콩깍지가 씌다'고 한다. ¶초희는 자기도 모르게 조광욱과 딴 신랑감과를 비교하고 있었다. 옛말에도 있듯이 눈에 뭐가 씌어야 배우자 고르기가 수월한데 초희는 눈에 뭐가 씌기는커녕 밝고 밝은 눈에 신랑을 재는 자(尺)—조광욱이라는 자까지 가지고 있으니 탈이었다. 《휘청거리는 오후 1》

**눈에 밟히다** 잊히지 않고 자꾸 눈에 떠오르다. ¶"막내 놈이 올봄에 졸업하고 군대 갔잖나. 이웃에 살면서 맨날 즈이 에미 치마폭을 못 벗어나던 딸년네는 이민을 가고, 즈이 에미는 끼고 돌던 외손자들이 눈에 밟히나 보네만 꼭 앓던 이 빠진 것 같네. 그 참에 겨우 마누라도 독차지하게 됐

다네." 〈꽃을 찾아서〉

**눈에 불을 켜다** 화가 나서 눈을 부릅뜨다. ¶태임이가 눈에 파란 불을 켜고 길길이 뛰었다. 다소곳할 때보다 한결 처염했다. 《미망 2》 ¶"어느 놈이냐? 응 어느 놈이야?" 엄마가 눈에 불을 켜고 종주먹을 댔지만 나는 선생님의 이름을 대지 않았다. 〈무중(霧中)〉

**눈에 쌍심지를 돋우다** 눈에 쌍심지를 켜다. ¶…내가 눈에 쌍심지를 돋우고 그들의 부자다움을 지켜보는 동안 그건 피할 수 없는 사실이었다. 〈저문 날의 삽화 1〉

**눈에 쌍심지를 켜다** 몹시 화가 나서 눈을 부릅뜨다. ¶"어머머, 저 오리발 내미는 것 좀 봐." 연지가 눈에 쌍심지를 켜고 언성을 높였다. 《서 있는 여자》

**눈에 차다** 흡족하게 마음에 들다. ¶"막상 사려니 어디 마땅한 게 있어야죠. 물건이라고 맨 요란 번쩍했다뿐이지 정작 눈에 차는 건 없습니다." 〈세모〉

**눈에 콩꺼풀이 씌었다**솝 앞이 가려져 보지 못한다는 말. 눈에 콩깍지가 씌다. ¶"물장수를 아무나 하는 줄 아슈. 눈에 콩꺼풀이 씌워도 분수가 있지, 그걸 못 알아본 건 내 불찰이지만 그래도 그렇지, 세상 물정을 그렇게 모르면서 딴 장사도 아니고 어떻게 물장사를 할 엄두를 내나, 내 길. 학생은 장사는 틀렸어." 《그 산이 정말 거기 있었을까》

**눈에 흙이 들어가다** 죽어 땅에 묻히다. ¶"설마설마 했더니만 그게 정말이었구나. 저런 벼락을 맞을 놈, 오살을 헐 놈. 내 눈에 흙 들어가기 전에 제 놈 제 명에 못 죽는 꼴을 꼭 보고 말리라." 《미망 1》 ¶우리

는 창씨를 하지 않았다. 할아버지가 내 눈에 흙이 들어가기 전엔 그것만은 안 된다고 완강하게 나오셨기 때문이다. 《그 많던 싱아는 누가 다 먹었을까》

**눈엣가시** 몹시 밉거나 싫어 늘 눈에 거슬리는 사람. ¶"전실 자식 하나 있는 게 그렇게 마음에 걸려." 이런 퉁명스러운 말로 핀잔을 줄 적도 있었다. 마치 문경이가 그 애를 눈엣가시로 여기고 있다는 말투였다. 《그대 아직도 꿈꾸고 있는가》 ¶승재는 아까부터 눈엣가시 같던 며느리를 흘겨보며 딴소리를 했다. 《미망 3》

**눈을 부라리다** 눈을 부릅뜨고 마구 으르다. ¶그 여자는 마치 의사와 내가 공모를 하고 돈을 아끼기 위해 예방 주사를 안 놓아 주는 양 눈을 부라리며 생떼를 썼다. 〈비애의 장〉

**눈이 뒤집히다** 어떤 일에 집착하여 이성을 잃다. ¶눈이 뒤집힐 정도의 은을 받았으나 그걸 어떻게 써야 할지는 아직 가늠을 못하고 있었다. 《미망 1》 ¶제 딸을 양갈보 짓 시키지 못해 눈이 뒤집힌 여자를 어머니로 가진 여자. 〈부끄러움을 가르칩니다〉

**눈이 맞다** 두 사람의 마음이나 눈치가 서로 통하다. ¶"난 또 나 없는 동안 상투잡이하고 눈이 맞았나 했구려." 《미망 2》 ¶"…생각할수록 해괴하고 분한 심정을 누를 길이 옰네그려. 그래 둘이 눈이 맞은 게 언제부텀인가?" 《미망 2》

**눈이 벌겋다** 자기 잇속을 차리는 데에 열중하다. ¶정치 같은 것과는 전혀 상관없는 고달프고 위험하고 잇속에 눈이 벌건 길이었지만 남의 나라의 격변기는 남

의 일 같지 않게 그의 피부에 사정없이 와 부딪쳤고, 그런 경험은…색다른 현실 감각을 일깨워 주었던 것이다. 《미망 1》

**눈이 빠지게** 몹시 애타게 오랫동안. ¶아무것도 모르는 엄마는 희소식을 기대하고 눈이 빠지게 나를 기다리고 있었다. 《도시의 흉년 1》 ¶오빠를 눈이 빠지게 기다리다 들어온 엄마는 눈에 정기가 하나도 없이 흐릿하게 풀려 보였다. 《그 많던 싱아는 누가 다 먹었을까》

**눈이 시리다** 보기에 상큼해서 정신이 번쩍 나다. (산) 농약을 전혀 치지 않았다는 무며 배추가 눈이 시리게 청청하고 건강해 보였다. 〈세대차〉

**눈이 시퍼렇게 살아 있다** 멀쩡하게 살아 있다. ¶"…서방이 눈이 시퍼렇게 살아 있는데 어떻게 감히 샛서방을 꿈이나 꾸…" 〈여인들〉 ¶그녀의 남편은 겨우 지팡이에 의지해서 걸음을 옮길 만큼 깊은 병색이 들어 보였지만 아무튼 두 눈이 시퍼렇게 살아 있었던 것이다. 〈흑과부〉

**눈찌** 흘겨보거나 쏘아보는 눈길. ¶(종상이는)…애 티가 가시지 않은 갸름한 얼굴에 어딘지 기품 같은 게 서려 보였다. 눈찌도 맑고 순해 보였고 눈썹이 숯으로 그린 듯 짙고 뚜렷했다. 《미망 1》

**눈치가 빠르면 절에 가서 새우젓을 얻어먹는다**⑨ 눈치가 빠르면 어디에 가도 궁색한 일이 없다는 것을 이르는 말. ¶"…오래간만에 고국에 돌아왔다는 기분을 맛볼 새가 어디 있었겠수. 혹시 한국이 더 미국 같지 않습디까?" "하긴 헷갈리더라. 그래도 재미 볼 건 다 봤다. 눈치가 빠르면 절에 가서 새우젓 얻어먹는다는 소리

도 못 들었냐?"《아주 오래된 농담》

**눈칫밥을 먹다** 다른 사람의 눈치를 살피면서 기를 펴지 못하고 불편하게 생활하다. ¶봉례와 덕배는 고향이 같을뿐더러 조실부모하고 친척집에서 뼛골 빠지게 일하고도 눈칫밥 먹는 신세까지 같았다. 〈성공 물려줘〉

**눈코 뜰 사이 없다** 정신 못 차리게 몹시 바쁘다. ¶반찬가게에다 김밥을 한 종목 더 추가하고 나서 처음 맞는 소풍 철이기 때문인지 아침부터 눈코 뜰 새가 없었다. 《그대 아직도 꿈꾸고 있는가》 ¶연일 잔치 준비에 눈코 뜰 새 없이 바쁘던 부성이댁 이성이댁도 마지막으로 전안상까지 봐 놓고 나서 한숨 돌린 김에 색시 구경을 하러 안방으로 들어왔다. 《미망 2》

**눙치다** 좋은 말로 마음을 풀어 누그러지게 하다. ¶나잇값을 해야지 전처만은 이마 끝까지 지글대는 화를 눙치려고 무진 애를 썼다. 《미망 1》 ¶…나는 적어도 천만 원짜리 집을 쓰고 살고, 여지껏 쓴 돈은 기껏 오천 원밖에 더 되나 하며 마음을 눙쳐 먹었다. 〈조그만 체험기〉

**뉘엿뉘엿** 해가 곧 지려고 산이나 지평선 너머로 조금씩 넘어가는 모양. ¶어느 틈에 해가 뉘엿뉘엿했다. 〈재이산(再離散)〉

**느글느글하다** 속이 메스껍고 느끼하다. ¶미끈미끈한 당면은 들척지근하고 느글느글했다. 《나목》

**느지막이** 시간이 매우 늦게. ¶서재호가 갔을 때쯤, 때맞춰 들어가느라 느지막이 들어갔건만 서재호는 그때까지 있었다. 《도시의 흉년 3》

**늑장을 부리다** 느릿느릿 꾸물거리거나 짓 천천히 하다. ¶우리 집에서도 날더러 여자 보는 눈 하나는 있다고 좋아하시면서 늑장 부리다 놓치면 어떡할 거냐고 조바심할 지경이었으니까. 《아주 오래된 농담》

**는적는적** 썩거나 삭아서 힘없이 축 처지거나 흐물흐물한 모양. ¶머리카락에도 구정물 건더기가 는적는적 엉겨 붙어 마치 메밀국수 다발처럼 희뿌옇게 보였다. 〈초대〉

**늘삿갓** 부들로 엮어 만든 삿갓. ¶늘삿갓을 깊이 쓴 두 젊은이가 전처만 곁을 횡하니 지나쳤다. 《미망 1》

**늘쩍지근하다** 몹시 느른하다(맥이 풀리거나 고단하여 몹시 기운이 없다. 힘이 없이 부드럽다). ¶누르면 손자국이 날 듯이 비죽비죽한 비짓살 위에 입힌 화장이 밤늦은 시간답게 보기 싫게 벗겨져 있는 게 한복의 야한 빛깔과 함께 늘쩍지근하니 권태로운 분위기를 만들고 있다. 《도시의 흉년 1》 ¶희주는 자신의 구역질엔지 좌중의 늘쩍지근한 포만감엔지 모를 맹렬한 적의를 느끼고 대들 듯이 말했다. 〈초대〉

**늙으면 고향 쪽으로 머리 둔다** 나이 들수록 몸과 마음이 고향으로 향한다는 말. ¶"…난시가 아니라두 늙으면 고향 쪽으루 머리 둔다는데 삼촌은 어쩌면 그런 인지상정도 읎으니까." 《미망 3》

**늙으면 아이 된다**(속) 늙으면 말과 행동이 오히려 어린아이와 같이 된다는 말. ¶…그 여자에게 맡겨진 늙음은 아무것도 기억하고 있지 않았다. 먹을 것에 대한 과도한 집착이 전부였다. 늙으면 애 된다는 옛말의 고지식한 본보기일 뿐이었다. 《살아 있는 날의 시작》

**능갈치다** 교묘하게 잘 둘러대다. ¶민 여

사의 네 살 손위 언니인 이모는 네 살 더
먹은 것만큼 능갈친다. 능구렁이가 다 된
비대하고도 흐물흐물한 몸집이 민 여사를
끌어안듯이 가까이 앉히고 수군수군 목소
리를 낮춘다.《휘청거리는 오후 1》

**능구렁이** 음흉하고 능청스러운 사람을 이
르는 말. ¶시아버지는 많은 사람을 거느
리고 돌보는 위치에 있으니만큼 사람 다루
는 데는 능구렁이였다. 〈로열 박스〉¶나
는 그가 남편을 김 선생님, 김 선생님 할
때마다 사기꾼이라고 할 때보다 더한 두려
움을 느꼈다. 그는 내가 다루기에는 너무
도 해묵은 능구렁이였다. 〈조그만 체험기〉

**능구렁이가 되었다** 경우를 다 깨달아 알
면서도 겉으로는 모르는 체할 만큼 세상
일에 익숙해졌다. ¶과년해서 능구렁이가
다 된 계집애는 슬쩍 내 비위를 건드리고
지나갔다. 〈여인들〉¶아직 능구렁이가
되기 전인 신출내기이기 때문일까. 그녀
의 얼굴엔 상전에 대한 능멸과 연민이 조
금도 절제되지 않은 채 풍부하게 남아 있
었다. 〈침묵과 실어〉

**능수능란(能手能爛)하다** 일 따위에 익숙
하고 솜씨가 좋다. ¶그 후에도 수도 없이
돈 달라고 내미는 손을 거쳐 어머니는 무
사히 안장됐다. 조카들과 그 친구들은 그
런 말에 능수능란했다. 〈엄마의 말뚝 3〉

**능욕(凌辱)** 여자를 강간하여 욕보임. ¶그
여자는 두 사람 사이의 이런 중대한 착오
에 몸서리를 쳤다. 그리고 밤이 깊도록 잠
을 이루지 못했고 마침내 능욕당한 여자
처럼 가냘프고 참담하게 흐느껴 울기 시
작했다.《그대 아직도 꿈꾸고 있는가》

**니나노 춤⑪** 니나노 가락에 맞춰 추는 춤.
'니나노'는 대중 인기 가요를 속되게 이르
는 말. ¶춤을 출 때도 있었다. 니나노 춤
이 아닌 블루스니 탱고니 하는 춤을 여자
들끼리 잡고 추는 광경엔 괴기하고도 특이
한 외설스러움이 있었다.《도시의 흉년 1》

# ㄷ

**다 된 밥에 재 뿌린다**⊛ 다 된 죽에 코 풀기. 잘되는 밥 가마에 재를 넣다. 거의 다 된 일을 끝판에 우연한 일로 망치게 됨을 이르는 말. ¶"괜히 박력 있으려다 다 된 밥에 재 뿌리는 거나 아닌지 모르겠네요." 《휘청거리는 오후 1》¶"…할머니 말짝으로 넌 애물인가 보다. 다 된 밥에 재 뿌리는 격으로 그 과분한 혼사가 만약 틀어지기라도 해 봐라. 아마 너 죽고 나 죽어야 할 거다."《도시의 흉년 2》

**다 된 죽에 코 떨어뜨렸다**⊛ 일을 거의 이룰 때 뜻하지 아니한 장애로 실패함을 이르는 말. ¶"당신 혼자 뭘 어떻게 알아서 하겠다는 거요. 저번 일만 해도 당신이 혼자 알아서 한 일, 잘된 것 하나도 없었잖아." "어머머…이 양반 좀 봐. 정말 생사람 잡겠네. 다 된 죽에 코 빠뜨려 놓은 게 누군데 지금 와서 내 탓을 할까."《휘청거리는 오후 1》

**다다끼아가리**🆗 일본어에서 온 말로, 학벌이나 배경 없이 남다른 노력이나 실력으로 높은 직위에 올라간 사람을 이르는 말. ¶(유 영감은)…자기 말짝으로 그 바닥에서 뼈가 굵고 나이를 먹은 소위 다다끼아가리라 무식하다고 겸손해하는 깐으론, 말씨에 교양이 있는 성품이 온화해 보이는 이였다.《휘청거리는 오후 1》

**다데기**🆗 얼큰한 맛을 내는 데 쓰는 양념의 하나. 다진 양념. ¶최신 첩보 영화에서 튀쳐나온 것처럼 대담하고 세련된 현금에게선 뜻밖에도 마늘 파 젓갈 같은 것이 혼합된 다데기 냄새가 났다.《아주 오래된 농담》

**다락같다** 덩치나 규모 정도가 매우 크고 심하다. ¶…아직도 자기는 도도하고 싱싱하다는 걸 보여 주고 싶은 것이다. 눈이 다락같이 높은 갓 스물처럼 굴고 싶은 것이다.《휘청거리는 오후 1》¶"…그뿐이면 또 좋게, 입맛이 다락같이 까다로운 마님들을 삼시 멕여야 하는 수고는 또 오죽하겠수."《미망 3》

**다리꼭지** 여자 머리에 드리는 다리(예전에, 여자들의 머리숱이 많아 보이라고 덧넣었던 딴머리)를 잡아맨 꼭지. (산) 삼단 같은 머리를 베어 다리꼭지를 만들어 팔아 술과 고기를 샀다는 얘기였다. 〈남자도 해방돼야 하는 까닭〉

**다리품** 길을 걷는 데 드는 노력. ¶깊은 산중에 자생하는 거라서 알아보는 눈과 다리품이 그만큼 든 거니까 약효를 보려거든 돈 아까워 말라고 했다. 〈저문 날의 삽화 4〉

**다릿마댕이**🆗 '다릿마디'를 속되게 이르는 말. '다릿마디'는 다리의 뼈마디. ¶"…태임이 년 신랑감이니까 그냥 놔뒀지 딴 색시한테 그런 식으로 장가를 들렸다간 장가는커녕 다릿마댕이 먼저 물러나고 말았을걸요 아마."《미망 2》

**다문다문** 공간적으로 배지 아니하고 사이가 좀 드문 모양. ¶자운영은 고루 질펀하게 피고, 오랑캐꽃은 소복소복 무리를 지어 가며 다문다문 피었다. 〈그 여자네 집〉

**다묾새** 입을 다문 모양. ¶의치를 빼놓은 입의 보기 싫은 다묾새, 이런 것들을 피하듯이 나는 건넌방으로 건너와 불을 켰다. 《나목》

**다박솔** 다복솔. 〈방언〉 가지가 탐스럽고 소복하게 많이 퍼진 어린 소나무. ¶그도 어깨에다 연장을 메고 다녔는데, 둘둘 말았다가 펼 수 있도록 대나무를 길게 쪼갠 것이었다. 그 끝엔 사람 머리통만 한 다박솔이 달려 있었는데, 얼마나 여러 번 굴뚝에서 아궁이까지 드나들었는지 솔이라기보다는 그을음 덩어리처럼 보였다. 《그 많던 싱아는 누가 다 먹었을까》

**다반사(茶飯事)** 예사로운 일. ¶집을 비우는 일은 나에게 다반사가 되었고 그 사이에 무슨 일이 일어날 만한 건덕지가 집안에 남아 있을 리도 없었다. 〈엄마의 말뚝 2〉

**다붙다** 사이가 뜨지 않게 바싹 다가붙다. ¶(규서는)…잘생겼다기보다는 복성스러워 보이는 얼굴에도 미간이 좁게 다붙은 눈썹 때문에 음침해 보였다. 《미망 3》

**다소곳하다** 고개를 조금 숙이고 말이 없다. ¶그 여자는 눈을 내리깔았다. 무력한 노여움이 무럭무럭 피어올랐다. 그러나 꾹 참고 다소곳했다. 《살아 있는 날의 시작》

**다와이** 러시아어에서 온 말로, 강탈에 가깝게 빼앗겼을 때 주로 씀. ¶다와이라는 말이 유행을 하면서 시장이 다와이를 당했다. 밭의 채소도 다와이를 당했다. 여자들까지 다와이를 당했다고 난리였다. 《그 많던 싱아는 누가 다 먹었을까》

**다잡다** 행동이나 마음을 다그쳐 바로잡다. ¶그 여자는 자신의 흔들리는 마음을 이렇게 다잡았지만 굶주림이 뭔지에 대해 조금이라도 알고 있는 건 아니었다. 〈무서운 아이들〉

**다후다** 태피터(taffeta). 광택이 있는 얇은 평직 견직물. 호박단. ¶손으로 침구를 더듬어 보았다. 방바닥처럼 눅눅하고 차가운 다후다가 만져졌다. 〈유실〉

**닦달질** 곤란과 시련을 이겨 낼 수 있게 단련되는 것. ¶그런 성남댁이 지금처럼 안존한 보통 마나님으로 닦달질이 된 것은 진태 엄마의 자기네 체면에 대한 줄기차고 차디찬 경고 때문이기도 했지만 성남댁 자신이 주리 참듯 참은 결과이기도 했다. 〈지 알고 내 알고 하늘이 알건만〉

**단도직입적(單刀直入的)** 군말이나 허두를 빼고 곧바로 요지를 말하는 것. ¶"단도직입적으로 얘기해 줘요. 우리 사이의 골칫거리가 뭔지, 빙빙 돌리지만 말고요."《그대 아직도 꿈꾸고 있는가》

**단말마(斷末魔)** 목숨이 끊어질 때의 괴로움. ¶"빨리들 일어나지 못해." 형무관이 날카로운 쇳소리를 냈다. 묶인 채 꼬꾸라진 사람들이 일어나려고 꿈틀대는 모습은 짐승의 단말마의 모습처럼 비참했다. 《도시의 흉년 3》

**단벌치기** 오직 한 벌만의 옷으로 지냄. 또는 그런 사람. ¶"다들 초면일 텐데 당신 말고 누가 또 나를 단벌치기 취급할까 봐 그래요?" 희주도 그 정도의 입바른 소리는 해야 견디는 성미였다. 〈초대〉

**단비** 꼭 필요할 때 알맞게 내리는 비. (산) 나의 심성이 얼마나 메말라 있었던지 그의 사랑은 마치 가문 땅에 내린 단비처럼 잘 스며들어 왔다. 〈사랑합니다〉

**단애(斷崖)** 깎아 세운 듯한 낭떠러지. ¶… 그 일자집은 툭 터진 마을을 등지고, 답답하게도 골목만 한 공간을 사이에 두고 시뻘건 단애를 드러내고 직립해 있는 동산에 면하고 있었다. 《그 산이 정말 거기 있었을까》

**달걀로 바위 치기(俗)** 대항해도 도저히 이길 수 없는 경우를 이르는 말. ¶"얼씨구, 아주 대단한 독립운동허셨구려. 허기사 독립운동이란 것도 달걀로 바위 치기긴 영감 헌 짓이나 피장파장일 게요." 《미망 2》

**달도 안 가시다** 상제(부모나 조부모가 세상을 떠나서 거상 중에 있는 사람)가 된 달이 아직 바뀌지도 않다. ¶나는 아직도 좀 피곤했다. 아직도 나는 달도 안 가신 상제였으니까. 《나목》

**달도 차면 기운다(俗)** 세상의 온갖 것이 한번 성하면 다시 줄어든다는 말. ¶전성시대란 말 속엔 달도 차면 기우나니, 하는 불길한 예언이 음산하게 밤눈을 뜨고 있었다. 〈그의 외롭고 쓸쓸한 밤〉

**달뜨다** 마음이 가라앉지 않고 조바심이 나다. ¶…가느다란 골목은 늦바람 도진 오입쟁이처럼 걷잡을 수 없이 달떠서 하루하루 시끄럽고 더럽고 활기 있어지기 시작했다. 《오만과 몽상 1》

**달랑달랑** (성적이) 어떤 수준에 가까스로 이르다. ¶수빈이와 나는 선택의 여지가 조금도 주어지지 않은 채 동계 고등학교에 응시해서 나는 어떻게 달랑달랑 붙었

지만 수빈이는 떨어졌다. 《도시의 흉년 1》

**달리는 말이 날개를 얻은 듯** 잘되어 가는 일이 외부의 더 큰 힘을 받아 더 잘되어서 의기양양해하는 모습. ¶마침 이 생원의 서울 양반 친척이 개성 유수로 부임해 와 달리는 말이 날개를 얻은 듯 한층 양양해진 그의 세도로 인근 마을의 힘없는 백성들은 잠자리조차 편할 날이 없을 즈음 그의 집엔 큰 경사가 났다. 《미망 1》

**달밤에 삿갓 쓰고 나온다(俗)** 가뜩이나 미운 사람이 더 미운 짓만 함을 이르는 말. ¶"…노류장화가 아닌 다음에야 여염집 여자는 그저 바빠야 쓰네. 손이 심심하면 달밤에 삿갓 쓰고 도리질이나 하게 돼…" 《미망 2》

**닭 쫓던 개 울타리 넘겨다보듯(俗)** 닭 쫓던 개 지붕 쳐다보듯. ¶"…아마 그래서 자진해서 학비도 대겠다고 했을 거야. 영묘가 딴 짓 하면 당장 공수표 되는 거지 뭐. 그 대신 즈네들도 닭 쫓던 개 울 쳐다보는 꼴 되는 거구…" 《아주 오래된 농담》 ¶…허성 씨는 눈 둘 곳이 없어 예식장 건물을 쳐다보았다. 닭 쫓던 개 울 쳐다보듯이 오늘도 아마 열댓 쌍 내지 스무남은 쌍의 부부를 만들어 냈을 네모반듯한 예식장 건물을 멀뚱멀뚱 쳐다보았다. 《휘청거리는 오후 2》

**닭 쫓던 개 지붕 쳐다보듯(俗)** 애써 하던 일이 실패로 돌아가거나 남보다 뒤떨어져 어찌할 도리가 없이 됨을 이르는 말. ¶그러나 해직을 당하고 보니 여직껏 이룩한 걸로 믿은 지위나 업적이 닭 쫓던 개 지붕 쳐다보는 것처럼 어이없어 허망해지는 건 어쩔 수 없었다. 〈천변풍경〉

**닭 쫓던 개의 상(俗)** 일이 실패로 돌아가 더

이상 어찌할 도리가 없게 되어 맥빠진 모양을 이르는 말. ¶ "…우리 서자들은 하나같이 안정을 못 하고 미우나 고우나 이 집에서 떨어뜨리는 부스러기를 얻어먹고 사는 형편이라 호시탐탐 그거라도 노리고 있을 수밖에 없었고, 그거나마 적자한테 빼앗기고 닭 쫓던 개 꼴이 되면 어쩌나 전전긍긍할 수밖에 없었소…" 《욕망의 응달》

**닭똥 같은 눈물** 몹시 방울이 굵은 눈물을 이르는 말. ¶ 첩은 살이 으깨져서 피맺힌 불구의 다리를 감출 척도 안 하고 드러낸 채 눈에서 닭똥 같은 굵은 눈물을 흘리며 아버지에게 매달렸다. 《도시의 흉년 3》 ¶ 별안간 입가가 씰룩씰룩하더니 눈에서 닭똥같이 탐스러운 눈물이 뚝뚝 떨어졌다. 〈흑과부〉

**닭살이 돋다**⑪ '하는 짓이 아니꼽고 비위에 거슬리다'를 속되게 이르는 말. '닭살'은 소름을 속되게 이르는 말. ¶ 봉투라면 닭살이 돋을 것 같은 이상한 혐오감은 아무도 이해할 수 없으리라는 외로움이 그 여자를 슬프게 했다. 《그대 아직도 꿈꾸고 있는가》 ¶ 디오게네스라니, 자신의 유치한 망발이 생각할수록 닭살이 돋을 것처럼 혐오스러웠다. 〈애 보기가 쉽다고?〉

**담독스럽다** 담독하다. ¶ 오목이가 몸을 웅숭그렸다. 그러나 춘자 보기엔 도사린 것처럼 담독스러워 보였다. 《그해 겨울은 따뜻했네 1》

**담독하다** 당차고 독한 데가 있다. ¶ 태임이의 당차고 담독하고 오만한 성품에 대해 누구보다도 잘 알고 있었을 뿐 아니라 《미망 2》

**당밀(糖蜜)** 설탕을 녹여 꿀처럼 만든 즙액.

¶ 그러나 그는 좋은 일을 했기 때문에 기분이 좋은 게 아니었다. 그가 한 일 속에 당밀처럼 스며 있는 어떤 부도덕성을 감지하고 그렇게 기분이 좋은 거였다. 《살아 있는 날의 시작》

**당조심하듯** '당조짐하듯'의 오자. ¶ 어머니는 가슴부터 내려앉아 아씨 눈에 띌세라 얼른 부엌으로 먼저 데리고 들어가 당조심하듯 물었다. 《미망 1》

**당조짐하다** 정신을 차리도록 단단히 단속하고 조이다. ¶ 배가 눈에 띄게 불러 갔다. 홑몸이 아니란 걸 알고 난 자명이 부모의 첫마디는 애 아범이 누구냐였다…자명은 말하지 않았다. 아무리 당조짐해도 말하지 않았다. 《욕망의 응달》 ¶ …대관절 돈은 있는 남자냐, 한 달에 얼마나 버는 남자냐고 당조짐을 해도 딸이 시원히 대답을 안 하자, 흥 보나 마나 가난뱅이구나 가난뱅이야… 〈맏사위〉

**대가리에 피도 안 마르다**⑪ '나이가 어리다'를 속되게 이르는 말. ¶ "대가리에 피도 안 마른 녀석이 돈 맛은 어떻게 알아가지고…. 나이 생각 안 하고 먹고 살 만큼 대우를 해 줬거늘…" 《그 산이 정말 거기 있었을까》 ¶ 아버지는 집안이 망하려니까 딸년들이 대가리에 피도 마르기 전에 암내 먼저 피운다는 상스러운 욕을 서슴지 않았다. 《오만과 몽상 1》

**대거리** 상대방에 맞서 대듦. 또는 그러한 언행. ¶ 나는 그 자리에서 여봐란듯이 대가리를 따서 입 속에 넣고 자근자근 씹으며 대가리에 영양분이 더 많은 것도 모르느냐고 대거리를 했다. 〈도둑맞은 가난〉

**대경실색(大驚失色)** 몹시 놀라 얼굴빛이

하얗게 질림. ¶ "…우리들의 책상 서랍 속에 담배 한 갑, 우리들 속에 있는 '엠마누엘 부인'에 대한 호기심만 엿보고도 대경실색, 우리를 죄인 취급하려는 건…한마디로 웃기는 일이에요…" 《살아 있는 날의 시작》 ¶ 엄마는 한바탕 대경실색을 하고 나서 조용해졌다. 엄마는 뭔가를 골똘히 생각하는 것 같았다. 〈엄마의 말뚝 1〉

**대고모(大姑母)** 아버지의 고모. 곧 할아버지의 자매. ¶ "…일흔이 넘는 대고모 할머니가 제일 먼저 오시고 밤부터는 환쟁이들까지 모여들었다.《나목》

**대명천지(大明天地)** 아주 환하고 밝은 세상. ¶ 아니 우리 아파트를 팔다니, 내 집을 누가 팔아, 누구 맘대로 내 집을 팔아먹어? 대명천지 밝은 날에 이런 법이 어디가 있어? 〈지 알고 내 알고 하늘이 알건만〉

**대모(大母)** 할아버지와 같은 항렬인, 유복지친(有服之親) 외의 친척의 아내. ¶ 수돗물이 콸콸 나오는 사직동 집 안주인은 엄마를 대모라고 부르면서 반갑게 맞아 주었다. 《그 많던 싱아는 누가 다 먹었을까》

**대부등(大不等)** 아름드리의 매우 굵은 나무. 또는 그런 재목. ¶ 그녀는 언제나와 같이 몸집은 대부등만 했고 거동은 거침없이 당당했다. 〈공항에서 만난 사람〉

**대상(代償)** 남을 대신하여 갚아줌. ¶ 생각할수록 그 여자는 남편에 대한 증오를 대상이라도 하지 않으면 미칠 것 같아 자기의 머리털을 부득부득 쥐어뜯으며 괴로워한다. 《살아 있는 날의 시작》

**대성일갈(大聲一喝)** 큰 목소리로 꾸짖음. ¶ 삼촌과 숙모가 대성일갈하고 덤벼들어 중국이와 종길이를 당신들 손주로부터 떼어 내어 벽에다 메어꽂았다. 〈재이산(再離散)〉

**대성통곡(大聲痛哭)** 큰 소리로 몹시 슬프게 곡을 함. ¶ 저는 드디어 울음이 복받치는 대로 저를 내맡겼죠. 제가 그렇게 많은 눈물을 참고 있었을 줄은 저도 미처 몰랐어요. 대성통곡, 방성대곡보다 더 큰 울음이었으니까요. 〈나의 가장 나종 지니인 것〉

**대수** 대단한 일. (동) 그 소리를 듣기 위해서라면 그까짓 알밤쯤 하루 골백번을 맞으면 대수랴 싶다. 〈자전거 도둑〉

**대안(對岸)** 강 따위의 건너편에 있는 언덕이나 기슭. ¶ "…저만큼 신륵사 경내의 숲과 대안의 버드나무들의 신록이 비에 씻겨 그가 여기까지 본 어떤 빛깔보다도 황홀하게 아름다운 빛깔을 하고 있었다. 《휘청거리는 오후 1》 ¶ 로비에서 바라보이는 희뿌연 강에선 안개 같은 젖빛 어둠이 피어오르고 있었고 대안의 허허벌판 너머로 아득하게 보이는 아파트군에선 하나둘씩 점등을 시작하고 있었다. 《살아 있는 날의 시작》

**대장장이 집에 식칼이 논다(속)** 어떠한 물건이 마땅히 있음직한 곳에 오히려 많지 못하거나 없는 일이 많다는 말. ¶ "아기는 어떡허고? 대장장이 집에 식칼이 귀하단 옛말 조금도 그르지 않군." "왜요?" "보일러공 집 방이 이렇게 추우니 말야." 《그해 겨울은 따뜻했네 2》 ¶ "대장장이 집에 식칼이 놀고, 미장이 집에 구들장 빠진 게 삼 년 가는 게 이 세상 이치거든." 《오만과 몽상 1》

**대주(大主)** 무당이나 점쟁이가 단골집의

바깥주인을 이르는 말. ¶"대주는?" 임 선생은 점쟁이답게 자명을 처녀로 봐주지 않고 대뜸 대주의 사주부터 묻는다. 자명은 천연덕스럽게 죽은 이윤주의 사주를 댄다. 《욕망의 응달》

**대처(大處)** 큰 도회지. ¶마침내 우리는 고개의 정상에 섰다. "봐라, 송도다. 대처(大處)다." 엄마는 마치 자기가 그 대처의 주인이라도 되는 것처럼 자랑스럽게 말했다. 〈엄마의 말뚝 1〉

**대천지원수(戴天之怨讐)** 불공대천. 이 세상에서 같이 살 수 없을 만큼 큰 원한을 가짐을 이르는 말. ¶절대로 일반적인 행복이나 불행에 내 자신의 삶을 속하게 하지는 않으리라. 마치 세상 사람들이 말하는 행복이나 불행이라는 것과 대천지원수라도 진 것처럼 나는 그렇게 앙심을 먹었다. 《도시의 흉년 2》

**더께** 몹시 찌든 물건에 달라붙은 거친 때. (산) 수도의 기능이나 외관은 급히 만들 수 있을지 몰라도 품위만은 오직 시간의 더께만이 은근히 만들어 가는 것이기에. 〈교감〉

**더덕더덕** 조그마한 것들이 한 곳에 많이 지저분하게 붙어 있는 모양. ¶제주도 갔다 오는 티가 더덕더덕 나는 내 꼴이 민망해 혼자서 열쩍게 웃으며 택시들이 늘어서 있는 곳을 향해 뒤뚱 걸음을 하다 말고 〈공항에서 만난 사람〉 ¶주인이 손수 만든 도넛이나 찐빵 같은 걸 파는 궁기가 더덕더덕한 가게였다. 〈그 남자네 집〉

**더도 말고 덜도 말고 8월 한가위만 하여라(속)** 가윗날처럼 잘 먹고 잘 입고 놀고만 살았으면 하는 것을 원하는 말. (산) '더도 말고 덜도 말고 8월 한가위만 하여라'라는 우리의 옛 속담은 8월 한가위의 풍요를 말해 주기보다는 8월 한가위를 뺀 날들의 고독을 더 실감나게 말해 주고 있었다. 〈소멸과 생성의 수수께끼〉

**더리다** 격에 맞지 아니하여 조금 떨떠름한 느낌이 있다. 싱겁고 어리석다는 뜻. ¶여태껏 오빠가 생각해 낸, 식구들을 못 살게 구는 방법 중 가장 유치하고 더리고 졸렬한 응석으로밖에 생각되지 않았다. 《그 산이 정말 거기 있었을까》

**더리적다** '더리다'에서 온 말. ¶내 남편과 내가 연애하던 때의 이야기를 해 줘야겠다. 그런 이야기가 얼마나 쑥스럽고 더리적은지, 너무 안다고 할 만큼 알고 있는데도 그 짓이 하고 싶다. 〈닮은 방들〉

**더리쩍다** '더리다'에서 온 말. ¶아까 순서가 틀렸다고 타박을 하던 중늙은이가 입가에 자장면 테를 두른 채 말했다. 기껏해야 케케묵은 식인종 시리즈로 웃음을 강요할 것 같은 더리쩍은 얼굴이었다. 《서 있는 여자》

**더림** '더리다'에서 온 말. ¶천안 소리에 엄마가 펄쩍 뛰자 오빠는 '거기'라는 말로 지명을 대신했다. 나는 '거기'라는 말이 더 싫었다. 오빠가 유아적인 더림을 뚝뚝 떠는 것 같아 닭살이 돋으려고 했다. 《그 산이 정말 거기 있었을까》

**더위를 먹다** 여름철에 더위 때문에 몸에 이상 증세가 생기다. ¶그녀는…호흡이 곤란해져 더위 먹은 소처럼 입을 벌리고 침을 흘리며 헐떡인다. 《휘청거리는 오후 2》

**더펄더펄** 들떠서 침착하지 못하고 자꾸 경솔하게 행동하는 모양. ¶태남이의 눈길이 순수했을 때는 입분이도 더펄더펄 선머슴처럼 흥허물 없이 굴더니만 요새 별안간 부끄럼을 타는 걸 보니 지도 심상치 않은 걸 느낀 모양이었다.《미망 2》

**덕국(德國)** 예전에, '독일'을 이르던 말. ¶나는 아무것도 모르면서 그 덕국 물감만 보면 가슴이 울렁거렸다. 그건 아마도 내가 최초로 맡은 문명의 냄새, 문화의 예감이었다.《그 많던 싱아는 누가 다 먹었을까》

**덤터기를 쓰다** 남의 걱정거리를 넘겨 맡다. ¶"천생 자네가 일거리를 알아봐 줘야겠구먼. 큰 덤터기를 썼네."《그 많던 싱아는 누가 다 먹었을까》

**덧보다** 무심히 보지 않고 차근차근 유심히 보고 또 보다. ¶"여보, 쟤가 제법 색시 티가 나는구려. 이제부터라도 슬슬 사윗감을 덧봐야지 않겠소?"《나목》

**덩실덩실** 덩실거리는 모양. '덩실거리다'는 신이 날 때, 춤을 추듯 팔과 다리를 너울거리다. ¶외아들을 장가보내는 날 분희 부인은 덩실덩실 춤을 추었다.〈아직 끝나지 않은 음모 2〉

**덩지** 몸집의 부피. ¶어쩌면 덩지는 자랄 만큼 자란 계집애들이 인정머리들은 손톱만큼도 없냐.《오만과 몽상 1》

**덩칫값** '몸집에 어울리는 행동'을 홀하게 일컫는 말. (동) 신사가 덩칫값도 못하게 팔짝팔짝 뛰면서, 잘 봐 두라는 듯이 수남이의 얼굴을 차에다 바싹 밀어붙였다.〈자전거 도둑〉

**데면데면하다** 대하는 태도가 별로 친근하지 않다. 무관심한 듯하다. ¶…두 숙부들 또한 우리 앞에서 숙모들을 대하는 태도는 데면데면하기가 이를 데 없었다.《그 많던 싱아는 누가 다 먹었을까》 "잘 가." "응, 잘 있어." 두 사람은 약혼자답지 않게 데면데면하게 헤어졌다.《서 있는 여자》

**도거리** 되사거나 되팔지 않기로 약속하고 물건을 사고파는 일. ¶(이성이는)…서양과 일본에서 들어온 황홀하고 요사한 비단, 신기하고 정확해서 누구나 탐내는 시계 등을 원화주한테 도거리로 흥정해서 비싼 값으로 파는 되넘기 장사로 돈을 눈덩이처럼 불렸다.《미망 2》

**도고(都賈)** 물건을 도거리로 맡아서 팖. ¶"도고해서 이문 먹는 걸 누가 모르나." "그런데 뭘 그렇게 망설이시니까?" "세월이 하 수상해서…." 전처만 영감이 말끝을 흐린다.《미망 1》

**도깨비 쓸개라㊄** 무엇이나 보잘것없이 작고 추잡한 것임을 이르는 말. ¶한복은 어젯밤 봉치함을 받을 때 입은 거다. 봉치함을 받을 때의 기억이 너무 악몽 같아 그때 입었던 한복조차 도깨비 쓸개처럼 끔찍해 보인다.《휘청거리는 오후 2》 "그러니까 이제 보니 조년이 꾀병을 앓았잖아. 한 벌에 몇 만 원씩 하는 그 도깨비 쓸개 같은 옷 맞출려구. 네 어미도 불쌍하다 불쌍해. 죽도록 벌어 가지고 아무짝에도 쓸데없는 계집애들 뒤치다꺼리하느라고."《도시의 흉년 1》

**도깨비에 홀린 것 같다** 일의 내막을 알 수 없어 무슨 영문인지 정신을 차리지 못하다. ¶자명은 싫다 좋다 대답 없이 들입다 뛰기 시작한다. 청년과 주고받은 수작이 도깨비에게 홀렸던 기억처럼 엉뚱해서 도저히 믿기지가 않는다.《욕망의 응답》 ¶전체적인 분위기가 심각하면서도 은밀하게 비등하고 있었다. 그 여자는 도깨비에 홀린 것 같은 신기하면서도 종잡을 수 없는 기분에 사로잡혔다. 《살아 있는 날의 시작》

**도끼눈** 분하거나 미워서 매섭게 쏘아보는 눈. ¶병이 골수에 박힌 며느리를 엄동설한에 친정으로 내치면서 솜바지 좀 껴입은 걸 다 도끼눈을 뜨고 바라볼 게 뭐람. 암상스러운 늙은이 같으니라구.《미망 1》

**도둑 젖** 몰래 얻어먹는 젖. ¶그녀는 때도 없이 마시는 냉수로 제 자식에게 먹일 도둑 젖을 마련하려는 것이었다.《미망 1》

**도둑이 제 발 저리다**⑩ 지은 죄가 있으면 자연히 마음이 조마조마하여짐을 이르는 말. ¶도둑이 발이 저리다고 인가가 멀건만도 빈집에서 연기 나는 걸 누가 볼까 봐 날 새기 전에 뒤끝을 깨끗이 마무리지으려고 서두르고 있었다.《미망 1》¶아침 일찍 길을 떠나기도 했지만 어쩌나 신나게 걸었는지 해 안에 서울에 들어설 수가 있었다. 도둑이 제 발 저리다고 현저동 앞은 통과하는 것만도 겁이 나서 행주 쪽으로 화전을 거쳐 신촌으로 들어서는 길을 택했다.《그 산이 정말 거기 있었을까》

**도란도란** 여럿이 함께 나지막한 목소리로 정답게 이야기하는 소리나 모양을 이르는 말. (동) 엄마는 도란도란 이야기하시면서도 확실한 손길로 쉬지 않고 홈질 박음질을 곱게 빠르게 하셨고, 인두로 깃과 섶과 도련과 배래기의 선을 절묘하게 그으셨다.《옛날의 사금파리》

**도랑일 떨다** 제멋대로 마구 행동하다. 여기서는, 너무 똑똑하게 굴어서 아무 거리낌이 없다는 것을 좀 비꼬는 표현으로 쓰임.

¶"가게 박 군하고 둘이서 제발 극장 구경 좀 갑쇼갑쇼 멍석 펴놓고 빌 땐 생전 극장 근처도 안 갈 듯이 도랑일 떨다가 혼자서 무슨 청승일꼬. 더군다나 가게 점심 내갈 시간에…"《그해 겨울은 따뜻했네 1》

**도련** 두루마기나 저고리 자락의 맨 밑 가장자리. (동) 엄마는 도란도란 이야기하시면서도 확실한 손길로 쉬지 않고 홈질 박음질을 곱게 빠르게 하셨고, 인두로 깃과 섶과 도련과 배래기의 선을 절묘하게 그으셨다.《옛날의 사금파리》

**도로**(徒勞) 헛되이 수고함. ¶(전자오락실에서)…젊은이들이 아무리 죽자구나 시간을 죽여 봤댔자 도로라는 생각이 그 광경을 볼 적마다 그 여자 속에서 부글부글 거품처럼 끓어올랐다.《살아 있는 날의 시작》

**도로 아미타불** 고생만 하고 아무 소득이 없게 됨을 이르는 말. ¶만일 입학시험지를 익명으로 낼 경우, 육 년 공부가 도로 아미타불이 된다는 건 너무 엄혹한 이치여서 꼭 자신이 그런 끔찍한 실수를 할 것만 같은 공포감이 문득문득 가위눌렸던 게 바로 엊그저께였다.《아주 오래된 농담》

**도리머리** 머리를 좌우로 흔들어 싫다거나 아니라는 뜻을 표시하는 짓. ¶그는 그를 사로잡은 미망을 떨치듯이 도리머리를 치면서 편집실 문을 쾅 소리 내어 닫았다.〈침묵과 실어〉

**도심**(盜心) 남의 것을 훔치려는 마음. ¶…그 사고파는 일 때문에 식량이 될 만한 것 다음으로 식량하고 바꿀 수 있는 것에도 도심이 동하지 않을 수가 없게 되는 것 같

았다. 《그 산이 정말 거기 있었을까》 ¶ 그
것들이 모두 이국의 신비한 미약만 같아
서 슬그머니 도심이 동하는 걸 느끼고 그
녀는 제 풀에 깜짝 놀라면서 고쳐 앉았다.
〈쥬디 할머니〉

**도저하다** 행동이나 몸가짐이 빗나가지 않
고 곧아서 훌륭하다. ¶ 윤성규는 또 경우
네 집안 내력은 물론 외가의 내력, 어머니
의 도저한 인품까지 아는 척을 하면서 박
승재를 통해 들었노라고 했다. 《미망 3》

**도적질도 해 본 놈이 한다**ⓧ 무슨 일이나
해 본 사람이 하게 된다는 말. ¶ "역적모
의는 아무나 한다던? 도적질도 해 본 놈
이 한다고 척신이나 적어도 양반쯤은 돼
야지 이름 없는 백성이 역모가 아랑곳이
냐…" 《미망 1》

**도착(倒錯)** 뒤바뀌어 거꾸로 됨. ¶ 그럴 땐
그녀 체내의 아직 앵도알만 한 생명이 한
없이 커지면서, 반대로 그녀 자신이 앵도
알처럼 작고 어려지는 것 같은 기묘한 도
착을 맛보기도 했다. 《휘청거리는 오후 2》

**도척(盜跖)** 몹시 악한 사람을 이르는 말.
¶ "공로 있는 빨갱이도 몰라보고 잡아가
는 도척들, 열이가 너무 용해 빠져서 그렇
다니까…" 《목마른 계절》 ¶ 처음부터 마
음에 안 들긴 했지만 설마 그런 도척 같은
작자일 줄이야. 《휘청거리는 오후 2》

**도탑다** '두텁다'의 작은 표현. ¶ 햇살이 도
타워 보이건만 놀이터는 비어 있었다.
〈저문 날의 삽화 2〉

**독 안에 든 쥐**ⓧ 궁지에서 벗어날 수 없는
처지를 이르는 말. ¶ "…본시 이 고장은
강으로 둘러싸여 있어 도망칠 길이 없거
든. 어물어물하다간 독 안에 든 쥐가 되기

십상이니까 전세가 불리해지면 미리 도망
들을 친다우…." 《목마른 계절》 ¶ 아무리
멀리 있다지만 한 묶음으로 생각함으로써
독 안에 든 쥐처럼 그들의 운명을 관장하
고 있다고 여길 수가 있었다. 《미망 3》

**독불장군(獨不將軍)** 무슨 일이든 자기 생
각대로 혼자서 처리하는 사람. ¶ …비록
독불장군으로나마 내 가정 안에서라도 옳
다고 생각하는 대로 살고 식구들에게 영
향을 끼치면 결국에 가선 이 세상을 변화
시킬 수 있는 작은 힘이 되지 않겠습니
까? 〈꿈꾸는 인큐베이터〉

**돈 놓고 돈 먹는다** 돈을 떼일 염려가 없이
안심하고 돈벌이를 할 수 있다는 말. ¶
생전 공돈이라곤 단돈 백 원도 못 먹어 본
우리다. 아무리 돈 놓고 돈 먹는 세상이라
지만 계약금 30만 원 치르고 50만 원을 먹
다니. 그 50만 원은 얼마나 맛있을까. 얼
마나 고소하고도 산뜻할까. 저절로 침이
꼴깍 넘어가게 그 오십만 원이 탐이 났다.
〈아파트 부부〉

**돈 밭** 큰 수입을 올릴 수 있는 밭. ¶ 삼포
를 갖는다는 건 곧 돈 밭을 갖는 일이었다.
《미망 1》

**돈 사다** 시장에 내다 팔다. ¶ 여퉈 놓았던
곡식이나 계란 따위를 이고 지고 가 봤댔
자 돈 사서 사올 수 있는 건 바늘이나 실,
급한 농기구가 고작이었고, 《미망 1》

**돈덩어리** 돈이 많이 들어가거나 들어올 일.
¶ "…꼼짝 못허게 뉘어 놓고 똥오줌을 받
아 내야 한다나 봐요. 그래서 그런 시중들
사람꺼정 사 놓고 올라오셨다니 정말 돈
덩어립죠…" 《미망 1》

**돈독이 오르다** 다른 것은 돌아보지 않고 지

나치게 돈만 알다. ¶군살과 돈독이 올라 추하게 뚱뚱한 여자들이 너무 앳되고 여린 소리를 내는 것을 들으면 슬픈 것도 같고 괴로운 것도 같은 묘한 느낌이 되었다. 《도시의 흉년 1》

**돈복** 별다른 노력이 없이 많은 돈을 가지게 되는 복. ¶어머니는 우리가 돈복이 없이 못사는 것, 내가 자주 앓는 것, 아이들이 상급 학교 시험에 떨어지는 것까지 곱게 못 죽은 원귀의 탓으로 돌리는 눈치였고, 〈부처님 근처〉

**돈을 굴리다** 돈을 여기저기 빌려 주어 이익을 늘리다. ¶야미 장수로 돈을 굴리는데 이골이 난 숙부라 집 같은 거 사는 데 돈을 들이고 싶어 하지 않았다. 《그 많던 싱아는 누가 다 먹었을까》

**돈이 누룩 머리를 앓는다** 돈이 얻다 써야 될지 모를 정도로 많다는 말. ¶"…젊어서 한창 난봉 필 때도 무명옷만 입으시던 양반이, 기껏 모양낸다는 게 반주 두루마기 고작이더니, 요즈음 삼팔이나 명주를 부쩍 바치시는 걸 보면 그 극성맞은 양반도 늙으셨는지, 돈이 누룩 머리를 앓는지…, 얘야 바늘귀 좀 꿰 주련?"《미망 1》

**돈이 원수다** 돈 때문에 자존심을 굽히거나 남에게 못할 노릇을 했을 때 쓰는 한탄의 말. ¶"돈이다 돈. 돈만 있어 봐라. 뭘 못 먹나. 갈비로 아침저녁 하모니카를 불어 댄들 누가 뭐라나. 그저 원수는 돈이니라, 돈. 안 그렇습니까? 옥 형."《나목》

**돈줄** 돈을 얻어 쓸 수 있는 원천. (산)…그건 돈이 필요할 때 쌀을 내는 것과 마찬가지로 중요한 돈줄이었다. 〈내가 잃은 동산〉

**돈푼** 많지 않은 돈을 얕잡아 하는 말. ¶"…전화 목소리가 되게 거만한 걸로 봐서 돈푼깨나 있는 사람 같던데. 내 말이 틀렸나?"〈재이산(再離散)〉

**돌 뭉우리** 큰 돌 덩어리. ¶그는 악몽 같은 걸로부터, 아니 좀 더 확실한, 허공에 대롱대롱 매달린 채 그를 박살 내려고 줄기차게 따라 오는 돌 뭉우리 같은 걸로부터 도망치다 지쳐서 마침내 자진해서 그 돌 뭉우리하고 충돌을 할 때 같은 체념과 쾌감에 몸을 맡겼다.《오만과 몽상 1》

**돌계집**비 '석녀(石女)'를 낮잡아 이르는 말. 아이를 낳지 못하는 여자. ¶"아유, 내가 눈에 뭐가 씌었지. 어디 계집이 없어 고르고 골라 저런 돌계집을 이 손 귀한 집안에다 들였을꼬…"《도시의 흉년 1》

**돌다리도 두들겨 보고 건너라**속 잘 아는 일이라도 세심하게 주의를 하라는 말. ¶"…남자들 사업이란 흥할 때가 있으면 언젠가는 내리막길도 없으란 법이 없다니까요. 물론 여기 공 회장님이야 돌다리도 두드려 가며 건너시는 분이니까 절대 그럴 리야 없지만 말예요…"《휘청거리는 오후 2》

**돌대가리**비 머리가 몹시 둔하거나 어리석은 사람을 낮잡아 이르는 말. ¶총정리를 남더러 해 달라는 돌대가리들이 붙을 리가 없다. 현은 자기가 맡고 있는 고3짜리들이 붙을 것을 별로 기대하지 않는다. 《오만과 몽상 1》

**돌쳐나오다** 들어가다가 돌아서 도로 나오다. ¶나도 입구에서 돌쳐나오려다 말고 회장을 지키고 있는 학생들이 안된 생각이 들어서 한 바퀴 휘둘러봤다. 〈포말의 집〉

**동계(動悸)** 심장의 고동이 심하여 가슴이 울렁거리는 일. ¶나는 그에게 안겼다. 나의 볼이 그의 가슴의 심한 동계(動悸)를 또렷이 감각하면서 눈은 역시 바깥세상의 어둠의 알맞은 농도를 가늠하고 있었다. 《나목》 ¶××정이 필요해지면서 두근대는 병적인 동계가 아닌 생동하는 맥박이었다. 《휘청거리는 오후 2》

**동글동글** 여럿이 다 또는 매우 동근 모양. '동글다'는 작은 것이 원이나 공과 모양이 같거나 비슷하다. ¶잔디 위에 계집애들이 여기저기 동글동글 모여 있다. 《도시의 흉년 1》

**동덩산 같다** 둥덩산 같다. ¶혜정이가 가만히 보니 그러단 죽도 밥도 안 되고 때만 놓칠 것 같아 백설기를 찌고 패물과 솜옷을 챙겨 동덩산 같은 피난 보따리를 만들었다. 《미망 3》

**동병상련(同病相憐)** 어려운 처지에 있는 사람끼리 서로 가엾게 여김을 이르는 말. ¶(비대한 중년 부인은)…난리를 함께 겪는다는 동병상련조차 없다. 《목마른 계절》

**동에 번쩍 서에 번쩍⑧** 정처가 없고 종적을 걷잡을 수 없을 만큼 왔다 갔다 함을 이르는 말. ¶그래서 사람들은 태남이더러 동에 번쩍 서에 번쩍 한다고도 했고, 몸이 서너 개도 더 있어야 할 사람이라고도 했다. 《미망 2》 ¶그의 눈은 의욕 과잉으로 핏발이 서 있었고, 몸은 동에 번쩍, 서에 번쩍, 한마디로 눈부셨다. 〈부끄러움을 가르칩니다〉

**동지섣달 꽃 본 듯이** 너무 반갑게 맞이하거나 그저 예쁘게만 보일 때 쓰는 말. ¶내가 가도 버선발로 뛰어나와 동지섣달 꽃 본 듯이 호들갑스럽게 반겼고, 뛰어난 음식 솜씨로 아첨했다. 《그 많던 싱아는 누가 다 먹었을까》 ¶다방에서 음식점으로 옮겨 앉아 회식을 하면서 영감님은 부득부득 나를 자기 옆에 앉히고 동지섣달 꽃 본 듯이 눈을 못 떼지, 건장한 아들 사위들이 차례로 잔을 올리며 어머니 어머니 붙임성 있게 굴지, 그래노니 시쳇말로 내가 뽕 가지 않았겠수. 〈그리움을 위하여〉

**동통(疼痛)** 몸이 쑤시고 아픔. ¶말희는 그녀의 동통에, 그녀의 홀로에 황홀해하면서 거듭거듭 그녀의 상처를 홀로 아물릴 것을 다짐하면서 밤길을 걸었다. 《휘청거리는 오후 2》

**동티(가) 나다** 건드려서는 안 될 것을 공연히 건드려서 재앙이 일어나다. ¶급히 달인 탕제도 아무런 효험을 못 보자 엄마와 할머니는 무당 집으로 달려가서 무꾸리를 하니까 집터에 동티가 나도 단단히 났으니 큰굿 해야겠다고 하면서 굿 날을 받아놓기만 해도 당장 차도가 있을 거라고 장담을 해서 우선 굿 날 먼저 받아 놓고 오니 아버지는 막 숨을 거둔 뒤였다. 〈엄마의 말뚝 1〉 ¶"…삼신할머니 동티 내지 않은 참한 여자가 뭣 때매 부인 병원 신세를 진대요? 망측하게스리…" 〈그 가을의 사흘 동안〉

**동풍(動風)** 병으로 몸의 전체 또는 일부분에 일어나는 경련. ¶아버지를 여읜 것은 세 살 때라 아무것도 생각나지 않지만 할아버지가 동풍으로 무력해지신 걸 보는 것은 나에게 두 번째의 아버지 상실이었다. 《그 많던 싱아는 누가 다 먹었을까》 ¶맏아들을 잃자마자 할아버지는 동풍을

하셔서 반신불수가 된 채 두문불출이셨다. 〈엄마의 말뚝 1〉

**돼지 멱따는 소리** 아주 듣기 싫도록 꽥꽥 지르는 소리. ¶(수빈이는)…송창식과 닮은 목소리는 아니었지만 아주 닮은 기분을 냈다. 그런데 오늘은 영 딴판이었다. 돼지 멱따는 소리처럼 듣기 싫게 불렀다. 《도시의 흉년 2》 ¶…아가씨가 혼자 앉은 옆자리에 털썩 큰 엉덩이를 들이대더니 돼지 멱따는 소리로 노래를 부르기 시작했다. 〈돌아온 땅〉

**돼지에 진주** 값어치를 모르는 사람에게는 보물도 아무 소용없음을 이르는 말. ¶어유, 불쌍한 것. 경숙 여사는 십팔금 실반지를 끼고 좋아라고 손을 흔들고 희희덕대는 연지가 불쌍해서 가슴이 아팠고, 삼부 다이아면 요새 시세로 얼마나 나가는지 알 것 같지도 않은 철민이한테 그걸 준 게 돼지한테 진주를 던져 준 것처럼 억울했다. 《서 있는 여자》 ¶사나이는 돼지에게 진주라도 던져 주듯이 이 중년의 미운 여인에게 연마된 다이아몬드를 던져 주고 집으로 돌아온다. 〈다이아몬드〉 ¶그 좋은 솜씨로, 예전 같으면 궁중 숙수를 해도 손색이 없을 솜씨로 섬의 거칠고 단순한 뱃놈의 밥상을 차려 주러 간 것이다. 이건 돼지에 진주 정도가 아니다. 〈그리움을 위하여〉

**되넘기** 물건을 여기서 사서 저기다가 즉시 팔아넘기는 일. ¶(이성이는)…서양과 일본에서 들어온 황홀하고 요사한 비단, 신기하고 정확해서 누구나 탐내는 시계 등을 원화주한테 도거리로 흥정해서 비싼 값으로 파는 되넘기 장사로 돈을 눈덩이

처럼 불렸다. 《미망 2》

**되로 주고 말로 받는다** 조금 주고 그 대가로는 몇 갑절이나 더 받는다는 말. ¶백성의 반항이란 어차피 되로 주고 말로 받게 돼 있었다. 그 이전에도 그랬고 그 후에도 그랬다. 《미망 2》 ¶우리한테 되로 주고 딴 데 가서 말로 받기 위한 장삿속으로 그중 잘된 사진은 아마 세계 각국으로 돌았을 거야. 《그해 겨울은 따뜻했네 1》

**되바라지다** 얄밉도록 지나치게 똑똑한 체하다. (산) 활발한 건 좋지만 되바라진 애 또한 싫다. 〈사랑을 무게로 안 느끼게〉

**되직하다** 묽지 아니하고 조금 되다. ¶…미리 물이 되직하게 개 놓았던 분탄을 손바닥만 하게 뚝뚝 떠서 불붙은 나무 위에 얹고 철판 밑 공기구멍으로 부채질을 한다. 《목마른 계절》 (동) 풋고추를 숭숭 썰어 넣고 되직하게 끓인 된장 뚝배기가 바닥이 나려고 했다. 《부숭이는 힘이 세다》

**되채다** 되받아서 채다. ¶삿갓재댁이란 분희 시어머니의 새댁 적부터의 호칭이었다. 친정 동네 이름이 삿갓재였기 때문이다. 그러나 그 이상은 되채지 않고 말끝을 흐려 버렸다. 〈아직 끝나지 않은 음모 1〉

**될성부르다** 앞으로 잘될 가망이 있어 보이다. (동) "그 아이 참 귀엽고 될성부른 녀석이로구나. 할머니 마음에 꼭 드는구나." 〈할머니는 우리 편〉

**될성부른 나무는 떡잎부터 알아본다** 장래에 크게 될 사람은 어릴 때부터 다르다는 말. ¶"…저깟 녀석을 공부를 시켜 보겠다구? 흥 될성부른 나무는 떡잎부터 알아보는 게야. 저깟 녀석 때문에 공연히 좋은 세월 허송세월하지 말고 속 차려야 한

다, 속 차려야 해.”〈꼭두각시의 꿈〉

**두레박우물** 두레우물. 두레박으로 물을 긷
는 깊은 우물. ¶성난 군중 위에 높이 솟
아 온몸을 깃발 삼아 나부낄 때도 좋았지
만 그의 모습을 탈 뒤에 감춘 채 두 눈만
깊은 두레박우물처럼 어둡고 깊게 반짝
일 때는 또 얼마나 좋았던가…그와의 사
귐은 두레박우물을 향해 몸을 날리는 낙
하의 쾌감을 닮은 자포자기한 것이었고,
미래에 대한 예감은 환멸이 고작이었다.
《도시의 흉년 3》

**두루기상** 두리기상. 여럿이 둘러앉아 함께
먹도록 차린 상. ¶“태임이도 편수를 좋아
하느니라.”“염려 마십시오. 찬간에서 사
촌들하고 같이 먹게 두루기상을 봐놨습니
다요.”《미망 1》

**두루뭉수리** 모나지도 둥글지도 않은 모양.
¶왠지 앞으로도 그럴 것 같았다. 깨지기
쉬운 알처럼 두루뭉수리로 애매할 적과는
달리 아이는 어딘지 고집스러워 보였다.
《그해 겨울은 따뜻했네 2》

**두루뭉술하다** 모나지도 둥글지도 아니하
다. ¶허리가 두루뭉술하고 엉덩이를 쑥
뺀 걸음걸이가 어기죽어기죽 불안해 보여
부축을 해 줄까 하는데 아니나 다를까 찍
미끄러지면서 동산 밑 얼음판에 나동그라
졌다.《미망 1》

**두루뭉실하다** 두루뭉술하다. ¶여편네 됨
됨이나 음식 맛이 똑같이 두루뭉실 특색
이 없어서 번창하는 편은 아니었지만 태
남이는 그 집을 좋아했다.《미망 3》

**두리두리** 두루두루. 여기저기 빠짐없이 골
고루. ¶“돌아갈까? 구경할까?” 경화가
짜증스럽게 말하고 우리를 돌아봤다. 구

경할 흥미도 없지만, 돌아가기도 귀찮은
권태로운 상황의 책임을 얻다 내던질까
눈을 두리두리 주위를 살폈다.《도시의 흉
년 2》

**두릿두릿** 두리번두리번. ¶…나도 모르게
그 근처를 두릿두릿 인적을 찾을 적도 있
었다.《그 많던 싱아는 누가 다 먹었을까》

**두말하면 잔소리** 이미 말한 내용이 틀림
없으므로 더 말할 필요가 없음을 강조하
여 이르는 말. ¶“…해 놓고 사는 것도 기
차더라구. 모든 게 다 미젠 건 두말하면
잔소리구, 마당엔 풀장에다 정문까지 숲
속 길엔 다람쥐와 원숭이가 노닐구…”
〈움딸〉

**두문불출(杜門不出)** 집 속에만 박혀 있어
서 세상 밖에 나가지 않음. ¶맏아들을 잃
자마자 할아버지는 동풍을 하셔서 반신불
수가 된 채 두문불출이셨다. 〈엄마의 말
뚝 1〉

**두방망이질** 가슴이 매우 크게 두근거림을
이르는 말. ¶초희는…공중전화 있는 데
로 가서 줄 맨 뒤에 섰다. 좀 느리긴 하지
만 줄이 줄어들긴 착실하게 줄어든다. 줄
이 짧아질수록 그녀의 가슴은 점점 세차게
두방망이질을 한다.《휘청거리는 오후 2》
¶별안간 가슴이 두방망이질을 했다. 혹
시 잘못될 경우를 생각하니까 미칠 것 같
았다. 〈사람의 일기〉

**두억시니** 모질고 악한 귀신의 하나. 야차.
¶손이 많이 가고 매일 손질해 주지 않으
면 두억시니같이 돼 버리기 때문에 머리
만 봐도 집에서 위해 기르는 아인지 아닌
지 알아볼 수가 있었다.《그 많던 싱아는
누가 다 먹었을까》¶부엌으로 난 쪽문이

덜컥 열리면서 두억시니 같은 춘자의 머리가 나왔다. 《그해 겨울은 따뜻했네 1》

**둘째가라면 서럽다** 자타가 공인하는 첫째다. (동) 이 산골 초등학교는 작은 것으로 우리나라에서 둘째가라면 서러워할 제일 작은 학교입니다. 〈달걀은 달걀로 갚으렴〉

**둥개둥개** 아기를 안거나 쳐들고 어를 때 내는 소리. ¶(아이를)…둥개둥개 흔들면서 집 안을 뱅글뱅글 돌았다. 〈애 보기가 쉽다고?〉

**둥덩산 같다⑥** 솜옷 같은 것을 아주 두껍게 입거나 또는 배가 매우 불룩하게 나온 모양을 이르는 말. ¶어느 날 밤새도록 태임이는 홀로 불 밝히고 바느질을 했다. 둥덩산 같은 솜바지였다. 《미망 3》¶둥덩산 같이 솜을 둔 저고리 하나면 겨울을 났다. 《그 많던 싱아는 누가 다 먹었을까》

**뒤뚱 걸음** 뒤뚱뒤뚱 걸어가는 모습. ¶(나는)…택시들이 늘어서 있는 곳을 향해 뒤뚱 걸음을 하다 말고, 문득 국제선 대합실에 가서 커피나 한잔 마시면서 쉬었다 가고 싶은 생각이 났다. 〈공항에서 만난 사람〉

**뒤란** 집 뒤의 울 안. 뒷마당. ¶박적골 집은 나의 낙원이었다. 뒤란은 작은 동산같이 생겼고 딸기 줄기로 뒤덮여 있었다. 〈엄마의 말뚝 1〉(동) 시골집 뒤란은 어린 날의 나의 낙원이었다. 《옛날의 사금파리》

**뒤보고 밑 안 씻은 기분이다** 개운치 않은 느낌이다. ¶"…며느리 한번 잘못 들인 죄로 생전 뒤보고 밑 안 씻은 기분으로 살아야 될까 보이.《미망 3》

**뒤안길** 뒷골목으로 난 좁은 길. 또는 '관심을 받지 못하는 쓸쓸하고 초라한 처지'의 비유. ¶인생의 뒤안길만 살다가 거러지처럼 객사한 인간도 일단 시체가 되면 아무도 침범할 수 없는 위의를 갖추고 산 사람을 압도할 수가 있어진다.《오만과 몽상 1》

**뒤지** 대변을 보고 밑씻개로 쓰는 종이. ¶친정에선 재래식 변소에서 신문지를 뒤지로 쓰다가 미국으로 시집온 거였다. 〈후남아, 밥 먹어라〉

**뒷구멍으로 호박씨 깐다⑥** 겉으로 얌전한 체 어리석은 체 하면서 속으로는 의뭉스러운 짓을 한다는 뜻. (산) 그러나 그들의 그런 모습은 우리 기성세대의 고질병—필사적인 외화치레, 냉수 먹고 이 쑤시는 허식, 뒷구멍으로 호박씨 까는 점잖음에 대한 일종의 도전인지도 모른다. 〈답답하다는 아이들〉

**뒷설거지** 설거지. 먹고 난 뒤의 그릇을 씻어 정리하는 일. ¶(수자는)…지난날의 자신을 비웃으며 재빠른 솜씨로 뒷설거지를 시작했다. 〈가는 비, 이슬비〉

**드난** 임시로 남의 집 행랑에 붙어 살면서 그 집의 일을 도와주는 고공살이. ¶소싯적부터 남편 잘못 만난 죄로 이 집 저 집 드나들며 장사도 하고 드난도 해 주는 사이에《오만과 몽상 1》

**드넓다** 활짝 틔어서 아주 넓다. ¶이 드넓은 고가에 계집애 혼자 놔두고 갈 수도 없고《나목》

**드리없다** 대중이나 기준이 없어 일정하지 않다. ¶"자주 그 사람이 오나요?" "드리없어요. 아마 돈 떨어지믄 오는가 봐유…"《서 있는 여자》

**드새다** 길을 가다가 집을 찾아 들어서 밤을 지내다. ¶다음 날…해 안에 임진나루

까지도 못 가고 파주 주막거리에서 하룻 밤을 드새야만 했다. 《미망 1》

**득달같다** 잠시도 늦추지 않다. (동) 우리 엄마도 제가 우리 반 꼴찌하고 짝이 됐다 는 걸 알았다면, 득달같이 학교로 달려오 셨을 겁니다. 《부숭이는 힘이 세다》

**득돌같다** 조금도 지체함이 없다. ¶하긴 태기가 있다는 것도 미처 종상이한테도 알리기 전에 알고 달려온 득돌같은 숙모 였다. 《미망 3》

**득시글득시글** 사람 따위가 떼로 모여 자꾸 어수선하게 들끓는 모양. ¶"…할아버지 에 삼촌에 고모가 득시글득시글한 재를, 고아원에 갖다 주고 와서 심화를 끓이다 가 중풍에 걸린 거예요. 왜 이래요?"〈재 이산(再離散)〉

**들거니 놓거니** 무슨 일을 하는 데 서로 손 발이 잘 맞는 모양. ¶서로 앙숙으로 지내 던 동서간이 태임이 혼사를 계기로 들거니 놓거니 일마다 죽이 잘 맞았다. 《미망 2》

**들까부르다** 몹시 흔들어서 까부르다. (동) 큰 나무는 바람에 얼마나 안달 맞게 들까 부는가, 큰 나무와 작은 나무가 함께 사는 숲은 바람에 얼마나 우렁차고 비통하게 포효하는가.〈자전거 도둑〉

**들까불다** '들까부르다'의 준말. ¶몇 년 전 만 해도 숫제 사람을 키질하듯이 들까불 던…시골길이 매끈히 포장돼 낡은 버스가 제법 미끄러지듯이 구르고 있었다.〈돌아 온 땅〉

**들들** 뭐가 흔들리거나 매끄럽지 않게 굴 러갈 때 나는 소리의 의성어. ¶생도들이 총 기립해서 만세를 불렀다. 유리창이 들 들 울렸다. 《미망 2》

**들쑤성거리다** 함부로 여기저기 뒤지고 쑤 셔 보아 어지르트려 놓다. ¶아이는 벌써 구멍가게 앞길에 내놓은 냉장고의 유리 뚜 껑을 열고 안의 것을 들쑤성거리고 있다. 〈움딸〉

**들어온 복 차 버린다** 자기의 잘못으로 제 게 차례가 오는 복을 잃어버리게 되는 경 우를 이르는 말. ¶"그쪽에서 마음 변했다 면 이거 다 돌려줘야지 별수 있어? 들어 온 복 차 버리고 후회해도 난 몰라."《그 해 겨울은 따뜻했네 1》

**들여뜨리다** 들이뜨리다. 안쪽으로 아무렇 게나 밀어서 집어넣다. (동) 달걀을 삶는 것이 문제입니다. 밥솥에 넣어 볼까, 국 솥 에 들여뜨려 볼까, 밥 뜸들이고 괄한 불을 긁어 낸 아궁의 재 속에 파묻을까. 〈달걀 은 달걀로 갚으렴〉

**들은 풍월** 남에게서 얻어들어 알게 된 변 변치 않은 지식을 이르는 말. ¶시인이 제 일 싫어하는 게 속물이라는 건, 들은 풍 월로 알고 있었기 때문이다.〈어떤 야만〉 (산) 무슨 병엔 무슨 약이 그만이라는, 들 은 풍월 한두 마디 엮어 내지 못할 사람 만나기도 쉽지 않을 것이다.〈노년〉

**들입다** 세차게 마구. 또는 무리하게 힘을 들여서. (산) 며칠에 한 번씩 오는 쓰레기 차도 큰길까지만 와서 종을 땡땡 울렸고 그러면 주부들은 양동이나 사과 궤짝에 모아 놓은 연탄재를 머리에 이고 들입다 큰길로 줄달음을 쳐야만 했다.〈50년대 서울 거리〉

**들척지근하다** 좀 들큼한 맛이 있다. ¶미 끈미끈한 당면은 들척지근하고 느글느글 했다. 《나목》

**등 치고 배 문지른다**⊛  남을 은연한 가운데 위협하고 슬며시 어루만져서 달래는 체함을 이르는 말. ¶황 여사는 경험과 실적이 풍부한 해결사처럼 등 치고 배 만지는 식으로 위협과 협박을 적절하게 반복했다.《그대 아직도 꿈꾸고 있는가》¶타이르는 척하면서 슷제 협박을 했다. 등 치고 배 만지는 식의 그런 능수능란함이 어머니의 부정을 덮고 태남이의 출생을 도왔다는 사실이 태임이의 심정을 참담하게 했다.《미망 2》

**등골을 빼다**  등골을 뽑다. 남의 재물을 빼앗거나 긁어먹다. ¶"…서방이 순 거지 건달이에요. 손끝 하나 까딱 안 하고 계집 등골을 빼서 편안히 먹고 노름하고 계집질까지 하는…"〈공항에서 만난 사람〉

**등골이 오싹하다**  등골에 소름이 끼칠 정도로 매우 놀라거나 두렵다. ¶"그래?" 순간 이상한 예감에 열이는 등골이 오싹해진다.《목마른 계절》

**등더리**  등. 〈방언〉 ¶…그 동네 사람들은 공들여 고급 주택가로 키운 자기네 동네의 이면에 하필이면 철거민촌이 들어선 걸 마치 자기네 등더리에 몹쓸 부스럼이 돋아난 것처럼 끔찍해하면서 몸서리치기 시작했고,《오만과 몽상 1》

**등잔 밑이 어둡다**⊛  대상에서 가까이 있는 사람이 도리어 대상에 대하여 잘 알기 어렵다는 말. ¶등잔 밑이 어둡다고 혼사준비가 어떻게 돼 가고 있는지 사람들이 신랑 신부에 대해서 어떻게 생각하고 있으며 뭐라고 수군대고 있는지 까맣게 모르고 있는 건 당사자인 태임이밖에 없었다.《미망 1》¶이런 곳이 서울 사람에게 버려진 채 거기에서 지척인 청평엔 그렇게 놀이꾼이 들끓으니 그야말로 등잔 밑이 어둡다고 현정은 개탄했다.〈주말 농장〉

**등장질하다**  샅샅이 구석구석 뒤지다. ¶그 여자는 다 식은 물에 또 한 잔의 커피를 타서 꿀꺽꿀꺽 들이켜고 뭐 먹을 게 없나 찬장과 캐비닛과 정리장을 등장질했다.《살아 있는 날의 시작》¶여전히 대소변은 요강에다 보시면서도 확실한 걸음걸이로 부엌에 나오셔서 찬장을 등장질하시는가 하면 문이나 창을 와장창 소리 나게 여닫으셨다.〈집 보기는 그렇게 끝났다〉

**따개비**  절지동물문 따개빗과의 동물을 통틀어 이르는 말. 암초에 모여 고착 생활을 함. ¶…어떤 사람의 인생은 먹고사는 문제가 암초에 붙은 따개비보다 힘들다는 걸 구경하는 게 즐겁다.〈저렇게 많이!〉

**따먹다**ⓑ  '여자의 정조를 빼앗다'를 속되게 이르는 말. ¶…거기 모이는 젊은 친구치고 그 계집애 한번 안 따먹은 친구가 없다는 소문이 이 근처엔 자자하거든.《서 있는 여자》

**따습다**  알맞게 따뜻하다. ¶아이들이 뛰고, 여인들이 거닐고, 퇴색한 잔디에 쏟아지는 가을의 양광은 차라리 봄보다 따습다.《나목》¶햇볕이 졸리도록 따스운 봄날이었다.《그 많던 싱아는 누가 다 먹었을까》

**딴따라**ⓑ  '연예인'을 낮잡아 이르는 말. ¶아버지는 배우 가수를 통틀어 딴따라라 불렀고, 무슨 근거로 그러는지 딴따라를 자기만 못한 유일한 직업으로 알고 경멸하는 버릇이 있었다.〈배반의 여름〉

**딸 가진 죄인이라**  딸의 부모는 죄 지은 것 없이도 아들 가진 부모 쪽에 저자세로 굽실거려야 하는 불평등 구조를 빗대는 말. ¶"딸 가진 죄인이라더니…." 장모는 자신의 저자세를 딸 둔 부모 공통의 것으로 보편화시키며 한숨을 쉬었다. 《그대 아직도 꿈꾸고 있는가》 (산) 참담하게 일그러지고 지쳐 보이는 신부 측 여인들의 표정을 보면서 딸 가진 죄인이라는 말은 아직도 명언이요 진리라는 생각이 들었다. 〈아들의 부모 노릇〉

**딸 덕분에 부원군**ⓢ 출가한 딸의 도움으로 무슨 일을 하거나 잘 지내게 됨을 이르는 말. ¶"암, 물건치고는 애물이지. 웃돈 얹어서 내놓아야 하는. 그렇지만 잘만 여의어 봐라. 딸의 덕에 부원군 한다는 말도 있듯이 딸처럼 좋은 게 있는 줄 아냐…." 《휘청거리는 오후 1》 ¶"민중전 또 나겠구랴." 홍 씨는 기가 차서 겨우 한마디 빈정거리곤 되레 말문이 막힌다. 그러나 속으론 흥, 딸의 덕에 부원군은 아무나 하는 줄 아남. 아무리 손녀가 귀해도 중인 주제에 넘볼 일이 따로 있지. 저 양반이 혹시 망령이 난 게 아닌가 하는 생각을 하고 있었다. 《미망 1》

**딸네 집 자리는 가시방석이다** 딸네 집은 아들네만큼 편안치 못하고 괜히 거북하고 주눅이 드는 부모 입장을 빗대는 말. ¶"고물 장롱 팔고 보증금이랑 집세랑 올려받고 이만큼이나 모았다. 대견하지?" "뭐 하실 거냐니까요?" "너희 집에 들어가면 자리 밑에 깔고 조금씩 쓸란다. 딸네 집 자리는 가시방석이라는데 이거라도 깔아야 덜 따끔대지." "어머니!" 《살아 있는 날의 시작》

**딸딸이 아빠**ⓗ 딸만 나란히 낳은 아빠를

속되게 이르는 말. ¶"…보상받을 길 없는 딸딸이 아빠가 늘어날수록 딸들이 사람 노릇 할 수 있는 정당한 노력이 힘을 받게 될 거 아닌가. 나는 기쁘게 딸딸이 아빠도 될 수 있으니 절대로 나 때문에 스트레스 안 받기, 알았지?" 《아주 오래된 농담》

**딸은 출가외인(出嫁外人)이다**ⓢ 여자란 시집을 가게 되면 남이 되고 만다는 뜻으로 이르는 말. ¶"무소식이 희소식이라지 않아요? 모르는 척합시다." 그런 아내의 대답으로 봐서 아내 역시 그 후의 연지네 속사정을 자세히 아는 것 같진 않았다. 그렇다고 요새 세상에 딸은 출가외인이라고 서로 발 끊고 사는 것도 아니었다. 《서 있는 여자》

**딸의 곡성은 저승까지 들린다** 딸은 부모 상을 당했을 때 아들보다 훨씬 애절하게 운다는 말. ¶딸의 곡성은 저승까지 들린다는 옛말도 있듯이 가장 서러워해야 할 사람이 난데 내가 울지 않으니까 상가에서 곡성이 나지 않았고 조문객도 한마디씩 호상이란 소리를 해서 곡성 없는 상가를 민망하지 않게 해 주었다. 〈엄마의 말뚝 3〉

**딸의 밥은 서서 먹고 아들 밥은 앉아 먹고 남편 밥은 누워 먹는다**ⓢ 여자는 딸에 의지하여 사는 것보다는 아들한테 의지하여 사는 것이 낫고 아들보다는 남편에게 의지하여 사는 것이 가장 좋다는 말. ¶그때부터 친척이나 친지들이 어머니가 아들네로 안 가는 걸 이상한 눈으로 보기 시작했으니까. 특히 이모들은 딱하게 여기다 못해 불쌍해하는 끾새까지 드러낼 적이 종종 있었다. "딸네 밥은 서서 먹고 아들네 밥은 앉아서 먹는다는데…." 이러면서 이모들이 쯧쯧 혀를 찰 때마다 영주는 이모들의 우월감에 침을 뱉어 주고 싶도록 속이 끓곤 했다. 〈환각의 나비〉

**딸자식은 도둑년이다**(속) 딸은 길러 출가할 때도 많은 것을 해 가지고 가며, 출가한 후로도 친정에만 오면 가지고 갈 것을 찾아 무엇이나 가지고 가려고만 한다 하여 이르는 말. ¶아니 딸년은 다 도둑년이라지만 아무리 알거지가 됐기로서니 세상에, 넘볼 게 따로 있지 시부모 모시고 조상 제사 지내는 장손이 달랑 집 한 채 물려받은 걸, 글쎄 출가외인이 반을 쪼개 달라는 일이 세상천지 이 집구석 말고 어디 또 있을까. 《아주 오래된 농담》

**딸자식은 애물이다**(속) 딸은 시집가 남의 집 살이를 하는 까닭에 평생을 두고 안심이 되지 않는 애물 덩어리라는 말. ¶남들의 이런 백안시나 쑥덕공론 때문에 괴로워하고 기를 못 펴는 건 누구보다도 종상이 내외였다. 딸자식은 애물이란 탄식이 절로 나왔다. 《미망 3》 ¶약혼식에 벌써 이러면 결혼식 땐 어쩌지? 이래서 딸자식은 애물이라던가? 《서 있는 여자》

**땀이 비 오듯 하다** 땀이 몹시 많이 흐르다. ¶온몸에선 땀이 비 오듯 하며 엉뚱한 곳으로 힘이 주어졌다. 《미망 1》 ¶땀을 비 오듯이 흘리며 가쁜 숨을 헐떡이며 그녀는 급히 달리고 있었다. 《목마른 계절》

**땅 짚고 헤엄치기**(속) 일이 의심할 여지가 없이 확실하다는 말. ¶땅 짚고 헤어치기처럼 쉬운 돈벌이를 아무런 그럴 만한 까닭 없이 다만 내키지 않는다는 이유로 거절을 하다니. 《미망 1》 ¶목화가 흉년이 들면 딴 목화 고장에서 면포를 사재기해

놓으면 큰 이윤을 남기기는 땅 짚고 헤엄치기라는 소박한 상식밖에 없는 부성이에게 종상이의 앞을 내다보는 눈은 신기하기 이를 데 없는 것이었다. 《미망 2》

**땅을 파먹다**(비) '농사를 지으며 살아가다'를 속되게 이르는 말. ¶"태남이를 맡아 준 집 말이오." "네, 그건 걱정 마셔요. 사는 건 넉넉하달 순 없어도 마음을 하나만은 법 없이 살 사람들이니까요." "법이 있어야 살겠다면 그건 땅 파먹고 사는 백성도 아니지요." 《미망 1》 ¶"…우리네 장사꾼허구 달라 땅 파먹는 재주밖에 못 타구난 농사꾼이 오죽해야 대물려 살던 땅을 뜨겠는가…" 《미망 3》

**땅이 꺼지게** 한숨을 쉴 때 몹시 깊고도 크게. ¶시어머니나 남의 눈치도 있고 해서 가끔 땅이 꺼지게 한숨까지 쉬면서 남편 걱정을 하는 척했지만 속마음으론 아무렇지도 않았다. 《도시의 흉년 1》

**땅집** '단독 주택'을 이르는 말. ¶대개 처음 집 장만을 했거나, 연탄 때는 작은 땅집 아니면 연탄 때는 서민 아파트에서 옮겨 온 걸로 보이는 이들에게 맨션이란 몽매에도 그리던 지상의 목표였음 직했다. 〈무중(霧中)〉 (산) 다들 조금씩은 마당이 딸린 땅집 동네라 화초와 채소를 같이 가꾸는 집이 많다. 〈트럭 아저씨〉

**때 빼고 광내다**(비) 초라하고 구질구질하게 살다가 별안간 말쑥하게 단장하고 모양을 내다. ¶…새로 이발한 머리에 기름 바르고 때 빼고 광낸 살갗에서는 남성 화장품 냄새가 지독하게 풍기고… 《휘청거리는 오후 2》

**때리는 시어머니보다 말리는 시누이가 더**

**밉다㊙** 겉으로는 위하여 주는 체하면서 속으로는 해하고 헐뜯는 사람이 더 밉다는 말. ¶노부인이 언니에게 꾸밈이 심한 인자한 목소리로 말했다. 나는 언니가 붙드는 척도 하기 전에 미리 말했다. "언니 내버려둬. 나 언니 때문에 가는 게 아니니까. 때리는 시어머니보다 말리는 시누이가 눈꼴시어서 가는 거니까…"《도시의 흉년 2》

**땡기다㊗** '마음에 끌리다'를 속되게 이르는 말. (산) 비가 오락가락하는 속초의 어둠 속에는 비릿하고 찝찔한 바다 냄새가 짙게 녹아 있어 안주 없이도 소주가 땡기는 그런 밤이었다. 〈노년〉

**땡전 한 푼 없다** 돈이 조금도 없다는 말. '땡전'은 얼마 안 되는 돈. (동) 장사꾼의 생리란 묘한 데가 있다.…금고에 돈을 수북이 넣어 놓고도 꼭 땡전 한 푼 없는 얼굴을 하고 도무지 돈을 내주려 들지를 않는다. 〈자전거 도둑〉

**땡추㊗** 땡추중. 중답지 못한 엉터리 중을 낮잡아 이르는 말. ¶그는 한 번도 죽음과 맞서 보지 못했다. 막판에 그가 격렬한 적의를 나타낸 것도 고작 땡추이지 죽음은 아니었다. 헛것만 보았지 한 번도 진실은 보지 못했다. 《아주 오래된 농담》

**떡 돌리듯** 고루 나누어 주는 모습. ¶"장모님 친구들 되십니까? 잘 오셨습니다, 잘 오셨어요. 송종 놀러 오십시오. 참 더운 날씨입니다. 편히…참 처음 뵙는 어른들께 인사를 이렇게 약식으로 드리면 안 되지. 자아, 절 받으십시오, 절이오." 하면서 떡 돌리듯이 넙죽 절을 돌렸다. 《도시의 흉년 2》

**떡 먹듯** 쉽게. ¶"아빠, 내가 먼저 시집 가버리면 안 될까?…" "원 녀석도 시집을 그렇게 떡 먹듯이 가는 줄 아냐?"《휘청거리는 오후 1》 ¶그때부터 그들에 의한 인삼 밀수출이 성행했고 이 땅에 진출한 일상들도 오만불손하여 이 땅의 금령을 범하길 떡 먹듯 하였다. 《미망 1》

**떡 주무르듯 하다** 저 하고 싶은 대로 마음대로 다루다. ¶똥을 떡 주무르듯 하고 있는 순정이는 일종의 품위마저 있어 보였고, 똥칠한 채 활짝 개방된 엄마의 성기는 참혹하고도 추악했다. 《도시의 흉년 3》 ¶식모애의 이런 자신감은 수지네 크나큰 살림을 자기 손아귀에 넣고 떡 주무르듯이 주무르고 있다는 묘한 우월감이 되고 있었다. 《그해 겨울은 따뜻했네 2》

**떡 줄 사람은 생각도 않는데 김칫국부터 마신다㊙** 해 줄 사람은 생각지도 않는데 미리부터 다 된 일로 알고 행동한다는 말. ¶"엄마는 참 주책이야. 떡 줄 사람은 생각도 안 하는데 김칫국부터 마시고, 그리고 오빠가 잘 있는지 아직 소식도 모르면서 무슨 며느릿감부터 고를라구."《목마른 계절》 ¶"…떡 줄 사람은 생각도 안 하는데 김칫국부터 마시는 건 속에 헛헛한 사람들이나 할 짓이지 우리는 바야흐로 비만을 걱정해야 하는 중상류층이라구…"《아주 오래된 농담》

**떡두꺼비 같다** 아기가 보기에 탐스럽고 희며 실팍하게 생기다. '떡두꺼비 같은 아들'은 크고 튼튼해 보이는 사내아이. ¶워낙 노산인지라 아들 욕심 없이 다만 순산만을 바랐다고 하지만 떡두꺼비 같은 아들을 얻고 보니 자식 욕심도 재물 욕심 못지 않은 이 생원의 기쁨은 이만저만이 아니었다. 《미망 1》 ¶그 후 분희는 열 달 만에

떡두꺼비 같은 아들을 낳았다. 〈아직 끝나지 않은 음모 1〉

**떡심** 억세고 질긴 근육. ¶떡심 같은 아내는 또 돈을 모으겠지. 그럼 아마 나는 또 훔치겠지. 〈주말 농장〉

**떡하니** 보란 듯이 의젓하거나 여유가 있게. ¶…처갓집에서 떡하니 새 집에다 에어컨을 들여놔 줘서 〈그리움을 위하여〉 (산) 나는 이 시골집에 가장 넓은 벽에다가 떡하니 우리 고향 마을과 그 주변의 지도를 걸어 놓고 기분을 내고 있다. 〈시골집에서〉

**떨떠름하다** 몹시 떠름하다. (동) (수남이의) 목소리가 전화선을 타면 점잖고 떨떠름한 늙은이 목소리로 들린다. 〈자전거 도둑〉

**떼과부** 한 동네나 고을에서 변란 따위로 일시에 많이 생기는 과부. ¶떼과부는 떼죽음 때문에 생겨난 건데 어디로 재가를 하겠수. 〈그리움을 위하여〉

**떼어 놓은 당상**㈛ 일이 확실하여 조금도 틀림이 없음을 이르는 말. ¶어디 가서 물어봐도 수빈이 경기 붙기는 떼어 놓은 당상인데 단지 한집에서 둘씩이나 입시를 치르는 걸 좀 꺼린다는 거였다. 《도시의 흉년 1》¶품팔이는 배불리 얻어먹고 천원 벌이는 떼어 놓은 당상인데 장사는 우선 배가 곯아 싫고, 남기도 하지만 밑질 때도 있어 종잡을 수가 없어서 싫다는 거였다. 〈흑과부〉

**뗑깡**㈘ '생떼'를 속되게 이르는 말. ¶…왕초가 밀어만 주면 돈벌이 저절로 되게 돼 있는 거 아니니? 근데 아주 냉정해. 그래서 나 요전에 한번 찾아가서 뗑깡을 부

렸다. 왕초한테 뗑깡 한번 부리기도 쉽지 않다, 너…"《욕망의 응달》

**또라이**㈘ 돌아이. 제 정신이 아니라 좀 모자라는 사람을 욕으로 이르는 말. ¶"뭐 저런 게 다 있어? 지금이 어느 때라고 그런 덜떨어진 장난을 하고 다녀? 이거 또라이 아냐?" "그래 또라이야, 또라이." 〈어떤 소나기〉

**똘방똘방하다** 또랑또랑하다. 〈방언〉 ¶애는 숨 넘어가는 소리를 냈지만 수건질할 땐 그치고 똘방똘방 이 사람 저 사람 눈치를 봤다. 〈애 보기가 쉽다고?〉 ¶사람도 사람이려니와 넓기는 또 얼마나 넓은지 정신이 얼떨떨하고 어디가 어딘지 모르겠는데 다행히 아이들이 똘방똘방해서 우왕좌왕하지 않아도 되었다. 〈오동의 숨은 소리여〉

**똥 누러 갈 적 마음 다르고 올 적 마음 다르다**㈛ 자기 일이 아주 급할 때는 통사정하며 매달리다가 그 일을 무사히 다 마치고 나면 모른 체하고 지낸다는 말. ¶"똥 누러 갈 때 다르고 누고 나서 다르다는 소리가, 바로 너를 두고 하는 소린 줄이나 알고 지껄여라. 돈암 시장에서 점원이라도 하고 싶달 때가 엊그저께야. 난 얘, PX 안이 어떻게 생겼나 돈 내고라도 구경 한번 해 봤으면 좋겠다." 《그 산이 정말 거기 있었을까》

**똥 묻은 개가 겨 묻은 개 나무란다**㈛ 자기는 더 큰 흉이 있으면서 도리어 남의 작은 흉을 본다는 말. ¶마도섭의 얼굴에 보일 듯 말 듯한 미소가 번졌다. 똥색에 가까운 얼굴에 화색이 돌았다. 흥 똥 묻은 개가 겨 묻은 개를 구리다구? 속으로 그

렇게 말하고 있는 것 같았다.《미망 1》¶ 우리가 어째서 친일파냐? 우리는 창씨개명도 안 했지 않느냐. 똥 묻은 개가 겨 묻은 개를 나무라도 분수가 있지.《그 많던 싱아는 누가 다 먹었을까》

**똥 밟은 얼굴**⒣ 아주 못마땅한 얼굴을 속되게 이르는 말. ¶빨갱이 가족이 당해야 할 고통과 수모와 감시라면 나도 이가 갈릴 만큼 알고 있었다. 그러면 그렇지 이 세상에 웬 떡이 있을라구. 께적지근한 낙담으로 똥 밟은 얼굴이 되고 말았다.〈그 남자네 집〉

**똥 친 막대기**⒮ 천하게 되어 아무짝에도 못 쓰게 된 물건이나 버림받은 사람을 이르는 말. ¶"…키만 똥 친 막대처럼 껑청해 가지고 턱은 뾰족하고 입은 초라니 같고 눈은 간사한 게 영락없이 생쥐 상이더라구요…"《미망 3》¶물색없이 키만 큰 사람을 똥 친 막대라고 하듯이 아주 긴 나무 막대기 끝에 네모난 나무판자가 달린 똥 치는 막대기가 준비돼 있어 아이들도 자기가 눈 것을 잿더미 속으로 밀어 넣을 수가 있었다.《그 많던 싱아는 누가 다 먹었을까》

**똥값**⒣ '터무니없이 싼값'을 속되게 이르는 말. ¶"…지금 서울에서 뭐 이까짓 집, 값이나 나가는 줄 알우. 집값 똥값이에요…"《도시의 흉년 1》¶"…왜 그러는지 잘은 몰라도, 직접 가져오면 똥값을 부르다가도 나까마를 통하면 제 값을 쳐 준다니까…"《그 산이 정말 거기 있었을까》

**똥이 무서워서 피하나 더러워서 피하지**⒮ 악한 사람을 상대하지 아니하고 그냥 두는 것은 내가 비겁해서가 아니고 상대할 대상이 못 되기 때문이라고 자부하는 말. ¶혜진은 그런 사실이 자신에게 있었나 없었나를 생각해 내기보다는 '에이, 똥이 무서워서 피하나 더러워서 피하지.' 하는 생각으로 못들은 척 딴청을 부렸다.《서울 사람들》¶나는 평소의 그녀가 얼마나 버르장머리 없고, 오만불손하고 안하무인이었던가를 너무나 잘 알고 있다. 그래서 더 그녀의 변모가 슬프다. 이 정도의 망신에서 스스로를 지키려는 지혜로, "똥이 무서워서 피하나 더러워서 피하지."의 비열의 철학을 순간적으로 터득한 그녀가 슬프다.〈연인들〉

**똥줄이 빠지게** 몹시 힘들여. ¶마지막 과학 시험에 똥줄이 빠지게 엉겨 봤댔자 사십오 명은 말짱 헛수고다.〈꼭두각시의 꿈〉

**똥차**⒣ ① 헌 차나 고물차를 낮잡아 이르는 말. ② 결혼 적령기가 지났는데도 아직 결혼하지 못한 사람을 속되게 이르는 말. ¶흰 크리넥스가 세로로 비죽이 내밀린 분홍빛 크리넥스 상자는 자가용마다 있다. 똥차가 다 된 자가용일수록 그건 있다. 그것도 꼭 뒤 창가에.《휘청거리는 오후 1》¶"숫제 공갈이군요. 그렇게 급한가요?" "요새 내 신세가 똥차랍니다. 아시겠어요?"《그해 겨울은 따뜻했네 1》

**똥통 학교**⒣ 질이 낮은 학교를 욕으로 이르는 말. (동) 동네 사람들은 그 학교를 '똥통 학교'라고 불렀지만 촌 계집인 내 눈엔 너무 훌륭한 붉은 벽돌의 이층집이었다.《옛날의 사금파리》

**똥폼**⒣ 실속 없이 겉으로 드러난 모양을 비아냥거려 이르는 말. (산) 이런 내 몸짓은 오가리기보다는 입이 험한 내 아들이 잘 쓰는 말로 하면 똥폼쯤 될지도 모른다. 그런데 이 똥폼조차 만원 버스에 짐짝처럼 실려서야 좀처럼 잡아지지를 않는다. 〈오기로 산다〉

**뚜껑을 열다**　사물의 내용이나 결과 따위를 보다. ¶그날 저녁에 엄마는 오빠를 붙들고도 내가 떨어진 걸 분해했다. "뚜껑은 열어 봐야 알죠." 소학교를 열 살이나 돼서 보내서 아직 중학교에 다니고 있지만 나하고 나이 차이가 많이 지는 오빠는 과묵하고 사려 깊었다.《그 많던 싱아는 누가 다 먹었을까》

**뚜쟁이**ⓗ　중매쟁이를 낮잡아 이르는 말. ¶…온갖 화려한 가능성을 공깃돌처럼 놀리고 있는 줄 알았던 자기의 손아귀에 지금 쥐고 있는 게 고작 그 끔찍한 뚜쟁이의 뜬구름 같은 치맛자락이란 사실은 또 얼마나 놀라운가?《휘청거리는 오후 1》

**뚝배기보다 장맛이 좋다**ⓢ　겉모양은 보잘것없으나 내용은 훨씬 훌륭함을 이르는 말. ¶그 집엔 참 예쁜 외제 그릇이 많기도 했다. 이것저것 다 사고 싶은 것들뿐이었다. 뚝배기보다는 장맛을 믿어 온 내 살림 솜씨가 미련하고 부끄럽게 생각됐다. 〈공항에서 만난 사람〉

**뚱딴지 같다**　말이나 행동이 엉뚱하다. ¶어쩌면 나도 추운 김에 아쉬운 대로 옆에 있는 옥희도 씨라도 좋아해볼까 하는 뚱딴지 같은 생각을 하느라 별로 무섭다는 생각도 없이 어두운 길목을 지났다.《나목》

**뛰는 놈 위에 나는 놈 있다**ⓢ　아무리 재주가 뛰어나다 하더라도 그보다 더 뛰어난 사람이 있다는 뜻으로, 스스로 뽐내는 사람을 경계하여 이르는 말. ¶"넌 꼭 민요라도 꾸미고 있는 것 같은 말투구나." "웬걸입쇼. 제가 그런 그릇이 되남요. 다만 뛰는 놈 위엔 나는 놈도 있다 이 말씀이지요."《미망 1》

**뜨악하다**　마음이 선뜻 내키지 않아 꺼림칙하고 싫다. ¶나는 엄마를 위로하고 싶었다. 그러나 엄마는 성이 나 있지 않으면서도 매사에 뜨악해 보였다.〈엄마의 말뚝 1〉

**뜬금없다**　갑작스럽고도 엉뚱하다. ¶송 서방의 월급이 올랐는지 아쉬운 소리를 안하고 잘 견딘다 싶어 마음이 좀 놓일 무렵 영묘는 뜬금없이 결핵에 대해 꼬치꼬치 알고 싶어 했다.《아주 오래된 농담》

**뜬내**　누룩, 메주 따위가 뜨는 냄새. ¶아이들에게선 그녀를 은근히 밀어내는 뜬내 비슷한 냄새가 났고 아이들의 몸은 작고 굳어 있었다.《그해 겨울은 따뜻했네 2》

# ㅁ

**마(魔)가 끼다** 마가 들다. 어떤 일을 하려
는데 훼방이나 장애가 생기다. ¶그들은
미싱을 두 대 놓고 영업하기를 벌써 몇 년
전부터 계획해 왔다. 그러나 그만한 목돈
이 모일 만하면 꼭 마가 끼였다.《재이산
(再離散)》

**마각(馬脚)을 드러내다** 숨기고 있던 일이
나 정체를 드러내다. ¶"파기야. 지금 이
시각부터." "누구 맘대로." "내 맘대로. 나
는 남자고, 남편이고, 가장이야. 나에겐
그럴 권리가 충분히 있어." "드디어 마각
을 드러내는군요."《서 있는 여자》

**마경(魔鏡)** 질 좋은 거울 'magic mirror'에서
온 말. ¶열린 채인 침실 문을 통해 할머니
의 화려한 화장대가 바라다보였다. 모양
도 어여쁜 갖가지 화장수 병이 티끌 하나
없는 마경을 통해 곱절로 늘어나 보였다.
〈쥬디 할머니〉

**마담뚜ⓑ** 직업적으로 부유층을 상대로 하
는 여자 중매쟁이. ¶"사모님이세요? 안
녕하세요. 저 마담뚜예요." "네? 무슨 마
담이시라구요?" "마담뚜라구요. 전번에
들렀던 중매쟁이라구요." "네, 네. 못 알
아봬서 죄송합니다.《휘청거리는 오후 1》

**마당 치레** 마당을 꾸미는 짓. ¶"그만두
게, 내가 들어가 뵙지 뭐. 그 소문난 개성
집 마당 치레도 구경할 겸 해서…안 되겠
나?" "안 될 거야 옳지만, 이 겨울에 무슨
볼 만한 마당 치레가 있을라구."《미망 2》

**마뜩찮다** 마음에 들 만하지 아니하다. ¶
나는 가연이의 그 점이 가장 마뜩하지 않
았다.〈저문 날의 삽화 2〉

**마름질** 옷감 따위를 치수에 맞추어 마르는
일. '마르다'는 재료를 치수에 맞추어 베
고 자르다. (동) 그렇게 어렵게 끊은 옷감
을 엄마는 힘 안 들이고 마름질을 하셨다.
《옛날의 사금파리》

**마음고생** 마음속으로 겪는 고생. ¶정문에
서 요양원까지는 상당히 길고 꼬불꼬불한
오르막길이어서…가뜩이나 마음고생이
많은 방문객들은 너나없이 불길한 예감에
짓눌리곤 했다.〈저문 날의 삽화 2〉

**마음을 붙이다** 어떤 것에 마음을 자리 잡
게 하거나 전념하다. (산) 내 소원은 화려
하거나 신기한 꽃이 아니라 마음 붙일 수
있는 꽃이다.〈마음 붙일 곳〉

**마전** 생 포목을 빨거나 삶아서 볕에 바래
는 일. (산) 개성 여자들은 마전을 하고 또
해서 뽑아낸 마지막 흰색에 남다른 심미
안을 갖고 있었던 것 같다.〈개성 사람 이
야기〉

**막 기른 자식 덕 본다** 오냐오냐 위해 기른
자식보다 형편껏 아무렇게나 기른 자식이
도리어 부모 공을 알고 효도한다는 말. ¶
"…말이야 바른대로 말이지 언니야 제대
로 된 대학을 나왔니, 중학교 때 과외 공
부를 했니? 너희들에다 대면 갠 공짜로 자
랐어, 공짜로. 막 기른 자식 덕 본다는 옛

말 하나 그른 데 없지…"《도시의 흉년 2》

**막상막하**(莫上莫下) 더 낫고 더 못함의 차이가 거의 없음. ¶그것으로써 하려고 하는 바가 다를 뿐 활자에 대한 애정은 양쪽이 다 막상막하였다. 〈침묵과 실어〉

**만끽**(滿喫)**하다** 충분히 만족할 만큼 즐기다. ¶깊고 편안한 잠에서 깨어났을 때의 행복감을 만끽하기 위해 그 여자는 한껏 기지개를 켰다. 《그대 아직도 꿈꾸고 있는가》

**만날** 언제나. 늘. 항상. ¶우리만 만날 요 모양 요 꼴로 사는 게 꼭 내 탓만 같아 저절로 기가 죽고 몸이 오그라들었다. 〈도둑맞은 가난〉

**만사가 형통** 만사형통(萬事亨通). 모든 것이 뜻대로 잘됨. ¶이름과 말을 만들어 내는 데 자신이 생기고부터 그가 하는 일은 만사가 형통이었다. 〈그의 외롭고 쓸쓸한 밤〉

**만산홍엽**(滿山紅葉) 온 산에 붉게 물든 나뭇잎. ¶공기는 약수물처럼 톡 쏘게 맑고 만산홍엽은 노을처럼 화려했다. 〈유실〉 (산) 이곳 역시 길가의 코스모스는 색색 가지 무수한 호접이 춤추듯 미묘하게 하늘대고 만산홍엽은 꽃보다 요요했다. 〈한 말씀만 하소서〉

**만수받이하다** 온갖 번거로운 말이나 행동을 잘 받아 주다. ¶(성남댁은)…골목을 드나드는 리어카나 광주리 장수가 외치는 소리만 나면 겅정겅정 뛰어나가 사지도 않을 물건을 살 듯이 만수받이하고 싶어 했고. 〈지 알고 내 알고 하늘이 알건만〉

**만정이 떨어지다** 온갖 정이 떨어지다. ¶성남댁은 부엌에서 찧고 까부는 여편네들

보다 그 일을 그렇게 고약하게 풍긴 진태 엄마한테 만정이 떨어지고 오장육부가 다 떨려서 구정물 맞은 개처럼 연방 온몸으로 진저리를 쳤다. 〈지 알고 내 알고 하늘이 알건만〉

**만주나 호야 호야** '만주'는 속에 팥이 든 따끈따끈한 만두, '호야 호야'는 일본어로 갓 만들어져서 따끈따끈하고 말랑말랑하고 김이 모락모락 나는 모양을 말함. (동) 서울에서의 첫날 밤. 늦도록 창 밖에선 처음 들어 보는 노랫가락이 바람결에 흘러 가고 흘러오고 했다. "만주나 호야, 호오야. 만주나 호야, 호오야." 나는 그 말귀를 전혀 못 알아들었지만 충분히 구슬펐다. 나는 이불 속에서 소리를 죽여 가며 울었다. 《옛날의 사금파리》

**만출**(娩出) 분만되어 나오다. ¶처녀가 그의 허리를 붙들고 이를 갈더니 맹수처럼 포효했다. 그러나 태아는 두부만 겨우 만출되고 나서 일단 중지했다. 〈그 가을의 사흘 동안〉

**맏물** (과일·곡식 따위에서) 그해 들어 제일 먼저 생산된 것. (동) 누리는 최선을 다했고 우승을 했다. 할머니가 상품으로 맏물 고추와 싸리버섯을 주었다. 《부숭이는 힘이 세다》

**말 가난** 말할 사람이 없어 말을 주고받지 못함. ¶모자지간의 이런 말 가난이 얼마나 끔찍한 것인지 나는 새삼 몸을 으스스 떨면서 깨우치고 있었다. 《도시의 흉년 1》

**말 타면 경마 잡히고 싶다**(속) 한 가지를 이루면 다음에는 더 큰 욕심을 갖게 된다는 뜻으로, 사람의 욕심이란 한이 없다는 말. ¶말 타면 경마 잡히고 싶은 사람의 끝없

는 허영을 위해 부자 위에 또 하나의 신분이 있다면, 상류 사회라고나 할까. 《도시의 흉년 3》 ¶ …또 말 타면 경마 잡히고 싶다던가, 이 집에서 마음껏 호강을 하니까 자신의 출생을 이 집보다 훨씬 지체 높은 댁과 연관지어 꿈꾸기 시작한 허황한 상상력도 그 아이를 걷잡지 못하게 했다. 《미망 2》

**말 한마디에 천 냥 빚도 갚는다**⊛　말만 잘하면 어려운 일이나 불가능해 보이는 일도 해결할 수 있다는 말. ¶ "인석이 또 그 여자라네, 말 한마디에 천 냥 빚을 갚는다고 그까짓 새엄마 소리가 뭐 그리 어려워서 꼬박꼬박 그 여자냐?" 《오만과 몽상 2》 (산) 한마디 말이 천 냥 빚을 갚는다는 말도 있지만 말의 토씨 하나만 바뀌도 세상이 달라지게 할 수도 있다. 〈생각을 바꾸니〉

**말뚝을 박다**　확실하게 정착을 하다. ¶ 엄마는…맏며느리에다 손 귀한 집 장손의 엄마이기도 했다. 그리고 맨손으로 서울이라는 눈 감으면 코 베어 간다는 대처에다 최초로 말뚝을 박은 담대한 여자였다. 《그 많던 싱아는 누가 다 먹었을까》 ¶ 이사 간 날, 첫날밤 세 식구가 나란히 누운 자리에서 엄마는 감개무량한 듯이 말했다. "기어코 서울에도 말뚝을 박았구나. 비록 문밖이긴 하지만…" 〈엄마의 말뚝 1〉

**말문이 막히다**　하려고 하던 말이 나오지 않게 되다. (산) 너무 기가 막혀 말문이 막혔다고 한다. 어릴 적부터 벌써 고된 과정을 깡충 건너뛰어 단박 잘살 궁리부터 한다. 〈난 단박 잘살 테야〉

**말뼉다귀**⒝　하찮은 사람을 얕잡아 이르는 말. ¶ 과부 어머니와 맨 계집애뿐인 동생을 한 바가지나 거느린 말뼉다귀 같은 계집애와 결혼을 해서 뭘 어쩌겠는가. 〈저렇게 많이!〉

**말에 가시가 돋치다**　하는 말 속에 상대를 공격하는 뜻이나 내용이 들어 있다. ¶ "먼저 가요." 처음 들어 보는 달래의 가시 돋친 말투에 태남이는 어리둥절해서 물었다. "예? 내가 뭐 잘못했시니까? 먼저 가라니요." 《미망 2》

**말은 청산유수다**　말을 그칠 줄 모르고 잘한다는 말. ¶ 그것은 말희에게 전혀 새로운 정훈의 변모였다. 땅값이 치솟는 신흥 주택가에 제일 먼저 들어선 부동산 회사의 젊은 중개인처럼 말은 청산유수요, 태도는 싹싹하고도 교활했다. 말희는 뭔가 참을 수 없는 기분이었다. 토할 것 같았다. 《휘청거리는 오후 2》 ¶ "…말이 그렇게 청산유수고 신수도 희멀겋던데 고작 월부 장사밖에 해 먹을 게 없나, 쯧쯧." 〈세상에서 제일 무거운 틀니〉

**말짝**⒝　'말'의 속된 말. ¶ …나란히 앉은 두 젊은이가 사주쟁이 말짝으로 천생연분으로 잘 어울려 보여 대견하고 고맙고 그래서 눈물과 웃음이 함께 났다. 〈맏사위〉 ¶ 아파트란 참 너희 올케 말짝으로 편한 데로구나 하며 어머니까지 좋아했다. 〈닮은 방들〉

**맛대가리**⒝　'맛'을 속되게 이르는 말. ¶ "제발 맛대가리도 없는 걸 가지고 요리 학원식 잔재주 좀 작작 부리라구…" 〈닮은 방들〉

**망신살이 뻗치다**　큰 망신을 당하다. ¶ "언니, 언니가 지금 한두 살 먹은 어린애유?

망신살이 뻗어둔 분수가 있지. 한 번 팔자 사나운 여자가 팔자 고친다고 시원해질 줄 알우. 어림도 없어요…뭘 못해서 첩 노릇을 할 게 뭐유?"《도시의 흉년 1》

**망연(茫然)하다** 정신을 잃고 아무 생각 없이 멍하다. ¶나는 S 회관을 나와 잠깐 망연했다. 오랜 여행 끝에 낯선 역에 내린 듯한 피곤인지 절망인지 모를 망연함, 그런 망연함에서 남편이 나를 구했다.《나목》

**망종(亡種)⑪** 행실이 아주 못된 사람을 욕으로 이르는 말. ¶"다시 불장난 할래 안 할래, 이 망종아. 다시 불장난 할 거면 죽어라 죽어. 지금 당장 죽는 게 나아, 이 망종의 새끼들아. 내 속으로 낳은 새끼들이 집 중한 걸 모르다니, 세상에."〈가(家)〉

**망집(妄執)** 망상을 버리지 못하고 집착하는 일. ¶사나이의 손이 진이의 뺨에서 두어 번 울리고 먼저 사나이가 갔다. 뺨의 아픔은 진이를 어처구니없는 망집에서 일깨우고 찬 겨울바람은 역겨운 사나이의 체취를 날렸다.《목마른 계절》

**맞은 놈은 다리 펴고 자고 때린 놈은 오그리고 잔다⑳** 남을 괴롭힌 사람은 뒷일이 걱정되어 마음이 불안하나, 해를 입은 사람은 마음만은 편하다는 뜻. (산) '맞은 놈은 다리 뻗고 자도, 때린 놈은 오그리고 잔다.'는 정도의 가해자에 대한 경고는 줄창 들어 왔다. 그러니까 요새 아들 기르는 법은 이유 여하를 막론하고 맞고 들어오면 야단맞고, 때리고 들어오면 신통해한다.〈잘 가라, 5월의 풍경들이여〉(동) "누리야, 너까지 걱정할 거 없어. 어젯밤에 싸워서 기분이야 나쁘겠지만 네가 졌으니까 괜찮아. 예전부터 때린 사람은 오그리

고 자고, 맞은 사람은 다리 뻗고 잔다는 속담도 있잖아. 그나저나 무사히 도착했다는 전화가 와야 마음을 놓으련만."《부숭이는 힘이 세다》

**맞춤하다** 비슷한 정도로 알맞다. ¶나는 예술가처럼 섬세한 감각으로 맞춤한 어둠을 가늠하고 있었다.《나목》 ¶그곳은…개성 시가를 한눈에 내려다볼 수 있는 맞춤한 장소이기도 했다.《미망 1》

**매가리 없다⑪** '맥없다'의 속된 말. 기운이 없다. ¶여자는 내가 몰라보게 출세했단 소리를 태엽 풀린 시계처럼 점점 매가리 없이 되풀이했다.〈내가 놓친 화합〉(산) 처자식만 아는 남편, 많은 아이들, 그래도 나는 행복하지 않았다. 사는 게 매가리가 없고 시들시들하고 구질구질하고 답답하고 넌더리가 났다.〈나에게 소설은 무엇인가〉

**매도 먼저 맞는 놈이 낫다⑳** 이왕 당해야 할 일은 먼저 치르고 나는 것이 낫다는 말. ¶어쩌다가 액신의 눈이 우리를 비껴갔을 뿐, 매도 먼저 맞는 놈이 낫다고 더 무서운 보복이 대기하고 있을 것 같은 예감이 들었다.《나목》

**매명(賣名)** 재물이나 권리를 얻으려고 자기의 이름이나 명예를 팖. ¶(남편은)…요즈음 들어 바싹 공부보다는 매명 쪽에 기울고 있었다.《살아 있는 날의 시작》

**맵싸하다** 맵고 싸하다. ¶투박한 찻잔에 생강차가 나왔다. 노리끼리한 액체가 따뜻하고 알맞추 맵싸하고 알맞추 단 것이 추위에 맞춤한 차였다.《나목》 ¶…차를 세우고 밖으로 나왔다. 공기가 맵싸하게 차다.〈꿈꾸는 인큐베이터〉

**맹모삼천지교(孟母三遷之敎)** 맹자의 어머니가 아들의 교육을 위하여 세 번이나 이사를 하였음을 이르는 말. ¶호의호식으로 한껏 보드랍고 말랑말랑해서 떡 주무르듯이 맘대로 될 줄만 알았던 아버지가 뜻밖에 강경하게 양색시 장사를 걷어치자고 나왔고, 이모가 어려운 말로 맹모삼천지교를 쉽고 재미있는 이야기로 꾸며 엄마를 달래 가며 차근차근 설득했다.《도시의 흉년 1》

**맹문이** 일의 시비나 경위를 모르는 사람. ¶…새로운 삶이란 마땅히 어떠어떠해야 한다는 구체적인 대목에 이르러서는 그런 생각을 전혀 할 줄 모르는 사람들보다 조금도 나을 것 없는 맹문이였다.《미망 1》 ¶나는 문단이란 고장의 사정에 대해선 전혀 맹문이였으므로 동의도 반대도 못 하고 어정쩡한 얼굴로 듣고만 있었다. 〈어느 이야기꾼의 수렁〉

**맹숭맹숭하다** 맨송맨송하다. 술을 마시고도 취하지 아니하여 정신이 말짱하다. ¶밤이 이슥해서 돌아온 종상이는 술기운 없이 맹숭맹숭했으나 흥겨워 보였다.《미망 2》

**맹추스럽다** 맹추 같다. '맹추'는 똑똑하지 못하고 흐리멍덩한 사람을 낮잡아 이르는 말. ¶상훈이는 그래도 내 말을 못 알아듣고 어리둥절해했다. 그럴 때의 그는 몹시 아둔하고 맹추스러워 보였다. 〈도둑맞은 가난〉

**맺고 끊은 듯하다** 어떤 일이나 행동이 사리가 분명하고 빈틈이 없다. ¶전 영감이 맺고 끊은 듯한 태도를 누그러뜨리고 허튼소리를 하려 들자 최 서방은 다시 한층 이나 여편네 생각보다는 큰 돈벌이 생각이 굴뚝 같아져서 또 한 번 빌붙어 보고 싶어진다.《미망 1》

**머리를 굴리다** 머리를 써서 생각하다. 묘안을 생각하다. (산) 부모나 큰댁이 고향을 지키고 있으면 연휴 나흘도 모자라 그전, 전전 일요일까지 포함을 시켜 머리를 잘 굴려 적절히 안배하지 않으면 낭패를 보게 된다. 〈올 추석이 아름다웠던 까닭〉

**머리터럭** 머리에 난 털. 머리털. (산) 사람에겐 머리터럭 말고도 소중하게 지킬 게 얼마든지 있다는 태도는 얼마나 믿음직스러운가. 〈머리털 좀 길어 봤자〉

**머리털을 베어 신발을 삼다⑧** 무슨 수단을 써서라도 자기가 입은 은혜를 잊지 않고 꼭 갚겠다는 것을 이르는 말. ¶나의 긴 머리를 베어 그들의 신을 삼고 싶을 만큼 그들을 존경한다 해도 그들처럼 되기는 싫었다.《아주 오래된 농담》

**머저리⑪** 어리석고 멍청한 사람을 속되게 이르는 말. ¶저런 머저리 새끼. 저럴 땐 말보다는 주먹이 즉효인데. 나는 몸이 달아 벽 너머 머저리를 응원한다. 〈아파트 부부〉

**머저리스럽다** 머저리 같다. ¶세상에 고고 미팅 끝에 애프터를 신청하는 남자처럼 머저리스러운 남자가 또 있을까.《도시의 흉년 1》

**먹거리** 양식을 포함한 모든 먹을거리. (산) 우리 마당에 저절로 돋아나는 먹거리로는 돌나물 말고도 머위와 깻잎이 있다. 〈봄의 환(幻)〉

**먹물⑪** 공부한 지식인을 속되게 이르는 말. ¶아버지 맨날 술만 퍼마시면서 이놈의 세상은 다 붓대로 먹고 사는 먹물들 세상이다. 그것들은 배운 거 없는 막노동꾼을 실컷 부려만 먹고 절대로 집 한 칸 안 주는 욕심꾸러기들이다.《아주 오래된 농담》

**먹을 때에는 개도 때리지 않는다**඙  음식을 먹고 있는 사람에 대하여는 욕하거나 감정을 상하게 하지 말라는 것을 이르는 말. ¶“밥상만 아니었으면 넌 정말 맞았을 거야.” “고맙다.” “밥상 때문이라니까. 먹을 때는 개도 안 때린다잖아.”《아주 오래된 농담》

**멀찌막이**  멀찌막하게. 꽤 멀찍하게. ¶이 탁한 도시를 멀찌막이 벗어나 순수하고 청량한 대기 속에 숨 쉬고 싶다고 갈망했지만 내가 도달한 곳은 도심의 호텔의 커피숍이었다.《도시의 흉년 3》

**멀찍멀찍**  여러 개의 사이가 다 꽤 떨어져 있는 모양. ¶…브라질이나 괌을 우리나라 서울 부산쯤으로 멀찍멀찍 떼어 놓고 생각할 만큼의 소견도 노파에겐 없었다.〈이별의 김포 공항〉

**멋대가리**඘  ‘멋’을 낮추어 이르는 말. (산) 구름다리라는 환상적인 이름과는 달리 멋대가리 없는 다리였다.〈야다리와 구름다리〉

**멍셔 버리다**඘  돌려줄 것을 안 돌려주고 슬쩍 자기 것으로 만들어 버리다. ‘먹어 버리다’의 속어. ¶(그 일은)…마치 빌려 본 책을 차일피일 돌려줄 날짜를 미루다가 슬금슬쩍 멍셔 버리는 일만큼이나 쉽게 느껴졌다.〈서글픈 순방〉

**멍시다**඘  먹어 버리다. ¶수빈이는 처음엔 불쾌해하더니 점점 재미나 했다. 특히 엄마 돈을 50만 원이나 멍신 대목에선 박장대소를 하면서 즐거워했다.《도시의 흉년 2》

**멍울멍울**  멍울들이 여기저기 엉겨서 둥글둥글한 모양. ‘멍울’은 둥글게 엉기어 굳어진 덩이. ¶부엌 식탁 위엔 아침에 먹다만 빵 조각과 버터에 파리가 엉겨 붙어 있었고, 컵에 남은 우유는 산패한 듯 멍울멍울했다.《서 있는 여자》

**멍클멍클**  잘 용해되지 않고 여기저기 뭉쳐 있는 모양. ¶얼떨결에 들이댄 사기대접엔 적갈색의 가래에 노란 약이 멍클멍클 얽혀 있었다.《나목》

**메뚜기도 여름이 한철이다**඙  메뚜기도 유월이 한철이다. 제때를 만난 듯이 한창 날뛰는 사람을 풍자적으로 이르는 말. ¶“메뚜기는 여름이 한철이고 리어카꾼은 김장철이 한철이고 보일러장이는 겨울이 한철이라고 나야말로 몸이 몇 개 더 있었으면 좋으련만…”《그해 겨울은 따뜻했네 2》¶“…메뚜기도 한철이라더니만 요새 흑과부 바쁘다 바빠.”〈흑과부〉

**메슥메슥하다**  먹은 것이 되넘어 올 것 같이 속이 자꾸 심하게 울렁거리다. ¶(성남댁은)…말끝마다 걸쭉한 욕지거리를 덧붙이지 않으면 맨밥 먹은 것처럼 속이 메슥메슥해하는 고약한 버릇들을 가지고 있다.〈지 알고 내 알고 하늘이 알건만〉

**며느리 사랑은 시아버지**඙  며느리는 흔히 시아버지에게 귀염을 받는다는 말. ¶“아무리 며느리 사랑은 시아버지라고들 하지만 벌써부터 아버님 편만 들면 나 화낼 거야. 난 우리 집안에서 유일한 반항아거든.”《그해 겨울은 따뜻했네 2》¶“여보, 당신 벌써부터 시어머니 노릇 하려는 거요? 이거 안 되겠는데. 며느리 사랑은 시아버지라는데. 내라도 장 양을 두둔해야

지."《오만과 몽상 2》

**면구스럽다** 낯을 들고 대하기에 부끄러운 데가 있다. ¶그 여자는 아무나 면구스럽도록 뚫어지게 쳐다보는 버릇이 있다.《살아 있는 날의 시작》¶…아이 어른이 한껏 차려입은 옷도 너무 울긋불긋 요란해서 면구스럽다.〈비애의 장〉

**면례(緬禮)** 무덤을 옮겨서 장사를 다시 지냄. ¶…생전에 산골을 사다 먹고 뼈 부러진 걸 고친 사람의 시신을 면례하면서 보니까…〈엄마의 말뚝 2〉

**명다리(命—)** 토속 신앙에서, 신이나 부처를 모신 상 앞의 천장 가까운 곳에 매다는 모시나 무명. ¶"…웃지 마, 이놈아. 이건 네 명다리 바친, 이를테면 네 수양에미뻘 되는 무당 할미가 신령님께 세 차례나 치성 드리고 해 준 부적이야. 여니 부적하곤 달라…"《도시의 흉년 1》¶…나는 S 사가 절은 무슨 절이냐, 무당 집이지 하면서 S 사 경내에서 내가 본 칠성당이니 신중당이니 명다리니 하는 미신적인 걸 예로 들어 가며 S 사를 비방했다.〈어머니〉

**명명백백(明明白白)하다** 의심할 여지가 없이 아주 뚜렷하다. ¶정말로 어째 볼 수 없는 엄마였다. 하늘의 해와 달처럼 명명백백하고도 오직 두 개밖에 없는 이데올로기 말고 따로 신봉할 게 있는 엄마가 우스꽝스러워 보였다.《그 많던 싱아는 누가 다 먹었을까》

**명정(酩酊)** 술이 몹시 취하는 것. 대취. 만취. ¶서재호에게 그 일은 다만 명정이었을 뿐이다. 그렇다면 나에겐 취기가 없었을까?《도시의 흉년 2》¶우리는 서로의 행복한 명정을 위해 주머니를 아낌없이 털고

시계를 풀고 학생증을 잡혔다.〈연인들〉

**명토를 박다** 누구 또는 무엇이라고 이름을 대거나 지목하다. ¶남자라는 명토가 안 박힌 모집 광고를 보고 응모해 봤댔자, 시험의 기회조차 안 주든지 주고도 떨어뜨렸다.《도시의 흉년 3》¶그 아이는 그 그림에다 삐죽삐죽 수염 같은 걸 가필하고 나서 옆에다 명토를 박았다. '옥분 할머니 ××' '옥분 엄마 ××…'〈엄마의 말뚝 1〉

**모개로** 한데 몰아서. ¶"…아주머니는 제가 어렵게 번 돈을 오빠들한테 모개로 뜯긴다고 얼마나 야단치신다구요."《살아 있는 날의 시작》¶워낙 임질을 잘하고 또 물건값 잘 깎기로도 소문이 난지라 아무리 많은 푸성귀나 마른 걸 모개로 살 일이 있어도 어멈이 아범 제쳐 놓고 나섰고《미망 3》

**모골이 송연하다** 끔찍스러워서 몸이 으쓱하고 털끝이 쭈뼛해지다. ¶피난을 못 가고 서울에 남아 있게 된다고 해도 이제 북쪽에 붙은 최악의 상상은 할 필요가 없어졌지만, 수복된 후에 또 어떤 일을 당할지는 생각만 해도 모골이 송연해졌다.《그 많던 싱아는 누가 다 먹었을까》¶만약 내가 성질을 부려서 동생이 남편 임종도 못 보게 했더라면 어쩔 뻔했나, 생각날 때마다 모골이 송연해지곤 한다.〈그리움을 위하여〉

**모군(募軍)** 모군꾼. 공사판 따위에서 삯을 받고 일하는 사람. ¶성형에 들어가기 전에 흙을 밟고 온 날은 작업복도 말이 아니었지만 기운도 탈진해서 막노동판에서 모군을 서고 돌아온 것과 진배없었다.〈저문 날의 삽화 3〉

**모르면 약이요 아는 게 병**(속)　아무것도 모르면 차라리 마음이 편하여 좋으나, 무엇이나 좀 알고 있으면 걱정거리가 많아 도리어 해롭다는 말. ¶"자기에 관한 사실을 아는 게 사람의 마땅한 권리라는 생각과 모르는 게 약이라는 생각은 늘 반반씩이었지.《오만과 몽상 2》

**모살**(謀殺)　미리 꾀하여 사람을 죽임. ¶엄마와 아빠가 기도를 통해 감쪽같이 아기를 모살한 혐의 때문이었다. 〈울음소리〉

**모세다**　모질고 강하다. ¶마지막으로 조금 멀찍이 가서 떨어진 껌 한 통을 집어 넣고 목판을 챙기는 갑희의 손은 측은하리만큼 작은데도 모세다.《목마른 계절》

**모주꾼**(母酒－)　술을 몹시 좋아하며 지나치게 많이 마시는 사람을 이르는 말. ¶맹범 씨는 거기 있는 모주꾼한테 연방 허리를 굽실거리며 그 가게를 떠났다.〈애 보기가 쉽다고?〉

**모찌**　일본어로 찹쌀떡을 이르는 말. ¶여기저기서 쓰러지는 아이가 생길 정도로 지루한 식이었지만 끝나면 모찌를 두 개씩 나누어 주었다.《그 많던 싱아는 누가 다 먹었을까》

**목고개**　목의 선. ¶엄마는 내 머리를 빗기는 척하면서 쌍둥 잘라 버렸던 것이다. 그것도 목고개쯤에서가 아니라 뒤통수에서 잘라냈으니 그 꼴도 가관이었다.〈엄마의 말뚝 1〉¶그의 아내는 갓 스물의 앳된 나이였다. 가느다란 목고개에도, 입 언저리에도, 여릿여릿한 소녀티가 그대로 남아 있었다.〈땅집에서 살아요〉

**목구멍에 풀칠 한다**(속)　굶지 않을 정도로 겨우 먹고 산다는 말. ¶"…우리 비록 때를 못 만나 잡것들의 쌍통을 그려 목구멍에 풀칠을 할망정 사나이 가슴에 정까지 말라붙었을쏘냐?"《나목》

**목구멍이 포도청**(속)　먹고살기 위하여, 해서는 안 될 짓까지 하지 않을 수 없음을 이르는 말. ¶오빠가 타 온 쌀을 뒤주에 부으면서도 어두운 얼굴로 "목구멍이 포도청이지." 하면서 한숨을 쉬곤 했다. 마치 오빠에게 딸린 가족의 생계 걱정만 안 시켰어도 전향을 안 했을 걸 하고 아쉬워하는 투였다.《그 많던 싱아는 누가 다 먹었을까》¶"세상에 아무리 목구멍이 포도청이라지만, 그 아들이 어떤 아들이라고 그 아들 목숨하고 바꾼 밥뎅이가 걸리지도 않고 이리 술술 넘어가노…"〈엄마의 말뚝 2〉

**목불인견**(目不忍見)　눈앞에 벌어진 상황 따위를 눈뜨고는 차마 볼 수 없음. ¶목불인견의 부패상이 도처에 있었으나 그러나 성급히 절망할 것은 아니었다. 왜냐하면 그보다 훨씬 더 많은, 몇천 몇만 배 더 많은 장병들은 초인적인 용감성을 보여 전선은 신속하게 북상하여 갔기 때문이다.《목마른 계절》¶그녀가 보통내기가 아니란 건 진작부터 알고 있었지만 그 정도까지인 줄은 나도 미처 몰랐다. 엄마의 참상은 목불인견이었다.《도시의 흉년 3》

**목에 칼이 들어와도**　무슨 일이 있더라도 끝까지 버틴다는 말. ¶"아이고 분해. 내가 무슨 그른 말을 했다고 날 때려요? 나는 목에 칼이 들어가도 할 말은 하고 만다고요. 나 하나도 그른 말 안 했어요…"《휘청거리는 오후 1》

**목이 빠지게 기다리다**　몹시 안타깝게 기

다리다. ¶"안 돼요. 나갈 준비 다 하고 목이 빠지게 기다리고 있었는데." "준빈 무슨 준비?" "옷 말예요…"〈육복〉

**몸 간수**  몸을 함부로 하지 않고 지키는 것. ¶"돈도 돈이지만 여자는 그저 몸 간수가 젤인 게야. 누군 저 지경 되고 싶어 되남. 한번 몸 간수 잘못이 여자에겐 아차 고빈 게야."《살아 있는 날의 시작》

**몸을 섞다**(비)  '성행위를 하다'를 속되게 이르는 말. ¶…(여자는) 남자에 의해 그 부끄러움이 위로받기를 바랐다. 그러나 몸을 섞고 나서 남자의 입에서 떨어진 첫마디는 그게 아니었다. "이런 무신경하고 뻔뻔스러운 여자가 있나."《그대 아직도 꿈꾸고 있는가》 ¶민수가 먼저 욕실로 들어갔다. 둘은 자주 몸을 섞은 사이면서 실은 아직도 서로의 나신을 똑똑히 본 일이 없다.《휘청거리는 오후 2》

**몸이 헤프다**  정조 관념이 철저하지 못하다. ¶몸이 헤픈 년은 팔자 사나워 싸단 소리는 어머니의 단골 성교육이었다.〈티타임의 모녀〉

**못 박히다**  한자리에 굳어 버린 것처럼 꼼짝 않고 서 있다. ¶진이만은 그 자리에 못 박힌 듯이 선 채 움직이지 못한다.《목마른 계절》

**못되면 조상 탓**(속)  일이 안될 때 그 원인을 스스로에게서 찾는 것이 아니라 남에게 그 책임을 전가하는 경우를 이르는 말. ¶"그래도 못된 건 조상 탓이라고 아이들이 빗나간 책임은 다 학교한테 돌리려고만 하니 정말 해먹을 짓이 아냐."《그대 아직도 꿈꾸고 있는가》 ¶창가나 체조 점수 잘 받는 아이치고 공부 잘 하는 아이 못 봤다는 식이었다. 못된 것은 조상 탓이라고, 나는 그 후 지금까지 음치 신세를 못 면한 걸 엄마 탓으로 여기고 있다.《그 많던 싱아는 누가 다 먹었을까》

**못된 송아지 엉덩이에 뿔이 난다**(속)  되지 못한 것이 엇나가는 짓만 한다는 말. ¶"너희들 정신이 있니 없니? 지금 담배 피게 생겼냐 말야? 일 전을 아끼고 일 분을 아껴서 책만 파도 시시한 학교에도 들어갈까 말까 한 것들이. 못된 송아지 엉덩이에서 뿔 난다고 공부는 못하는 것들이 그런 건 어쩜 그렇게 빨리 배우니?…"《도시의 흉년 1》 ¶"태임이에게 먼저 청혼을 했다고 했겠다?" "예." "망칙한지고. 고작 그런 데다 써먹으려고 한양 가서 신학문했는? 못된 송아지 엉덩이에서 뿔 난다더니 쯧쯧."《미망 2》

**몽달귀신**  총각이 죽어서 되었다는 귀신. 몽달귀. ¶"이런, 생긴 꼴에다 사고방식까지 그래 가지곤 넌 생전 몽달귀신 못 면할 테니 그런 줄 알아라."《서 있는 여자》

**몽당숟가락**  닳아서 끝이 모지라진 숟가락. ¶그 애는 부엌에 들어가 감자 껍질을 몽당숟가락으로 박박 벗기더니 쪄서 나에게 대접했다.《그 많던 싱아는 누가 다 먹었을까》

**몽실몽실**  매우 보드랍고 야들야들한 느낌을 주는 모양. ¶어둡기 전에 올케는 풍로에 숯불을 피우고 얼어 터져서 순백의 라일락처럼 몽실몽실 피어난 쌀밥을 끓였다.《그 산이 정말 거기 있었을까》

**몽환**(夢幻)  꿈과 환상. ¶…교회당이 있는 민둥산과 그 민둥산에 안긴 조그만 마을 풍경을 아름다운 몽환의 세계로 변모시키

기 위해 눈은 내리는 것 같았다.《휘청거리는 오후 2》

**무 밑동 같다**(속) 도와주는 사람이 없이 홀지고 외로운 처지임을 이르는 말. ¶어쩌면 우리에게는 힘이나 백이 돼 줄 만한 친척이 그렇게도 없었던지 우리 집안이 무 밑동 잘라 놓은 것처럼 고적하고 보잘것없는 처지라는 걸 그때처럼 절감한 적도 없었다.《그 많던 싱아는 누가 다 먹었을까》

**무감** 굿을 하다가 중간 휴식 시간에 굿하는 집의 식구나 동네 사람이 무당의 쾌자를 빌려 입고 춤추고 즐기는 일. ¶"우리 이모는 우리 집에서 큰굿 할 때마다 꼭 와서 무감을 서는데 한번 신이 올라 춤을 추기 시작하면 아무도 그걸 멈추게 할 수가 없었다나…《도시의 흉년 1》

**무골호인**(無骨好人) 줏대가 없이 두루뭉술하고 순하여 남의 비위를 다 맞추는 사람. ¶학생들은 순하고 총명한데 또 교장은 무골호인이라나. 그런대로 열인 견딜 만한 모양이다.《목마른 계절》

**무구**(無垢)**하다** 때가 묻지 않고 맑고 깨끗하다. ¶(사진 속에 쥬디는)…아무리 목석 같은 사람도 마음으로부터의 찬탄의 말을 안 하고는 못 배길 만큼 무구함과 아름다움이 뛰어나 사람을 깊이 빨아들였다. 〈쥬디 할머니〉 ¶그분의 자장가를 듣고 있노라면 나도 착하고 무구한 아기가 되어 너그럽고 큰 손에 안겨 온갖 세상 시름과 악으로부터 보호받고 있는 듯한 편안감에 잠기곤 했다. 〈해산 바가지〉

**무꾸리** 무당·점쟁이 등에게 길흉을 점치는 일. ¶…어머니는 그들을 극락으로 천도하려고 열심히 절에 다니셨다. 그것만

으론 부족했던지 용한 박수무당을 찾아 무꾸리를 하더니 기어코 지노귀굿까지 벌여 놓고 말았다. 〈부처님 근처〉

**무대소**(無大小) 고무줄처럼 탄력이 좋아 늘어났다 줄어들었다 하는 물건. ¶재득이가 밥을 무대소처럼 한정없이 먹는다고 했다.《미망 2》

**무두질하다** 매우 시장하거나 또는 병으로 가슴이나 뱃속이 쓰리고 아픈 것을 이르는 말. ¶굶주림이 걷잡을 수 없이 그녀의 뱃속을 무두질했다. 그녀는 남자가 거들어 주는 대로 순순히 아기를 업고 남자의 뒤를 따랐다.《그해 겨울은 따뜻했네 2》 ¶과음 후의 시장기로 뱃속이 무두질하듯이 쓰리다.《휘청거리는 오후 1》

**무럭무럭** 느낌 따위가 마음속에서 계속 일어나는 모양. ¶…새삼스럽게 누가 그를 망신 주기 위해 일부러 몰래 그렇게 입혀 내놓은 옷처럼 눈 설고 무럭무럭 노엽기조차 했다. 〈천변풍경〉

**무릎맞춤** 두 사람의 말이 어긋날 때, 제 삼자 앞에서 서로 대면하여 따지는 일. ¶"아닙니다요, 마님. 머릿방 아씨 같은 분이 어디 쇤네 따위를 붙들고 그런 하소연을 허실 분입니까요, 아닙니다요." "나 역시 무릎맞춤헐 사람은 아니니 네년 말을 믿겠다. 그래 아까 장독대에서 아씨가 너더러 뭐래든?…"《미망 1》

**무리꾸럭** 남의 빚이나 손해를 대신 물어 주는 일. ¶"경화라면 허풍을 좀 떨었을 거야. 생색을 곱으로 내기 위해서도. 아마 그 반액쯤 잡으면 적정할걸." "반액이건 곱절이건 그게 나에게 무슨 상관이야. 내가 그걸 잃어버려서 무리꾸럭이라도 하게

됐다면 모를까…."《도시의 흉년 3》¶그는 하루아침에 알거지가 됐음에도 불구하고 그가 보증 선 액수를 다 무리꾸럭할 수 있는 것도 아니었다.《오만과 몽상 2》

**무명(無明)** 잘못된 집착 때문에 진리를 깨닫지 못하는 마음의 상태. ¶그녀는 그 소리가 문 밖이 아니라 아주 먼 곳, 그녀가 거쳐 온 기나긴 무명의 시간의 회랑 저 끄트머리, 그 아득한 소실점으로부터 들려오고 있다는 걸 알고 있었다.〈울음소리〉

**무소식이 희소식㊟** 소식이 없는 것은 무사히 잘 있다는 말이니, 곧 기쁜 소식이나 다름없음을 이르는 말. ¶"…오빠 편지 같은 건 못 쓰는 걸로 취급하고 마음 편히 계시거든. 왜 있잖아. 무소식이 희소식인 거…"《도시의 흉년 3》¶"그냥 안부 전화예요." "안분 무슨 안부, 사돈 간에 무소식이 희소식이지. 그리고 무슨 놈의 안부 전화가 그렇게 길어…"《아주 오래된 농담》

**무아지경(無我之境)** 무아경. 정신이 한곳에 온통 쏠려 스스로를 잊고 있는 경지. ¶아이가 지금 누리고 있는 황홀경이 그 여자의 가슴을 미어지게 했다. 두 사람의 놀이는 거의 무아지경이었다.《그대 아직도 꿈꾸고 있는가》

**무엇 본 벙어리 같다㊟** 실없이 웃는 사람을 핀잔조로 이르는 말. ¶"넌 뭐가 좋아서 꼭 뭣 본 벙어리처럼 혼자서 생글대냐, 생글대길. 에민 하루 종일 저 때문에 속을 썩였는데…"《휘청거리는 오후 1》

**무자식 상팔자㊟** 자식이 없는 것이 도리어 걱정이 없어 편하다는 말. ¶한 형제 중에서 국군과 인민군이 나고 이래서 어머니들은 늘 편치 못했다. 오죽해야 무자식 상팔자라고까지 어머니들은 한숨지으며 생각하는 것일까?《목마른 계절》¶아이를 업고 보따리를 인 여자가 보따리만 이고 진 여자를 보고 무자식 상팔자라고 부러워하기도 했다.《그해 겨울은 따뜻했네 1》

**무지렁이** 일이나 이치에 어둡고 어리석은 사람. ¶"…아무리 무지랭이기로서니 국법을 어기고 번 재물을 온전히 지닐 줄 알았더냐? 응큼한 놈 같으니라구."《미망 1》

**무지몽매(無知蒙昧)** 세상 물정에 대해서 아는 것이 별로 없고, 사리에도 어두운 것. ¶아기는 너무 거품 같고, 그 여자의 무지몽매는 너무 철석 같다.《도시의 흉년 1》

**무쪽 자르듯** 무를 자르듯이 분명하게 자르는 모양. ¶요컨대 그는 샛돌이 싫었다. 무쪽 자르듯 인연을 끊고 싶었지만 그럴 수 없도록 그 고장에 집착하는 어머니에게 화가 났다.《미망 3》

**무쭈룩하다** 무거워서 밑으로 처지는 느낌이 들다. ¶온몸에선 땀이 비 오듯 하며 엉뚱한 곳으로 힘이 주어졌다. 아랫배가 무쭈룩했다.《미망 1》

**무참(無慘)하다** 매우 열없고 부끄럽다. ¶"도와드릴까요?" 마치 수분이 안 돼 맺히다 말고 말라비틀어져 버린 오이 꼬투리처럼 형편없는 남근을 포함한 아랫도리를 여인이 너무도 함부로 다루는 게 무참해서 그는 비명처럼 부르짖었다.〈침묵과 실어〉

**무치(無恥)** 부끄러움이 없음. ¶나는 어려서부터 양친의, 이런 노동은 무치라는 태도에 익숙해져 있을 터였다.〈티타임의 모녀〉

**무탈(無頃)하다** 아무 탈이 없다. ¶(삼포

는)…자그마치 육 년을 무탈하게 키워야 수확을 할 수 있을 뿐 아니라 연작을 기하므로 한 번 수확한 땅은 적어도 십 년 이상을 조나 보리, 콩 등 인삼 외의 작물을 심어야 했다.《미망 2》

**무화(無化)시키다** 없게 하다. 없애다. 없는 걸로 하다. ¶요새 세상—현대가 그 거대한 아가리를 벌리고 모든 가치를 삼켜 무화시키는 광경을 나는 꿈속에서 보았다. 《도시의 흉년 2》

**무후(無後)하다** 대를 이어 갈 자손이 없다. ¶어린 나이지만 큰집이 그렇게 흔적도 없이 무후해지는 걸 지켜본 아버지는 그분이 원망스럽기도 했을 것이고 경외스럽기도 했을 것이다. 〈우황청심환〉

**묵계(默契)** 말 없는 가운데 뜻이 서로 맞음. 또는, 그렇게 하여 성립된 약속. ¶진이나 순덕이나 다 같이 일 년생이라 평민 청원이었지만 이곳에서는 투쟁 경력이 있는 자가 없는 자를 감시하고 통솔해야 한다는 묵계 같은 게 있었다.《목마른 계절》

**묵장을 치다** 한자리에 마냥 오래 머물러 있다. ¶태남이가 출옥할 무렵에는 혜정이까지 남매를 데리고 상경해서 며칠 그 집에서 묵장을 치면서 태남이를 마중할 준비를 했다.《미망 3》

**묵주 신공(默珠神功)** 묵주 기도. 묵주를 가지고 성모 마리아에게 드리는 기도. 사도 신경을 시작하여 주의 기도·영광송을 곁들이며, 성모송을 외워 나가는 기도이다. ¶신부님이 주신 보속은 묵주 신공을 열 번 바치는 거였다. 〈저문 날의 삽화 1〉

**문자를 쓰다** 어려운 한자로 된 숙어나 성구 또는 문장을 섞어 말하다. ¶"…우리더

러 조합에 가입해 서로 손을 잡자는 얘기도 그쪽에서 먼첨 꺼낸 거니까 불감청이언정 고소원 아니니까." "우리 입장이 시방 자네 문자 쓴 대로인 것만은 사실이네만 참으로 괴이쩍네그려."《미망 2》

**문주(門柱)** 문설주. 문짝을 끼워 달기 위하여 문의 양쪽에 세운 기둥. ¶차는 작고 예쁜 집 앞에서 멎었다. 작고 반짝이는 타일이 다닥다닥 붙은 문주에 지대풍이란 문패가 당당하게 걸려 있었다.《도시의 흉년 2》

**문지방이 닳도록 드나들다** 매우 자주 드나들다. ¶"…그 아비가 우리 집 문지방이 닳도록 드나들며 애걸하며 내가 호뱅이란 놈을 개성부 관아의 문졸로 천거한 건 세상이 다 아는 일이다…"《미망 1》

**물 만난 고기** 어려운 지경에서 벗어나 크게 활약할 판을 만난 처지를 이르는 말. ¶어쩌다이긴 하지만 남이 모르는 걸 가르쳐 주거나 설교하려 들 때 물을 만난 고기처럼 싱싱해지는 그가 번번이 마나님을 심란하게 했다. 〈꽃을 찾아서〉

**물 쓰듯 하다** 돈 따위를 흥청망청 낭비하다. ¶엄마는 언니의 결혼 준비를 위해 돈을 물 쓰듯이 썼다.《도시의 흉년 2》 ¶우리는 곧 따로 살림을 났고, 돈을 물 쓰듯 하는 재미로 시간 가는 줄 모르고 재미있게 살았다.《아주 오래된 농담》

**물 위의 기름** 서로 어울리지 못하여 겉도는 사이를 이르는 말. ¶다시 군중의 움직임에 몸을 맡긴다. 때로는 박수도 치며 만세도 부른다. 그러나 물에 뜬 기름처럼 군중으로부터 소외된 스스로를 느낀다.《목마른 계절》

**물 찬 제비** 물을 차고 날아오른 제비처럼 몸매가 아주 매끈하여 보기 좋은 사람을 이르는 말. ¶아기가 먹고 남을 만치 풍요하게 부풀은 가슴 때문에 앞섶이 조금 들리는 것 외엔 물 찬 제비처럼 태가 나는 옷맵시는 여전했다.《미망 2》

**물가에 어린애 보낸 것 같다(속)** 우물가에 애 보낸 것 같다. 익숙하지 못한 사람을 무슨 일을 시켜 놓고 마음이 불안한 것을 이르는 말. ¶오빠가 하루하루 회사에 나가는 게 물가에 어린애 내보내는 것처럼 안심이 안 되는 날이 계속됐다.《그 많던 싱아는 누가 다 먹었을까》

**물뜯다** '물어뜯다'의 준말. ¶계집애가 곁눈질로 이쪽 방의 눈치를 할금할금 살펴 가며 페추니아 꽃잎을 물뜯어다가 소꿉에 담아 상을 차린다.〈어느 시시한 사내 이야기〉

**물맞이** 유둣날 부녀자들이 약수나 폭포 밑에서 물을 맞음. 또는 그런 풍속. ¶그녀는 생시에 그 어떤 산에도 가 본 적이 없었다. 처녀 적에도 봉우리는커녕 여름이면 남 다 가는 골짜기로 물맞이 한번 가 본 적이 없었다.《미망 1》

**물배** 물만 먹어서 채운 배. ¶"물배라도 채우려고 김치를 냅다 쓸어 넣은 모양이로구나…"《나목》

**물불을 가리지 않다** 어떠한 어려움이나 위험도 무릅쓰고 강행하다. ¶"…주모자가 될려면 저도 그릇된 걸 보면 물불을 안 가려야 허지만 동무들의 마음도 물불을 안 가리게 움직일 재간이 있어야 하는데."《미망 1》

**물빛** 물과 같은 빛깔. 곧 엷은 남빛. ¶앞은 채 조금 좋았는지 등이 으스스하면서 미달이의 창호지에 어슴푸레한 물빛이 도는 게 보였다.《미망 1》

**물에 빠지면 지푸라기라도 움켜쥔다(속)** 위급한 때를 당하면 무엇이나 닥치는 대로 잡고 늘어지게 됨을 이르는 말. ¶급한 일, 이로운 일이라더니 역시 노망 부릴 대상을 찾은 데 불과했구나 싶어 허성 씨는 맥이 풀린다. 물에 빠진 사람 검부러기 잡듯이 한 가닥 희망이 없지 않아 있었기에 은근한 실망 또한 크다.《휘청거리는 오후 2》 ¶"…쥑일 놈들이지. 물에 빠진 놈 검부락지에 매달리는 심리를 전문적으로 이용해 먹고 사는 놈이 다 있으니."〈조그만 체험기〉

**물에 빠진 놈 건져 놓으니까 내 봇짐 내라 한다(속)** 남에게 은혜를 입고서도 그 고마움을 모르고 생트집을 잡음을 이르는 말. ¶"그렇게 많이요?" "원, 물에 빠진 사람 건져 놓으니까 보따리 내란 욕심하고 똑같군. 우리가 들통 난 액수가 얼마나 알고 놀라도 놀라요. 그만큼만 먹고 봐주면 운수 뻗은 거야…"《도시의 흉년 2》

**물에 빠진 생쥐** 물에 흠뻑 젖어 몰골이 초췌한 모양을 이르는 말. ¶"꼭 물에 빠진 생쥐 같군요." 커피와 타월은 같이 왔다. 자명은 먼저 타월로 머리의 물기를 털어 내고 그리고 커피를 마셨다. 한결 따뜻하고 부숭부숭해졌다. "이제야 좀 화색이 도는군요. 입술이 숫제 먹빛이더니."《욕망의 응답》

**물을 끼얹듯이** (많은 사람이 웅성거리다가) 갑자기 조용해짐을 비유한 말. ¶"…나는 앞으로 제군 앞에 설 자리를 잃었다.

이 시간이 나의 마지막 수업이 되고 말았구나." 생도들이 물을 끼얹듯이 조용해졌다.《미망 2》

**물이 가다**⒝ '싱싱하지 않다'를 속되게 이르는 말. (산) 나는 새로운 지식을 갓 낚아 올린 생선쯤으로 알았는지 섣불리 주물러서 물 가게 하고 싶지가 않았다.〈예술 없는 여행〉

**물장수**⒝ 음료나 술 따위를 파는 사람을 속되게 이르는 말. ¶"물장수를 아무나 하는 줄 아슈. 눈에 콩꺼풀이 씌워도 분수가 있지, 그걸 못 알아본 건 내 불찰이지만 그래도 그렇지, 세상 물정을 그렇게 모르면서 딴 장사도 아니고 어떻게 물장사를 할 엄두를 내나, 내길. 학생은 장사는 틀렸어."《그 산이 정말 거기 있었을까》

**물장수 상(床)이다**⒮ 먹고 난 밥상이 아주 깨끗하여 빈 그릇만 남았음을 이르는 말. ¶반찬 하나 안 남기고 깨끗이 먹어 치운 상을 보고 물장수 상이라고 말하는 걸 요새도 흔히 듣게 되는데, 그런 비유가 물장수는 워낙 먹성이 좋은 데서 유래한 건지, 먹다 남은 걸 다 싸 가지고 가던 관습에서 유래한 건지, 별것도 아닌 걸 궁금해하는 버릇이 있다.《그 많던 싱아는 누가 다 먹었을까》

**뭉그적뭉그적** 나아가지 못하고 제자리에서 몸이나 몸의 일부를 조금 큰 동작으로 자꾸 느리게 비비대는 모양. ¶…푸르스름한 원피스를 입은 몸체가 뭉그적뭉그적 문 안으로 들어왔다.〈움딸〉

**뭉근하다** 세지 않은 불기운이 끊이지 않고 꾸준하다. ¶"…호박김치는 뭉근헌 불에 오래 끓여야 제맛이 나는데 어드럭허냐. 먹다 남은 거라도 뎁히랄까."《미망 2》 ¶물 한 주전자에 그 약초를 한 움큼씩만 넣고 뭉근한 불에 달여서 차 마시듯 마시면 사흘 안에 씻은 듯이 나을 거라고 했다.〈저문 날의 삽화 4〉

**뭉기적뭉기적** 뭉그적뭉그적. ¶아씨는…겨울 솜이불을 두르고 뭉기적뭉기적 일어났다 앉았다 하면서 지냈다.《미망 1》

**뭉싯거리다** 제자리에서 자꾸 비비대며 움직거리다. ¶나는…막 상을 들고 나가려고 뭉싯거리며 일어서는 어머니의 치맛자락을 잡았다.《나목》

**뭉우리** 뭉우리돌. 모난 데가 없이 둥글둥글하게 생긴 큼지막한 돌. ¶강씨댁의 얼굴에 번득인 참신한 게 생전 처음 공을 세운 기쁨과 그 공을 인정받기를 기대하는 마음에서였다는 걸 알아차리면서 남상이 마음은 뭉우리를 달아맨 것처럼 곧장 울적해졌다.《오만과 몽상 1》

**뭉척뭉척** 뭉턱뭉턱. ¶처음엔 노모와 조강지처의 눈치가 보여 조금씩 팔아 가던 땅을 겁 없이 뭉척뭉척 없애기 시작했다.《미망 2》

**뭉턱뭉턱** 굳은 물건을 잇달아 뭉툭하게 툭툭 자르는 모양. ¶부드럽고 윤기 나는 암갈색의 웨이브가 뭉턱뭉턱 잘려 나갔다.〈꽃 지고 잎 피고〉

**뭐 말라비틀어진** (비꼬는 말로) 아주 쓸데없는. ¶"쳇, 체면이 뭐 말라비틀어진 체면, 체면이 배불려 주나."《나목》

**미구(未久)에** 얼마 오래지 않아 곧. ¶미구에 여자들의 삶도 달라지게 되리란 막연한 예감을 가지고 있을 뿐이었다.《미망 1》

**미꾸라지 한 마리가 강물을 흐린다**⒮ 못

된 사람 하나가 온 사회를 어지럽힌다는 말. ¶미꾸라지 한 마리가 강물을 흐려 놔도 분수가 있지, 어디서 굴러온 똥개 한 마리가 우리 골목 예쁜 아이들 말을 저 모양으로 망쳐 놨을까. 〈어떤 야만〉

**미끄덩대다** 몹시 미끄러워서 넘어질듯 자꾸 밀리어 나가다. ¶버선도 미끄덩대는 나일론 버선에다 슬리퍼를 신고 있었다. 〈저물녘의 황홀〉

**미련하디미련하다** 미련한 것을 강조하는 말. (동) 숨을 거둔 아내의 모습을 보고서야 이 미련하디미련한 환쟁이는 비로소 아내가 그의 그림을 위해 스스로의 선혈을 마지막 한 방울까지 짜냈다는 것을 알았습니다. 《옛날의 사금파리》

**미만(彌滿)** 널리 가득 차 그들먹함. ¶이 땅에 미만한 털어서 먼지 안 나는 사람 있나, 하는 더러운 인간관도 어쩌면 외도 안 하는 것도 남잔가, 하는 여자들의 남자 보는 눈에서 비롯된 것처럼 그것의 뿌리 깊기는 가히 고전적이었다. 《살아 있는 날의 시작》

**미망(迷妄)** 사리에 어두워 갈피를 잡지 못하고 헤매는 것. 또는 그런 상태. ¶아씨의 타는 눈길은 지난날의 미망이 비롯된 곳을 열심히 찾아 헤맸지만 아씨를 인도하는 것은 그녀의 맑은 정신이 아니라 사내의 건장한 정강이였다. 《미망 1》

**미명(未明)** 날이 채 밝지 않음. 또는 그런 때. ¶그 자동문이 있음으로 해서, 새벽 네 시부터 일곱 시까지의 그 긴 미명의 시간을 오로지 며느리가 포고한 정적에 아부하기 위해 기침과 오줌을 참고, 차 마시고 싶은 것도 라디오 틀고 싶은 것도 참으면서,

깨어서도 자는 척 숨을 죽여야 하는 굴욕을 면할 수가 있기 때문이다. 〈천변풍경〉

**미몽(迷夢)** 무엇에 홀린 듯 똑똑하지 못하고 얼떨떨한 정신 상태. ¶허성 씨는 얼음물을 단숨에 들이켠다. 장난감처럼 예쁘게 얼린 얼음 조각만 두 개 컵 밑에 남는다. 빈속에 한 컵의 얼음물이 미몽에서 깨듯 그를 그의 허무한 기다림에서 깨게 한다. 《휘청거리는 오후 1》

**미미(美味)** 좋은 맛. ¶기다리던 밤이었다. 너무 익지도, 너무 설지도 않은 미미의 절정에 달한 순간의 과일이 있듯이 어둠의 농도에도 너무 진하지도 너무 엷지도 않은 전신의 감각에 가장 쾌적한 농도가 있을 수 있다는 걸 그들은 생전 처음 깨닫는다. 《휘청거리는 오후 1》 ¶…마치 커다란 가마솥에서 잡동사니들이 부글부글 끓어 이루는 알맞은 미미의 순간 같은 농익은 소란의 시간이다. 〈닮은 방들〉

**미소롭다** 미소를 자아내게 하다. ¶허성 씨는 아내나 딸이나 그 밖의 여자들이 손톱을 빨강이나 분홍으로 칠하는 게 싫지 않았었다. 싫지 않은 정도가 아니라 미소롭고 사랑스러운 느낌마저 갖고 있었다. 《휘청거리는 오후 1》 ¶반짝이는 바늘 산, 설설 끓는 기름 가마 따위, 유연한 옛사람이 생각해 낸 극한 상황들은 이에 비하면 얼마나 낭만적이고 미소롭기까지 한 것일까. 〈세모〉

**미식미식하다** 메슥메슥하다. ¶혁주는 울컥 치미는 혐오감을 얼버무리기 위해 돌아서서 담배를 피워 물었다. 차멀미할 때 미식미식하다가 별안간 토악질이 치미는 것처럼 걷잡을 수 없는 혐오감이었다. 《그

대 아직도 꿈꾸고 있는가》

**미식하다** 몹시 메스껍다. ¶영묘는 부엌에서 차를 준비하면서…차멀미를 할 때처럼 미식한 불쾌감을 느꼈다. 《아주 오래된 농담》

**미아이**비 맞선이란 뜻의 일본 말. ¶"색시, 내 아들인데 우선 사진 미아이나 좀 보라우. 이 동네선 그래도 침 생키는 색시들이 많은 신랑감이라우…"《목마른 계절》

**미약(媚藥)** 성욕을 일으키는 약. ¶그것들이 모두 이국의 신비한 미약만 같아서 슬그머니 도심이 동하는 걸 느끼고 그녀는 제 풀에 깜짝 놀라면서 고쳐 앉았다. 〈쥬디 할머니〉

**미역국을 먹다** 퇴짜를 맞다. ¶너도 미역국 좀 먹어 봐라, 맛이 어떤가 하는 정도의 시시한 장난기로 싫다고 한다. 《휘청거리는 오후 1》

**미운 놈 떡 하나 더 준다**속 자기가 미워하는 사람일수록 잘해 주고 인심을 얻어 그로부터의 후환이 없도록 술책상 후하게 대해야 한다는 말. ¶"내 마음 같아서는 얼마든지 환영하고 말고요. 난 늘 공평했어요. 누군 싫다, 누군 좋다 내색할 만큼 어리석지 않아요. 아니 오히려 미운 자식 떡 하나 더 줄 만한 융통성도 있어요. 그렇지만 아버님은 안 그래요…"《욕망의 응달》

**미운 일곱 살**속 일곱 살을 전후로 말썽을 제일 많이 일으키는 때라는 말. ¶"미운 일곱 살이란 말도 있잖아요?" "그래서? 또 그 소리를 하고 싶소?《그해 겨울은 따뜻했네 1》

**미운 정 고운 정**속 고운 정 미운 정. 오래 사귀는 동안에 서로 뜻이 맞기도 하고 맞지 아니하기도 하였으나 그런 저런 고비를 모두 잘 넘기고 깊이 든 정을 이르는 말. ¶싸움의 발단부터가 그들이 여태까지 미운 정 고운 정 들이기 위해 싸운 수 없는 싸움하고 전혀 달라서 그런지, 아내의 태도도 지나치게 강경하고 까다로워서 그를 애먹였었다. 《살아 있는 날의 시작》 ¶그런 뭉클함에는 어쩔 수 없이 아래 위층 한 지붕 밑에서 삼십 년을 같이 산 사이의 미운 정 고운 정이 엉겨 있다. 〈그 가을의 사흘 동안〉

**미운털이 박히다** 까닭 없이 미움이나 불신임을 받다. ¶그들에게 이렇게 밉게 보인 건 특별히 뭘 잘못했거나 남보다 미운털이 박혀서가 아니라 그 시절의 풍조와 통념과도 관계가 있었다. 《미망 3》 ¶"안 돼? 그래 안 될 거야. 난 말야, 어른들이 싫어하는 별난 미운털이 박힌 놈이거든."《그해 겨울은 따뜻했네 1》 ¶"다를 건 또 뭐야? 예단도 못 받았는데. 형님이 예단 생략하라고 했다나 봐. 나 시집올 때는 기를 쓰고 챙기더니만. 자기 나 좀 봐 봐, 어디 미운털 박혔나." "됐네 됐어, 여보게. 내 눈에만 미운털 안 박혔으면 그만이지 무슨 상관이야."〈마른 꽃〉

**미적미적** 자꾸 꾸물대거나 망설이는 모양. ¶나는 도망치고 싶어 죽겠으면서도 미적미적 다가갔다. 〈비애의 장〉

**미주알고주알** 아주 사소한 일까지 속속들이. ¶…오빠가 하도 집요하게, 그리고 세부적인 것까지 미주알고주알 지시를 하니까 마치 미천한 근본이 드러나는 것처럼 낯 뜨거워서 안 듣고 싶었다. 《그 산이 정말 거기 있었을까》¶남편은 여자가 안에서 하는 일에 대해 미주알고주알 알고 싶어 하는 남자를 경멸하는 말을 자주 했었다. 〈집 보기는 그렇게 끝났다〉

**미주알고주알 캔다**㊒ 미주알고주알 밑두리콧두리 캔다. 일의 속사정을 속속들이 자세히 알아보는 경우를 이르는 말. ¶이모는 내 얘기라면 뭐든지 재미나 했지만 특히 미팅 얘기에 호기심이 대단해서 미주알고주알 캐묻고 싶어 했다. 《도시의 흉년 1》¶…영감님이 케케묵은 옛날 얘기를 미주알고주알 캐물어 가며 공책에다 뭔가 끄적거릴 때만 해도 말릴 생각은 없었다. 공화당 때 얘기를 쓰는 줄은 알았지만 그들 세도가 언젯적이라고 후환 같은 걸 염두에 두겠는가. 〈복원되지 못한 것들을 위하여〉

**미친년 키질하듯** 앞으로 무슨 짓을 할지 예측할 수 없을 만큼 멋대로 행동하는 것. ¶"그 노릇이나 제대로 하면 누구라 뭐래겠시니까. 바람을 넣으려면 일관성이 있어야지 꼭 미친년 키질하듯 종잡을 수 없이 날치니까 걱정입지요."《미망 3》¶…한국 토산품점이 한국 사람에게도 낯선 온갖 잡화와 조잡한 수예품들을 미친년 키질하듯 덮어놓고 휘둘러 대며 달러를 만져 볼 수 있는 것은, PX를 드나드는 외국 군인들 때문이었다. 《그 산이 정말 거기 있었을까》

**미풍양속**(美風良俗) 아름답고 좋은 풍속이나 기풍. ¶…부부라는 관계의 본질적인 잘못이 있었다. 그 잘못은 뿌리 깊고도 완강했고 미풍양속이란 견고한 갑주로 무장되어 있었다. 《살아 있는 날의 시작》

**믿는 도끼에 발등 찍힌다**㊒ 믿고 있던 사람이 배반하여 오히려 해를 입음을 이르는 말. ¶어머니와 올케가 주거니 받거니 믿는 도끼에 발을 찧여도 분수가 있지, 그 육시를 할 놈이 우리에게 이렇게 못할 노릇 할 줄 누가 알았겠느냐는 둥…찧고 까부는 소리를 아씨는 멍청히 한 귀로 듣고 한 귀로 흘리며 먹고 자고 먹고 뭉기적대기를 뒤풀이했다. 《미망 1》¶"…어쩜 하교수가 그럴 수가 있니? 네 편지 받고도 곧장 뛰어 내려오지 않을 수가 있니? 하교수가, 믿는 도끼에 발등 찍혀도 분수가 있지."《서 있는 여자》

**밀밭 근처에만 가도 취한다**㊒ 전혀 술을 못 먹음을 이르는 말. ¶"한 잔이라뇨? 아직 입술에 거품도 안 묻히고서…" 석철이 그녀를 뚫어지게 바라보면서 말했다. 아닌 게 아니라 맥주 잔에 입술도 대기 전이었다. "하긴 밀밭 근처에만 가도 취한단 말이 있으니까."〈꽃 지고 잎 피고〉

**밉살스럽다** 보기에 말이나 행동이 남에게 몹시 미움을 받을 만한 데가 있다. ¶실상 어젯밤의 외박을 마련해 준 장본인은 나인데도 나는 이런 아버지가 밉살스러웠다. 《도시의 흉년 1》

**밍근하다** 좀 미지근하다. ¶…양지머리 국물을 밍근히 끓이고 있으라고 일러 놓고 있던 며느리는 크게 실망하고 행여 뭘 잘못했나 싶어 어쩔 줄을 몰랐다. 《미망 1》

**밍밍하다** 음식 따위가 제맛이 나지 않고 몹시 싱겁다. ¶그런 편지를 쓸 까닭이 없을 만큼 그리움을 참을 필요가 없는 자유로운 젊은이의 연애가 밍밍해서 불쌍할 지경이었다. 〈사람의 일기〉¶나는 그

가 따라 준 누리끼리한 차를 한 모금 홀
짝 마셨다. 맛도 온도도 밍밍했다. 〈엉큼
한 장미〉

**밑 빠진 가마에 물 붓기**㈜ 아무리 힘을 들
여 애써도 보람이 나타나지 않을 때 이르
는 말. 밑 빠진 독에 물 붓기. ¶…막상
오 년 동안 들인 공력의 낯을 내려는 마당
에 품은 딸리고 인심은 흉흉하고 수매가
까지 더욱 떨어질 모양이니 낯을 내기는
커녕 밑 빠진 가마솥에다 대고 물을 붓게
한 꼴이어서 의나 안 상하려나 모를 일이
었다. 《미망 2》¶무슨 큰 덕을 보자고 공
부시킨 건 아니라도 딸자식 대학 교육을
위해 자기가 치른 희생을 생각하면 밑 빠
진 가마솥에 물 붓기식의 헛수고의 허망
감을 감당할 수가 없다. 《휘청거리는 오
후 2》

**밑져야 본전**㈜ 손해 볼 것이 없으니 한번
해 보아야 한다는 말. ¶"…이쪽 마음이
흡족한 쪽으로 성사가 돼야 소개비는 내
는 거니까 밑져야 본전이지 뭐." 밑져야
본전, 초희는 이모의 말을 천천히 되씹는
다. 《휘청거리는 오후 1》¶"…괜히 아주
머니만 손해 볼걸요." "밑져야 본전이지
내가 왜 손해를 봐. 장난 몇 번 쳐봤댔자
나 역시 에피소드는 될지언정 털끝도 안
다칠걸." 《도시의 흉년 3》

# ㅂ

**바가지를 긁다** 아내가 남편에게 생활의 어려움에서 오는 불평·불만을 늘어놓으면서 잔소리를 하다. ¶아내는 한 번도 내가 하는 일을 우습게 보는 눈치를 보인다거나 돈을 못 번다고 바가지를 긁은 적이 없다. 〈어느 시시한 사내 이야기〉

**바늘 가는 데 실 간다**㉠ 서로 밀접한 관계가 있는 사람끼리는 떨어지지 아니하고 항상 따른다는 말. ¶"그럼 자네 혼자 떠나겠다는 게 아니잖아." "그러문입쇼. 바늘 가는 데 실 가는 건 정헌 이치 아닌감요."《미망 2》

**바늘 끝만큼** 아주 조금. 미세하게. (산) 어딘가 중간의 자리가 바늘 끝만큼이라도 남아 있다면 그 옹색하고 뼈아픈 자리에 감히 설 용기 있는 사람도 있으리라. 〈보고 싶은 얼굴〉

**바늘 도둑이 소도둑 된다**㉠ 작은 나쁜 버릇도 자꾸 되풀이하게 되면, 나중에는 큰 일을 저지를 수 있다는 말. (산) 범인도 처음부터 흉악범은 아니었을 것이다.…처음엔 도둑질, 강도질, 다시 살인강도까지 범죄의 질이 바늘 도둑에서 소도둑 되듯이 빠르게 발전했을 것이다. 〈비정〉

**바늘방석에 앉은 것 같다** 어떤 자리에 그대로 있기가 몹시 거북하고 불안하다. ¶숙부네는 늘 동경하던 이층집이었지만 도무지 정이 붙지 않고 바늘방석에 앉은 것처럼 불안했다.《그 많던 싱아는 누가 다

먹었을까》

**바닥 가난** 밑바닥 가난. ¶그가 동계 진료반에 참여한 일이야말로 우스꽝스러운 폼이었다. 더 웃기는 폼은 가출과 바닥 가난이었다. 그는 다시는 폼 잡지 않을 터였다. 다시는 그에게 어울리지 않는 바닥 가난으로 돌아가지 않을 터였다. 그 바닥 가난으로부터 묻혀 갈 것도 집어 갈 것도 없다는 걸 그는 다시 한번 다짐하면서 홀가분해지려고 했다.《오만과 몽상 2》

**바락바락** ① 성이 나서 자꾸 기를 쓰거나 소리를 지르는 모양. ¶(그는)…우희가 당치도 않은 트집을 부리든 말든 신경질을 바락바락 부리든 말든 그는 마냥 기분이 좋았던 것이다.《휘청거리는 오후 1》 ② 빨래 따위를 가볍게 조금씩 주무르는 모양. (산) 무만 잘라먹고 남은 총각김치의 무청을 차곡차곡 모아 두면 나중엔 표면에 골마지가 낀다. 그걸 바락바락 물에 빨아 우려내고 나서 멸치나 몇 개 들어뜨리고 지진 된장찌개가 그렇게 맛있을 수 없다. 〈마음 붙일 곳〉

**바람결** 어떤 말을 누구에게랄 것 없이 간접적으로 들었을 때 이르는 말. (동) 가족은 인편으로 또는 바람결로 자주 소식을 보내옵니다. 사랑하노라고요. 〈마지막 임금님〉

**바람맞다** 상대가 만나기로 한 약속을 지키지 아니하여 헛걸음하다. ¶아마 그 아가씨들은 오늘 밤 바람맞으리라. 그 여자는

길거리에서 바람이나 맞는 아가씨를 경멸
했다. 동정의 여지없이 경멸했다.《살아
있는 날의 시작》

**바지씨**㉪ 여자의 애인을 속되게 이르는 말.
¶"얘. 재미 보긴 애저녁에 틀렸다. 어디
서 하나 걸린 바지씨가 신수는 훤한데 밀
밭에도 못 간다지 뭐니?"《도시의 흉년 2》

**바지저고리** 주견이나 능력이 없어 제구실
을 못 하는 사람을 놀림조로 이르는 말.
¶"너 누굴 바지저고린 줄 알고 앙큼을 떠
냐, 떨길. 이만한 돈을 거저 줄 놈이 어
디 있니. 그래도 설마설마했더니 기어코
당했구나…짐승만도 못 한 것, 딸 같은 것
을…"《살아 있는 날의 시작》

**바투** 시간이 썩 짧게. ¶이듬해 삼월이라고
해도 장만해야 할 혼수 생각을 하면 바투
받은 날이지 조금도 넉넉할 게 없었다.
《미망 2》¶마을에서 제일 과년한 처녀인
갑순이의 혼사가 정해지고 신랑 집 사정
으로 혼인날이 너무 바투 나자 온 동네 여
편네들이 제 집 일처럼 애가 달아…법석
들이었다.〈아직 끝나지 않은 음모 1〉

**박래품(舶來品)** 다른 나라에서 배로 실어
온 물품. ¶…이모의 화냥기는 시골 주막
집 색주가의 화냥기를 닮은 적나라하고
토속적이고 직선적인 데 비해 마담 그레
이스의 화냥기는 바다 건너온 박래품처럼
세련되고 교활하고 향기 짙은 것이다.《도
시의 흉년 1》

**박리(剝離)** 벗겨 냄. ¶우리가 하는 일은
상자로 하나씩 운모를 받아다가 끝이 뾰
족한 칼로 얇게 박리를 시키는 일이었다.
《그 많던 싱아는 누가 다 먹었을까》

**박명(薄明)** 해가 뜨기 전이나 해가 진 후

얼마 동안 주위가 희미하게 밝은 상태. ¶
말희는 창호지로 스며드는 박명을 통해
어젯밤의 악전고투가 지나간 자리를 보았
고 패잔의 빛이 역력한 정훈이의 얼굴을
보았다.《휘청거리는 오후 2》

**박복(薄福)** 복이 없음. 또는 팔자가 사나움.
¶결국 그 여자는 딸하고 살 수 없다는 노
인의 고집만은 어찌어찌 꺾을 수 있었는
지 모르지만 딸네서 죽는 게 차마 못 당할
욕이요. 최후의 박복이라는 역사 깊은 고
정 관념만은 결코 깨뜨릴 수 없었던 것이
다.《살아 있는 날의 시작》

**박수갈채(拍手喝采)** 손뼉을 치고 소리를 질
러 환영하거나 찬성함. ¶…그들의 승승장
구에 박수갈채를 보내고 싶었고, 한때 민
청 조직에 들어 있었다는 걸 대단한 투쟁
경력처럼 자부하고 싶은 생각까지 들었다.
《그 많던 싱아는 누가 다 먹었을까》

**박음질** (재봉틀로) 피륙을 박는 일. (동) 엄
마는 도란도란 이야기하시면서도 확실한
손길로 쉬지 않고 홈질 박음질을 곱게 빠
르게 하셨고, 인두로 깃과 섶과 도련과 배
래기의 선을 절묘하게 그으셨다.《옛날의
사금파리》

**박장대소(拍掌大笑)** 손바닥을 치며 크게
웃음. (산) 환호가 아니라도 좋으니 속이
후련하게 박장대소라도 할 기회나마 거의
없다.〈꼴찌에게 보내는 갈채〉

**반골(反骨)** 어떤 권력이나 권위에 순응하거
나 따르지 아니하고 저항하는 기골. ¶열
렬하건 싸늘하건 간에, 무의식적이든 의
식적이든 간에 개성 상인들의 이씨 왕조에
대한 반골 정신은 한결같았다.《미망 1》

**반길성** 사람을 반기는 듯한 기운. ¶양지

발라 반길성은 있어 보였으나, 이름이 낯선 걸로 봐서 역사가 깊지는 않을 텐데 회색의 건물은 퇴락해 보였다. 《도시의 흉년 3》 ¶ "아주 좋은 집이었어. 마음이 놓이고 또 반길성도 있는, 그런 보통 사람들의 집이더군. 그 애를 입적까지 시켜 주고 친딸처럼 길렀다는 걸 의심할 여지없이 좋은 사람들이었어." 《그해 겨울은 따뜻했네 2》

**반병두리** 놋쇠로 만든 그릇의 한 가지. 둥글고 바닥이 넓게 평평하며 양푼과 비슷하나 아주 작음. ¶ "자아 드세." 전처만 영감이 먼저 반병두리 뚜껑을 열며 말했다. 《미망 1》

**반지빠르다** ① 말 따위가 얄미울 정도로 약삭빠르다. ¶ "쯧쯧, 그 반지빠른 입 썩 닥치지 못할까…." 《미망 1》 ② 어중간하여 알맞지 아니하다. ¶ 어찌나 반지빠른 자투리땅에다 지은 집인지 명색만 있는 마당은 삼각형이었고 축대가 높았다. 《그해 겨울은 따뜻했네 1》

**반짐작** 대강 그러려니 하는 것. 어림짐작. ¶ 대강 이런 것들이 알고 싶었지만 그녀가 반짐작이라도 할 수 있는 건 자식에게 있어서 부모야말로 무서운 악운일지도 모른다는 것 하나뿐이었다. 《그해 겨울은 따뜻했네 2》

**받아 놓은 날 다가오듯 한다** 정해 놓은 날은 빨리 다가오는 것처럼 느껴진 데서, 날짜가 빨리 간다는 말. ¶ 받아 놓은 날 다가오듯 한다는 말이 있듯이 이틀 밤 이틀 낮은 걷잡을 수 없이 빠르게 지나갔다. 《미망 1》 ¶ 받아 놓은 날 닥치듯이 한다는 옛말이 있을 정도로 정한 날짜는 쉬 닥치게 마련이지만 경숙 여사는 딸의 결혼식 날이 다가오는 속도를 마치 밀려오는 파도처럼 생생하게 느끼고 있었다. 《서 있는 여자》

**받자위하다** 받자하다. 남이 괴로움을 끼치거나 여러 가지 요구를 하여도 너그럽게 잘 받아 주다. ¶ 가까이 있을 때는 받자위를 하면 지대낄까 저어하여 제사 참례 한 번을 안 시킬 만큼 숫제 존재도 인정하지 않고 지냈지만, 《미망 2》

**발 벗고 나서다** 어떤 일을 마치 자기 일처럼 적극적으로 나서서 하다. ¶ 아무튼 궂은일만 났다 하면 발 벗고 나서는 모양이니까. 그래서 그 동네에서의 별명 역시 감초 영감이었다더군. 〈상(賞)〉

**발기름** 짐승의 뱃가죽 안쪽에 낀 지방덩어리. ¶ "…그새 뱃가죽에 발기름이 끼어 가지고 아침엔 뭐 입맛이 없으시다나, 식욕이 없으시다나. 커피하고 계란 프라이만 잡수시는 지가 벌써 며칠짼지, 내 아니꼽고 더러워서." 《도시의 흉년 3》

**발뒤꿈치가 달걀 같다(속)** 며느리가 미워서 달걀같이 예쁘게 생긴 발뒤꿈치까지 나무란다는 말. ¶ "…발뒤꿈치가 달걀 같다고 트집 잡는 시어미 소린 들었어도 입덧 안 한다고 깔보는 시어머니를 누가 상상이나 했겠니…" 《도시의 흉년 3》 ¶ 부모의 권한이 어쩌다 이렇게까지 영락(榮落)했나 싶어 스스로 생각해도 한심했지만 어쩔 수가 없었다. 그래서 아들이 좋아하는 여자애를 한번 보고자 슬그머니 자청을 했고, 보고 나선 이 트집 저 트집, 발뒤꿈치가 달걀 같다는 트집까지 잡았지만 결국은 아들이 원하는 대로 대세는 돌아갔다. 《서

있는 여자》

**발등에 불이 떨어지다**　일이 몹시 절박하게 닥치다. (동) "아이고 녀석, 이제야 발등에 불이 떨어졌나 보구나. 한나절 만에 벼락치기로 하다니!"《부숭이는 힘이 세다》

**발랑 까지다**　은근하고 어수룩한 데가 하나도 안 남고 뻔하게 드러나다. (산) 아치울이 그렇게 발랑 까진 후에 이사를 했기 때문에 도대체 뭘 찾아 먹으러 이 나이에 이 마을까지 흘러들어 온 것일까 문득문득 남의 일처럼 딱해질 때가 있다. 〈마음 붙일 곳〉

**발바닥 같다**　세련되지 못하고 무디다. ¶ "황해도 송편은 발바닥 같다면서요?" 나는 웃으며 좀 엉뚱한 소리를 꺼냈다.《나목》

**발샅에 낀 때**　아무 미미하고 가치 없고 더러운 것을 비유하여 이르는 말. '발샅'은 발가락과 발가락의 사이. ¶박승재 그가 누구인가. 제가 아무리 거들먹거려도 고작 왜놈 발샅에 낀 때에 지나지 않는다는 건 태임이 보기엔 너무도 명료했다.《미망 3》¶그런 식모애의 눈에 뭔가 아쉰 소리를 하러 왔음에 틀림이 없는 기사 여편네쯤은 발샅에 낀 때만도 못 돼 보이는 건 당연했다.《그해 겨울은 따뜻했네 2》

**발을 끊다**　오가지 않거나 관계를 끊다. ¶ 그러다가 나의 아버지가 돌아가신 후 나도 동향인이 모인 자리에 발을 끊게 됐다. 〈아저씨의 훈장〉

**발을 붙이다**　(일정한 곳에) 안착하여 자리 잡거나 살아나가다. ¶ "…어쨌나 텃세를 부리는지 타성이나 타관 사람들은 발을 못 붙인다니까요." "나 거기 발 붙이러 가는 사람 아니오…." "손님 같은 분이 그까짓 촌구석에 발을 붙이시다니요…."《도시의 흉년 2》

**발을 빼다**　어떤 일에서 관계를 완전히 끊고 물러나다. ¶배우성 씨는 어떻든 백수회로부터 발을 빼 볼 요량으로 이렇게 지껄였다. 〈천변풍경〉

**발이 예가 뇌고 제가 뇌다**　당황해서 어쩔 줄을 모른다는 말. ¶어른 아이 할 것 없이 온 식구가 생전 처음 귀하고 정체 모를 손님을 맞아, 발이 예가 뇌고 제가 뇌고 손은 연방 헛손질만 할 뿐 어찌할 바를 몰랐다.《미망 1》

**밤말은 쥐가 듣고 낮말은 새가 듣는다**(속)　늘 말조심하여야 함을 비유적으로 이르는 말. (산) 밤말은 쥐가 듣고 낮말은 새가 들을까 봐 쉬쉬 목소리를 죽여 가며 수군수군 이승만, 김구, 김일성 이름이 오르내렸다. 〈운명적 이중성〉

**밤주먹**　남의 머리에 알밤을 먹이기 알맞게 쥔 주먹. ¶…망건을 쓴 신랑일랑 / 꼭지 꼭지 흔들면서 / 밤주먹에 물 마시네《미망 1》

**밥**(비)　남에게 눌려 꼼짝하지 못하는 만만한 사람을 속되게 이르는 말. ¶…큰 병원은 그런 억지가 안 통하는 것쯤은 시골 사람들이 더 잘 알고, 그럴 때 개인 병원만 밥이지 뭐.《서 있는 여자》¶ "김 선생님, 그 양반, 보아하니 법 없이도 살 양반이던데, 참 안됐단 말야." 그 소리가 나에겐 김기철이 그 머저리 우리 밥이더라 하는 소리처럼 들렸다. 〈조그만 체험기〉

**밥 먹듯 하다**　예사로 자주 하다. ¶ "…아 랫것들이 작당해서 주인을 넘보고 주인 재물을 빼앗아 달아나는 짓을 밥 먹듯이 허는 세상이니, 말세다. 말세고 말고…"
《미망 1》

**밥데기**⑪ 부엌데기. 〈방언〉 부엌일을 맡아
서 하는 여자를 낮잡아 이르는 말. ¶그들
은 말만 했을 뿐 아니라 숙식을 다 숙부네
서 해결하려 들었다. 숙모가 인민군 밥데
기가 된 것이다.《그 많던 싱아는 누가 다
먹었을까》

**밥벌이** 먹고 살기 위하여 하는 일. (산) 어
머니와 나는 교외의 조그만 집에 살았는
데 나는 밥벌이를 다녀야 했다. 〈나에게
소설은 무엇인가〉

**밥술이나 먹다** 사는 형편이 쑬쑬하여 어지
간히 산다. ¶그때 이모네는 밥술이나 먹
고 사는데 첫아들이 여섯 살이 되도록 아
우가 없었다.《도시의 흉년 1》(산) 못살고
소외된 계층에서 그런 일이 생긴 건 나와
는 상관없는 일이라고 여길 수 있지만 밥
술이나 먹는 반듯한 가정에서 일어난 일
에는 자기도 모르게 동류의식을 갖게 된
다. 〈한 길 사람 속〉

**밥이나 죽이다**⑪ 아무 하는 일 없이 밥이
나 먹고 살다를 속되게 이르는 말. ¶난
무슨 놈의 팔자가 어떻게 옴이 붙었기에
재취마저 저런 밥이나 죽일 재주밖에 없
는 년이 얻어 걸렸는지 모르겠다고 이지
러진 얼굴을 더욱 이지러뜨리고 욕을 하
기도 했다. 〈부끄러움을 가르칩니다〉

**밥줄**⑪ 벌어서 먹고살 수 있는 방법이나
수단을 속되게 이르는 말. ¶…그들의 마
지막 결의는 거짓 없이 비통한 바가 있었
다. 밥줄이 걸린 문제였다. 밥줄을 걸고
타협 못 할 난제가 없으련만 그러지 못하
는 데 그들의 애정의 순수성이 있었고 주

간으로서의 그는 그 순수의 앞잡이였다.
〈침묵과 실어〉

**밥줄이 끊어지다**⑪ 밥통이 떨어지다. 일
자리를 잃게 되다를 속되게 이르는 말.
¶…같잖은 것들이 옷들도 육시랄하게 입
어 싼다고 욕을 했다. 그렇지만 그것들이
옷을 입어 쌓지 않고 벌거벗고 살게 되는
날이면 주인아줌마도 나도 밥줄이 끊어지
고 만다는 걸 모를 리가 없다. 〈도둑맞은
가난〉

**방구리만 하다** 방구리는 아이들도 이고 다
닐 수 있도록 작게 만든 물동이인데 계집
애가 작고 앙증맞고 단단한 모습을 '방구
리만 하다'고 한다. ¶"할아버지가 나빠
요. 부리는 사람이나 없는 사람한테 인심
잃지 말라고 글강 외듯 하시던 할아버지
가 어드렇게 삼촌네 사환을 때리시니까?
그 아이가 뭘 어드렇게 잘못했다구." "태
임아, 입 닥치지 못하겠니? 방구리만 한
계집애가 사작스럽긴."《미망 1》

**방기**(放棄) 내버리고 아예 돌아보지 아니
함. ¶이렇게 자기를 한껏 무책임하게 방
기하고 싶은 게 취한 상태라면 취한 것도
같다.《휘청거리는 오후 1》¶어쩌면 내
가 나타나기 전부터 그녀는 이미 생활을
방기하고 있었는지도 몰랐다. 〈저문 날의
삽화 2〉

**방성대곡**(放聲大哭) 목을 놓아 크게 욺. ¶
저는 드디어 울음이 복받치는 대로 저를
내맡겼죠. 제가 그렇게 많은 눈물을 참고
있었을 줄은 저도 미처 몰랐어요. 대성통
곡, 방성대곡보다 더 큰 울음이었으니까
요. 〈나의 가장 나종 지니인 것〉

**방시레** 소리를 내지 않고 문이 약간 벌어

진 모양. ¶곧 문이 방시레 열리고 보리밥이 나왔다. 〈포말의 집〉

**방일(放逸)** 제멋대로 거리낌 없이 노는 것. ¶…아니 이십 년 전 청순과 방일이 조금치의 모순도 없이 공존하던 십구 세의 나날 같은 자유, 이런 것들을 그 고장에서 누리고 싶었다. 〈지렁이 울음소리〉

**방증(傍證)** 사실을 직접 증명할 수 있는 증거가 되지는 않지만, 주변의 상황을 밝힘으로써 간접적으로 증명에 도움을 주는 증거. ¶…그의 외도가 장모 때문이란 게 잘못의 책임에서 그를 비켜나 있게 할 수 있는 유리한 알리바이라면, 모든 여자의 남편은 외도의 경험이 있다는 생생한 증언은 그를 무죄케 하는 방증이었다. 《살아 있는 날의 시작》

**방향(芳香)** 꽃다운 향기. ¶자명은 미리 준비해 가지고 간 자루가 긴 국자로 포도주를 떠서 혀를 적시고 나서 아껴 가며 서서히 목으로 흘려 넣었다. 한 국자, 또 한 국자…미주의 방향이 손끝 발끝까지 골고루 스민 것처럼 행복해질 때까지 자명은 마셨다. 《욕망의 응답》

**배 밭에선 갓끈을 고쳐 매지 않는다**㊏ 오얏나무 아래에서 갓을 고쳐 쓰지 말라(李下不整冠). 남의 의심을 살 짓은 하지 말라는 뜻. ¶"당신 내 재산에 대해 아는 척 허는 거 싫어허셨잖아요." "그렇게 보였다면 내 몸사림이 지나쳤나 보오. 배 밭에선 갓끈을 고쳐 매지 않으려는 조심성도 실은 자격지심 아니겠소. 과히 섭섭해 마오…" 《미망 2》

**배 주고 배 속 빌어먹는다**㊏ 자기의 큰 이익은 남에게 주고 거기서 조그만 이익만을 얻음을 이르는 말. ¶"…아니꼬운 걸 꾹 참고 새파랗게 젊은 놈들한테 빌붙어 가며 말입니다. 배 주고 배 속 빌어먹어도 분수가 있지, 그게 누구 공장이라고 제까짓 것들이 그것 하나 해 주는 데 어찌나 생색을 내는지…"《휘청거리는 오후 2》

**배가 남산만 하다**㊏ 임산부의 배가 부름을 이르는 말. ¶…차 씨의 처도 허성 씨를 보자 선풍기를 끄고 느릿느릿 부엌으로 들어갔다. 배가 남산만 하고 어깨로 숨을 쉬는 게 해산달이 가까운 모양이다. 《휘청거리는 오후 2》

**배가 맞다**㊖ 남녀가 남모르게 마음이 맞아 서로 몸을 허락하다. ¶두 사람의 사랑을 시골 사람들은 연놈이 배가 맞았다는 막말로 떠들어 댔다. 《휘청거리는 오후 1》 ¶"후환이라뇨?" "이 철딱서니 없는 것아. 요새 그까짓 뱃속에 있는 거야 감쪽같이 없애는 게 문제없다지만, 놈이 문제지. 한 번 배가 맞은 놈이 호락호락 떨어져 나가느냐가 문제지…"《도시의 흉년 2》

**배가 안암산만 하다**㊏ 배가 남산만 하다. ¶아닌 게 아니라 저녁밥도 한 그릇을 게 눈 감추듯이 비운 딸의 배는 안암산만큼 불러 보였다. 《미망 1》 ¶(분녀는)…시집간 지 삼 년 만이던가 배가 안암산만 해 가지고 한 번 다녀가더니만 아들을 낳았다는 소식이 왔다. 〈저문 날의 삽화 3〉

**배꼽시계** 배가 고픈 것으로 끼니때 따위를 짐작하는 일을 이르는 말. ¶"아아 속 쓰리다. 요즘의 배꼽시계는 일분일초도 안 틀린단 말야." 《나목》

**배꼽이 다 웃겠다** '기가 막히다'를 강조하는 말. ¶"…내 기가 막혀서…이러고도 뭐

돈이 없다고? 배꼽이 다 웃겠다. 사람 작작 웃기고 정신 차려 이년아. 이래서 계집앨 밖으로 내돌리는 게 아닌데. 없는 게 웬수다."《살아 있는 날의 시작》 ¶ "호호…배꼽이 다 웃겠네. 연애는 아무나 하는 줄 아나 베…"〈여인들〉

**배라먹다** 살 길이 없어 남에게 자기의 딱한 사정을 말하고 거저 얻어먹다. ¶ "에미야, 수연이 고 배라먹을 년을 네가 혼 좀 내 줘야겠다. 글쎄 번번이 제 오라비 이름을 부르지 뭐냐…"《도시의 흉년 1》

**배래기** 한복의 옷소매 아래쪽에 붕어의 배처럼 휘돌아간 부분. (동) 엄마는 도란도란 이야기하시면서도 확실한 손길로 쉬지 않고 홈질 박음질을 곱게 빠르게 하셨고, 인두로 깃과 섶과 도련과 배래기의 선을 절묘하게 그으셨다.《옛날의 사금파리》

**배리(背理)** 사리에 어긋남. ¶ 아들의 위패 앞에 엎드려야 하는 욕된 배리에도 그녀는 다소곳할 뿐이었다.〈부처님 근처〉

**배보다 배꼽이 더 크다(속)** 기본이 되는 것보다 덧붙이는 것이 더 큰 경우를 이르는 말. ¶ 우리는 또 같이 웃었다. 점점 나는 내 몸에서 배꼽이 확대되어 가는 기분이었다. 배보다 배꼽이 크다는 우리나라 속담이 문득 생각나서 나 혼자 또 한 번 웃었다.《나목》 ¶ 더욱 신기한 것은 배보다 배꼽이 더 크다고 단돈 오십 원짜리 바늘 한 쌈에 덤으로 골무, 귀이개, 머리핀까지 끼워 주는 거였다.〈꼭두각시의 꿈〉

**배알이 꼴리다(비)** 비위에 거슬려 아니꼽다. ¶ 한강 이북 사람은 쭉정이 취급 아니면 오열 취급을 하지 못해 하는 게, 한강 이남 사람만 아끼고 보호하려는 처사처럼

보여서 배알이 꼴리기도 했다.《그 산이 정말 거기 있었을까》 ¶ 그는 사뭇 나를 죄인 다루듯 했다. 나는 슬그머니 배알이 꼴렸다.〈상(賞)〉

**배알이 뒤틀리다(비)** 배알이 꼴리다. ¶ …그 고가의 상품들이 박승재 같은 족속에게 아양을 떨며 진열돼 있는 현장을 보면서 그녀는 배알이 뒤틀리는 듯한 갈등을 느꼈다.《미망 3》

**배운 도둑질 같다(속)** 무엇이 버릇되어 안 하려야 안 할 수 없음을 이르는 말. ¶ 유신 시대에 다시 공화당의 공천을 받는 같은 입후보자에게 그는 전번과 똑같은 언약을 받고 마치 배운 도둑질 써먹듯이 거침없고도 익숙하게 전번의 그 더러운 방법들을 그대로 써먹음으로써 또다시 당선을 시킨다.〈복원되지 못한 것들을 위하여〉

**배창자** 배 속 창자. ¶ 지금부터 공부가 잘될 것 같은 조짐이, 남이 닷새에 할 거 이틀에 넉넉히 해낼 것 같은 예감이 그의 배창자를 간지럽혔다.《오만과 몽상 1》

**백(빽, back)(비)** 힘이 되는 배경이나 연줄을 속되게 이르는 말. ¶ 역시 크게 놀려면 정치적인 백이 있어야 한다는 걸 통감하던 차에 박 의원이 걸려든 것이다. 든든한 끈이다.《목마른 계절》 ¶ 어떡하면 남편을 이 끔찍한 고장에서 빼낼 수가 있을까. 문득 섬광처럼 이럴 때 빽이라는 게 있으면 하는 생각이 떠올랐다.〈조그만 체험기〉

**백 번 듣는 것보다 한 번 보는 것이 낫다** 백문이 불여일견. ¶ "백 번 듣는 게 한 번 보는 것만 못하다는 소리도 아재는 못 들었수?"《미망 1》

**백문(百聞)이 불여일견(不如一見)(속)** 무엇

이든지 실제로 경험해야 확실히 안다는 말. 백 번 듣는 것이 한 번 보는 것만 못하다. ¶ "…백문이 불여일견이라구 이번에 그쪽에서 발간되는 우리 동포 신문사의 후원도 있구 해서 뜻 있는 청년 실업인을 모아 사찰단을 구성해 볼 참인데 어르신네덜두 많이 협조해 주시기 바랍니다." 《미망 3》 ¶ "거기가 그렇게 좋다냐?" "백문이 불여일견이야, 너도 한번 나가 보면 알아…" 〈움딸〉

**백발성성**(白髮星星) 머리털이 희끗희끗함. ¶ 전처만은 겨우 환갑에 백발이 성성했지만 기골이 장대했고 눈빛이 섬뜩하도록 매서웠고 하관이 빠르고 턱이 날카로웠다. 《미망 1》 ¶ 백발이 성성했으나 여든이 넘은 연세를 생각할 때 혈색도 좋은 편이었고 살집도 좋아 보였고 눈에 부드러운 미소가 어려 보였다. 〈침묵과 실어〉

**백수건달**(白手乾達) 돈 한 푼 없이 빈둥거리며 놀고먹는 건달. '건달'은 직업이 없으면서 남에게서 금품을 빼앗거나 도움을 받아 잘 차리고 다니는 남자. ¶ 이모에겐 다시 남자가 생겼고 이번 남자는 신수 좋고 구변 좋은 백수건달이었다. 《도시의 흉년 1》 ¶ 요샌 어떻게 된 세상이 주머니에 땡전 한 푼 없는 백수건달일수록 옷 잘 입고, 비싼 찻집, 비싼 음식점만 바치게 마련이다. 〈상(賞)〉

**백전 치듯** 백(白)절 치듯. 백차일을 친 것 같다에서 온 말로, 흰옷을 입은 사람들이 많이 모여 있는 모양. ¶ 한남동 나루에는 피난 가려는 사람들이 백전 치듯 집결해 있어 그 동안 서울 인구가 얼마나 불어났는지를 실감케 했다. 《그 산이 정말 거기 있었을까》

**백절 치듯** 백차일 치듯. 흰옷 입은 사람들이 매우 많이 모인 모양을 이르는 말. ¶ 구경꾼이 백절 치듯 하는 가운데를 승재는 그 화려한 혼행을 거느리고 서해랑을 지나 남대문을 돌아 동해랑 처가에 당도했다. 《미망 2》 ¶ 우리 집안이 어떤 집안인가…시제 때 문중이 모이면 풍덕 땅이 온통 백절 치듯 했던 유복하고 번성한 문중 아닌가. 〈엄마의 말뚝 3〉

**백절치니같이** 백절 치듯. ¶ "…양인이 지나가자 사람들이 백절치니같이 모여들어 구경을 하는데 정말 눈이 움푹하니 새파랗고 머리칼은 옥수수 쉬엄 말라붙은 것 같은데 꼬리 달린 것 같진 않던뎁쇼…" 《미망 1》

**백척간두**(百尺竿頭) 몹시 어렵고 위태로운 지경을 이르는 말. ¶ 정국이 혼미하여 국운이 백척간두에 달린 이때 그런 청탁을 하면 어떡하냐고 노골적으로 귀찮아한다. 〈복원되지 못한 것들을 위하여〉

**백치스럽다** 백치 같다. '백치'는 뇌에 고장이 있어 지능이 낮거나 정신이 온전하지 못한 사람. ¶ 가난뱅이답지 않게 수려한 이목구비도 백치스러워 보였다. 나는 그런 그에게 맹렬한 저항을 느꼈다. 〈도둑 맞은 가난〉

**백호살** 하얀 호랑이. 백마살과 비슷한 말로 팔자가 드센 것을 암시하는 말. ¶ "나쁘군요?" "하필 사주에 이렇게 백호살이 뚜렷한 규수를 이 잘난 신랑한테 감히 갖다 대다니…" 〈쥬디 할머니〉

**백화난만**(百花爛漫) 온갖 꽃이 활짝 펴 아름답게 흐드러짐. ¶ 안개꽃, 바퀴꽃, 장미, 백합, 금어초, 글라디올러스, 맨드라미, 꽃해바라기, 마가렛, 도라지…이런 여름꽃들이 흐드러지게 피어 양동이 밖으로 넘쳐 양동이가 아니라 백화난만한 작은 꽃밭이었다.《욕망의 응달》

**밴댕이 소갈머리** 아주 좁고 얕은 심지(心志)를 이르는 말. ¶ "…아무리 소갈머리가 밴댕이만도 못한 상것이기로소니 갖다 댈 걸 갖다 대야지."《미망 1》¶ "앤, 누굴 밴댕이 소갈머리 취급하구 있어. 설사 내가 너한테 섭섭한 마음이 있었다고 해도 그렇게 배배 꼬아 말할 성싶냐. 즉석에서 내뱉지…"《아주 오래된 농담》

**밸이 꼴리다**🅑 배알이 꼴리다. ¶ 모든 것을 저쪽 분부만 기다리고 있자니 밸이 꼴리고 이래저래 허성 씨의 심정은 착잡했다.《휘청거리는 오후 1》(산) 뭐라구? 할미도 그게 마시고 싶어 밸이 꼴렸냐구? 그걸 말이라고 하냐? 할민 그 들척지근한 음료수 안 마시는 지가 벌써 언제부터라구.〈잔소리꾼 할머니가 손녀에게〉

**뱁새가 황새를 따라가면 다리가 찢어진다**🅢 힘에 겨운 일을 억지로 하면 도리어 해만 입는다는 말. ¶ "…세 번씩이나 뱁새가 황새 쫓는 무리 하다간 아버지 엄마 노후가 어떻게 되겠어요." 허성 씨는 고양이가 쥐 생각하는 것만큼이나 부모 생각이 극진한 초희를 물끄러미 바라본다.《휘청거리는 오후 1》

**버겁다** 힘에 겨워, 다루거나 해내기가 힘들다. ¶ 그런 오빠가 밉고 버겁다가도 잠든 오빠를 보면 불쌍했다.《그 산이 정말 거기 있었을까》

**버둥다리치다** 다리를 버둥거리는 모양.

¶ "…장차 버둥다리치고 먹고 살려고 하는 고생인데 그래 그게 싫어 뭐 미술 대학이나 가겠어? 이런 못난 놈."〈지렁이 울음소리〉

**버르장머리 없다**🅑 '버릇없다'를 속되게 이르는 말. ¶ "처음부터 너무 귀여워하다가 버르장머리 없어지면 어쩌려고 그래요." 부인이 웃으면서 말했다.〈재수굿〉(산) 너희들이 특별히 버르장머리 없는 아이여서는 아니었다.〈잔소리꾼 할머니가 손녀에게〉

**버르집다** 헤쳐 놓다. (동) 닭들이 땅을 버르집으면서 노는 양이 너무도 보기가 좋았다.《부숭이는 힘이 세다》

**버릇다** 파서 헤집다. (동) 닭은 온종일 똥을 쌀뿐더러, 쉬지 않고 주둥이로 뭐든지 버릇는 고약한 버릇이 있어 채마밭이 남아나지 않는다는 것이 어머니가 닭을 싫어하는 이유였습니다.〈달걀은 달걀로 갚으렴〉

**버선목이라 뒤집어 보이지도 못하고**🅢 아무리 해명을 해도 상대편이 수긍을 하지 않는 경우를 이르는 말. ¶ "내 어찌 죽은 사람 모해를 잡겠소. 나도 죽을 날이 며칠 안 남은 사람. 그 어린것의 진정을 생각해서 이러는 거니 제발 숨기려 들지 마시오." "제가 숨기다니요. 이 어른이 실성을 하셨나 정말 왜 이러실까. 버선목이라 뒤집어 보일 수도 읎고 이 일을 어쩐다지?" 그녀는 덫에 걸린 것처럼 헛되이 팔짝팔짝 뛰었다.《미망 1》

**버적버적하다** 촉감이 부드럽지 않고 모래처럼 거슬리고 껄끄럽다. ¶ 아이의 손톱 밑이 새까매지고 머리털 속에도 흙이 버적버적했다.〈애 보기가 쉽다고?〉

**번갯불에 콩 볶아 먹겠다(속)** 어떤 행동을 당장 해치우지 못하여 안달하는 조급한 성질을 이르는 말. ¶"…시골 사람들이 뭐가 답답해서 그따위 멋대가리 없는 데를 돈 주고 빌려 번갯불에 콩 구워 먹듯 예 올리고 중국집에서 자장면 한 그릇씩으로 잔치를 하는지 알다가도 모르겠단 말야. 우린 그러지 말자구…"《도시의 흉년 3》 ¶곱단이네는 그 고운 딸을 번갯불에 콩 궈 먹듯이 그 재취 자리로 보내 버렸다. 〈그 여자네 집〉

**번연(幡然)히** 환하게. 뻔히. 잘. (산) 번연히 속는 줄 알면서도 속아 넘어가고 싶게 하는 힘에 현혹되기 싫어서이다. 〈노년〉

**번족(繁族)하다** 자손이 많아 집안이 번성하다. ¶번족한 친정 쪽의 가계로 보나 본인의 팡파짐한 엉덩판으로 보나 틀림없이 아들을 쑥쑥 뽑아낼 상이었다. 〈아직 끝나지 않은 음모 2〉 ¶큰딸을 번족하고 유복한 댁으로 시집 보내 본 나는 혼수라면 겁부터 났다. 〈사람의 일기〉

**벌레 씹은 얼굴** 험하게 일그러진 얼굴. ¶"웬 수선이냐?" 인철은 요새 그의 표정으로 굳어지고만 벌레 씹은 얼굴에다 눈살까지 찌푸렸다.《살아 있는 날의 시작》 ¶사랑으로 할아버지께 하직 인사를 드리러 들어갔을 때도 할아버지는 내 단발머리를 흘긋 보시자마자 벌레 씹은 얼굴로 외면하셨지만 50전짜리 은전을 한 푼 주셨고 엄마에게도 따로 꼬깃꼬깃한 종이돈을 손수 펴 가며 다섯 장이나 세어서 주셨다. 〈엄마의 말뚝 1〉

**벌산** 흩어져서 여기저기 싸돌아다니는 모습. ¶수지는 밖에서 벌산을 하는 아이들이라도 우선 그녀의 집에 가 있게 하려고 했지만 일남이가 막무가내로 싫다고 했다.《그해 겨울은 따뜻했네 2》 ¶번잡스러운 데를 즐기지 않는 그의 성질을 잘 아는 아내는, 그래서 만백성이 산과 바다에 벌산을 하는 여름휴가에는 빠지고 싶어 하는 그의 마음에 말없이 동의해 주곤 했다.《아주 오래된 농담》

**벌집 쑤신 것 같다(속)** 벌집을 쑤시듯이 가만히 있는 이를 섣불리 건드려 공연히 큰 소동을 일으켰다는 말. ¶"…난리가 날 거라는 소문만이면 그래도 약과지. 조선팔도가 벌집 쑤셔 놓은 것처럼 시방도 예서 제서 민란이 그칠 날이 읎으니까…"《미망 1》 ¶"이 쌍년들아 뒈져 봐라." 뒤이어 땅땅땅 여러 발의 총성과 함께 진이는 혜순의 손을 붙잡고 벌집을 쑤셔 놓은 듯이 흩어지는 사람들에 섞여 뛰며 고꾸라지며 또 뛰었다.《목마른 계절》

**범강장달이 같다(속)** 키가 크고 우락부락하게 생긴 사람을 이르는 말. ¶그들은…나를 어머니라고 불렀다. 하긴 시장의 과일 장수나 생선 장수도 손님에게 아주머니나 할머니 대신 어머니라고 너스레를 떠는 세상이니까. 그렇게 흔한 어머니 소리건만 범강장달이 같은 일류 대학생들한테 듣는 맛은 또 달랐다. 〈저문 날의 삽화 1〉 ¶곱단이는 범강장달이 같은 아들을 내리 넷이나 둔 집의 막내딸이자 고명딸이었다. 〈그 여자네 집〉

**범용(凡庸)하다** 평범하고 변변하지 못하다. ¶엄마가 바라는 자식의 출세도 물론 일제의 그늘 아래에서의 일일 뿐 조선의 자주적인 운명에 대한 바늘 구멍만 한 예

감도 갖고 있지 않은 범용한 아낙에 지나지 않았다.《그 많던 싱아는 누가 다 먹었을까》

**법 없이 살다** 마음이 곧고 착하여 법의 규제가 없어도 나쁜 짓을 하지 아니하다. ¶ "사는 형편은 어드런지, 사람들 인품은 웬만헌지…." "네?" "태남이를 맡아 준 집 말이오." "네, 그건 걱정 마셔요. 사는 건 넉넉하달 순 읎어도 마음들 하나만은 법 읎이 살 사람들이니까요."《미망 1》 ¶ 내가 믿을 거라곤 남편의 친구들이 남편을 평할 때 하던 말 "저 사람은 법 없이도 살 사람이라니까." 하는 것밖에 없었다.〈조그만 체험기〉

**법열(法悅)** 깊은 이치를 깨달았을 때 느끼는 아주 큰 기쁨. ¶ (이이가 나를 사랑한다고…그랬겠다?) 그의 육신을 탐하기에 앞서 그의 영혼까지를 곁들여 가질 수 있다고 깨달았을 때의 의외로움과 기쁨─그것은 차라리 법열이었다.《목마른 계절》

**벙벙하다** 물이 넘칠 듯이 그득히 괴어 있다. ¶ 그녀는 반 평 남짓한 욕실 앞으로 돌아왔다. 타일 바닥에 벙벙히 괸 물은 조금도 줄지 않은 채 미동도 안 하고 있었다.〈초대〉

**벙어리 냉가슴 앓듯⊛** 답답한 사정이 있어도 남에게 말하지 못하고 혼자만 괴로워하며 걱정하는 경우를 이르는 말. ¶ "…뉘 댁에 총각이 있나 뉘 댁에 처녀가 있나에 눈이 밝게 되고 서로가 벙어리 냉가슴 앓듯이 아무도 모르게 바라고 있는 것까지 기탄없이 알게 되고…"《휘청거리는 오후 1》 ¶ "…학자란 워낙 그 방면에 약하고 눈치도 둔하게 돼 있거든. 아내만 불쌍

하지. 특히 너처럼 고상한 요조숙녀는 벙어리 냉가슴 앓듯 할밖에. 잘 나왔다 잘 나왔어…."《서 있는 여자》

**벙찌다** 벙 찌다. 어리벙벙한 모습. ¶ "…자네 왜 그래? 아이덜 말짝으로 벙찐 얼굴을 하고 있으니."〈재이산(再離散)〉

**베갯머리송사** 베갯밑공사. 잠자리에서 아내가 남편에게 바라는 바를 속살거리며 청하는 일. ¶ 전처만 영감은 소싯적부터 베갯머리송사에 귀 기울이는 사내를 가장 못나게 여겨 왔음에도 불구하고 며느리들에 대한 평가만은 곧장 홍씨 부인의 의견을 따랐다.《미망 2》

**베갯밑공사** 베갯머리송사. ¶ 조급하고 궁한 끝에 남편의 동의를 얻어 내는 방법으로 그 여자가 생각해 낸 게 '베갯밑공사'라는 매우 고전적인 방법이었다.《살아 있는 날의 시작》

**벼락 맞을 놈㊅** 말 그대로 악담할 때 쓰는 말. ¶ "설마설마했더니만 그게 정말이었구나. 저런 벼락을 맞을 놈, 오살을 헐 놈. 내 눈에 흙 들어가기 전에 제 놈 제 명에 못 죽는 꼴을 꼭 보고 말리라."《미망 1》

**벼락부자** 갑자기 된 부자. 졸부(猝富). ¶ (우리 집은)…낮에 보면 웬만한 동네에서 흔히 볼 수 있는 벼락부자 티가 더럭더럭 나는 속악을 극한 양옥일 따름이다.《도시의 흉년 1》

**벼룩의 간을 내먹는다㊅** 하는 짓이 몹시 잘거나 인색함을 이르는 말. ¶ 대강 나누는 것도 아니고 정확하게 통근하는 거리를 산출해서 그 이상도 그 이하도 아니게 기름 값을 주는 거야. 그렇게 했더니 한 달에 경비를 얼마나 줄일 수 있다고 하더라? 벼

룩의 간을 내먹지. 〈저문 날의 삽화 4〉

**벽성(僻姓)** 흔하게 볼 수 없는 아주 드문 성(姓). ¶그이는 그 흔해 빠진 이가, 김가, 박가에 속하지 않았을 뿐 아니라, 누구든지 한번 들으면 어, 우리나라에 그런 성도 있나 하고 고개를 갸우뚱할 만큼 드문 벽성을 가지고 있었다. 《그 산이 정말 거기 있었을까》

**벽창호 같다** 고집이 세고 성질이 무뚝뚝한 사람을 이르는 말. ¶내 것 내가 갖는데 누가 뭐랄 것인가 하는 벽창호 같은 고집으로 일관했고 태남이도 이젠 어린애가 아니니 선택할 권리가 있다는 것조차 감안하려 들지 않았다. 《미망 2》

**변덕이 죽 끓듯 하다** 말이나 행동을 몹시 이랬다저랬다 하다. ¶춘자는 입으로 오목이를 구박했다가, 곰살궂게 굴었다가 변덕이 죽 끓듯 했지만 속마음은 정이 깊고 따뜻하다는 걸 오목이는 알고 있었다. 《그해 겨울은 따뜻했네 1》(산) 아아, 내가 독재자라면 88년 내내 아무도 웃지도 못하게 하련만. 미친년 같은 생각을 열정적으로 해 본다. 변덕이 죽 끓듯 한다. 〈한 말씀만 하소서〉

**별리(別離)** 이별. ¶주위는 알맞게 어둡고 너무도 고요하고 둘 사이는 가깝다. 그리고 곧 별리가 있는 것이다. 《목마른 계절》

**별무신통(別無神通)** 별로 신통할 것이 없음. ¶…그의 무관심을 자극해 볼 양으로 늦는 시간을 짧게도 해 봤다 길게도 해 봤다 아주 안 나가도 봤다 해 봤지만 반응은 별무신통이었다. 《휘청거리는 오후 1》

**별유천지(別有天地)** 별세계(別世界). ¶돈 버는 것 외에는 술맛도 계집 맛도 볼 수 없는 별유천지에 남편이 있다는 사실이 나를 통곡케 했다. 〈여인들〉

**병 자랑은 하여라(속)** 병이 들었을 때는 자기가 앓고 있는 병을 자꾸 이 사람 저 사람에게 말하여 고칠 길을 물어보아야 좋은 치료 방법을 찾을 수 있다는 말. ¶"병은 자랑해야지 숨기는 게 아니니라. 숨길수록 커지는 게 병이거든."《미망 1》

**병 주고 약 준다(속)** 해를 입힌 후에 어루만지거나 도와준다는 말. ¶"너는 너무 똑똑하고나. 병 주고 약 주는 솜씨가." 그 여자는 명구가 아들이라는 걸 잊어버린 것처럼 쌀쌀하게 말했다. 《살아 있는 날의 시작》¶"오목이 일을 의논하자는 게 겨우 그거였어? 우리끼리 병 주고 약 주자구? 세상에 맙소사." 《그해 겨울은 따뜻했네 2》

**병신 육갑한다(속)** 되지 못한 사람이 격에 어울리지 않는 엉뚱한 짓을 함을 얕잡아 이르는 말. ¶"흥, 병신 육갑하고 있네. 제까짓 게 일본 말을 배워서 얻다 써먹으려고, 수틀리면 일본 집 조쭈우[下女]로라도 나서겠다 이런 심보겠다."《미망 3》

**병신 자식 효도한다(속)** 대수롭지 않은 사람이 도리어 제구실을 할 때 하는 말. ¶"그러게 성님 내가 뭐랍디까? 병신 자식 덕 본다구, 위해 기른 자식보다 구박해 가며 기른 자식 덕 본다고 하지 않습니까?"《도시의 흉년 1》¶"…농사를 잘 짓고도 밑진 사람덜은 벌써부터 홍삼에 불합격맞은 백삼에서 이익 볼 궁리를 해 왔다지 뭡니까. 세상이 어수선할수록 병신 자식 효도 본다는 옛말이 하나도 안 그른 셈이죠."《미망 2》

**병신상스럽다** 병신성스럽다. 병신처럼 못

나고 어리석다. ¶혁이나 욱이 오빠가 있었더라면 하다못해 그 병신상스러운 환쟁이 김 씨에게서 세잔느나 고흐와의 공통점쯤은 쉽사리 찾아내었으리라.《나목》

**병추기** 병이 들어서 늘 성하지 못한 사람. ¶"며늘아기가 시집오는 날 가마 멀미가 유난했으니까요. 가마에서 내리는데 얼굴은 백지장 같은데 걸음도 제대로 못 걷고 비틀대니까 색시 구경 온 손님들이 어디서 병추기를 하나 데려온다고 수군댈밖에요…"《미망 2》

**보깨다** ① 먹은 것이 소화가 잘 안 되어 속이 답답하고 거북하게 느껴지다. ¶가슴 밑 명치께가 요사이 늘 그렇듯이 체증 비슷한 거북함으로 보깨기 시작했다.《나목》 ② 일이 뜻대로 되지 않아 마음이 번거롭거나 불편하게 되다. ¶짜증 비슷한 감정이 뱃속에서 보깨고 있어서 좀 심술궂게 굴었다 뿐이지 그들에게 특별한 악의가 있는 것도 아니었다.《나목》

**보따리 장사**(비) 대학의 시간 강사를 속되게 이르는 말. ¶보따리 장사 육 년 만에 학위 딴 지 삼 년 만에 얻은 전임 자리였다.〈환각의 나비〉

**보비위**(補脾胃) 비장과 위의 기운을 돕는 일. ¶환자의 몸과 마음에 보비위보다 더 좋은 효자는 없다.〈그리움을 위하여〉

**보속**(補贖) 죄로 인한 나쁜 결과를 보상하는 일. ¶신부님이 주신 보속은 묵주 신공을 열 번 바치는 거였다.〈저문 날의 삽화 1〉

**보수수하다** 솜털처럼 작고 부드러운 것이 서 있는 모습. ¶둘이서 연애하던 시절, 망설이지도 않고 허성 씨를 따라나서던, 솜털이 보수수하고 약간 당돌한 듯한 귀여운 얼굴은 지금은 간 곳이 없다.《휘청거리는 오후 1》

**복가**(福家) '흉가'의 반대말로, 하는 일이 잘 되어 부자가 될 복이 있는 집을 이르는 말. ¶시골서 작은아들이 장만한 내 집을 보러 올라오신 어머니는 아파트를 이상해하실 새도 없이 사자마자 50만 원을 번 집이란 소리를 들으시고는 복가 집, 복가 집, 하시면서 우리를 축수해 주셨다.〈아파트 부부〉 ¶그 집은 여러모로 그들에겐 복가였다. 그 집 때문에 영감님은 은퇴 후 갑자기 많아진 시간을 두려워하거나 우두망찰하지 않아도 되었다.〈저문 날의 삽화 5〉

**복다구니** 여러 사람이 좁은 공간에서 부대끼는 모습. ¶…눈에 핏발이 서 싸다닐 무렵의 집안의 복다구니와 난장판은 소녀가 아직 어린 시절이었는데도 악몽처럼 잊혀지지 않는다.〈이별의 김포 공항〉

**복부인**(福婦人)(비) 부동산 투기로 큰 이익을 꾀하는 가정부인을 속되게 이르는 말. ¶"처복이라니?" "경제력이 있든지 복부인 노릇이라도 할 줄 알든지. 요샌 복처처럼 큰 처복도 없다고들 하더구먼." 찬국은 복처라는 소리에 한없이 낄낄거렸다.《서울 사람들》

**복슬강아지** 털이 복슬복슬하고 탐스럽게 생긴 강아지. ¶나는 구정물을 뒤집어쓴 복슬강아지처럼 온몸으로 진저리를 치며 그 다방을 나왔다.〈지렁이 울음소리〉

**복자**(伏字) 인쇄물에서 내용을 밝히지 않으려고 일부러 비운 자리에 'ㅇ', 'ㅌ' 따위의 표를 찍음. ¶정지용, 김기림, 이태준, 박태원 등 북으로 간 문인들의 이름들이

비로소 복자로 결손되지 않은 온전한 이름을 내걸고 있었다. 〈복원되지 못한 것들을 위하여〉

**본때(뽄때)를 보이다**　잘못을 다시는 저지르지 않도록 따끔한 맛을 보이다. ¶ "흥, 본때를 보여 줘야지. 하룻강아지 범 무서운 줄 모르고 덤벼도 분수가 있지, 우리가 누군 줄 알구. 제까짓 것들이 감히…" 《도시의 흉년 3》

**볼썽사납다**　볼품이 없어 흉하다. ¶ 막상 국을 뜨려고 하니 가상이가 몇 군데 패어 있는 게 볼썽사나워 슬쩍 치웠다가 나중에서야 그게 재떨이였을지도 모른다고 깨닫게 될 적도 있었다. 〈저문 날의 삽화 3〉

**봉**　됨됨이가 어수룩하여 속이거나 이용해 먹기 딱 좋은 사람. (산) 차츰 관상도 좀 보게 되어 계급이 낮고, 어수룩한 미군을 속으로 '봉이다!'라고 점찍으면 거의 실패가 없었다. 〈나에게 소설은 무엇인가〉

**봉두난발(蓬頭亂髮)**　머리털이 쑥대강이같이 헙수룩하게 마구 흐트러진 머리털. ¶ 갑희가 밥을 퍼, 제법 깔끔하게 차린 상에 얹어 방에 들여놓을 즈음 서 여사는 그림처럼 돌아왔다. 봉두난발에 옷이고 신발이 흙투성이였다. 《목마른 계절》 ¶ "…봉두난발에 땟국에 전 등거리에선 쉰내, 썩은 내가 코를 찌르구, 손톱, 발톱, 갈라진 발뒤꿈치에 낀 새까만 때만 긁어 모아도 아마 연탄 한 뎅이는 실컷 만들고도 남을 만했으니까." 〈지 알고 내 알고 하늘이 알건만〉

**봉의 눈을 뜨다**　화가 나서 눈꼬리가 올라간 모습. ¶ 전 영감이 봉의 눈을 뜨고 두말도 못하게 못 박자 홍 씨는 분해서 벌떡

벌떡하면서도 아무 말도 못 했다. 《미망 1》

**봉제사(奉祭祀)**　봉사(奉祀). 조상의 제사를 받들어 모심. ¶ 맏며느리로서 시부모 공양하고 봉제사라는 신성한 의무를 포기하는 대신 엄마는 아무런 재산상의 권리도 주장하지 못했다. 〈엄마의 말뚝 1〉

**봉창하다**　손해 본 것을 벌충하다. ¶ (엄마는)…모자랐던 관심을 한꺼번에 봉창하려는 듯이 가끔 허풍스러운 애정 표시를 하며 딸들에게 접근했고 그런 애정 표시의 결말은 주로 금전 공세였다. 《도시의 흉년 1》

**부관참시(剖棺斬屍)**　죽은 뒤에 큰 죄가 드러난 사람에게 내려진 극형. 무덤을 파고 관을 꺼내어 시체를 베거나 목을 잘라 거리에 내걸었다. ¶ 그 여자는 버르장머리 없는 말이 부관참시나 뭐 그런 잔혹한 형벌이 되어 한번 죽은 사람의 목에 또다시 살의를 들이대는 것처럼 끔찍하게 느껴졌다. 〈무서운 아이들〉

**부교(浮橋)**　교각을 사용하지 아니하고 배나 뗏목 따위를 잇대어 매고, 그 위에 널빤지를 깔아서 만든 다리. ¶ 한강 부교 한가운데서였다. 《그 산이 정말 거기 있었을까》

**부대(浮袋)**　부낭. 헤엄을 칠 때 몸이 잘 뜨게 하는 기구. ¶ 비키니 차림의 마네킹이 원색의 부대를 들고 서 있는 쇼윈도에 비친 자기 모습에 허성 씨는 깜짝 놀란다. 《휘청거리는 오후 2》

**부덕(婦德)**　부녀자의 아름다운 덕행. ¶ 난리 통에 주책없이 커다란 배를 안고, 어깨로 숨을 쉬며, 철저하게 무능하고 무력한 걸 무슨 대단한 부덕인 양 난리 통에도 잘

지키던 답답한 여인이 이제야 세상 눈치를 좀 차렸나 보다. 《목마른 계절》

**부드득부드득** 든든하고 질긴 물건을 마주 갈 때에 잇따라 나는 소리. ¶ (그는)…이를 부드득부드득 갈았다. 〈저렇게 많이!〉

**부득부득** 이빨을 가는 소리. ¶ 이를 부득부득 갈며 물에 대한 공포감에 도전하다가 어느 틈에 물개처럼 자연스럽게 물과 친해졌다. 〈배반의 여름〉

**부뚜막의 소금도 집어넣어야 짜다**㊏ 아무리 좋은 조건이 마련되었거나 손쉬운 일이라도 힘을 들이어 이용하거나 하지 아니하면 안 됨을 이르는 말. ¶ …부뚜막의 소금도 집어넣어야 짜다고 아무리 마음대로 퍼 올 수 있는 쌀이 독독이 있다고 해도 운반을 해 오지 않으면 우리 입에 들어갈 수가 없는데 운반이 쉽지 않았다. 《그 많던 싱아는 누가 다 먹었을까》

**부란(腐爛)** 썩어 문드러짐. ¶ 오월 더위는…퉁퉁 부은 시신을 미친 듯이 부란시켰다. 《미망 1》 ¶ 그것은 축제의 꽃이 아니라 상가의 꽃이었다. 삶의 넘치는 기쁨에 색채를 주고, 잔잔한 행복에 향기를 더하기 위한 꽃이 아니라, 넓은 저택을 함부로 횡행하는 사신(死神)의 얼굴을 가리고, 산 채로 썩어 가는 부란의 냄새를 희석하기 위한 현란한 색채요 향기였다. 《욕망의 응달》

**부르걷다** 입고 있는 옷소매나 바짓가랑이를 걷어올리다. ¶ 박 씨는 벌떡 일어나 팔을 부르걷고 부엌으로 나갔다. 《미망 1》

**부르는 게 값이다** 물건을 파는 사람이 마음대로 값을 매긴다는 뜻으로, 값이 일정하지 아니하고 그때그때 달라짐을 이르는 말. ¶ "…홍삼이나 수달피 같은 걸 이 땅엔 씨가 마르게 긁어모아 대국 상인한테 팔면 부르는 게 값이라 다섯 곱, 열 곱 장사가 된다더라…" 《미망 1》 ¶ 게다가 부자들은 밤참이나 아이들 군것질거리에 이르기까지 거의 식모들에게 내맡겼으므로 식모들만 잘 구슬려 놓으면 부르는 게 값일 수도 있었다. 〈세모〉

**부모는 산에 묻고 자식은 가슴에 묻는다**㊏ 부모가 돌아가셨을 때보다는 자식이 죽었을 때에 슬픔이 더 큼을 이르는 말. 부모 상고에는 먼 산이 안 보이더니 자식이 죽으니 앞뒤가 다 안 보인다. ¶ "부모는 산에 묻고 자식은 가슴에 묻는다는 소리는 들어봤어도 친구 무덤에 반쪽은 따라 들어간단 얘기는 영감님이 아마 시초일 겝니다. 누가 상 줄 것도, 따라할 것도 아니니 이제 그만저만해 두시구랴. 영감님답지 않아서 볼썽사납습니다." 《미망 3》

**부부 싸움은 개도 안 먹는다**㊏ 부부 싸움은 개도 안 말린다. 부부 싸움에는 섣불리 제 삼자가 개입할 일이 아니라는 말. ¶ "부부가 싸울 땐 무슨 말은 못 하나? 오죽해야 부부 싸움은 개도 안 먹는다는 속담이 있잖아?" "부부 싸움은 칼로 물 베기란 속담도 있죠." "아무렴, 명언이지." 《서 있는 여자》 ¶ "여보, 어쩌려고 그래요? 내 비둡시다, 제발. 부부 싸움은 개도 안 먹는다지 않아요? 내비둡시다." 〈울음소리〉

**부부 싸움은 칼로 물 베기**㊏ 부부는 싸움을 하여도 화합하기 쉬움을 이르는 말. ¶ 부부 싸움은 참 칼로 물 베기라지— 나는 속으로 그런 생각을 했지만 엄마 아빠의 싸움은 그런 부부 싸움의 유형에 집어넣을 싸움도 못 된다는 생각이 끈끈하게 엉겨 붙어 나를 좀 더 안방에 머무르게 했다.《도시의 흉년 1》¶"하하하…괜찮다, 괜찮아. 부부 싸움은 칼로 물 베기야. 곧 데리러 올 거다…"《서 있는 여자》

**부수수하다** 부스스하다. 머리카락이나 털 따위가 몹시 어지럽게 일어나거나 흐트러져 있는 모양. ¶부수수한 머리가 늘어진 이마에 어느새 굵은 주름이 자리 잡기 시작한 중년의 그가 나는 또다시 낯설다.《나목》

**부숭부숭** ① 잘 말라서 물기가 없고 부드러운 모양. ¶그때 그를 받아들인 노파의 깊은 곳은 마치 그가 어릴 적 손을 밀어 넣은 엄마의 스웨터 주머니 속처럼 무심히 열려 있었고 헐렁했고 부숭부숭했었다. 〈그 살벌했던 날의 할미꽃〉② 얼굴이나 행동이 깨끗하여 아름답고 부드러운 모양. (동) "그 애가 부숭인가요?" "그래, 별명이야. 어려서 엄마를 잃고도 부숭부숭 잘 자라는 게 신통해서 외할머니가 우리 부숭이, 우리 부숭이 하고 자랑하신 게 그냥 부르는 이름이 돼 버렸다는구나."《부숭이는 힘이 세다》

**부여잡다** (손으로) 붙들어 잡다. ¶숟가락 하나도 집안 것은 안 건드리고 오로지 당신의 단 하나의 재간인 바느질 솜씨만 믿고 어린 아들의 손목을 부여잡고 표표히 박적골을 떠났다. 〈엄마의 말뚝 1〉¶(아줌마는)…손 따로 정신 따로인 것처럼 건성건성이었고 침울해 보였다. 부여잡고 위로해 주고 싶었다. 〈오동의 숨은 소리여〉

**부유스름하다** 선명하지 않고 약간 부옇다. ¶너무 오래 기다렸다. 아직도 새벽일까.

부유스름한 미명은 걷힐 기미가 보이지 않았다. 〈참을 수 없는 비밀〉

**부잣집 맏며느리**㈜ 얼굴이 복스럽고 후하게 생긴 처녀를 이르는 말. ¶반듯하고 정결한 이마와 오똑하면서도 날카롭지 않은 코와 작고 도톰한 입술과 갸름하지만 뺨이 풍성해 복성스러워 보이는 얼굴은 어디로 보나 부잣집 맏며느리 감이었다.《미망 1》

**부조(浮彫)** 모양이나 형상을 도드라지게 튀어나와 보이도록 한 조각. ¶그 여자는 화강암으로 된 벽면에 부조된 수많은 젊은이들을 보면서 신기한 감동에 전율했다.《살아 있는 날의 시작》

**부지하세월(不知何歲月)** 언제 이루어질지 그 기한을 알 수 없음. ¶"내가 어제 밤새도록 생각한 건데 말이다. 거기 들어가 있는 사람 그냥 놓아두면 부지하세월이다."《도시의 흉년 2》¶제아무리 교활한 고용주도 다이아몬드가 연마되기까지는 부지하세월의 긴긴 동안을 사나이의 열정이 지속되리라고는 짐작도 못했다. 〈다이아몬드〉

**부창부수(夫唱婦隨)** 남편이 주장하고 아내가 이에 잘 따름. ¶"그래요, 여보. 우리 수빈이는 판사, 우리 수연이 의사 시킵시다. 그까짓 거 문제 있겠수." 엄마가 서슴지 않고 부창부수를 했다.《도시의 흉년 1》

**부처님 가운데 토막**㈜ 마음이 지나치게 어질고 순한 사람을 이르는 말. ¶"맙소사." "부처님 가운데 토막 같은 당신도 별수 없이 기가 막히시는군요. 내 이런 소린 너무 남부끄러워 아무리 남편이지만 당신한테도 말 안 하려고 했는데."《휘청거리는 오후 2》 ¶ "…남의 집 대를 끊어 놓겠다는 걸 어떻게 가만히 보고만 있습니까. 그건 안 될 말이죠. 부처님 가운데 토막도 눈을 부라릴 일입니다. 알아들으셨죠? 사돈 마님…" 〈해산 바가지〉

**부표(浮標)** 물 위에 띄워 어떤 표적으로 삼는 물건. ¶ 봄이 오고 있었다. 아아, 봄이. 저 멀리 자욱한 도시의 매연 속에 부표처럼 떠 있는 애드벌룬처럼 봄의 아지랑이가 밀어 올린 아이들의 풍선처럼 동화적이다. 《휘청거리는 오후 1》

**부티** 부유하게 보이는 모습이나 태도. ¶ 늙어서도 옷태가 여전한 태임이는 단연 돋보였고 일본 순사나 조선 순사나 간에 귀티 부티엔 약했다. 《미망 3》 ¶ 한에게서 질질 흐르는 더 더러운 기름기가 바로 부티라는 거라면 부자한테 시집 못 간 게 오히려 행복인지도 모른다고 생각했다. 〈저렇게 많이!〉

**북 치고 장구 치고 한다** 여러 가지 일을 다 한다는 말. ¶ …새로운 제품을 비밀리에 개발하면서 홍보 팀을 강화해서 요란하게 북 치고 장구 칠 준비를 마친 회사도 있었다. 〈그의 외롭고 쓸쓸한 밤〉 ¶ "…나까지 빠졌으니까 즈이끼리 북 치고 장구 치고 잘 해 먹었겠지." 〈마흔아홉 살〉

**북실북실** 살이 찌고 털이 많아서 꽤 복스럽고 탐스러운 모양. ¶ (영감은)…털이 북실북실한 겨울 잠바 때문에 대부등만 해진 몸을 오르르 떨면서 작은 구멍으로 기어들어 가는 모습은 병들고 늙은 개처럼 추레해 보였다. 《살아 있는 날의 시작》

**분기탱천(憤氣撑天)** 분기충천(憤氣衝天). 분한 마음이 하늘을 찌를 듯 격렬하게 북받쳐 오름. ¶ 이건 돼지에게 진주 정도가 아니다. 어찌 보고만 있을 것인가. 나는 질투로 분기탱천하여 동생의 친동기들한테 전화통을 돌렸다. 〈그리움을 위하여〉

**분심(憤心)** 억울하고 원통한 마음. ¶ 영주는 어머니가 답답해할 때까지 오래 어머니를 쓰다듬고 있었다. 자신의 분심을 억제하기가 그만큼 어려웠던 것이다. 〈환각의 나비〉

**분탄(粉炭)** 잘게 부스러져 가루가 된 석탄. ¶ …미리 물이 되직하게 개 놓았던 분탄을 손바닥만 하게 뚝뚝 떠서 불붙은 나무 위에 얹고 철판 밑 공기구멍으로 부채질을 한다. 《목마른 계절》

**분통(憤痛)** 몹시 분하여 마음이 쓰리고 아픔. 또는 그런 마음. ¶ 그는 가슴속에 분통을, 욕을 간직하고 있을 터였고, 〈지렁이 울음소리〉

**분한(分限) 있다** 얼마 안 되는 듯하여도 늘려 쓸 수가 있다. ¶ 식구들과 의논해서 당장 입고 벗을 것이 아닌 옷가지들을 시장에 내다가 중간 상인들을 통하지 않고 직접 버티고 앉아 팔아서 가장 실속 있고 분한 있는 양식거리를 사 온다든가, 《목마른 계절》

**불 일 듯하다** 어떤 형세가 빠르고 성하다. ¶ 양색시 장사는 불 일 듯 융성했다. 《도시의 흉년 1》 ¶ 나 들어오고 이 집 참 무섭게 불어났지. 불 일어나듯 했으니까. 《미망 1》

**불고 쓴 듯하다** 깨끗하게 아무것도 남은 것이 없는 경우를 이르는 말. ¶ 다니는 회사가 어느 만큼 큰 회산가, 월급은 얼만가, 가난하다니 어느 만큼 가난한가, 불고 쓴 것처럼 가난한가…《휘청거리는 오후 1》 ¶ 내가 태어날 때 나를 기다리고 있던 게 불고 쓴 듯한 적빈과 할머니의 끔찍한 저주와 살의뿐이었다는 데 생각이 미치면 나는 내 생명이 미치도록 사랑스럽고 자랑스러워지는 것이었다.《도시의 흉년 1》

**불고 쓴 장이 되다** 불고 쓴 듯하다. 매우 가난하여 집이 휑하니 비었다는 말. ¶ "기집애가 남자를 그렇게 대하는 법이 어딨는? 아무리 우리 사는 꼴이 불고 쓴 장이 됐다지만 내외할 줄도 모르는 기집애란 소문꺼정 나 봐라. 단박 혼인길 맥혀, 이것아."《미망 2》 ¶ 저마다 하루 벌어 하루 먹는 사람이라 시신을 내모시고 난 상가는 불고 쓴 장으로 적막했다.《오만과 몽상 1》

**불구대천의 원수** 불구대천지원수(不俱戴天之怨讐). 한 하늘에서 더불어 살 수 없는 원수. ¶ 불구대천의 원수끼리 서로 필살의 총구를 겨누고 마주 대치한 가운데 있는 보이지 않는 선을 돌파하기란 온몸이 총구멍이 되지 않고는 불가능한 일이다.《그 산이 정말 거기 있었을까》 ¶ 생포하지 않으면 안 돼. 그놈을…그는 그 말이 살아 있는 대상인 것처럼, 불구대천의 원수인 것처럼 이렇게 벼르면서 한시도 긴장을 풀지 않으려고 애썼다.〈그의 외롭고 쓸쓸한 밤〉

**불그죽죽하다** 칙칙하고 고르지 아니하게 불그스름하다. ¶ 저벅저벅, 귀에 익은 발자국 소리와 함께, 약이 다 됐는지 불그죽죽하게 사위어 가는 플래시 불빛이 그의 어깨로부터 발끝까지 훑어 버리고 나서 꺼졌다.〈천변풍경〉

**불난 데서 불이야 한다**⑲ 일을 당한 사람이 다급하여 본능적으로 소리 내어 외치는 경우를 이르는 말. ¶ 이런 한낮에 수빈이는 돌아왔다. 인터폰으로 수빈이를 확인한 순자가 불난 집에서 불이야 하듯이 급하게 오빠야 오빠다 하고 악을 썼기 때문에 급히 뛰어나온 할머니하고 수빈이는 현관에서 마주쳤다.《도시의 흉년 2》

**불돌** 화로의 불이 쉬 사위지 아니하도록 눌러놓은 조그만 돌. ¶ 두메 사람들이 일러준 민간요법을 따라 화로의 불돌이 뜨끈뜨끈할 때 누더기에 싸서 명치에 얹어 드리기도 했다.〈황혼〉

**불두덩** 남녀의 생식기 언저리에 있는 불룩한 부분. ¶ "…군데군데 노송이 무성한 언덕이 있을 뿐인 가없는 풀밭을 상상해 보구려. 그 친구 말을 고대로 빌면 불두덩만 한 언덕이었다나. 참 재미있는 친구였어."〈꽃을 찾아서〉

**불령선인(不逞鮮人)** 일본 제국주의자들이 자기네 말을 따르지 않는 한국 사람을 이르던 말. ¶ 불령선인으로 낙인이 찍힌 특별한 집안이라면 모를까, 우리네 같은 보통 집안 사정은 대개 비슷했으리라고 생각한다.《그 많던 싱아는 누가 다 먹었을까》

**불바다** 수많은 불이 밝게 켜져 있는 넓은 지역을 이르는 말. ¶ 그해 겨울에 벌써 남경을 함락시켰다고 경성의 중학생들을 총동원해서 등불을 들고 축하 행진을 시켰다. 전찻길이 온통 대낮 같은 불바다라고 했다.《미망 3》

**불붙는 데 부채질하기**⑲ 불난 데 풀무질한다. 남의 재앙을 점점 더 커지도록 만들거나 성난 사람을 더욱 성나게 함을 이르는 말. ¶민 여사는 이런 딸들의 철딱서니 없는 시샘을 나무라고 타이르지는 못하나마 허구한 날 새중간에서 불붙는 데 부채질을 일삼았다. 《휘청거리는 오후 2》

**불붙는 데 키질하기**(송) 불난 데 부채질하기. ¶"…내가 너를 어떻게 기른 자식인데 백수건달한테 내줄 성싶으냐고 엄포를 놓으시고 언니는 맹추같이 그저 울기만 하고, 옆에서 할머니랑 아버지께서는 불붙는 데 키질이나 하시고…"《도시의 흉년 2》¶"기지배두 방정맞게스리, 그걸 말 따우라고 해. 불붙는 데 키질을 해도 분수가 있지, 가뜩이나 맘을 못 잡는 오래비들 듣는데서…"《살아 있는 날의 시작》

**불사**(不辭)**하다** 사양하지 않다. ¶"안 돼." 나는 아이의 손목이 빠지는 것도 불사할 것처럼 이를 악물고 아이의 손을 놓아주지 않았다. 〈움딸〉

**불알 두 쪽밖에는 없다**(송) 가진 것이 아무 것도 없는 빈털터리임을 이르는 말. ¶내가 무엇 때문에 뒷방에 숨어 있을까 보냐. 나는 그 작자를 똑똑히 봐줘야 한다. ×× 두 쪽만 갖고 감히 어수룩한 우희를 넘본 빈털터리를. 호박이 덩굴째 구른 가난뱅이의 얼굴을. 《휘청거리는 오후 1》¶"…들어갈 시집이 있는 것도 아닌, 가진 거라곤 달랑 불알 두 쪽밖에 읐는 신랑이니 어쩌겠시니까?"《미망 2》

**불알친구**(비) 남자 사이에서, 어릴 때부터 같이 놀면서 가까이 지낸 벗을 이르는 말. ¶하루는 먼 친척이자 한 냇물에서 미역감고 자란 남편의 소위 불알친구가 소 팔고 전답 판 거금 팔백 원을 전대에 차고 찾아왔다. 〈가(家)〉

**불원천리**(不遠千里) 천 리 길도 멀다고 여기지 않음. ¶할머니뿐 아니라 엄마의 친구들은 하나같이 점치기를 좋아하는 버릇이 있어서 어디 용한 점쟁이만 났다 하면 우르르 불원천리 달려갔다. 《도시의 흉년 1》

**불을 보듯** 의심할 여지가 없이. 확실히. ¶…한 사람도 남김없이 피난을 가라고 미리미리 한강에 가교까지 설치해 놓고 내모는데도 안 가고 남아 있던 사람들을 어떻게 취급할지는 불을 보듯 뻔하다. 《그 많던 싱아는 누가 다 먹었을까》

**불장난하면 오줌 싼다**(송) 어린 아이들이 위험한 불장난을 못하게 하기 위하여 하는 말. ¶…나는 지금까지도 아이들 버릇 가르치기 위한 이런저런 항간의 속설 중 '불장난하면 오줌 싼다'는 말을 믿는 편이다. 〈엄마의 말뚝 1〉

**불행 중 다행** 불행 가운데서 그나마 그만하면 다행. ¶그만하기가 다행이라고? 잊어버리자고? 쌀을 씻는 여란이의 손끝이 파르르 떨렸다. 어떻게 그 악랄한 조소, 빠져나갈 길 없는 능멸을 불행 중 다행으로 돌릴 수 있으며 잊어버릴 수가 있단 말인가. 《미망 3》¶이런 상태로 옛 동창이자 애인을 만났다는 건 나로선 불행 중 다행이었다. 〈저렇게 많이!〉

**불효막심**(不孝莫甚)**하다** 부모에게 효성스럽지 아니함이 매우 심하다. ¶"무슨 말씀을 그렇게 지독하게…" "암 지독하게 불효막심하게 들리겠죠? 그러나 그 불효막심한 짓이 저에겐 도덕이니까요.《욕망의 응달》¶며느리의 그런 불효막심하고도 당돌한 계획을 막을 수는 없으리라는 걸

노인들은 이미 알고 있었다. 〈엄마의 말뚝 1〉

**붉으락푸르락** 몹시 흥분하거나 노하여 안색이 붉었다 푸르렀다 하는 모양. ¶마녀의 살결…이렇게 불쑥 말해 버리고는 자기는 미처 탐험도 못 해 본 약혼녀의 살결을 만천하에 공개한 것 같은 수치심과 분노에 그는 혼자서 붉으락푸르락했다. 〈그의 외롭고 쓸쓸한 밤〉

**비 오듯 하다** 땀 따위가 줄줄 많이 쏟아지다. ¶비 오듯 땀이 흘렀다. 무쇠도 녹인다는 중복 허리였다. 《그 산이 정말 거기 있었을까》

**비단옷 입고 밤길 가기**㈜ 생색이 나지 않는 공연한 일에 애쓰고도 보람이 없는 경우를 이르는 말. ¶혼수를 죽으로 세다 못해 바리로 헤아려야 할 만큼 해 간들 반기고 대견할 시집 식구가 없으니 비단옷 입고 어둔 밤 가기와 무엇이 다르겠느냐는 비웃음부터 허리춤에 참빗 찌르고 시집간 색시가 더 잘살더라는 악담까지 가지각색이었다. 《미망 2》

**비둘기는 콩밭에만 마음이 있다**㈜ 무엇인가 이득이나 흥미가 있는 것에 대해서만 관심을 갖고 정신을 파는 경우를 이르는 말. ¶…내가 어머니의 이런 푸념 듣고 산 거 당신은 모르지. 알 리가 없지. 마음은 콩밭에 가 있는 사람이니까…" 《아주 오래된 농담》

**비등**(沸騰) 열정, 기세 따위가 끓어 넘침. ¶전체적인 분위기가 심각하면서도 은밀하게 비등하고 있었다. 그 여자는 도깨비에 홀린 것 같은 신기하면서도 종잡을 수 없는 기분에 사로잡혔다. 《살아 있는 날의 시작》

**비등비등** 여럿이 서로 엇비슷하게. ¶이렇게 해서 '복원'을 최우수작으로 하는 건 쉽게 합의를 보았고 다음 우수작 가작은 한 단계 뚝 떨어진 채 비등비등해서 함 시인이 하자는 대로 결정했다. 〈복원되지 못한 것들을 위하여〉

**비릇다** 진통이 오면서 아이를 낳으려는 기미를 나타내다. ¶드디어 때가 돼, 애를 비릇는다는 걸 진작부터 눈치챈 박 씨도 무슨 생각에선지 모른 척하고 딴 때보다 더 일찍 자리 깔고 누워 코를 골았다. 《미망 1》

**비리비리하다** 비틀어질 정도로 여위고 연약하다. ¶"…우리도 두 목판이나 사서 심은 게 처음엔 비리비리하더니 이젠 땅 냄새를 맞고 어찌나 잘 퍼지는지, 더러는 솎아 내야 하게 생겼는걸." 〈저녁의 해후〉

**비말**(飛沫) 날아 흩어지거나 튀어 오르는 물방울. ¶계곡들은 차고 맑았다. 자명은 손으로 물장난을 하다가 철조망 바로 밑, 물이 작은 폭포가 되어 떨어지며 시원한 비말을 날리는 곳에 발을 담갔다. 《욕망의 응답》 ¶아래층 아이가 호스로 물장난을 하는지 높은 환성과 비말이 공중에서 어지럽게 난무했다. 〈꽃을 찾아서〉

**비면하다** 무관심하다. 무심하다. ¶"…내 코앞에 닥친 일인데 내가 그걸 비면하게 들었겠어요?" 〈무중(霧中)〉

**비몽사몽간**(非夢似夢間) 완전히 잠이 들지도 잠에서 깨어나지도 않은 어렴풋한 순간. ¶도시는 엷은 안개 같기도 하고 연기 같기도 한 것에 잠겨 몽롱하니 비몽사몽간처럼 보였다. 《도시의 흉년 1》 ¶나는 행여나 그 달디단 자욱함이 샐까 봐, 꿈에서 깰까 봐, 이불을 꼭꼭 여미고 비몽사몽간의 몽롱한 시간을 즐겼다.《그 산이 정말 거기 있었을까》

**비분강개(悲憤慷慨)** 슬프고 분하여 의분이 북받침. ¶그 혼란 중에도 이것이 해방이냐고 비분강개하는 사람도 있었다.《그 많던 싱아는 누가 다 먹었을까》

**비소(卑小)** 보잘것없이 작음. ¶나는 그가 피할 수 없이 도달한 비소에서 눈을 돌려야 했으므로 그와의 부질없는 말씨름이 안 하고 싶어졌다. 〈저문 날의 삽화 4〉

**비슬비슬** 힘없이 자꾸 비틀거리는 모양. ¶…터질 듯한 배낭과 양손에 든 대형 가죽 트렁크와의 부조화 때문에 그의 뒷모습은 더욱 비슬비슬해 뵀다.《휘청거리는 오후 2》

**비실이** 기운이 없고 약한 사람. ¶…그들의 맹렬한 식욕은 맹수들의 향연을 연상시켰다. 새신랑이 그중 비실이로 보였다. 〈후남아, 밥 먹어라〉

**비적비적** 싸 놓은 물건이 좁은 구멍이나 틈에서 여러 군데 밖으로 비어져 나온 모양. ¶…그녀는 눈을 꼭 감고 가쁜 숨을 몰아쉬고 있었고, 미리 겁을 먹고 저고리 섶을 잔뜩 움켜쥐고 있어서 되레 젖무덤이 비적비적 삐져나오고 있었다.《미망 2》

**비죽비죽** 소리 없이 입을 내밀고 실룩거리는 모양. ¶엄격한 얼굴을 하려고 할수록 비죽비죽 웃음이 먼저 나왔다.《휘청거리는 오후 1》 ¶이런 공상은 절로 웃음이 비죽비죽 나올 만큼 행복한 공상이었다. 〈도둑맞은 가난〉

**비지살** 살결이 허여멀겋고 단단하지 못한 살. ¶누르면 손자국이 날듯이 비죽비죽한 비지살 위에 입힌 화장이 밤늦은 시간답게 보기 싫게 벗겨져 있는 게 한복의 야한 빛깔과 함께 늘쩍지근하니 권태로운 분위기를 만들고 있다.《도시의 흉년 1》

**비틀걸음** 힘이 없거나 어지러워서 몸을 바로 가누지 못하고 이리저리 쓰러질 듯이 걷는 걸음. ¶…남매가 졸린 눈을 비비면서도 마다 않고 에미 애비 손목을 잡고 비틀걸음을 걷는 걸 나는 보이지 않을 때까지 배웅했다. 〈저문 날의 삽화 1〉

**빈부귀천(貧富貴賤)** 가난함과 부유함, 귀함과 천함. ¶이 나라 여자들이 빈부귀천에 상관없이 공통으로 쓰고 있는 숙명적인 굴레로부터 놓여날 수 있길 바랐다.《미망 1》

**빈지문** 한 짝씩 끼웠다 떼었다 하게 만든 문. ¶현은 빈지문의 문고리를 벗겼다. 그의 방만 빈지문이기 때문에 그의 방에만 달린 문고리는 그의 독방을 참으로 독방답게 할 뿐 아니라 그를 딴 방 사람들과는 뭔가 다른 인간처럼 경원시키는 구실까지 했다.《오만과 몽상 1》

**빈털터리** 있는 재산을 다 없애고 아무것도 없게 된 사람. ¶(때마침 그 지방의 민요가 있어)…큰돈을 벌려던 송방은 하루아침에 빈털터리가 되었다.《미망 1》

**빈티(貧-)** 가난하게 보이는 모습. ¶…내부 장치를 못 한 건물처럼 황량한 미완의 빈티 같은 게 흐르고 있을 뿐, 화장장이라고 특별한 덴 없었다. 〈지 알고 내 알고 하늘이 알건만〉

**빈핍(貧乏)** 가난하여 아무것도 없음. ¶산더미 같은 근심과 일거리로 그녀는 팽팽

히 충만해 있고 나는 그녀 앞에서 어쩔 수 없이 참담한 내 빈핍(貧乏)을 자각한다. 〈어떤 나들이〉

**빙충맞다** 똘똘하지 못하고 어리석으며 수줍음을 타는 데가 있다. ¶어쩌자고 사지가 멀쩡한 사람이 눈치 빠르게 날뛰어도 살아남기 힘든 난리 통에 빙충맞게 하필이면 다리를 다쳐 앉은뱅이가 돼 죽치고 앉아서 온 식구의 짐이 되는 것일까?《목마른 계절》 ¶녀석 빙충맞게스리…그는 쓰디쓰게 중얼대고 나서 엎드려서 손으로 조심스럽게 봉분의 억새풀을 제거했다. 《미망 2》

**빚보증하는 자식은 낳지도 말라**㈜ 남의 빚돈 쓰는데 제 이름으로 담보하다가는 까딱하면 패가망신하기가 쉬우므로, 빚보증 서는 것을 극력 경계하는 말. ¶"앞으로 잘될 거예요. 잘되길 빌겠어요." "그래도 재판받을 생각 하면 떨려요. 어려서부터 빚보증 서기나 소송 좋아하는 자식은 낳지도 말라는 식의 가정 교육을 받아 온 탓인지 웬만한 손해라면 당하고 말지 경찰이나 법원 신세 안 지자 주의였는데."《그대 아직도 꿈꾸고 있는가》

**빛 좋은 개살구**㈜ 겉만 그럴 듯하고 실속이 없다는 말. ¶그러나 막상 무지개를 잡고 보니, 아니 성공이란 그 빛 좋은 개살구를 손에 넣고 보니 수지네처럼 서울서 그만큼 산다는 건 실로 위대해 보였다. 《그해 겨울은 따뜻했네 1》 ¶아우님, 다들 나더러 팔자 좋다고 하지만 나 같은 빛 좋은 개살구도 없다우. 〈그 여자네 집〉

**빠꾸당하다**㈔ '거절당하다'를 속되게 이르는 말. ¶내가 말문이 열린 걸 다행스러워

한 화가들은 기회 있을 때마다 나를 추켜세워 주려고 애썼는데, 이 군이 있을 때보다 주문이 늘었을 뿐 아니라 '빠꾸'당하는 횟수도 훨씬 줄었다고 했다.《그 산이 정말 거기 있었을까》

**빠리빠리하다** 빠릿빠릿하다. ¶"…빠리빠리한 젊은 애들이 직접 큰 회사 중역실을 찾아다니며 척척 큰 구찔 물어들이는데 나 같은 노털은 기껏 가정집 안방마님이나 찾아다니며 십만 원 이십만 원 올려 봤댔자지 뭐…"《도시의 흉년 1》

**빠릿빠릿하다** 똘똘하고 행동이 날래다. ¶Y 선배는 대뜸, 갓 졸업한 빠릿빠릿한 녀석 하나 보내 달랬더니 옛날 고렷적 60년대 학번짜리를 보내는 걸 보니 대한민국 사람값 올라간 것 하나 알아줘야겠다고 한바탕 투덜대고 〈꿈과 같이〉

**빠삭하다** 어떤 일을 자세히 알고 있어서 그 일에 대하여 환하다. ¶…특효약이나 최신 요법에 대한 정보가 의사보다 더 빠삭한 사람도.《아주 오래된 농담》

**빤드르르하다** 윤기가 있고 매끄럽다. '반드르르'보다 센 느낌을 준다. ¶국민 주택에 사는 여자들은 하나같이 국민 주택처럼 속 좁고, 경박하고 속보다는 겉이 빤드르르한 것처럼.《욕망의 응답》

**빤들하다** 반들거리는 것을 강조한 말. ¶…나는 그녀들이 날렵한 솜씨로 비틀어 올린 립스틱의 빤들한 대가리의 빛깔들이 제각기 조금씩 다르다는 것까지도 식별해 낼 수가 있었다.《나목》

**빨갱이**㈓ '공산주의자'를 속되게 이르는 말. ¶그해 봄, 서울이 다시 수복됐다. 빨갱이들은 여름처럼 발악을 하며 물러나지 않

고, 슬그머니 물러갔다. 《도시의 흉년 1》

**빨긋빨긋** 매우 빨그스름한 모양. ¶아내의 자궁 속은 정말로 광활한 수원의 녹지대보다 몇 배나 더 넓은 딸기 밭이 되어 빨긋빨긋 무수한 딸기를 익히고, 〈어느 시시한 사내 이야기〉

**빵꾸나다**⑪ '일이 어그러지다'를 속되게 이르는 말. ¶(돈은)…쓰고 싶은 대로 쓰되 애비 모르는 빵꾸는 내지 말도록 하라는 게 그 노인의 아들에 대한 최소한의 기대였다. 《아주 오래된 농담》

**빼다박다** 매우 닮다. ¶동석이가 애비 자랄 때를 빼다박은 것 같다는 얘기가 나하고 무슨 상관이란 말인가. 〈포말의 집〉

**빼도 박도 못하다** 일이 몹시 난처하게 되어 그대로 할 수도 그만둘 수도 없다. ¶"…이럴 줄 알았으면 처음부터 차라리 세금 물리는 대로 물 작정으로 버틸걸. 이제는 빼도 박도 못할 형국이니…" 《도시의 흉년 3》¶"…배 교수님은 그저 가만히만 계시면 돼요. 이게 다 분위기 조성이니까요. 빼도 박도 못하게 분위기를 조성해 놓고 나면 일은 저절로 풀리게 된다구요." 〈천변풍경〉

**뻔할 뻔자다**⑪ '결과가 뻔하다'를 속되게 이르는 말. 뻔데기 뻔자다. ¶그 녀석 하고 다니는 꼴 하며 집을 나가면서까지 집안 어른들한테 밝히지 못하는 것하며 뻔할 뻔자지. 《오만과 몽상 1》¶"…그 장담이 공수표가 되니 인심이 어떻게 됐겠나. 그렇잖아도 없는 사람이란 공돈에 춥춥하게 마련인데. 뻔할 뻔자지." 〈상(賞)〉

**뻗정다리** '뻗정다리'의 센말. 구부렸다 폈다 하지 못하고 늘 벋어 있는 다리. 또는

그런 다리를 가진 사람. ¶혹 떼러 왔다 붙이고 가도 분수가 있지, 걸을 수는 없어도 구부릴 수는 있었던 다리가 걷지도 구부릴 수도 없는 뻗정다리가 되고 말았다. 《미망 1》

**뻥치다**⑪ 뻥까다. '거짓말하다'를 속되게 이르는 말. ¶"…그가 사람 보는 기준은 순전히 얼마나 가졌나, 인데 도대체 얼마나 뻥을 쳤길래 그를 그렇게 구워삶은 거야?…" 《아주 오래된 농담》

**뼈가 빠지게** 뼈가 휘도록. 오랫동안 육체적 고통을 견디어 내면서 힘겨운 일을 치러 나가는 것을 비유적으로 이르는 말. ¶육 년 동안 그걸 바라고 뼈 빠지게 일만 하다가 수확을 몇 달 남겨 놓고 도망을 가다니, 황소처럼 힘만 센 줄 알았더니 마음이 미련하고 어리석기 역시 황소였다. 《미망 1》

**뼈에 사무치다** 원한이나 고통 따위가 뼛속에 파고들 정도로 깊고 강하다. ¶의치 하나 닦아 달랠 사람이 없는 노 여사의 병상의 외로움이 자신의 외로움이 되어 뼈에 사무쳤다. 〈천변풍경〉¶"형님, 손녀가 애비 읊이 자라는 게 뼈에 사무쳐 각별히 애지중지허구 장래를 걱정하신 걸 그렇게까지 생각하는 건 억지예요…" 《미망 2》

**뼛골이 빠지다** 육체적으로 매우 힘든 일을 하여 나가다. '아주 고생하다'를 속되게 이르는 말. ¶"…어찌 됐든 내 자식새끼들만은 제대로 된 집 같은 집에 한 번 살아보게 하려고 내가 한번 결심 세우고 나서, 이를 악물고, 뼛골이 빠지고, 피눈물 흘린 건 말도 못 해요…" 〈흑과부〉〈산〉 그러나 남편 입장에선 이날 이때 뼛골 빠지게

일해서 처자식 부양한 것 외에 도덕적으로도 큰 하자 없이 산 끝이 고작 그거라면 너무 억울하지 않은가. 〈요즘 노인들〉

**뽀진뽀진하다**  찐득거리고 차진 모습. ¶이렇게 해서 처만네는 당장 이 생원 댁으로 불려갔고 하루 세 끼를 뽀진뽀진한 이 밥에다 보양 곰국을 약비나게 먹는 신세가 되었고, 행랑것의 예언대로 젖이 귀한 도련님이 먹고 남을 만큼 샘솟았다. 《미망 1》

**뽀지다**  모나다. 야박하다. (산) 1백 근 2백 근짜리를 부대째로 사서 마당에 쏟아 놓고는 집집이 다니며 사람을 불러 모아서는 나누어 사자는 데는 뽀지게 싫달 수도 없고…기가 찰 노릇이었다. 〈노인〉

**뽕 가다**🅑  '기분 따위가 좋다'를 속되게 이르는 말. ¶다방에서 음식점으로 옮겨 앉아 회식을 하면서 영감님은 부득부득 나를 자기 옆에 앉히고 동지섣달 꽃 본 듯이 눈을 못 떼지, 건장한 아들 사위들이 차례로 잔을 올리며 어머니 어머니 붙임성 있게 굴지, 그래 노니 시쳇말로 내가 뽕 가지 않았겠수. 〈그리움을 위하여〉

**뿌덥지근하다**  개운치 않고 찌뿌드드한 모습. ¶나는 그날 곧 내 오십만 원으로 보증 수표를 다섯 장 만들었다. 그러고 나서도 온종일 가슴이 뿌덥지근하고 양어깨가 무겁고, 그래서 까불기도 싫었다. 《도시의 흉년 1》 ¶기욱은 참고 참은 수지에 대한 불만을 풀어야겠다고 잔뜩 벼른다. 벼르면서도 변비의 예감처럼 하고 싶은 말을 다할 것 같지 않은 뿌덥지근한 무력감을 어쩌지 못한다. 《그해 겨울은 따뜻했네 1》

**뿔괭이**  곡괭이. 〈방언〉 ¶수레꾼과 숙부가 널과 같이 싣고 온 삽과 뿔괭이를 내려서 밭이 끝나고 둔덕이 시작되는 곳을 후비적후비적 후벼 파기 시작했다. 《그 산이 정말 거기 있었을까》

**삐딱하다**  마음이나 생각 따위가 바르지 못하고 조금 비뚤어져 있다. (산) 그때도 무슨 삐딱한 마음에서였는지 나는 선죽교의 혈흔을 믿지 못했다. 〈옛날〉

**삐지다**  삐치다. 노여움을 타서 토라지다. ¶넘칠 때 낭비하는 건 죄가 아니라 미덕이다. 낭비하지 못하고 아껴 둔다고 그게 영원히 네 소유가 되는 건 아니란다. 나는 젊은이한테 삐지려는 마음을 겨우 이렇게 다독거렸다. 〈그 남자네 집〉

**사갈시(蛇蝎視)** 뱀이나 전갈을 보듯이 한다는 뜻으로, 어떤 대상을 몹시 싫어함을 이르는 말. ¶"그렇다니까요. 이래 봬도 아버지보단 진보적이에요. 그저 빨갱이를 덮어놓고 사갈시 말고 이해하고, 그리고…"《목마른 계절》

**사고단지** 상투적으로 사고를 잘 일으키는 사람이나 물건. ¶캔에서 콜라가 잔거품을 내면서 흘러나와 신속하게 카펫에 번졌다. 형이 사고단지야, 하면서 약간 비켜앉았다.〈오동의 숨은 소리여〉

**사괴석(四塊石)** 벽이나 돌담 등을 쌓는 데 쓰는 돌. ¶…담장의 사괴석은 오랜 연륜과 전화에도 불구하고 품위 있고 고고했다.《나목》

**사꾸라**(비) 여기 와선 이 사람 편인 척, 저기 가선 저 사람 편인 척 애매하게 구는 사람을 속되게 이르는 말. (산) 그도 저도 아닌 중간에 서 있으면 사꾸라로 몰릴까 봐 선명하고 극단적인 색깔을 택해야만 했다.〈보고 싶은 얼굴〉

**사날** '사나흘'의 준말. 사흘이나 나흘. (산) 입학식을 치르고 한 사날이나 강의를 들었을까 할 때쯤 인민군의 남침 뉴스가 전해졌다.〈나에게 소설은 무엇인가〉

**사대봉사(四代奉祀)** 고조·증조·조부·아버지의 사대 신주(神主)를 집안 사당에 모시는 일. ¶이참에 아주 이대봉사로 줄이세요. 우리한텐 증조지만 이젠 창석이가 제준데, 그 애로 치면 고조 아녜요. 요새 누가 사대봉사씩이나 해요.〈나의 가장 나종 지니인 것〉

**사돈의 팔촌** 남이나 다름없는 먼 친척. ¶"…아이 속상해. 어디 가서 점잖은 하객을 꾸어 올 수도 없는 일이고. 시골선 살판난 듯이 사돈의 팔촌까지 어중이떠중이 모여들 테고. 당신도 생각을 좀 해 봐요. 식은땀이 안 나나…"《휘청거리는 오후 1》¶농사를 지으며 양식 걱정 없이 웬만큼 사는 남쪽 시골에서는 서울 피난민 치다꺼리에 기둥뿌리가 흔들릴 때였다. 사돈의 팔촌까지 줄줄이 들이닥쳐 추녀 끝까지 내줘야 하는 사례도 적지 않았다.《그 산이 정말 거기 있었을까》

**사돈집과 뒷간은 멀어야 한다**(속) 사돈집 사이에는 말이 나돌기 쉽고 뒷간은 고약한 냄새가 나므로 멀수록 좋다는 말. 사돈집과 뒷간은 멀수록 좋다. ¶사돈집하고 변소간은 멀어야 한다는 옛날식의 거리감에서 한 발자국도 더 가까이 가고 싶지 않은 이상한 집구석, 더 노골적으로 말하면 구릿한 집구석이었다.《아주 오래된 농담》

**사람 나고 돈 났지 돈 나고 사람 났나**(속) 아무리 돈이 귀중하다 하여도 사람보다 더 귀중할 수 없다는 뜻으로, 돈밖에 모르는 사람을 비난하여 이르는 말. ¶"자넨 거저로 병을 고칠 수 있다고 생각하느냐고?" "적지 않은 돈냥이 깨질 건 알고 있어. 주인어른도 그만한 생각 없이 나를 양의한테 보이려는 건 아닐 거 아닌가. 내 돈이 아니라서가 아니라 사람 나고 돈 났지 돈 나고 사람 난 건 아니잖는가.《미망 1》¶"…아이고, 우리 형님이 얼마나 속이 탈까. 그게 어떻게 모은 재산이라구. 그래두 사람 나고 돈 났지 돈 나고 사람 나진 않았으니까 형님 몸부터 돌봐 드리고 나서 뭔 일을 봐도 보라구요. 알았죠?…"《도시의 흉년 2》

**사람 팔자 시간 문제**(속) 사람의 팔자는 몇 시간도 안 되는 짧은 사이에 싹 달라질 수도 있다는 말. ¶"아유, 말도 말아요. 집으로 합치고 나서부터 글쎄 공장이 불 일어나듯 일어나는데, 사람 팔자 시간 문젭디다. 뭐니 뭐니 해도 여기 사장님 내 덕 많이 봤지…"《오만과 몽상 1》¶"…철이넨 큰수가 났지 뭐예요. 사람 팔자 시간 문제라더니 참 철이네야말로 금시발복을 하려나 봐요. 이 더러운 골목도 곧 면하게 되겠죠…"〈어떤 야만〉

**사람 팔자 알 수 없다**(속) 사람의 팔자는 어떻게 될 것인지 아무도 모른다는 말. ¶"그까짓 박사가 뭐 대순가. 뭐니 뭐니 해도 크게 출세한 건 김광남인 걸. 그 나이에 대재벌의 총수니. 학교 땐 영 변변치 않더니만, 사람 팔자 알 수 없다니까."〈상(賞)〉

**사매질** 힘 있는 사람이 사사로이 사람을 때리는 짓. ¶돌아온 아들을 맞은 그의 어머니는 다짜고짜 그의 엉덩이를 까고 사매질을 퍼부었다. "욘석아, 에미 속 좀 작작 썩여라. 이 웬수야, 아이구, 얼마나 혼이 나야 철이 좀 날꼬. 다시 또 이렇게 엄마 속 썩일래? 안 썩일래?"〈침묵과 실어〉

**사바사바**(비) 뒷거래를 통하여 떳떳하지 못하게 은밀히 일을 조작하는 짓을 속되게 이르는 말. ¶"…문제는 마지막 준공 검산데 그 사바사바하는 켯속은 훤하니까 저한테 일임을 하세요…"《휘청거리는 오후 2》

**사발통문**(沙鉢通文) 호소문이나 격문 따위를 쓸 때에 누가 주모자인가를 알지 못하도록 서명에 참여한 사람들의 이름을 사발 모양으로 둥글게 삥 돌려 적은 통문. ¶"그 걱정은 말게. 사발통문 초는 벌써 잡아 놓았네. 나 없는 동안에라도 거사를 헐 수 있을 걸세."《미망 1》

**사방치기**(四方—) 어린이 놀이의 하나. (동) 나는 그곳에서 온종일 동네 꼬마들과 소꿉장난도 하고 사방치기도 하고 술래잡기도 할 수 있었다.《옛날의 사금파리》

**사북** 가장 중요한 부분을 이르는 말. ¶고작 화투짝만 한 쇠붙이가 나의 몸뚱이와 체면과 자존심을 엉구어 남의 앞에 펼쳐 보이는 데 없어서는 안 될 나의 사북 노릇을 하고 있었던 것이다.〈꿈과 같이〉

**사사건건**(事事件件) 해당되는 모든 일. ¶땅꾼 집에 총무부장이 다녀가자마자 나는 근숙이 언니하고 사사건건 의견이 맞지 않았다.《그 산이 정말 거기 있었을까》

**사상**(死相) 죽은 사람의 얼굴. ¶…어머니의 얼굴은 사상처럼 고요했고 가냘픈 숨결에 어쩌다 섞이는 신음 소리도 들릴 듯 말 듯 미약했다.《살아 있는 날의 시작》¶오오, 죽은 사람, 참 이렇게 고운 사상도 있겠구나! 이 평화로움, 이 천진함, 나는 별안간 세차게 가슴이 두근거렸다.〈부처님 근처〉

**사생결단**(死生決斷) 죽고 삶을 돌보지 않

고 끝장을 내려고 함. ¶나는 이 문제와 맞붙어 기어코 사생결단을 내고야 말 듯이 육박한다. 그러나 아무런 해답도 못 얻어 낸다.《도시의 흉년 3》

**사시나무 떨듯** 몸을 몹시 떠는 모양을 이르는 말. ¶남녀는 30년 전 그녀가 낳은 쌍둥이 남매였다. 상피 붙은 것을 목격한 그녀는 하늘이 무서워 사시나무 떨듯 하다가 기절했다.《도시의 흉년 3》¶…그가 전처만의 까닭 모를 노여움 앞에 사시나무 떨듯 할 때 태임이는…감히 그의 역성을 들고 나섰다.《미망 1》

**사시장철(四時長—)** 사철 중 어느 때나 늘. ¶처만네는 사시장철 허리에다 종댕이를 차고 다녔다.《미망 1》¶모양도 빛깔도 가지각색의 바이올렛은 휴면기도 없이 사시장철 꽃을 피웠다.〈소묘〉

**사위** 미신으로 좋지 아니한 일이 생길까 두려워 어떤 사물이나 언행을 꺼림. ¶"해 떨어진 후 금전 지불을 하면 영락없이 손재수가 끼거든요. 그래서 우린 오래 전부터 이런 일은 사위를 해 왔다우. 시체 사람들은 미신이라고 웃을지 모르지만 돈푼이나 지니고 살려면 누구나 그만 사위는 하는 거라우. 그러니까 수고스럽지만 낮에 들려 줘요."〈재수굿〉

**사위 사랑은 장모⑥** 사위를 사랑하고 위하는 마음은 장인보다 장모가 더 극진함을 이르는 말. 장모는 사위를 더 귀여워한다는 말. ¶"듣자 하니 내 장모님 되실 분의 음식 솜씨가 놀라운 모양인데, 덕택에 나도 식도락을 누려 보겠는걸. 더구나 사위 사랑은 장모라는데 어련하겠어."《나목》¶"사위 사랑은 장모라지 않아요?"

"수지한테 사랑받고 싶어. 안 계신 장모 사랑 걱정하지 말고 수지가 날 사랑한다는 거나 믿을 수 있게 해 줬으면 고맙겠어."《그해 겨울은 따뜻했네 2》

**사위는 백 년 손이라⑥** 사위는 영원한 손님이라는 뜻으로, 사위는 장인·장모에게 언제나 소홀히 대할 수 없는 존재임을 이르는 말. ¶나는 부엌으로 나와 다시 한 번 코를 풀고 상을 봤다. 즐거웠다. 그리고도 조심스러웠다. 사위는 백 년 손이랬는데 행여 소홀함이 있을라 데울 건 데우고 간을 다시 보고 해서 상을 들여갔다.〈맏사위〉¶(어머니는)…"찬은 없어도 많이 들게." 하며 공연히 미안해한다. "제가 뭐 손님인가요." "암 사위는 백 년 손이라는데." 때로는 "자네 이것 좀 맛보려나." 하고 감추어 두었던 빛깔 고운 양주까지 권하며 사위에게 은근히 아첨을 한다.〈닮은 방들〉

**사위다** 사그라져 재가 되거나 없어지다. ¶그의 몸 곳곳에서 열꽃처럼 화려하게 피어나던 분노도 초라하고 쓸쓸한 흰비름꽃으로 사위어 가고 있었다.〈꽃을 찾아서〉(동) 서산 위에 무대 조명 같던 노을도 어느 틈에 사위어 버렸다.《부숭이는 힘이 세다》

**사위스럽다** 미신적으로 어쩐지 불길하고 마음에 꺼림칙하다. ¶"어머님 사위스럽시다. 피접 왔다 병 고치고 가는데 춤은 못 추시는 못하나마 곡성이 웬 말이니까?"《미망 1》

**사족을 못 쓰다** 무슨 일에 반하거나 혹하여 꼼짝 못하다. ¶우리 집 여자들은 할머니도 엄마도 숙모들도 다들 덕국 물감에

사진 138

는 사족을 못 썼다.《그 많던 싱아는 누가 다 먹었을까》 ¶"일본 사람이라고 다 그런 건 아니래요. 김치 맛에 한번 맛들이면 사족을 못 쓰는 일본 사람도 많대나 봐요…"〈꽃을 찾아서〉

**사진**(絲診) 맥과 연결된 실의 끝을 잡고 그 감촉으로 살피는 진맥. ¶나는 사진하는 전의처럼 교활하고 주의 깊게 실을 긴장시키고 실 끝에 온 신경을 모았다.〈닮은 방들〉

**사초**(莎草) 무덤에 떼를 입혀 잘 다듬는 일. 사토(莎土). ¶…일 년에 한 번 그곳을 찾을 때도 남의 눈을 꺼렸기 때문에 사초를 하거나 봉분을 가다듬는 일은 엄두도 못 냈다.《미망 2》

**사촌이 땅을 사면 배가 아프다**(속) 남이 잘되는 것을 기뻐해 주는 대신 질투하고 시기함을 이르는 말. ¶꾸역꾸역 몰려들었던 구경꾼들도 같은 농사꾼 처지이건만 사촌이 논을 사면 배 아픈 소갈머리인지라 전 서방의 억울한 곤경을 되레 고소해하다가 전 서방의 말발이 그럴듯하게 돌아가자 금세 동정하는 기색이 역력했다.《미망 1》

**사출**(寫出) 내쏟는 일. ¶마치 원고지를 만난 창작욕의 사출 같은, 화끈한 쾌감으로 손을 떨며 그녀는 단숨에 백지를 메워 갔다.《목마른 계절》

**사취**(詐取) 남의 것을 거짓으로 속여서 빼앗음. ¶…부모가 가지고 있던 열쇠를 교묘히 사취해서 아파트에 숨어들 수 있었다고 했다.〈무중(霧中)〉

**사탕발림** 달콤한 말로 남의 비위를 맞추어 살살 달래는 일. 또는 그런 말. ¶"전국에서 유일하게 우리 개성 사람들은 그때 미제 사탕을 안 받아 먹었답니다. 사탕발림을 거부한 거죠."《미망 3》 ¶좀 유치하더라도 "여보 사랑해요."라든가, 빠안한 사탕발림이라도 "이따 맛있는 거 많이 사가지고 갈 테니 집 잘 보고 기다려 줘요."라든가 하는 추신쯤 달아 주면 어떻단 말인가.〈열쇠 가장〉

**사후약방문**(死後藥方文)(속) 때가 지나 일이 다 틀어진 후에야 뒤늦게 대책을 세움을 이르는 말. ¶"…어쩌면 그렇게 모르는 척하고 있다가 지금 와서 수선이냐. 사후 약방문도 분수가 있지."〈꼭두각시의 꿈〉

**사흘 굶어 도둑질 아니 할 놈 없다**(속) 아무리 착한 사람이라도 몹시 궁하게 되면 못하는 짓이 없게 됨을 이르는 말. ¶"사흘 굶어 도둑질 안 하는 사람도 없죠. 이번 일엔 자신이 있어요. 문제는 마지막 준공 검산데 그 사바사바하는 켯속은 훤하니까 저한테 일임을 하세요…"《휘청거리는 오후 2》

**사흘 굶은 시어머니 상**(속) 세 끼 굶은 시어머니 상판 같다. 저녁 굶은 시어미 상. 보기 흉할 정도로 몹시 찌푸린 얼굴을 이르는 말. ¶민수 쪽을 보고 앉았던 민 여사가 다시 미적미적 몸을 돌려 삐뚜름히 앉더니 고개를 외로 꽜다. 억지로 사흘 굶은 시어머니 상을 만들었다.《휘청거리는 오후 2》

**삭정이** 산 나무에 붙은 채 말라 죽은 가지. ¶이 삭정이 같은 육신 어디메에 이 뜨거운 열원이 있는 것일까?《나목》

**산 넘어 산이다**(속) 고생이 갈수록 점점 더 심하여짐을 이르는 말. ¶산 넘어 또 산이라고 여름방학도 결국은 헉헉대며 넘어야 하는 태산처럼 그 여자를 위협할 뿐이었다. 《그대 아직도 꿈꾸고 있는가》¶…과년한 나이, 주위의 이목, 불투명한 미래 등 자신 속의 인습적인 것과 안일 지향과의 싸움 등, 극복해야 할 것들이 산 넘어 또 산이었다. 《미망 3》

**산 입에 거미줄 치랴**(속) 아무리 살림이 어려워 식량이 떨어져도 사람은 그럭저럭 죽지 않고 먹고 살아가기 마련임을 이르는 말. ¶"이걸 쌀하고 바꾸겠어요." 진이는 냉혹을 지닌 무표정한 얼굴로 그것들을 챙긴다. "너 정말 너무 그러는구나. 당장 굶어 죽게 된 것도 아닌데, 설마 산 사람 입에 거미줄 칠라고…어떻게 되겠지 설마. 여태껏도 그렇게 살아왔는데." 《목마른 계절》 ¶"…설마 그 돈 읎다고 산 입에 거미줄 치랴, 눈 딱 감고 바치고 나니까 생전 처음 사람 노릇 해 본 것 같애서 이렇게 어깨가 다 펴지는 기분일세…" 《미망 3》

**산동네** 달동네. 산등성이나 산비탈 따위의 높은 곳에 가난한 사람들이 모여 사는 동네. ¶…C 동 사람들은 이곳을 산동네라 불렀고, C 동에서 자주 생기는 도난 사건도 모두 이 산동네 사람들의 소행으로 볼 만큼, 산동네는 C 동 사람들의 골칫거리였다. 〈어느 시시한 사내 이야기〉

**산록**(山麓) 산의 비탈이 끝나는 아랫부분. 산기슭. ¶그의 방 창밖에선 봄이 무르익고 있었다. 엷은 녹두 빛으로 살아나는 산록에 점점이 흩어진 북구풍의 농가들은 개나리꽃 앵두꽃 복사꽃…오색의 꽃구름에 파묻혀 지붕만 보였다. 《살아 있는 날의 시작》

**산모롱이** 산모퉁이의 휘어 들어간 곳. ¶강릉골로부터 한참 떨어진 해주댁의 외딴집이 산모롱이에 가려서 보일락 말락 했다. 《미망 2》 ¶왕복 사차선은 그러나 가끔 강을 버리고 능청스레 산모롱이로 접어들다가 다시 강을 옆구리에 낀다. 〈꿈꾸는 인큐베이터〉

**산바라지** 해산바라지. 해산을 돕는 일. ¶…"당추다. 이(李)집아 듣는? 아들이야 떡뚜꺼비 같은…" 산바라지 하는 할멈 곁에 줄창 지키고 있던 이성이댁이 악쓰는 소리가 들렸다. 《미망 2》

**산송장** 살아는 있으나 죽은 것과 다름없는 사람을 농으로 이르는 말. (산) 올케까지도 죽지 못해 살고 있을 뿐이라는 그 오랜 산송장 상태에서 기지개를 켜고 일어나 어린 것을 데리고 살아 보려는 생기를 보이기 시작했다. 〈나에게 소설은 무엇인가〉

**산전수전 다 겪었다**(속) 세상의 모든 일을 골고루 겪어서 무슨 일에나 노련하다는 말. ¶"난 이제 그런 감언이설에 넘어갈 만큼 순진하지 않아요. 나도 산전수전 다 겪은 여자가 되고 말았어요. 다 당신네들 덕이죠." 《그대 아직도 꿈꾸고 있는가》 ¶산전수전 다 겪은 것 같아도 난 이제 겨우 스물한 살이었다. 미치게 젊은 나이였다. 《그 산이 정말 거기 있었을까》

**산지사방**(散之四方) 사방으로 흩어짐. 또는 흩어져 있는 각 방향. ¶"초희도 알고 있소? 자기를 산지사방에 내놓았다는 걸." "그럼요. 걔가 언제 에미가 하는 일에 거슬리는 애예요." 《휘청거리는 오후 1》

**산천경개**(山川景槪) 자연의 경치. ¶…어슬렁어슬렁 걷고 있었다. 산천경개 유람

나온 사람처럼 꾸밈없이 태평스러운 태도
였다. 《그 산이 정말 거기 있었을까》

**산패(酸敗)하다** 기름기 따위의 유기물이
공기 속에서 산화되거나 분해되어 역한
냄새와 맛이 나다. ¶닭 비린내와 산패한
기름 냄새가 현을 참을 수 없게 했다. 《오
만과 몽상 1》

**산해진미(山海珍味)** 산과 바다에서 나는
온갖 귀한 먹거리로 만들어 상에 차린 맛
좋은 음식들. ¶"…나한테도 얼마나 잘한
다구. 일류 요릿집에서 산해진미를 먹고
와도 장모님이 담근 김치로 입가심을 해
야 속이 편안하다고 허풍을 떨곤 했으니
까…"〈움딸〉

**산협(山峽)** 산 속의 골짜기. ¶어둠은 암자
앞 낭떠러지 밑, 저 깊고 깊은 산협에서
피어오르는 연기처럼 오고 있었다. 《휘청
거리는 오후 2》

**살갑다** 마음씨가 부드럽고 다정스럽다.
(산) 어머니는 살가운 분이 아니었는데도
나이 들어가면서 더 자주 어머니 생각이
나곤 했다. 〈노을이 아름다운 까닭〉

**살기등등(殺氣騰騰)하다** 살기가 표정이나
행동 따위에 잔뜩 나타나 있다. ¶어머니
의 목소리는 매정하다 못해 기세등등했다.
《미망 3》

**살기충천(殺氣衝天)** 살기가 하늘을 찌를
듯함. ¶복수의 정열이 그들을 살기충천
하게 했다. 《그 많던 싱아는 누가 다 먹었
을까》

**살뜰하다** 사랑하고 위하는 마음이 자상하
고 지극하다. ¶"엄마도, 그놈의 나라가
오빠들을 붙드는 게 아니라 오빠들이 그
놈의 나라에 빌붙는 거라우." 이렇게 핀잔

을 줄 적도 있었지만 살뜰한 위로도 잊지
않았다. 〈저물녘의 황홀〉

**살몃살몃** 남의 눈에 띄지 않게 잇따라 살
며시 행동하는 모양. ¶나는 그의 두 팔
사이에서 무참히 꾸겨진 치마를 살몃살몃
빼냈다. 《나목》

**살붙이** 혈연으로 매우 가까운 사람. ¶"너
는 오래간만에 만난 살붙이가 그렇게 보
기 싫기만 하냐. 처음부터 오만상을 찡그
리고…."《오만과 몽상 1》

**살얼음 빛** 살얼음이 진 것 같은 빛깔. ¶어
디로 간 것일까. 살얼음 빛 하늘에 새들의
흔적은 남아 있지 않았다. 〈저문 날의 삽
화 5〉

**살얼음을 밟는 것 같다** 위태위태하여 마
음이 몹시 불안하다. ¶"미스 정하고 잘
돼가는 게 기쁘면서도 한편으로는 꼭 살
얼음 밟고 가는 사람들을 보는 것처럼 가
슴이 조이더니만…"《그대 아직도 꿈꾸고
있는가》

**살얼음을 밟듯이** 겁이 나서 매우 조심스
럽게. ¶…엄마는 실의에 빠져 그저 하루
하루를 살얼음 밟듯이 조심조심 지냈다.
《그 많던 싱아는 누가 다 먹었을까》¶어
머니는 딸자식에게 얹혀사는 걸 미안해
하고 거북해하시느라 가뜩이나 조그만 몸
집이 더욱 조그맣게 위축되고 걸음걸이마
저 마치 살얼음을 밟듯이 조심스러워 꼭
그림자 같았다. 〈어머니〉

**살얼음판 같다** 매우 위태롭고 아슬아슬한
상황을 이르는 말. ¶시부모님도 자애가
각별한 분이어서 생과부가 되어 가뜩이나
안쓰러운 며느리를 아직도 살얼음판 같은
서울에 남 먼저 들여보내고 싶지 않아 했

다. 《도시의 흉년 1》

**살을 섞다**囲 남녀가 성교하다. ¶…그녀는 하룻밤 살을 섞었다는 게 여자에게 당장 미치는 치사한 결과에 대해 새삼 소스라치며 얼굴을 붉혔다. 《휘청거리는 오후 1》 ¶남편과 나는 아들이 그렇게 된 후 한 번도 살을 섞은 일이 없었다. 〈저문 날의 삽화 2〉

**살쩍** 귀와 눈초리 사이에 머리털이 길게 아래쪽으로 내려온 곳. ¶…흰 머리칼 한 올이 살쩍 근처에 곤두선 게 유난히 신산스러워 보였다. 《미망 3》

**살핏하다** '설핏하다'의 오자 ¶살핏한 해는 어쩌자고 아직도 지칠 줄 모르고 열기를 내뿜고 있었다. 〈너무도 쓸쓸한 당신〉

**삼단 같은 머리** 숱이 많고 긴 머리. ¶삼단 같은 머리를 참빗질해 쪽 찌고 나니 단단하고 동그스름한 이마가 수심조차 머무를 수 없을 만큼 정결하고 매끄러워 보였다. 《미망 2》

**삼대 가는 만석꾼 없다**俗 삼대 가는 부자 없다. 부자라고 대대손손이 부자 노릇을 하는 것이 아니고 가난한 사람이라고 대대손손이 가난한 것이 아니어서 빈부는 돌고 돈다는 말. ¶…할머니는 삼대 가는 만석꾼이 없다는 옛말이 들어맞을까 봐, 돌아가시지도 못하겠대, 우리 형제들이 바로 삼대째잖아.〞〈아주 오래된 농담〉

**삼살방(三煞方)** 세살(歲煞) 겁살(劫煞), 재살(災煞)이 낀 불길한 방위. ¶"…이사를 하고 곧 그렇게 돼서 부모들은 삼살방으로 이사를 해서 자식 하나 버렸다고 한탄이나 하다 말았나 보더라. 삼살방이라는 게 어디 있겠니. 아마 소아마비겠지."《도

시의 흉년 1〉

**삼세번에 득한다** '삼세번'은 더도 덜도 없이 꼭 세 번. ¶삼세번에 득한다는 옛말대로 나는 세 번째 결혼은 꼭 성공하고 싶었다. 〈부끄러움을 가르칩니다〉

**삼지사방** 산지사방(散之四方). ¶바람이 쓰레질하듯 길바닥을 핥으며 연탄재와 더러운 종잇조각을 한군데로 수북이 쌓아 놓았다가 다시 회오리바람이 되어 공중 높이 말아 올려 삼지사방으로 더러운 진애를 살포했다. 〈도둑맞은 가난〉

**삼하다** 어린아이의 성질이 순하지 않고 사납다. ¶"…어린 게 어드렇게나 삼한지 자주 가 뵙지도 못하고…곧 진짓상 올리겠습니다."《미망 3》 ¶"…쟤가 또 극성맞고 삼하기가 오죽했어야 말이지. 온종일 징징대는 걸 좀 혼내 줬더니만 뿌르르 애를 끌고 나가 고아원에다 맡길 건 또 뭐람…" 〈재이산(再離散)〉

**삼호(蔘戶)** 인삼을 재배하는 집. ¶"…뼛골 빠지게 공들인 삼호한테 떨어지는 게 뭐가 있겠시니까…"《미망 1》

**상긋하다** 가볍고 산뜻하다. (산) 상긋하고 시원해 보이는 여름용 침구에 이끌려 이불 가게에 들어가 본 적이 있다. 〈아들의 부모 노릇〉

**상둣도가(喪─都家)** 상여를 놓아두는 집. ¶문득 어린 시절 마을 상둣도가의 어둠이 떠올랐다. 상둣도가는 마을에서 한참 떨어진 외딴 곳에 있었다. 〈저물녘의 황홀〉

**상사리** 사뢰어 올린다는 뜻으로, 웃어른에게 드리는 편지의 첫머리나 끝에 쓰는 말. ¶편지는 늘 비슷한 말로 시작했다. "할아버지 전 상사리. 할아버님 기체후 일

향 만강하옵시고…" 대강 이런 식이었다. 《그 많던 싱아는 누가 다 먹었을까》(동) 할아버님 전 상사리. 기체후 만안하옵시고 할머님께서도 안녕하옵시고, 가내제절이 별고 없으신지요. 이곳 손녀는 할아버님 하념하옵신 은총 입사와…《옛날의 사금파리》

**상상꼭대기** 높은 꼭대기. ¶엄마와 지게꾼은 지게 삯을 놓고 한동안 실랑이를 벌였다. 지게꾼은 그 상상꼭대기라고 했고, 엄마는 높기는 좀 높지만 상상꼭대기까진 아니라고 했다. 〈엄마의 말뚝 1〉

**상성(喪性)** 몹시 보챔. ¶"…동네 병원서 치료를 받다가 하도 큰 병원, 큰 병원 상성을 하셔서 이리로 옮긴 지는 일 년 좀 넘을걸, 아마."《아주 오래된 농담》¶"오늘 일 암만해도 자기 어머니하고 관계가 있는 일 같아. 어머니의 자식 상성이 자기한테까지 옮은 거 아냐?"《서 있는 여자》

**상쇄(相殺)하다** 상반되는 둘이 같은 비중을 가지게 하여 그 효과나 영향을 없애다. ¶이번에야말로 우리도 도강하고 싶었고 남하하고 싶었다. 어떤 고생을 하든지 상관없었다. 남하는 좌익이라는 혐의와 상쇄할 수 있는 유일한 방법이었다.《그 산이 정말 거기 있었을까》

**상식구** 식구 중의 웃어른. ¶(나는)…친정 조카를 우리 식구처럼, 식구라도 상식구처럼 키우는 데 지나칠 만큼 신경을 썼다. 〈카메라와 워커〉

**상재(商才)** 장사하는 재주. ¶남편의 상재는 놀라웠다. 그런 재주를 그 팔 층 건물 속에서 십 년이 넘도록 썩혔던 것이다. 〈세모〉

**상전 배부르면 종 배고픈 줄 모른다⑥** 권세 있고 잘사는 사람들이 제 배가 불러 있으니 모두 저와 같은 줄 알고 저에게 매여 사는 사람들이 배를 곯는 줄을 알지 못함을 이르는 말. ¶…온종일 손님 모시는 사람이 자주 씻고 빨아 입어야지 그 꼴이 뭔가, 했더라면 흥, 상전 제 배 부르면 종 배 고픈 사정 모른다니, 입 속으로 한번 중얼거리고 나면 그만이었을 텐데.《미망 3》

**상지대(商地帶)** 상업 지역. ¶그러나 서울 변두리를 닮은 조잡한 상지대를 이루고 있는 Y 역 근방에서 수없이 선바윗골을 물어봤지만 한결같이 모른다는 대답뿐이었다. 《도시의 흉년 3》¶심한 낭패감으로 울상이 된 채 우선 모진 바람을 피해서 호숫가의 상지대로 뛰어들었다. 〈겨울 나들이〉

**상투잡이⑪** 상투를 튼 사람을 낮잡아 이르는 말. 상투쟁이. ¶"난 또 나 없는 동안 상투잡이하고 눈이 맞았나 했구려."《미망 2》

**상판때기⑪** '얼굴'을 속되게 이르는 말. ¶…나는 길바닥이 그 녀석의 상판때기라도 되는 듯이 함부로 침을 뱉고, 부르르 진저리까지 쳤다. 〈부처님 근처〉

**상피(相避)를 붙다** 가까운 친척의 남녀가 육체적인 관계를 가지다. ¶"집안 망할 짓이라뇨?" "저것들을 그냥 둘 다 기르면 세상없어도 나중엔 상피 붙게 돼 있으니 집안이 망하지." "상피 붙다니요?" "상피 붙는 것도 모르냐? 계집 서방이 된단 말야. 친동기간에—"《도시의 흉년 1》

**새 발의 피⑥** 하찮은 일이나 분량이 아주 적음을 이르는 말. ¶"생각해 보오. 몇 만 명이나 일본군을 무찔렀다니 이건 전투가 아니라 전쟁이오…그러니 그 큰 전쟁에서 우리가 낸 돈은 새 발의 피만이나 했겠소."《미망 3》¶나 사장이 온갖 수단을 다해 긁어모은 빚 중 남상이가 관련된 액수는 새 발의 피였다.《오만과 몽상 2》

**새각새각** '사각사각'과 비슷한 의성어. (동) 부글부글한 비누 거품이 뒤통수와 이마를 뒤덮고 새각새각 상쾌하게 면도날이 지나갔다.《옛날의 사금파리》

**새경** 농가에서, 일 년 동안 일해 준 품삯으로 주인이 머슴에게 주는 곡물이나 돈. ¶새경은 올 가을에 육 년 근을 캐면 현물로 셈해 주기로 약조가 되어 있었다.《미망 1》

**새대가리**⬡ 우둔한 사람을 놀림조로 이르는 말. ¶그래, 그때 난 새대가리였구나. 그게 내가 벼락 치듯 깨달은 정답이었다.〈그 남자네 집〉

**새록새록** 어떤 생각이나 느낌이 거듭하여 새롭게 생기는 모양. ¶"뭘?" "나하고 대폿집 좀 같이 가요." "애는 새록새록 맹랑한 소릴 하네."《나목》¶아이들이 새록새록 재롱을 부리듯이 시어머니는 새록새록 새 노망을 부렸다.〈포말의 집〉¶세상은 새록새록 새로워지고 있었다.〈저문 날의 삽화 1〉

**새빨간 거짓말** 뻔히 드러날 만큼 터무니없는 거짓말. ¶생전 이모하고 살고 싶다는 건 새빨간 거짓말이었다.《도시의 흉년 1》¶영감님이 화장을 원하고 유언까지 남겼다는 건 새빨간 거짓말이었다.〈지 알고 내 알고 하늘이 알건만〉

**새사람 들어오고 삼 년**⬡ 한 집안에 다른 사람이 들어와 살게 되면 그로 인하여 무슨 재액이 생기는 수가 많다고 하여 내려오는 말. ¶…삼 년 안에 집안의 대들보인 시아버지가 뒷간 갔다 오는 길에 쓰러지더니 미처 약 한 첩 달일 새를 못 참고 숨을 거두자 쯧쯧 새사람 들어오고 삼 년 안이 어렵다더니…하고 수군대는 구설수에 오르게 됐다.〈가(家)〉

**새알 꼽재기만 하다**⬡ 새 발의 피. 분량이 아주 적음을 이르는 말. ¶"얘 좀 봐. 원체 씨알 꼽재기만치 해 온 걸 싸 주기까지 했다고 우기는 것 좀 보게나. 오냐 잘 한다. 동서 역성 드느라 시에미는 숫제 개천 구덩이에다 처넣는구나."〈마지막 생신〉

**새알 닷곱만 하다** 아주 작거나 적은 것을 얕잡아 하는 말. ¶…감나무가 올해는 어쩐 일인지 대풍이었다. 열매는 새알 닷곱만큼도 못 맺는 주제에 가장 귀하듯 잎만 극성스레 퍼져 장독대 볕만 가리니《미망 2》

**새우잠** (마치 새우처럼) 몸을 구부리고 불편하게 자는 잠. ¶입시철이면 메뚜기도 한철이라고 동생들을 독려해 가면서 집안의 방이란 방은 안방까지 내주고 온 식구가 다락에서 새우잠을 잤다.〈환각의 나비〉

**새초롬하다** 새치름하다. 약간 새침하다. 조금 쌀쌀맞게 시치미를 떼는 태도가 있다. ¶며느리는 역시 대답 없이 새초롬하니 고개를 숙이고 일어선다.《미망 1》

**새초름하다** 새치름하다. ¶"어여 쫓아가 봐. 어여, 아직 버스 종점꺼정도 못 갔을 거구먼. 색시가 새초름허니 풀이 없는 게 싸웠나 보던데 싸운 건 그저 그날로 지딱지딱 풀어야 써. 껴 두면 큰 병 돼."《그해 겨울은 따뜻했네 1》

**새침데기 골로 빠진다**(속)　얌전하게 보이는 사람이 엉뚱하게 못된 짓을 하는 경우에 이르는 말. '새침데기'는 언행이 조심스럽고 얌전한 척하는 여자. ¶"여보게, 저것도 연애를 걸 줄 알까. 저 새침데기도…" "새침데기 골로 빠진단 소리도 못 들으셨어요?" 개성댁까지 뭐가 좋은지 입을 못 다물고 싱글댔다.《도시의 흉년 2》

**새콤달콤하다**　약간 신맛이 나면서도 단맛이 나서 맛깔스럽다. ¶초희는 별안간 사시나무 떨듯 떤다. 남자가 떠는 여자를 꼭 안는다. 여자의 입술이 남자의 입 속에서 새콤달콤한 얼음과자가 되어 스르르 녹는다.《휘청거리는 오후 1》¶(싱아의)…발그스름한 줄기를 꺾어서 겉껍질을 길이로 벗겨 내고 속살을 먹으면 새콤달콤했다.《그 많던 싱아는 누가 다 먹었을까》

**색골**(비)　색을 지나치게 좋아하는 사람을 속되게 이르는 말. ¶경멸하는 것처럼 능글맞게 웃으면서 흥, 또 때가 됐군, 당신은 색골이어야 할 것이다. 그리고 마치 커다란 자비나 베풀 듯이 집 밖의 잠을 베풀 것이다.《살아 있는 날의 시작》

**색색아지**　색색가지. (산) 이곳 역시 길가의 코스모스는 색색아지 무수한 호접이 춤추듯 미묘하게 하늘대고 만산홍엽은 꽃보다 요요했다.〈한 말씀만 하소서〉

**색스럽다**　보기에 색깔이나 모양이 아롱다롱한 데가 있다. ¶설 때마다 느끼는 거지만 전처만네 설상은 귀한 댁 아가씨가 가꾸는 작은 꽃밭처럼 아기자기하고 색스러웠다. 먹기가 아까웠다.《미망 1》¶제3한강교 건너 영동 신시가지란 곳엔 참 예쁘게 생긴 집도 많았다. 모양이 어찌나 오

밀조밀하고 아기자기하고 색스러운지, 집 같지가 않고 고급 양과점 진열장 속에 데코레이션 케이크 같았다.〈서글픈 순방〉

**색시가 고우면 처갓집 말뚝 보고 절한다**(속)　아내가 고우면 처갓집 말뚝 보고 절한다. ¶부엌에서 더운 점심을 짓느라 연기가 곧게 올라가는 따뜻한 가을날, 곱단이네 지붕에 제일 먼저 뛰어올라 깃발처럼 으스대는 만득이를 보고 동네 노인들은 제 색시가 고우면 처갓집 말뚝에도 절을 한다더니만, 하고 혀를 찼지만 그건 곧 만득이가 곱단이 신랑이 되리라는 걸 온 동네가 다 공공연하게 인정하고 있다는 증거였다.〈그 여자네 집〉

**색향**(色鄕)　기생이 많이 나는 고을. ¶그때 민수는 당치않게도 색향에 부임한 신관 사또나 되는 것처럼 굴었으니, 우희는 모욕적이라기보다는 기가 막힐밖에 없었다.《휘청거리는 오후 1》

**샛서방**　남편이 있는 여자가 남편 몰래 관계하는 남자. ¶"…아닌 말로 소년 과부는 수절해도 중년 과부는 수절 못 한다구, 우린들 왜 남편 생각이 안 나겠수. 그렇지만 세상에 서방이 눈이 시퍼렇게 살아 있는데 어떻게 감히 샛서방을 꿈이나 꾸…"〈여인들〉

**생가망가하다**　생게망게하다. ¶그런 생각은 생가망가할 뿐 아니라 여간 기분이 나쁜 게 아니어서 재득이를 잡아 둔 게 불현듯 뉘우쳐지기까지 했다.《미망 2》¶아침나절까지만 해도 생가망가하던 생각이 이젠 피할 수 없는 운명처럼 그녀를 조였다.《미망 3》

**생게망게하다**　하는 행동이나 말이 갑작

스럽고 터무니없다. ¶ "…조, 조, 계집애 조, 생계망게한 얼굴 하는 것 좀 봐, 할미가 죽어도 조년은 제삿날 조런 얼굴을 하고 물 한 모금 안 떠 놓을걸…" 《도시의 흉년 1》

**생그레**  눈과 입을 살며시 움직이며 소리 없이 부드럽게 웃는 모양. ¶ "미애야, 너 이분 모시고 집 구경 좀 시켜 드리렴." "네, 아빠." 계집애가 생그레 웃으며 가볍게 일어났다. 《휘청거리는 오후 1》 ¶ 아이는… 가슴을 펴고 생그레 웃었다. 토실한 볼에 보조개가 깊게 패였다. 《도시의 흉년 3》

**생금스럽다**  '생급스럽다'의 오자. ¶ "그러니까 지금도 뼈 부러진 덴 산골이 제일이란 말이지?" "네?" 나는 어머니의 말뜻을 전혀 알아들을 수가 없을뿐더러 돌변한 어머니의 태도는 막연히 기분 나쁘기까지 했기 때문에 생금스러운 소리로 악을 썼다. 〈엄마의 말뚝 2〉

**생급스럽다**  하는 일이나 행동 따위가 뜻밖이고 갑작스럽다. ¶ 그런데 지금 생급스럽게 탈바가지가 그려진 포스터만 보고도 가슴이 뛰는 건 무슨 까닭일까. 《도시의 흉년 1》 ¶ 문득 잊었던 생각처럼 생급스럽게 그 무성한 여름 사이로 소슬한 가을 기운이 지나간 것처럼 느낄 적도 있었다. 《미망 1》

**생때같다**  탄탄하고 야무지다. ¶ 생때같은 목숨도 하루아침에 간데없는 세상에 물건들의 목숨은 왜 그렇게 질긴지, 물건들이 미운 건 아마 그 질김 때문일 거예요. 〈나의 가장 나종 지니인 것〉

**생떼를 쓰다**  생떼거리를 쓰다. 당치 않은 일을 억지로 하려고 고집하다. ¶ 그 여자는 마치 의사와 내가 공모를 하고 돈을 아끼기 위해 예방 주사를 안 놓아 주는 양 눈을 부라리며 생떼를 썼다. 〈비애의 장〉

**생뚱맞다**  말이나 짓이 엉뚱한 데가 있다. ¶ 아버지 장례 때도 이모를 본 것 같지 않고, 그 후 한국에 머무는 동안도 이모 소식을 들은 것 같지도 궁금해한 것 같지도 않다. 여태까지의 그런 무관심 때문이었을까, 어머니가 거기 가 있다는 게 생뚱맞게 들렸다. 〈후남아, 밥 먹어라〉

**생뚱스럽다**  하는 행동이나 말이 상황에 맞지 아니하고 엉뚱한 데가 있다. ¶ "얘는 생뚱스럽게 왜 그때 니가 한 것과 지금 내 일과를 비교하니, 무슨 상관이 있다구." 《도시의 흉년 1》 ¶ …태남이가 그 사내를 영락없이 빼닮았다는 걸 이제야 깨달았다. 그런 느낌은 생뚱스럽고도 억울했다. 《미망 3》

**생뚱하다**  하는 행동이나 말이 상황에 맞지 아니하고 엉뚱하다. ¶ 왜 그런 생각이 떠올랐는지, 그녀는 자신의 생뚱한 생각에 놀라서 가슴이 두방망이질하고 다리가 후들댔다. 〈너무도 쓸쓸한 당신〉

**생무지**  어떤 일에 익숙하지 못하고 서투른 사람. ¶ "…요샌 교장도 살 만하다는데 그동안을 못 참고 생무지가 무슨 사업을 한답시고…" 《휘청거리는 오후 1》

**생복이 터지다**  갑자기 복이 생기다. ¶ "…앞으로 난 생각할 사람이 생겼으니 생복 터졌지 뭐야. 가만있자. 그럼 우리 일간 다시 만나야겠다. …" 〈내가 놓친 화합〉

**생사람을 잡다**  아무 잘못도 관계도 없는 사람을 헐뜯거나 죄인으로 몰다. ¶ "얘 좀 봐, 생사람 잡지 말아 얘, 내가 언제 시뜩

해했니? 난 바지만 입었다면 그저 내주고 싶은 심정이야. 내일모레면 스물여덟이라니…"〈그대에게 쓴 잔을〉

**생손앓이** 생인손. 손가락 끝에 종기가 나서 곪는 병. ¶엄마는 아버지를 죽게 한 병이 대처의 양의사에게만 보일 수 있었으면 생손앓이처럼 쉽게 째고 도려내고 꿰맬 수 있는 병이라는 걸 알고 있었다. 〈엄마의 말뚝 1〉

**생판** 전혀 알지 못함. 또는 그러한 사람. ¶그 여자는…무슨 생각을 하고 있는지 다 말하고 있는 것 같지만 무슨 생각을 하고 있는지 하나도 알 수 없는 아들을 문득 생판 타인처럼 느끼며 정중하게 말했다. 《살아 있는 날의 시작》

**서기(瑞氣)** 상서로운 기운. ¶그들은 자주 그 방에서 서기가 비치는 환상을 보았고 그 서기로 하여 매일매일의 고생에도 결코 지칠 줄 모르고 오히려 신바람이 났고 때로는 터무니없이 거만하기까지 했다. 〈그림의 가위〉

**서답** 개짐의 방언. 월경 때 샅에 차는 헝겊. ¶여란은 고삐를 잡듯이 지그시 말했다. "언니 그 얘기마저 해야죠." "그래 참. 서답이 없어서 옷을 버리고 여기저기 뚝뚝 떨구고 말이 아니었나 봐요…"《미망 3》

**서름질** 설거지. 〈방언〉 ¶도시락을 싸서 상훈이를 먼저 내보내고 나는 서둘러 서름질을 했다. 〈도둑맞은 가난〉

**서리서리** 긴 물건을 빙빙 둘러서 감은 모양을 나타내는 말. ¶두레박이 첨벙하고 수면에 눕기까지는 두레박 끈을 서리서리 열 길은 풀어내야 했다. 《미망 1》 ¶"엄마 전찬 어디 있어?" 엄마는 이마에다 더듬이

같은 걸 달고 철길을 달리고 있는 걸 말없이 손가락질했다. 그건 끝 간 데 없이 서리서리 길고 시꺼멓던 기차에 비해 상자 갑처럼 만만해 보였다. 〈엄마의 말뚝 1〉

**서발 막대 거칠 것 없다**⑩ 가난하여 아무런 세간이 없음을 이르는 말. ¶서발 막대 거칠 것 없이 휑하고 을씨년스러운 집안 꼴을 휘둘러보며 그들이 빈정댈 만도 했다. 《목마른 계절》 ¶"…임자 말을 듣고 보니 서발 막대 거칠 것 없는 임자 살림이 되려 나에겐 여직껏 해 본 어떤 호강보다도 분수에 넘치는 사치였다는 걸 알 것 같소. 알고 난 이상 예전처럼 편할 것 같지가 않구만."《미망 1》

**서방 복 없는 여편네는 자식 복도 없다** 아들은 아버지를 많이 닮게 돼 있으니 못된 남편 만난 여자는 아들 효도 받기도 어렵다고 체념할 때 쓰는 말. ¶"서방 복 없는 여편네는 자식 복도 없다더니. 하필 팔삭둥이를 낳을 게 뭐람."《그해 겨울은 따뜻했네 2》

**서설(瑞雪)** 상서로운 눈. ¶덜 간 먹물을 개칠해 놓은 것 같은 하늘에서 눈이 내리기 시작했다. 정초의 눈이니 서설인가? 〈비애의 장〉

**서슬이 시퍼렇다** 권세나 기세 따위가 아주 대단하다. ¶유 원장에 관한 한 목이는 아직도 서슬이 시퍼랬고, 그게 찬바람에 오그라든 작은 얼굴과 곤두선 솜털과 함께 그녀의 인상을 도리어 귀염성스럽게 했다. 《그해 겨울은 따뜻했네 1》

**서슬이 퍼렇다** 말씨와 태도가 위협적이고 세차다. ¶"…지가 시에미 꼴 안 보려고 흉물을 떨고 있는데 시에미라고 제 꼴 보고

싶겠습니까? 얘 가자.” 친구가 서슬이 퍼렇게 말하고 나서 내 소매를 잡아끌었다. 〈해산 바가지〉 ¶ 그러나 농바위 고개에서 내가 엄마를 뿌리치고 할머니 치마폭에 감겨들게 되자 두 분의 사이는 다시 경직됐다. 할머니도 엄마도 서로 질세라 서슬이 퍼래지는 걸 보며 나는 내 뜻이 두 분에게 충분히 전달됐다고 생각했다. 〈엄마의 말뚝 1〉

**서슬이 푸르다** 기세가 무섭고 등등함을 이르는 말. ¶ 마님이 서슬 푸르게 말하는 바람에 아부에 이골이 나서 혀가 바람개비처럼 돌아가던 행랑것의 접시굽처럼 얇은 마음에도 문득 짚이는 게 있어 가슴이 덜컥 내려앉았다. 《미망 1》

**서출(庶出)** 첩이 낳은 자식. ¶ 범강장달이 같은 적출의 아들이 둘씩이나 있다고는 하나 그럴수록 어린 서출의 장래가 애달픈 건 인지상정이었다. 《미망 2》

**서투른 숙수가 안반만 나무란다**⒮ 기술이 부족한 사람이 자기의 능력은 모르고 도구만 나쁘다고 탓함을 이르는 말. ‘숙수(熟手)’는 잔치와 같은 큰일이 있을 때 음식을 만드는 사람. ‘안반’은 떡을 칠 때에 쓰는 두껍고 넓은 나무판. ¶ “왜 과외 공부 안 갔니?…” “그만뒀어요.” “왜?” “시시해서요.” “쯧쯧, 서투른 떡 장수 안반만 나무란다더니…. 공연히 아버지 걱정시키지 말고 과외 공부 잘 다니는 체하고 있어, 알았지?” 《오만과 몽상 1》

**석벽(石壁)** 바람벽같이 깎아지른 듯한 언덕의 바위. ¶ (그는)…어떠한 인간적인 것도 완전하게 거부할 수 있는 차고 단단한 석벽을 연상시켰다. 《목마른 계절》

**선무당이 사람 잡는다**⒮ 능력이 없어서 제구실을 못하면서 함부로 하다가 큰일을 저지르게 됨을 이르는 말. 선무당이 사람 죽인다. ¶ 잘 모르는 일을 아는 척하고 덤볐다가 그르쳤을 때 흔히 쓰는 “선무당이 사람 잡는다.”는 속담도 엄마가 말하면 가시가 느껴졌다. 《그 많던 싱아는 누가 다 먹었을까》 ¶ 층층시하 핑계, 젖먹이 핑계로 어깨 너머로 잠깐잠깐씩 구경이나 하다가 남 먼저 자리를 뜨던 화투판에 처음으로 끼어들고 보니, 선무당이 사람 잡는다고 재미도 재미려니와 손속까지 나는 바람에 그만 날 저무는 것도 몰랐다. 〈엄마의 말뚝 2〉

**선병질(腺病質)** 흔히, 체격이 약하고 흉곽이 편평하며 빈혈질 등의 약한 체질. ¶ 여자의 심하게 절룩대는 걸음걸이와 심하게 실룩대는 한쪽만 발달한 엉덩이와 선병질적인 날씬한 상체가 독특한 조화를 이루면서 풍기는 병적인 육감에 나는 지독한 혐오감을 느꼈다. 《도시의 흉년 2》

**선선하다** 성질이나 태도가 쾌활하고 시원스럽다. ¶ “…엄만 제가 아들 못지않게 모실 테니 두고 보시라니까요.” 이렇게 선선한 딸이었지만, 서른이 내일모레가 될 때까지 마땅한 혼처가 안 나서자 은근히 걱정 안 되는 건 아니었다. 〈저물녘의 황홀〉

**선연(鮮然)하다** 실제로 보는 것같이 생생하다. ¶ 졸업식 날 그녀가 마지막으로 본 인재의 하숙방이 선연하게 떠올랐다. 《그해 겨울은 따뜻했네 2》 ¶ 그의 기나긴 생애의 한순간을 스치고 지나간 기억이 선연하게 떠올랐다. 〈오동의 숨은 소리여〉

**선전(縇廛)** 조선 시대에, 비단을 팔던 가게. ¶그러나 그이는 별로 오랫동안 시험에 들지 않았다. 첫밖에 그이는 자기 집이 대대로 종로 거리에서 선전을 하던 중인 집안이라는 걸 아무렇지도 않게 말했다. 《그 산이 정말 거기 있었을까》

**설마가 사람 죽인다(속)** 설마 그리 되지 않겠지 하고 마음을 놓는 데서 탈이 난다는 말. ¶"돈 때문이야. 돈 받고 팔려간 거야." "설마." "설마가 사람 죽이는 것 모르는? 다 아는 일이야. 김가가 돈으로 물불 안 가릴 친구들을 꼬셔간 건." 《미망 1》

**설음질** 설거지. 〈방언〉¶어머니는 아직도 느리게 간간이 양은그릇 부딪치는 소리를 내 가며 설음질하고, 나는 어머니가 설음질을 하며 띠고 있을 엷은 비웃음을 보는 것 같아 내 머리를 마구 쥐어뜯다가 내 방으로 가서 뒹굴었다. 《나목》¶어느 틈에 나는 설음질하는 일에 쾌감을 느끼고 있었다. 전혀 예기치 않은 쾌감이었다. 나는 여지껏 이렇게 많은 설음질을 해 본 적도 없거니와 설음질 따위가 재미있으리라고는 상상도 해 본 적이 없었다. 《도시의 흉년 1》

**설핏하다** 해가 져서 밝은 빛이 약하다. ¶장국밥 한 그릇으로 늦은 점심을 때우고 솟전골 전이성이네 큰사랑에 당도했을 때는 짧은 가을 해가 벌써 설핏했다. 《미망 2》¶해가 설핏할 무렵 장명환 씨는 고의적삼으로 갈아입고 태극선을 들고 집을 나섰다. 《꽃을 찾아서》

**성급스럽게** '생급스럽게'의 오자. ¶"엄마도 참. 그게 아니고 순정이 말예요. 다 아시면서…" "아니 그 계집앨 여지껏 못 떼

어 버렸어?" 엄마가 연극처럼 성급스럽게 놀랐다. 《도시의 흉년 3》

**성마르다** 참을성이 없고 성질이 조급하다. ¶그는 거기까지 듣고 나서 정식으로 초청장을 보내 주면 가도록 노력하겠다고 성마르게 대답하고는 전화를 끊었다. 〈J-1 비자〉

**성새(城塞)** 성과 요새를 아울러 이르는 말. ¶그것은 절이라기보다는 성새 같은 모습으로 촘촘한 주택가를 위압하고 있었다. 〈부처님 근처〉

**성에꽃** 성에의 조그만 덩어리를 꽃에 비유하여 이르는 말. ¶측백나무의 이파리 하나하나까지 그 섬세한 모양 그대로 희디희게 반짝이고 있어 마치 유리창에 피어난 절묘한 성에꽃을 한 필의 직물처럼 걷어다가 걸어 놓은 것처럼 환상적으로 보였다. 〈무중(霧中)〉

**성적(成赤)** 혼인날 신부가 얼굴에 분을 바르고 연지를 찍는 일. ¶송도 바닥에는 갓전골댁의 솜씨를 따를 만한 머리 어멈이 아직은 없다는 게 자타가 다 알아주는 그녀의 솜씨인지라 태임의 성적(成赤)과 큰머리도 으레 그녀 차지였다. 《미망 2》¶1945년 초여름이었다. 해방을 두어 달 앞둔 어려운 시기였지만 개성에서 성적 잘 하기로 이름난 머리 어멈을 불러다가 개성 지방의 전통적인 신부 차림을 재현했다. 《그 많던 싱아는 누가 다 먹었을까》

**성찬(盛饌)** 풍성하게 잘 차린 음식. ¶어느 날이고 자유를 유보하고 있는 상황이 좋아져서 우리 앞에 자유의 성찬이 차려진다면 어떻게 할 것인가. 〈조그만 체험기〉

**성채(城砦)** 성과 요새를 아울러 이르는 말.

성새. ¶밤눈에도 웅장한 주택들이 성채처럼 견고하고 배타적인 모습으로 축대도 드높이 솟아 있었다.《살아 있는 날의 시작》

**성하(盛夏)** 한여름. ¶창 밖의 계곡엔 어느때보다도 풍부한 물보라가 일고 있었고, 약이 오를 대로 오른 나뭇잎들은 진초록색으로 번들대고 있었다. 성하였다.《욕망의 응답》

**섶을 지고 불에 들어가려 한다(속)** 앞뒤를 가리지 못하고 우둔하게 행동하는 사람을 비웃어 이르는 말. '섶'은 '섶나무'의 준말. '섶나무'는 잎나무·풋나무·물거리 등의 통칭. ¶장사꾼이 장사 잘하고 효성까지 지극한 아들을 두었으면 편안한 노후나 즐길 것이지 뭐가 부족해서 섶을 지고 불로 뛰어드는 짓을 했을까?《미망 3》

**세 살 적 버릇이 여든까지 간다(속)** 어릴 때 몸에 밴 버릇은 늙어 죽을 때까지 고치기 힘들다는 말. ¶어머니는 내가 갓난아이 때부터 말 못 할 고집쟁이였다고 내가 고집을 부릴 때마다 "쯧쯧, 세 살 적 버릇이 여든까지 간다더니." 하며 심히 못마땅해했다.〈지렁이 울음소리〉

**세월아 네월아 하다(비)** 서두르지 않고 천천히 행동함을 말장난으로 속되게 이르는 말. ¶"아저씨 정신 좀 차리세요. 지금 우리 형편이 팔자 좋게 세월아 네월아 부르고 앉았을 형편이 아니라구요. 자아 어떡헌다? 오늘 현찰 결제를 못하면 당장 재료 구입이 어렵게 생겨 먹었으니…"《휘청거리는 오후 2》

**세월이 약(속)** 아무리 가슴 아프고 속에 맺혔던 일도 시간이 흐르고 나면 자연히 잊게 된다는 말. ¶자식도 아니고 동생에게

그렇게 지극정성일 수가 없더니 세월이 약이라고 요새 잊어버릴 만해서 다행이다 싶었는데 고아원 소리를 듣더니 그 증이 또 도지나 본데요.《그해 겨울은 따뜻했네 1》(산) 어쩌면 그렇게 한결같이 잊으라는지. 세월이 약이라는 소리를 들을 때처럼 격렬한 반감이 솟구칠 때도 없다.〈한 말씀만 하소서〉

**세월이 유수 같다(속)** 세월이 흐르는 물과 같이 매우 빨리 지나감을 이르는 말. ¶저도 창환이를 잃기 전까지는 저절로 살아졌어요. 세월이 유수 같았죠. 한참 자라는 아이나 달력을 보지 않고서는 세월이 빠르다는 걸 느낄 겨를이나 어디 있었나요.〈나의 가장 나종 지니인 것〉

**세전(世傳)** 대대로 전하여 내려옴. ¶나 보기에도 그런 어머니가 세전의 노비를 속량해 주는 것만큼이나 도량 있어 보였다.〈저문 날의 삽화 3〉

**소 닭 보듯(속)** 서로 무심하게 보는 모양을 이르는 말. ¶남보다 큰 엄장이 장년처럼 씩씩하고, 식탐이 한결같고, 인삼즙을 장복을 하고, 술도 인삼주 아니면 안 마시는 영감이 마누라를 소 닭 보듯 하니 도대체 그 기운이 어디로 뻗치는 걸까?《미망 1》¶나하고 그는 그닥 친한 사이가 아니었다. 그는 곱단이 것이었으므로 당시의 우리 또래들은 다들 그를 소 닭 보듯 하는 걸 예절로 알았다.〈그 여자네 집〉

**소 잃고 외양간 고친다(속)** 일이 이미 잘못된 뒤에는 손을 써도 소용이 없음을 비꼬는 말. (동) (어머니는)…산의 나무들을 예로 들어 가며 모든 가벼운 것은 바람과 같은 방향으로 나부낀다는 걸 가르쳐 주

셨다. 그러면서 탄식하셨다. "아유, 지금 가르쳐 봤댔자 소 잃고 외양간 고치기지 뭐."《옛날의 사금파리》(산) 우리는 '소 잃고 외양간 고치랴?'에 동의해선 안 된다. 그건 나쁜 속담이다. 소를 잃어도 외양간은 고쳐야 한다. 더군다나 우리는 소가 아니라, 사람이다. 〈소를 잃어도 외양간은 고쳐야〉

**소갈머리** 🔒 마음이나 속에 가진 생각을 낮추어 이르는 말. ¶그녀는 자신의 소갈머리 속에도 네모반듯한 집안 구석구석에도 살 기운이라고는 남아 있지 않은 것처럼 느꼈다. 〈울음소리〉 ¶딸의 인물은 나를 많이 닮았는데 꽁생원이고 답답한 소갈머리는 꼭 즈이 아버지를 닮아 있었다. 〈맏사위〉

**소개령(疏開令)** 적의 공습·화재 등의 피해를 줄이기 위해 한곳에 모여 있는 주민들을 분산시키는 명령. ¶패색 짙은 일본의 마지막 성화인 소개령에 못 이겨 솔선해서 시골로 피난을 떠났다. 〈엄마의 말뚝 1〉

**소경 아이 낳아 만지듯** 🔒 무엇을 제대로 다루지 못하고서 어름어름 하는 모양을 이르는 말. ¶"…아무거나 헐 줄 아는 걸 한 가지 해 보라니까 토시를 헐 줄 안다더니 토시 한 짝을 온종일 소경 애 낳아 주무르듯이 주무르기만 하길래 자세히 보니 얼추 흉내를 내긴 냈는데 창구멍을 안 내고 다 꿰매 버렸으니 제가 무슨 재간으로 뒤집겠시니까. 내 기가 막혀서…"《미망 1》

**소금버캐** 엉켜 굳어 말라붙은 소금. (동) 고린재비는 장에 가서 짜게 절여서 소금버캐가 허옇게 내솟은 굴비를 한 마리 사 왔습니다. 〈굴비 한 번 쳐다보고〉(산) 우선 소금이 소금 된 보람을 느끼려면 자기 모습을 드러내지 않고 숨어 있어야 하니까요. 모습이 드러나 소금버캐라도 앉아 보세요. 다들 그 음식은 먹어 보지도 않고 맛없다고 얼굴을 찡그릴 것입니다. 〈차라리 해바라기가 되게 하소서〉

**소년 과부는 수절해도 중년 과부는 못 한다** 🔒 열아홉 과부는 수절을 해도 스물아홉 과부는 못 한다. 결혼 생활을 얼마 하지 않은 20대 과부는 수절을 할 수 있지만, 결혼 생활을 오래 한 30대 과부는 수절하기가 어렵다는 뜻. ¶"…아닌 말로 소년 과부는 수절해도 중년 과부는 수절 못 한다구, 우린들 왜 남편 생각이 안 나겠수…"〈여인들〉

**소담스럽다** 음식이 풍족하여 먹음직한 데가 있다. ¶뭇국에 밥을 말고 튀각을 와지직와지직 깨물며 여러 가지 나물을 뒤섞어서 소담스럽게 퍼먹었다. 〈부처님 근처〉

**소도 언덕이 있어야 비빈다** 🔒 누구나 의지할 곳이 있어야 무슨 일이든 시작하거나 이룰 수가 있음을 이르는 말. ¶"…그 영감태기가 무일푼으로 자수성가한 척하지만 소도 언덕이 있어야 비빈다고 무슨 수로 아주 무일푼으로 그렇게 돈을 벌었겠어…"《도시의 흉년 1》

**소래기** 운두가 조금 높고 굽이 없는 접시 모양으로 생긴 넓은 질그릇. 독의 뚜껑이나 그릇으로 쓴다. ¶밤새 내린 눈으로 장독 소래기가 또 하나의 폭신하고 도타운 하얀 소래기를 쓰고 있었다.《미망 1》 ¶간밤에 소나기라도 내렸나, 장독 소래기마다 맑은 물이 고여서 햇빛에 반짝거리고 있다. 〈여인들〉

**소맷부리** 옷소매의 아가리. (산) 50년 전 내가 초등학교에 들어갈 때 어머니는 내 가슴에 하얀 옥양목 손수건을 접어서 핀으로 달아 주었다. 이제 학생이 되었으니 코를 소맷부리로 닦지 말고 손수건으로 닦으라는 뜻이었다. 〈없어진 코흘리개〉

**소삽하다** (길이) 낯설고 막막하다. ¶골목이 소삽한 동네가 흔히 그렇듯이 어디로 가나 결국은 통하게 돼 있었다. 《서울 사람들》¶생전 그 켯속을 익힐 수 있을 것 같지 않던 소삽한 골목과 층층다리와 비탈이 깨친 글자처럼 하나하나 분명해지기 시작했다. 〈엄마의 말뚝 1〉

**소세(梳洗)** 머리를 빗고 낯을 씻음. ¶그녀의 자상한 시중으로 낯선 집에서의 아침 소세가 조금도 불편하거나 겸연쩍지 않았다. 《나목》

**소스리바람** 소슬바람보다 더 춥고 쓸쓸한 가을바람. ¶소한을 앞둔 소스리바람이 아프도록 찼다. 《나목》¶김장철 소스리바람에 떠는 나무, 이제 막 마지막 낙엽을 끝낸 김장철 나목이기에 봄은 아직 멀건만 그의 수심엔 봄의 향기가 애닯도록 절실하다. 《나목》

**소시적(少時―)** 젊었을 적. 나이 어렸을 적. ¶아줌마는 소싯적에 과부가 되어 이것저것 안 해 본 일이 없었다. 〈도둑맞은 가난〉

**소식이 깡통이다**㉫ '정보에 어둡다'를 속되게 이르는 말. ¶"어디 나가다니? 자넨 그럼 아주 소식이 깡통이로구먼. A 대 의대 다니고 있다네."《오만과 몽상 1》

**소실점(消失點)** 실제로는 평행하는 직선을 투시도상에서 멀리 연장했을 때 하나로 만나는 점. ¶그 긴긴 길을 혼자서 걷다가는 추위와 고독의 압박에 못 이겨 그 긴긴 길이 끝나는 지점에서 나 또한 소실점이 되어 없어져 버릴 것 같다. 〈꼭두각시의 꿈〉

**속 빈 강정**㉠ 속에는 아무 실속이 없이 겉만 그럴 듯한 것을 비유하여 이르는 말. ¶…요새 신문에도 대서특필한 바 있는 조선의 이름난 자본가가 투자한 항공기 회사도 알고 보면 속 빈 강정이라고 했다. 《미망 3》¶이건 가상이 아니라 재계에 있는 친구로부터 Y 그룹이 속 빈 강정이란 소리를 들어서 그래. 《아주 오래된 농담》

**속기(俗氣)스럽다** 세속적이다. ¶…그들의 우정은 속기스럽거나 방편적인 것이 아닌 서로의 인간성 속의 순수한 본질끼리의 이해와 애정 관계처럼 보였다. 《오만과 몽상 1》

**속눈** 마음의 눈. ¶최초로 속눈으로 읽는 문화 작품에 감동했을 때, 그것을 같이 알아본 사람은 무조건 좋고, 몰라본 사람은 경멸하고 싶은 것과도 같은 심정이었다. 《도시의 흉년 3》

**속수무책(束手無策)** 손을 묶은 것처럼 어찌할 도리가 없어 꼼짝 못함. ¶피차 편하다고 한 노릇이었지만 결과는 그렇게 돼 있었고 그 여자는 그 뜻하지 않은 결과에 대해 속수무책이었다. 《살아 있는 날의 시작》

**속악(俗惡)** 저속하고 악함. 품위가 없고 천함. ¶(우리 집은)…낮에 보면 웬만한 동네에서 흔히 볼 수 있는 벼락 부자 티가 더럭더럭 나는 속악을 극한 양옥일 따름이다. 《도시의 흉년 1》¶…자꾸자꾸 벼락 부자처럼 타락해 가면서 돈의 씀씀이가 속악을 극해 갔다. 〈세상에서 제일 무서운 틀니〉

**속알딱지**[비] 소갈머리. ¶"저런 속알딱지 없는 사람 봤나…"《미망 3》

**속을 썩이다** 남의 마음을 몹시 상하게 하다. ¶돌아온 아들을 맞은 그의 어머니는 다짜고짜 그의 엉덩이를 까고 사매질을 퍼부었다. "윤석아, 에미 속 좀 작작 썩여라. 이 웬수야, 아이구, 얼마나 혼이 나야 철이 좀 날꼬. 다시 또 이렇게 엄마 속 썩일래? 안 썩일래?"〈침묵과 실어〉

**손거스러미** 손톱이 박힌 자리 주변에 살갗이 일어난 것. ¶자신에 관한 그 두 가지 기정사실이 별안간 손거스러미처럼 예민하게 그 여자의 의식을 불편하게 했다. 《그대 아직도 꿈꾸고 있는가》 ¶태남이에 관해서 어릴 적 기억밖에 없었지만 늘 그의 의식 속에서 손거스러미처럼 민감하고 달갑잖게 걸치적댔다. 《미망 3》

**손금 보듯 하다** 낱낱이 환히 다 알다. ¶도대체 그런 정신의 맥이 남아 있기나 한 것일까. 그는 그의 생애의 태반의 활동의 중심지였으며 지금은 손금 들여다보듯이 뻔한 고장을 텅 빈 마음으로 굽어보면서 그렇게 뇌까렸다. 《미망 1》 ¶나는 이렇게 엄마뿐 아니라 오빠의 심정의 변화까지도 손금 보듯이 빤히 들여다보는 것처럼 느꼈다. 《그 많던 싱아는 누가 다 먹었을까》

**손끝 하나 까딱 못하다** ① 어떤 일에 대하여 전혀 관여할 수 없다. ¶부성이는 그의 어린 사환이 처한 절대절명의 위기를 우선 구해야 된다는 생각으로 입에 침이 다 바짝 타들어 가면서 손끝 하나 까딱할 수가 없었다. 《미망 1》 ② 조금도 일을 하려 하지 않다. ¶"…서방이 순 거지 건달이에요. 손끝 하나 까딱 안 하고 계집 등골을

빼서 편안히 먹고 노름하고 계집질까지 하는…"〈공항에서 만난 사람〉

**손도(損徒)를 맞다** 오륜에 벗어난 행실 때문에 그 지방에서 쫓겨나거나 남에게 배척되다. ¶형님 제가 뭘 잘못했다구 이렇게 손도를 맞습니까? 제가 손도를 맞는다는 건 창환이의 죽음을 부끄럽게 여기는 게 되거든요. 그럴 수는 없었어요. 저는 떨치고 일어나 즉시 준비를 하고 환하게 웃으며 결혼식장으로 달려갔죠.〈나의 가장 나중 지니인 것〉

**손돌이 추위** 음력 10월 20일 무렵의 심한 추위. ¶지난번 손돌이 추위도 혹독하더니만…, 태임이는 다음에 올 이름 붙은 추위를 속으로 가늠해 보면서 아랫목에 깔아 놓은 포대기 밑으로 파고들었다. 《미망 2》

**손바닥 뒤집듯** 태도를 갑자기 또는 노골적으로 바꾸기를 아주 쉽게. ¶세상이 손바닥 뒤집듯이 바뀌는 통에 사람이 지킬 도리 같은 건 뒤죽박죽되기도 하고 거꾸로 서기도 하고 짓밟히기도 했지만, 여자 남자 사이에 지킬 도리만은 오히려 더 분명하고 당당해져 있었던 것이다.〈그 살벌했던 날의 할미꽃〉

**손발이 맞다** 함께 일을 하는 데에 마음이나 의견, 행동 방식 따위가 서로 맞다. ¶두 사람은 손발이 척척 맞는 한패처럼 얼굴을 마주 보고 회심의 미소를 교환했다. 《욕망의 응달》

**손속** 노름할 때에, 힘들이지 아니하여도 손대는 대로 잘 맞아 나오는 운수. ¶…저고리 앞섶을 풀어헤치고 있다가 손속이 안 날 때 아이 답답해, 아이고 하며 앞가슴을 쥐어뜯는 여자도 있고, 하필이면 꼭

뒤꽁무니에다 요강을 대령해야만 안심을 하고 화투를 치는 여자도 있었다.《도시의 흉년 1》¶그때부터 태임이는 돈을 밝히고 보람 있는 일에 쓰고 있다는 신바람이 운수까지 부추긴 듯 사업의 손속이 좋아졌고, 종상이는 자존심 상함이 없이 돈 못 버는 남편 흉내도 낼 수가 있었다.《미망 3》

**손을 쓰다** 대책을 세워 조치를 취하다. ¶"내버려 두지 않으면은? 거긴 학교가 아니라 군대예요." "그래, 그러니까 손을 써야지. 뒷바라지를 해 줘야지."《도시의 흉년 1》

**손이 걸다** 이 일 저 일 두루 일솜씨가 날쌔거나 좋다. ¶화초뿐 아니라 개나 고양이 새 등 집에서 기르는 짐승들도 내 손만 가면 기승스럽게 번성해 어려서부터 손이 걸다는 말을 들어왔다.〈저문 날의 삽화 2〉

**손이 발이 되게 빈다**魚 허물이나 잘못을 용서하여 달라고 간절히 비는 모양을 이르는 말. ¶일본 말도 곧잘 해서 억울하게 주재소로 끌려간 사람이 있으면 누가 부탁하기 전에 내 일처럼 떠맡고 나서서 순사한테 자초지종을 얘기하고 손이 발이 되게 비는 것까지 대신해서 따귀나 몇 대 맞고 풀려나게 해 준 일도 한두 번이 아니었다.《미망 3》¶나는 어떡하든 살인죄는 안 범하려고 덮어놓고 그 생쥐에게 손이 발이 되도록 빌고 또 빌었지.〈배반의 여름〉

**손재수(損財數)** 재물을 잃을 운수. ¶"해 떨어진 후 금전 지불을 하면 영락없이 손재수가 끼거든요. 그래서 우린 오래 전부터 이런 일은 사위를 해 왔다우…"〈재수굿〉

**손톱 밑의 가시** 늘 마음에 꺼림칙하게 걸리는 일을 비겨 이르는 말. ¶영감은 앞을 내다볼 줄 아는 상재와 남다른 배포로 당대에 큰 재산을 이룩했지만 그의 마음속엔 아직도 돈으로 채워지지 않은 빈자리가 있었다. 그 빈자리와 그 속에 손톱 밑의 가시처럼 깔치작거리는 울분을 물려주려 했음인가.《미망 1》

**손톱도 안 들어가다** 사람됨이 몹시 야무지고 인색하다. ¶줄창 제 것이라고 생각해 온 태남이가 손톱도 안 들어가게 단단한 독자적인 생각을 갖고 있다는 데 경악하며 태임이는 얼뜬 소리를 질렀다.《미망 2》

**손톱만큼도** 아주 조금도. ¶영빈은 코미디 소질이라곤 손톱만큼도 없는 진지한 남자였다.《아주 오래된 농담》¶"…아무리 벌어먹고 사는 일이 중요해도 여편네 내세워 사업상의 사교를 할 마음은 손톱만큼도 없으니까."〈꽃 지고 잎 피고〉

**송곳 꽂을 땅도 없다**魚 자기 소유의 땅이 조금도 없다는 말. ¶그녀 역시 개성 사람이었기 때문에 삼포는커녕 송곳 꽂을 땅한 뙈기 없이 어렵게 살 때부터도 삼포에 대한 집념을 가지고 있었고 인삼의 가치를 알고 있었다.《미망 1》

**송방(松房)** 예전에, 주로 서울에서 개성 사람들이 주단, 포목 따위를 팔던 가게. ¶조선 팔도를 고루 누비며 5리(厘)의 이문을 위해 10리(里)를 쫓기를 마다않는 보부상들뿐 아니라 상업의 요지마다 자리 잡고 그 일대 물산의 유통을 원활하게 하여 때로는 담대한 매점으로 거액의 이윤을 노리는 소위 송방들의 돈과 물자의 모든 길은 개성으로 통한다 해도 과언이 아니었다.《미망 1》

**송알송알** 땀방울 따위가 잘게 많이 맺힌 모양. ¶긴장으로 약간 오그라진 것 같은 아내의 얼굴에 송알송알 돋아나는 땀방울까지 선명하게 보였다.〈재이산(再離散)〉(산) 나의 잘못으로 튀긴 물방울이 그 여자의 파카에 송알송알 이슬처럼 맺혀 있는 게 내 눈에도 똑똑히 보였다.〈베란다에서〉

**솥 떼 놓고 삼 년**(속) 준비는 이미 다 해 놓고도 사정이 있거나 결단성이 없어 질질 끌고 실행을 못한다는 말. ¶"언니도, 후딱 안 떠나면 난리죠. 솥 떼 놓고 삼 년은 이제 지긋지긋해요, 암요. 후딱 떠날수록 좋구 말구요. 언니 잠깐만 앉아 계세요. 내 후딱 저녁 지어 올릴게요…"《그해 겨울은 따뜻했네 2》¶솥 떼어 놓고 삼 년이라던가, 하석태 씨는 이삿짐만 꾸려 놓고 방을 못 얻어 안절부절을 못하고 있었다.《서 있는 여자》

**솥뚜껑 같다** 투박하고 큰 것을 이르는 말. ¶태남이의 솥뚜껑 같은 두 손바닥을 달덩이처럼 부푼 색시의 젖무덤이 가득 채웠다.《미망 2》¶아버지는 건장한 몸집과 솥뚜껑 같은 손을 갖고 있었다.〈배반의 여름〉

**쇄락**(灑落) 기분이 상쾌하고 시원함. ¶해가 설핏한 무렵의 가을물은 심신을 쇄락하게 했다.《미망 1》

**쇠귀에 경 읽기**(속) 아무리 가르치고 일러 주어도 알아듣지 못하거나 효과가 없는 경우를 이르는 말. (산) 성철 스님이…어쩌다 속세에 내리시는 법어도 너무 어려워 나 같은 사람에겐 그야말로 쇠귀에 경 읽기였다.〈귀하고 그리운 ~다운 이〉

**쇠꼬리보다 닭대가리가 낫다**(속) 크고 훌륭한 것 중에서 말석을 차지하여 대접을 못 받는 것보다 변변하지 않은 것 중에서나마 우두머리를 하는 것이 낫다는 말. ¶그는 체질적으로 쇠꼬리보다는 닭대가리가 아니었나 보다. 영전이 서글퍼서 총독부 시절에 연연했다.《미망 3》

**쇠문**(衰門) 쇠퇴하여 기울어진 가문. ¶"…지씨 집 사내들은 어쩌면 그렇게 대대로 변변치를 못한지 이 집에 쇠문이 끝나려면 너희 오라비나 똑똑해야 할 텐데…"《도시의 흉년 3》

**쇠뿔도 단김에 빼랬다**(속) 어떤 일을 하려고 생각하였으면 망설이지 말고 곧 행동으로 옮기라는 말. ¶"가세. 이차는 우리 집에서 하세나. 쇠뿔도 단김에 빼랬다구 내친걸음에 아주 장모한테도 인사를 해얄 게 아닌가. 술도 취했겠다 얼렁뚱땅 좀 좋은가.《휘청거리는 오후 1》¶"어머머… 애가 무슨 소리야. 단돈 이십오만 원이래도, 그래 그쯤도 남편 주머니 눈치 안 보고 어떻게 안 돼? 쇠뿔도 단숨에 빼랬다구, 시시하게 남자들 끼어들면 일만 더뎌. 단돈 이십오만 원이야."〈주말 농장〉

**쇠잔**(衰殘)**하다** 쇠하여 힘이나 세력이 점점 약해지다. ¶…소희 부인의 미소는 잔주름처럼 쇠잔하고 태우의 미소는 파도처럼 여유 있고 힘세었다.《욕망의 응달》

**쇠진**(衰盡)**하다** 기운이나 세력이 점점 약해져 없어지다. (산) 몇 년 후라도 좋으니 그때가 가을이었으면 싶다. 가을과 함께 곱게 쇠진하고 싶다.〈그때가 가을이었으면〉

**쇤네** 하인·하녀가 상전에 대하여 자기를

낮추어 이르는 말. ¶"…쇤네들이 보기에
도 어르신네가 해도 너무 허시는 것 같으
니 마님 속이 오죽 썩어 문드러졌겠시니
까?…"《미망 1》

**쇼 부리다** 거짓으로 꾸며서 뭔가 보여 주
는 것. ¶"…자네가 내 조카라는 게 밝혀
진 것처럼 속단하지 말게. 설사 그게 확
실하다고 해도 난 그런 데 나가서 쇼 부릴
생각 없네. 우린 체통 있는 집안이거든."
〈재이산(再離散)〉

**쇼리**🅑 쑈리. '심부름하는 아이'를 속되게
이르는 말. ¶쇼리들이 한두 명씩 모여들
더니 유리창에 다닥다닥 매달렸다. 어떤
녀석은 손으로 이상한 시늉을 하며 우리
를 놀려 댔다.《나목》

**쇼부**🅑 일본어 '승부[勝負]'에서 온 말로,
질질 끌던 일을 한쪽의 양보나 설득으로
일거에 끝내게 되었을 때 쓰는 말. ¶"당
신은 세금쟁이하고 쇼부할 재목은 못 되
고 문지기하고 쇼부할 재목은 되나 보구
려. 하긴 그 집구석 꼬락서니하고, 한 장
도 감지덕지하게 생겼습디다만…"《도시
의 흉년 3》¶합의된 액수를 건네기 전에
이번엔 이 선생이 교감을 사이에 넣고 장
명환 씨에게 '쇼우부'를 걸어 왔다.〈꽃을
찾아서〉

**쇼부치다**🅑 '일 따위를 끝내다'를 속되게
이르는 말. ¶"…그러나 정작 볼일은 이제
부터지요. 그 어른허구 일대일로 쇼부를
쳐야 허니까요." "그 영감 만만찮은 영감
이다. 조심허거라."《미망 3》

**쇼크를 먹다**🅑 '충격을 심하게 받다'를 속
되게 이르는 말. ¶"자기 쇼크 먹으면 나
싫어." "쇼크 먹었다기보다는 네 진실이

의심스러워. 그뿐이야."〈궁합〉

**숏타임**🅑 창녀가 화대를 받고 손님과 짧
은 시간을 보내는 일. ¶"뭐라구? 통 생각
이 안 난다구? 이 엉큼한 늙은이야. 숏타
임도 아니구 밤새도록 사람을 한잠도 안
재우고 방아를 찧고도 통 생각이 안 난다
구?"〈유실〉

**수더분하다** 성질이 까다롭지 아니하여 순
하고 무던하다. ¶엄마의 말에 의하면 여
태껏 만나 본 어떤 선생님보다도 수더분
하여 마음에 든다고 했지만 그런 분이 왜
우리로 하여금 그 나이에 그런 짐승의 시
간을 갖게 했는지 참으로 모를 일이다.
《그 많던 싱아는 누가 다 먹었을까》

**수득수득** 풀이나 뿌리, 열매 따위가 시들고
말라서 거친 모양. ¶…하영은 마루에 길
게 누웠다. 발치에서 다홍 고추가 수득수
득 말라 가고 있었다.〈참을 수 없는 비밀〉
(산) 저녁 먹기 전에 수득수득 마른 꽃과
잎에다가 백반을 섞어서 곱게 찧어 피마자
잎에 싸 놓는다.〈울 밑에 선 봉숭아〉

**수마(睡魔)** 견딜 수 없이 오는 졸음. ¶(가
정적인 행복은)…깜박깜박 오는 졸음처럼
그 여자를 감미롭게 유인하기도 하고, 깊
고 깊은 수마처럼 그 여자를 통째로 빨아
들여 흐느적흐느적 녹아들게도 했다.《살
아 있는 날의 시작》

**수박 겉핥기**🅢 사물의 속 내용은 모르고
겉만 건드림을 이르는 말. (산) 구태여 국
문학이나 국사를 전공하려 하지 않더라도
우리 문화에 대한 애착이나 이해 정도도
한자를 이해하지 못하면 수박 겉핥기나
같을 수도 있다.〈한자 공부〉

**수분(受粉)** 종자식물에서 수술의 화분이

암술머리에 옮겨 붙는 일. ¶"도와드릴까요?" 마치 수분이 안 돼 맺히다 말고 말라 비틀어져 버린 오이 꼬투리처럼 형편없는 남근을 포함한 아랫도리를 여인이 너무도 함부로 다루는 게 무참해서 그는 비명처럼 부르짖었다. 〈침묵과 실어〉

**수염낭** 아가리에 잔주름을 잡고 끈 두 개를 좌우로 꿰어서 여닫게 된, 수를 놓은 작은 주머니. ¶수지는 속주머니에서 작은 노리개를 하나 꺼냈다. 은으로 된 작은 표주박 모양에다 칠보를 입힌 것으로 수지가 돌 때 찬 수염낭에 할머니가 달아 준 서너 가지의 노리개 중 그때까지 남아 있는 단 하나의 것이었다. 《그해 겨울은 따뜻했네 2》

**수통맞다** 수통맞다. ¶커다란 도넛 모양으로 틀어올린 머리통이 유난히 수통맞게 뒤룩거리는 걸로 미루어 그녀의 오늘 아침 기분은 어째 안 좋은 것 같았다. 《도시의 흉년 3》

**수퉁맞다** 투박하고 흉하다. ¶과도도 없는지 수퉁맞게 생긴 식칼로 참외 껍질을 두껍고 빠르게 벗겨 두 쪽으로 내더니 한 쪽은 내 앞으로 밀어 놓고 한 쪽은 제 입으로 가져갔다. 〈저문 날의 삽화 2〉

**수퉁스럽다** 보기에 수퉁맞다. ¶그녀는 데면데면하게 말하고 돌아서서 싱크대 쪽으로 가서 고무장갑을 꼈다. 더는 말상대를 안 할 것처럼 수퉁스러운 뒷모습이었다. 〈오동의 숨은 소리여〉

**수피(樹皮)** 나무의 껍질. ¶검버섯이 거뭇거뭇하고 주름이 말려 깊은 고랑을 이루고 있는 피부는 고목의 수피 같다. 〈이별의 김포 공항〉

**수화상극(水火相剋)** 물과 불이 서로 용납하여 공존할 수 없음. ¶수화상극이라는데 올케의 손을 거치며 물과 불이 열광적으로 화합하는 게 그렇게 감동스러울 수가 없었다. 《그 산이 정말 거기 있었을까》

**숙녹비** 숙녹피(熟鹿皮). 부드럽게 만든 사슴의 가죽. ¶달래가 활발하게 말했다. 태남이는 그녀가 거침없이 굴수록 숙녹비처럼 노글노글해졌다. 《미망 2》 ¶그녀도 그 정도는 자기의 모난 성격에 대해 알고 있었기 때문에 느닷없이 숙녹비처럼 구는 스스로가 이상하기도 하고 기분 나쁘기도 했다. 《미망 3》

**숙주(宿主)** 기생 생물에게 영양을 공급하는 생물. 여기서는, 생활비를 제공하는 사람의 뜻으로 쓰임. ¶그 여자는 결코 자기가 기생하고 있는 숙주를 멸망시킬 만큼 어리석지 않다는 것과 그 여자의 엄마에 대한 적의는 결코 초가삼간 타는 것보다 빈대 타 죽는 것이 더 시원한 식의 순수한 것이 아님을 뒤늦게 깨달아 가고 있었다. 《도시의 흉년 2》

**순진무구(純眞無垢)하다** 티 없이 순진하다. ¶사람은 태어날 때 비슷하게 벌거벗고 순진무구하게 태어났지만, 죽을 때는 천태만상 제각기 다르게 죽는다. 《아주 오래된 농담》

**순풍에 돛을 달다(송)** 일이 뜻한 바대로 순조로이 진행됨을 이르는 말. ¶자신이 하려고 할 땐 그렇게 안 되던 게 기동이에게 시키니 순풍에 돛 단 듯이 잘 풀려 나갔다. 《그해 겨울은 따뜻했네 2》

**순(殉)하다** 목숨을 바치다. ¶어떻게 사람이 저렇게 될 수가 있을까, 마치 첫사랑에

순하기를 동경해 마지않는 소년 시대로 퇴영한 것 같은 오빠의 막무가내의 순진성은 우리 식구를 더할 수 없이 절망스럽고 비참하게 만들었다.《그 산이 정말 거기 있었을까》

**술 취한 개다** 술에 취하면 사람 노릇을 못하게 된다는 말. ¶"여보 당신 시방 무슨 소리를 하고 싶은 거죠? 아무리 취한 척해도 이건 그냥 넘어갈 일이 아닙니다." "그냥 넘어가잖으면? 취한 개란 소리도 못 들었소. 개 짖는 소리쯤으로 알고 듣구료. 어부인…"《미망 2》

**술렁술렁** 어수선하게 소란이 일어나는 모양. ¶차가운 바람이 술렁술렁 숲을 흔들더니 그의 화끈한 이마에 얼음 조각처럼 와 닿았다.《미망 1》

**숫보기** 순진하고 어수룩한 사람. ¶대학에 들어가 첫 미팅에서 숫보기답게 어릿어릿 매력 없이 굴었음에도 불구하고 애프터 신청을 받았다.〈가는 비, 이슬비〉

**숭덩숭덩** 굵게 대강 써는 모양. ¶숭덩숭덩 썰은 대합의 살을 다시 껍질 속에 담고 그 위에 먹음직스러운 양념장을 듬뿍 곁들여서 석쇠 위에 얹었다.〈내가 놓친 화합〉

**쉬 다는 쇠가 쉬 식는다**솧 쉬 더운 밤이 쉬 식는다. 힘이나 노력을 적게 들이고 빨리 해 버린 일은 그만큼 결과가 오래 가지 못함을 이르는 말. ¶"해괴할 거 없어요. 보통이죠 뭐. 덕환이가 마음 변했거들랑요. 쉬 단은 쇠가 쉬 식는다더니 하여튼 못 말리게들 펄펄 끓더니, 꼴 좋다 꼴 좋아. 결혼한 양주도 통장 따로따로 갖는 세상에 적금 통장도 함께, 계도 함께 붓더니 그 뒷

갈망을 다 어떡헐래?"《오만과 몽상 1》

**쉬엄쉬엄** 쉬어 가며 천천히 길을 가는 모양.(산) 그 고개를 내 발로 쉬엄쉬엄 넘다가 운수 좋으면 천천히 지나가는 달구지라도 얻어 타고 싶다.〈옛날〉

**쉰 떡 미루듯** 달갑지 않아 멀찌감치 밀어 놓는 것을 이르는 말. ¶결혼만 하면 큰 수라도 날 듯이 서로 앞을 다투던 자매가 갑자기 결혼을 쉰 떡 미루듯 하는 데는 제각기 그럴 만한 이유가 있긴 있었다.《휘청거리는 오후 1》¶"늙은이가 뭘 아우. 아가 네가 알아서 하렴." 노부인은 쉰 떡 미루듯이 그것들을 수희 언니 앞으로 밀어놓았다.《도시의 흉년 2》

**쉰 떡 바라보듯** 싫어하며 뜨악하게 여기는 것을 이르는 말. ¶"…우리를 제 약혼자에게 따로따로 통성명은 못 시킬망정 어쩌면 '친구들이야가 뭐니? 쉰 떡 바라보듯 시큰둥한 얼굴로 턱주가리를 앞으로 내저으며 뭐 '친구들이야?' 하다못해 제일 친한 친구들이야,라고 하기만 했어도 나 이렇게 앙심 먹진 않는다구."《도시의 흉년 1》¶엄마는 그 엽서를 쉰 떡 보듯 제대로 거들떠보지도 않으면서 "떨어지길 바랐는데 붙었지 뭔가." 달갑잖은 얼굴로 말했다.《그 많던 싱아는 누가 다 먹었을까》

**스리꾼**솧 남의 돈 따위를 훔치는 사람을 홀하게 이르는 말. ¶"이놈아 왜 네 손이 스리꾼 손 같으냐." 그게 아버지의 이 세상 마지막 말이었다.〈주말 농장〉

**스멀거리다** 살갗에 벌레가 자꾸 기어가는 것처럼 근질근질하다. ¶시어머니가 나를 우리 아가라고 부르는 게 벌레가 기는 것처럼 스멀거렸다.〈꿈꾸는 인큐베이터〉

**스멀스멀** 살갗에 작은 벌레가 기는 것처럼 근질근질한 느낌. ¶풀 끝에서 풀 끝으로 부지런히 뛰던 방아깨비도 메뚜기도 언덕길을 스멀스멀 기던 징그러운 도마뱀도 다 잠을 자는지 풀숲은 괴괴하고, 한결 성글어진 나뭇잎 사이로는 하나둘 별빛이 내려앉기 시작했다.《미망 1》¶…그 여자가 생각하는 출세와 내가 한 출세 사이에 가로놓인 엄청난 허구를 무너뜨려 보고 싶은 장난기가 스멀스멀 배 창자를 간질이는 걸 느꼈다.〈내가 놓친 화합〉

**스사로** 스스로. ¶가세가 스사로 기울면서 지씨 집안 내에서도 하나둘 대대로 살던 땅을 버리고 타관으로 가는 젊은이가 생겼다.《도시의 흉년 3》

**스산하다** 몹시 어수선하고 쓸쓸하다. ¶아이들이 떠나고 난 후의 정적에는 스산함이 스며 있어 나는 추위 타듯이 어깨를 웅숭그렸다.〈저문 날의 삽화 1〉

**스스럽다** 사귀어 지내는 사이가 그리 두텁지 못하여 조심스럽다. ¶딸이 송도에서도 손꼽는 부잣집 맏며느리가 된 후 늘 스스러운 손님처럼 대해 오던 박 씨였다.《미망 1》¶"이것저것 부족한 게 많을 텐데 내가 뭐 도와줄 게 없을까? 스스러워하지 말고 말해 봐요."《그해 겨울은 따뜻했네 1》

**슴슴하다** 심심하다. ¶오뎅 국물도 꼬챙이에 낀 것도 심지어는 달걀까지도 진한 간장 빛이었다. 그러나 맛은 슴슴하고 들척지근했다.〈그 남자네 집〉

**승승장구(乘勝長驅)** 싸움에 이긴 형세를 타고 계속 몰아침. ¶…그들의 승승장구에 박수갈채를 보내고 싶었고, 한때 민청 조직에 들어 있었다는 걸 대단한 투쟁 경력처럼 자부하고 싶은 생각까지 들었다.《그 많던 싱아는 누가 다 먹었을까》

**시거든 떫지나 말아야 한다(속)** 어느 것이나 하나는 쓸모가 있어야 한다는 말. ¶"젠장 시거든 떫지나 말 일이지. 아무리 외국 유학이 흔해 빠진 세상이기로소니, 머리 지지고 볶는 공부를 일본까지 가서 하고 와? 그것만도 창피한데 게다가 헤어 손지 뭔지 아무튼 날치기 좋아하는 여자들 알아줘야 한다구."《살아 있는 날의 시작》

**시나브로** 모르는 사이에 조금씩 조금씩. ¶전처만 영감은 등잔에 기름이 다해 시나브로 꺼지고 나서도 안석에 기댄 채 꼼짝도 안 했다.《미망 1》¶자주 드나들고 내 자식처럼 예뻐하던 아들의 친구가 시나브로 발길을 끊으면 부모들은 으레 그 까닭이 궁금해서 제 자식에게 물어보게 마련이다.〈꿈을 찾아서〉

**시난고난** 병이 심하지는 않으면서 오래 가는 모양. ¶"그 후 그 친구는 어드렇게 되었나?" "시난고난 앓다가 석 달 안에 죽었다고 합니다…"《미망 1》¶빠리 제과점은 그렇게 시끌시끌하면서도 어딘지 시난고난 쇠잔해 가는 것 같은 거리 중간쯤에 있었다.〈아저씨의 훈장〉

**시다(비)** 시다바리. '보조원'을 속되게 이르는 말. ¶나보다 대여섯 살은 어릴 것 같은 시다는 염불보다는 잿밥에 더 마음이 있었다.《그 산이 정말 거기 있었을까》

**시답잖다** 볼품이 없어 만족스럽지 못하다. ¶아내가 시답잖아 하기 전에 이미 나는 내가 택한 학문을 되게 끗발 없는 학문으로 판단하고 있다.〈낙토의 아이들〉

**시도 때도 없이** 늘, 항상. ¶그해 5월은 유

난히 아름다웠다. 그때는 지금처럼 시도 때도 없이 아무 꽃이나 피어나는 시대가 아니었다. 오직 5월만이 잎도 꽃처럼 피어날 때였고, 라일락과 모란과 장미와 등꽃의 계절이었다. 《그 많던 싱아는 누가 다 먹었을까》 ¶시도 때도 없이 그의 꿈속의 능소화가 만발하는 것과는 달리 그 이듬해 여름부터 현금이네 집에는 능소화가 피지 않았다. 《아주 오래된 농담》

**시뜩하다** 시뜻하다. ¶“…이건 그저 딸이 솔깃해하면 엄마가 시뜩해하고, 엄마가 솔깃해하면 딸이 시뜩해하고…맨날 이 짓이니 뭔 일이 될 게 뭐유? 〈그대에게 쓴 잔을〉

**시뜻하다** 마음이 내키지 않아 시들하다. ¶그녀의 표정은 싱글벙글했다 시뜻했다 변덕스럽게 변했다. 〈환각의 나비〉

**시러베아들**囲 실없는 사람을 낮추어 이르는 말. ¶“뭐라구? 신랑한테 다이아가 박힌 백금 반지를 해 준다고? 아니 어떤 시러베아들 놈이 그런 걸 끼고 다닌답디까?”《휘청거리는 오후 1》

**시로도**囲 ‘초보자’를 속되게 이르는 말. ¶“중매쟁이도 천층만층이지. 이젠 의대생·법대생 명단이나 갖고 다니면서 아는 척하는 중매쟁이는 시로도라더라…”《서울 사람들》

**시마이**囲 ‘끝’을 속되게 이르는 말. ¶“눈이 아물아물한다 했더니 벌써 시마이 시간이군.”《나목》

**시새** 세사(細沙). 가늘고 고운 모래. ¶시새 장난을 하던 윤명이가 눈을 비비며 자명에게로 왔다. “엄마 졸려.” “그래, 그래. 너무 늦었구나. 집에 가서 자야지.” 자명

이는 당황하면서 윤명이의 손과 얼굴에서 시새를 털어 낸다. 손과 얼굴뿐 아니라 온몸이 시새투성이다. 《욕망의 응달》

**시설**(柿雪) 곶감 겉면에 생기는 흰 가루. 시상(柿霜). ¶…그녀의 나긋한 등을 굽이쳐 내리는 머리꼬랑이와 시설이 묻어날 듯 보오얀 귓바퀴와 정결한 깃고대 속으로 흘러내리는 유려한 목고개를 살짝 만져 보고 싶다고 갈망했고, 그 갈망을 참는 쾌감을 즐겼다. 《미망 2》 ¶단지 내의 모든 나무들이 일제히 마술에 걸려 곶감처럼 희디흰 시설을 내뿜는 것처럼 동화적인 은백색을 하고 있었다. 〈무중(霧中)〉

**시시각각이 여삼추 같다** 짧은 기간이 마치 3년 같이 길게 느껴진다. 일각이 삼추 같다. (산) 며칠째 시간 감각이 마비가 된 건지 착란을 일으킨 건지 시시각각이 여삼추 같다가도, 지내 놓고 보면 몇 시간이고 몇 날이고 건너뛴 것처럼 기억이 지워지곤 한다. 〈한 말씀만 하소서〉

**시식**(時食) 그 계절에 특별히 있는 음식. ¶…복중의 민어찌개, 벼가 누렇게 익어 갈 무렵 민물게로 장 담그는 것쯤은 보통으로 사는 사람도 누릴 수 있는 입맛치레요, 기다려지는 시식이었다. 《그 산이 정말 거기 있었을까》

**시아게**囲 일본어에서 온 말로, 끝마무리란 뜻. ¶“신부 기초 끝났는데요. 시아게는 아주머니가 하셔야죠?” “아, 그래.”《살아 있는 날의 시작》

**시앗을 보면 길가의 돌부처도 돌아앉는다** ㊂ 남편이 첩을 얻으면 부처같이 점잖고 인자하던 부인도 시기하고 증오하게 됨을 이르는 말. ¶홍 씨는 그런 영감이

미덥다기보다는 무서웠다. 시앗을 보면 돌부처도 돌아앉는다는데, 한창나이 때도 마누라 속이 볶이는 걸 조금도 헤아려 주려 들지 않았으니 영감 눈엔 아예 마누라가 여자로 보이지도 않았을지도 모른다. 《미망 1》 ¶"시앗 보면 돌부처도 돌아앉는다는 속담이 있는 걸 보면 난 돌부처만도 못한 여편네였지." 〈오만과 몽상 2〉

**시운** 수은. 〈방언〉 ¶나는 시운이 벗겨진 깨진 거울 조각으로 뒤통수를 비춰 보면서 울 수도 없었다. 〈엄마의 말뚝 1〉

**시작이 반이다**(속) 무슨 일이든지 시작하기가 어렵지 일단 시작하면 일을 끝마치기는 그리 어렵지 아니함을 이르는 말. ¶시작했다는 게 중요했다. 그리고 시작은 반이었다. 그녀는 온갖 것을 탐냈다. 《도시의 흉년 1》 ¶그러나 시작이 반이라던가. 그렇게 한번 길을 트기 시작하자 툭하면 아이를 불러가지 못해 했다. 《그대 아직도 꿈꾸고 있는가》

**시척지근하다** 음식이 쉬어서 비위에 거슬릴 정도로 맛이나 냄새 따위가 시다. ¶시척지근한 김칫국에 밥을 몇 숟갈 떠서 말아서 훌짝훌짝 들이마시려 했으나 잘 안 되었다. 《나목》 ¶…그만이는 석쇠에다 장덩이를 얹었다. 구수한 장덩이 익는 냄새와 호박김치의 시척지근한 냄새가 어울려 식욕을 강렬하게 자극했다. 《미망 1》

**시체**(時體) 그 시대의 풍습·유행을 따르거나 지식 따위를 받음. ¶우리가 시체 아이들 교육에 뭘 안다고 나서겠수. 〈오동의 숨은 소리여〉

**시쳇말** 요샛말. 유행어. ¶"…정식 절차를 밟으실 때까진 모르는 척하세요. 정식 절차가 시쳇말로 김새지 않게…" 〈천변풍경〉

**시퍼렇게 살아 있다** (사람이) 죽지 않고 멀쩡하게 살아 있다. ¶"…즈이 애비에미가 시퍼렇게 살았는데 때 되면 어련히 알아서 시집을 보내든지 말든지 헐려구." 《미망 3》

**시혜**(施惠) 은혜를 베풂. 또는 그 은혜. ¶…그 여자는 그 여행 제안을 거절하기를 참 잘했다고 생각했다. 어쩐지 파탄을 통고하기 위한, 어쩌면 파탄을 전제로 한 시혜 같은 여행 계획일 거라는 의구심 때문이었다. 《그대 아직도 꿈꾸고 있는가》

**식보**(食補) 좋은 음식을 먹어서 원기를 보충함. ¶태임이도 이웃에서 약병아리를 고아 온다, 양즙을 내온다, 물자가 극도로 딸리는 시국에 보통사람 같으면 엄두도 못 낼 것들을 해다가 식보를 도왔다. 《미망 3》 ¶"…잘 잡수셔야 돼요. 뭐니 뭐니 해도 식보가 제일이래요." 〈쥬디 할머니〉

**식복**(食福) 음식을 먹을 기회를 잘 만나게 되는, 타고난 복. ¶"그래도 식복은 타고났나 봐요. 둘이 먹고도 짜내 버릴 만큼 젖은 흔해요." 《도시의 흉년 3》

**식은 죽 먹기**(속) 하기에 매우 쉬운 일을 이르는 말. ¶밖에서 담까지 기어오르기는 식은 죽 먹기다. 《그 산이 정말 거기 있었을까》

**식은 죽 먹듯** 거리낌 없이 아주 쉽게 예사로 하는 모양. ¶…인심 잃은 아전이 쥐도 새도 모르게 목 졸려 죽는 끔찍한 일이 식은 죽 먹듯이 일어나 민심이 흉흉하건만 《미망 1》

**신기루**(蜃氣樓) 홀연히 나타나 짧은 시간 동안 유지되다가 사라지는 아름답고 환상적인 일이나 현상 따위를 비유적으로 이르는 말. ¶ "…이 절망적인 회색빛 생활에서 문득 경아라는 풍성한 색채의 신기루에 황홀하게 정신을 팔았대서 나는 과연 파렴치한 치한일까? 이 신기루에 바친 소년 같은 동경이 그렇게도 부도덕한 것일까?"《나목》

**신돌이** 신의 가장자리에 둘러 댄 장식. ¶ 태남이는 교문 밖에 지키고 있다가 진 선생의 뒤를 밟았다. 그동안 쌓인 눈도 신돌이를 훨씬 넘었는데 천지가 혼미하게 마냥 흩날리고 있었다.《미망 2》

**신산(辛酸)** 힘들고 고생스러운 세상살이를 이르는 말. ¶ …그 웃음은 그녀에게 잘 어울렸다. 그 순간 왠지 나는 그녀가 그런 비웃음으로 견디고 목격해야 했던 온갖 삶의 신산을 떠올리고 가슴이 뭉클했다. 〈저문 날의 삽화 2〉

**신산스럽다** 보기에 사는 것이 힘들고 고생스러운 데가 있다. ¶ 문경이가 쓸쓸하게 말했다. 아직도 푸석한 화장기 없는 얼굴에 몇 가닥의 주름이 신산스러워 보였다.《그대 아직도 꿈꾸고 있는가》 ¶ 동백기름의 윤기에 묻혀 한 번도 제 모습을 드러낸 적이 없던 흰 머리칼 한 올이 살짝 근처에 곤두선 게 유난히 신산스러워 보였다.《미망 3》

**신선놀음에 도끼자루 썩는 줄 모른다(송)** 아주 재미있는 일에 정신이 팔려서 시간 가는 줄 모르는 경우를 이르는 말. ¶ "때가 됐잖아요. 그놈의 회사에서 사람을 한 달 이상 놀린 적이 어디 한번이나 있었어야 말이죠?" "벌써 그렇게 됐던가. 신선놀음에 도끼자루 썩는 줄 모른다고 당신하고

재미 보고 단꿈 꾸느라 세월 가는 줄 몰랐더니 벌써 그렇게 됐구먼."〈육복〉

**신역(身役)** 몸으로 치르는 노역. ¶ 나는 그 얘기에 빗대서 애 보기의 신역이 얼마나 고되다는 푸념을 하기를 잘했고 남편은 그 소리를 제일 듣기 싫어했다. 〈저문 날의 삽화 1〉

**신열(身熱)** 병으로 인하여 오르는 몸의 열. ¶ 기침도 안 했고, 콧물도 안 흘렸고, 팔다리도 아프지 않았다. 다만 눈과 코와 입과 그 밖의 온몸의 털구멍에서 복사꽃이라도 피어날 것 같은 황홀한 신열만이 있었다. 나는 내 감기에 도취했다.《도시의 흉년 1》

**신접살림(新接—)** (결혼을 하여) 처음으로 차린 살림살이. ¶ 여행에서 돌아와 그들을 기다리고 있는 넘치는 신접살림을 보고도 찬우는 하나도 기뻐하거나 고마워하지 않았다. 〈가는 비, 이슬비〉

**신청부같다** 사물이 너무 적거나 모자라서 마음에 차지 아니하다. ¶ 마흔 안에 손자를 본 사람들도 적지 않은데 이제야 첫아들을 본 것이 하늘같이 대견하다가도 문득 신청부같아지는 걸 어쩔 수가 없었다. 《미망 2》

**신통방통하다(비)** '매우 신통하다'를 속되게 이르는 말. ¶ …아이들이 보낸 편지나 그림까지 티나한테 보여 주면서 같이 신통방통해했으니까.《그 산이 정말 거기 있었을까》

**신효(神效)하다** 신기한 효과나 효험이 있다. ¶ 나는 그에게 내 온몸이 신효하고 부드러운 약손이 될 수 있기를 간절히 바랐다. 《도시의 흉년 2》 ¶ 약간은 독한 듯한 조

간 냄새가 신효한 각성제처럼 그 여자의
덜 깬 잠을 깨우고 기분을 상쾌하게 했다.
〈무서운 아이들〉

**실팍하다** 사람이나 물건이 보기에 매우 실
하다. ¶…훈이는 내 무릎으로 옮겨와 그
실팍한 궁둥이로 궁둥이 방아를 찧으며
조르기 시작한다.《나목》¶“너 나한테 무
슨 선물 사 왔어?” “아니 아무것도.” 그녀
가 실팍한 손을 쫙 펴 보이면서 활짝 웃었
다.《도시의 흉년 3》

**심기일전(心機一轉)** 어떤 동기가 있어 이
제까지 가졌던 마음가짐을 버리고 완전히
달라짐. ¶조금만 졸고 나면, 잠시만 눈을
붙이고 나면 심기일전 정신이 개운해질
것 같다.《오만과 몽상 1》

**심드렁하다** 마음에 탐탁하지 아니하여서
관심이 거의 없다. ¶배우성 씨는 처음부
터 백수회란 명칭이 싫었고, 따라서 백수
회원이 되고 싶어 한 적이 한 번도 없었기
때문에 심드렁하니 야유조로 대꾸했다.
〈천변풍경〉

**심보딱지** ‘심보’를 더 강하게 막말로 표현
한 것. ‘심보’는 (주로 좋지 못한) 마음씨.
¶“…맞선 보고 나서 곧장 절 좋아하고 있
음 직한 놈팡이를 찾아다니는 심보딱지는
뭐냐?…”《휘청거리는 오후 1》

**심상(尋常)하다** 대수롭지 않고 예사롭다.
¶“웬일이야?” 그는 놀라지도 반가워하지
도 않고 심상하게 말했다.〈엉큼한 장미〉

**심심답답하다** 매우 심심하고 답답하다.
¶‘내가 심심답답증에 걸렸다고? 미친 자
식. 이렇게 바쁘고 할 일 많은 내가 심심
답답증이라니, 말도 안 돼.’〈꽃 지고 잎
피고〉

**심심파적(―破寂)** 심심풀이. 심심함을 잊
고 시간을 보내기 위하여 어떤 일을 함.
¶소희 부인은 처음으로 긴 말을 하는 사
이에 차츰 열세를 만회해서 나중 말을 할
땐, 제법 자신과 여유마저 있어 보였다.
그러나 태우 역시 상대가 안 되는 상대와
심심파적으로 장난을 즐기는 정도로밖에
놀라지 않았다.《욕망의 응답》¶너 커서
뭐가 될래? 그건 어릴 적에 누구나 흔히
듣는 질문이고, 더는 아무것도 될 수 없는
어른들의 심심파적일 따름이다.《아주 오
래된 농담》

**심연(深淵)** 좀처럼 빠져나오기 힘든 구렁을
이르는 말. ¶나는 무슨 일을 저지른 게 아
니라 다만 심연에 빠진 것이다. 저지르고
자 한 일과 저지른 일 사이에 가로놓인 그
불가사의한 심연에 빠진 것이다. 나는 심
연에 빠진 채 몸부림치고 허위적댔다. 앞
뒤가 다 절벽이었다.《도시의 흉년 2》

**심푸냥스럽다** 신청부같다. (산) 처음 우리
집에 올 때는 한꺼번에 다섯 대나 올라온
꽃대에서 노을빛 꽃이 흐드러지게 피어
어우러진 게 장관이더니, 겨우 한 개 올라
오는 꽃대도 꽃 구실을 할 성싶지 않게 심
푸냥스러워 보였다.〈지금 우리의 심정〉

**심화를 끓이다** 몹시 화를 내다. ¶“…할아
버지에 삼촌에 고모가 득시글득시글한 재
를, 고아원에 갖다 주고 와서 심화를 끓
이다가 중풍에 걸린 거예요. 왜 이래요?”
〈재이산(再離散)〉

**십 년 묵은 체증이 내리다(속)** 어떤 일로 인
하여 더할 나위 없이 속이 후련하여진 경
우를 이르는 말. ¶“아이 시원해. 십 년 묵
은 체증이 뚝 떨어진 것 같다.” 그리고 나

선 걸신들린 듯이 무섭게 굴을 먹어 댔다. 《도시의 흉년 1》

**십 년 세도 없고 열흘 붉은 꽃 없다**(속) 부 귀영화가 오래 계속되지 못함을 이르는 말. ¶붐의 주기를 일단 십 년으로 잡은 것도 '십 년 가는 세도 없다'는 속담에서 암시 받은 바도 없지 않았지만, 그 밖에 체력의 한계, 승진의 벽 등 과학적인 계산도 충분히 반영한 결과가 그랬다. 〈비애의 장〉

**십년감수(十年減壽)하다** 수명이 십 년이나 줄 정도로 위험한 고비를 겪다. ¶"듣기 싫어. 난 윤명이한데 무슨 일이 난 줄 알구 십 년 살 것 감했잖아."《욕망의 응달》 ¶"…그 핏발 선 눈을 똑바로 뜨고 제 자식이라고 내놓으라고 지랄을 하는데 내가 십 년은 감수했을라."《미망 2》

**십년공부 나무아미타불**(속) 오래 공들인 일이 허사가 됨을 이르는 말. ¶"맙소사, 십년공부 나무아미타불이네. 사람이 되려면 친구를 가려 사귀어야 한다고 우리 사모님 끔찍이도 까다롭게 굴어 싸시더니만."《그해 겨울은 따뜻했네 2》

**십자고상(十字苦像)** 십자가에 못 박힌 예수의 수난을 새긴 형상. ¶서재를 돌아 나오려는데 벽에 걸린 십자고상이 눈에 띄었다. 〈저문 날의 삽화 1〉

**십중팔구(十中八九)** 열 가운데 여덟이나 아홉 정도로 거의 대부분이거나 거의 틀림없음. ¶까딱하단 운이 한군데로 몰리기가 쉽고 십중팔구는 계집애에게로 운이 들기가 쉽다는 거였다.《도시의 흉년 1》

**십팔번**(비) '장기'를 속되게 이르는 말. ¶수희의 십팔번 재롱은 너희 아빠 어디 갔냐고 물으면 우리 아빠 씩씩한 국군 용사, 총

메고 공산당 무찌르러 갔다라고 한 마디도 안 틀리고 또박또박 대답하는 거였다. 《도시의 흉년 3》

**싱둥싱둥** 노여움을 안 타고 유들유들하게 구는 모양. ¶"아주 싱둥싱둥한 것보다는 좀 가망이 있어요?"《살아 있는 날의 시작》

**싱숭생숭** 마음이 들떠서 어수선하고 갈팡질팡하는 모양. ¶수자는 마치 마음에 드는 그림엽서를 마땅한 벽면을 찾아 붙여 놓듯이 싱숭생숭해지려는 마음의 갈피를 이렇게 고정시켜 버린다. 〈가는 비, 이슬비〉

**싱아** 마디풀과의 여러해살이풀. 어린잎과 줄기는 신맛이 있으며 생으로 먹음. ¶"이맘때가 용수산이 가장 아름다운 때란다. 싱아도 한참 먹을 만한 때지. 용수산엔 싱아가 많을걸. 태임이도 싱아를 좋아하쟈?" "네 할아버지."《미망 2》 ¶나는 마치 상처 난 몸에 붙일 약초를 찾는 짐승처럼 조급하고도 간절하게 산속을 찾아 헤맸지만 싱아는 한 포기도 없었다. 그 많던 싱아는 누가 다 먹었을까?《그 많던 싱아는 누가 다 먹었을까》

**싸가지 없는 놈**(비) '싹수없는 놈'이라는 상말 ¶"저런 싸가지 없는 놈을 봤나? 입이 헤프면 밑천이라도 굳던지, 밑천이 헤프면 입이라도 굳던지, 둘 다 헤퍼 가지고설라무네 이런 망신당하는 것도 모르고…쯧쯧, 집안이 망할려니까."〈그 가을의 사흘 동안〉

**싸가지 없다**(비) 싸가지는 싹이라는 뜻으로, 즉 싹수가 없다는 말. ¶…순정인 내 싸가지 없는 말을 잠자코 들어주고 가지런히 건강한 이를 드러내고 씩 웃기까지 했다.《도시의 흉년 3》

**싸게싸게** 빨리빨리. 〈방언〉 ¶그 여자는 그 불구의 다리를 절룩대며 아버지가 시키는 대로 싸게싸게 움직였다. 《도시의 흉년 3》

**싹수** 앞으로 잘 될 듯한 가능성이나 징조. ¶"…경열이가 지금은 남의 점방에 가 있다만 크게 장사할 싹수가 보이는 녀석이지…" 《미망 2》

**싹수가 노랗다** 잘될 가능성이나 희망이 애초부터 보이지 아니하다. ¶양갈보 짓 시켜 먹긴 싹수가 노랗고, 열 식구 버는 것보다 한 입 더는 게 낫다는 옛말도 있으니 그까짓 거 후닥닥 치워 버리는 게 어떻겠느냐는 중신에미 말에 어머니는 솔깃했고, 나도 순종했다. 〈부끄러움을 가르칩니다〉

**싼 것이 비지떡**(속) 값이 싼 물건은 당연히 그 품질도 나쁘다는 뜻. (동) "싼 맛에 이사를 왔더니만 싼 게 비지떡이지, 아유 이 파리 좀 봐, 밤엔 모기가 잉잉대고…" 〈할머니는 우리 편〉

**싼거리** 물건을 싸게 사는 일. 또는, 그 물건. 눅거리. (산) 리어카 장수나 광주리 장수한테 물건을 흥정해 놓고 좀 싼 듯하면 골목 안 사람들을 다 불러서 아주 떨이를 해 버림으로써 장수는 다 팔아서 좋고 이웃은 싼거리해서 좋았다. 〈노인〉

**쌀깃** 갓난아이의 배냇저고리 아래에 옷 대신 둘러싸는 헝겊 조각. ¶"…그런데 참 쌀깃이랑 배냇저고리랑 얻다 두었더라. 참 물을 먼저 데워야지. 아이구 이 일을 어쩔꼬…" 《목마른 계절》

**쌍수를 들다** 기꺼이 지지하거나 환영하다. ¶"…만약 영묘가 혼자서라도 자유로워지기를 원한다면 쌍수를 들어 환영할 것 같다…" 《아주 오래된 농담》

**쌍지팡이를 들고 나서다** 어떤 일에 대하여 적극적으로 반대하거나 간섭하여 나서다. ¶…엄마는 꽤 오래도록 남 몰래 외롭게 전향의 후유증을 앓았다. 그런 엄마가 내가 보기에는 오빠가 하는 일을 쌍지팡이를 들고 말릴 때보다 더 지켜웠다. 《그 많던 싱아는 누가 다 먹었을까》

**쌔고 쌨다** 쌓일 만큼 퍽 흔하고 많이 있다. '쌔다'는 '쌓이다'의 준말. ¶"느네보다 더 가난한 집도 얼마든지 있어. 쌔고 쌨어." 《도시의 흉년 3》 ¶목표는 저만큼 있을 때 무지개였다가 도달하고 보니, 서울에 쌔고 쌘 범속한 화이트칼라의 하나가 된 데 지나지 않았다. 《그해 겨울은 따뜻했네 1》

**쌩쌩하다** 힘이나 기운 따위가 왕성하다. (산) 이 나이에 아무 병도 없이 쌩쌩하기만 하여 마냥 살 것 같은 노인이 되고 싶지 않은 것이다. 〈노년〉

**썩은 콩 씹은 얼굴을 하다** 얼굴에 고약하고 기분 나쁜 표정이 드러나다. ¶"우리 아빠 너무 미워하지 마세요." 연지는 박 순님이 '느이 애비'라고 할 때마다 썩은 콩 씹은 얼굴을 하는 게 마음에 걸려 조그만 소리로 이렇게 속삭였다. 《서 있는 여자》

**쏙닥쏙닥** 남이 알아듣지 못하도록 작은 목소리로 은밀하게 자꾸 이야기하는 소리. 또는 그 모양. ¶모녀가 맞선 보러 가기 전에 한바탕 쏙닥쏙닥 갔다 와서 쏙닥쏙닥 할 뿐 그 자세한 내막을 일러 주지도 않았다. 《휘청거리는 오후 1》

**쏜살같다** 쏜 화살과 같이 매우 빠르다. ¶그녀는 순덕이나 화진, 현민에게 인사

도 하는 둥 마는 둥 혼자 쏜살같이 돈암
동 쪽으로 달린다.《목마른 계절》¶태남
이는 허리에 찬 전대를 툭툭 쳐서 확인해
보고 쏜살같이 농바위 고개를 내려갔다.
《미망 2》

**쏠쏠하다** ① 상당한 정도에 이르다. ¶ 달
래가 죽기 전부터 혜정이는 독립운동 자
금을 조달하는 단체와 관계를 맺고 쏠쏠
히 뒷돈을 대고 있었다.《미망 3》② (돈
벌이가) 꽤 실속이 있다. ¶ 서울에 남아
있던 둘째 인표가 미군 부대에 취직을 했
는데 수입이 쏠쏠하다는 소식도 후성 씨
의 엉덩이를 들먹이게 했다.《미망 3》

**쑹덩쑹덩** 연한 물건을 조금 큼직하고 거
칠게 써는 모양. '숭덩숭덩'보다 센 느낌을
준다. ¶주인이 제육을 꺼내 도마도 없이
비닐을 깐 좌판에 놓고 쑹덩쑹덩 썰기 시
작했다.〈애 보기가 쉽다고?〉

**쓰겁다** 쓴맛이 있다. ¶돌아오는 차 속에
서 매우 쓰거운 얼굴로 차를 모는 조카에
게 나는 위로 삼아 조심스럽게 말했다.
〈엄마의 말뚝 3〉¶"그렇겠군요." 그녀는
자신 속의 참을성이 한계에 다다른 걸 위
태롭게 느끼면서 쓰겁게 대답했다.〈너무
도 쓸쓸한 당신〉

**쓰다 달다 말이 없다**⑥ 어떤 문제에 대하
여 아무런 반응이나 의사 표시가 없음을
이르는 말. ¶(민 여사는)…절을 받고 나서
도 쓰다 달다 말없이 떫은 얼굴로 엉치뼈
가 물러난 사람처럼 질펀히 앉아 있었다.
《휘청거리는 오후 1》¶태임이는 위엄을
갖추고 의당 짚고 넘어가야 할 걸 짚고 넘
어갔다. 산식이는 쓰다 달다 말대답 없이
수굿이 싸 가지고 온 작은 보따리를 끌렀

다.《미망 2》

**쓰면 뱉고 달면 삼킨다**⑥ 달면 삼키고 쓰
면 뱉는다. 옳고 그름이나 신의를 돌보지
않고 자기의 이익만 꾀함을 이르는 말. ¶
한 번도 본 적이 없는 그 여자를 쓰면 뱉
고 달면 삼켜도 되는 만만한 여자로 가정
할 수 있다는 건 애숙에게 있어 참으로 불
행 중 다행이었다.《그대 아직도 꿈꾸고
있는가》

**쓴맛 단맛 다 보았다** 세상의 즐거움과 괴
로움을 다 겪었다는 뜻. ¶"너 농사 몇 해
나 지어 봤다고 자랑부터 하니? 남 샘나
게. 좀 더 두고 쓴맛 단맛 다 보고 나서 얘
기하자…"〈엄마의 말뚝 2〉

**쓸개 빠진 녀석**⑪ 맺힌 데 없이 어리석은
호인. 허나 호인이란 뜻보다 바보, 등신
에 더 가까운 말. ¶"에이 쓸개 빠진 녀석
같으니라구, 네놈 때문에 김 확 빠졌다."
《나목》

**쓸개 빠진 년**⑪ 줏대나 실속이 없고 하는
짓마다 사리에 어긋나는 행동을 하는 여
자를 속되게 이르는 말. ¶"쓸개 빠진 년,
어디 가서 밥벌이 못해 하필 만주 땅 그놈
의 집에 가서 드난을 사누."《미망 3》

**씀뻑** '슴벅'의 센말. 눈꺼풀을 아주 세게 움
직여 눈을 한번 감았다 뜨는 모양. ¶대낮
의 안방이 동굴처럼 침침했다. 나는 한구
석에 비켜서서 눈만 씀뻑했다.《나목》

**씨 없는 수박**⑪ 불임 수술한 남자를 속되
게 이르는 말. ¶"내 자식이 아니니까 낳
게 할 수 없다고 했어." "그럴 리가? 어떻
게 그럴 수가…" "미처 몰랐겠지만 난 씨
없는 수박야. 이제 알아들었지?…"《휘청
거리는 오후 2》

**씨가 마르다**　하나도 남김없이 모두 없어지다. ¶홍삼이나 수달피 같은 걸 이 땅엔 씨가 마르게 긁어모아 대국 상인한테 팔면 부르는 게 값이라 다섯 곱, 열 곱 장사가 된다더라. 《미망 2》

**씨가 먹다**　말이나 행동이 조리에 맞고 실속이 있다. ¶그가 영장을 신청한 검사한테 다시 불기소 처분을 교제하겠다는 게 도대체 씨가 먹지 않아 상대를 안 하려 해도 그가 담당 검사와 같은 건물 안에 있다는 것만으로 그를 아주 냉대할 수가 없었다. 〈조그만 체험기〉

**씨는 속일 수 없다**㊙　내림으로 이어받은 집안 내력은 숨기려 해도 숨길 수 없음을 이르는 말. ¶"…녀석이 아주 똑똑하고 건강해요. 누구 닮았는지 아세요? 전 깜짝 놀랬어요. 어쩌면 그렇게 영감님 신수 좋으실 때 모습을 빼다 박았는지요. 씨는 못 속인다는 게 바로 그거더군요." 《욕망의 응달》

**씨앗 닷곱 해 오다**　새알 닷곱만 하다. ¶"…당신 남편이나 내 남편이나 알량들해서 벌이 씨앗 닷곱 해 오느라 변변히 만날 새도 없이 지내니…" 《나목》

**씻은 듯 부신 듯**　아무것도 남지 아니하고 아주 깨끗하게 없어진 모양을 이르는 말. ¶"왜 놀라지도 않으시우?" 마나님도 이상한지 여락이의 울음이 그치자 물었다. 여란이 발작적으로 울더니 씻은 듯 부신 듯 멀쩡한 얼굴을 하고 있었다. 《미망 2》

**씻은 듯이**　아주 깨끗하게. ¶…인간이란 매체가 싹 씻은 듯이 없어진 마당에 제아무리 빨갱이인들 속수무책일밖에 없었는지도 모른다. 《도시의 흉년 1》

**씻은 듯이 가난하다**　정말 아무 것도 없이 가난하다. ¶며느리들이란 아들만 하나 낳아 놓으면 섣불리 다룰 수 없게 콧대가 높아지는 법인데 그것도 다스릴 겸, 씻은 듯이 가난한 집안에 쌍둥이가 태어남으로써 식구들이 감당해야 하는 그 지긋지긋한 진구덥을 자기만은 손끝 하나 까딱 안 하고 구경이나 할 겸 실로 일석이조의 간계였을지도 모른다. 《도시의 흉년 1》

**아가리**🕮 '입'을 속되게 이르는 말. ¶"왜 연이 엄만 가만히 있었수? 딴 년들도 그렇지, 손톱에 빨간 칠만 하면 제일인가. 아가린 뒀다 뭣들 하누?"〈세상에서 제일 무거운 틀니〉

**아가사리 끓듯** 하찮은 것들이 한데 어울려 시끄럽게 떠들어 대는 모습. '악머구리 끓듯'의 사투리. ¶"어쩔려고 그러세요?" "조금만 기다려 봅시다. 기차 시간만 지나 봐요. 그보다 더 싸게라도 가겠다고 아가사리 끓듯 덤빌 테니." 규서가 씩 웃으면서 손수건으로 이마에 맺힌 땀을 닦았다. 《미망 3》

**아귀**(餓鬼) 전생에 지은 죄로 배가 고파 괴로워하는 무서운 귀신. ¶더군다나 그 후 난리가 끝나고 세상이 점점 살기 좋아짐에 따라 일곱 살을 그런 아귀 귀신으로 만든 굶주림의 기억도 아득해졌다. 《그해 겨울은 따뜻했네 1》

**아귀아귀** 음식을 욕심껏 입 안에 넣고 마구 씹어 먹는 모양. ¶아씨는 어머니가 차려 온 점심상을 체면 불구하고 아귀아귀 먹기 시작했다. 《미망 1》

**아까다마** 6·25 전쟁 중 최고의 담배로 치던 양담배 '럭키 스트라이크'를 시중의 속어로 그렇게 불렀음. 담배 껍질에 빨간 동그라미 문양이 선명해 '적옥(赤玉)'이라는 일본어 발음을 따다가 그렇게 부른 듯하다. ¶"…미제 아니면 군것질도 안 하고 담배도 양담배 중에서도 아까다마만 찾더라니까…《도시의 흉년 3》

**아내가 고우면 처갓집 말뚝 보고 절한다**
ⓢ 아내가 좋으면 아내 주위의 보잘것 없는 것까지 좋게 보인다는 말. ¶"그런데 뭣 하러 우리 어머니를 두둔하셨죠?" "나 미스 허한테 반한 때문 아닙니까. 아내가 고우면 처갓집 말뚝에도 절을 한다지 않아요. 장모님이 되실지도 모르는 분인데 어떻게 안 듣는다고 말을 함부로 합니까?"《휘청거리는 오후 1》 ¶"…마누라가 이쁘면 처갓집 말뚝에 절을 한다고 작은집헌테 오죽 빠졌으면 작은집 머슴꺼정 그렇게 떠받들 수 있냐고 마님이 환장을 허시게도 됐습죠…"《미망 1》

**아녀석** 사내아이를 낮추거나 또는 귀엽게 봐서 쓰는 말. ¶"옥희란 년 좀 바꾸슈." 원장실로 걸려 온 전화 목소리는 대뜸 이렇게 시비조로 나왔다. 더군다나 새파란 아녀석 목소리였다. 《살아 있는 날의 시작》

**아는 것이 병**ⓢ 모르면 편할 것을 공연히 알아서 괴롭게 됨을 비꼬는 말. ¶아는 것도 병이라더니 심심답증이란 고약한 진단을 받은 게 잘못이었다. 〈꽃 지고 잎 피고〉

**아는 것이 힘이다** 자연과 사회에 대한 풍부한 지식을 가져야만 사업과 생활에서 더 큰 성과를 거둘 수 있음을 이르는 말. ¶"…일본이 우리보다 강하게 된 게 먼저 개

명했기 때문이라면 우리도 수단 방법 가리지 말고 배움의 길을 터야 해. 아는 것이 힘이야, 자아 용기를 내자." 《미망 3》

**아는 길도 물어 가랬다**㉑ 쉬운 일일지라도 신중을 기하여 실수가 없게 하여야 한다는 말. (산) 나 또한…아는 길도 물어 가라는 속담을 무시하고 유식한 사람과의 대화에서도 모르는 걸 묻는 일 없이 눈치껏 장단을 맞춰 오긴 했으니 로미오는 읽었는데 줄리엣은 안 읽었다는 실수를 안 했다는 보장은 없다. 〈외래어 노이로제〉

**아니 땐 굴뚝에 연기 날까**㉑ 어떤 결과에나 반드시 원인이 있다는 말. ¶"아이구 생원님, 소인은 정말 모르는 일입니다요. 소인 같은 무지랭이가 어떻게 왜놈하고 장사를 틀 수가 있겠시니까?" "아니 땐 굴뚝에 연기 날까. 소문이 자자한데도 끝내 잡아뗄 작정이냐?" 《미망 1》

**아니꼽살스럽다** 지나치게 아니꼬운 데가 있다. ¶"최 기사 좀 바꿔 줘." "아따 최 기사 한번 바쁘다 바뻐 우리 집에 오는 전화는 열 통이면 아홉 통이 최 기사 찾는 전화라니까. 내 아니꼽살스러워서…" 《도시의 흉년 3》

**아닌 밤중에 홍두깨**㉑ 별안간 엉뚱한 말이나 행동을 함을 이르는 말. ¶"아, 아닌 밤중에 홍두깨도 유분수지 그게 무슨 소리냐? 잘들 지내고 있었지 않니?" "아닌 밤중에 홍두깨가 아녜요. 우린 벌써부터 가망이 없어요. 다만 아버지, 어머니가 그걸 믿으려 들지 않으셨을 뿐이에요." 《서 있는 여자》 ¶유리값을 물어 달라는 쪽도, 아닌 밤중의 홍두깨도 분수가 있지 깨뜨리지도 않은 유리값을 물어 내라니 사람

어떻게 보고 하는 소리냐는 쪽도 우열을 가릴 수 없이 막상막하로 팽팽하게 자신만만해 보였다. 〈엄마의 말뚝 1〉

**아다리**㉑ '적중'을 속되게 이르는 말. ¶허 사장은 연일 공장을 야근시킨다고 피곤한 얼굴로 하품을 하면서도 자신의 돈벼락이 잘 이해가 안 되는지, "아다리가 잘 맞았다."는 말로 겸손인지 자랑인지 모를 소리를 되풀이했다. 《그 산이 정말 거기 있었을까》

**아둔하다** 슬기롭지 못하고 머리가 둔하다. ¶그 아름다움, 그 생경함은 그녀의 눈물보다 훨씬 충격적으로 내 아둔한 의식을 때렸다. 〈흑과부〉

**아등바등** 몹시 악지스럽게 자꾸 애를 쓰거나 우겨 대는 모양. ¶그저 서로 신세나 안 끼칠 정도로 아등바등 사는 월급쟁이나 소상인들이 대부분인 별 볼일 없는 집안이었다. 〈저문 날의 삽화 4〉

**아뜩아뜩하다** 머리가 어지러워 자꾸 정신을 잃고 까무러칠 듯하다. ¶어떤 날은 분하고 억울한 느낌과 싸우다 지쳐서 곧 죽을 것 같았다. 실제로 숨이 넘어갈 것처럼 정신이 아뜩아뜩하고 손발이 차게 곧아들어오기도 했다. 〈사람의 일기〉

**아물리다** 상처를 아물게 하다. ¶…아들은 빠르게 상심을 아물리고 유수한 개인 기업체에 취직하더니 그런대로 잘 지내고 있다. 〈돌아온 땅〉

**아뿔사** 잘못된 일을 깨닫고 크게 뉘우칠 때 내는 소리. ¶젊은 애들한테 늘상 당해 온 노인네 특유의 아뿔사 싶은 자기 혐오로 수위의 얼굴이 스산하게 굳어졌다. 《그 해 겨울은 따뜻했네 1》

**아삭아삭** '아사삭아사삭'의 준말. 연하고 싱싱한 과일 따위를 보드랍게 베어 물 때 자꾸 나는 소리. ¶"몇 개나 드릴깝쇼?" 자명은 대답하지 않고 참외만 아삭아삭 씹었다.《욕망의 응달》

**아스라하다** 먼 곳에서 들려오는 소리가 분명하지 않고 희미하다. ¶아스라이 들리던 악머구리 끓는 소리가 확성기를 댄 것처럼 별안간 커지면서 방안으로 쏟아져 들어온다.〈그 가을의 사흘 동안〉

**아스러지다** '으스러지다'의 작은말. ¶그는 스스로가 고조시킨 욕망을 스스로 처리해 가면서 또 한 번 아버지, 아버지…하는 아스러지는 비명 소리와 더불어 마침내 욕망의 절정에서 뛰어내렸다.《살아 있는 날의 시작》

**아슬아슬** 아찔아찔할 정도로 높은 모양. ¶남편은 곧 편안히 코를 골았지만 그녀는 오래도록 아슬아슬한 벼랑 끝에 서 있었다.〈꽃 지고 잎 피고〉

**아슴푸레** 뚜렷하게 들리지 않고 흐릿하고 희미한 모양. (산) 내가 콘크리트 숲속의 새벽잠 속에서 아슴푸레 달콤한 마음으로 즐긴 매미 소리는 실제의 매미 소리가 아니라 환청이었는지도 모르겠다.〈귀뚜라미 소리를 반기며〉

**아시시** 아스스. 차고 싫은 기분이 몸에 사르르 느껴지도록 약간 춥다. ¶뜬숯 사위듯이 핏기가 가시고 아시시 소름이 돋은 파리한 아씨의 얼굴이 섬뜩해진 그만이는 허턱대고 앞으로 가면서 이렇게 수선을 떨었다.《미망 1》

**아이 싸움이 어른 싸움 된다**ⓒ 대수롭지 않은 일이 점차 큰일로 번짐을 이르는 말. ¶(수빈이는)…사내애들과는 어울렸다 하면 얻어맞고 들어오기가 일쑤였다. 이럴 때마다 할머니가 고래고래 역성을 들고 때로는 수빈이를 때린 아이를 할머니가 대신 때려 주는 일까지 있어서 곧잘 아이들 싸움이 어른들 싸움으로 발전하기도 했다.《도시의 흉년 3》¶골목에서 석필을 가지고 뭔가를 그리면서 놀다가 싸움이 붙었는데 마침 퇴근하던 오빠가 보고 싸움을 말리려고 했지만 나는 든든한 백이 생긴 김에 그 애에게 마지막 일격을 가한다는 게 얼굴을 할퀴었고 드디어 아이 싸움이 어른 싸움이 되고 말았다.《그 많던 싱아는 누가 다 먹었을까》

**아이와 늙은이는 괴는 데로 간다**ⓒ 누구든지 저를 사랑하고 위하여 주는 사람을 따른다는 말. ¶마음뿐 아니라 물질로도 넉넉한 효도는 태임이에게 크나큰 위로가 됐을 뿐 아니라 기력 회복에도 여간 도움이 되지 않았다. 늙은이하고 아이는 괴는 데로 간다라는 옛말이 그르지 않았다.《미망 3》¶…할머니는 모르는 소리 좀 작작하슈. 끼고 다니는 것도 낙이라우, 하는 것이었다. 또 늙은이하고 아이들은 괴는 대로 괴게 마련이라우, 하기도 했다.〈쥬디 할머니〉

**아점심** 아침과 점심 사이에 먹는 식사. ¶"전 아직 아침 전입니다. 보통 때 아침을 거르는 습관 때문인지 방학 중엔 아침도 점심도 아닌 아점심을 먹게 돼서요." 남편이 손님에게 웃으면서 말했다. "아점심이란 재미있는 말이군요. 저는 일 년 내내 방학은커녕 공일도 없는 주제에 아점심으로 때우고 싶다. 실은 저도 아직 아침

전입니다."〈집 보기는 그렇게 끝났다〉

**아직아직** '아직'을 강조하는 말. ¶할머니도 삼촌댁들도 엄마처럼 정확하게 정수리 머리를 여섯 가닥으로 반듯하게 나누어서 온종일 뛰어놀아도 잔털 하나 일지 않게 야무지고 꼼꼼하게 땋으려면 아직아직 멀었다.〈엄마의 말뚝 1〉

**아차고비** 아차 하는 순간. ¶"…어쩌면, 우리 집 속사정까지 어디서 다 망을 보고 있다가 나타난 것모양 요렇게 아차고비에 나타날 게 뭐람."《그대 아직도 꿈꾸고 있는가》¶계집이나 사내나 독수공방은 다 그렇고 그런 거 아닌가 뵈. 좋으면서도 잡힐 듯하다간 아차고비에 빠져 달아나 놈팽이를 감질내기를 수삼일…《서 있는 여자》

**아총(兒塚)** 어린아이의 무덤. ¶천명이의 무덤은 처음부터 아총처럼 작고 초라했다.《미망 2》

**아퀴를 짓다** 일을 끝마무리하다. ¶박승재를 만나서 뭔가 아퀴를 짓고 싶은 건 그녀가 오랫동안 심중에 품어 온 응어리였는지도 모른다.《미망 3》

**아탕발림** 사탕발림, 아부의 뜻. ¶아부를 아탕발림이라고 하는 것은 참으로 적절한 표현이었다.〈유실〉

**아흔아홉 냥 가진 놈이 한 냥 가진 사람의 것을 빼앗으려 한다**⑱ 아흔아홉 섬 가진 사람이 한 섬 가진 사람의 것을 마저 빼앗으려 한다. 많은 재산을 가지고 있는 사람일수록 재산에 대한 탐욕이 더 큼을 이르는 말. ¶아무리 그렇더라도 현이 너와 나 사이에 그럴 수가 있니? 절교 뒤에 우리 사이에 남은 게 고작 아흔아홉 냥 가진 놈이 한 냥 가진 놈 거 빼앗는 잔혹성

이 전부였다니.《오만과 몽상 1》¶나는 우리 집안의 몰락의 과정을 통해 부자들이 얼마나 탐욕스러운가를 알고 있는 터였다. 아흔아홉 냥 가진 놈이 한 냥을 탐내는 성미를 알고 있는 터였다.〈도둑맞은 가난〉

**악다구니** 기를 써서 다투며 욕설을 하는 짓. ¶형제간에 싸움질이 무르익으면 반드시 곁달아 고부간에 싸움이 악다구니 쳤다.〈이별의 김포 공항〉

**악력(握力)** 손아귀로 무엇을 쥐는 힘. ¶바로 이 순간을 위해 아버지는 그 많은 돈을 들이고, 나는 하루도 쉬지 않고 건반을 두드려 댔구나, 감개무량해하며 느긋하게 나의 악력을 시험했다.《아주 오래된 농담》

**악머구리 끓듯**⑱ 많은 사람이 모여서 시끄럽게 마구 떠드는 모양을 이르는 말. ¶…고속버스에서 손님이 내리자 운전사가 차창 밖으로 고개를 길게 내밀고 빗소리에 지지 않으려고 목청껏 손님을 부르는 소리가 악머구리 끓듯 한다.《휘청거리는 오후 1》¶어느 틈에 버스도 떠나고, 악머구리 끓듯 하던 여편네들도 긴 그림자를 끌며 하염없이 흩어져 갔다.〈조그만 체험기〉

**악바리**⑪ 깔깔하고 고집이 세며 모진 사람. ¶그녀는…아들들의 악바리 같은 얼굴에 은은한 귀티가 후광처럼 서리는 걸 본 것처럼 느끼기조차 했다.〈재이산(再離散)〉

**악살** 박살. 깨어져 산산이 부서짐. ¶최치열은…의자를 들어 소독장의 커다란 유리문을 악살로 깨뜨려 놓고는 무섭도록 파리해진 얼굴로 이서무를 노려보았다.《목마른 계절》

**악식(惡食)** 맛없고 거친 음식. 또는 그 음식을 먹음. ¶소복하게 담은 윤이 흐르는 흰밥과 갓 썰어 논 통김치와의 단조로우면서도 빈틈없는 조화는 오랜 악식에 시달린 진이네 식구들에겐 식욕을 유발하기에 앞서 눈부시기조차 한 것이었다.《목마른 계절》

**악역(惡疫)** 악성의 유행성 전염병을 통틀어 이르는 말. ¶전쟁이 지나갔다면 패자의 잔해와 호곡이 있어야 할 게 아닌가? 또 승자의 함성과 횡포도 있어야 할 게 아닌가? 이것은 분명히 전설에나 나오는 끔찍한 악역이 휩쓸고 지나간 거리인 것이다.《목마른 계절》

**악전고투(惡戰苦鬪)** 매우 어려운 조건을 무릅쓰고 힘을 다하여 고생스럽게 싸움. ¶여자는 다시 아기 입에 그 짓무른 젖꼭지를 쑤셔 넣으려고 안간힘을 쓰고, 아기는 숨이 넘어가게 울면서 안 빨려고 하고, 그러다가도 쪽쪽 몇 모금 빨고 다시 내뱉고, 그야말로 악전고투였다.《도시의 흉년 1》

**안간힘** 있는 대로 몰아서 힘껏 내는 힘. ¶"…집에다 돈 부쳐 달란 소리 안 하는 것만도 내 딴엔 큰 안간힘이라구." 〈카메라와 워커〉

**안개구름** 안개처럼 희끄무레 낀 엷은 구름. ¶사직 공원에서 벚꽃의 낙화가 난분분한 게 바로 엊그저께 같은데 인왕산 줄기를 아카시아의 안개구름이 젖비린내를 풍기며 피어오르고 나면 곧장 장마가 지고 여름이었다.《미망 3》

**안개비** 안개처럼 몹시 가는 비. ¶모든 것이 안개비 속에 몽롱한 가운데 살의만이 너무도 격렬하고 확실해서 그녀는 전율했다. 〈가는 비, 이슬비〉 (산) 오랜 가뭄과 심한 황사 현상 끝에 안개비가 오다 말다 하던 날이었다. 〈교감〉

**안경 꼭지가 말랑말랑하거든**㊏ 영영 될 수 없거나 도저히 가능하지 않은 상황을 이르는 말. ¶그 무렵 그의 식구들은 안경 꼭지 말랑말랑해지길 기다리듯이 힘겹고 지루하게 그가 고등학교나 졸업해 주길 고대하는 중이었다.《오만과 몽상 1》 ¶"종상이가 우리보담 유식하긴 해도 주모자감은 아냐. 안경 꼭지가 말랑말랑해질 때까지 기다릴 성미가 어드렇게 난리를 일으키는…"《미망 1》

**안달복달하다** 몹시 속을 태우며 볶아치다. ¶"늦어도 회사 일 때문에 늦는 거니까 공연히 딴 생각하고 안달복달할 것 없어." 〈못 알아본 척한 남자〉

**안되는 놈은 뒤로 넘어져도 코가 깨진다**㊏ 운수가 사나운 사람은 온갖 일에 마가 낀다는 말. ¶한 일이 뜻대로 안되고 나면 무슨 일이든지 뜻대로 안될 것 같아 겁부터 난다. 여북해야 안되는 놈은 뒤로 자빠져도 코가 깨진다지 않는가.《서 있는 여자》

**안면을 바꾸다** 잘 알고 지내던 사람을 일부러 모른 체하다. ¶세상인심이란 그런 게 아니어서 그들은 금세 안면을 바꾸어 남편을 우습게 보기 십상이었다. 〈저문 날의 삽화 3〉

**안반** 떡을 칠 때에 쓰는 두껍고 넓은 나무판. ¶할머니가 먼저 그중 안반같이 생긴 바위에 짐을 내려놓으셨다. 〈엄마의 말뚝 1〉

**안성맞춤** 조건이나 상황이 어떤 경우나 계제에 잘 어울림. ¶그는 두루마기 주머니로 손을 넣어 허리춤에 차고 온 술병과 북어를 꺼내 거북이 등에 놓았다. 초라한 제물을 위한 상석으로는 안성맞춤이었다. 《미망 2》 ¶막내에 대한 사랑 때문에도 그 모자를 아꼈겠지만, 넓은 테는 방사선 치료로 시꺼멓게 탄 이마를 가려 주는 데 안성맞춤이었다. 그 장고 모자가 그의 여덟 번째 모자이자 마지막 모자가 되었다. 〈여덟 개의 모자로 남은 당신〉

**안잠자기** 안잠. 여자가 남의 집에서 먹고 자며 그 집의 일을 도와주는 일. 또는 그런 여자. ¶칼 찬 양반이란 이성이네 안잠자기 아들 장쇠를 두고 비꼬는 말이었다. 개천에서 용 났다고 일컬어질 만큼 생기기도 훤하고 뜻하는 바도 남달라 철나고부터 흰소리 치며 객지로만 돌더니만 어느 날 칼 찬 순사가 돼서 돌아왔다. 《미망 2》

**안정(眼睛)** 눈동자. ¶그가 성난 듯이 무뚝뚝하게 말했다. 그의 안정에 무분별한 짓궂음 같기도 하고 잘 계산된 노회함 같기도 한 게 얼핏 스쳤다. 〈저녁의 해후〉

**안존(安存)하다** 성품이 얌전하고 조용하다. ¶그런 성남댁이 지금처럼 안존한 보통 마나님으로 닦달질이 된 것은 진태 엄마의 자기네 체면에 대한 줄기차고 차디찬 경고 때문이기도 했지만 성남댁 자신이 주리 참듯 참은 결과이기도 했다. 〈지 알고 내 알고 하늘이 알건만〉

**안쩡다리** 두 발끝이 안쪽으로 휜 다리. 또는 두 발끝을 안쪽으로 향하게 하고 걷는 사람. '안쩡걸음'은 두 발끝을 안쪽을 향해 들여 모아 걷는 걸음. ¶나이는 몇 살인지 짐작도 할 수 없었다. 얼굴에 주름은 없었으나 머리를 구식으로 틀어 올리고 빳빳하게 선 검정 포플린 치마를 입고 사타구니에 밤송이라도 낀 것처럼 어기적어기적 안쩡다리 걸음을 느리게 걷는 걸 보면 영락없이 몸이 굼뜬 중늙은이였다. 〈공항에서 만난 사람〉

**안하무인(眼下無人)** 방자하고 교만하여 다른 사람을 업신여김을 이르는 말. ¶시민들은 안심하고 생업에 종사하라고 꾀어 놓고 떠난 사람들 같지 않게 안하무인이었다. 《그 많던 싱아는 누가 다 먹었을까》 ¶종상이는 힘으로 그 안하무인의 광분을 꺾고 싶다고 생각했다. 그걸 참으려니 속에서 뭔가가 폭발할 것 같았다. 어쩌면 그것은 정욕인지도 몰랐다. 《미망 2》

**앉은걸음** 앉은 채로 걷는 걸음걸이. (산) 혜경이처럼 서구적인 멋쟁이가 들판을 앉은걸음으로 기어다니면서 냉이를 캤을 생각을 하면 괜히 유쾌해진다. 〈봄의 환(幻)〉

**알거지** 갑자기 모든 재산을 잃어버린 사람을 얕잡아 이르는 말. ¶어머니는 우리가 알거지가 됐다는 걸 인정하려 들지 않았다. 〈도둑맞은 가난〉

**알뜰살뜰** 살림을 정성껏 규모 있게 꾸려가는 모양. ¶문규는 그때 오십만 원을 싸들고 영동 땅을 밟았다. 그것은 결혼한 지 오 년 된 아내가 그동안 알뜰살뜰 모았노라고 자랑스럽게 내놓은 돈이었다. 〈완성된 그림〉

**알랑방귀를 뀌다**⑪ 알랑거리며 아첨을 떨다를 속되게 이르는 말. ¶"아줌마, 아줌마 우리 식구 중에서 나를 제일 좋아하지?

그치?" "어메, 늦게 들어와 갖고 할 소리
가 없으니까 알랑방구 뀌는 것 좀 봐." 아
줌마는 입으론 웃으면서도 눈을 흘겼다.
《도시의 흉년 2》

**알랑을 떨다**  알랑을 부리다. 애교를 떨어
가며 얼렁뚱땅 듣기 좋은 말로 아첨하다.
¶ "아무렴요. 아무렴. 자고 와요. 자고 와.
집 걱정도 밥 걱정도 나한테 맡겨요." 나
는 눈웃음을 치며 알랑을 떨었다. 〈닮은
방들〉¶ 영감이 껑충껑충 앞장섰다. 몇 집
을 볼 때까지 남편은 쓰다 달다 말이 없이
시종 무표정했다. 그럴수록 복덕방 영감
은 서툴게 알랑을 떨었다. 〈서글픈 순방〉

**알량하다**  시시하고 보잘것없다. ¶ 왜 병
원을 찾지 않고 알량한 양약방 따위를 찾
았던고 하는 뉘우침으로 미칠 것 같았다.
《나목》

**알른알른**  무엇이 조금씩 보이다 말다 하는
모양. ¶ 태임이의 새하얗고 동그스름한
이마에 응석받이가 막무가내 고집을 피우
려고 할 때처럼 파격적인 충동이 알른알
른 내비치고 있었다.《미망 2》

**알맞추**  일정한 기준, 조건, 정도에 적당하
게. ¶ 투박한 찻잔에 생강차가 나왔다. 노
리끼리한 액체가 따끈하고 알맞추 맵싸하
고 알맞추 단것이 추위에 맞춤한 차였다.
《나목》

**알부자**  실속이 있는 부자. ¶ 대대로 검약
한 가풍에 이재에도 밝아 한남석 씨는 알
부자로 소문나 있었다.《그해 겨울은 따뜻
했네 1》¶ …집안 형편은 대대로 물려 내
려오는 재산에다 적지 않은 퇴직금을 주
로 시어머니 될 분이 잘 굴려 알부자로 소
문나 있고 〈소묘〉

**알음알이**  서로 가까이 아는 사람. ¶ "…말
이 군대 생활이지 누워서 떡 먹기라는구
려. 그저 사람 사는 덴 알음알이가 제일이
더라구. 사바사바 세상이더라니까. 이번
에 우리 수빈이가 제 누이 덕을 톡톡히 봤
다니까."《도시의 흉년 1》¶ "…기생 알음
알이가 많으니까 알아봐 달랠게요. 대모
바느질 솜씨를 마음에 들어 하니까 잘될
거예요…"《그 많던 싱아는 누가 다 먹었
을까》

**알찐대다**  알찐거리다. 작은 것이 눈앞에서
잇따라 빠르게 잠깐씩 나타나다. ¶ 재환
이는 태남이와 동갑내기였다. 그러나 유
난히 잔망해 태남이 어깨 밑에서 알찐댔
고 성품이 소심해서 태남이가 시키는 일
이라면 입의 혀처럼 순종했다.《미망 2》

**알콩달콩**  아기자기하고 재미있게 사는 모
습 ¶ 그래, 그때 난 새대가리였구나. 그게
내가 벼락 치듯 깨달은 정답이었다. 나는
작아도 좋으니 하자 없이 탄탄하고 안전한
집에서 알콩달콩 새끼 까고 살고 싶었다.
〈그 남자네 집〉

**알토란 같다**  (살림·재산 등이) 옹골차게 실
속이 있다. ¶ 학원만 해도 수강료보다는
그런 장사에서 남는 재미가 알토란 같았
다.《살아 있는 날의 시작》¶ 부성이댁이
구미구미 여퉈 놓은 피륙에다 이성이댁이
질세라 아낌없이 내놓은 비단 필까지 보
태면 알토란 같은 포목전을 하나 새로 낼
만했다.《미망 2》¶ 이런 생존의 마지막
발악 속에서도 눈에 띄게 초연하고 고상
하고 알토란 같은 장사가 있었으니 바로
미제 장수였다.《그 산이 정말 거기 있었
을까》

**앓느니 죽지**❀　수고를 조금 덜하려고 남을 시켜서 시원치 아니하게 일을 하느니보다는 당장에 힘이 들더라도 자기가 직접 해치우는 편이 낫겠다는 말. ¶"커미션 1할 나가고, 선이자 떼고, 화재 보험 들고, 그러다 보면 차라리 사채를 쓰지 누가 은행 돈을 쑵니까? 앓느니 죽지라는 말도 있잖아요."《휘청거리는 오후 1》¶"아이고 앓느니 죽지. 밤새도록 편지투 생각이나 허시구랴. 그동안 내가 휘딱 댕겨올 테니."《미망 2》

**앓던 이가 빠진 것 같다**❀　밤낮으로 괴롭히던 것이 없어져 시원함을 두고 이르는 말. ¶앓던 이 빠진 것처럼 시원할 생각으로 염치없이 비죽대는 웃음을 감추려고 근엄한 얼굴을 꾸미는 이성이가 민망해서 종상이는 슬그머니 외면을 하면서 다시 앉았다.《미망 2》¶나는 눈물까지 몇 방울 떨어뜨리는 체하면서 이렇게 징징거렸지만 속으로는 앓던 이가 빠진 것처럼 개운하고 상쾌했다. 나 자신도 전혀 예기치 않은 느낌이었다. 나 역시 그 짓을 하기가 싫었던 것이다.〈엄마의 말뚝 3〉

**암운(暗雲)**　좋지 못한 일이 일어날 듯한 낌새를 이르는 말. ¶콩쥐는 흐트러진 걸 수습하고 나서도 그에게서 고개만 돌리고 비스듬히 앉아 있었다. 이제 콩쥐는 작은 계집애가 아니었다. 암운처럼 그의 시야를 가득하게 어둡게 하고 있었다.《살아 있는 날의 시작》

**암팡지다**　(몸은 작아도) 당차고 야무지다. (산) 가지고 간 광주리로 하나 가득 딴 것 정도로는 사과나무는 조금도 허룩해지지 않았다. 얼마나 암팡지게 많은 열매를 맺고, 수고롭게 익혔는지.〈세대차〉

**압권(壓卷)**　여럿 가운데 가장 뛰어난 것. ¶그때 그 둘의 기도 중에서도 압권은 마침내 아기가 숨을 거두고 나서였다. 그들은 눈물을 한없이 흘리면서 아기의 목숨이 평안을 얻은 것을 감사했다.〈울음소리〉

**앗사리**ⓑ　'화끈하고 깨끗하게'를 뜻하는 일본어. ¶"내 성질 앗사리한 거 알면서 왜 그래? 난 뭔 일이든지 지딱지딱 해결을 봐야지 미결로 오래 끌면 딴 일까지 못한다구…"《서 있는 여자》

**앙기앙기**　'몽실몽실'과 비슷하나 그보다 더 앙증맞은 모양을 이르는 말. (산) 한강이 양평 쪽으로 완만하게 휘는 지점을 보면 그 일대가 분홍빛 아지랑이처럼 앙기앙기 피어오르는 게 보인다.〈노을이 아름다운 까닭〉

**앙모(仰慕)하다**　우러러 그리워하다. ¶…그가 가난했을 때 돈을 쫓고 앙모했듯이 외곬으로 문벌을 앙모했다.《목마른 계절》¶온 세상이 그를 상한 버러지처럼 능멸한다고 해도 태임이가 그가 한 일을 가치를 알아주고 그런 일을 한 그를 앙모하는 한 그가 한 일은 억울하지도 헛되지도 않았다.《미망 1》¶소녀들이 치는 피아노 소리는 서툴고 능숙하고에 관계없이 순결한 것, 여성적인 것에 대한 그의 동경과 앙모, 그리고 그런 것들을 옹호하고 책임져야 할 사명감 같은 걸 울리고 새롭게 했다.〈꽃을 찾아서〉

**앙분(怏憤)하다**　분하게 여겨 앙갚음할 마음을 품음. 또는 그 마음. ¶별안간 거칠어진 그의 숨소리로 그의 앙분한 마음을 헤아리면서 오목이는 그를 달래려고 했

다.《그해 겨울은 따뜻했네 2》 ¶종상이
는 태임이의 하대에 앙분해서 피가 거꾸
로 흐르는 듯했다. 엄청난 배신감이었다.
《미망 1》

**앙세다** 몸은 약하여 보여도 힘이 세고 다
부지다. ¶부지런하고 말수 적고 조그맣
고 파리하지만, 생전 감기나 배탈 한번 안
앓게 앙센 새댁은 마치 허풍선이 애국자
의 아내와 가난한 집 며느리로 창조된 여
자 같았다.《도시의 흉년 1》 ¶부인이 나
가다 말고 돌아서서 자명에게 손을 내밀
었다. 자명도 손을 내밀었다. 부인의 손은
가냘펐지만 앙세었다.《욕망의 응달》

**앙시(仰視)** 존경하는 마음으로 우러러봄.
¶나는 문득 그가 주동자가 아닐지도 모
른다고 생각했다. 어쩌면 제물일지도. 제
물이 아닌 바에야 그렇게 높이 떠받들려
지고 그렇게 골고루 앙시당할 필요가 있
었을까.《도시의 흉년 2》

**앙알대다** 앙알거리다. 윗사람에 대하여 조
금 원망스럽게 자꾸 입속말로 군소리를 하
다. ¶등산 가는 걸 앙알대던 아내는 이번
엔 등산 안 가는 걸 트집 잡기 시작했다.
〈황혼〉

**앞길이 구만리 같다**⑤ 아직 나이가 젊어
서 앞으로 어떤 큰일이라도 해낼 수 있는
세월이 충분이 있다는 말. ¶"우리 피차
앞길이 구만리 같은 젊은이들인데 말야,
알아듣겠어? 초희, 오늘 일로 휜히 트인
앞길을 그르치는 일이 없도록 하자구. 알
아듣겠어? 초희.《휘청거리는 오후 1》 ¶
"…물욕일랑 더 이상 부리지 않겠사오니
그저 이 늙은 게 아침저녁 내 자식이 내
집 드나드는 걸 낙으로 삼고 살게 해 주시

고, 앞길이 구만리 같은 청춘 며느리 독수
공방 면하게 해 주십소사. 비나이다. 비나
이다. 두 손 모아 비나이다."〈육복〉

**앞니곱니** 앞뒤 사정을 속속들이 캐묻고 따
지는 모양. '앞니엄니'와 비슷한 말. ¶…
어떡하든 두 모자를 다 살리고도 며느리
나 집안의 체면을 종전대로 유지할 수 있
는 방법을 찾아내는 일이었다. 그러나 앞
니곱니 따지고 빈틈없이 계획을 세우는
장삿속으로만 일생을 살아온 그답지 않게
가당치 않은 망상 외의 구체적인 방법은
하나도 떠오르지 않았다.《미망 1》 ¶앞니
곱니 따지다가 아무것도 못하고 만 자신
의 약점을 알 만큼 아는지라 이번엔 지딱
지딱 일부터 벌이기 시작했다.《미망 2》

**앞서거니 뒤서거니** 같은 방향으로 나가면
서 서로 앞에 서기도 하고 뒤에 서기도 하
는 모양을 이르는 말. ¶다음 날 두 사람
은 죄지은 것도 없이 남의 눈을 피해 앞서
거니 뒤서거니 동구 밖을 나서서 샘말로
행했다.《미망 2》 ¶…자가용이 앞서거니
뒤서거니 두 대가 서더니 앞차에선 중년
부부가 두 쌍 내리고, 뒤차에선 아이를 안
은 젊은 부부와 청년이 내렸다.〈재이산
(再離散)〉

**애 보아 준 공은 없다**⑤ 남의 아이를 보아
주는 것은 아무리 잘 보아 주었다 하더라
도 한번 실수로 아이에게 탈이 생기면 그
것으로써 오히려 원망만 사게 된다는 말.
아이 본 공과 새 본 공은 없다. ¶"제 탓
이에요." 나는 떨리는 소리로 겨우 그렇
게 한마디 했다. "애 본 공은 없다더니…"
"제 탓이라니까요."〈엄마의 말뚝 2〉 (동)
"그럼, 내일은 보내야지. 애 봐 준 공은 없

다는데, 무슨 좋은 소리를 듣자고 하루라도 더 붙들어 둬? 부승이 공부도 밑지고."《부승이는 힘이 세다》

**애가 달다** 몹시 마음이 쓰이어 속이 타는 듯하다. ¶저리 잘 먹다가는 앞으로 걷잡을 수 없이 배가 불어나지 싶어 박 씨는 애가 달았고 두려웠다. 꿈이었으면, 흉측한 꿈이었으면 싶어 은근히 넓적다리를 꼬집어 보기도 했다.《미망 1》

**애간장을 태우다** 몹시 초조하고 안타까워서 속을 많이 태우다. ¶오빠는 아버지가 돌아가셨을 때도 애통이 지나쳐 한때 몸을 다 해쳐 엄마의 애간장을 태웠다고 한다.《그 많던 싱아는 누가 다 먹었을까》

**애간장이 끊어지다** 몹시 서럽다. 절통하다. ¶"태임 아가씨가 안됐군." "그 아가씨, 어머니가 물에 빠져 죽었을 때도 눈물 한 방울 안 흘려 독하다고 소문이 났는데 할아버지 장사 때는 어찌나 애간장이 끊어지게 우는지 상여 구경 나온 사람치고 안 우는 사람이 없었다네."《미망 1》

**애곡(哀哭)** 소리 내어 슬프게 욺. ¶…진태 엄마가 애곡을 그치고 차차 알아서 할 일이지 자기가 간섭할 일이 아니라는 분수쯤은 알고 있었다.〈지 알고 내 알고 하늘이 알건만〉

**애늙은이** 생김새나 행동이 나이가 든 사람 같은 아이를 놀림조로 이르는 말. (산) 나 또한 스러져 가는 먼지에 불과하다는 게 너무도 확실해서 하루하루 밉상스러운 애늙은이가 되어 가던 그 무렵〈옛날〉

**애면글면** 몹시 힘에 겨운 일을 이루려고 갖은 애를 쓰는 모양. ¶"나 어렸을 때만 해도 삼포 가진 사람은 다 큰 부자 같아 그리

도 부럽더니만, 그래서 내 낭탁할 줄도 모르고 애면글면 모은 돈으로 백 간 이 백 간씩 삼포 늘리는 걸 큰 재미로 알고 살았건만, 해 보니 그게 아닙디다…"《미망 1》 ¶엄마는…깊은 한숨을 쉬었다. 서울에 애면글면 말뚝을 박은 일이며 외아들에 대한 기대와 자랑이 온통 허망한 눈치였다.《그 많던 싱아는 누가 다 먹었을까》

**애물** 몹시 애를 태우거나 성가시게 구는 사람. ¶"할머니 딸 없어서 섭섭하잖아?" "딸년은 애물이야." 할머니가 무뚝뚝하게 잘라 말했다.《도시의 흉년 3》

**애물단지(비)** '애물'을 낮잡아 이르는 말. ¶시집갈 생각 같은 건 해보지도 않다가 별안간 맞선 전선에 나선 건, 하는 일도 없이 나이만 먹는 딸을 어머니가 아이고 애물단지, 아이고 우리 애물단지 하고 한숨 섞인 소리로 부르는 게 문득 고까워지면서였다.〈참을 수 없는 비밀〉

**애자지정(愛子之情)** 자식을 사랑하는 정. ¶"…난 딸자식 하나뿐이라 늘 한 귀퉁이가 허전한데, 기껏 몇 년 슬하가 적적할 것을 그렇게 염려하시니 민 사장의 애자지정도 이만저만이 아닙니다."《목마른 계절》

**애잔하다** 몹시 가냘프고 약하다. ¶찬바람 난 후의 페추니아는 빛깔과 자태가 특히 애잔해서 이웃의 젊은 여자들은 저희들이 잘못해서 죽인 화초가 아닌 줄 아는지 꽃 이름을 물으며 신기해하기도 했다.〈저문 날의 삽화 2〉

**애저녁** 초저녁. ¶들락날락하다가 어느 틈에 깜박 잠이 들었다. 너무 후텁지근해서 깨어났다. 새벽인 것도 같고 애저녁인 것

도 같았다.《도시의 흉년 3》

**애저녁에** 애초부터. ¶ "…점잖은 집에서 누가 피야스 다니던 계집앨 데려가냐. 느들 존데 시집가긴 애저녁에 틀렸어야. 젠장 세상도 쌍노메 베치."〈공항에서 만난 사람〉 ¶ 계집 잘못 만나 큰 뜻을 펴 보기는 애저녁에 글렀지 싶은 탄식을 하기도 했다.〈저문 날의 삽화 2〉

**애통(哀痛)** 슬퍼하고 가슴 아파함. ¶ 오빠는 아버지가 돌아가셨을 때도 애통이 지나쳐 한때 몸을 다 해쳐 엄마의 애간장을 태웠다고 한다.《그 많던 싱아는 누가 다 먹었을까》

**애호박 자라듯** 쑥쑥 빨리 자라는 모양. ¶ "…아기들이란 자라려 드니까 우습더라. 꼭 애호박 자라듯이 어제 다르고 오늘 다르더라니까."《도시의 흉년 1》

**액신(厄神)** 재앙을 가져온다는 악신(惡神). ¶ (이제 곧 액신이 넘겨다볼 차례다. 무슨 방정맞은 생각을…)《목마른 계절》

**앰하다** '애매하다'의 준말. ¶ 행랑것들은 주인의 눈을 길 기회가 훨씬 많음으로써 툭하면 앰한 의심을 받았다.《미망 1》

**앵하다** 무슨 일로 손해를 보았을 때 분하고 아깝다. ¶ 그 사이에 고모는 집나간 년만 앵하게 되었다느니, 조강지처는 죽어도 시집 문지방이라도 베고 죽어야 사람 대접을 받는다느니 하면서 자신의 시집살이는 팽개치고 살금살금 친정살이로 파고들어 자리를 굳혀 오늘에 이르고 있었다.《오만과 몽상 2》

**야기(夜氣)** 밤공기의 차고 눅눅한 기운. ¶ 바깥은 야기가 찼다. 정신이 맑아지면서 방금 살롱에서 나의 심보 돌아간 경위를

남의 일처럼 인정 두지 않고 돌이켜 보게 됐다.《도시의 흉년 3》 ¶ 어느 날 밤, 인기척도 같고 야기와도 같은 섬뜩한 느낌에 깬 나는 그 구멍에서 음험하게 반짝이는 눈빛을 보았다.〈해산 바가지〉

**야멸차다** '야멸치다'의 잘못. '야멸치다'는 자기만 생각하고 남의 사정을 돌볼 마음이 없다. ¶ 이렇게 되면 우리가 한 사랑이란 어떻게 되는 거지 했다. 나는 지금 세상에 사랑이 어디 있냐고 야멸차게 쏘아붙였다.〈저렇게 많이!〉

**야미**(비) '뒷거래'를 속되게 이르는 말. (산) 그때만 해도 지금처럼 약만 칠해서 하는 파마가 아니라 이글이글한 숯불이 든 집게 같은 걸 머리에 하나 가득 뒤집어쓰는 불파마였는데, 어느 초라한 야미 파마 집에서 양공주들과 섞여 그 파마를 했었다.〈나에게 소설은 무엇인가〉

**야미 장사**(비) '허가 없이 하는 장사'를 속되게 이르는 말. ¶ 야미 장수로 돈을 굴리는데 이골이 난 숙부라 집 같은 거 사는 데 돈을 들이고 싶어 하지 않았다.《그 많던 싱아는 누가 다 먹었을까》

**야반도주(夜半逃走)** 남의 눈을 피하여 한밤중에 도망함. ¶ 엄마는 오빠를 어디로 도망시키고 우리 식구도 다 야반도주를 하자고 했다.《그 많던 싱아는 누가 다 먹었을까》

**야비다리** 제 멋에 겨워 부리는 거드름. ¶ 다시 분위기는 화기애애해졌고 시간은 야비다리를 피우며 흘러갔다.〈너무도 쓸쓸한 당신〉

**야비다리를 치다** 실제는 그렇지 않으면서 겉으로는 짐짓 겸손한 체하다. ¶ 그녀는

울고불고 애걸하고 있는 것 같으면서도 실상은 야비다리를 치고 있었다. 본처를 패 주는 남편을 말리는 첩의 쾌감이란 성적인 절정감과도 닮은 것이리라. 《도시의 흉년 3》 ¶ 겪은 지 얼마 안 되는 이차대전의 경험에 미루어 다분히 이기적인 생각이었지만, 전쟁이 날수록 시골로 가길 참 잘했다고 야비다리를 피우면서 살 수 있을지언정 후회할 까닭이 없었다. 《그 많던 싱아는 누가 다 먹었을까》

**야시롭다** '야하다'의 방언. 천박하고 요염하다. 겉치레를 하지 아니하여 촌스럽고 예의범절에 익지 아니하다. ¶ "차라리 엄마 솜씨나 어머니 솜씨가 낫지 않을까. 장모님 솜씨는 어째 좀 야시롭다." 《그대 아직도 꿈꾸고 있는가》

**야실대다** 입담이 좋아 연달아 말을 늘어놓다. ¶ 진이가 슬슬 장단을 맞춰 주니까 향아는 한층 신이 나서 야실댄다. 《목마른 계절》

**야심(夜深)** 밤이 깊음. ¶ 종상이가 강릉골 집으로 돌아온 건 야심해서였다. 《미망 1》

**야이다리 치다** '야비다리 치다'의 오자. ¶ 어떤 년은 서방이 있어 이층집에서 야이다리 치고…, 그녀는 이렇게 남편 없는 한탄과 이층집에 대한 시샘을 함께했다. 《오만과 몽상 1》

**야젓잖다** 말이나 행동 따위가 좀스러워 점잖지 못하고 가벼운 데가 있다. ¶ 꼭 학교에서 새 학기에 아이들한테 나누어 주는 가정 환경 조사서의 빈 칸들이 알고 싶어 하는 걸 민 여사도 '우희를 망쳐 놓은 고 녀석'에 대해 알고 싶어 했다. 허성 씨는 아내의 이런 야젓잖은 호기심을 서글프게

바라볼밖에 없다. 《휘청거리는 오후 1》 ¶ 달래의 말투는 간곡하고도 이치에 어긋남이 없어 태임이는 금세 자기가 너무 야젓잖게 굴었다고 뉘우쳤다. 《미망 2》

**야죽거리다** '야기죽거리다'의 준말. '야기죽거리다'는 자꾸 밉살스럽게 재깔이며 짓궂게 빈정거리다. ¶ 안사돈은 야죽거리지도 않고 간결하게 말했다. 간단했지만 무시하는 투는 충분하게 여운이 되어 남아 있었다. 흉보면 닮는다고 오래도록 야죽거린 것은 오히려 이쪽이었다. 〈너무도 쓸쓸한 당신〉

**야죽대다** '야기죽대다'의 준말. ¶ 명희는 뭐가 그렇게 고소한지 입가에 사뭇 회심의 미소를 띠고 야죽댔다. 《서울 사람들》

**야죽야죽** '야기죽야기죽'의 준말. 자꾸 밉살스럽게 재깔이며 짓궂게 빈정거리는 모양. ¶ 지요코는 오물오물 수박씨를 발라내던 입술로 야죽야죽 말했다. 〈꽃을 찾아서〉

**야코죽이다**(비) '야코죽다'의 사동사. '야코죽다'는 '기죽다'를 속되게 이르는 말. ¶ 우희를 야코죽일 수만 있다면, 아아 그럴 수만 있다면 악마의 치맛자락에라도 매달리고 싶다. 알랑을 떨며 매달리고 싶다. 다시 한번 뚜쟁이의 얼굴이 떠오른다. 《휘청거리는 오후 1》

**약과(藥果)** (다른 것과 비교하면) 그 정도는 아무것도 아님. ¶ 숙부네의 몰락에 비하면 내가 당한 건 약과였다. 《그 많던 싱아는 누가 다 먹었을까》

**약방에 감초**(속) 어떤 일에나 빠짐없이 끼어드는 사람을 이르는 말. ¶ …그는 그가 무관하게 드나드는 조선 사람들 사이에서 아무런 의심도 받지 않고 인심을 얻고 있

었다. 약방의 감초처럼 좋은 일에도 궂은 일에도 그를 스스럼없이 끼워 주었다.《미망 3》

**약비나다** 정도가 너무 지나쳐 몹시 싫증이 나다. ¶이렇게 해서 처만네는 당장 이 생원댁으로 불려갔고 하루 세 끼를 뽀진뽀진한 이밥에다 보양 곰국을 약비나게 먹는 신세가 되었고, 행랑것의 예언대로 젖이 귀한 도련님이 먹고 남을 만큼 샘솟았다.《미망 1》 ¶기름을 넉넉히 넣고 지진 김치찌개의 맛은 말할 수 없이 부드러웠고, 육식을 약비나게 하고 난 것 같은 징건하고 느글느글한 포만감까지 맛볼 수 있었다.《그 산이 정말 거기 있었을까》

**약손** 아픈 곳을 만지면 낫는다고 하여 어루만져 주는 손. ¶"아이고 내 새끼 볼기짝 부르튼 것 좀 보게. 어떤 년인지 손끝이 모질기도 해라. 할미 손은 약손이다. 쓱쓱 쓸어 주마. 할미 손은 약손이다. 쓱쓱 쓸어 주마. 애구 어떤 년인지 손끝 한번 모질기도 해라."〈엄마의 말뚝 1〉 ¶"앗다 성님도 참, 하나만 알제 둘은 모르는 소리 마시오. 그 몹실 병에 장석이 손이나 약손이제 워디 쟈아 손도 약손이라요. 가시손이나 안 됐으믄 쓰겄소."〈아직 끝나지 않은 음모 1〉

**약여(躍如)하다** (어떤 모습 따위가) 생생하고 뚜렷하다. (산) 그 말씀은 생전의 큰스님을 친히 모셔 본 스님의 말씀이라, 거칠 것 없이 자유로운 거인의 면모가 약여하나,〈귀하고 그리운 ~다운 이〉

**약은 놈은 절에 가서도 새우젓을 얻어먹는다**㈜ 절간에 가서도 눈치가 있어야 백하 젓국 얻어먹는다. 눈치가 빠르고 세상 물정이 환하면 못 구하는 것이 없음을 이르는 말. ¶…사람의 일엔 항상 예외라는 게 있고, 또 요행이라는 게 있으니까, 약은 놈은 절에 가서도 새우젓을 얻어먹는다지 않나, 일단 기회라도 줘보는 수밖에, 라고 중대장은 생각했던 것이다.〈그 살벌했던 날의 할미꽃〉

**양냥대다** 만족스럽지 못하여 짜증을 내며 종알거리다. ¶"…맨날 늦게 들어온다고 집구석에서 양냥대기만 할 게 아니라, 가끔 퇴근 길목을 지키고 섰다가 남편을 근사한 데로 유혹한다고 해서 가정부인의 체면이 깎이는 건 아닐 텐데…"〈그의 외롭고 쓸쓸한 밤〉

**양다리 걸치다** 양쪽에서 이익을 보려고 두 편에 다 관계를 가지다. ¶그는…양다리를 걸쳐온 자신의 지난날을 돌이켜 보면서 문득 생전 고칠 도리가 없는 병이 든 것처럼 느꼈다. 너는 도대체 뭐냐?《미망 2》 ¶"대단치 않은 거 양다리 걸치는 버릇이 자라면 대단한 것도 슬쩍슬쩍 양다리 걸치게 되는 거라구."〈아직 끝나지 않은 음모 3〉

**양반 얼어 죽어도 곁불은 안 쬔다**㈜ 양반은 아무리 궁하거나 다급한 경우라도 체면을 깎는 짓은 하지 아니한다는 말. ¶"원 형님도…" 종상이는 흥, 양반은 얼어 죽어도 곁불은 안 쬔다 이거지? 하는 소리가 목구멍까지 나오는 걸 참느라 짙은 눈썹이 꿈틀했다.《미망 2》

**양반 인심은 아전이 맡아서 잃는다** 말단 아전이 잘못해 양반 인심을 잃게 한다는 말. ¶"망할 년, 양반 인심은 아전이 맡아서 잃는다더니…" 방 여사는 소녀가 사라

진 후 한참만에야 겨우 그쪽을 향해 눈을 흘기며 투덜댔다.《살아 있는 날의 시작》

**양손에 떡**㉚ 두 손에 떡. 두 가지 일이 똑같이 있는데 무엇부터 먼저 해야 할지 모를 경우를 이르는 말. ¶일과 결혼을 함께 가진다는 건 그 일이 잘되더라도 양손에 떡을 쥔 꼴밖에 안 된다고 걱정해 주는 사람도 있었지만 후남이는 안 그렇게 생각했다.〈아직 끝나지 않은 음모 3〉

**양아치**㉑ '거지'를 속되게 이르는 말. ¶…피엑스 앞을 본거지로 삼은 양아치들은 그렇게 호락호락하지 않았다.《그 산이 정말 거기 있었을까》

**양코배기**㉑ 서양 사람을 낮잡아 이르는 말. ¶양코배기들은 또 한 번 인천 상륙작전을 성공시킨 게 틀림없다.《목마른 계절》¶그러던 어느 날 이번에 바뀐 분교의 주인은 국군도 인민군도 아닌 양코배기란 소문이 돌았다.〈그 살벌했던 날의 할미꽃〉

**얄얄이** 여유가 조금도 없이 받게. ¶아침에 까치 소리를 들었다 싶어 부랴부랴 단과 솔기를 얄얄이 내서 다시 꿰매면서 이렇게 비는 마음이었다.《미망 2》¶마나님 차례는 올해가 처음이지만 영감님이 모셔야 할 조상이 네 분이나 더 있는데 자식들이 미리 오지 않고 얄얄이 시간 맞춰 오는 바람에 죽은 마나님이 명절이나 제삿날은 육지 바라보느라 고개가 한 뼘은 늘어났대.〈그리움을 위하여〉

**얄얄하다** 여유가 조금도 없다. ¶망건을 꾸밀 수 있도록 조각조각 마름질해 파는 검은 공단은 올을 다투게 얄얄해서 까딱 잘못하면 못 쓰게 되는 수가 있었다.《미

망 1》

**어기적어기적** 팔다리를 부자연스럽고 크게 움직이며 천천히 걷는 모양. ¶주름이 많이 잡히고 풀이 잘 서는 무명 통치마에 품이 넓은 저고리를 입고 머리엔 수건을 쓰고 어기적어기적 일부러 느리게 걸어 다녔다.〈공항에서 만난 사람〉

**어기죽어기죽** 팔다리를 마음대로 잘 놀리지 못하고 천천히 부자연스럽게 겨우 걷는 모양. ¶아씨는 눈을 털고 어기죽어기죽 머릿방 모퉁이로 돌아갔다.《미망 1》

**어깃장을 놓다** 짐짓 고분고분 따르지 않고 뻗대다. ¶"…기껏 시어머니한테 어깃장이나 놓고 넌 시아버지 팬티한테 분물이나 하고." "별수 없는 여편네 팔자소관 아니겠냐."〈마흔아홉 살〉

**어느 개뼈다귀인지 모른다** 출신 성분을 알 수 없어 믿을 수 없거나 형편없다는 것을 이르는 말. ¶"…간략한 식이나 올리도록 도와주세요." "누구 맘대로? 어느 집 개뼈다귄지 알아도 안 보고?"《휘청거리는 오후 1》¶삼십여 년을 해로한 제 영감 차례를 내팽개치고 어느 개뼈다귀인지 모를 늙은 뱃놈의 죽은 마누라 차례를 지내러 가겠다는 게 어디 제정신인가.〈그리움을 위하여〉

**어느 바람이 부느냐는 듯이**㉚ 남의 말을 듣고도 들은 체 만 체 하거나 귓등으로 들어 넘기는 모양을 이르는 말. ¶"…쟤가 시에미 알기를 개떡같이 아는 앱니다. 벼르고 별러서 한마디 해도 어느 바람이 부나 하는 식이죠. 그러니 말해 뭘 하겠습니까…"〈해산 바가지〉

**어둑시근하다** 무엇을 똑똑히 가려볼 수 없

을 만큼 어느 정도 어둑하다. ¶대낮에도 뒷간 속은 어둑시근해서 계집애들의 흰 궁둥이가 뒷간 지붕의 덜 여문 박을 으스름달밤에 보는 것처럼 보얗고도 몽롱했다. 《그 많던 싱아는 누가 다 먹었을까》 ¶오목이는 어둑시근한 부엌에 쭈그리고 앉았다. 부엌이라기보다는 집 뒤 처마 끝이 뒷집 축대와 맞닿으면서 생긴 골목이라 대낮에 가까운데도 마냥 어둑시근했다. 《그해 겨울은 따뜻했네 1》

**어둑신하다** '어둑어둑하다'와 비슷한 말. (산) 해뜨기 전 어둑신한 새벽녘이면 유리 속은 더 어둡기 때문에 도리어 그 안에 비친 앞산은 실물보다 훨씬 깊고 신비한 심산유곡처럼 보이는 것이다. 〈죽은 새를 위하여〉

**어둑어둑하다** 사물을 똑똑히 알아볼 수 없을 만큼 어둡다. (산) 아침잠이 없는 건 아이나 늙은이나 비슷해서 어둑어둑할 때 다녀오는 아침 산책에 세 살짜리가 꼬박꼬박 따라나섰다. 〈망태 할아버지〉

**어디 개가 짖느냐 한다㈜** 남을 업신여겨 그의 말을 조금도 들은 체도 아니한다는 뜻. (산) 소년은 전혀 듣고 있지 않았다. 어디 개가 짖느냐는 식의 귀찮고 권태로운 얼굴로 천 원짜리 한 장으로 허리를 두른 천 원짜리 넉 장을 손가락 사이에 끼고 장난을 치고 서 있었다. 〈되돌아온 말〉

**어디메** 어디. 〈방언〉 ¶이 삭정이 같은 육신 어디메에 이 뜨거운 열원이 있는 것일까? 《나목》 (산) 이 거대한 아파트의 숲에서 동마다 허구헌 날 배출하는 그 엄청난 쓰레기를 받아들일 데가 이 땅 어디메에 아직도 남아 있는 것일까? 〈쓰레기 더미를 바라보면서〉

**어룽어룽** 뚜렷하지 아니하고 흐리게 어른거리는 모양. ¶진이의 시야는 점점 어룽어룽해진다. 《목마른 계절》

**어름어름하다** 말이나 행동을 똑똑하게 분명히 하지 못하고 우물쭈물하다. ¶…며느리에게 거대한 군상을 안 차리게 할 수 있는 절호의 기회였다. 그걸 놓칠 수는 없다고 조심조심하면서도 배우성 씨는 어름어름하고 있었다. 〈천변풍경〉

**어리어리** 겉잠이나 얕은 잠이 설핏 든 모양. ¶(시어머니는)…아침 일찍 우리 방으로 건너와 요강을 내가고 밤이 이슥해 어리어리 잠이 들 만하면 요강을 받쳐 들고 와서 머리맡에 놓고 나갔다. 〈해산 바가지〉

**어린양** 어리광. 〈방언〉 (산) 그러나 다 커 버린 아이가 아무리 어린양을 해 봤댔자 요람으로 돌아갈 수는 없다. 〈마음 붙일 곳〉

**어림 반 푼어치도 없다** 몹시 부당하거나 터무니없는 말을 함을 이르는 말. ¶"느이 시아버님이 그 언년네가 바느질한 옷을 입으실 성싶는? 어림 반 푼어치도 없어야. 어드렇게 그렇게 내 솜씨 하나는 잘 알아보시는지. 이년의 팔자가 타고난 영감 복은 그것밖에 없다니까."《미망 1》¶"호적엔 올렸을까?" "누굴, 성남댁을? 쟤는 어림 반 푼어치도 없는 소리를 하고 있네. 진태 엄마가 누군데 그런 후환을 남길 짓을 하겠어?"〈지 알고 내 알고 하늘이 알건만〉

**어림짐작** 대강 헤아리는 짐작. ¶그녀는 머리맡을 더듬어 선풍기를 미풍으로 틀고 어림짐작으로 타이머를 한 시간쯤 뒤로

맞춰 놓았다. 〈울음소리〉

**어물전 망신은 꼴뚜기가 시킨다**(속) 지지리 못난 사람일수록 같이 있는 동료를 망신시킨다는 말. ¶맙소사. 어물전 망신은 꼴뚜기가 시킨다더니, 연지는 느닷없이 전 여성을 대표해서 사과 사절을 자처하고 나선 미스 고의 뒷모습에서 얼굴을 돌리면서 쓴 입맛을 다셨다. 《서 있는 여자》

**어벌쩡** 제 말이나 행동을 믿게 하려고 말이나 행동을 일부러 슬쩍 어물거려 넘기는 모양. ¶민수가 어벌쩡 실없는 농담처럼 응석받이의 투정처럼 던진 말 속에 함축된 그가 처한 답답한 상황과 압축된 고통과 젊은 열망을 우희는 몰라라 할 수만은 없었다. 《휘청거리는 오후 1》

**어벙하다** 사람의 성질이 여무지지 못하고 멍청하다. ¶한마디로 그는 어벙한 위인이었다. 《휘청거리는 오후 1》 ¶"…아버님이 마흔넷에 납치당하셨다니까요.""납치라고요?" 나는 어벙한 질문을 했다. 〈복원되지 못한 것들을 위하여〉

**어부인** 부인을 높이는 말. ¶"어, 이제야 우리 어부인께서 행차하셨군…"《살아 있는 날의 시작》

**어석어석** 단단하고 깨지기 쉬운 물건이 거볍게 부서질 때 나는 어석거리며 버석거리는 소리. ¶…걷어 올린 치마 앞에다는 팝콘을 잔뜩 받아 놓고 어석어석 씹고 있었다. 《그 산이 정말 거기 있었을까》

**어스름** 날이 약간 어두워 어스레한 상태. ¶꿈속하고 별로 다르지 않은 침침한 어스름 속에서…그녀는 완전히 잠에서 깨어났다. 〈울음소리〉

**어안이 벙벙하다** 뜻밖에 놀랍거나 기막힌 일을 당하여 어리둥절하다. ¶갈잎이라고는 하나 그 많은 짐을 지고 어찌 그리 잘 뛰는지 종상이는 어안이 벙벙했다.《미망 2》 ¶아줌마는 우선 우리가 그동안 한 푼의 저축도 없이 살았다는 걸 알고 어안이 벙벙해했다. 〈도둑맞은 가난〉

**어엿하다** 당당하고 떳떳하다. (동) 수남이란 어엿한 이름이 있는데도 꼬마로 통한다. 〈자전거 도둑〉

**어영부영** 되는대로 어물어물 넘겨서 처리하는 모양. ¶연지 내외가 새살림 나는 걸 이것저것 거들고 챙겨 주고 나니 사돈 영감이 기어코 세상 뜨고 하는 바람에 어영부영 달포가 지났다.《서 있는 여자》

**어중간하다** 이도 저도 아니다. 이것에도 저것에도 알맞지 않다. (산) 내 유년의 뜰에도 분꽃이 있던 자리는 뒤란도 아니고 사랑 마당도 아닌 헛간 옆 뒷간 가는 길, 아무도 가꾸지 않은 어중간한 땅이었다. 〈유년의 꽃〉

**어중이떠중이**(비) 여러 방면에서 모여든, 탐탁하지 못한 사람을 통틀어 낮잡아 이르는 말. ¶"그게 아니라 내가 독신으로 자취 생활을 하는 걸 필요 이상으로 걱정해서 어찌나 어중이떠중이 색싯감을 갖다 대는지 넌더리가 나서 말야. 그래서 말야…"《나목》 ¶청일 전쟁 이후 일본의 세력이 커지면서 온갖 어중이떠중이 일본인들까지 이 땅에 출입이 잦아졌다.《미망 1》

**어청어청** 키가 큰 사람이 이리저리 천천히 걷는 모양. ¶스위치는 도어 옆에 있었다. 그는 어청어청 걸어가서 까만 스위치를 눌렀다.《나목》

**억장이 무너지다** 극심한 슬픔이나 절망 따

위로 몹시 가슴이 아프고 괴롭다. ¶딸의 뺨으로 맥없이 눈물이 타고 내리는 걸 보면서 박 씨는 저게 피눈물이지 싶어 억장이 무너지는 것 같았다.《미망 1》¶그는 사력을 다해 억장이 무너지는 소리를 내고 있었다. 아아, 삼십여 년 전 은표 어머니의 억장이 무너지는 소리는 이제야 앙갚음을 완수한 것이다.〈아저씨의 훈장〉

**억지 춘향**㊛ 억지로 어떤 일을 이루게 하거나 어떤 일이 억지로 겨우 이루어지는 경우를 이르는 말. ¶그러나 그렇게 억지 춘향으로, 서럽고 서럽게라도 집은 장만하고 볼 일이라고 자기 잘못을 스스로 대견해할 고비가 교하댁의 일생엔 수도 없이 많았다.〈가(家)〉

**억하심정(抑何心情)** 대체 무슨 생각으로 그러는지 그 마음을 모르겠다는 말. ¶"…너 틀림없이 남자에게 억하심정을 품을 만한 사건이 있었을 거야. 두려워하지 말고 그걸 밝혀내야 돼. 네 정신 건강을 위해서야."〈마흔아홉 살〉

**언 발등에 오줌 누기**㊛ 임시변통은 될지 모르나 그 효력이 오래가지 못할 뿐만 아니라 결국에는 그 사태가 더 나빠짐을 이르는 말. ¶산동네서 집이 헐린 사람은 잠실 아파트 입주권을 주는데 입주금 마련도 어려운 사람들은 언 발등에 오줌 누기로 우선 입주권을 팔아서 쓰고 본다는 거였다.〈흑과부〉

**언감생심(焉敢生心)** 감히 그런 마음을 품을 수 없음. ¶"그릇된 제도를? 그걸 감히 우리가 어드렇게 뜯어고치냐, 뜯어고치길. 언감생심 그런 생각을 하다니, 누구라 들으면 역적모의 한다고 몰릴라…"《미망 3》¶"…나가고 싶으면 지가 나갈 일이지 언감생심 시에미 내쫓을 궁리를 해. 이건 내 집이야…"《아주 오래된 농담》

**언덕바지** 언덕의 꼭대기. ¶그것은…구식 두레박 우물이 있는 언덕바지까지 갔다가 되돌아오는 것과 같았다.〈무서운 아이들〉

**얼굴에 모닥불을 담아 붓듯**㊛ 몹시 부끄러운 일을 당하여 얼굴이 화끈화끈하다는 말. ¶…나는 아마 절름발이 여자가 아버지의 애첩이라는 것과 수남이가 아버지의 서자라는 것까지를 폭로하는 것을 피할 수는 없으리라. 엄마가 내 말을 알아듣고 나서 감당해야 할 수치심을 상상하는 것만으로 내 얼굴은 모닥불을 들어부은 것처럼 화끈 달아올랐다.《도시의 흉년 3》¶오목이는 심한 부끄러움으로 얼굴이 모닥불을 부은 것처럼 달아올랐다. 남자에게 속살을 보여서가 아니었다. 그녀의 마지막 자존심이 악착같이 움켜쥐고 있었던 굶주림을 들켜 버렸기 때문이었다.《그해 겨울은 따뜻했네 2》

**얼굴에 철판을 깔다**㊵ 염치나 체면도 없이 몹시 뻔뻔스럽다. ¶교장실의 부름을 받은 것은 겨울방학 얼마 안 남기고였다. 겨울방학이 고비다, 그 고비만 그야말로 얼굴에 철판을 깔고 넘기면 된다고 기다리고 기다리던 겨울 방학을 문경이 모르게 진행되는 사태가 기다려 줄 리 만무했다.《그대 아직도 꿈꾸고 있는가》

**얼렁뚱땅** 엉너리를 부려 얼김에 슬쩍 남을 속여 넘기는 모양. ¶부성은 아버지의 노여움이 너누룩해진 줄 알고 그 사이에 얼렁뚱땅 종상이를 피신시킬 궁리부터 했다.《미망 1》¶주 박사도 일 년에 한 번 전화

로 세배 올린다고 얼렁뚱땅 너스레를 떠는 게 고작이지 들른 적은 없었다.〈저물녘의 황홀〉

**얼릉덜름** 대단치 않게 대충대충 넘어가는 모습. ¶그러나 이런 시간도 길지 못했다. 황소좌가 나타난 것이다. 진이는 차라리 그들의 이별 사이에 황소좌가 끼어들게 된 것이 잘된 일이라고 생각한다. 울고 짜는 일이 얼릉덜름 생각되겠기에 말이다. 《목마른 계절》

**얼음과 숯은 서로 용납되지 않는다[氷炭不相容]**송 두 사물이 서로 화합하기 어려움을 이르는 말. ¶남상이의 부모는 서로 남남끼리처럼 냉담해 보였다. 남자와 여자가 같이 자야 아기가 생긴다는 만고의 진리조차 그들만 보면 의심스러워질 만큼 그들은 서로 얼음과 숯처럼 어울리지 않았고 용납하지 않았다. 《오만과 몽상 1》

**얼음빛** 반투명한 회색빛이면서 부드럽기보다는 차갑게 보이는 빛깔. (산) 오빠의 연이 얼음빛 겨울 하늘 멀리멀리 날아올라 앞산을 넘고 먼 산을 넘을 때의 해방감을 무엇에 비길까. 〈연과 널〉

**얼치기** 이것도 저것도 아닌 중간치기. (산) 나는 제대로 된 시골뜨기도 못 되고 딱 바라진 서울뜨기도 못 되고 얼치기쯤 되는가 보다. 〈시골뜨기 서울뜨기〉

**엄벙덤벙** 말과 행동이 침착하지 아니하고 덤벙거리는 모양. ¶안집은 맏딸 일순이부터 막내딸 오순이까지 다섯 딸들로 늘 잔칫집처럼 떠들썩해 심심할 새도 시름에 잠길 새도 없이 엄벙덤벙 하루가 넘어갔다. 《목마른 계절》

**엄엄(嚴嚴)하다** 매우 엄하다. ¶그 엄엄한

행렬이 그 집으로 갈 때까지는 우리가 그냥 서 있어도 되지만 그 집을 돌아 나올 때는 벼락같이 "최경례."라는 구호가 떨어지고 우리는 머리를 깊이 조아리고 그 높은 사람들의 구두 끝이나 겨우 바라보고 있어야 했다. 《그 많던 싱아는 누가 다 먹었을까》

**엄장** 풍채가 좋은 큰 덩치. ¶남보다 큰 엄장이 장년처럼 씩씩하고, 식탐이 한결같고, 인삼즙을 장복을 하고, 술도 인삼주 아니면 안 마시는 영감이 마누라를 소 닭 보듯 하니 도대체 그 기운이 어디로 뻗치는 걸까? 《미망 1》

**업고(業苦)** 전생의 나쁜 짓으로 말미암아 받는 고통. ¶…먹고 먹이는 책임이란 얼마나 두렵고 고달픈 업고일까? 《목마른 계절》

**업어 가도 모르게 곯아떨어졌다**송 몹시 곤하게 깊이 잠든 모양을 비유하여 이르는 말. ¶김 하사는 맹렬히 코를 골고 있었다…업어 가도 모를 듯한 깊은 숙면에 빠져 있는 그가 나에게 웬일인지 이 커다란 집 속의 유일한 살아 있는 사람같이 여겨졌다. 《나목》 ¶"…오늘은 대갓집 마님들과 어울려서 세검정으루다 물맞이까지 갔다 오셨으니까 아마 내일 아침까지도 업어 가도 모르실걸." "언니야말로 이 큰 살림 도맡아 하랴 사흘들이로 손님 겪으랴 얼마나 고단하우. 누가 업어 가도 모르게 자야 할 사람은 언닌데 그까짓 일본 말을 배워서 뭣 하려구." 《미망 3》

**업은 아이 4년 찾는다**송 무엇을 몸에 지니거나 가까이 두고도 까맣게 잊어버리고 엉뚱한 데에 가서 오래도록 찾아 헤매

는 경우를 이르는 말. ¶…돌이켜 보면 볼
수록 지난 4년간의 세월을 허송세월한 것
처럼 허망하고 억울했다. 그래서 우리들
은 약속했던 것이다. 마지막으로 우리 여
자다움을 남학생들 앞에 과시해 주기로.
그래서 그들로 하여금 그들의 지난 4년이
'업은 애기 4년 찾기' 식의 어리석은 4년
이었음을 뼈저리게 한탄하게 해 주기로.
〈키 큰 신랑〉

**엇물리다** '어긋물리다'의 준말. 서로 어긋
나게 물러나게 물거나 물게 하다. (산) 내
가 내 생활의 톱니바퀴와 각박하게 엇물
려 놓은 게 어찌 계절뿐일까. 사람과의 관
계 또한 그렇다. 〈그때가 가을이었으면〉

**엉구다** 여러 가지를 모아 일이 되게 하다.
¶누군가가 그걸 그렇게 접어 걸면서 온
통 깁고 배접해서 간신히 엉구어 놓은 안
감도 보았을 게 아닌가.《미망 2》¶서울
로 돌아오는 동안 내내 출장 목적인 기사
를 어떻게든 엉구어 쓸 생각보다는 그 느
낌의 정체를 알아내려고 애를 썼지만 알
수가 없었다.《서 있는 여자》

**엉덩 바람** 엉덩이를 휘젓는 모습. ¶재수
란 도깨비의 엉덩 바람보다도 더 걷잡을
수 없이 변화무쌍한 것이어서 그 운맞이
엔 필시 주술적인 신비한 낌새가 있을 테
고, 고무신짝이나 물 한 바가지에 그 낌새
가 있을지 누가 아나. 〈맏사위〉

**엉덩이만 크다고 처녀가 애 낳나** 여자가
아무리 성숙해도 남자를 만나지 않고는
애를 낳을 수 없다는 말. ¶"참 발 한번 빠
르구나. 그런데 아직도 안 된 게 뭐가 있
어." "묘삼이요. 아무리 밭이 좋으면 뭘
하우. 씨가 있어야지. 엉덩이만 크다고 처

녀가 애 낳는 것 봤수?"《미망 3》

**엉석꾸러기** 응석꾸러기. 〈방언〉 응석동이.
응석을 잘 부리는 아이. (동) 나는 엉석꾸
러기에다 울기 잘 하는 계집애였는데도
어머니에겐 고분고분 굴었다.《옛날의 사
금파리》

**엎어지면 코 닿을 데⑱** 거리가 매우 가깝
다는 말. ¶태임이가 낳아 자란 동해랑의
친정집과는 큰길 하나를 사이에 두고 나
란히 있는 골목이었다. 엎어지면 코 닿
을 거리였다.《미망 2》¶"엄마, 다리 아
파, 전차 타고 가." 나는 딱 걸음을 멈추면
서 단호하게 말했다. "안 된다. 엎으러지
면 코 닿을 데야. 이제부터 할머니 앞에서
처럼 떼쓰면 뭐든지 된다는 줄 알면 매 맞
아." 엄마가 무서운 얼굴을 했다. 〈엄마의
말뚝 1〉

**엎지른 물** 다시 바로잡거나 되돌릴 수 없
는 일을 이르는 말. ¶"게 좀 앉구려. 시
장 가셨다니 곧 오시겠지 뭐." "아, 아녜
요. 장보러 가신 게 아니라 장사 나가신
걸요." 나는 아차, 했지만 이미 엎어진 물
이었다.《도시의 흉년 3》¶그녀는 얼떨결
에 아들이라고 대답하고 나서 꿈에 빠진
듯 아차 했었지만 이미 엎질러진 물이었
다. 영감님의 얼굴에 쓸쓸한 미소가 떠올
랐다.《미망 1》

**엎친 데 덮치다** 어렵거나 나쁜 일이 겹치
어 일어나다. ¶박적골 집에 불화의 기운
이 돌고 나쁜 일은 엎친 데 덮친다고 올케
가 기어코 각혈을 했다.《그 많던 싱아는
누가 다 먹었을까》¶…화초 할머니가 어
느 날 할아버지가 넘어지던 바로 그 칙간
모퉁이에 쓰러져 할아버지하고 똑같은 반

신불수가 된 것이다. 친할머니는 물론 어머니 작은어머니한테도 재앙이 엎친 데 덮친 셈이었다. 〈저물녘의 황홀〉

**여간만** '여간'을 세게 이르는 말. '여간'은 어지간한 정도로, 웬만한 정도로. ¶나는 한눈에 그가 그 근처에 즐비한 가내 공업하는 공장의 직공이라는 걸 알 수 있었다. 그런데 풀빵을 먹는 꼴이 여간만 꼴불견인 게 아니었다. 〈도둑맞은 가난〉

**여리디여리다** 매우 여리다. ¶초인종 소리에 문을 열기 전에 누구냐고 물었고 문밖에서 여리디여린 소리로 위층에서 왔다고 대답했다. 〈저문 날의 삽화 2〉

**여리여리하다** 여리고 보드럽다. ¶언제 들어도 여리여리한 영묘의 목소리는 지금 떨고 있었다. 《아주 오래된 농담》

**여릿여릿** 형체가 약한 모양. ¶나이 지긋한 사십대 여자를 먼저 태우고 다음이 내가 타고 아직 처녀처럼 여릿여릿한 이십대 여자가 맨 나중에 탔다. 〈여인들〉

**여봐란듯이** 자랑으로 버젓하게 드러내어 하는 모양. ¶어머니의 소원대로 조건 좋은 남자를 만나 이 시대의 행복의 도식을 여봐란듯이 구현하며 살 만한 조건을 남김없이 갖추고 있는 연지였다. 외모로 보나 학벌로 보나 집안으로 보나. 《서 있는 여자》 ¶은밀히 먹던 그 약을 남편 앞에서 당당히 입에 털어 넣었고 분량도 여봐란듯이 늘려 갔다. 〈해산 바가지〉

**여북하다** 오죽 심했으면. (산) 우리 자랄 때는 너나없이 참 코를 많이 흘렸다. 여북하면 아이들을 부르는 다른 말로 가장 흔한 말이 '코흘리개'였을까. 〈없어진 코흘리개〉

**여수스럽다** 여우 같다. '여수'는 '여우'의 방언. ¶"나 할머니 손 붙들고 잘래." "원계집애도 여수스럽긴." 할머니가 뿌리치지 않고 빙그레 웃기까지 했다. 《도시의 흉년 3》

**여염(閻閻)집** 보통 서민의 살림집. (산) 양장에 입술만 좀 빨갛게 칠해도 양공주로 보는 경우가 많았다. 그래서 한복은 여염집 여자라는 표시도 되었다. 〈50년대 서울 거리〉

**여울** 강의 바닥이 얕거나 폭이 좁아 물살이 세게 흐르는 곳. ¶학봉 골짜기에서 흘러내린 물줄기 중의 하나가 우리 집 텃밭을 돌면서 물살 센 여울을 이루었다. 〈무중(霧中)〉

**여자가 한을 품으면 오뉴월에도 서리가 내린다**㊌ 여자의 악담에는 오뉴월에도 서리가 온다. ¶"…그쪽 집을 지금처럼 내버려둔다는 건 전씨댁 체통을 봐서라도 말이 안 되는 것 같아요. 여자의 원한은 오뉴월에도 서리를 내리게 한다는데 이번에 거기서 하룻밤 묵었는데 작은 마님 원망이 대단하더군요…"《미망 2》

**여자기** 여자의 성적인 기. 여자의 섹시한 기운. ¶그녀는 마치 선언문을 낭독하는 것처럼 여자기 없이 다만 씩씩하게 말하고 씩 웃었다. 《오만과 몽상 2》

**여자와 북어는 팰수록 맛이 난다**㊌ 여자를 자기 입맛에 맞게 길들이려면 패는 수밖에 없다는 난폭한 여성관을 이르는 말. ¶여자와 북어는 팰수록 맛이 난다는 게 그의 단순 소박한 여성관이었으나 한 번도 실용해 보진 못한 채였다. 《살아 있는 날의 시작》

**여자의 악담에는 오뉴월에도 서리가 온다**⍠ 여자가 한을 품으면 그 영향이 무섭다는 말. ¶"아유, 불쌍한 내 새끼. 천벌을 받을 놈 같으니라구. 여자의 악담엔 오뉴월에도 서리가 내린다는데, 내 그놈한테 하루도 안 빼고 악담을 해 줄 테다."《도시의 흉년 2》 ¶태임이는 아무도 상상을 못 한 사태를 홀로 예측하고 입방아까지 찧고 난 데 대해 죄의식을 느꼈다. 그러나 여자의 악담은 오뉴월에도 서리를 내리게 한다지만 오뉴월에 정말 서리를 내리게 하려는 악담이 어디 있을까.《미망 3》

**여투다** 돈이나 물건을 아껴 쓰고 나머지를 모아 두다. ¶여퉈 놓았던 곡식이나 계란 따위를 이고 지고 가 봤댔자 돈 사서 사 올 수 있는 건 바늘이나 실, 급한 농기구가 고작이었고,《미망 1》 ¶지금 성남댁은 몸에다 영감이 다달이 얼마간씩 여퉈 준 목돈을 감고 있었다.〈지 알고 내 알고 하늘이 알건만〉

**여편네 벌이는 쥐벌이**⍠ 여자가 버는 돈은 집안 살림에 별로 도움이 안 된다는 말. ¶뱃속이 시퍼래질까 봐 겁이 나도록 채소를 실컷 먹을 수 있는 것도 숙모 덕이었다. 그러나 숙모는 결코 자기 벌이를 내세우지 않았고 '여자 벌이는 자고로 쥐벌이'라는 겸손으로 일관했다.《그 산이 정말 거기 있었을까》

**역립(逆立)** 거꾸로 서다. ¶설사 내 아파트가 찾아오기 쉽게 잠시 역립을 하고 나를 기다려 준대도 사정은 마찬가지였을 게다.〈포말의 집〉

**역마살** 늘 분주하게 이리저리 떠돌아다니게 된 액운. ¶"형님 언제 돌아오셨시니

까? 소리 소문도 읎이." "역마살 붙은 사람이 연통하고 다니는 것 봤남."《미망 3》

**역혼(逆婚)** 자매 중에서 나이 적은 사람이 먼저 결혼하는 일. ¶"아무리 그래도 순서가 있는데 어떻게 역혼이야 시키겠니? 남매끼리도 아니고 같은 여형제끼리."《휘청거리는 오후 1》 ¶막내의 혼사가 만족스럽긴 하나 역혼은 안 된다고 했다.《아주 오래된 농담》

**연연하다** 빛이 엷고 산뜻하며 곱다. ¶그 빛깔들의 연연하기가 꽃보다 아름다웠고 서로 어우러지니 단풍철보다 고왔고 빛깔의 미묘한 차이가 그지없이 황홀했다.《미망 1》

**연화(軟化)** 단단한 것이 부드럽고 무르게 됨. ¶만약 그것들이 그런 평화적인 방법으로 그들의 파괴욕을 연화시켜 주지 않았더라면 그 허술한 동네의 어느 한 모퉁이가 풍비박산이 났을지도 모른다 싶게 그곳 젊은이들은 특이했다.《살아 있는 날의 시작》

**열 길 물속은 알아도 한 길 사람의 속은 모른다**⍠ 물의 깊이는 잴 수 있으나 사람의 마음은 측량하기 어렵다는 말. ¶열 길 물속은 알아도 한 길 사람 속은 모르는 거예요. 아내가 남에게 뜻밖의 피해나 배신을 당하고 이런 소리를 체념할 때도 그때 일이 생각나곤 했다.〈꽃을 찾아서〉(산) 오죽해야 예로부터 열 길 물속은 알아도 한 길 사람 속은 모른다고 일컬어져 왔을까. 아무도 인간이란 심연의 바닥을 본 사람은 없다.〈한 길 사람 속〉

**열 번 찍어 아니 넘어가는 나무 없다**⍠ 아무리 뜻이 굳은 사람이라도 여러 번 권하

거나 꾀고 달래면 결국은 마음이 변한다는 말. ¶"찍기로 작정한 순간부터 나는 열 번 찍어 안 넘어가는 나무 없더라는 속담의 열렬한 신도가 된 겁니다. 그렇지만…"《그해 겨울은 따뜻했네 1》

**열 손가락 깨물어 안 아픈 손가락이 없다**솎 자식이 아무리 많아도 부모에게는 다 같이 중하다는 말. ¶열 손가락 깨물어 안 아픈 손가락 없다는 것도 에미한테만 해당되는 듯싶어 더욱 여란이 처지가 불쌍했다.《미망 3》 ¶더군다나 어머니에게 나는 단지 하나 남은 일촌이었다. 나에겐 다섯씩이나 있어도 얼고 떠는 일촌이 어머니에겐 하나밖에 남아 있지 않았다. 자식 자랑이 결코 그 수효에 따라 수박 쪽 나누듯이 분배되어 줄어드는 게 아니라는 뜻으로 '열 손가락 깨물어 안 아픈 손가락 있느냐.'는 속담이 있다. 그렇더라도 하나밖에 안 남은 손가락에 대한 집착과 애정은 도대체 어떤 것일까? 그 생각이 나를 소스라치게 했다. 〈엄마의 말뚝 2〉

**열 식구 벌지 말고 한 입 덜라**솎 많이 벌려고 무리하게 애쓰지 말고 하나라도 군식구를 없이 하여 적게 쓰는 편이 낫다는 말. ¶"남숙이가 집을 나갔다면서요?" "그래. 열 식구 버는 것보다 한 식구 더는 게 낫다구 올해는 식구가 두 식구나 줄었으니 우리도 형편이 좀 필려는가 부다."《오만과 몽상 1》 ¶양갈보 짓 시켜 먹긴 싹수가 노랗고, 열 식구 버는 것보다 한 입 더는 게 낫다는 옛말도 있으니 그까짓 거 후닥닥 치워 버리는 게 어떻겠느냐는 중신에미 말에 어머니는 솔깃했고, 나도 순종했다. 〈부끄러움을 가르칩니다〉

**열꽃** 홍역 따위를 앓을 때, 피부의 여기저기에 돋아나는 붉은 점. ¶그는 걷고 또 걸었다. 몸의 곳곳에서 분노가 열꽃처럼 피어나고 있었다. 〈꽃을 찾아서〉

**열락**(悅樂) 기뻐하고 즐거워함. ¶밤에 남편과 돈을 세는 재미라니. 부피 많은 돈을 세는 재미에 비할 인생의 열락이 다시 있을까. 〈세모〉

**열벙거지** 이성을 잃고 한 가지 일에 열을 올리는 모습. ¶"사모님도 참, 아 외상은 뭐 할려고 있는 줄 알아요? 아무리 내가 돈에 열벙거지 난 년이기로서니 딴 댁도 아니고 사모님이 맞돈 없댄다고 내가 이 좋은 딸기를 사모님 댁 애기들한테 한번 실컷 못 먹일 줄 알아요?" 이렇게 화까지 내면서 더 많이 덜어 내놓기가 일쑤였다. 〈흑과부〉

**열불** ① 매우 세차고 뜨거운 불. ¶별안간 펄쩍펄쩍 뛰고 싶게 발바닥에 열불이 나서 그는 방을 뛰쳐나왔다. 〈재이산(再離散)〉 ② 매우 흥분하거나 화가 난 감정을 이르는 말. ¶나는 속에서 열불이 날 것 같은 예감에 지레 괴로워하면서 베란다 창문을 열었다. 〈저문 날의 삽화 2〉

**열불 나다** 열고나다. 몹시 급하게 서두르다. ¶일등 신랑감답게 그에겐…중매로 업을 삼은 사람들이…열불 나게 드나들기도 했다. 〈그때 그 사람〉

**열상**(裂傷) 피부가 찢어져서 생긴 상처. ¶나는 내 열상이 아파서, 나에게 열상을 일으킨 사나이가 구주현이 아닌 게 서운해서, 그러나 수빈이가 아닌 게 다행스러워서 더운 눈물이 솟았다.《도시의 흉년 2》

**열심스럽다** 열의와 성의를 다하는 모습을

이르는 말. ¶그녀는 별로 열심스러운 학생이 못 되어서 결석이 잦았다. 〈부끄러움을 가르칩니다〉

**열없다** 좀 겸연쩍고 부끄럽다. 성질이 다부지지 못하고 묽다. ¶보는 사람이 없기에 망정이지, 누가 보았다면 영락없이 죄인은 연지고 철민은 떳떳하고도 관용을 모르는 심판자였다. 연지는 눈 깜박할 사이에 일어난 이런 뒤바뀜이 어처구니없어 열없게 웃었다. 《서 있는 여자》 ¶배우성 씨는 또 여지껏 속으로 그들을 마뜩찮게 여겨온 깐으론 그들의 모임에 드는 걸 거절할 결기는 도무지 열없었다. 〈천변풍경〉

**열원(熱源)** 열이 생기는 근원. ¶소주 한 병이 그렇게 뜨거운, 냉혹하도록 뜨거운 열원일 수는 없었던 것이다. 〈어떤 나들이〉

**열이 먹다가 아홉이 죽어도 모르겠다**㈜ 음식 맛이 너무 좋아서 먹는 데만 정신이 팔릴 정도라는 말. ¶"어때요? 내 말이 안 그르죠. 꿀참외요, 꿀참외. 어으 꿀참외. 열이 먹다 아홉이 죽어도 모를 꿀참외요." 장사꾼이 흥겹게 가락을 붙이면서 누런 봉투의 아가리를 벌렸다. 《욕망의 응달》 ¶논에서 벼가 누렇게 익을 무렵이면 암게는 딱지 속에 고약처럼 검은 장이 꽉 찬다. 이때 담아 오래 삭혔다 먹는 게장 맛은 아무리 극찬을 해도 모자라 열이 먹다 아홉이 죽어도 모르는 맛이라는 좀 야만적인 표현을 써야만 성에 찬다. 《그 많던 싱아는 누가 다 먹었을까》

**열적다** 열없다. ¶그 광기가 가시거든 돌려주리라고 마음먹고 있던 유 원장도 막상 그렇게 되니 새삼스럽게 그것을 돌려주는 걸 열적게 여기다가 차츰 그 사건과 그 물건에 대해 아주 잊어버리게 되었다. 《그해 겨울은 따뜻했네 1》

**염량세태(炎涼世態)** 세력이 있을 때는 아첨하여 따르고 세력이 없어지면 푸대접하는 세상인심을 이르는 말. ¶사람 사는 켯속이 제아무리 염량세태 쪽으로만 기운다고 해도 내 마음이 달라질 걸 다 겁내시다니. 저 어른도 별수 없이 마음이 약해지신 게야. 〈꽃을 찾아서〉

**염병을 하다 땀도 못 낼 년**㈜ 염병에는 땀을 내야 열이 식는 법인데 땀도 못 낸다면 얼마나 괴로울까. 많이 고생하다 죽을 년이라는 상스럽고 지독한 욕설. ¶여자들이 싸울 적에 염병을 할 년, 또는 염병을 하다 땀도 못 낼 년, 하고 욕하는 소리를 들은 적은 있지만 도깨비나 귀신처럼 가상적인 공포였을 뿐 그걸 정말 앓는 사람이 생길 줄은 몰랐다. 〈아저씨의 훈장〉

**염병을 할 년**㈜ 못마땅한 여자를 욕으로 하는 말. ¶"아이구 염병을 헐 년, 눈깔은 휘번덕댈 줄만 알았지 도무지 뭘 분간헐 줄 알아야지…"《미망 2》

**염불** 여자의 음문 밖으로 비어져 나온 자궁. ¶입분이가 예사롭게 쓰는 염불이 빠졌다는 말이 무슨 뜻인지 태남이는 못 알아들었지만, 노마님이 음란한 며느리가 다시는 그 짓을 못하게 일부러 염불이 빠지게 했다는 말투에서 대충 짐작할 수 있는 것만으로도 소름이 끼쳤다. 《미망 2》

**염불에는 맘이 없고 잿밥에만 맘이 있다**㈜ 맡은 일에는 정성을 들이지 아니하면서 잇속에만 마음을 두는 경우를 이르는 말. ¶"…그렇지만 우리 둘째 개가 워낙 염불보다 잿밥에 마음이 있는 아이니까 외국 구경이나 한번 해 보겠다 이거겠죠." 《휘청거리는 오후 2》 ¶ "무슨 잡지사 사장실이 그렇게 으리으리하겠죠?"…"누가 아니래니. 염불엔 마음이 없고 잿밥에만 마음이 있는 친구겠지, 보나 마나."〈복원되지 못한 것들을 위하여〉

**염탐꾼(廉探-)** 몰래 남의 사정을 살피고 조사하는 사람. ¶ 최 기사는 이제 단순한 운전기사가 아니었다. 수남이의 외삼촌, 수남이의 졸개, 수남이의 첩자, 수남이의 염탐꾼이었다. 《도시의 흉년 2》

**엽기적(獵奇的)** 비정상적이고 괴기한 일이나 사물에 흥미를 느끼는. 또는 그런 것. ¶ 한 입 두 입 건너는 사이에 말이란 으레 불어나게 돼 있고, 더구나 대(代)를 물려 전해 오는 옛날 얘기니 뼈대보다 군살이 더 많이 붙은 걸 감안하더라도 그 얘기는 충분히 엽기적이었다. 《미망 2》 ¶ 이상한 쇠붙이라야 별게 아닌 싸전에서 손님들한테 쌀의 품질을 보여 줄 때 쓰는 쌀가마를 푹 찌르면서 쌀을 떠낼 수 있도록 꽃삽 비슷하게 생긴 연장이었지만 때가 때이니만큼 공포의 대상이었고 엽기적인 소문이 붙어 다녔다. 〈엄마의 말뚝 1〉

**엽렵하다** 매우 슬기롭고 날렵하다. ¶ 엽렵하고도 눈치 빠른 형수는 형제끼리만 있고 싶어 한다는 걸 얼른 알아차리고 정결한 뒷방에다 겸상을 해 들여보내고 아무도 얼씬거리지 못하게 했다. 《미망 2》

**엽엽하다** (성질이나 생김이) 환하고 서글서글하다. ¶ "아유, 글쎄 우리 며느리가 이렇게 엽엽합니다. 못하는 게 없는 가정부가 있건만도 나한테 오시는 손님 시중만은 꼭 제가 손수 들어야 할 줄 알거든

요…"〈소묘〉 ¶ (동생이)…오죽 바지런을 떨며 구석구석 쓸고 닦고, 엽엽하게 투숙객들 시중을 들 것인가 보지 않아도 눈에 선했다. 〈그리움을 위하여〉

**엽전(葉錢)비** 우리나라 사람이 스스로를 낮잡아 이르는 말. ¶ "씨이발, 세상 못 만나서 엽전의 총각 놈들은 싸움판에 끌려댕기다가 반반한 색시들을 잡종 새끼들에게 다 빼앗기게 생겼으니." 《나목》

**엿장수 마음대로** '제멋대로'를 속되게 이르는 말. ¶ 실상은 내가 그 생쥐에게 상해를 입힌 장본인이라구. 그러나 이미 장씨 아저씨가 범인이 되어 있는 게 엿장수 마음대로 번복될 수 있는 게 아니더라. 〈배반의 여름〉

**영락(零落)하다** 세력이나 살림이 줄어들어 보잘것없이 되다. ¶ 부모의 권한이 어쩌다 이렇게까지 영락했나 싶어 스스로 생각해도 한심했지만 어쩔 수가 없었다. 《서 있는 여자》

**영욕(榮辱)** 영예와 치욕을 아울러 이르는 말. ¶ 세속적인 영욕에의 체념이 그들로 하여금 세상물정에 아둔하게 만드는가 보다. 《목마른 계절》

**영용(英勇)하다** 영특하고 용감하다. ¶ 다음은 민청위원장의 훈시로 먼저 영용한 인민군대가 어제는 어디어디를 해방시키고 계속 물밀듯이 남진한다는 전과 보도와 《목마른 계절》

**예쁘지 않은 며느리가 삿갓 쓰고 달밤에 나선다(속)** 여러모로 부족한 점이 많은 사람이 자신의 격에 맞지 아니한 어설픈 짓만 함을 이르는 말. ¶ "아니, 네깟 년이 뭘 안다고 나서냐 나서길. 예쁘지 않은

며느리 달밤에 삿갓을 쓴다더니만, 쯧쯧, 꿈에 뵈는 계집년들이 생시에도 계집년이라든? 꿈에 뵈는 계집년들은 살이나 액이야. 잡귀도 되고…"《도시의 흉년 1》

**예후(豫後)** 의사가 환자를 진찰하고 전망함. 또는 그런 병의 증세. ¶좋은 예후가 예상되는 초기 암의 경우에 숨기고 싶어 하는 가족은 거의 없다.《아주 오래된 농담》 ¶…당뇨병 환자의 경우, 결핵의 진행이 예측할 수 없이 빠를 수도, 예후가 불량할 수도 있다는 걸 경고하는 데 쾌감을 느끼고 있는 것처럼 보였다. 〈유실〉

**옛말 그른 데 없다(俗)** 예로부터 전해 내려오는 말은 옳지 않은 것이 없다는 말. ¶마음뿐 아니라 물질로도 넉넉한 효도는 태임이에게 크나큰 위로가 됐을 뿐 아니라 기력 회복에도 여간 도움이 되지 않았다. 늙은이하고 아이는 괴는 데로 간다라는 옛말이 그르지 않았다.《미망 3》

**오 리(厘)를 보고 십 리(里)를 간다(俗)** 장사하는 사람은 한 푼도 못 되는 적은 돈이라도 벌 수만 있다면 고생을 무릅쓴다는 뜻으로, 장사꾼의 돈에 대한 집착을 조롱조로 이르는 말. ¶조선 팔도를 고루 누비며 오 리(厘)의 이문을 위해 십 리(里)를 쫓기를 마다않는 보부상들뿐 아니라 상업의 요지마다 자리 잡고 그 일대 물산의 유통을 원활하게 하여 때로는 담대한 매점으로 거액의 이윤을 노리는 소위 송방들의 돈과 물자의 모든 길은 개성으로 통한다 해도 과언이 아니었다.《미망 1》

**오금을 박다** 다른 사람에게 함부로 말이나 행동을 하지 못하게 단단히 이르거나 으르다. ¶"…아무리 생긴 대로 다 드러내고 싶어도 그 병신 손만은 좀 감추시라구요. 아셨죠?" 민 여사는 나중 말에 오금을 콕 박는다.《휘청거리는 오후 1》

**오금이 쑤시다** 무슨 일을 하고 싶어 가만히 있지 못하다. ¶관중이 없으면 오금이 쑤셔서 못 사는 단순한 광대끼 때문일까. 《도시의 흉년 2》

**오냐오냐** 어린아이의 어리광이나 투정을 받아 줄 때 하는 말. ¶"자식 일보담 더 급한 일이 어디 있시니까?" "여란이 일 말이오? 애비가 한번 안 된다면 안 되는 줄 알게 내버려 두지 않고 또 오냐오냐 응석을 받아 준 게로구려."《미망 2》 ¶어떻게 된 게, 자식 위하는 일이라면 조상 신줏단지로 불쏘시개를 하겠다고 해도 오냐오냐 할 수밖에 없는 세상이 되었으니 말이다. 〈저물녘의 황홀〉

**오뇌롭다** 오뇌(懊惱)에서 온 말로, 뉘우쳐 한탄하고 고뇌롭다. ¶허리에 감긴 팔을 전쟁과는, 더군다나 당과는 아랑곳도 없는 감미롭고 오뇌로운 것이 서서히 되살아옴을 진이는 신기하게 지각한다.《목마른 계절》

**오뉴월 쇠불알 늘어지듯(俗)** 무엇이 축 늘어져 있는 모양을 이르는 말. ¶비누거품 속에 두 개의 유방이 여자의 유방이라기보다는 오뉴월 쇠부랄처럼 한없이 무겁게, 권태롭게 늘어져 있었다. 나는 문득 그런 모습으로 잠자리에 든 엄마를 아버지가 어떻게 대할까 궁금해졌다.《도시의 흉년 1》

**오는 날이 장날(俗)** 뜻하지 아니한 일이 딱 들어맞았음을 이르는 말. ¶"오는 날이 장날이라고 무슨 날인가 봐?" "아냐, 아냐,

안심해. 아들이 온댔어. 저녁이나 잘 먹여 보내려고 뭐 좀 차리는 중이야…"《서 있는 여자》

**오도방정** 오두방정. '오두방정을 떨다'는 매우 방정맞은 행동을 하다. ¶그러나 그 후 몇 달도 안 돼 시누이가 오도방정을 떨며 전해 준 소식통에 의하면 교수님은 벌써 재혼을 해서 깨가 쏟아지게 사는데 놀랍게도 사모님 생전부터 십여 년이나 그늘에 살던 여자라는 것이었다. 〈꿈꾸는 인큐베이터〉

**오도카니** 맥없이 멀거니 앉아 있는 모양. ¶이렇게 식구가 계속해서 줄기만 하다가 이제 어머니 한 분이 오도카니 남게 되었다. 그동안 집은 퇴락할 대로 퇴락했다. 《살아 있는 날의 시작》

**오동통하다** 몸집이 작고 통통하다. ¶내 귀는 그동안의 혹사로 자주 "딩" 하는 환청에 시달리게 되고 오동통하던 얼굴은 신경질적인 선으로 말라 버렸다. 〈닮은 방들〉

**오라는 데는 없어도 갈 데는 많다**(속) 자기를 알아주거나 청하여 주는 데는 없어도 자기로서는 가야 할 데나 하여야 할 일이 많음을 이르는 말. ¶"너만 살맛나게 사는 게 심통 나서 이제 가 봐야겠다. 오라는 덴 없어도 갈 데는 많은 몸이야. 요샌 해가 짧아 파이더라."〈로열 박스〉

**오라질 놈(년)**(비) 상당히 마음에 맞지 아니함을 비속하게 이르는 말. ¶악담 중 아주 듣기 싫은 악담으로 '오라질 놈', '오라질 년'이란 악담이 있다. 그러나 '남편이 오라질 년'이란 악담이 있다면 아마 최상의 악담이 될 것이다. 〈조그만 체험기〉

**오롱이조롱이** 오롱조롱하게 제각기 달리 생긴 여럿을 이르는 말. ¶"…자식 중에선 왜놈 앞잡이도 나오고, 면 서기도 나오더니만, 해방되고는 또 빨갱이도 나오고, 의용군도 나오고, 빨치산도 나오고, 국군 장교도 나오고, 공무원도 나오고, 빨갱이 잡는 형사도 나오고 오롱이조롱이라예, 어찌겠소? 지 되고 싶은 대로 돼야지, 자식은 겉을 낳지 속을 낳소…"《그 산이 정말 거기 있었을까》

**오르지 못할 나무는 쳐다보지도 마라**(속) 자기의 능력 밖의 불가능한 일에 대해서는 처음부터 욕심을 내지 않는 것이 좋다는 말. ¶"제까짓 게 감히 우리 수빈이를 넘봐. 오르지 못할 나무는 애당초 쳐다보지도 말랬다구. 흥, 어림 반 푼어치도 없지, 없구 말구."《노시의 흉년 2》 ¶"똑똑해도 헛똑똑했지. 오르지 못할 나무는 뭣 하러 쳐다보누. 참 수지 학생은 어떻게 그렇게 목이에 대해 자세하게 알지?"《그해 겨울은 따뜻했네 1》 ¶그는 나한테는 시험 잘 쳤냐? 하고, 성길이한테는 인석아 오르지 못할 나무는 쳐다보지도 말아, 했다. 〈꼭두각시의 꿈〉

**오리무중(五里霧中)** 무슨 일에 대하여 방향이나 갈피를 잡을 수 없음을 이르는 말. ¶나는 매일매일 구주현으로부터 무슨 소식이 있기를 기다리며, 한편으론 혹시 그가 붙들려 갔을지도 모른다는 생각으로 그 방면으로도 수소문을 해 보느라고 해 봤지만 그의 행방은 오리무중이었다. 《도시의 흉년 2》

**오리발을 내밀다** 자기의 잘못을 숨기고 딴전을 부리다. ¶"어머머, 저 오리발 내미는 것 좀 봐." 연지가 눈에 쌍심지를 켜

고 언성을 높였다. 《서 있는 여자》

**오물오물** 음식물을 입 안에 넣고 시원스럽지 아니하게 조금씩 자꾸 씹는 모양. ¶…네 살배기는 할머니가 발라 주는 생선 살을 밥에 놓아 오물오물 밥을 먹고 있었다. 〈그의 외롭고 쓸쓸한 밤〉

**오밀조밀** 솜씨나 재간이 매우 정교하고 세밀한 모양. ¶오밀조밀한 그릇에 든 게 무슨 별식일까. 〈저물녘의 황홀〉

**오불상관** 나는 그 일에 상관 안 한다는 말. ¶"흥 고고한 예술가시다 이 말씀이군요. 속인의 이해 따위는 오불상관인…"《나목》

**오살을 할 놈**(비) 죽이고 싶을 정도로 못마땅한 사람을 욕하는 말. ¶"오살을 할 놈, 자식만 내깔겨 놓고 제 놈만 편하게 뒈져 가지고, 계집은 이 고생을 시킨다니까." 〈흑과부〉 ¶"이 오살을 헐 놈아, 나가 죽어라. 이 오살을 헐 놈아, 네놈 죽었단 소리를 들으면 내가 춤이라도 덩실덩실 출라." 〈재이산(再離散)〉

**오순도순** 의좋게 지내는 모양. ¶아내를 도와 오순도순 아침 설거지를 하고 나서였다. 〈저문 날의 삽화 5〉

**오십보백보**(五十步百步) 조금 낫고 못한 정도의 차이는 있으나 본질적으로는 차이가 없음을 이르는 말. ¶실력이야 저나 나나 뻔하지. 오십보백보란 차이밖에 더 나겠느냐 말야. 그건 순전히 처덕이었어. 그의 출세에 결정적인 작용을 한 천사의 손길은 바로 처덕이라는 거였어. 《살아 있는 날의 시작》

**오야**(비) '계주(契主)'를 뜻하는 일본어. ¶사람들은 계가 한 바퀴 돌고 나면 올드미스가 돼 있을 뿐, 올드미스가 결코 별게 아

니란 걸 왜 모르는 걸까. 한 바퀴 돌고 나면 두 바퀴를 돌게 되고, 두 바퀴를 돌고 나면 세 바퀴째를 자기가 오야가 돼서 풋내기 신입 사원들을 십사 번이나 십칠 번으로 꼬시길 수 있는 관록 붙은 올드미스가 될 수도 있다는 걸 왜 사람들은 몰라주는 걸까. 《휘청거리는 오후 1》

**오야붕**(비) 우두머리, 두목을 속되게 이르는 말. (산) 오야붕 기질이 가장 견딜 수 없어 하는 건 옥살이보다는 외롭디 외로운 소외감일 터이다. 〈두부〉

**오야지**(비) 오야붕. ¶'오야지'니 '요오시'니 '기마에'니 '앗싸리'니 '쇼오부'니 하는 소리를 이태우 선생의 입에서 듣다니 기가 막혔다. 〈지렁이 울음소리〉

**오열**(嗚咽) 목이 메어 우는 것. 또는 그 울음. ¶허성 씨는 오랫동안 굶주렸던 편안함에 탐닉하듯 이 여자에게 깊이깊이 탐닉했다. 그가 이 여자를 통해 풀려는 것은 욕정이 아니라 오열이었다. 그는 이 여자에게 그의 전신의 오열을 내맡겼다. 《휘청거리는 오후 1》

**오지**(奧地) 도시에서 멀리 떨어진 구석진 두메산골. 여기서는 비유말로 쓰임. ¶…하조댁이야말로 온몸으로 사람 속의 깊고 깊은 오지에 뛰어들 줄 아는 특별한 재능이 있었던 게 아닐까. 〈저물녘의 황홀〉

**오지다** 충실하고 야무지다. ¶…집 안에서 그와 유사한 걸 찾다가 돌절구를 발견했다. 곧 그 오지게 무서운 걸 힘들여 마루로 옮겨 놓고 금붕어와 수초를 사다 넣었다. 〈저녁의 해후〉

**오지랖이 넓다** 쓸데없이 지나치게 아무 일에나 참견하는 면이 있다. ¶"…참 별꼴이

야. 왜 남의 일을 네가 맡아 가지고 악착같이 덤빌 게 뭐니? 보기보다는 너도 꽤 오지랖이 넓구나."《나목》¶"무슨 여편네가 이렇게 오지랖이 넓담. 즈이 애비에미가 시퍼렇게 살았는데 때 되면 어련히 알아서 시집을 보내든지 말든지 헐려구."《미망 3》

**오지직오지직** 작고 단단한 물건이 바스러지는 소리가 자꾸 나다. ¶나는 어머님이 손으로 생선을 집어서 새하얀 틀니로 뼈까지 오지직오지직 씹어서 상 귀퉁이에 퉤퉤 뱉고, 비린 생선을 쪽쪽 빠시는 걸 지켜보며, 나는 어쩔 수 없이 내 속에 자리 잡은 그분에 대한 미움을 의식했다. 〈집 보기는 그렇게 끝났다〉

**옥골선풍(玉骨仙風)** 살빛이 희고 고결하여 신선과 같은 풍채. ¶결혼 전 경호를 처음 어머니에게 보였을 때 어머니는 장래의 사윗감을 보고 또 보면서 뉘 댁 자손인지 참으로 옥골선풍이라고 만족해했다. 《아주 오래된 농담》

**옥바라기** 감옥에 갇힌 죄수에게 옷과 음식 따위를 대어 주면서 뒷바라지를 하는 일. ¶나에게 친절했던 여편네의 말, 옥바라지 잘못하다간 한두 달 내에 집 한 채 들어먹긴 문제도 없다던 말을 생각했다. 〈조그만 체험기〉

**옥시글거리다** 여럿이 한데 모여 몹시 들끓다. ¶첫아들 낳고 한참 살림 재미가 옥시글거릴 때 딸이 무서운 병을 얻고 마침내 죽음에 이르를 때까지 노인의 비통이 오죽했을까마는 〈움딸〉

**옥시글대다** 옥시글거리다. ¶두 돌이 다된 여란이의 재롱은 새록새록 했고 총기 또

한 유별나서 세상 재미가 다 이 집에만 모여서 옥시글대는 것 같았다.《미망 2》

**옥시글옥시글** 여럿이 한데 모여 몹시 들끓는 모양. ¶혁주가 회사로 배달된 문경이의 편지를 받았을 때는 옥시글옥시글한 신혼 재미에 아내의 임신까지 확실해져서 더할 나위 없이 행복할 때였다.《그대 아직도 꿈꾸고 있는가》¶호, 호 입김을 불고 박박 닦다가 옆에서 역시 유리창을 닦는 친구의 귀에다 뭐라고 속닥거리기 시작했다. 듣는 소녀나 들려주는 소녀나 둘 다 일손을 멈추고 눈에 재미가 옥시글옥시글 넘쳤다. 〈꽃을 찾아서〉

**옥시설** 흰색을 강조하는 말. (산) 개성 사람 버선은 옥시설처럼 희고, 서울 사람 버선은 푸르뎅뎅하게 희고, 일산·금촌 사람 버선은 불그죽죽하게 희다고 했다. 〈개성 사람 이야기〉

**옥에 티**(송) 나무랄 데 없이 훌륭하거나 좋은 것에 있는 사소한 흠을 이르는 말. ¶"난 그치 생각만 하면 꺼림칙하더라. 옥의 티나 안 됐으면 좋으련만…설마 그렇진 않겠지?"《그해 겨울은 따뜻했네 1》¶간혹 그런 걸 갖고 그분의 인격의 옥의 티로 삼으려는 사람도 있었지만, 나는 오히려 그런 것으로 더 그분을 존경했다. 〈배반의 여름〉 (산) 오른쪽으로 바라보이는 게 동백섬이라는데 조선 비치 호텔이 그 경관을 가로막고 있는 게 옥의 티였다. 〈한 말씀만 하소서〉

**옥에도 티가 있다**(송) 아무리 훌륭한 사람이나 물건이라도 한 가지 결점은 있다는 말. ¶"할머니도 참 걱정도 팔자셔. 욕만 잘하실 줄 알았지 옥에도 티라는 게 있다는 것

도 모르시나 봐?"《도시의 흉년 2》¶다만 황 여사처럼 심각한 건 아니었다 해도 아들만 하나 있었으면 더 바랄 게 없을 텐데 하는 아쉬움이 없었던 건 아니다. 그러나 옥에도 티가 있듯이 아무리 행복한 사람에게도 한 가지 걱정은 있어야 될 것 같고, 그 정도의 걱정이라면 걱정 중에선 가장 경미한 걱정일 듯싶어 될 수 있는 대로 의식을 안 하려고 해 왔다.《그대 아직도 꿈꾸고 있는가》

**옥탑방(屋塔房)** 주택이나 빌딩 건물 맨 꼭대기에 설치된 공간에 있는 방. ¶나에게는 옥탑방에 사는 사촌동생이 하나 있다. 〈그리움을 위하여〉

**올가미를 씌우다** 계략을 써서 남을 그 꾀에 걸려들게 하다. ¶나는 그때 책임이라는 게 무엇이라는 걸 알 나이가 아니었지만 어른들과 대처가 공모를 해서 오빠에게 고약한 올가미를 씌우려 하고 있다는 것만은 눈치채고 있었다. 〈엄마의 말뚝 1〉

**올망졸망** 작고 또렷한 여러 귀여운 것이 고르지 않게 벌여 있는 모양. ¶엄마는 툭하면 상것들이란 말을 잘 썼다. 늙은 부모에 어린 자식이 올망졸망 딸린 안집 남자가 첩을 얻어 들여서 본처와 한방에서 기거게 하는 걸 보고도 아아 상종 못할 상것들이다, 하면서 몸서리를 쳤다. 〈엄마의 말뚝 1〉¶…나는 그 애가 손수 빚은 올망졸망한 그릇들이 포장에서 풀려나 제 모습을 드러내는 걸 지켜볼 때가 제일 즐겁고 대견했다. 〈저문 날의 삽화 3〉

**올올샅샅이** 하나하나 샅샅이. ¶우선 부산서 서울까지 타고 온 기차가 몇 시간씩 연착하더라는 것부터 한심해하기 시작해서 계집이 서방 받드는 방법까지 올올샅샅이 일본과 비교해 가며 한심해하지 않는 게 없었다.《미망 2》

**옴니암니** 자질구레한 일에 대해서까지 좀스럽게 따지는 모양. ¶딸네가 서로간의 사는 사정이 옴니암니 빤한 개성에 살지 않고 이웃 간일수록 익명이 편한 경성에 산다는 게 다행스러운 나머지 괘씸한 마음은 뒷전이었다.《미망 3》

**옴두꺼비 같다** 두꺼비에 옴이 붙은 것 같다는 소리니까 흉하고 괴상한 형상이나 언동을 가리키는 말. '옴두꺼비'는 '두꺼비'를 달리 이르는 말. ¶아내는…옴두꺼비 같은 세간들은 거두칠 척도 안 하고 기껏 사기그릇을 꺼내 조신한 동작으로 닦고 있는 것이다. 〈어느 시시한 사내 이야기〉¶방마다 세를 들인 커다란 낡은 집 안방의 옴두꺼비 같은 구식 세간들 사이에서 할머니하고 단둘이 살아야 하는 어린 조카가 문득 불쌍한 생각이 나면 곧장 달려가곤 했다. 〈카메라와 워커〉

**옴쟁이**(Ⓑ) 옴이 오른 사람을 낮잡아 이르는 말. ¶"이 미남자는 밀밭에도 못 간다."고 외쳤다. "저런 안됐다, 안됐어." 모두 허풍스럽게 놀라는 시늉을 하며 서재호를 옴쟁이처럼 바라다봤다.《도시의 흉년 2》

**옴치고 뛸 수도 없다** 어쩔 도리가 없게 되다. ¶그가 디자인실에서 허구한 날 낑낑대 봤댔자 코카콜라 병의 아류에서 한 발짝도 못 벗어났듯이 이번엔 또 마녀 시리즈에서 옴치고 뛸 수도 없는 곤경에 빠질 것만 같았다. 〈그의 외롭고 쓸쓸한 밤〉

**옴하다** '옴팍하다(가운데가 오목하게 쏙 들어간 데가 있다)'에서 팍이 빠진 듯. ¶

영우가 백화점의 비치백을 높이 쳐들어 보이면서 말했다. 도톰한 입술이 잠시도 쉬지 않고 귀엽게 나불댔지만 톡 튀어나온 이마 밑의 옴한 눈은 여전히 차고 어두웠고 가끔 날쌔게 자명을 곁눈질했다. 《욕망의 응달》

**옷이 날개라**(속) 옷이 좋으면 사람이 돋보인다는 말. ¶"세상에 내가 이 옷이 아랑곳인가. 대학교커녕 중학교 문턱도 못 가본 내가…" "박사 같아." "옷이 날개라지만 아무리…" 이모는 쿡쿡 목이 메게 웃으며, 연방 눈물을 찔끔찔끔 흘렸다. 《도시의 흉년 3》 ¶옷을 갈아입고 나서 장지문을 밀어붙인 태남이가 퉁명스럽게 말했다. 옷이 날개라고 한결 신수가 훤해 보였다. 《미망 2》

**옷태** 옷을 입은 자태. ¶늙어서도 옷태가 여전한 태임이는 단연 돋보였고 일본 순사나 조선 순사나 간에 귀티 부티엔 약했다. 《미망 3》 ¶싹싹한 성품과, 아무걸 입어도 품격이 있어 보이는 옷태와, 한번 맛보기만 하면 못 하는 게 없는 음식 솜씨… 《그 산이 정말 거기 있었을까》

**옹글다** 조금도 축가거나 모자라지 않다. ¶시험이 끝나는 날 오후였다. 딴 대학 시험처럼 적당히 치를 수 있는 시험이 아니었다. 살인적인 시험이었다. 그런 날 오후를 옹글게 비워 놓기는 더군다나 쉽지 않은 노릇이었다. 《오만과 몽상 1》 ¶이제야말로 나는 멀미에서 뛰어내린 해방감을 옹글게 누릴 차례가 된 셈이었다. 〈어느 시시한 사내 이야기〉

**와석거리다** 가랑잎이나 마른 빨래 따위가 바스러질 때 나는 소리. '와삭거리다'의 큰말. ¶마당이 하 지저분하여 언년 아범에게 치우라 일렀더니 썩썩 베어서 묶는데, 꽃 지기 전부터 이미 시든 줄기가 해묵은 익모초 다발처럼 와석거렸다. 《미망 2》

**와신상담**(臥薪嘗膽) 원수를 갚거나 마음먹은 일을 이루기 위하여 온갖 어려움과 괴로움을 참고 견딤을 이르는 말. ¶…그들은 지금 승리자고 앞으로도 쭈욱 승리자일지도 모른다. 그렇다면 영광의 승리자의 모습은 와신상담의 지하 운동자나 냉혈의 혁명 투사들과는 좀 다른 모습을 하고 있을지도 모르지 않나? 《목마른 계절》

**와이당**(비) 음담패설을 속되게 이르는 말. ¶"…네가 아무리 얌전한 척해도 네 남편은 지금 이층 와이당 판에서 가오 잡고 있더라." 〈지 알고 내 알고 하늘이 일건만〉

**와이로**(비) '뇌물'을 뜻하는 일본어. ¶"…아마 선생한테 와이로를 좀 써야 할 걸. 그것도 당신이 알아서 해 줘요." "너무 아이들 문제를 갖고 와이로 와이로 하지 마세요…" 《휘청거리는 오후 2》 ¶"그 녀석이 글쎄 친구들 앞에서 내 차에다 돌을 던지면서 이러더래. 선생 주제에 무슨 돈으로 자가용을 굴리겠느냐고, 엄마들이 팍팍 와이로 멕인 돈으로 더럽게 호강한다고…" 《그대 아직도 꿈꾸고 있는가》

**와지직와지직** 단단한 물건이 부서지거나 부러지는 소리. ¶뭇국에 밥을 말고 튀각을 와지직와지직 깨물며 여러 가지 나물을 뒤섞어서 소담스럽게 퍼먹었다. 〈부처님 근처〉

**왁살스럽다** '우악살스럽다'의 준말. 보기에 대단히 무지하고 포악하며 드센 데가 있다. ¶화가 난 태남이는 계집의 어깨를 잡고 왁살스럽게 밖으로 밀어내려고 했다. 《미망 2》 ¶나는 왁살스럽게 덜미를 잡혀 엄마의 코앞에 얼굴을 들이대야 했다. 〈엄마의 말뚝 1〉

**왕년(往年)** 지나간 해. 옛날. ¶왕년에 옷깔끔하게 입기로 소문난 노인이 몸이 줄어 한복이 마치 빌려 입은 것처럼 헐렁한 것도 보기 싫었지만 고집 대신 사위한테 아부하는 듯한 비굴한 표정은 그 여자를 참을 수 없게 했다. 《살아 있는 날의 시작》

**왕창** 양이나 정도가 엄청나게 많거나 크게. ¶어머니가…가세가 기울어 집을 왕창 줄여 먹게 된 것이다. 〈그 남자네 집〉

**왕창왕창**ⓑ '매우 엄청나게 많이'를 속되게 이르는 말. ¶어머니는 약혼식에 드는 비용은 신부 측 부담이라는 것도 별로 개의치 않은 채 보는 눈이 늘어났다는 것에 괜히 신명을 내면서 돈을 왕창왕창 썼다. 《서울 사람들》

**왕초보** 초보라는 것을 강조한 말. ¶그런 얼토당토않은 왕초보가 유기농까지 해 보겠다고 날쳤으니 마을 사람들 눈에 얼마나 꼴불견으로 보였을지는 말해 무엇하랴. 《아주 오래된 농담》

**왜화(倭化)하다** 작게 만들다. ¶남편은 마치 분재 속에 대자연을 축소해 놓은 것처럼 만족해하고 있었지만 나는 그 강제로 왜화된 나무들한테 약간의 연민 외엔 아무런 관심도 없었다. 〈집 보기는 그렇게 끝났다〉

**외각(外殼)** 겉껍데기. ¶준식의 무심한 동작에는 날카롭게 날이 선 관능이 비장되어 있었고, 그 날이 드디어 진이의 감각의 생경한 외각을 찌른 것이다. 《목마른 계절》

**외경(畏敬)** 경외. 공경하면서 두려워함. ¶한때라도 공산주의의 이념이 차지했던 머리에 당은 비판하기에는 너무도 절대적인 외경 속에 있었고 때로는 신비하기까지 한 존재일 수밖에 없었으니. 《목마른 계절》

**외구(畏懼)** 무서워하고 두려워함. ¶…검찰청이란 어감이 강요하는 외구와 그는 조금도 상관이 없어 뵀다. 〈재수굿〉

**외눈 하나 까딱 안 하다** 조금도 놀라지 않음을 이르는 말. ¶"유 서방은 어디 갔나?" 안집 여자가 앞으로 나서면서 외눈 하나 까딱 안 하고 차디차게 말했다. 《그해 겨울은 따뜻했네 2》 ¶(교수들은)…포소리가 강의실 유리창을 제법 세차게 흔들어도 외눈 하나 까딱 않는 천진한 용기를 보여 주었다. 《목마른 계절》

**외눈 하나 깜짝 안 한다**㊝ 외눈 하나 까딱 안 하다. ¶"이번엔 뭐게 그렇게 야단스레 굴어요, 설마 수사슴의 ××를 잘라 술을 담근 건 아닐 텐데." 초희는 이런 상소리를 외눈 하나 깜짝 안 하고 박 서방을 곧바로 바라보며 했다. 《휘청거리는 오후 2》

**외빈내부(外貧內富)** 겉으로는 구차하고 가난하여 보이나 실상은 부유함. ¶"…대가 갈리더니 분위기부터 확 달라졌어요. 우선 집수리부터 대대적으로 했으니까요. 원, 송도 사람 살림은 외빈내부가 근본이 아닙니까?" 〈저녁의 해후〉

**외손자를 귀애하느니 방앗공이를 귀애하지**㊝ 외손자는 아무리 귀여워한다 하더라도 아무 소용이 없다는 말. (산) 우리의 속담에 '외손자를 귀애하느니 방앗공이를 귀애하라.'는 말이 있다. 나도 그렇지만 내 친구들도 다 할머니가 된 지 오래여서 만

나면 화제가 손자 자랑 아니면 걱정으로 옮겨 가기 십상이다. 〈외손자와 방앗공이〉 (산) 외손자를 귀여워하느니 방아깨비를 귀여워하라는 속담까지 있지만, 나는 요새 나를 처음으로 할머니로 만든 괘씸한 나의 외손자한테 거의 빠져 있다시피 한다. 〈살아 있는 날의 소망〉

**외씨버선** 오이씨처럼 볼이 조붓하고 걈름하여 맵시가 있는 버선. ¶남색 쾌자 자락을 휘날리며 길길이 뛰는 무당의 외씨 같은 버선발을 보고 있노라면 아슬아슬하도록 팽팽한 긴장감을 맛보았다. 《그 많던 싱아는 누가 다 먹었을까》

**외포**(畏怖) 몹시 두려워함. ¶한낮에 많은 사람의 통행의 자유를 빼앗은 순경의 얼굴은 위인의 동상처럼 외포를 떨칠 뿐 미동도 안 한다. 〈여인들〉

**요괴**(妖怪)**롭다** 요사스럽고 괴이한 듯하다. ¶가장자리에 프릴까지 달고, 철쭉꽃만 한 크기로 무리져 피어난 진분홍 바이올렛 같은 건 요괴롭다 못해 독기까지 느껴졌다. 〈소묘〉

**요두전목**(搖頭轉目) 머리를 흔들고 눈을 굴리면서 몸을 움직인다는 뜻으로, 침착하지 못함을 이르는 말. ¶처만네는 모든 개성 여자들이 그렇듯이 임질을 잘했다. 물동이쯤 머리에 이고는 전혀 뭘 이었다는 걸 의식하지 않은 양 자유자재로 요두전목을 하고, 구경할 거 다 하고 참견할 것 다 하며 두 팔을 휘젓고 다녔다. 《미망 1》

**요란번쩍하다** 요란스럽고 화려하다. ¶ "막상 사려니 어디 마땅한 게 있어야죠. 물건이라고 맨 요란번쩍했다뿐이지 정작 눈에 차는 건 없습디다." 〈세모〉 ¶ "…파

장에 이름을 부르니까 나가서 요란번쩍하게 차려 놓은 높고 높은 단상에서 김광남이가 하사하는 상장과 상금을 구십 도 각도로 허리를 굽히고 받고 나선 곧 잊혀졌으니까." 〈상(賞)〉

**요란벌떡하다** 요란스럽고 유난스럽다. ¶ "엄마는 정말 쓰고 드러누워 계신가요?" "그래, 약 먹고 울고 짜고 한숨 쉬고 요란벌떡하게 쓰고 드러누웠어." 《도시의 흉년 3》

**요령부득**(要領不得) 말 따위의 요령을 잡을 수가 없음. ¶이미 파다하게 퍼진 소문에 그는 속으로 넌더리를 내면서 입 속으로 요령부득한 소리를 중얼댔다. 〈재이산(再離散)〉

**요변**(妖變) 요망하고 변덕스럽게 행동함. ¶…얼음 빛깔의 기둥의 높이를 알아내기 위해 체온계를 계속 도리도리 도리질을 시켰다. 기둥은 도리질에 따라 있었다 없었다 요변을 부렸다. 《도시의 흉년 1》

**요변**(妖變)**하다** 괴이쩍은 변화가 일어나다. ¶…내가 내 가발을 좋아하다 못해 사랑까지 하는 것은 우아한 웨이브와 요변하는 빛깔 때문만은 아니었다. 〈저렇게 많이!〉

**요사를 떨다** 요사스럽게 굴다. '요사(妖邪)'는 요망하고 간사함. ¶그때는 국어 시간에 문장 지도도 했는데 제발 못 써도 좋으니 요사만은 떨지 말기를 엄하게 경계하던 그 카랑카랑한 목소리는 지금까지도 잊혀지지 않는다. 〈복원되지 못한 것들을 위하여〉

**요설**(妖說) 요사스러운 수작. ¶자기를 옷을 입힌 채 벌거벗기던 그 확실한 시선, 자신에 넘친 요설, 초희는 자기의 더러운

결백에 치를 떤다.《휘청거리는 오후 1》

**요오시**(日) '그래, 알았어' 정도의 일본어. ¶'오야지'니 '요오시'니 '기마에'니 '앗싸리'니 '쇼오부'니 하는 소리를 이태우 선생의 입에서 듣다니 기가 막혔다.〈지렁이 울음소리〉

**요요**(姚姚)**하다** 아주 어여쁘고 아리땁다. ¶그녀는 빨강색 중에서도 가장 요요한 빨강색을 뽑아내려고 애썼고 노랑색 중에서도 가장 요요한 노랑색을 뽑아내려고 비싸고 귀한 물감을 몇 차례씩 허비했다.《미망 2》¶승재가 질투하고 있는 건 종상이의 아내의 부가 아니라 그 요요한 미모였다.《미망 2》

**요의**(尿意) 오줌이 마려운 느낌. ¶오줌이 마려웠다. 다시 그 구정물에 발을 담그지 않고는 변기까지 갈 수 없다는 게 그녀의 요의를 한결 다급하게 했다.〈초대〉

**요코도리**(日) '새치기'의 일본어. ¶"그 기통 터지는 소리 좀 작작 하라우. 요코도리한테 다 빼앗기고 우리 입엔 헛김이나 들어오라구…"《나목》

**욕바가지**(日) 욕사발. 한번에 많이 하는 욕을 속되게 이르는 말. ¶박 씨는 앙분해서 염병할 놈, 육시를 할 놈, 네깐 놈이 벼락을 안 맞고 10리라도 갈 줄 아는? 하고 욕바가지를 퍼부었지만 속은 조금도 후련해지지 않았다.《미망 1》

**욕보다** 몹시 고생하다. (동) "씻고 올라갈래? 먼 길 오느라고 욕봤다." 부숭이 아버지가 말했다.《부숭이는 힘이 세다》

**용가리 통뼈**(日) '용가리 뼈'를 강조한 말. '용가리 뼈'는 매우 특별한 사람을 빈정거려 이르는 말. ¶"3년씩 놀면서 내가 무슨 용가리 통뼈라고 씩씩하냐, 씩씩하길." 《서울 사람들》

**용미봉탕**(龍味鳳湯) 맛이 매우 좋은 음식을 이르는 말. ¶돈이 많이 드는 용미봉탕도 아니겠다 돈 안 들고 맛 좋은 제 고장 음식을 어쩌면 그렇게들 몰라라 하는지 그게 다 송도 여자들의 책임이에요.〈저녁의 해후〉

**용빼는 재주** 아주 뛰어난 재주. ¶그러나 종상이가 꼼짝없이 사상범으로 몰려 갇힌 몸이 되자 아들의 그런 남다른 행동 방식이 그렇게 의지가 될 수가 없었다. 용빼는 재주라도 있는 것처럼 믿고 싶었다.《미망 3》

**용수** 죄수의 얼굴을 보지 못하도록 머리에 씌우는 둥근 통같은 기구. ¶어느 날이 즈이 식구 재판 날인지 알 리 없는 가족들은 혹시 용수 쓴 모습이라도 볼 수 있을까 해서, 아니 그보다는 용수를 통해서라도 이쪽의 모습을 보이려고 허구한 날 영천 일대를 벌산을 했다.〈복원되지 못한 것들을 위하여〉

**용약**(勇躍)**하다** 용감하게 뛰어가다. ¶아침에 운동장에서 조회를 할 때마다 황국신민의 맹세를 하고 나서 군가 행진곡에 발을 맞춰 교실에 들어갈 때면 괜히 피가 뜨거워지곤 했는데 그건 뭔가를 무찌르고 용약해야 할 것 같은 호전적인 정열이었다.《그 많던 싱아는 누가 다 먹었을까》

**용토** 쓰이는 흙. ¶…그 많은 바이올렛이 한시도 쉬지 못하고 사시장철 꽃을 피게 하는 비결엔 최신의 도구와 적절한 용토만이 다가 아니었다.〈소묘〉

**용훼**(容喙) 간섭하여 말참견을 함. ¶그는

자기 자식은 막 기르고 조카자식을 어르고 떠는 걸로 아무도 감히 용훼할 수 없는 도덕적인 완벽성을 획득하고 있었다. 〈아저씨의 훈장〉

**우두망찰** 정신이 얼떨떨하여 어찌할 바를 모르는 모양. ¶외삼촌댁이 버럭 역정을 냈다. 왜 그렇게 화를 내는지 영문을 몰라 배 서방댁은 한층 우두망찰을 했지만 태임이는 그게 자신에 대한 간접적인 함구령이라는 걸 알아차렸다.《미망 2》¶엄마는 엄마 상식으로 바다 상것으로 보이는 사람들이 많이 살고 있는 동네라는 것보다는 감옥소와 이웃해 있는 동네라는 데 더 정이 떨어져서 그만 우두망찰하고 있었다. 〈엄마의 말뚝 1〉

**우두우두** '우두둑우두둑'의 준말. 빗방울이 세차게 떨어지는 소리. 또는 그 모양. ¶…하늘은 마침내 우두우두 굵은 비를 뿌리기 시작한다.《목마른 계절》

**우라질**⑪ 일이 뜻대로 아니 되거나 마음에 들지 아니할 때 혼자 중얼거리거나 욕으로 하는 말. (산) 남의 나라 전쟁에 투입된 GI들은 그런 지명을 읽을 때마다 '갓뎀 문산' '갓뎀 양구' 하는 식으로 강한 혐오감을 나타냈다. 아마 빌어먹을, 또는 우라질 양구쯤 될 것이다. 박수근은 양구 출신이다. 〈그는 그 잔혹한 시대를 어떻게 살아 냈나〉

**우럭우럭** 심술이나 화가 점점 치밀어 오르는 모양. ¶그는 그 기발한 욕설 때문에 어느 만큼 눙치며 웃기까지 했지만, 또한 그 욕설에 의해 그의 쓸개라도 찔린 것처럼 쓰고 고약한 게 뒤늦게 뱃속에서 우럭우럭 치미는 것을 감당하지 못한다.《휘청거리는 오후 1》

**우렁이 딱지 같다** 속을 알 수 없다는 말. ¶"부모님의 도리라면? 무슨 말씀이신지?" 나는 우렁이 딱지처럼 도대체 속을 알 수 없는 늙은이에 대한 혐오감을 드러내지 않으려고 무진 애를 쓰며 물었다. 〈저녁의 해후〉

**우렁잇속** 품은 생각을 모두 털어놓지 아니하는 의뭉스러운 속마음을 이르는 말. ¶아씨가 꼬치꼬치 영악해질수록 산식이는 우렁잇속처럼 의뭉스럽게 정작 할 말은 물고 있는 눈치였다.《미망 3》

**우물 안 개구리**㈇ 세상의 넓은 형편을 알지 못하는 사람을 이르는 말. ¶"…하여튼 우리네 우물 안 개구리덜은 꿈도 못 꿀 큰 일을 저질렀더구먼."《미망 3》¶그 이유는 지당했다. 그러면서도 한편 할아버지가 우물 안의 개구리처럼 불쌍하기도 했다. 〈엄마의 말뚝 1〉

**우물에 가서 숭늉 찾겠다**㈇ 일의 순서도 모르고 성급히 덤빈다는 말. ¶"이제 겨우 시작된 복지 제도니까 지엽적인 결함은 차츰 수정되고 보완되겠지. 처음부터 완벽하길 바라는 건 우물에 가서 숭늉 달라는 것과 무엇이 달루? 요는 근본 정신이 문제지."《오만과 몽상 2》¶"내버려 둬라. 서울 구경만 제일인감. 송도도 처음 와 보는 애란 생각을 해야지." 할머니가 내 역성을 드셨다. "야아가 얼이 쑥 빠져 갖고 꼭 시골뜨기처럼 구니까 그렇죠." "급하긴. 우물에 가서 숭늉 달랠라. 갸아가 그럼 벌써 서울뜨기냐?" 할머니는 엄마에게 무안을 주셨다. 〈엄마의 말뚝 1〉

**우세스럽다** 남에게 비웃음을 받을 만하다. ¶"…자고로 조강지처 내치고 잘된 집구석 하나도 옳다는 건 누구보담 자네가 더 알 거 아닌가." 종상이 또한 그걸 꿈에라도 바란 게 아니었건만도 그 대답을 듣자 얼굴에 모닥불을 담아 붓는 것처럼 분하고도 우세스러웠다.《미망 3》

**우수 경칩에 대동강 물이 풀린다**⑤ 우수와 경칩을 지나면 아무리 춥던 날씨도 누그러짐을 이르는 말. ¶엄마도 그걸 봄의 예감처럼 느꼈을까, 절기를 짚어 보면서 우수 경칩에는 대동강도 풀린다는데 하고는 아득한 표정을 지었다.《그 산이 정말 거기 있었을까》

**우중충하다** 약간 습하고 어두침침하다. (동) 깎아지른 듯한 축대 끝에 제비집처럼 매달린 초가집의 우중충한 문간방이 엄마의 서울 살림이었다.《옛날의 사금파리》

**우지끈뚝딱** 크고 단단한 물건이 요란스럽게 부러지거나 부서지며 다른 물체와 부딪치는 소리. ¶그들은 저희끼리만 희희낙락 우쭐대면서 우지끈뚝딱 우리 집 세간이며 문짝을 때려 부수기 시작했다.《그 많던 싱아는 누가 다 먹었을까》

**우직우직** 단단하게 생긴 물건이 자꾸 부러지거나 찢어지는 소리. ¶정말이지 딸 시집 보내는 데 돈이 이렇게 한정도 없이 드는 건 줄은 미처 몰랐다. 우직우직 기둥뿌리 빠지는 소리라도 들릴 지경이었다.《휘청거리는 오후 2》

**우쭐우쭐** 의기양양하여 자꾸 뽐내는 모양. ¶형선은 나리 엄마를 돌아다보고 어깨를 한번 움찔해 보이고는 다시 우쭐우쭐 앞장섰다.〈꽃 지고 잎 피고〉 ¶…우리 뒤를 소년과 그 여자가, 그 뒤를 외삼촌 내외가, 그 뒤를 네 명의 아이들이 우쭐우쭐 따랐다.〈비애의 장〉

**우화(羽化)** 곤충의 번데기가 변태하여 성충이 되는 일. (산) 나는 그 검은 나비가 애벌레 시절을 거쳐서 우화(羽化)했다고 믿고 싶지 않았다.〈검은 나비의 매혹〉

**우화이등선(羽化而登仙)** 사람의 몸에 날개가 돋아 하늘로 올라가 신선이 됨. ¶마침내 무서운 동통과 중압감으로부터 자유로워진 내 몸은 가볍다 못해 공중으로 둥실 뜨는 듯했다. 이럴 수가, 이렇게 가벼울 수가, 우화이등선이란 이런 기분을 두고 이름인가.〈세상에서 제일 무거운 틀니〉

**우황 든 소 앓듯**⑤ 남에게 차마 말을 못하고 마음속으로 혼자 애태우는 답답한 모양을 이르는 말. ¶그의 할아버지는 일생 동안 그것을 앓았을 뿐이었다. 마치 우황 밴 황소 앓듯이. 우황은 그것을 밴 황소에겐 고질병일 뿐 결코 약이 되진 않는다.《오만과 몽상 1》

**욱일승천(旭日昇天)** 아침 해가 하늘에 떠오름. 또는 그런 기세. ¶"…개 눈엔 똥만 보인다고, 정신이 올바로 박히지 못한 식민지 백성이 이 욱일승천하는 제국주의의 본바닥에서 배울 게 못된 짓밖에 더 있겠어요…"《미망 3》

**운감(殞感)** 제사 때에 차려 놓은 음식을 귀신이 먼저 맛봄. 흠향(歆饗). ¶"박 서방 그렇게 능청 떨 거 없어요. 진짜 진국은 박 서방이 제일 먼저 운감했다는 걸 난 다 알고 있으니까. 이번 것도 그렇고 저번 것도 그렇고 안 그래요? 박 서방."《휘청거리는 오후 2》 ¶뭐. 알아요, 저도. 운감이란 제사 음식에 한다는 것쯤. 돌아가신 조상이 운감을 못 해 큰일 났단 생각보담은

저를 나무라고 싶으셔서 전화 거셨으리라는 것도요. 〈나의 가장 나종 지니인 것〉

**운맞이** 좋은 운수가 도망가지 못하게 맞이함. ¶재수란 도깨비의 엉덩 바람보다도 더 걷잡을 수 없이 변화무쌍한 것이어서 그 운맞이엔 필시 주술적인 신비한 낌새가 있을 테고, 고무신짝이나 물 한 바가지에 그 낌새가 있을지 누가 아나. 〈만사위〉

**울뚝증** 울떡증. 갑자기 화를 내는 증세. ¶"쟤가 울떡증이 좀 있어서 그렇지 심지는 착한 아입죠…"《미망 2》¶태남이는 진동열 선생이 없는 학교는 이제 상상도 할 수 없었다. 빈껍데기나 다름없었다. 오랫동안 잠잠하던 울떡증이 도지는지 선생님 안 게신 학교 다니나 봐라, 하면서 주먹을 불끈 쥐었다.《미망 2》¶진동열 선생도 어쩌면 사위의 내부에 잠재한 화통 같은 울뚝증을 알아보고 직접 총칼 잡고 힘을 쓰는 일에서 밀어내 자금을 조달하러 다니는 일로 돌린 게 아니었을까.《미망 3》

**울먹울먹** 울상이 되어 금방이라도 울음이 나올 것 같은 모양. 어떤 느낌이 참을 수 없이 올라오는 느낌. ¶눈앞의 풍경에 울먹울먹 낯가림을 했다. 〈겨울 나들이〉

**울먹하다** 금방 울 듯하다. ¶사돈댁이 또 한 번 울먹한 소리를 하며 치마끈으로 눈물을 찍어 내는 눈치였다.《나목》

**울며 겨자 먹기**㊂ 싫은 일을 억지로 마지못하여 함을 이르는 말. ¶"그래서 아들놈한테 이번 하청은 신일 공업사엘 주라고 명령을 내렸죠. 그런데 아들놈은 그럭저럭 울며 겨자 먹기지만 애비 말을 순종할 듯 할 듯한데, 그놈의 전무나 뭐라나 하는 새파랗게 젊은 녀석이 어찌나 까다롭게 따지면서 중간에서 패를 드는지…"《휘청거리는 오후 2》¶"저번 날 김밥이랑 빵이랑 한꺼번에 인민군한테 홀딱 팔았는데 돈을 빨강 돈으로 주지 않겠어요. 어쩔 수 없었어요. 안 받았다간 반동으로 몰리거든요. 그래 울며 겨자 먹기로 받긴 받았어요. 그 돈으로 물건을 살 수 있어야죠…"《목마른 계절》

**울섶** 울타리를 만드는 데 쓰는 섶나무. ¶고만고만한 붙임성 있는 아녀석들은 울섶처럼 쉬 자라 데면데면한 소년이 되고 〈저문 날의 삽화 4〉

**울울하다** 나무가 빽빽하게 들어서 매우 무성하다. ¶소나무의 수명은 얼마나 될까? 하늘이 안 보이게 울울하고도 정정한 숲을 하영은 제멋대로 사백 년은 넘었을 거라고 단정했다. 〈참을 수 없는 비밀〉

**울지 않는 아이 젖 주랴**㊂ 우는 아이 젖 준다. 무슨 일에 있어서나 자기가 요구하여야 쉽게 구할 수 있음을 이르는 말. ¶처음엔 이렇게 상하고 비뚤어진 심정과 울지 않는 아기 젖 주랴 싶은 섭섭함 때문에 따로 챙기기 시작한 가욋돈이 부피를 더해감에 따라 그는 그 일에 자학적인 기꺼움을 느꼈다.《살아 있는 날의 시작》(산) 좀 치사한 비유인지도 모르지만 울지 않는 아이 젖 주랴는 말은 자식이 부모한테도 할 수 있는 생각이 아닐까. 〈수의 유감〉

**움딸** 시집간 딸이 죽은 뒤에 사위가 새로 맞아들인 여자. ¶"…새댁은 내 딸이야. 내 딸이구 말구. 움딸이야. 움딸도 못 보면 이 늙은이가 무슨 재미로 살겠수?" "움딸이라뇨?" "시집간 딸이 죽고, 그 사위가 다시 장가든 색시를 예전부터 움딸이라고

하잖나 뵈? 색시는 내 움딸이야." 〈움딸〉

**움파** 베어 낸 줄기에서 다시 난 파. ¶수남이의 움파처럼 연하고 탐스러운 손의 동작이 거짓말처럼 단박 짝짜꿍을 멈추고 곤지곤지로 바뀌었다. 《도시의 흉년 2》

**웃기다**䂂 상대가 사리에 맞지 않는 일이나 말을 할 때 빈정거려 하는 말. ¶이혼 견습? 웃기고 있네. 너 같은 형편없는 맹꽁이하고 부처님 가운데 토막하곤 천생연분이야. 《서 있는 여자》

**웃더껑이** 물건의 위에 덮어 놓는 물건을 이르는 말. (동) 동생들이 발바닥이 다 닳아 없어져 웃더껑이만 남은 운동화를 신고 다녔다. 〈자전거 도둑〉

**웅숭그리다** 춥거나 두려워 몸을 궁상맞게 몹시 웅크리다. ¶아이들이 떠나고 난 후의 정적에는 스산함이 스며 있어 나는 추위 타듯이 어깨를 웅숭그렸다. 〈저문 날의 삽화 1〉

**원수는 외나무다리에서 만난다**䂌 꺼리고 싫어하는 대상을 피할 수 없는 곳에서 공교롭게 만나게 됨을 이르는 말. ¶"원수는 외나무다리에서 만난다더니, 이 생원의 손자만으로도 참기 어렵거늘 문수의 아들이라니, 해괴한 일이로다." 《미망 1》

**원형이정**(元亨利貞) 사물이 근본이 되는 원리. ¶"자식들 일에 꼭 아들 딸을 갈라 말씀하셔야겠습니까?" "뭐 편을 가르자는 게 아니라요, 그게 사람의 원형이정 아닙니까요. 사내 녀석이 바람 좀 피웠기로소니 그게 뭐 그리 대숩니까. 안 그렇습니까요?…" 《휘청거리는 오후 1》

**웬 떡이냐** 뜻밖의 행운이나 횡재를 만났을 때 이르는 말. ¶카메라 안 가진 사람이 희귀해서 아무리 사람 많이 모인 장소에서도 공치기 일쑤인 터에 연거푸 사진을 찍게 되니 웬 떡이냐 싶은 모양이었다. 《그해 겨울은 따뜻했네 1》 ¶우리 동창 또래들은…호텔 뷔페라면 최고의 식사인 줄 알고 웬 떡이냐 마구 식탐을 부리던 때가 언제 적이냐 싶게 다들 입맛이 여간 까다로운 게 아니다. 〈그리움을 위하여〉

**웬수**䂂 자식과 같이 매우 가까운 사람이 속을 썩일 때 못마땅하여 속되게 하는 말. ¶아이구 이 웬수, 저놈의 대천지 웬수, 친구는 아들을 이름 대신 그렇게 부르더군요. 〈나의 가장 나종 지니인 것〉

**웬수덩어리**䂂 '원수덩어리'의 작은말. '원수덩어리'는 자식이나 아내같이 가까운 사람이 속을 썩일 때 못마땅하여 욕으로 하는 말. ¶아이고 이 웬수덩어리는 무겁기도 해라. 천근이야, 천근. 근심이 있나 걱정이 있나. 주는 대로 처먹고, 잘 삭이고 잘 싸니 무거울 수밖에, 내가 이 웬수덩어리 때문에 제 명에 못 죽지 못 죽어, 이 웬수야. 〈나의 가장 나종 지니인 것〉 ¶이번에 그 웬수덩어리가 보인 이상은 망령이라고밖에 해석할 수 없는 것이었다. 사람 대접을 해 주니까 기껏 한다는 사람 노릇이 망령이었다. 〈나의 웬수덩어리〉

**위무**(慰撫) 위로하고 어루만져 달램. ¶전쟁이 아닌가. 아무도 응석부리거나 위무 받을 수만은 없는 것이다. 자기 몫의 재앙은 조만간 자기 몫이다. 제가끔 정직하게 받아들이고 감당해야 하는 것이다. 《목마른 계절》

**위악**(僞惡) 짐짓 악한 체함. ¶"결국 넌 우리 오빠가 돈푼이나 있는 집 외아들이라는 데 반했을 뿐이라고 위악을 하고 싶은 거지. 나한테 그런 거짓부리를 해서 어쩌겠다는 거야…"《도시의 흉년 3》¶소녀는 막연하나마 삼촌 시대의 위악을 이해할 것도 같다.〈이별의 김포 공항〉

**위화감(違和感)** 조화되지 아니하는 어설픈 느낌. ¶모든 것이 잔뜩 물을 머금고 어두운 색으로 둔중하게 가라앉아 있는 풍경 속에서 유치하도록 선연하게 붉은색이 주는 위화감에 끌려 그 여자는 발길을 멈추었다.《살아 있는 날의 시작》

**윗돌 빼서 아랫돌 괴고 아랫돌 빼서 윗돌 괴기(속)** 임시변통으로 이리저리 돌려 맞추는 모양을 이르는 말. ¶"얘는 그럼 우리가 재벌이냐?" "부동산 재벌 아니우? 뒤가 그만큼 든든하면 맨날 윗돌 빼 아랫돌 괴었다, 아랫돌 빼 윗돌 괴다 마는 중소기업하곤 다르지. 남은 죽기 살기로 하는 사업을 형부는 취미로 하니까 돈이 벌릴 수밖에."〈꿈꾸는 인큐베이터〉

**유곽에 가서 숫처녀를 찾는다** 얼토당토않은 것을 찾는 걸 비웃는 말. ¶"어메, 배꼽이 다 웃겠네, 월세 만 원도 안 되는 방에서 위생을 찾으니 유곽에 가서 숫처녀를 찾으시지, 그게 훨씬 수월할 테니까…"《오만과 몽상 1》

**유난벌떡하다** 유난스럽고 유별나다. ¶"망할 계집애 같으니라구. 즈이 엄마 가슴을 그만큼 놀래키고 속을 그만큼 태웠으면 됐지 뭐가 부족해서 시집까지 유난벌떡하게 가려누."〈사람의 일기〉

**유수(幽邃)하다** 심수(深邃)하다. 깊숙하고 그윽함. ¶심산유곡의 오솔길처럼 유수하게 꾸며진 울창한 정원수 사이를 춤추듯이 앞장서 가는 향아의 경쾌한 동작을 무심히 진이도 닮으며 차츰 기분이 회복됐다.《목마른 계절》

**유실(遺失)** 가지고 있던 돈이나 물건 따위를 부주의로 잃어버림. ¶비로소 그는 성남시 어디멘가에 잃어버린 게 무엇인지 알 것 같았다. 그것은 녀석이었다. 녀석은 어쩌면 자신이었다. 그의 유실은 엄청났고 돌이킬 수 없었다.〈유실〉

**유아등(誘蛾燈)** 나방 따위의 해충의 피해를 막기 위하여 논밭에 켜는 등불. ¶통금 직전의 서울 거리는 수많은 헤드라이트들이 끼익끼익 괴성을 지르며 질주하고, 가끔 그 사이로 미친 듯이 손을 흔들며 뛰어드는 사람들의 모습이 유아등에 모여드는 곤충처럼 잠남해 보였다.《도시의 흉년 2》

**유야무야(有耶無耶)** 있는 듯 없는 듯 흐지부지함. ¶그러나 그 일이 있은 후 윤상하 선생의 그 정력적인 문필 활동은 가위로 실을 끊듯이 중단되고…큰 뜻을 내세워 제정한 문학상까지도 그 후 유야무야가 돼서 2회로 이어진 일이 없는 걸 보면 그 사건이 그분에게 미친 충격은 의외로 컸던 듯도 싶다.〈침묵과 실어〉

**유열(愉悅)** 유쾌하고 기쁨. ¶콩쥐의 솜씨는 자유스러우면서도 힘찬 리듬이 있었다. 인철은 피곤이 옹어리 풀리듯이 풀리는 느낌과 함께 형언할 수 없는 유열을 맛보았다.《살아 있는 날의 시작》¶핸드백 속에 지폐 뭉치를 넣고 쇼핑의 인파에 섞이는 유열(愉悅)로 나는 상기한다.〈세모〉

**유영(遊泳)** 물속에서 헤엄치며 놂. ¶연탄불 위에서 마른 오징어가 그 얄팍한 몸을 뒤틀었다. 열 개의 다리가 먼 바다가 그리

운 것처럼 마지막 유영을 시도했다. 〈꼭 두각시의 꿈〉

**유장(悠長)** 길고 오래다. ¶진이가 지금 생각하는 목숨이란 그렇게 대를 잇는 유장한 것이 아니다. 좀 더 숨이 짧다. 《목마른 계절》

**유택(幽宅)** 무덤. ¶가족 묘지라고 하지만 유택은 초대 회장의 묘 한 기밖에 없었다. 《아주 오래된 농담》

**유한(幽閑)** 유유자적하고 한가함. ¶그나저나 아버지가 입고 있는 잘 손질한 모시 고이적삼은 얼마나 보기 좋은 옷인가? 그런 아버지로 하여 초라한 판잣집이 유한의 멋조차 있어 보이지 않는가. 《도시의 흉년 3》

**육갑 떨다(비)** '허튼소리를 하거나 바르지 못한 행동을 하다'를 욕으로 이르는 말. ¶양말이 안 해져서 또 육갑 떠는군 하고 소녀의 어머니는 뒤에서 빈정댔지만, 〈이별의 김포 공항〉

**육시랄(비)** '육시(이미 죽은 사람의 시체에 다시 목을 베는 형벌을 가함)를 할 만하다.'는 뜻으로, 상대를 저주하여 욕으로 하는 말. ¶…같잖은 것들이 옷들도 육시랄하게 입어 싼다고 욕을 했다. 그렇지만 그것들이 옷을 입어 쌓지 않고 벌거벗고 살게 되는 날이면 주인아줌마도 나도 밥줄이 끊어지고 만다는 걸 모를 리가 없다. 〈도둑맞은 가난〉 ¶"저런 육시를 헐 놈들, 그놈들을 관가에 고발을 허지 그냥 내버려 뒀더란 말유?" 《미망 1》 ¶"이 육시랄 놈의 개야, 이 우라질 놈의 개새끼야, 처먹어라, 처먹어…" 〈어떤 야만〉

**육탈(肉脫)** 시체의 살이 썩어 뼈만 남음.

¶그는 깨끗이 육탈한 백골처럼 누워 있었다. 《미망 1》

**윤락(淪落)하다** 여자가 타락하여 몸을 파는 처지에 빠지다. ¶제정신으론 잠들 것 같지 않아서 이 홉들이 소주를 한 병 병째 벌컥벌컥 들이켰다. 그래도 잠은 오지 않았다. 대신 자포자기해지면서 제법 윤락한 여자다운 기분이 났다. 〈조그만 체험기〉

**으스름달밤** 달빛이 침침하고 흐릿하게 비치는 밤. ¶대낮에도 뒷간 속은 어둑시근해서 계집애들의 흰 궁둥이가 뒷간 지붕의 덜 여문 박을 으스름달밤에 보는 것처럼 보얗고도 몽롱했다. 《그 많던 싱아는 누가 다 먹었을까》

**은성(殷盛)** 번화하고 풍성함. (산) 뭔가 얻으러 1년에 한 번씩 교회에 간다는 데 대한 결벽성 때문에 나는 더욱더 교회의 은성하고 따뜻한 불빛을 외면하였다. 〈나의 크리스마스〉

**은전(銀錢)** 은돈. ¶외삼촌이 주머니에서 반짝이는 은전을 한 푼 꺼내 보이면서 나를 유혹했다. 나는 조금도 동하지 않았다. 나는 은전의 쓸모를 몰랐다. 〈엄마의 말뚝 1〉

**을씨년스럽다** 보기에 날씨나 분위기 따위가 몹시 스산하고 쓸쓸한 데가 있다. ¶김장철을 앞두고 을씨년스러운 날은 황혼을 생략하고 벌써 두터운 어둠에 싸여 있었다. 《나목》 ¶가을날 해 저문 후의 분수는 눈보라처럼 을씨년스러웠다. 《살아 있는 날의 시작》

**음식은 마구 먹더라도 잠자리는 가려 자라(속)** 음식은 차별을 하지 말고 잠자리는 구별하라는 말. 음식은 한데 먹고 잠은 따로 자라. ¶"늦어도 돌처올 것이지. 택시라도 타고 오면 안 되겠니. 돈 걱정일랑 말고 여자건 남자건 음식은 마구 먹더라도 잠자린 가려 자야 쓰느니라."《휘청거리는 오후 1》

**음영(陰影)** 색조나 느낌 따위의 미묘한 차이에 의하여 드러나는 깊이와 정취. ¶나에겐 박사 학위보다 힘든 것에 너는 익숙하다. 그러나 네가 알고 있을까. 어떤 아픔을 모를 게다. 모르니까 네 아름다움엔 음영이 없다. 맹하고 공소하다.《목마른 계절》

**음전하다** (말이나 행동 따위가) 곱고 점잖다. ¶구닥다리 장롱과 반닫이와 고리짝과 횃대보와 놋요강이 쓸쓸하고도 음전한 분위기를 만들고 있었다.《도시의 흉년 3》 ¶…겉으론 음전한 효부 노릇을 해야 했으므로 나는 어느 틈에 신경 안정제를 상습적으로 복용하고 있었다.〈해산 바가지〉

**음지가 양지 되고 양지가 음지 된다**(속) 세상사는 늘 돌고 돈다는 말. ¶"동생, 음지가 양지 되고 양지가 음지 될 날 있다는 게 무슨 소릴까? 새겨들을수록 괘씸허네요."《미망 3》

**읍소(泣訴)** 눈물을 흘리며 간절히 하소연함. ¶…열이가 경찰 신세를 질 적마다 번번이 서 여사는 사촌 동생인 서승환 씨를 찾아 읍소를 해서 적지 않게 덕을 봤었다.《목마른 계절》

**의구(疑懼)** 의심하고 두려워함. ¶의구(疑懼)는 의구를 낳았다.〈세상에서 제일 무거운 틀니〉

**의기소침(意氣銷沈)** 기운이 없어지고 풀이

죽음. ¶그녀는 이제 따뜻한 물처럼 저항하지 않고 편안하게 자기주장 없이 그의 욕구에 순종했다. 그가 허전해할 때는 알아서 빈 곳에 스며들어 충만하게 해 주었고, 추위를 탈 때 녹여 주었고, 의기소침할 때 띄워 주었다.《아주 오래된 농담》

**의기양양(意氣揚揚)** 뜻한 바를 이루어 만족한 마음이 얼굴에 나타난 모양. ¶법대 다니는 형을 이어 영빈은 의대에 들어갔다. 공부 잘하는 아들은 둔 엄마는 의기양양했다.《아주 오래된 농담》

**의도락(衣道樂)** 옷에 관한 도락. 식도락과 같이 쓰이는 말. ¶(나는)…요즈음 의도락에 빠져 있는 중이라 새로 장만한 나들이 옷만도 서너 벌이나 되었다. 몸이 좋아 어느 거나 잘 받았다.〈어인들〉

**의수전달** 사실과 다르게 말을 꾸며서 남에게 전달하는 것. ¶"시상에, 이간질, 의수전달만 좋아해도 옛날 같으면 당장에 입에 똥이 들어갔을 텐데, 이건 백죄 생사람한테 도둑 누명을 씌우려 들었으니 쓰레기통에 똥 좀 들어가 싸지 싸. 암 싸고 말고."《오만과 몽상 1》

**의연(毅然)하다** 의지가 굳세어서 끄떡없다. ¶이서무의 의연한 태도는 깊은 교양에서라기보다 어쩔 수 없는 체념에서 비롯된 것이라는 짐작이 든다.《목마른 계절》

**의지가지없다** 의지할 만한 대상이 없다. ¶남처럼 바라다본 그는 모래알처럼 작고 의지가지없이 외로웠다.〈육복〉

**의초(誼-)** 부부 사이의 정의(情誼). ¶그까짓 거 부자 아니면 어떤가. 저희들 의초 좋으면 그게 제일이지.〈만사위〉

**이 설움 저 설움 해도 배고픈 설움이 제**

**일**㉠ 여러 가지 고통 중에서도 배곯고 굶주리는 고통이 가장 견디기 어렵다는 말. ¶뭐니 뭐니 해도 배고픈 설움이 제일인데, 성남댁은 영감님 생각이 나서 꽁지 토막이나마 무를 끝까지 다 먹지 못했다. 〈지 알고 내 알고 하늘이 알건만〉

**이골이 나다** 어떤 일에 완전히 길이 들어서 아주 익숙해지다. ¶그렇게 이골이 나게 얻어맞은 매 중에서 그때 봉천 가다 말고 붙들려 와서 맞은 매처럼 사정없이 아픈 매도 없었지만, 그때의 매처럼 흡족하고 감미로운 매도 없었으니 이상한 일이었다. 〈침묵과 실어〉

**이녕(泥濘)** 진창. ¶진이도 어떤 장삿속 같은 흥정을 대강 눈치로 짐작하고 이녕에 몸을 궁글리는 듯한 불쾌감을 느꼈으나 드러내 놓고 반발하려 들진 않았다. 《목마른 계절》

**이러쿵저러쿵하다** 어떤 일이나 사건에 대하여 이러저러하다고 말을 하다. ¶"…우리 시대의 어른들이 사돈집 일을 이러쿵저러쿵하실 분들이니까?"《미망 1》

**이르집다** 없는 일을 만들어 말썽을 일으키다. 오래 전의 일을 들추어내다. ¶(올케는)…잠시도 입을 안 다물고 수다를 떨었지만 아씨의 상처나 자신의 음모를 이르집을 만한 실수가 없었다. 《미망 1》 ¶이사를 간 후 하영이네 식구들은 그 시골마을에 대해선 일절 함구하고 살았다. 그 기억을 이르집는 것은 하영이의 상처를 덧들이는 것과 마찬가지로 여겨 금기로 삼고 있었다. 〈참을 수 없는 비밀〉

**이를 갈다** 몹시 화가 나거나 분을 참지 못하여 독한 마음을 먹고 벼르다. ¶재득이가 도망갔단 소리에 아씨는 이불 속에서 이를 갈았다. 가슴속에선 비수 같은 원망이 번득였다. 《미망 1》

**이마빡만 하다** 면적이 매우 좁음을 이르는 말. '이마빡'은 '이마'를 비속하게 이르는 말. ¶전처만이 자기 땅이라곤 이마빡만한 땅뙈기도 없는 주제에 자식만은 자그마치 칠 남매를 둔 찢어지게 가난한 소작농의 셋째 아들로 태어난 샛골은 개성에서도 가장 삼포가 널리 분포돼 있는 청교면에 있는 50여 호의 큰 마을이었다. 《미망 1》

**이마에 내 천(川) 자를 그리다** 마음이 언짢거나 수심에 싸여 얼굴을 잔뜩 찌푸리다. ¶구주현이 늘어지게 기지개를 켜더니 눈을 떴다. 수빈이는 아직도 이마에 패인 내 천(川) 자를 과시하며 그에게 말없이 담뱃갑을 내밀었다. 《도시의 흉년 2》 ¶교장은 지금도 문경이를 바로 보지 않았다. 이마에 잔뜩 내 천 자를 긋고 책장 유리에 암울하게 비친 문경의 옆모습에다 대고 겨우 턱짓으로 앉으라는 시늉을 했다. 《그대 아직도 꿈꾸고 있는가》

**이면체면 안 가리다** 속사정 겉 사정 가리지 않는다. 수단 방법 안 가린다. ¶태임이의 숨겨 놓은 욕망에 대해 알 리 없는 산식이가 보기에도 태임이가 돈벌이 될 만한 것이라면 너무 이면체면 안 가리고 살살이 해먹는 것 같아 민망할 적이 있었다. 《미망 3》

**이물감(異物感)** 몸 안에 딴 물질이 들어간 느낌. ¶그녀는 다시 한번 잠결에 문을 열어 준 낯선 남자의 얼굴이 그녀의 벌거벗은 몸으로 쏟아져 내려올 때의 이물감을

싱싱하게 되살려 내면서 진저리를 쳤다. 〈울음소리〉

**이물스럽다** 익숙하지 않은 느낌(이질감, 낯섦음)이 들다. ¶남의 손처럼 이물스러운 감촉에 흠칫 놀라면서 그는 자신의 손에 묻어난 걸 밤눈에 똥처럼 느꼈다. 뜯은 끝이 없고, 끝없이 깜깜했다. 온통 똥이다,라고 그는 생각했다. 그건 기묘한 쾌감이었다. 〈침묵과 실어〉

**이불 속에서 활개 친다**⊛ 남 앞에서는 제대로 기도 못 펴면서 남이 없는 곳에서만 잘난 체하고 호기를 부리는 경우를 이르는 말. ¶"뭔 뭐야. 입만 살아서 이불 속에서 활개 치는 것이지. 우리가 언제 손에 먹물 묻히고 살았다고 맨날 앞뒤로 재기만 하냐…"《미망 1》(산) (유신 시절 때)…투표를 안 하는 게 그때 우리처럼 이불 속에서 활개 치는 재주밖에 없는 소심한 소시민이 할 수 있는 유일한 반정부 투쟁이었다. 〈용서하되 잊어버리진 말자〉

**이산(離散)** 헤어져 흩어짐. ¶그는 자기로 말미암은 한 식구의 이산을 생각할 때마다 가슴이 뭉클해지려는 것을 애써 얼버무리려 든다. 《목마른 계절》

**이성지합(二姓之合)은 만복지원이라** 남녀가 만나는 좋은 인연은 모든 복된 것의 시작이라는 뜻으로, 결혼식 같은 데서 흔히 쓰는 상투적인 덕담. ¶공장을 좁히면서까지 숙직실을 넓히고 부엌을 만들고 할 때는 신이 났고, 신랑 신부를 세워 놓고 이성지합은 만복지원이니 어쩌구 하며 주례사 비슷한 소리를 할 때는 감격해서 목이 다 메었다. 《휘청거리는 오후 2》

**이승(尼僧)** 여승. 여자 중. ¶피부가 장밋빛으로 곱고, 이목구비가 빈틈없이 아리따운 젊은 이승의 회심곡이 법당 안에서 낭랑히 울려 퍼졌다. 《나목》

**이실직고(以實直告)** 사실 그대로 고함. ¶"네놈이 끝내 시침을 떼는 걸 보면 관아에 가서 문초를 받아야 이실직고할 모양이로구나…"《미망 1》

**이야기 좋아하면 가난하게 산다**⊛ 아이들이 옛날이야기를 해 달라고 조르면 하는 말. (동) 엄마의 이야기는 들어도 들어도 감칠이 났다. 그러면 엄마는 혼잣말처럼 이야기를 너무 바치면 가난하다는데 하시면서도 새로운 이야기를 시작하셨다. 〈옛날의 사금파리〉

**이야기꽃을 피우다** 여러 사람이 한 자리에 모여 즐겁고 재미난 이야기를 주고받다. ¶어른들의 점괘 또한 특별한 사연이 있는 사람 아니면 심각하게 믿는 것 같지 않았다. 그보다는 오랜만에 만난 타동네 사람들끼리 이야기꽃을 피우는 게 더 신이 나 보였다. 《그 많던 싱아는 누가 다 먹었을까》

**이웃사촌** 서로 이웃에 살면서 정이 들어 사촌 형제나 다를 바 없이 가까운 이웃. ¶"…이웃사촌이라고 급할 때는 떨어져 사는 딸보다는 한 지붕 밑에 사는 그 사람들이 더 의지가 되실 거 아녀요?…"《살아 있는 날의 시작》

**이제나저제나** 어떤 일을 몹시 안타깝게 기다릴 때 쓰는 말. ¶이제나저제나 하고 기다리던 남편이 통금 시간이 지나고도 안 들어올 때 보통 아내들은 어떤 걱정을 할까. 〈조그만 체험기〉 ¶동필아! 네가 죽지 않고 살아 있었구나. 동필아, 이렇게 목

멘 소리로 불러줄 때를 그는 이제나저제나 조마조마한 마음으로 기다렸다. 〈재이산(再離散)〉 ¶이제 영주는 그들의 사이가 나아지길 기대하기보다는 빨리 그쪽에서 더는 못 모시겠다고 두 손을 번쩍 들기를 이제나저제나 바라고 있는 형국이었다. 〈환각의 나비〉

**이짬** 잇짬. ¶"그동안에 동네 집에서 연락을 했는지 소방차가 다 오는 난리를 치르고 나서 어찌나 놀랐는지 여태껏 보일러 끈 채 지내구 있어요." "이짬에서 기름이 샜을 뿐이에요."《그해 겨울은 따뜻했네 2》

**이판사판** 막다른 데 이르러 어찌할 수 없게 된 지경. ¶허성 씨는 주먹을 불끈 쥐면서 마음먹었다. 이판사판이 아닌가. 《휘청거리는 오후 2》 ¶거만하고 짜증스러운 남자 목소리를 듣자 아차, 싶었으나 이판사판이라는 배짱 같은 것도 생겼다. 《그해 겨울은 따뜻했네 1》

**이판새판** 이판사판. ¶재남이가 달아오른 난로처럼 노여움으로 이글이글해졌다. 일이 그렇게 되니까 콩쥐도 이판새판이었다. 숨길 게 없으니까 두려움도 없어졌다. 《살아 있는 날의 시작》

**이화감** 조화롭지 못한 느낌. ¶고궁의 담이 끝나고 길 건너로 고대 화랑이 보였다. 고대 화랑은 이름과는 달리 초현대식 건물이었는데도 고궁과 함께 바라볼 때 이화감은커녕 고궁에 안긴 것처럼 다소곳해 보였다. 〈화랑에서의 포식〉

**익애(溺愛)** 흠뻑 빠져 지나치게 사랑하거나 귀여워함. ¶자의는 아니더라도 할머니와 엄마의 그 미련하고 끈적끈적한 익애의 세계의 나무관세음과 부적과 풍요와

포식으로부터 산뜻하게 놓여나 전연 딴 세상으로 달리고 있는 수빈이 아슬아슬해 보이면서도 한바탕 박수라도 쳐 주고 싶게 재미가 났다. 《도시의 흉년 3》

**인간 망종** 망종은 아주 몹쓸 망해도 싼 씨알머리를 말하는 거니까, 구제 불능의 인간이란 뜻. ¶"…우리가 아무리 없이 살기로소니 이렇게까지 인간 망종이 돼야겠어?"《살아 있는 날의 시작》

**인경 꼭지가 말랑말랑하거든**㊏ 영영 될 수 없거나 도저히 가능하지 않은 상황을 이르는 말. '인경'은 조선 시대에 통행금지를 알리거나 해제하기 위하여 치던 종. ¶그 무렵 그의 식구들은 인경 꼭지 말랑말랑해지길 기다리듯이 힘겹고 지루하게 그가 고등학교나 졸업해 주길 고대하는 중이었다. 《오만과 몽상 1》 ¶"종상이가 우리보담 유식하긴 해도 주모자감은 아냐. 인경 꼭지가 말랑말랑해질 때까지 기다릴 성미가 어드렇게 난리를 일으키는…"《미망 1》 ¶"그 애가 어머니 마음에 안 든다는 건 알고 있어요. 그렇지만 앞으로 마음에 드시도록 노력하겠어요. 아직도 시간은 많으니까요." "흥, 내가 그 가난뱅이 집 계집애를 마음에 들어 해? 인경 꼭지가 말랑말랑해지도록 기다려 보렴. 어림 반 푼어치도 없다."《도시의 흉년 3》

**인과(因果)** 선악의 업에 따라 그에 해당하는 과보(果報)를 받는 일. ¶저택 집 삼층에서 산 채로 썩어 가는 비참한 병자의, 한때 왕성했던 욕심이 만든 인과는 거의 그 베일을 벗은 셈이었다. 《욕망의 응달》

**인두겁을 쓰다** 겉으로만 사람의 형상을 하였다는 뜻으로, 행실이나 바탕이 사람답

지 못함을 이르는 말. ¶시집보내 준 바 없는 친정 식구에게 그런 꼴을 보인다는 건 인두겁을 쓰고는 차마 못할 뻔뻔스러운 짓이었지만 아이를 낳고 나서 감쪽 같아진 몸으로 나타난다는 건 더 참을 수가 없었다. 《미망 3》 ¶“진이가 마련한 것은 알고 있소. 인두겁을 쓰고 차마 못할 짓을 해서 마련한 걸로 우리가 하루하루 목구멍에 뭐라도 넘기고 있다는 걸 왜 모르겠소…” 《목마른 계절》

**인등(引燈)** 부처 앞에 등불을 켜는 일. ¶할머니는 할머니대로 단골 무당의 부적과 절에서 드린 치성과 백일 인등의 영험을 내세우지 못해 안달했다. 《도시의 흉년 1》

**인륜대사(人倫大事)** 사람이 살아가면서 치르게 되는 큰 행사. ¶“뭐니 뭐니 해도 아직도 혼인은 인륜대사 중에도 대산데 윗사람 된 도리로 마땅한 절차를 밟아 줘야지…” 《나목》 ¶“혼인이란 인륜대산데 당사자가 좋아한다고 어떻게 당장 허락을 할 수야 있겠어요…” 〈저녁의 해후〉

**인면수심(人面獸心)** 사람의 얼굴을 하고 있으나 마음은 짐승과 같다는 뜻으로, 마음이나 행동이 몹시 흉악함을 이르는 말. ¶“그렇지, 옳은 말씀, 인면수심이렷다.” 감찰부장은 다시 얼굴을 딱딱하게 굳힌다. 《목마른 계절》

**인산인해(人山人海)** 사람이 수없이 많이 모인 상태를 이르는 말. ¶2,000명의 졸업생과 그 스무 배도 넘는 축하객이 몰린 캠퍼스는 그야말로 인산인해였다. 《도시의 흉년 3》

**인생은 일장춘몽(一場春夢)이다**㈜ 사람이 한평생 산다는 것이 꿈 한번 꾼 것같이 짧

고 허무하다는 말. ¶그는 수시로 온몸에 껍질만 남은 것처럼 허전했고 그럴 때마다 신음처럼 소리 내어 또는 속으로 인생 무상이로고, 아니면 인생 일장춘몽이로고를 읊조렸다. 《미망 3》

**인심이 사납다** 남을 대하는 것이 인정이 없고 야박하다. ¶“우리가 인심이 사나워 그 애를 모르는 척한 건 아니잖아요…” 《미망 2》

**인이 박이다** 자꾸 되풀이하여 아주 몸에 배다. ¶그렇게 여러 해에 걸쳐서 인이 박히다시피 한 설 차림이 왜 올해부터 별안간 간소해졌는지는 전 영감도 모르는 일이었다. 《미망 1》

**인재(印材)** 도장을 만드는 재료. ¶사람 몸의 핏줄 같은 무늬가 든 돌이 있는가 하면, 산수화를 방불케 하는 무늬가 든 돌도 있었다. 그런 인재를 보여 주는 그의 손놀림은 신중하고도 섬세했다. 《그 산이 정말 거기 있었을까》

**인해전술(人海戰術)** 우수한 화기보다 다수의 병력을 투입하여 적을 압도하는 전술. ¶혹시 중공군일지도 모른다는 생각이 들었다. 인해전술이란 말에 딱 들어맞는, 막강하다기보다는 망망한 병력이었다. 《그 산이 정말 거기 있었을까》

**인화초** 사람이 꽃처럼 아름답다. ¶이것아, 그까짓 화분 아무리 잘 가꾸면 뭘 하냐? 정작 인(人)화초가 빠진 걸, 그러면서 달여 온 보약을 냉장고 속에 가지런히 넣어 주고 갈 적도 있었다. 〈가는 비, 이슬비〉

**일가 못된 것이 항렬만 높다**㈜ 변변치 아니한 사람이나 일이 잘되는 경우를 이르

는 말. ¶그 노인을 모시고 온 그의 손자가 사십은 돼 보이는데 나에게는 증손뻘이 된다고 생각하니, 일가 못된 것 항렬만 높다는 속담이 생각나 절로 실소를 금할 수가 없었다. 〈엄마의 말뚝 3〉

**일각(一刻)** 시간적으로 매우 짧은 동안. ¶할머니가 무당 말만 믿고 일각을 다투는 아버지의 병을 푸닥거리로 고치려 한 데 대한 엄마의 통한은 여간 집요하지 않았다. 《그 많던 싱아는 누가 다 먹었을까》

**일각대문(一角大門)** 대문간에 따로 없이 양쪽에 기둥을 하나씩 세워서 문짝을 단 대문. 일각문. ¶우리 다음 집은 일각대문 집이라고 불렸다. 엄마는 옥잠화 집하고도 일각대문 집하고도 친했다. 《그 많던 싱아는 누가 다 먹었을까》

**일각이 삼추 같다(一刻如三秋)** 짧은 동안도 삼 년 같이 생각된다는 뜻으로, 기다리는 마음이 간절함을 이르는 말. ¶하루 빨리 애숙을 내 사람 만들고 싶은 욕심으로는 일각이 여삼추 같다가도 여자의 태중에서 아이가 자라는 정확한 속도를 생각하면 아찔하도록 시간이 빠르게 흘렀다. 《그대 아직도 꿈꾸고 있는가》 ¶일각이 여삼추로 기다리던 귀성이었건만 막상 고향집 안방에서 여란이는 울적했다. 《미망 3》

**일거수일투족(一擧手一投足)** 크고 작은 동작 하나하나를 이르는 말. ¶전 영감은 울먹이는 종상이보다 눈을 말똥말똥하게 뜨고 자기의 일거수일투족을 주시하고 있는 태임이 더 마음에 걸렸다. 《미망 1》 ¶…요즘 그 여자의 일거수일투족을 사로잡다시피 하고 있는 콩쥐의 우울한 시선과 이 꼴 저 꼴 뭉뚱그려 조소하는 듯한 태도는

문득문득 그 여자를 반성하게 만들었다. 《살아 있는 날의 시작》

**일구월심(日久月深)** 세월이 흐를수록 더함을 이르는 말. ¶…그녀는 한 번도 그런 의미로 마음이 이상해져 본 적이 없었다. 그렇다고 일구월심 남편 생각만 했던 것도 아니다. 《도시의 흉년 1》

**일도양단(一刀兩斷)** 어떤 일을 머뭇거리지 아니하고 선뜻 결정함을 이르는 말. ¶움직일 수 없는 것이 분명한 오빠하고 노인은 남아도 좋지만, 나하고 올케는 북으로 피난을 가야 한다는 것이다. 실로 피 한 방울 안 흘리는 절묘한 일도양단이었다. 《그 산이 정말 거기 있었을까》

**일루(一樓)** 아주 작은 가닥. ¶"백수 회원들의 평균 연령은 얼마쯤 됩니까?" 혹시 연령으로라도 자격 미달이 될지도 모른다는 일루의 희망으로 배우성 씨는 이렇게 물었다. 〈천변풍경〉

**일말(一抹)** 한번 스치는 정도라는 뜻으로, '약간'을 이르는 말. ¶둘의 우정은 이제 일말의 비애가 되어 겨우 그 흔적을 남기고 있을 뿐 둘의 대립은 어디까지나 살벌하고 진지했다. 《오만과 몽상 1》

**일몰(日沒)** 해가 짐. ¶6월의 일몰은 마냥 게으르다. 향아와 헤어진 진이는 혼자 길을 좀 헤매다 집에 돌아왔는데도 부엌일을 거들 수 있을 만큼 이른 저녁이었다. 《목마른 계절》

**일벌백계주의(一罰百戒主義)** 다른 사람에게 경각심을 불러일으키기 위하여 본보기로 한 사람에게 엄한 처벌을 하는 방침. ¶"…서민 생활을 좀먹는 이런 새앙쥐 같은 놈들은 일벌백계주의로 중벌로 다스려

야 돼."〈조그만 체험기〉

**일별(一瞥)** 한 번 흘깃 봄. ¶두 사람은 냉정하게 마주 봤다. 헤어지기 직전의 이 짧은 일별을 통해 초희는 김상기를 자기가 벗어 던진 미운 허물처럼 느꼈다.《휘청거리는 오후 1》

**일소(一笑)에 부치다** 대수롭지 않게 여겨 무시해 버리다. ¶…길에서 조금이라도 벗어나면 숲속에 문둥이들이 득시글댄다고 알려져 있었다. 시험 칠 날이 임박해서 엄마는 나를 데리고 그 길을 답사하면서 문둥이에 대해 세상에 떠도는 끔찍한 말을 일소에 부쳤다.《그 많던 싱아는 누가 다 먹었을까》

**일언반구(一言半句)** 아주 간단한 말. ¶엄마는 알고도 모르는 척하는 건지 정말 아무것도 모르는지 갑자기 풍성하고 다채로워진 식탁에 대해 일언반구도 아는 척을 안 했다.《그 산이 정말 거기 있었을까》

**일언지하(一言之下)** 한 마디로 잘라 말함. ¶산모는 마지막으로 남편과 의논할 수 있길 바랐으나 그건 마나님이 영감님과 의논할 필요도 없이 일언지하에 거절했다.《도시의 흉년 3》

**일천(日淺)하다** 시작한 뒤로, 날짜가 얼마 되지 아니하다. ¶장인 사위의 역사는 일천하지만, 백성과 포도대장의 역사는 실로 유구하니까.《도시의 흉년 3》

**일탈(逸脫)** 사회적인 규범으로부터 벗어나는 일. ¶안개 낀 날의 일탈이 있은 후에도 초희의 무사안일한 일상엔 아무런 변동이 없었다.《휘청거리는 오후 2》 ¶영빈의 내부에서 다시 한번 참을 수 없는 기쁨과 불안이 소용돌이쳤다. 그건 일탈의 예감이었다.《아주 오래된 농담》

**일품(逸品)** 아주 뛰어난 물건. ¶공산주의가 마침내 만들어 낸 회심의 일품 완제품. 진이는 대뜸 그런 생각을 하며 현관 앞 돌층계 위에 우뚝 선 그를 두렵게 쳐다본다.《목마른 계절》

**임** 머리 위에 인 물건. 또는 머리에 일 만한 정도의 짐. ¶엄마도 할머니도 머리에 커다란 임을 이고 있었다.〈엄마의 말뚝 1〉

**임립(林立)** 숲의 나무처럼 빽빽하게 죽 늘어섬. ¶도시의 번드르한 아스팔트 길, 임립한 빌딩조차 그 멀쩡한 낯짝 어디엔가엔 반드시 부정을 감쪽같이 땜질한 자국이 있다고 믿었기에 진한 친화감을 느낄 수 있었다.《휘청거리는 오후 2》

**임술지추 칠월기망에 소자여객으로 범주유어 적벽지하할새(壬戌之秋 七月旣望 蘇子與客 泛舟遊於 赤壁之下)** 소동파가 지은 《적벽부》의 첫머리에 나오는 말로, 임술 원풍 5년의 가을, 7월 16일 밤에, 소자(蘇子)인 나는 객과 함께 배를 띄워 적벽 기슭 아래서 놀았다는 뜻. '기방'은 '기망(旣望)'의 잘못. '기망'은 음력으로 열엿새 날. ¶그러나 국화꽃 필 때면 더욱 낭랑해지는 할아버지의 적벽부를 읊조리는 소리가 끊긴 지는 오래되었다. 임술지추 칠월기방에 소자여객으로 범주유어 적벽지하할새…〈엄마의 말뚝 1〉

**임질** 물건을 머리에 이는 일. ¶처만네는 모든 개성 여자들이 그렇듯이 임질을 잘했다.《미망 1》 ¶저고리를 짧게 입고 치마말기로 가슴을 동일 때라 임질을 할 때면 겨드랑과 가슴이 드러나게 돼 있었다.〈그 여자네 집〉

**입도 뻥긋하지 못하다**　아는 체도 못하다. ¶이미 송도 바닥에 자자하게 퍼진 소문이었다. 그걸 나만의 비밀처럼 입도 뻥긋 안 하는 건 그들 부부만이 할 수 있는 연민의 방법이기도 했다. 《미망 3》

**입바르다**　옳은 말이기는 하지만 듣는 이가 거슬릴 만큼 바른말을 하는 데 거침이 없다. ¶"…넌 다 좋은데 입이 싼 게 흠이거든, 알겠슨?" 박 씨는…같이 늙어 가는 며느리한테 이렇게 평생 안 하던 입바른 소리로 무안을 주었다. 《미망 1》 ¶"다들 초면일 텐데 당신 말고 누가 또 나를 단벌치기 취급할까 봐 그래요?" 희주도 그 정도의 입바른 소리는 해야 견디는 성미였다. 〈초대〉

**입방아**　남의 일에 대해 쓸데없이 방정맞게 많이 말하는 것. ¶"…남의 말 하기 좋아하는 사람덜 입방아에 오르내려 봤댔자 손해 보는 건 아기씨지 뭐…" 《미망 3》

**입병 난 며느리는 써도 눈병 난 며느리는 못 쓴다**⑥　입병이 나면 잘 먹지를 못할 테니 밥이 덜 축나 좋으나 눈병이 나면 바느질 등 일을 못할 테니 그런 며느리를 무엇에 쓰겠느냐는 뜻으로 양식이 귀할 때 쓰던 말. ¶딸일수록 맛있는 걸로 입맛을 높여 놔야 음식을 맛있게 만들 수 있지 먹어 보지 않은 음식은 결코 맛있게 만들 수 없다는 엄마의 생각은 "입병 난 며느리는 써도 눈병 난 며느리는 못 쓴다."는 지독한 말이 아직도 유용하던 당시로서는 너무도 파격적이었다. 《그 많던 싱아는 누가 다 먹었을까》

**입성이 날개**⑥　옷차림을 잘 하면 사람이 돋보인다는 말. 옷이 날개라. '입성'은 옷의 속된 말. ¶"그래 내 생전에 입성 입은 삼 또한 처음이네그려." "세상이 개화를 허다 보니 인젠 인삼꺼정 입성이 날개인 세상이 되고 말았습죠. 《미망 2》

**입쌀의 뉘 같다**　백미에 섞인 뉘(껍질이 안 벗겨진 벼) 같다는 말로, 남하고 어울리지 못하고 겉돈다는 말. ¶"그걸 몰라서 묻남. 입쌀의 뉘처럼 살긴 싫으이. 주려 죽을망정 천금 같은 자식한테 내 근본 들춰 보이기도 싫고." 태임이는 더는 권하지 않았다. 쌀의 뉘 같야 태남이의 출생 쪽이 서얼보다 몇 배 더하련만 늠름하게 견디는 걸 보면 사람됨의 차이가 분명하게 드러났다. 《미망 3》

**입씨름**　말로 애를 써서 하는 일. 말씨름. (동) "그만 자자. 너하고 입씨름 해 봤댔자 입아귀만 아프다." 《부숭이는 힘이 세다》

**입아귀**　입의 아래위로 벌어진 사이. (동) "그만 자자. 너하고 입씨름 해 봤댔자 입아귀만 아프다." 《부숭이는 힘이 세다》

**입에 맞는 떡**⑥　마음에 꼭 드는 일이나 물건을 이르는 말. ¶"…경화 아버지가 벌써 몇 년째 신입 사원 중에서 경화 신랑감을 돋본 모양이야. 인물 좋고, 학벌 좋고, 머리 좋고, 집안 좋고―그런데 그런 입에 맞는 떡이 그렇게 쉽지 않나 보지. 그러다가 금년에 마침내 하나 걸린 모양이야…" 《도시의 흉년 1》 ¶그런 과정을 넌지시 뒷받침해 줄 만한 집안과 사돈을 맺고 싶었는데 그런 입에 맞는 떡을 기다리는 동안 아들의 나이가 서른이 되고 말았다. 《아주 오래된 농담》

**입에 맞는 떡은 구하기 어렵다**⑥　자신의 마음에 꼭 들어맞는 것을 구하기란 매우 어려움을 이르는 말. ¶"…세상에 입에 맞는 떡이 없다구, 그중 하나쯤은 덜 갖춰도 무방하다고 하셨는데 그것까지도 들어맞는다니까."《서 있는 여자》

**입에 침이 마르다** 남을 아주 좋게 말하다. ¶사진을 내돌린 바는 없으나 대신 입에 침이 마르게 미모를 과장했을 테고 다음은 개성 부자의 외동딸쯤으로 문벌 대신 줄 수 있는 실속을 암시했을 게 뻔했다. 《미망 3》 ¶"…그저 입에 침이 마르도록 조약돌 선생의 거룩한 유지, 생전의 고매한 인품을 칭송하고 김광남의 효성과 인격을 찬양하는 거야…"〈상(賞)〉

**입에 풀칠을 하다**⸙ 겨우 목숨이나 부지할 정도로 굶지나 않고 산다는 말. ¶"저런 응큼헌 사람 봤나. 넓으나 넓은 만주 바다의 조선 사람 돈은 다 긁어모은다고 소문이 자자하던데 겨우 입에 풀칠이나 허는 것처럼 내숭 떠는 것 좀 보게나." 《미망 3》 ¶자유나 민주주의를 요구할 것도, 고기나 과일을 요구할 것도 아닌, 입에 풀칠할 최소한의 생존권을 요구할 바에야 좋은 정부 나쁜 정부 가릴 게 뭐 있을까. 《그 산이 정말 거기 있었을까》

**입에서 젖내가 난다**⸙ 나이가 아직 어리다는 말. ¶"얘가, 입에서 젖비린내도 안 가신 녀석이 못하는 소리가 읎네…"《미망 1》

**입은 비뚤어져도 말은 바로 해라**⸙ 상황이 어떻든 말은 언제나 바르게 하여야 함을 이르는 말. ¶"이 사람아, 신사복으로 변장을 헌 게 아니라 엿장수로 변장을 헌 거야. 입은 삐뚜루 백혀도 말은 바로 허렸다네." 마도섭이 여유 있게 느물댔다. 《미망 3》 ¶"…약물 중독으로 폐인 된

사람이 얼마나 많다구요. 호호 약장수가 이런 말씀을 드리니까 우습죠? 그렇지만 입은 삐뚤어져도 말은 바로 하랬다고…" 《휘청거리는 오후 2》

**입의 혀 같다** 일을 시키는 사람의 뜻대로 잘 순종한다는 말. ¶아닌 게 아니라 콩쥐의 시중은 입의 혀 같았다. 그를 왕처럼 시중들었다.《살아 있는 날의 시작》 ¶재환이는 태남이와 동갑내기였다. 그러나 유난히 잔망해 태남이 어깨 밑에서 알찐댔고 성품이 소심해서 태남이가 시키는 일이라면 입의 혀처럼 순종했다.《미망 2》 ¶그토록 입의 혀처럼 싹싹하고 날렵하던 화초 할머니가 할아버지 중풍에는 전혀 쓸모가 없었다.〈저물녘의 황혼〉

**입이 걸기가 사복개천 같다**⸙ 아무 말이나 가리지 않고 되는대로 마구하는 사람을 두고 이르는 말. ¶"…지게꾼은 그래도 거짓말시킬 일은 없지만 집 간도 아니고 난전의 거간을 오죽한 것들이 해먹겠냐. 보나마나 입이 사복개천 같은 것들일 텐데, 입이 천 근 같은 느이 작은애비가 오죽해야 그 짓을 했겠냐."《그 산이 정말 거기 있었을까》

**입이 걸다** 험한 말을 함부로 하다. ¶할머니는 입이 걸었다. 우스운 소리도 잘 하였다.《그 많던 싱아는 누가 다 먹었을까》

**입이 싸다** 신중성이 없이 경솔하게 말하는 버릇이 있다. ¶"…넌 다 좋은데 입이 싼 게 험이거든. 알았니?"《미망 1》 ¶"아마 제 흉들을 보셨는가 보죠?" 조 의원의 말투가 꼭 고자질하고 싶어 참을 수 없을 지경에 이른 입이 싼 여편네의 그것처럼 보들보들하고 감칠맛 있어지는 바람에 배

우성 씨도 문득 이렇게 실없는 소리를 하고 말았다. 〈천변풍경〉

**입이 열 개라도 할 말이 없다**⒮ 입이 광주리만 해도 말 못한다. 잘못이 명백히 드러나 변명의 여지가 없음을 이르는 말. ¶"당신도 참 입이 열이라도 할 말이 없을 양반이 뭘 잘했다고 악부터 쓰세요?" "내가 뭘 그렇게 잘못했나?"《휘청거리는 오후 2》¶입이 열이라도 할 말이 없게 된 연후에 돌아와서 그런지 그동안 기다리고 애태웠던 표시도 할 기운이 없었다.《그 산이 정말 거기 있었을까》

**입이 천 근 같다** 매우 입이 무겁다. ¶"…지게품은 그래도 거짓말시킬 일은 없지만 집 거간도 아니고 난전의 거간을 오죽한 것들이 해먹겠냐. 보나 마나 입이 사복개천 같은 것들일 텐데, 입이 천 근 같은 느이 작은애비가 오죽해야 그 짓을 했겠냐." 《그 산이 정말 거기 있었을까》

**입이 함박만 하다**⒮ 입이 함지박만큼 커질 정도로 매우 기뻐하고 만족해하는 경우를 이르는 말. ¶…시어머니는 이 기쁜 소식에 입이 함박만큼 벌어져 한걸음에 사돈집으로 가려다 말고 빈손이 무색해 영감을 들볶았다. 당장 서울 가서 무명 끊고, 미역을 사오라고 했다.《도시의 흉년 3》¶…태임아, 할아버지하고 작은집 가지 않겠는?" 태임이 발딱 일어나면서 입이 함박같이 벌어졌다. "할머니, 저 할아버지 따라가도 되죠? 네 할머니."《미망 1》

**입초시에 오르다** 입길에 오르다. '입초시'는 '입길'의 방언. '입길'은 이러쿵저러쿵 남의 흉을 보는 입의 놀림. '입초사'는 '입초시'의 오자. ¶…일찍부터 남의 입초시

에 오르내리면서 궁금증을 돋우던 태임인지라 버선 한 짝 꿰매기도 전에 금침이 몇십 채라느니 단속곳만 몇 죽이라느니 하고 소문부터 짝자그르했다.《미망 2》¶중한 자식일수록 그렇게 자꾸 입초시에 오르내리는 게 아니란 소리 아닌감.〈길고 재미없는 영화가 끝나갈 때〉¶시방 그 여자가 헐레벌떡 들어선 오십 평 아파트 안방에 모인 여자들의 입초사에 오르고 있는 건 가타리나였다. 가타리나는 그 여자의 세례명이다. 〈마흔아홉 살〉

**입추의 여지도 없다**⒮ 발 들여놓을 데가 없을 정도로 많은 사람들이 꽉 들어찬 경우를 이르는 말. ¶그때도 양주동 선생님의 인기는 대단해서 강의실은 입추의 여지가 없었다.《그 많던 싱아는 누가 다 먹었을까》

**입춘 거꾸로 붙였나**⒮ 입춘이 지난 뒤에 날씨가 몹시 추워졌을 때 하는 말. ¶얼마 전에 지난 입춘 추위는 특히 혹독해서 입춘방을 붙일 새도 없이 풀이 허옇게 얼어붙어 애를 먹던 생각이 났다. 어렵게 붙이느라 입춘을 거꾸로 붙였는지 그 후의 추위도 가히 정이월에 대독이 터질 만했다.《미망 1》

**입치다꺼리하다** 먹는 일을 뒷바라지하는 것을 속되게 이르는 말. (산) 어쩌다 아이들이 하나도 외출 안 하고 집에 모여 있는 날은 엄마는 온종일 입치다꺼리하기에만 눈코 뜰 새가 없다. 〈식구와 인구〉

**잇잠** 잇짬. ¶(할머니의) 몸 전체가 뼈의 잇잠을 죄고 있던 나사가 헐거워진 듯이 헐렁헐렁하고 위태로워 보인다.《도시의 흉년 1》

**잇짬** 이에짬. 두 물건을 맞붙여 이은 짬. ¶망자의 가슴 위로 흰 봉투가 사뿐히 내려앉자 마지막 횡대가 손톱 하나 들어갈 잇짬도 없이 완벽하게 맞물렸다.《아주 오래된 농담》

**잉잉대다** 낮은 소리로 연달아 우는 소리. ¶울고 싶은 갈망과는 동떨어진 여자들이 쩔고 까불고 비웃는 소리가 귓전에서 잉잉댔다. 〈마흔아홉 살〉

# ㅈ

**자가사리 끓듯 한다**⑥ 크지도 않은 것들이 많이 모여 복작거림을 이르는 말. '자가사리'는 퉁가릿과의 민물고기. ¶"…지금도 그 집엔 돈이 자가사리 끓듯 한답디다."〈부처님 근처〉

**자괴**(自愧) 스스로 부끄러워함. ¶아무도, 서 여사까지도 조상에게 차례를 못 올리는 자괴는커녕 추석이라는 것조차도 까맣게 잊은 채 일 년 중 가장 아름다운 달밤도 지났다.《목마른 계절》

**자굴스럽다** '자랑스럽다'의 오자. ¶그 여자가 현을 자굴스럽게 제 아들입니다,라고 소개할 때마다 현은 내심 짜릿짜릿했다.《오만과 몽상 2》

**자근자근** 가볍게 자꾸 씹는 모양. ¶그는 아까부터 줄창 자신을 차지하고 있는 이 뜻밖의 느낌을 자근자근 씹으며 나깟줄을 낀 길을 오르락내리락했다.《미망 2》

**자글자글** 적은 양의 액체 따위가 걸죽하게 잦아들면서 자꾸 끓는 모양. ¶그 아이의 입가에 찌개가 조는 것처럼 자글자글한 웃음이 감돌았다.〈엄마의 말뚝 1〉 ¶…그들의 분위기는 그런 것하곤 얼토당토않았다. 마치 최신의 식인종 시리즈를 즐기고 있는 것처럼 재미가 자글자글 있어 보였고, 약간 얼빠져 보였다.〈비애의 장〉

**자기 배부르면 남의 배고픈 줄 모른다**⑥ 여유 있거나 좋은 처지에 있는 사람은 남의 딱한 사정을 모른다는 말. ¶조금만 더 기다리면 춘삼월 호시절인데 뭐가 그렇게 급해맞아서 이 엄동설한에 면사포를 쓰나 그래. 뭐가 급해맞은지 정말 몰라서 그러냐, 너. 네 배부르다고 남의 배고픈 사정 모르면 죄받는다 죄받아.〈참을 수 없는 비밀〉

**자라 보고 놀란 가슴 솥뚜껑 보고 놀란다**⑥ 어떤 사물에 몹시 놀란 사람은 비슷한 사물만 보아도 겁을 냄을 이르는 말. ¶"한 번은 진짜가 아니라니까요." "자라 보고 놀란 가슴은 솥뚜껑 보고도 놀라게 돼 있어. 진짜가 아니란 걸 알도록 도와드려야 해."《도시의 흉년 3》

**자랑 끝에 불붙는다**⑥ 너무 자랑하면 그 끝에 말썽이나 화가 생김을 이르는 말. ¶고무가 무진장 나는 남양 군도가 다 일본 땅이 됐다고 전국의 국민학생에게 고무공을 하나씩 거저 나누어 주기도 했다. 그러나 자랑 끝에 불붙는다고 그 후 얼마 안 돼 쌀이 배급제가 되더니 운동화와 고무신까지 배급제가 되었다.《그 많던 싱아는 누가 다 먹었을까》

**자마노**(紫瑪瑙) 자줏빛을 띤 마노. '마노'는 석영·단백석·옥수의 혼합물. ¶멀리 해가 진 뒤의 서쪽 하늘은 자마노 빛 잔광으로 그 밑의 능선과 능선 위의 나무들의 모습을 선명하게 그리고 있었다.《욕망의 응답》

**자박자박** 자박거리는 소리. ¶여란이는 하

염없는 기분 때문인지 가깝고도 먼 거리 때문인지 우체부가 자박자박 자갈 밟는 소리를 귀가 아니라 눈으로 들으면서 지켜보았다.《미망 3》

**자빠져도 코가 깨진다**㈜ 일이 순조롭게 되지 않으려니까 뜻밖에도 큰 탈이 난다는 말. ¶안 될 땐 자빠져도 코가 깨진다고 전화를 받은 건 하필 수철이었다.《그해 겨울은 따뜻했네 1》 ¶"우리 아부지 오늘도 못 돌아가셨수? 세상에 아무리 자빠져도 코가 깨지게 재수 옴 붙은 신세기로서니 남이 다 잘만 하는 아부지 초상 한번 치러보기가 빽 없는 놈 감투 쓰기보다 더 어려워서야. 아이고 내 팔짜야…"《오만과 몽상 1》

**자세**(藉勢) 어떤 권력이나 세력 또는 특수한 조건을 믿고 세도를 부림. ¶이성이가…똑같이 물려받은 재산을 부성이보다 몇 배로 불리자 그게 다 자기처럼 받을 복 있는 아내를 얻은 덕이라고 그 자세가 대단했다.《미망 2》

**자식 겉 낳지 속은 못 낳는다**㈜ 아무리 자기가 낳은 자식이라 하더라도 그 마음속까지는 알 수 없음을 이르는 말. ¶우리 창환이가 운동권이 아니었다는 건 형님 말이 맞는지도 몰라요. 에미도 눈치를 못 챘으니까요. 그러나 그걸 누가 단정을 하겠어요. 자식을 겉을 낳지 속까지 낳는 건 아니란 말도 그래서 생겨난 거 아니겠어요.〈나의 가장 나종 지니인 것〉

**자식 농사** 부모가 자식을 낳아 기르는 일. ¶"…이 서방 나이를 생각해 봐. 자식 농사가 늦었지, 늦었구 말구, 일찍 장개 들었으면 손자도 볼 나이야…"《미망 2》 ¶

재력도 남부럽지 않았지만 아들 삼 형제가 다 미끈하여 자식 농사로서도 남의 부러움을 샀다.《미망 3》

**자식은 애물이라**㈜ 자식은 언제나 부모에게 걱정만 끼침을 이르는 말. ¶"너무 야단치지 마시죠. 빗나가면 곤란하잖아요." "이미 빗나간걸. 자식은 애물이라니까."《휘청거리는 오후 2》

**자식이 상전이다**㈜ 자식이 자라면 상전 된다. 자기 자식이라 하여도 다 자란 후에는 자기 뜻대로 하기 어려움을 이르는 말. ¶"자식이 상전이라더니 네가 왜 이렇게 어려운지 모르겠구나."《살아 있는 날의 시작》

**자식이 제 먹을 것은 갖고 태어난다** 식구가 늘면 자연히 수입도 늘게 되어 있다는 농경 시대의 낙천적인 인생관. ¶자식이 제 먹을 것은 갖고 태어난다는 말이 얼마나 허황한 거짓부리인지는 맬서스의 인구론이 아니더라도 딸 넷을 낳는 동안 뼈에 사무치게 알고도 남는 처지이지만, 이 막내 놈만은 여느 애들하고는 좀 다르다.〈세모〉

**자애**(自愛) 제 몸을 스스로 아낌. ¶허물을 벗는 곤충이 손상되지 않은 온전한 허물을 벗기를 원하는 건, 결코 허물을 위해서가 아니라 순전히 자애 때문인 것처럼.《도시의 흉년 2》

**자업자득**(自業自得) 자기가 저지른 일의 결과를 자기가 받음. ¶자업자득이다 싶으면서도 일순 가슴이 찡하도록 수희 언니가 불쌍해졌다.《도시의 흉년 3》

**자위를 뜨다** 무서운 물건이 힘을 받아 조금 움직이다. ¶엄마도 입버릇처럼 내가 기가 세니까 이 집에서 살지,라고 해 오던 집이 드디어 마음에서 자위를 뜨니까 한시가 급했나 보다. 《그 산이 정말 거기 있었을까》

**자작자작** 물이 밑바닥에서 점점 잦아 붙는 모양. (산) 강된장이 뚝배기 속에서 자작자작 졸아들면서 나만이 아는 맛의 진수가 코를 강하게 자극했다. 〈시골집에서〉

**자홀(自惚)** 혼자서 황홀해함. 또는 자기 도취에 빠짐. ¶제 몸을 거친 거라면 통도 사랑할 것 같은 오붓한 자홀의 시간이었다. 《도시의 흉년 3》 ¶그의 자찬은 짜릿하고도 황홀했다. 차라리 자홀이었다. 《오만과 몽상 1》

**작년 추석에 먹었던 오려 송편이 나온다** (속) 다른 사람의 아니꼬운 행동에 속이 뒤집힐 것처럼 비위가 상함을 이르는 말. '오려'는 올벼(제철보다 일찍 여무는 벼). ¶매캐하고 누릿한 고기 타는 냄새에 군침이 흘러 어쩔 줄 모르던 소증 난 늙은이도 별안간 작년 추석에 먹은 송편이 올라올 것처럼 비위가 상해 얼굴을 고약하게 일그러뜨리고 자리를 피했다. 《미망 1》

**작두춤** 무당 등이 작두날 위에 올라서서 추는 춤. (동) 나는 엉엉 울면서도 속으론 고작 덕물산 무당의 작두춤이 상상력의 한계인 할아버지를 경멸했다. 《옛날의 사금파리》

**작파(作破)하다** 어떤 일을 중도에서 그만두어 버리다. ¶"형님 생각이 정 그러시면 지금이라도 작파를 하시지 그러세요…" 《그 많던 싱아는 누가 다 먹었을까》

**잔걸음을 치다** 가까운 거리를 걸어서 자주 왔다 갔다 하다. ¶세 개의 방과 마루와 부엌과 욕실을 겸한 화장실이 주부가 될 수 있는 대로 잔걸음을 덜 치고 일을 할 수 있도록 연결되어 있다. 〈못 알아본 척한 남자〉

**잔망스럽다** 하는 짓이 얄밉도록 맹랑한 태도가 있다. ¶승재는 그 자리에서 잔망스럽게 따지고 노하지 않을 만큼의 여유를 확보할 수가 있었다. 《미망 2》

**잔망하다** 몸이 몹시 약하고 가냘프다. ¶나는 어려서부터 어머니의 욕심처럼 무럭무럭 자라는 아이는 아니었다. 그러나 아무리 잔망해도 자라기는 조금씩 자라는 게 당연했다. 〈어느 이야기꾼의 수렁〉 (산) 요새 아이들은 잔망한 아이가 거의 없이 발육이 좋고 씩씩하다. 〈없어진 코흘리개〉

**잔뼈가 굵다** 오랜 기간 일정한 곳에서 일을 하여 그 일에 익숙하다. ¶전처만 밑에서 잔뼈가 굵어 오늘날까지 전적으로 그의 신임에 힘입었던 최 서방인지라 그의 그늘을 떠난다는 생각은 실상 일시적인 오기에 불과했다. 《미망 1》

**잔손** 자질구레하게 드는 손의 품. ¶아무튼 신랑의 아버지가 귀국하는 대로 일은 일사천리로 진행될 테고, 그렇게 되면 당황하고 허둥대는 것은 신랑 측보다는 잔손이 훨씬 많이 가는 신부 측일 건 뻔했다. 《휘청거리는 오후 1》

**잔정** 세세하고 다정한 정. ¶말로 곰살궂게 굴 줄은 몰랐으나 속으로는 잔정이 많은 남편이…추석날 택시를 대절해서 성묘 간 지가 몇 년 되었다. 〈저문 날의 삽화 4〉 (산) 서울 간 엄마는 잔정이라곤 없이 엄하기만 한 분이었다. 〈살아 있는 날의 소망〉

**잔해(殘骸)** 혹독하였던 어떤 현상이 남긴 흔적을 이르는 말. ¶어떤 사건이고 완전한 종말이란 게 있을 수 있을까? 추한 잔해 없는 종말이.《목마른 계절》

**잔다랗다** 보기에 무던히 잘다. ¶화장장은 매점이나 화장실 등 잔다란 부속 건물 말고 크게 두 개의 건물로 나누어져 있었다.《지 알고 내 알고 하늘이 알건만》 (동) 축대는 엉성해서 돌 사이에서 풀도 자라고 잔다란 꽃이 핀 풀도 있었다.《부숭이는 힘이 세다》

**잘근잘근** 질깃한 물건을 가볍게 자꾸 씹는 모양. ¶콩쥐가 깊은 생각에 잠긴 것처럼 입술을 잘근잘근 씹으며 말했다.《살아 있는 날의 시작》

**잠상(潛商)** 법령으로 금지하고 있는 물건을 몰래 사고파는 일. 또는 그 장수. ¶(전처만은)…상도를 어기고 돈 벌기에만 급급한 잠상 거상들에 대한 원한이 더 깊었다.《미망 1》

**잡것(卑)** 점잖지 못하고 잡스러운 사람을 속되게 이르는 말. ¶"정정한 거 좋아하네. 그때 벌써 중풍 들어서 한쪽 팔다리는 건덩건덩 맥을 못 추었잖아." "그렇다고 가운뎃다리까지 맥을 못 추는 걸 네가 봤냐, 봤어?" "아유 잡것, 쟤만 끼면 나까지 입이 걸어진다니까. 상종을 말아야지."《지 알고 내 알고 하늘이 알건만》

**잡년(卑)** 행실이 나쁜 여자를 욕하여 이르는 말. ¶천하잡년들! 엉덩이짓이라면 그저 잠자리에서 그 짓 하는 생각밖에 할 줄 모르는 몸 편한 것들이 나의 엉덩이짓이야말로 얼마나 질기고 건강한 생명의 리듬이란 걸 어찌 알까 보냐는 비웃음을 그녀는 그렇게밖에 표현 못했다.《지 알고 내 알고 하늘이 알건만》

**잡답(雜沓)** (사람이 많이 몰려) 북적북적하고 복잡한 것. 분답(紛沓). ¶도시의 한가운데 있으면서 도시의 잡답과 아우성으로부터 완전히 차단된 것 같은 착각을 주는 이 조그만 밀실은 미터기를 꺾으면서 앞으로 미끄러졌다.《휘청거리는 오후 1》

**잡을손이 뜨다** 일을 다잡아 해내지도 못하고 한다고 하여도 몹시 굼뜨다. '잡을손'은 일을 다잡아 해내는 솜씨. ¶…그런 일들을 마음으로부터 즐기는 건 아니어서 잡을손이 뜨고 마음먹고 할 때도 정작 할 일은 이게 아닌데 싶어 뜨악하니 건성으로 하는 건 어머니 내력이 완연했다.《미망 2》

**장걸레** 장롱을 걸레로 닦는 것. ¶오랜만의 휴일이다. 나는 방바닥을 훔치고 화류 장롱에 장걸레를 쳤다.《나목》

**장광설(長廣舌)** 쓸데없이 장황하게 늘어놓는 말. ¶"그만해 두세요, 영빈 씨." 수경이가 조심스럽게 영빈의 장광설의 중독을 잘랐다.《아주 오래된 농담》

**장덩이** 된장과 찹쌀과 갖은 양념을 섞어서 만든 개성 지방 특유의 저장 식품. ¶…그만이는 석쇠에다 장덩이를 얹었다. 구수한 장덩이 익는 냄새와 호박 김치의 시척지근한 냄새가 어울려 식욕을 강렬하게 자극했다.《미망 1》

**장독소래기** 장독을 덮는, 오지나 질 따위로 만든 뚜껑. ¶별안간 찬장 속의 유리컵들이 서로 요란히 부딪칠 정도의 큰 진동에 잇따라 앞집 추녀 모서리에 달린 반달 모양의 기왓장이 진이네 장독소래기를 깨뜨리며 떨어진다.《목마른 계절》

**장조부(丈祖父)** 처조부(妻祖父). ¶ "…누가 뭐래도 그 어른이야말로 장조부(丈祖父) 어른 이후의 마지막 뼈대 있는 개성 상인일 게요."《미망 2》

**장중보옥(掌中寶玉)** 귀하고 보배롭게 여기는 존재를 이르는 말. ¶ 할아버지는 우리 남매를 장중보옥에 비유하시곤 했는데 덜컥 중풍까지 걸리셨으니 장손이자 유일한 손자인 오빠를 너른 세상으로 내보내기보다는 옆에 끼고 집안의 대를 잇고 선영을 지킬 의무를 훈도하고 장가도 일찍 들이고 싶으셨을 것이다. 《그 많던 싱아는 누가 다 먹었을까》

**재수가 옴 붙었다(속)** 재수가 아주 없음을 이르는 말. ¶ …평지면 전차를 타고 편안히 가지 뭣하려 전차 값 몇 곱절이나 주고 품을 샀겠느냐고 따지고 나서, 막걸리 값은 더 생각하고 있으니 어서 가자고 달래기 시작했다. 오늘 재수 옴 붙었다고 투덜대면서도 따라오기 시작했다.《그 많던 싱아는 누가 다 먹었을까》 ¶ 아아 재수 옴 붙은 날이다. 이 세상의 모든 월급쟁이들이 위태로운 사무와 상사의 눈초리로부터 훨훨 놓여나 거리를 활보하고, 애인을 만나고, 맥주를 마시고, 고래고래 악을 쓰고, 아무리 재수가 나빠도 마누라가 기다리는 집으로 돌아가 아이들 무등을 태우고 있을 시간에 이 무슨 꼴일까. 〈상(賞)〉

**재수굿** 집안에 재수가 형통하기를 비는 굿. ¶ "아줌만 어쩌자고 재수굿 날 돈 받으러 오는 사람을 집 안에 들이우. 사위스럽게스리!" "돈 받으러 온 사람이라뇨? 도련님 선생님이신데?" 〈재수굿〉

**재우치다** 빨리 몰아치거나 재촉하다. ¶ 아기 돌리는 게 너누룩해질 때마다 아씨는 이렇게 푸념을 했지만 어머니는 들은 척도 안 했다. 겨우 동구 밖을 벗어나자 비롯는 게 좀 더 재우쳤다. 《미망 1》

**재원(才媛)** 재주가 뛰어난 젊은 여자. ¶ "넌 왜 꼭 나만 나무라려고 그러니? 우리 며느릴 개가 보통 애 아닌 건 너도 알지." "그럼 소문난 재원이지. 외며느리 그만큼 보기 어렵다고 다들 얼마나 부러워했니." 〈해산 바가지〉

**잿밥에만 맘이 있다(속)** 염불에는 맘이 없고 잿밥에만 맘이 있다. 자기가 맡은 일에 정성을 들이지 않고 잇속이 있는 데에만 마음을 쓴다는 말. ¶ "자네는 우리 삼포에 상일꾼인 줄만 알았더니 내가 잘못 안 거 겉네. 한눈을 팔아도 너무 판 거 아닌가. 아니면 잿밥에만 마음이 있었던지…"《미망 2》

**저승꽃** 검버섯. ¶ …그는 몹시 지치고 슬퍼 보였고, 야윈 뺨에는 저승꽃조차 나타나 보였다. 《미망 1》

**저어하다** 염려하거나 두려워하다. ¶ 가까이 있을 때는 받자위를 하면 지대길까 저어하여 제사 참례 한 번을 안 시킬 만큼 숫제 존재도 인정하지 않고 지냈지만, 《미망 2》

**저작(咀嚼)** 음식을 입에 넣고 씹음. ¶ 나는 어머니의 식사하는 모습, 특히 저작하는 추한 입 모양에서 눈을 떼지 않았다. 《나목》 ¶ 혀와 턱뼈를 맹렬히 움직여 온갖 것을 저작하고픈 욕망으로 전신이 발랄해진다. 그러나 식욕은 아니다. 〈주말 농장〉

**적막강산(寂寞江山)** 매우 쓸쓸한 풍경이나

상태. ¶끔찍한 동네를 거침없이 방자한 환성으로 채우던 그 많던 아이들은 지금 어디서 무엇을 하고 있을까? 앞을 보아도 뒤를 보아도 영원히 깨어날 것 같지 않은 적막강산이었다.《그 산이 정말 거기 있었을까》

**적반하장**(賊反荷杖) 도둑이 도리어 매를 든다는 뜻으로, 잘못한 사람이 아무 잘못도 없는 사람을 나무람을 이르는 말. ¶그 여자에 비해 황 여사가 훨씬 여유가 있었다. 적반하장도 분수가 있지. 그 여자는 그것도 억울했다.《그대 아직도 꿈꾸고 있는가》

**적빈**(赤貧) 몹시 가난함. ¶내가 태어날 때 나를 기다리고 있던 게 불고 쓴 듯한 적빈과 할머니의 끔찍한 저주와 살의뿐이었다는 데 생각이 미치면 나는 내 생명이 미치도록 사랑스럽고 자랑스러워지는 것이었다.《도시의 흉년 1》

**적선 중에서도 물 적선이 으뜸** 남에게 베푸는 것 중 목마른 사람에게 물 주는 것 이상의 좋은 일은 없다는 말. ¶적선 중에서도 물 적선이 으뜸이라는 고전적인 미덕은 아직도 살아 있어서 동네를 발견하기까지가 어려웠지 발견한 이상 물 얻어먹기는 비교적 쉬운 편이었다.《오만과 몽상 1》

**적요**(寂寥) 적적하고 고요함. ¶고소하고 노란 죽을 먹은 날 밤 많은 눈이 내렸다. 이 겨울 들어 몇 번 눈이 내리긴 했어도 이렇게 흐뭇하게 내리긴 처음이었다. 사락사락 눈 내리는 소리가 역력히 귀에 잡히는 적요도 진이는 난생 처음이었다.《목마른 계절》¶…그럴 때마다 종점에서 시동을 거는 버스의 엔진 소리가 산의 뿌리를 미미하게 흔드는 걸 앉은 채 감지할 수

있을 만큼 적요로움도 세련돼 갔다.《그해 겨울은 따뜻했네 1》

**적출**(嫡出) 정식으로 혼인한 부인이 낳은 자식. ¶범강장달이 같은 적출의 아들이 둘씩이나 있다고는 하나 그럴수록 어린 서출의 장래가 애달픈 건 인지상정이었다.《미망 2》

**전광석화**(電光石火) 몹시 짧은 시간. ¶누이의 판독은 전광석화처럼 순간적이어서 그는 자신의 표정에 어떤 속임수도 쓸 새가 없었다.《아주 오래된 농담》

**전도유망**(前途有望) 앞으로 잘될 희망이 있음. 장래가 유망함. ¶(친구의 동생이)…전도유망한 청년이었는데 초기엔 세상 살 맛 없는 우울증에서 시작해서 괴상한 증세를 나타냈다.〈조그만 체험기〉

**전전긍긍**(戰戰兢兢) 몹시 두려워서 벌벌 떨며 조심함. ¶자기의 좋은 일 속에 감추어진 이런 위선의 낌새에 그 여자는 전전긍긍했다.《살아 있는 날의 시작》

**전전반측**(輾轉反側) 전전불매(輾轉不寐). 누워서 몸을 이리저리 뒤척이며 잠을 이루지 못함. ¶그는…아침잠이 아쉬워 전전반측하다가 앞으로 매일 아침 노인네 때문에 새벽잠을 설칠지도 모른다는 생각이 들었다.〈가(家)〉

**전중이**() 징역살이하는 사람을 속되게 이르는 말. ¶"사람을 왜 묶니?" "전중이니까." "전중이가 뭔데?" "저 큰집에 사는 무서운 사람이야."〈엄마의 말뚝 1〉

**전지전청**(傳之傳聽) 여러 사람을 거쳐 전하여 오는 말을 들음. ¶"영감님이 운명하셨단 소리를 전지전청으로 겨우 전해 듣고 후성이 데리고 머리를 풀러 큰댁으로 갔다

가 문간에서 내쫓겨났다네…"《미망 1》

**전진(戰塵)** 싸움터에서 이는 먼지나 티끌. ¶전진을 멀리한 채 오직 이권만을 탐하는 장교들과 그들의 가족이 여기저기 생겨났다.《목마른 계절》

**전황(戰況)** 전쟁의 실제 상황. ¶순경은 거의 한 시간에 한 번쯤 전황을 알려 왔다.《목마른 계절》

**절체절명(絶體絶命)** 어찌할 수 없는 궁박한 경우를 이르는 말. ¶"아들이냐? 딸이냐? 그 아이는." 황 여사의 눈빛이 번쩍 빛나면서 혁주를 바라보았다. 혁주는 절체절명의 순간에 몰린 것처럼 체념하고 말했다. "아들을 낳았다고 하더군요." "아들?"《그대 아직도 꿈꾸고 있는가》

**절치부심(切齒腐心)** 몹시 분하여 이를 갈며 속을 썩임. ¶비록 드러내 놓고 이를 갈진 않았지만 속으로 얼마나 절치부심하고 있다는 걸 남이 느낄 만큼 해주댁은 몸서리를 쳤다.《미망 2》

**점등(點燈)** 등에 불을 켬. ¶아파트의 무수한 창들이 점등하기 전, 하늘은 물빛이 되고 강은 하늘빛이 되어 잠시 흐름을 멈추고 호수처럼 잔잔해졌다.《아주 오래된 농담》

**점잖은 개가 부뚜막에 오른다**㊑ 겉으로는 점잖은 체하는 사람이 의외로 옳지 못한 짓을 한다는 말. ¶흥, 너희들도 두어 끼 굶어만 보렴, 점잖은 개 부뚜막에 올라간다고 아마 한술 더 뜨면 더 뜰걸 이런 투였다.〈부끄러움을 가르칩니다〉 ¶"아니, 그런 게 아니라" "그런 게 아니면 뭐예요? 점잖은 개 부뚜막에 오른 게 창피해서? 그 일에 대해 점잖은 사람이 어디 있

어요…"〈유실〉

**정결(貞潔)** 정조가 굳고 행실이 바름. ¶(그녀는)…행여 정결한 속살이 보일세라 꼭꼭 여민다.《휘청거리는 오후 2》

**정곡을 찌르다** 사물의 중요한 요점이나 핵심을 지적하다. ¶"상철 씨는 화도 안 나요? 그런 소리를 듣고도." "정곡을 찌른 소릴 듣고 왜 화를 내나. 나도 늘 남들이 나에게 호감을 가져 주는 것만큼 속에 든 건 없다는 건 느껴 왔으니까."《미망 3》

**정나미가 떨어지다** 어떤 사람이나 사물에 대하여 애착을 느끼는 마음이 아주 없어져서 다시 대하고 싶지 않게 되다. ¶소중하게 움켜쥐었던 보물이 가짜였다는 걸 알았을 때 소중해했던 것만큼이나 정나미가 떨어지면서 우선 내던져 놓고 보는 심리로 나는 남편 곁을 떠났다.〈겨울 나들이〉

**정령(精靈)** 산천초목이나 무생물 따위의 여러 가지 사물에 깃들여 있다는 혼령. ¶엷은 꽃구름은 불과 일주일 만에 활짝 피어났다. 어찌나 미친 듯이 피어나던지 야적장을 드나드는 중기차 때문에 딱딱한 불모의 땅이 된 공터에 묻혔던 봄의 정령이 돌파구를 만나 아우성치며 분출하는 것처럼 보였다.〈저물녘의 황홀〉

**정발(整髮)** 머리를 잘 매만져 다듬은 머리. ¶상쾌한 아침 바람이 남편의 정발을 보기 좋게 헝클어뜨렸다.〈꽃 지고 잎 피고〉

**정승 판서도 저 싫으면 안 한다**㊑ 아무리 좋은 일이라도 제 마음에 들지 않으면 억지로 시키기 힘들다는 말. ¶"듣기 싫다. 정승 판서도 제 싫으면 못하는 거야."《그해 겨울은 따뜻했네 1》

**정인(情人)** 남몰래 정을 통하는 남녀 사이

에서 서로를 이르는 말. ¶부부 사이처럼 굴지 말고 정인들처럼 굴자. 부부가 이런 데 와서 잠을 자는 건 부자연스러운 일이 니까. 불의의 정을 나누기 위해 남의 눈을 피해 들어온 절박한 정인들처럼 굴자.《살 아 있는 날의 시작》

**정일(靜逸)** 조용하고 몸과 마음이 편안함. ¶별안간 눈이 먼 차들이 속력을 잃고 엉 금엉금 기면서 내지르는 아우성조차 두 사람만의 밀실의 정일을 교란시키지는 못 한다.《휘청거리는 오후 2》¶그녀는 방안 하나 가득 괸 정일의 무게에 짓눌릴 듯한 두려움을 느꼈다.《욕망의 응답》

**정적(靜寂)** 고요하여 괴괴함. ¶길고 불안 한 밤이었다. 드디어 엉성한 널빤지 사이 로 희미한 빛이 새어 들어오기 시작하고 그리고 정적이 왔다.《목마른 계절》

**젖무덤** 젖퉁이. 젖꽃판의 언저리로 넓게 살이 불룩하게 두드러진 부분. 젖퉁. ¶잠 결에 슬립은 벗어 버렸지만 온몸이 진이 라도 날 것처럼 끈끈했고, 젖무덤 사이론 땀이 지렁이처럼 꿈틀대며 흐르는 게 느 껴졌다.〈울음소리〉

**젖빛** 젖의 빛깔과 같이 불투명한 흰빛. ¶ 어둠에 조금씩 조금씩 젖빛이 섞이기 시 작했다.〈울음소리〉¶나는 젖빛이 나게 진한 곰탕 국물을 먼저 떠먹으면서 빈정 거렸다.〈저녁의 해후〉

**젖은 남구 타듯이** 젖은 나무 타듯이. 젖은 나무는 잘 타지 않고 연기만 나서 사람을 애 먹인다. 힘들고 지저분하고 짜증나는 상황을 말할 때 쓰는 말. ¶그는 젖은 남 구 타듯이 자욱한 불만을 품고 양부모가 정해 주는 규수와 형식적인 맞선을 거쳐

혼인을 했다.《미망 3》

**제 눈이 안경이다**ⓒ 보잘것없는 것이라 도 제 마음에 들면 좋아 보인다는 말. ¶ 찌든 인상조차 개인적인 고생의 탓이 아 닌 무슨 시대적인 거창한 고난이라도 걸 머진 까닭으로 보려 들었으니 제 눈에 안 경이었다고나 할까, 철딱서니 없었을 시 절의 남자 보는 안목이었다고나 할까.《휘 청거리는 오후 1》¶"왜 우리 가게 물건들 은 모조리 이렇게 도깨비 쓸개 같지?" 자 명은 피곤한 듯 하품을 하면서 미스 문에 게 말을 시켰다. "언니도, 누구 듣겠어. 다 제 눈에 안경이라고 주인이 나서게 마련 이야…"《욕망의 응답》

**제 배 부르면 남이 굶어 죽어도 배 터져 죽 었다고 한다**ⓒ 사람이 입장을 바꿔 생 각하기가 얼마나 어렵다는 걸 빗대는 말. ¶"고맙네. 제 배 부르면 남이 굶어 죽어 도 배 터져 죽었다고 우길 세상에 자네 심 지가 참으로 고맙네그려. 그렇지만 날 너 무 딱하게만 볼 건 읎네. 이렇게 사는 것 도 내 멋이고 내 팔자라네."《미망 3》

**제 버릇 개 못 준다**ⓒ 제 버릇 개 줄까. 한번 젖어 버린 나쁜 버릇은 쉽게 고치 기가 어렵다는 말. ¶"그러면 그렇지, 현 이가 널 염탐 보냈지? 넌 그전부터 우리 현이 꼬붕이었어. 제 버릇 개 못 준다더 니 내가 미쳤지? 너깐 놈을 상대를 했으 니…"《오만과 몽상 1》¶내 단골은 미우 나 고우나 경성 상회 뒤편의 퇴락한 구 (舊)동네였다. 그 동네의 여편네들 사이 에서나, 또 시내 곳곳에 점점이 흩어져 제 버릇 개 못 주고 그 짓으로 밥 먹는 포 주들 사이에서나 나는 값싸고 믿을 만한

의사로 소문이 나 있었다. 〈그 가을의 사흘 동안〉

**제 털 뽑아 제 구멍에 박기**ⓢ 융통성이 전혀 없고 고지식하기만 함을 이르는 말. ¶ "이제 제 털 빼 제 구멍에 도로 박는 식으로 사업하는 시댄 지난 거 아니겠어요? 그러니 이제 영감님도 아드님에 대한 노여움을 푸세요"《휘청거리는 오후 2》

**제비초리** 뒤통수나 앞이마의 한가운데에 골을 따라 아래로 뾰족하게 내민 머리털. ¶빛바랜 얇은 양복 속의 앙상한 어깨가 애처로웠고 깊이 패인 목덜미의 홈엔 지저분하게 센머리가 제비초리가 되어 뾰죽하게 모여 살짝 왼쪽으로 꼬부라져 있었다. 〈유실〉

**제에미 붙을**ⓑ '제 에미와 붙을'이라는 뜻으로, 원망스럽고 몹시 못마땅할 때 저주로 하는 말. ¶제에미 붙을…세도 부리는 양반 똥은 구리지도 않은가 어디 두고 보자. 생전 처음 별난 앙심까지 품으면서 벼르게 되는 걸 어쩔 수가 없었다. 《미망 3》

**조강지처**(糟糠之妻) 몹시 가난하고 천할 때에 고생을 함께 겪어 온 아내를 이르는 말. ¶딴 사람도 아닌 아버지의 첩의 오빠인 최 기사 앞에서 엄마가 취한 이런 조강지처다운 너그럽고 믿음직스러운 태도는 도리어 나를 혼란스럽게 했다. 《도시의 흉년 3》¶나는 적어도 조강지처가 아닌가. 조강지처라는 엄숙한 말이 훈장처럼 그 여자의 권위를 일깨워 줄수록 그 여자의 참패감은 심각해졌다. 《살아 있는 날의 시작》

**조강지처는 하늘도 알아준다** 조강지처를 내치거나 구박하면 언제고 천벌을 받는다는 말. 지독한 남존여비 시대에도 예를 갖춘 본처는 보호해 주려는 최소한의 보호막은 있었던 것 같다. ¶ "넌 그 애의 조강지처다. 조강지처는 하늘도 알아준다고 했느니. 개도 당장은 정이 떨어져 널 안 보려 하겠지만 세월이 가면 미운 정 고운 정 든 조강지처를 찾게 돼 있으니…"《미망 3》

**조개**ⓑ 여자를 속되게 이르는 말. ¶ "젊은이 조개를 좋아해?" "네. 그중 나아요." "못써 조개 너무 좋아하면." 그리고 낄낄댔다. 청년은 못 알아들었는지 따라 웃지 않았다. 〈내가 놓친 화합〉

**조개 속의 게**ⓢ 아주 연약하고 활동력이 없는 사람을 이르는 말. ¶ "쯧쯧, 에미가 너 배고 또 딸일까 속으로 얼마나 애간장을 말렸으면 너까지 이렇게 살이 못 올랐을까?" 마나님이 손자의 조개 속에 든 게 발처럼 섬약한 손을 어루만지며 말했다. 《도시의 흉년 3》

**조곡**(弔哭) 조문 가서 애도의 뜻으로 우는 것, 또는 그 울음. ¶노파의 울음은 자기 자신에게 바치는 조곡인 만큼 처절하다. 〈이별의 김포 공항〉

**조곤조곤하다** 성질이나 태도가 은근하고 끈덕지다. ¶ "…체면을 존중하고 말소리가 조곤조곤한 사람들만 봐 온 내 눈에 그들은 첫눈에 낯설었다. 〈비애의 장〉

**조근조근** 낮은 목소리로 자세하게 이야기를 하는 모양. ¶말씨는 조근조근했지만 단호했다. 《미망 2》¶안사돈이 다시 조근조근 이야기를 시작했다. 장내의 웅성거림 때문인지 귓불에 숨결이 닿을 듯 안사돈의 속삭임은 친근했다. 〈너무도 쓸쓸한 당신〉

**조금치** 매우 작은 정도. ¶어머니는 절과 무당 집을 동시에 다니는 것에 조금치의 부끄러움이나 망설임도 없었고 〈부처님 근처〉

**조리로 물 푸기**⑥ 아무리 하여도 보람이 없는 헛된 일을 어리석게 함을 이르는 말. ¶"언제쯤이나 여기서 나갈 수 있을 것 같냐?" "잘 모르겠어요." "모르다니?" "관심이 없으니까요." 조리로 물을 떠올릴 때처럼 쭈욱 기운이 빠졌다. 〈저문 날의 삽화 2〉

**조리를 돌리다** 이곳저곳으로 끌고 돌아다니는 것을 이르는 말. ¶더 잘 기르고 싶으면 아파트에 살면서 어린이 놀이터에서만 놀리고, 아니 놀 새 없이 학교 갔다 온 즉시 피아노 학원 미술 학원 태권도 학원으로 마구 조리를 돌리면 될 것을 꼭 그놈의 나라에서 길러야만 아이들을 더 위할 수 있다니, 늙은이가 알아듣기엔 너무 어려운 얘기였다. 〈저물녘의 황홀〉

**조물락조물락** 손으로 많지 않은 양의 나물을 무치는 모양. (산) 콩나물은 손끝으로 조물락조물락 무쳐야 제 맛이 나지 고무장갑 낀 손이나 젓가락 끝으로 무친다는 건 먹는 사람에 대한 애정 없음과 진배없어서 입맛 떨어진다는 편견과도 같다. 〈까만 손톱〉

**조붓하다** 약간 좁은 듯하다. (산) 나는 맨 처음 났던 그 조붓한 땅에 딱 하나만 남기고 분꽃을 전부 뽑아 버려야 했다. 〈유년의 꽃〉

**조신(操身)하다** 몸가짐이 조심스럽고 얌전하다. ¶수지는 성격이 조신했고, 오빠들보다 어머니에게 의존적이었으므로 어머니의 소원대로 되려니 생각했다. 〈가는 비, 이슬비〉

**조으름** 졸음. 〈방언〉 (산) 돛단배들이 아물아물 먼 바다로 작아져 가는 걸 지켜보는 사이에 몽롱한 조으름이 왔다. 어렴풋한 희망이 조으름을 더욱 감미롭게 했다. 〈한 말씀만 하소서〉

**조음(噪音)** 시끄러운 음. ¶나는 늘 피곤했지만 육체적인 노동 끝에 오는 쾌적한 피로가 아니라 불쾌한 조음에 맞춰 서투르게 몸을 흔들어댄 것 같은 허망한 피로였고, 몸의 피로라기보다는 마음의 피로였다. 〈부끄러움을 가르칩니다〉

**조지다**ⓑ '망치다'를 속되게 이르는 말. ¶"신세 조졌습죠, 뭐. 견물생심이라고 보는 게 맨 야미 장사니까, 저라고 못 할 거 없다고 여겼겠죠…"《그 산이 정말 거기 있었을까》 ¶자넨 유능한 기술자야. 불편한 것의 역성을 들다가 신세 조지는 건 뻔할 뻔자야. 아이가 셋이나 된다면서 몸조심해야지.《오만과 몽상 2》

**조찰떡** 조차떡. 차조의 가루로 만든 떡. ¶코가 막혀 냄새를 못 맡는 도깨비가 뒷간에서 밤새도록 똥으로 조찰떡을 빚는다고 했다.《그 많던 싱아는 누가 다 먹었을까》

**조츰조츰** 망설이며 조금씩 자꾸 움직이는 모양. ¶"…달래는 값을 한 푼도 안 깎고 살 사람이면 알 만한 사람일 텐데 타관 사람이라고만 하고 통 정체를 드러내지 않아 흥정을 조츰조츰 미루면서 뒤를 캐 보았더니 왜놈이더라는군…"《미망 2》

**조(燥)하다** 성질이 거칠고 딱딱하다. 축축하고 부드러운 느낌이 없이 깔깔하고 마

르다. ¶…순정인 남자하고 같이 자고 싶
다고 거침없이 말한 깐으론 너무 육감적
이 아닐뿐더러 매우 조해 보여서 나는 마
음이 아팠다.《도시의 흉년 3》

**존대(尊大)하다** 학식, 인격 따위가 높고 크다.
¶수령의 호소는 비행기 기금 모금 운동에
민청 산하 단체 학생들이 총궐기하라는 간
단한 것이었으나 그것을 낭독할 동안 최치
열은 시종 침범할 수 없는 존대함을 풍기
고 있었다.《목마른 계절》

**졸때기(비)** 지위가 변변치 못한 사람을 속되
게 이르는 말. ¶일요일 날 온종일 집에서
텔레비전이나 보지 않으면 낮잠으로 소일
하는 졸때기들의 마나님인 친구들한테 골
프 때문에 일요 과부가 된 자기 신세를 한
탄할 때처럼 으쓱한 우월감을 느낄 적도
없었다.〈애 보기가 쉽다고?〉

**좀을 집듯이** 아주 조금씩 조금씩 소리 없
이. ¶그런 소리를 귀에 못이 박히게 들었
건만 진태 엄마 친구들은 벌써 어제부터
수군수군 속닥속닥 좀을 집듯이 성남댁
과거를 들추어 내더니 오늘은 숫제 성남
댁도 들으라는 듯이 서로 목청을 돋우어
그 소문을 풍기고 있었다.〈지 알고 내 알
고 하늘이 알건만〉

**좀이 쑤시다** 마음이 들뜨거나 초조하여 가
만히 있지 못하다. ¶…시변이 너무 오르
는 게 수상해서 좀이 쑤시는 참이라네. 진
득하니 쟁여 놓을 만한 물건 가진 화주를
자네가 물색해 보게나."《미망 2》¶…친
구 목소리를 못 들은 지가 일주일은 된다
는 데 생각이 미치자 불현듯 좀이 쑤셔서
일손을 놓고 허겁지겁 전화통에 매달렸
다.〈해산 바가지〉

**좁쌀 맞다** 성질이 대범하지 못하고 잘고
오종종하다. ¶(사윗감은)…여자 노리개를
파고 새기고 할 좁쌀 맞은 상이 아니었다.
〈맏사위〉

**좁쌀영감** 좀스러운 늙은이. ¶"…별안간
좁쌀영감처럼 구시기로 작정한 게 겨우 당
신이 앞으로 하고저 하는 새 사업이니까?"
태임이가 발끈 화를 냈다.《미망 2》¶"그
정도는 내가 알아서 할 수 있으니 걱정 말
아요. 왜 점점 더 좁쌀영감이 돼 가시우?"
〈저문 날의 삽화 3〉

**종댕이** 종다래끼.〈방언〉짚이나 싸리로 엮
어 만든, 다래끼보다 작은 바구니. ¶허
리엔 종댕이 차고, 등엔 아이 업고, 머리
엔 임을 인 어머니 외의 어머니 모습을 전
처만은 지금도 상상할 수가 없었다.《미망
1》¶조여진 그물 안에서 비늘을 번득이
며 요동치는 물고기를 종댕이에 주워 담
을 때면 심장이 터질 듯한 희열을 느꼈다.
《그 많던 싱아는 누가 다 먹었을까》

**종부(宗婦)** 종가의 맏며느리. ¶엄마는 종
부지만 자식 공부 핑계로 고향을 등지면
서, 봉제사의 의무는 자연스럽게 고향을
지키는 숙부한테 돌아갔다.《그 산이 정
말 거기 있었을까》

**종신자식(終身子息)** 부모가 운명할 때에
임종한 자식. ¶"네가 자식이 아니라니.
자식은 너뿐인걸. 종신자식 아닌 건 아무
리 아들이라도 자식 아냐, 헛 거야. 뜬 거
야."《살아 있는 날의 시작》

**종알종알** 주로 여자가 남이 알아듣지 못할
정도의 작은 목소리로 혼잣말을 자꾸 하는
소리. 또는 그 모양. ¶민 여사는 집안의
대소사를 결정할 때 처음엔 곧잘 남편을

끌어들여 종알종알 의논을 하는 체했다. 《휘청거리는 오후 1》

**종잣돈** 무엇을 도모하는 데에 씨앗이 되어 기초가 되는 돈. ¶ "…이건 내 집이야. 아버지 재산을 오막살이로 줄여 먹긴 했지만 그 오막살이가 이 집 장만하는 종잣돈이 된 걸 왜 몰라.…" 《아주 오래된 농담》

**종종머리** 바둑머리가 조금 지난 뒤, 한 쪽에 세 층씩 석 줄로 땋아서 그 끝에 댕기를 드린 여자 아이의 머리. '바둑머리'는 어린아이의 머리털을 조금씩 모숨을 지어 여러 갈래로 땋은 머리. ¶ 마도섭은 가뜬하게 종종머리를 땋은 경순이를 끌어안고 사탕을 한 알 입에 넣어 주었다. 《미망 3》 ¶ 나는 그때 댕기를 드려 머리를 한 가닥으로 의젓하게 땋아 내릴 만큼 머리가 길지 않고 또 숱도 적어서 머리를 가닥가닥 나누어 땋아 내리다가 그 끝에 모아 댕기를 드리는 종종머리라는 걸 하고 있었다. 〈엄마의 말뚝 1〉

**종주먹을 대다** 주먹을 쥐고 으르며 들이대다. '종주먹'은 쥐어지르며 을러대는 주먹. ¶ 상전처럼 떠받들던 딸이었지만 한번 욕이 나오자 참았던 애증까지 폭발을 해 마구 종주먹을 대면서도 울음을 참지 못했다. 《미망 1》 ¶ "어느 놈이냐? 응 어느 놈이야?" 엄마가 눈에 불을 켜고 종주먹을 댔지만 나는 선생님의 이름을 대지 않았다. 〈무중(霧中)〉

**좋아하네**㊥ 상대방의 말이나 행동이 못마땅할 때에 빈정거려 하는 말. ¶ "망할 년, 사업 좋아하네. 요샌 다릿골만 빠지지 하나두 실적을 못 올려 큰일났다…" 《도시의 흉년 1》

**좋은 게 좋다** 다소 미흡하거나 석연치 않더라도 큰 문제가 아니면 적당한 선에서 타협을 하는 것이 서로가 좋은 일이라는 말. ¶ "그것도 생각하기 나름 아냐. 굳이 망쳐놨다고 생각할 게 뭐 있나? 좋은 게 좋은 거라고 우리 좋게 봅시다. 이왕 내 자식 된 것." "누가 내 자식이 돼요?" 민 여사가 발끈 화를 내면서 눈을 모로 뜬다. 《휘청거리는 오후 1》 ¶ "…어렵쇼, 헤까닥 하는 사이에 살인자가 생명의 은인이 되고 마네. 그러면 대수유, 만사가 좋은 게 좋으니까." 《욕망의 응달》

**좋은 소리도 세 번 하면 듣기 싫다**㊕ 좋은 노래도 장 들으면 싫다. 아무리 좋은 것이라도 지루하게 끌면 싫어진다는 말. ¶ 아무리 좋은 소리 아름다운 노래도 거듭해서 들으면 싫어진다고 한다. 아무리 기발한 상상도 되풀이하는 사이에 시들해지게 마련이다. 《그해 겨울은 따뜻했네 1》

**좋은 약은 입에는 쓰나 병에는 이하고 좋은 말이 귀에는 거슬려도 행실에는 이하다**㊕ 남의 충고나 비판이 마음에 아프고 괴로워도 잘 새기고 받아들이면 자신의 사업과 생활에 이로운 것임을 이르는 말. '이하다'는 이익이나 이득이 되다. ¶ "좋은 약은 입에 쓰다는 소리도 못 들었냐? 네 비위에 거슬린다고 행여 정성이 부족해질까 봐 걱정이구나. 약효의 반은 정성인 게야." 《아주 오래된 농담》

**좌불안석(坐不安席)** 마음이 불안하거나 걱정스러워서 한군데에 가만히 앉아 있지 못하고 안절부절못하는 모양을 이르는 말. ¶ 수빈이 반에서도 우리 반과 똑같은 행사가 있어서 엄마는 어느 반에서고 좌불

안석을 하고, 그렇게 왔다 갔다 하는 것이었다.《도시의 흉년 1》

**죄가 밉지 사람이 미운 건 아니다** 실수로 죄를 지은 사람도 속속들이 나쁜 사람은 아니라는 말. ¶"죄가 밉지 사람이 미운 건 아니거든. 요새 사람 귀한 건 자네도 알지?"《오만과 몽상 1》

**주구(走狗)** 앞잡이. ¶…급히 손으로 갈겨 쓴 무수한 벽보들이 적색분자, 김일성 도당, 소련의 주구를 저주하고 규탄하고 절치부심 복수를 맹세 다짐하고 있었다.《목마른 계절》

**주덥다** '주럽다'의 오자. ¶아들 하나 잘 둔 덕으로 아침저녁 고깃국이란 소리는 좀 허풍이지만 아침저녁 이밥 주더운 줄은 모르고 지냈다.《오만과 몽상 1》

**주둥아리를 놀리다**⑪ '함부로 말하다'를 속되게 이르는 말. '주둥아리'는 입을 속되게 이르는 말. ¶"알았다. 다시 허튁대고 주둥아리 놀렸단 봐라. 아씨 미쳤다고 소문날라."《미망 1》

**주런히** 줄을 지어 나란히. (산) 구두를 닦거나 간단한 물건을 팔려는 장사꾼도 있었지만 거의가 그냥 서성이거나 그늘이나 담벼락에 주런히 기대앉아 있거나 낮잠을 자고 있었다.〈녹색의 경이〉

**주럽다** 먹을 것이 없어 배가 곯은 상태를 말하는 '주리다'에서 온 말로, 모자라다, 결핍하다는 뜻. ¶"쯧쯧, 어떤 년은 저리도 사주팔자를 잘 타고 났노. 시골 년이 금시발복을 해도 분수가 있지, 서방하고 잠자리하는 것밖에 할 일이 없는데도 밥이 주러운가 의복이 주러운가…"〈어떤 나들이〉

**주레주레** '주렁주렁'과 비슷한 말. ¶나는 신경질적으로 주레주레 달린 방범용 쇠붙이들을 젖히고, 돌려 빼고 창문을 활짝 열었다.《나목》

**주룬히** 나란히.〈방언〉¶미리 연통이 돼 있었던 듯 언년 아범을 비롯해서 부성이네 점방 서기들이랑 이성이네 하인들이 주룬히 야다리까지 마중을 나와 대령하고 있었다.《미망 2》¶연탄 갈비라고 간판을 붙인 집에선 연탄 화덕을 주룬히 추녀 끝에 내놓고 불이 괄해지길 기다리고 있었다.〈그 남자네 집〉

**주른히** 나란히.〈방언〉(산) 딸들 사위들이 주른히 내 옆에 앉아 미사를 드리고 있었다.〈한 말씀만 하소서〉

**주리 참듯**㊌ 모진 고통을 억지로 참음을 이르는 말. ¶"…여자는 시집가면 낳아 주고 길러 준 부모님 보고 싶은 것도 주리 참듯 참아 내야 시집살이를 온전히 한다는 소리도 못 들었는?"《미망 2》¶여기저 기서 쓰러지는 아이가 생길 정도로 지루한 식이었지만 끝나면 모찌를 두 개씩 나누어 주었다. 그 재미로 주리 참듯 영문 모를 식을 참아 냈다.《그 많던 싱아는 누가 다 먹었을까》

**주리를 틀다**⑪ '모진 형벌을 주다'는 뜻으로, 못마땅한 사람에게 욕으로 하는 말. '주리'는 두 다리를 묶고 그 틈에 두 개의 주릿대를 끼워 비트는 형벌의 일종. ¶"허어, 이런 주리를 틀 년 봤나." 전처만이 봉의 눈을 뜨고 장죽을 집어 들었다.《미망 1》

**주머닛돈이 쌈짓돈이라**㊍ 그 돈이 그 돈이니 결국 마찬가지라는 말. ¶"제가 알기로는 누님이 큰 부자라던데…" 태남이는 짐짓 딴 데를 보면서 망설이다가 빨리 말끝을 채웠다. "주머닛돈이 쌈짓돈이라던데 형님의 경우는 그렇지도 못했나 보죠?" "아냐 아냐 그건 아니고, 그렇지 못했다기보다는 내게 그럴 생각이 없었다네…"《미망 2》

**주먹구구** 어림짐작으로 하는 셈. ¶…아기에겐 얼마나 많은 돈이 드는 걸까. 내가 당장 해 주고 싶은 것만 주먹구구로 따져도 상당한 액수다.《도시의 흉년 1》

**주변머리**[비] '주변'의 속된 말. 일을 주선하거나 변통하는 재주. ¶우유는 고사하고 밥물이라도 끓일 몇 줌의 흰쌀을 구할 주변머리도 경황도 없었다. 〈카메라와 워커〉

**주인집 장 떨어지자 나그네 국 마단다**[송] 일이 공교롭게 잘 맞아 들어간다는 말. ¶"누구라 뉘 보겠나. 제풀에 지 몸의 진을 몽땅 뺐으니 내년엔 새순 돋기도 틀렸다 싶다. 잘됐지 뭐. 쥔장 떨어지자 나그네 국 마단다고 우리도 이제 지긋지긋하던 참이었으니까."《미망 2》

**주전자 운전사**[비] 술장사, 또는 그러한 일을 하는 사람을 속되게 이르는 말. 작부. ¶"…다 안다구 다 알아. 공순이 노릇도 좀 했겠구 주전자 운전사 노릇도 꽤 했겠는데 뭘 그렇게 도도하게 굴고 있어. 자아 한 곡조 뽑아. 어서." 〈돌아온 땅〉

**주접스럽다** 추하고 염치없게 욕심을 부리는 태도가 있다. ¶나는 온천물에 몸을 담그고 기분 좋아하기 전에, 이 온천물이 진짜일까 가짜일까, 고작 이런 주접스러운 생각부터 했다. 〈겨울 나들이〉

**주접을 떨다** 궁색하고 초라한 짓을 경망스럽게 하다. ¶"…어젯밤에 한잠도 못 자고 뒤척이면서 온갖 주접을 떨다 미신을 하나 만들어 냈는데, 글쎄 그게…" 〈겨울 나들이〉

**주주 물러앉다** 주저 물러앉다. ¶"…옥흰 전과 조금도 달라진 게 없어. 뭐가 달라졌다고 생각하지 마. 세상이란 다 그런 거야. 잘못을 딛고 일어설 생각을 해야지 잘못에 주주 물러앉을 생각을 하는 건 바보야. 알아듣겠어?" "몰라요, 몰라. 전 무식하니까요."《살아 있는 날의 시작》

**죽 끓듯 하다** 화나 분통 따위의 감정을 참지 못하여 마음속이 부글부글 끓어오르다. ¶그럼 선비란 무어냐? 이 고풍스러운 말의 바른 뜻은 무어냐? 학식은 많으나 벼슬 안 한 이진 이? 아니지, 학식은 많은데도 벼슬길이 안 틔어서 늘 뱃속에서 욕구불만이 죽 끓듯 하던 불우한 이? 〈꼭두각시의 꿈〉

**죽도 밥도 안 되다** 어중간하여 이것도 저것도 안 되다. ¶"…여지껏 잘 밀어 주다가 막바지에서 힘을 빼면 뭐가 되겠어요? 죽도 밥도 안 될 거예요…"《살아 있는 날의 시작》 ¶"넉 달은 약과지, 예닐곱 달 된 애도 지우는 걸 봤다." "설마요." "마음 약하게 먹으면 죽도 밥도 안 된다."《그대 아직도 꿈꾸고 있는가》

**죽어도 눈을 감지 못하겠다** 죽은 뒤에까지 한(恨)이 된다는 말. ¶집착이 너무 강할 때 죽어도 눈을 못 감는다는 말을 쓴다. 어떡하든 내 속에 있는 악만을 확대해서 보려는 할머니 저 눈이야말로 죽어도 못 감을 눈이다 싶으면서 나는 귀신에 사로잡힌 것 같은 절망을 느꼈다.《도시의 흉년 2》

**죽어도 손은 남기고 가라**  솜씨가 뛰어난 사람이 병들고 죽어 가는 것이 아까워서 쓰는 말. 또는 남자가 전쟁이나 위험한 데로 떠날 때 손이라도 남기고 떠날 것을 바라고 하는 말. 전자의 손은 '수(手)'이고 후자는 '손(孫)'이다. ¶"내 솜씨 네가 물려받아야지 아까워서 어드렇거는? 죽어도 손은 남기고 가라고들 하지만 손 두고 가는 게 별거냐. 맏며느리한테 물려주는 거지. 나도 이제 옛날 같지 않다. 누우면 삭신이 안 쑤시는 데가 없어야."《미망 1》

**죽었다 깨어도**  아무리 애를 써도 도저히. ¶그런 골동품 혀들이 우리 집 음식 맛을 최고로 쳐 준다. 하다못해 습습하고 물렁한 무나물 같은 하찮은 것까지 저희들은 죽었다 깨어나도 그 맛을 못 낸다는 거였다. 〈그리움을 위하여〉

**죽여주다(비)**  '대단하다'를 속되게 이르는 말. ¶"…그리고 이쪽은 식당, 아니구나 침실이지. 죽여주네 죽여줘…"《서 있는 여자》

**죽은 자식 나이 세기(속)**  이왕 그릇된 일은 생각하여도 쓸데없다는 말. ¶"외삼촌 제발 그만허세요. 그건 잘됐을 때 얘기고 우린 시방 잘된 게 아니잖아요. 죽은 아이 나이 세기나 헐 게 아니라 앞으로의 대책을 의논허고 싶어요."《미망 2》

**죽을 맛이다**  매우 곤란한 형편이다. (동) 나는 그때 나의 촌스러움보다는 엄마의 촌스러움이 창피해서 죽을 맛이었다.《옛날의 사금파리》

**죽을 수에 이사한다**  이사하는 것이 그만큼 큰일이고 어려운 일이라는 말. ¶오로지 이사에만 정신이 팔려서 나를 작은집에 떼어 놓게 된 것에 대해선 조금도 신경

을 안 쓰는 엄마가 다소 야속했었는지도 모르겠다. 그러면 엄마는 스르르 풀이 죽으면서 아득한 표정으로 "자고로 죽을 수에 이사한단다." 하고 한숨을 쉬었다.《그 많던 싱아는 누가 다 먹었을까》 ¶"…제가 쌀통 하나 사 드릴 테니까 저 뒤주 저희 주세요. 짐 덜 부친 게 아직도 좀 남아 있는데 같이 부치게요." "쟤 좀 봐. 죽을 수에 이사한다더니. 이사도 이만 저만 이산가. 만리타국으로 떠나간다고 정신이 다 나갔잖나 뵈…"〈이민 가는 맷돌〉

**죽을 쑤다**  어떤 일을 망치거나 실패하다. ¶나는 다른 시험도 거의 다 죽을 쒔지만 마지막 과학 시험은 숫제 깨끗이 포기했다. 〈꼭두각시의 꿈〉

**죽을병**  살아날 가망이 없는 병. ¶그가 죽을병 들었을 때, 그의 주치의나 가족이 어떡하든 그를 속이려 든다고 바꾸어 생각해도 그는 모욕감을 느낀다.《아주 오래된 농담》

**죽이 끓든 밥이 끓든**  일이 어떻게 되어 가든지. ¶내 집 살림에 대범해서 개성댁과 할머니에게 맡기고는 죽이 끓든 밥이 끓든 상관을 안 하는 엄마였지만 학교 살림엔 그렇게 자상할 수가 없었다.《도시의 흉년 1》

**죽이 되든 밥이 되든**  일이 제대로 되든지 안 되든지 어쨌든. ¶"…내가 돌에만은 어떡하든 형님한테 가서 인사드리고 형님 앞에 가서 죽이 되든 밥이 되든 형님이 처분 내리시는 대로 돌을 지내겠다고 별렀더니 글쎄 이 양반이 벌벌 떨면서 제발 그것만은 참으라고 새집 사 줄 테니, 새집에서 친정 식구랑 친구들이랑 불러서 돌잔

치 겸 집들이 잔치하라고 이 집을 사 줬다우…《도시의 흉년 2》

**죽이 맞다**　서로 뜻이 맞다. ¶우린 스스로의 고민을 서로 조금도 감추지 않고 털어 났기 때문에 우린 서로 죽은 잘 맞지만, 궁합은 안 맞는다는 걸 인정 안 할 수가 없었다. 〈저렇게 많이!〉

**줄느런히**　한 줄로 죽 벌여서. ¶엉덩이는 깠지만 똥이 안 마려워도 손해날 것은 없었다. 줄느런히 앉아서 똥을 누면서 하는 얘기는 왜 그렇게 재미가 있었는지, 가히 환상적이었다.《그 많던 싱아는 누가 다 먹었을까》

**줄담배**　연달아 계속 피우는 담배. ¶수자는 신랑의 영문 모를 줄담배와 완강한 침묵에 숨이 막히는 것 같아〈가는 비, 이슬비〉

**줄봉사**　서로 꽁무니를 붙들고 한 줄로 늘어서 있거나 걸어가는 맹인들. ¶무용 순서를 끝으로 우리는 다시 밖으로 나와 줄봉사 노릇을 하며 집으로 돌아왔다.《그 산이 정말 거기 있었을까》

**줄창**　줄곧. 〈방언〉 ¶나의 빨랐다 느렸다 하는 걸음은 을지로를 지나 화신 앞에서부터는 줄창 뜀박질이 되고 말았다.《나목》 ¶할아버지는 줄창 이부자리를 펴놓고 드러누웠다 앉았다 하면서 하루를 보냈다.《오만과 몽상 1》

**중구난방(衆口難防)**　막기 어려울 정도로 여럿이 마구 지껄임을 이르는 말. ¶그걸 기화로 여러 사람이 중구난방으로 제 아들 제 남편의 이름을 대며 죽었나 살았나만 알고 싶다고 외쳐댔다.《그 산이 정말 거기 있었을까》

**중단(中單)**　남자의 상복 속에 입는 소매가 넓은 두루마기. ¶오빠들도 중단 소매 속에서 손수건을 꺼내 눈을 눌렀다.《나목》

**중동을 자르다**　(하고 있던 말이나 일을) 중간에서 끊어 무지르다. ¶"참 아저씨도 여전히 건강하시겠죠?" 나는 그의 돈 많은 척이 울컥 듣기 싫어서 중동을 자를 겸 뒤늦게 너우네 아저씨 안부를 물었다.〈아저씨의 훈장〉

**중매는 잘 하면 술이 석 잔이고 못 하면 뺨이 석 대라**㈜　혼인은 억지로 권할 일이 못 된다는 말. ¶"자네 설마 술 석 잔이 아쉬워서 중매 선다고 날치는 건 아니겠지?" 박승재의 쏘는 듯한 눈이 마도섭을 차갑게 노려보았다.《미망 3》

**중이 제 머리를 못 깎는다**㈜　아무리 긴한 일이라도 제 손으로는 못하고 남의 손을 빌려야만 이루어지는 일을 이르는 말. ¶"아이구 이 딱한 양반아. 중이 제 머리 깎소?"《나목》 ¶허허허, 나도 우리 막내 놈 중신을 자네한테 부탁할까 했는데 이렇게 됐으니 중이 제 머리 깎을 순 없고, 중신에 미를 내세워 양가에 다리를 놓아 달래야 겠구먼.《오만과 몽상 1》

**중지(衆智)**　여러 사람의 지혜. ¶"…부득부득 흑을 백이라고 우기는 사람한테는 누구도 일대일로 당할 재간이 없는 거야. 중지를 모아서 결코 그게 백이 아니라 흑이라고 세뇌할 수밖에"《살아 있는 날의 시작》

**중툭**　중턱. 〈방언〉 ¶"그만해 두게나." 하고 싶은 말에 중툭을 끊긴 귀돌네가 뒤통수에다 수통 맞게 올려 찐 쪽을 좌우로 흔들면서 앞장섰다.《미망 2》

**쥐 죽은 듯이**　매우 조용한 상태를 이르는 말. ¶처음 입성할 때도 그랬듯이 인민군대의 이동은 거의 밤에 이루어졌고 낮에는 쥐 죽은 듯이 고요했다. 《그 산이 정말 거기 있었을까》 ¶집 속에 쥐 죽은 듯이 처박혔던 마을 사람들이 하나 둘 조심조심 고개를 내밀었다간 재빨리 움츠러들었다. 〈겨울 나들이〉

**쥐구멍에 볕 들 듯이**　어쩌다 반짝 좋은 일이 있을 때 쓰는 말. ¶비몽사몽간일 때 빨대로 유동식을 공급하고, 그 결과로 더러워진 하기스를 제때제때 갈아 주는 게 간병의 주된 일이었다. 그러다가도 쥐구멍에 볕 들 듯이 반짝 어머니의 눈빛과 표정이 명료해질 적이 있었다. 〈엄마의 말뚝 3〉

**쥐구멍에도 볕 들 날이 있다**㈑　몹시 고생을 하는 삶도 좋은 수가 터질 날이 있다는 말. ¶"여러 가지로 당신한테 미안해 죽겠어. 나라고 맨날 말단 공무원 노릇만 하겠수? 쥐구멍에도 볕들 날이 있다구, 형편이 조금만 피면 우리 제일 먼저 집을 장만합시다…"〈세상에서 제일 무거운 틀니〉 ¶"그래도 거 뭣이냐, 호테루에서 만나자는 걸 보면 돈푼깨나 있는 사람임에 틀림이 없어요. 누가 알아요? 쥐구멍에도 볕 들 날 있다고 강씨네도 부자 친척 만나서 팔자가 활짝 필라는지…"〈재이산(再離散)〉

**쥐도 새도 모르게**　감쪽같이 행동하거나 처리하여 아무도 그 경위나 행동을 모르게. ¶이동도 쥐도 새도 모르게 심야에 행해졌다. 낮에는 죽은 듯이 민가에 들어 엎드려 있다가 정 나돌아 다닐 일이 있을 때는 흰 홑이불을 들쓰고 다녔다. 《목마른 계절》 ¶암호에 암호로 응할 수 있는 게 신

씨였다. 신 씨를 놓치면 쥐도 새도 모르게 죽을 것 같으면서도 신 씨를 따라간다는 게 안심스러운 것만은 아니었다. 《그 산이 정말 거기 있었을까》

**쥐뿔도 모르다**　아무것도 알지 못한다. ¶ "…공장 돼가는 켯속은 쥐뿔도 모르는 것들이 사무실 차리고 주식회사 만들고, 사장이다 이사다 중역자리 만드는 데만 이골이 났더라 이 말씀이야…"《휘청거리는 오후 1》

**쥐뿔도 없다**　아무것도 없다. ¶쥐뿔도 없는 주제에 아들 가진 것 하나를 끝까지 언덕을 삼고 비빌 심보이면서도 조금도 굽잡히지 않고 오기에 기품까지 있으려고 하는 민수 어머니의 뻔뻔스러움에 우희는 다만 아연할밖에 없었다. 《휘청거리는 오후 2》

**쥐엄쥐엄**　젖먹이가 두 손을 폈다 쥐었다 하는 동작. ¶그녀는 아기들이 쥐엄쥐엄 하듯이 손을 쥐었다 폈다 하며 손의 기능을 시험해 본다. 《휘청거리는 오후 2》

**즉효(卽效)**　어떤 일에 바로 나타나는 좋은 반응. ¶꼭 닫힌 도적들의 바위 문 앞에서 '열려라, 참깨' 하는 알리바바의 주문 같은 '사랑해'의 즉효를 조급해할 뿐이다. 《휘청거리는 오후 2》

**증살(蒸殺)**　뜨거운 증기로 쪄서 죽임. ¶제 아무리 8월의 첫 태양이 온 누리를 증살하고 말 듯 잔인해도 사람들은 좀처럼 패배할 것 같지 않았다. 《목마른 계절》

**지 알고 내 알고 하늘까지 안다**　너하고 나만 아는 게 아니라 하늘이 내려다보는 명백한 일이라는 말. ¶사람이 분수를 모르면 죄를 받는다니까. 그렇지만 아파트

한 채는 지 알고, 내 알고, 하늘까지 아는 일이건만 어쩌면 그렇게 감쪽같이 사람을 속여 넘길 수가 있담. 천벌을 받을 년. 〈지 알고 내 알고 하늘이 알건만〉

**지극정성** 지극한, 최대한의 정성. ¶형님도 그런 타성은 있잖어요. 제수 차리는 데는 지극정성이면서 날짜 돌아오는 건 저만 믿고 내 몰라라 하는 습관 말이에요. 〈나의 가장 나종 지니인 것〉

**지글지글** 뜨거운 것이나 울화가 끓어오르는 모양. ¶…승재는 속으로 화가 지글지글 났다. 《미망 3》 ¶…아내의 목소리도 지글지글 끓어오르고 있었다. 〈재이산(再離散)〉

**지난(至難)하다** 아주 어렵다. ¶…사회주의 혁명의 지난함을 웅변으로 말해 주고 있었다. 《목마른 계절》

**지노귀굿** 죽은 사람의 넋을 위로하고 극락으로 인도하는 굿. ¶그렇게 끔찍하게 죽은 이들을 지노귀굿이라도 해 줘 봤니, 일년에 한 번 제사라도 지내 봤니. 천도 못받은 원귀가 갈 데가 어디 있겠니. 〈부처님 근처〉

**지대끼다** 기대다. 〈방언〉 ¶가까이 있을 때는 받자위를 하면 지대낄까 저어하여 제사 참례 한 번을 안 시킬 만큼 숫제 존재도 인정하지 않고 지냈지만…. 《미망 2》

**지랄 같다**(비) 아주 엉망으로 마음에 안 들 다를 욕으로 이르는 말. ¶"너무 걱정 마라. 아들 녀석들은 그저 군대 갔다 와야 사람 된다. 우리 아들 봐라. 삐쩍 말라갖고 성질은 지랄 같던 녀석이 이젠 몸도 실해지고 성질은 또 얼마나 고분고분해졌게." 《도시의 흉년 1》 ¶쯧쯧, 이것도 보물이

라고 이렇게 으리으리한 집에 모셔 놨으니 한심하군 한심해. 게다가 뚝배기면 뚝배기, 사금파리면 사금파리지 아니꼽게끔 뭔 이름도 그렇게 지랄 같이 유식하게 붙여 놨노. 〈이별의 김포 공항〉

**지랄스럽다** 별안간 발작을 하듯이 격렬하다. ¶그들이 어떻게든 외국으로 뜨기로 작정하고, 그 연줄을 찾고 수속을 밟느라 쏘다닐 당시의 그들 공통의 몸짓—흡사 덫에 걸린 들짐승의 몸부림이나 난파선의 쥐들의 불온한 반란이 저러려니 싶게 지랄스럽고 발악적인 몸짓만은 날이 갈수록 도리어 생생하게 기억하고 있다. 〈이별의 김포 공항〉

**지랄하고 자빠졌네**(비) 못마땅한 행동을 하는 사람에게 욕으로 하는 말. ¶"자네 한 잔 하면 도지는 증이 그게 어디 처량인가 지랄이지." "그 지랄 걱정도 안 해도 되네. 금주 금연령이 내렸어." "신접살림 구색을 제대로 갖추었구나. 정말 지랄하고 자빠졌네." 〈꽃을 찾아서〉

**지렁이 오줌 같다** 성에 차지 않게 작은 물기나 샘을 빗댄 말. ¶수상쩍은 암자가 서너 군데, 지렁이 오줌처럼 가냘픈 약수가 한 군데에 있는 야트막한 등성이인 이 도시 속의 녹지대는 구차한 대로 인근 주민들의 유일한 산책로였다. 〈천변풍경〉

**지렁이도 밟으면 꿈틀한다**(속) 아무리 눌러 지내는 미천한 사람이나 순하고 좋은 사람이라도, 너무 업신여기면 가만있지 아니한다는 말. ¶세상에 부모만 얼마나 만만한 족속인가. 지렁이도 밟으면 꿈틀한다는데 그런 면으로 부모란 족속은 확실히 지렁이 이하다. 《휘청거리는 오후 1》

¶…지렁이도 밟으면 꿈틀한다고, 그가 겪은 고약한 경험을 단지 개인의 재수 탓으로만 돌리고 넘어갈 수는 없다고 생각했다. 〈J-1 비자〉

**지레** 무슨 일이나 때가 되기도 전에 미리. (동) 봄뫼는 식구 중 누구라도 봄뫼의 암탉을 구박하면 가만있지 않겠다고 지레 벼르면서도 한편으로는 불안합니다. 〈달걀은 달걀로 갚으렴〉

**지리멸렬(支離滅裂)** 이리저리 흩어지고 찢기어 갈피를 잡을 수 없음. ¶자명은 용감하고 싶기도 하고, 비겁하고 싶기도 하고, 둘 다 하기 싫기도 해 지리멸렬해 있었고, 하늘같이 믿고 싶은 남편이 간에 붙었다 콩팥에 붙었다 할 것처럼 왜소해 보여 참담해져 있었다. 《욕망의 응달》

**지성이면 감천(송)** 무슨 일에든 정성을 다하면 아주 어려운 일도 순조롭게 풀리어 좋은 결과를 맺는다는 말. ¶강씨 대주는 다시 빌기 시작했다. 지성이면 감천을 믿는 자의 끈질김으로 감돈(感豚)을 꾀하고 있었다. 〈재수굿〉 ¶지성이면 감천이라고 거의 매일 출근과 근무까지 Q 씨 집 주변에서 하던 끝에 드디어 Q 씨를 만날 수가 있었다. 〈꿈과 같이〉

**지심(地心)** 깊은 땅속. ¶잎새조차도 푸르지 못하고 붉은 빛이 도는 핏빛 칸나도 마치 오랜 한발 끝에 지심에서 내뿜는 뜨거운 화염처럼 처절한 저주를 주위에 발산하고 있었다. 《목마른 계절》

**지적지적** 물기가 있어서 진 듯한 모양. ¶…노파는 도리질만 한다. 자세히 보니 깊은 주름 고랑으로 지적지적 눈물이 흐르고 있는 것 같다. 《목마른 계절》 ¶드디어 내일이 떠날 날인데 초저녁부터 비가 지적지적 내리고 있었다. 〈세상에서 제일 무거운 틀니〉

**지접(止接)** 몸에 붙이어 의지함. (산) 어디서 뭔가 강력한 힘이 끌어당기는 것처럼 도무지 지접을 못하는 에미를 딸은 딱한 듯, 슬픈 듯 바라보더니 말없이 짐을 들고 따라나섰다. 〈한 말씀만 하소서〉

**지지궁상** 궁상스러움을 강조한 말. ¶아파트란 워낙 그런 곳이다. 행복한 가정이라고 표 나게 행복할 필요도, 불행한 집이라고 지지궁상을 떨 것도 없는, 오직 평준화된 경제 수준만이 안전한 익명성을 보장해 주는 곳이었다. 《아주 오래된 농담》

**지지리** 지겨울 정도로 아주 몹시. ¶나는…유령도 못 되고 어느 구석에 꽉 처박혀 있는 망령을 지지리도 못난 것으로 얕잡고 있기까지 했다. 〈부처님 근처〉

**지차(之次)** 맏이 이외의 자식들. ¶"…지차는 자식도 아닙니까. 서럽고 화나는 대로 하면 어머니를 빼앗아 오고도 싶지만 지성이면 감천이라고 언제고 어머니도 제 정성을 알아주실 날이 있겠죠 뭐." 〈그의 외롭고 쓸쓸한 밤〉

**지척지척** 내키지 않는 걸음걸이. ¶아이들에게 지척지척 이끌려 가는 만수네가 골목 어귀를 돌자 나는 날아갈 듯 가벼운 걸음으로 집으로 뛰어 들어왔다. 〈저문 날의 삽화 3〉

**지천(至賤)** 매우 흔함. ¶"…그 풀밭엔 여름내 하얀 풀꽃이 지천으로 피어 있었다는 게야. 지금 확인할 길이 없어서 그렇지 그 꽃이 흰비름꽃임에 틀림이 없을 것 같소…" 〈꽃을 찾아서〉

**지청구** 남을 꾸짖거나 탓하는 것. ¶노파는 식구들의 지청구에만 익숙해 있다. 〈이별의 김포 공항〉 ¶그 여자도 동숙이한테 지청구 맞은 내년 달력을 바라보면서 아직은 남아 있는 올해가 이미 빠져나간 것처럼 아쉬워했다. 〈마흔아홉 살〉

**지호지간(指呼之間)** 손짓하여 부를 만큼 가까운 거리. ¶바로 지호지간에 있는 아이들을 왜 못 만나게 해? 〈어느 이야기꾼의 수렁〉

**직싸게**(비) '아주 심하게'를 속되게 이르는 말. ¶"…뉘 집 아들은 손을 잘못 써서 돈만 처들이고 전방으로만 돌아 직싸게 고생한다는 얘기…" 《도시의 흉년 1》

**직조(織造)하다** 기계나 베틀 따위로 피륙을 짜다. 여기서는 비유말로 쓰임. ¶…내가 직조해 내는 나의 일상은 그렇지가 않았다. 수없이 떴다 풀었다 다시 뜨는 듯한 낡은 실이 몇 가닥씩 어떤 때는 온통 끼어들곤 했다. 〈저문 날의 삽화 1〉

**진구덥** 자질구레하고 지저분한 뒷바라지 일. ¶"옥분이는 어디 가고 당신이 나서서 이 진구덥을 치느라 야단이야?" 《욕망의 응달》 ¶"여기서 뵈는 경치 기막히지 않아? 저 경치 덕에 큰돈이 생기고 보니 볼수록 좋은 경치야. 전엔 아새끼들 진구덥에 파묻혀 경치 감상할 새도 없었지만 말야." 《그해 겨울은 따뜻했네 1》 ¶"아비가 누군지도 말씀허셨수?" "미쳤냐? 내가 그 소릴 허게…뉘 자식인지는 너도 모른다고 했으니 과부가 못된 놈한테 욕봤거니 불쌍히 여기고 군소리 읊이 이 진구덥을 치려는 게지, 사실을 알아봐라 너를 사람으로나 여길 줄 아는?" 《미망 1》

**진국** 참되어 거짓이 없는 사람. ¶"…손 서방은 살았을 적에도 처 시중이 극진하더니만 죽어서도 어쩌나 절통을 하게 서러워하는지 사람 하나는 정말 진국이던뎁쇼." 《미망 3》 ¶…그때 한사코 바다 상것들 취급을 하던 이웃들을 뭐니 뭐니 해도 그 사람들이야말로 진국이었지, 하고 뒤늦게 재평가를 하시기도 했다. 〈엄마의 말뚝 1〉

**진국스럽다** 딴 마음이 섞이지 않고 진실하다. ¶재득이의 그 황소 같은 기운과 진국스러운 마음에다 딸이 가져온 한 동고리의 은을 합친다면 어디 간들 세 목숨 그리 궁색하게 살 것 같진 않았다. 《미망 1》 ¶가산이 넉넉하고 마음이 진국스러운 외가의 신세조차도 너무 오래 지는 건 그만큼 마음의 빚을 무겁게 하는 거라고 생각한 수철이는 장가도 남보다 일찍 대학 재학 중에 들어서 외가로부터 완전히 독립해서 일가를 이루고 재산을 지키고 수지를 곱게 길렀다. 《그해 겨울은 따뜻했네 1》

**진득하다** (성질이나 행동이) 느긋하고 참을성이 있다. ¶"…시변이 너무 오르는 게 수상해서 좀이 쑤시는 참이라네. 진득허니 쟁여 놓을 만한 물건 가진 화주를 자네가 물색해 보게나." 《미망 2》

**진땀** 몸이 아프거나 애를 많이 쓸 때 흐르는 땀. ¶전 영감은 태임의 이마에 밴 진땀을 무명 수건으로 닦아 주며 말했다. 《미망 1》

**진애(塵埃)** 티끌과 먼지를 통틀어 이르는 말. ¶바람이 쓰레질하듯 길바닥을 핥으며 연탄재와 더러운 종잇조각을 한군데로 수북이 쌓아 놓았다가 다시 회오리바

람이 되어 공중 높이 말아 올려 산지사방
으로 더러운 진애를 살포했다. 〈도둑맞은
가난〉

**진퇴양난(進退兩難)** 빠져 나올 수 없는 곤
란한 처지. ¶나는 마치 진퇴양난의 수렁
에 빠진 꼴이었다. 헤어나려 할수록 깊이
빠져들고 있었다…. 김경채야말로 나의
수렁이었다. 〈어느 이야기꾼의 수렁〉

**질급(窒急)** 몹시 놀라거나 겁이 나서 갑자기
숨이 막힘. ¶수복이 되고 나서 밖에 나간
엄마를 보고 옆집 사람이 질급을 하더라
는 것이었다. 《그 많던 싱아는 누가 다 먹
었을까》

**질자배기** 질흙으로 빚어서 구워 만든 자배
기. ¶…아버지의 웃음은 좀체 멋지를 못
했다. 그것은 질자배기 깨지는 소리였으
며, 동시에 나의 우상이 깨지는 소리였다.
〈배반의 여름〉

**질정(質定)** 갈피를 잡아서 분명하게 정함.
¶…나는 새도 제 둥우리를 찾아 깃을 쉬
는지 하늘이 물빛으로 텅 빌 때까지도 그
의 상한 마음은 질정을 못했다. 《미망 2》
¶(텔레비전 화면은)…서양 남녀가 빠르
게 지나가고 나서 마침내 송해가 사회를
보는 노래자랑에서 질정됐다. 〈참을 수
없는 비밀〉

**집도 절도 없다(솜)** 가진 집이나 재산도 없이
여기저기 떠돌아다닌다는 말. ¶지금 고
모 처지가 집도 절도 없이 식구들이 뿔뿔
이 헤어져 친정에 얹혀살러 오는 주제야.
《아주 오래된 농담》

**징건하다** 먹은 것이 잘 소화되지 아니하여
더부룩하고 그득한 느낌이 있다. ¶…할
아버지가 송도 갔다 오실 때 사다 주시는

과자나 사탕의 맛은 별미였다. 엿보다 세
련된 단맛이라고나 할까, 징건해지지 않
아 자꾸자꾸 더 먹고 싶었다. 《그 많던 싱
아는 누가 다 먹었을까》

**짚 기스락** 짚으로 만든 것의 가장자리. ¶
설 쇠고 횟딱 정이월을 넘기면 춘삼월이라
는 듯 뒤란 김치 광의 짚 기스락을 흔드는
바람 소리의 매운 서슬도 많이 누그러져
있었다. 《미망 2》

**짚북더기** 짚북데기. 짚이 아무렇게나 엉킨
북데기. '북데기'는 짚이나 풀 따위가 함부
로 뒤섞여서 엉클어진 뭉텅이. ¶…언젠
가 잘 마른 짚북더기 위에서 그 짓을 하다
가 그만 짚북더기로 불이 옮아 붙어 하마
터면 집을 태울 뻔한 큰일을 저지르고 말
았고, 그 바람에 나는 화경을 당장 빼앗기
고 엉덩이가 부르트도록 얻어맞았었다.
〈엄마의 말뚝 1〉

**짜닥짜닥** 차진 것을 맛있게 먹을 때 나는
소리. ¶…어떤 연속극은 찐득하니 꿀 같
은 팥을 얇은 찹쌀꺼풀로 싼 찹쌀떡 맛인
가 짜닥짜닥 맛있어하고 〈지렁이 울음소
리〉 ¶입을 오므리고 아이스크림을 조금
씩 떠먹는 여자, 찹쌀떡을 짜닥짜닥 씹는
여자, 우유에다 설탕을 듬뿍 퍼 넣고 휘젓
는 여자… 〈꿈과 같이〉

**짜리뭉툭하다** 짧고 뭉툭하다. ¶호색적인
중늙은이들의 짜리뭉툭한 팔에 휘어잡힌
기생의 가는 허리와 아장거리던 흰 버선
발이 생각났다. 《미망 3》

**짝자그르하다** 소문이 퍼져 떠들썩하다.
¶…일찍부터 남의 입초시에 오르내리면
서 궁금증을 돋우던 태임인지라 버선 한
짝 꿰매기도 전에 금침이 몇십 채라느니

단속곳만 몇 죽이라느니 하고 소문부터
짝자그르했다.《미망 2》

**짠하다** 안타깝게 뉘우쳐서 마음이 조금 언
짢고 아프다. ¶"형님은 그 좋잇장을 증
말 그런 용도로 써 보신 적이 있니니까?"
태남이는 네모난 도장까지 찍힌 영수증을
왠지 짠한 심정으로 바라보며 물었다.《미
망 3》

**짭짭하다** 식사하다. ¶"언니 너무해요. 나
기다리다 못해 진열장 밑에 쭈그리구 짭
짭해 버린걸."《나목》

**째지다** '째어지다'의 준말. 정도가 아주 심
함을 비유적으로 이르는 말. (산) 채송화
꽃이 가장 먼저 피었다. 그러나 내가 꿈
꾸던 째지게 곱고 앙증맞은 옛날 채송화
가 아니었다. 〈옛날〉 (산) 지난봄부터 여
름, 가을까지 째지게 새빨간 꽃을 피우던
채송화는 지금 자취도 없이 사라졌지만
아마 무수한 씨를 땅속에 남겼을 것이다.
〈사소한 그러나 잊을 수 없는 일〉

**쩌덕쩌덕** 껌을 씹을 때 나는 소리를 딴 의
성어. ¶…도대체 어떤 수를 쓰면 저 껌을
쩌덕쩌덕 씹으며 지프차를 부릉부릉 몰고
다니는 코 큰 사람 호주머니에 든 신기한
돈을 끌어낼 수 있을까 〈부끄러움을 가르
칩니다〉 ¶곧 양코배기들이 껌을 쩌덕쩌
덕 씹으며 삼삼오오 떼를 지어 마을의 집
집을 기웃대며 다니기 시작했다. 〈그 살
벌했던 날의 할미꽃〉

**쩨**(비) 미제 또는 외제를 줄여서 강조할 때
쓰는 속어. ¶"어머, 형진 엄마 그 재킷 처
음 보는 건데. 멋있다. 쩨야?" "쩨는 쩨지
만 구닥다리야. 아빠 유학 때 사 온 거니까
벌써 칠 년은 된걸."〈서른아홉 살, 가을〉

**쩨쩨하다** 잘고 인색하다. 치사스럽고 다랍
다. ¶(택시) 기사에겐 만 원씩 쳐서 지불
을 했었다. 세 시간 이상은 안 쓰려고 속
으로는 안달을 해 가면서도 겉으로는 쩨
쩨하게 보이지 않으려고 희떱게 굴었다.
〈저문 날의 삽화 4〉

**쪼오다**(비) '모자라고 변변치 못한 사람'을
속되게 이르는 말. ¶나는 나의 아버지 아
닌 딴 아버지를 볼 때 하나같이 한마디로
쪼오다라고 생각했다. 〈배반의 여름〉

**쪼잔하다** '대범하다'의 상대어. 성질이 옹
졸하여 사소한 일에 집착하고 중요하지
않은 일에 신경을 많이 쓴다. ¶"…그때
신바람이 그게 진짜 신바람이었는데, 그
런 우리가 왜 이렇게 기죽고 쪼잔하게 돼
버렸나 몰라…"〈마흔아홉 살〉

**쪽박에 밤 주워 담듯** 남이 끼어들 새 없이
종알종알 계속해서 자기 말만 하는 것. ¶
"쪽박에 밤 줘 담듯 웬 말이 그리 많는?"
"근본을 따져 들어가려니까 그렇죠."《미
망 3》

**쫀쫀하다** 피륙의 발 따위가 잘고 곱다. ¶
달래도 그 고비를 잘 넘기고 쫀쫀한 제품
을 내놓을 수 있게 되었다.《미망 2》 ¶그
간의 경위는 밝혀졌다손 치더라도 저렇게
등신 같은 노인이 그런 쫀쫀한 글을 썼다
는 건 암만해도 좀 미심쩍었다. 〈복원되
지 못한 것들을 위하여〉

**쫄리다** 쪼들리다. ¶흠 없는 사람들이 가
발이 아닌 제 머리칼을 바람에 날리고 있
다는 사실이 부러워서 또 가슴이 쫄리기
시작했다. 〈사람의 일기〉

**쫑파티**(비) 어떤 일을 마친 기념으로 하는
파티. ¶"시험 끝나고 내일부터 방학이

잖아요." "그럼 종파티 같은 거 없어요?"
《오만과 몽상 1》

**쭈덕쭈덕** 입속에서 뭘 먹을 때 나는 소리.
¶ "…영감님이 입이 궁금해서 시렁에 얹
은 괴나리봇짐을 내려서 뒤적뒤적, 만며
느리가 넣어 준 삶은 달걀을 꺼내서 제 버
릇 개 못 주고 혼자만 쭈덕쭈덕 먹으니
까…"《욕망의 응달》

**쭈뼛쭈뼛** 어줍거나 부끄러워서 자꾸 머뭇
거리거나 주저주저하는 모양. ¶ 늙은 여
자는 너무 일찍 돌아온 게 아닌가 싶어 쭈
뼛쭈뼛했다. 〈황혼〉

**쫄레쫄레** '줄레줄레'의 센말. ¶ 박승재는
종상이 뒤를 쫄레쫄레 따라서 종로에서
배우개까지 오는 동안 심사가 편치 못했
으나 용케 참아냈다.《미망 2》(산) 드레스
덴 미술관은 꼭 봐야 한다기에 쫄레쫄레
따라갔다. 〈사로잡힌 영혼〉

**찌** '똥'의 어린이 말. (동) "이 속에 무엇을
넣어 보내셨는지 아느냐?" 누군가가 계집
종에게 물었습니다. "찌랍디다." 계집종
은 간단히 아뢰었습니다. 〈찌랍디다〉

**찌렁찌렁** 조금 크고 우렁차게 자꾸 울리는
소리. ¶ 나막신 소리와 찌렁찌렁 울리게
우렁찬 헛기침 소리가 났다.《미망 1》

**찌뿌드드하다** (몸이) 몸살이나 감기를 앓
을 때처럼 무겁고 아주 거북하다. ¶ 환자
를 위해 미음이라도 끓일까 보다 하고 부
엌으로 내려가다가 마루에 휘청하고 주저
앉았다. 온몸이 찌뿌드드했다.《나목》¶
밤새 한잠도 못 잤으니 꿈을 꾸었을 리 없
는데도 밤새 뒤숭숭한 악몽에 시달린 것
처럼 초희는 느낀다. 골치가 무겁고 몸이
찌뿌드드하다.《휘청거리는 오후 2》

**찌푸룩하다** 개운치 못하고 불편하다. ¶ 제
자리가 아니라서 그런지 그것들은 하나같
이 찌푸룩하니 몸을 사리고 교만하게 서
있었다.《그해 겨울은 따뜻했네 1》

**찍사**(비) '사진사'를 속되게 이르는 말. ¶ "기
껏 찍사 노릇해 달라고 불렀단 말이지?
찍사도 연장이 있어야지. 내일 집에서 카
메라를 갖고 나오마."《아주 오래된 농담》
¶ …이쪽의 찍사를 자처하고 나선 채정이
까지도 그 사진 찍기 좋아하는 족속한테
는 손을 들었는지 중심에서 밀려나 관망
을 하고 있었다. 〈너무도 쓸쓸한 당신〉

**찐하다** 안타깝게 뉘우쳐져 마음이 언짢고
아프다. ¶ 태임이가 그동안 삼촌들에게
얼마나 거추장스럽고 창피스러운 짐 노릇
을 해 왔나가 여실히 보여 가슴이 찐하니
아팠다.《미망 2》

**찔끔찔끔** 조금씩 마시는 모양. ¶ 나는 영
택이와 그의 친구들이 권하는 대로 막걸
리도 찔끔찔끔 마셨고 족발도 널름널름
집어 먹었다. 〈저문 날의 삽화 1〉

**찜 쪄 먹다** 꾀·재주·수단 따위가 비교가
되지 아니할 만큼 월등하다. ¶ 나무를 한
짐 잔뜩 해 진 소년이 이쪽으로 가까이 오
고 있었다. 어른 찜 쪄 먹게 다부지게 해
진 갈잎나무에 짓눌려 소년의 모습은 지
겟 작대기하고 양회색 바지밖에 안 보였
다.《미망 2》

**찡긋찡긋** 눈으로 뜻을 주고받는 윙크. ¶ 왕
년에 소설 한 편 못 써 본 사람 서러워서
어디 살겠느냐고 노신사들이 엄살을 부리
면서 백 옹을 부러워했다. 그리고 찡긋찡
긋 음흉한 미소로 서로 신호를 하더니 슬
금슬금 자리를 피해 줬다. 〈복원되지 못

한 것들을 위하여〉

**찢어지게 가난하다**　매우 가난하다는 말.
똥구멍이 찢어지게 가난하다. ¶우리 집이
찢어지게 가난한데다가 할머니의 권위만
이 당당했을 시절 수빈이와 나는 함께 태
어났다. 쌍둥이였다.《도시의 흉년 1》¶전
처만이 자기 땅이라곤 이마빡만 한 땅뙈기
도 없는 주제에 자식만은 자그마치 칠 남
매를 둔 찢어지게 가난한 소작농의 셋째
아들로 태어난 샛골은 개성에서도 가장 삼
포가 널리 분포돼 있는 청교면에 있는 오
십여 호의 큰 마을이었다.《미망 1》

# ㅊ

**차렵이불** 솜을 얇게 두어 지은 이불. ¶아침저녁 차렵이불을 끌어당겨야 할 만큼 여름이 물러나고 나서 비로소 엄마하고 나는 개성을 뜰 수가 있었다. 《그 많던 싱아는 누가 다 먹었을까》

**착살맞다** 하는 짓이나 말 따위가 얄밉게 잘고 다랍다. ¶걱정해 주는 척하면서 뒷구멍으로 맛있어하는 꼴이라니 잣죽을 핥는 원숭이의 모습보다 착살맞다. 《목마른 계절》 ¶코 묻은 돈에도, 똥 묻은 돈에도 입맞춤을 서슴지 않는 착살맞은 애착으로 그들의 하루의 수입을 세어 보고 또 세어 볼 것이다. 《도시의 흉년 3》

**착한 끝은 있어도 악한 끝은 없다**㈑ 착하게 살면 나중에 잘 되지만 악하게 산 사람에겐 희망이 없다는 말. 악한 끝은 없어도 선한 끝은 있다. ¶"…근데 말이다 내가 암만해도 모를 건 착한 끝은 있어도 악한 끝은 없다는데, 어떻게 된 게 느이 할망구는 늦복이 터져서 며느리 덕에 양옥집에서 떵떵거리고 살고 우린 맨날 요 모양 요 꼴이야…"《도시의 흉년 1》 ¶"아무리 감시를 심하게 해도 삼팔선 넘기에다 대면 약과죠, 뭐. 이남 사람들은 물러 터지니까요. 돈에 무르고, 정에 무르고, 법에 무르고요. 그래도 악한 끝은 없어도 선한 끝은 있을 테니 두고 보시우."《그 산이 정말 거기 있었을까》

**찬바람 내기** 가을에 찬바람 날 때. ¶텃밭엔 이미 김장 배추를 간 뒤였지만 울타리엔 기름이 잘잘 흐르는 애호박이 한창 잘 열 찬바람 내기였다. 〈겨울 나들이〉

**찬밥** 업신여겨지거나 푸대접을 받는 것. ¶이쪽은 제쳐 놓고 저희끼리 채정이를 끼고 돌면서 사진도 찍고, 요리 보고 조리 보면서 귀여움도 표시하고 넌지시 위엄도 보이느라 이쪽은 완전히 찬밥 신세였다. 〈너무도 쓸쓸한 당신〉

**찬밥 더운밥 가리다** 어려운 형편에 있으면서 배부른 체하다. ¶"그동안 그 삼촌한테 얼마나 신용을 얻어 놓았길래 그렇게 자신 있는 소리를 하시니까? 하긴 지금의 내 신세가 더운밥 찬밥 가릴 만하지도 않지만요." "벼르고 벼른 청혼입니다. 찬밥 대접은 섭섭하군요."《미망 2》 ¶보따리 장사 육 년 만에 학위 딴 지 삼 년 만에 얻은 전임 자리였다. 수도권 대학은 아니었으나 찬밥 더운밥 가릴 계제가 아니었다. 〈환각의 나비〉

**찰젓** 진하고 영양분이 많은 젓. ¶"…제 젖이 워낙 찰젓이라 도련님이 꼭 애호박 자라듯 무럭무럭 자랍니다요."《미망 2》

**참따랗게 패하다** 변명의 여지없이 참패하다. '참따랗다'는 딴생각 없이 아주 참되다. ¶…그에게 작은 성공과 교만과 닭장 속의 안일과 예쁜 처자식을 보장해 준 요사스러운 말들이 갑자기 등을 돌리고 날을 세웠고 그는 참따랗게 패한 것이다.

〈그의 외롭고 쓸쓸한 밤〉

**참척(慘慽)** 자손이 부모나 조부모보다 먼저 죽는 일. ¶저 부인은 참척의 고통이 뭔지 모르리라. 그러니까 저렇게 평화롭고 거룩한 얼굴로 성호를 그으면서 기도를 할 수가 있지 나 같으면 어림도 없다고 생각했다. 〈한 말씀만 하소서〉

**참척(慘慽)을 보다** 웃어른으로서 참척을 당하다. ¶"영우가 죽었습니다" "영우가 누군데?" "저하고 동갑 누나요. 그 집에서 줄창 같이 살던…" "쯧쯧 늙은이가 너무 오래 사니까 그런 참척을 보지. 하긴 봐도 싸다만." 《욕망의 응달》

**창졸간(倉卒間)** 미처 어찌할 수 없이 매우 급작스러운 사이. ¶어떻게 해서 이 지경이 됐는지 너무 창졸간에 당한 일이라 악몽에 시달리고 있는 게 아닌가 싶기도 했다. 〈애 보기가 쉽다고?〉

**채마밭** 무, 배추 따위를 심어 가꾸는 밭. ¶더 좋은 건…손바닥만 한 유리를 통해 채마밭이나 꽃밭을 돌보는 아내를 내다보는 일이었다. 〈저문 날의 삽화 5〉

**채신머리없다** '채신없다'의 속된 말. '채신없다'는 처신을 잘못하여 꼴이 매우 못마땅하다. ¶최만길은…그 우람한 사나이의 등허리를 가볍게 툭툭 쳐 보였으나 최 사장의 체구가 원체 작은 탓으로 우습도록 채신머리없어 보였다. 《나목》

**처녑 속 같다** 갈래가 하도 많아서 무엇이 무엇인지 모르게 복잡하다. '처녑'은 소·양 따위의 새김질하는 짐승의 소화기의 한 부분. ¶무당 집이 한가운데서 온 세상을 향해 백기를 드높이 올리고 있는 것 외에는 어디가 어딘지 거기도 저기 같고, 저기도 거기 같은 처녑 속 같은 비탈 동네의 구질구질한 갈피 속이지. 《도시의 흉년 1》 ¶꼬불꼬불한 골목길은 처녑 속처럼 너절하고 복잡하고 끝이 없이 험했다. 〈엄마의 말뚝 1〉

**처삼촌 뫼에 벌초하듯**㈜ 무슨 일을 하는데 도무지 정성을 들이지 않고 마지못하여 겉날리어 함을 이르는 말. ¶"…처삼촌 산소 벌초하듯이 한다는 옛말도 있듯이 아주 모르는 척만 안 하고 지내면 무방한 게 처삼촌인데 그동안 실상 너무 잘해 드렸기에 야속한 대접도 받은 거려니 생각하셔요…" 《미망 2》

**처연(悽然)하다** 애달프고 구슬프다. ¶…현관문을 들어서려는데 신장 위에 새빨간 단풍잎이 여남은 장 흩어져 있었다. 딸 내외가 무심히 떨군 건지 일부러 놓고 간 건지 모르지만 점점이 떨어진 핏자국처럼 처연한 빛깔이었다. 〈저문 날의 삽화 1〉

**처염(凄艶)하다** 처절하게 아름답다. ¶태임이가 눈에 파란 불을 켜고 길길이 뛰었다. 다소곳할 때보다 한결 처염했다. 《미망 2》

**천격(賤格)** 낮고 천한 품격. ¶유별나게 구는 것 같아 동료 교사들이 권하는 대로 받아먹긴 했지만 그 후의 만복감은 천격에 오염된 것처럼 께적지근한 거였다. 〈무서운 아이들〉

**천격(賤格)스럽다** 품격이 낮고 천한 느낌이 있다. ¶…기생 따위가 주둔군의 천격스러움도 참아내지 못하는 부윤의 귀골스러움과 일행일 수는 없는 일이었다. 《미망 3》 ¶노골적인 선망으로 친구의 얼굴이 천격스러워지는 걸 민망한 마음으로 바라보며 그녀는 얼굴을 붉혔다. 〈로열 박스〉

**천고마비**(天高馬肥) 하늘이 높고 말이 살찐
다는 뜻으로, '가을'을 이르는 말. ¶…바
야흐로 천고마비의 계절—하늘은 하루하
루 눈이 시리게 높푸르러 갔지만 아무도
하늘을 마음 놓고 우러를 수조차 없었다.
《목마른 계절》

**천길만길** 매우 깊거나 높은 모양을 비유
적으로 이르는 말. ¶…딸을 보고 박 씨는
가슴이 천길만길 내려앉는 것 같았다.《미
망 1》

**천덕꾸러기**㊾ 남에게 천대를 많이 당하는
사람을 속되게 이르는 말. ¶"그렇다면 천
덕꾸러기 노릇이나 안 하나 모르겠구먼."
"그럴 리가 있겠습니까요. 귀한 댁 도련님
인 줄 알고 있는걸요…"《미망 1》

**천도**(薦度) 죽은 사람의 혼령이 극락세계
로 가도록 기원하는 일. ¶어머니는 그들
을 극락으로 천도하려고 열심히 절에 다
니셨다.〈부처님 근처〉

**천둥에 개 뛰어들듯**㊦ 놀라 어쩔 줄 모르
고 허둥지둥하는 모양을 이르는 말. ¶침
침한 복도와는 달리 실내는 환하고 이상
한 열기로 충만해 보였다. 모여 있던 열
명 안팎의 여자들이 일제히 이쪽을 보았
다. 순간 그 여자는 잘못 뛰어든 주책스러
운 틈입자를 일컫는 '천둥에 개 뛰어들듯
이'라는 속담이 생각났다.《살아 있는 날
의 시작》¶마치 정신의 갈증이 단비를 만
나 뭔지 모를 연연한 것을 움트게 하는 것
같은 자리에 천둥에 개 뛰어들듯이 난데
없이 끼어든 것은 광표였다.《미망 3》

**천량** 재물과 재산. ¶"…천량 모아들이는
재미를 그때 처음 알았거든. 정말 살맛 나
더라. 여지껏 그 재미 하나로 살았다만…"

《도시의 흉년 2》

**천방지축**(天方地軸) 못난 사람이 대중없이
덤벙대는 일. ¶박적골의 봄이 그렇게 아
름다운 줄은 처음 알았다. 서울로 간 후
그 계절에 내려와 보는 게 처음이기 때문
이었다. 그 전에는 천방지축 어린 나이였
고 이제는 한창 감수성이 피어날 열다섯
소녀였다.《그 많던 싱아는 누가 다 먹었
을까》

**천벌을 받을 년**㊾ 못된 짓 한 여자가 안
되기를 바라는 악담. ¶사람이 분수를 모
르면 죄를 받는다니까. 그렇지만 아파트
한 채는 지 알고, 내 알고, 하늘까지 아는
일이건만 어쩌면 그렇게 감쪽같이 사람
을 속여 넘길 수가 있담. 천벌을 받을 년.
〈지 알고 내 알고 하늘이 알건만〉

**천부당만부당**(千不當萬不當) 어림없이 사
리에 맞지 아니함. ¶수빈이 수저를 놓으
면서 많이 먹었다고 했다. 엄마와 할머니
가 천부당만부당하다는 듯이 수빈에게 덤
벼들 태세를 취했다.《도시의 흉년 1》

**천사표**㊾ '착한 사람'을 속되게 이르는 말.
¶"알아, 나도 다 알아, 네가 천사푠 거.
그렇지만 천사 옆에 서면 보통 사람도 나
쁜 새끼밖에 해먹을 게 없이 되는 것도 할
짓이 아니다, 너…"〈길고 재미없는 영화
가 끝나갈 때〉

**천신만고**(千辛萬苦) 온갖 어려운 고비를 다
겪으며 심하게 고생함을 이르는 말. ¶천
신만고 끝에 발급받은 등록증을 제시하니
시민증도 쉽게 나왔다.《그 많던 싱아는
누가 다 먹었을까》

**천애고아**(天涯孤兒) 천애고독(天涯孤獨).
이 세상에 살아 있는 혈육이나 부모가 없

는 아이. ¶천명이는…부모 동기를 한꺼
번에 여의고 혼자 살아 남은 천애고아였
다.《미망 2》

**천야만야(千耶萬耶)** 가파른 산이나 벼랑
같은 것이 천길만길이나 되는 듯 까마득
하게 높은 모양. ¶장독대에 나갔다가 아
래를 보니 천야만야한데 글쎄 난데없이
보리밭이 보이지 뭐냐.〈가(家)〉

**천양지차(天壤之差)** 엄청나게 큰 차이. ¶
한 자궁 속에 의좋게 마주 앉았던 수빈이
와 나는 이 세상에 떨어지자마자 혼자서
해산구완을 하던 할머니에 의해 실로 천
양지차의 대우를 받았던 것이다.《도시의
흉년 1》

**천양지판(天壤之判)** 천양지차(天壤之差).
¶그때나 이때나 서울과 시골의 집값은
천양지판이었다.〈가(家)〉

**천역(賤役)** 천한 일. ¶게다가 홀어머니가
진일 마른일, 온갖 천역까지 감내해 가며
마련한 학비로 얻은 중학교 졸업장의 쓸
모에 대한 깊은 회의와 어머니에 대한 무
거운 채무 의식으로 잔뜩 위축돼 있었다.
〈어떤 나들이〉

**천진무구(天眞無垢)** 조금도 꾸밈이 없이
아주 순진하고 천진함. ¶(소녀는)…하도
정결하고 고와서 도무지 현실 같지 않고
아무도 더럽힐 수 없는 천진무구의 상징
처럼 보였다.〈가는 비, 이슬비〉

**천착(穿鑿)** 구멍을 뚫음. ¶호젓한 시골길
에 이렇게 혼자 서니, 집에서 진이의 바위
라도 천착할 듯한 날카로운 시선에 온종
일 쫓긴다는 게 얼마나 견디기 어려운 신
경의 과로였나가 새삼 느껴진다.《목마른
계절》

**천태만상(千態萬象)** 세상 사물이 한결 같
지 아니하고 각각 모습·모양이 다름을 이
르는 말. ¶사람은 태어날 때 비슷하게 벌
거벗고 순진무구하게 태어나지만, 죽을
때는 천태만상 제각기 다르게 죽는다.《아
주 오래된 농담》

**천하일품(天下一品)** 매우 뛰어나서 세상에
서 견줄 만한 것이 없음. 또는 그런 물품.
¶모를 내다가…목을 축이는 막걸리 맛이
라니 천하일품이란다. 공기는 맑고 우물
물은 달고 시리단다.《목마른 계절》

**철딱서니**⒣ '철'을 속되게 이르는 말. 사리
를 분별할 줄 아는 힘. ¶한 살 더 먹었어
도 철딱서니 없이 경망스럽기는 매한가지
였다.《나목》¶"…이 철딱사니 없는 계집
애야. 그 돈은 엄마가 기생 바느질품팔이
를 하여서 번 돈이야…"〈엄마의 말뚝 1〉

**철천지한(徹天之恨)** 하늘에 사무치는 크나
큰 원한. ¶"…일찍이 우리 일가가 이 생
원한테 당한 게 철천지한이 되어 오늘의
내가 있다는 걸 너도 아주 모르지는 않을
텐데…"《미망 1》¶"왜요?" 나는 마지못
해 말대꾸를 했다. "왜요라니, 구가 형기
가 이제 며칠 안 남았잖니. 그샐 못 참고
돌아갔으니 구가가 나와 봐라. 얼마나 철
천지한이 되겠냐."《도시의 흉년 3》

**첩며느리는 꽃방석에 앉힌다**㊵ 딸의 시
앗(남편의 첩)은 바늘방석에 앉히고, 며
느리 시앗은 꽃방석에 앉힌다. 며느리를
미워하는 마음으로 며느리가 시앗을 보
고 괴로워하는 것을 도리어 통쾌하게 여
긴다 하여 이르는 말. '꽃방석에 앉힌다'
는 정성을 다해 대우를 잘한다는 말. ¶
"…예로부터 첩며느리는 꽃방석에 앉힌

다는 말도 있잖시니까? 너무 우리 친정만 몰아붙이지 마십시다요."《미망 3》 ¶ 시일이 좀 지나자 할머니 생신 때 같은 큰일에는 박적골까지 나타나 물질적으로나 육체적으로나 육례를 갖춘 며느리들의 곱절은 되게 효도를 해서 할머니 마음에까지 들게 되었다. 첩며느리는 꽃방석에 앉힌다는 옛말 그르지 않은 사태가 우리 집에도 실제로 일어난 것이다.《그 많던 싱아는 누가 다 먹었을까》

**첩첩산중(疊疊山中)** 여러 산이 겹치고 겹친 산속. ¶ 다음 날은 용인의 산골에서 묵게 되었다. 왜 그런 길을 들었는지 알 수 없는 첩첩산중이었다.《그 산이 정말 거기 있었을까》

**첫국밥** 해산 후 산모가 처음으로 먹는 미역국과 흰쌀밥. ¶ 산모는 허둥대며 첫국밥 한 그릇을 비웠다. 몽롱하던 눈에 정기가 돌았다.《미망 1》

**첫딸은 세간 밑천이다⑥** 딸은 집안 살림을 맡아 하게 되므로 큰 밑천이나 다름없다는 말. ¶ "이런 철부지 봤나. 첫딸이야 세간 밑천이란 소리도 있다만 여란이야 이만저만한 첫딸이냐…"《미망 2》 ¶ "…우리 때만 해도 첫딸은 세간 밑천이라고 해서 그래도 대우를 해 주었는데 요샌 어떻게 된 세상이 첫애 때부터 아들 아들만 바치니."〈해산 바가지〉

**첫밧** 일이나 행동의 처음 국면. ¶ "여보 중매쟁이가 사람 보는 눈 하나는 귀신같습디다. 우리 초희를 보자마자 첫밧에 한다는 소리가 연탄 때는 집으로 시집갈 애는 절대로 아니래요. 얼마나 잘 봤어요?" 민 여사가 오래간만에 즐거운 듯이 웃는다.

《휘청거리는 오후 1》 ¶ 그러나 그이는 별로 오랫동안 시험에 들지 않았다. 첫밧에 그이는 자기 집이 대대로 종로 거리에서 선전을 하던 중인 집안이라는 걸 아무렇지도 않게 말했다.《그 산이 정말 거기 있었을까》

**첫술에 배부르랴⑥** 어떤 일이든지 단번에 만족할 수는 없다는 말. ¶ "내 남은 재산 몽땅이야. 오늘부터 살림에 써. 아직도 장만할 거 천지니까 쓰다 보면 속상할 거야. 그렇지만 첫술에 배부른가 뭐. 또 벌면 되지."《그해 겨울은 따뜻했네 1》 ¶ "워떻게 첫술에 배부르겠냐? 당장 못사는 거 갖구 기죽어서 친구허구 의절을 허는 자슥 워따 쓰겠냐?"《오만과 몽상 1》

**청담(淸淡)하다** 빛깔이 맑고 엷다. ¶ 해 진 후, 그러나 아직 어둡기 전의 6월 하늘의 청담한 물빛은 쓸쓸하달까, 청승맞달까 그러면서도 어떤 신선한 욕망에의 암시가 있었다.《목마른 계절》

**청대 같다** 푸른 대처럼 싱싱하다. ¶ 몇 달 동안에 폭삭 늙은 아버지에 비해 몇 달 동안에 부쩍 자란 경우는 청대 같았다.《미망 3》

**청맹과니** 겉으로 보기에는 눈이 멀쩡하나, 실상은 보지 못하는 사람. ¶ "…남 보기에 세상천지에 손녀딸 하나밖에 없는 불쌍한 청맹과니 늙은이로 보이고 싶으면 앞세우고 나가시구랴."《미망 1》

**청복(淸福)** 좋은 복. (산) 내 아직 딴 사치한 게 없으니 부디 과람하지 않은 청복이길 빈다. 오래 청복을 누리고 싶다.〈청복〉

**청산유수(靑山流水)** 막힘없이 썩 잘하는 말을 이르는 말. ¶ 돌이켜 생각해도 자신의 내부엔 자신의 허약을 은폐하기 위한 남달리 간교한 반사 작용이 잠재해 있다고밖엔 설명이 되지 않은 청산유수의 달변이었다. 〈침묵과 실어〉

**청상**(青孀) '청상과부'를 줄여 이르는 말. '청상과부'는 젊어서 과부가 된 여자. ¶딸이 청상이 되고도 혼자서만 억장이 무너졌지 정작 딸을 대할 때는 측은해하는 기색 한번 마음 놓고 드러내지 못하고 살아왔다. 《미망 1》

**청수**(清水) 맑고 깨끗한 물. ¶…따가운 눈에 한랭한 바깥공기의 감촉은 청수처럼 상쾌했다. 《도시의 흉년 3》

**청유**(清遊) 아담하고 깨끗하며 속되지 아니하게 높. 또는 그런 놀이. ¶문자 그대로의 청유였다. 윤성규의 대접은…넘치지도 모자라지도 않는 것이었다. 《미망 3》

**청정무구**(清淨無垢) 맑고 깨끗하여 더럽거나 속된 데가 없음. ¶그 청정무구한 과거의 맨 끝장을 보석을 주렁주렁 달고 켄트를 꼬나문 중매쟁이, 아니 뚜쟁이가 장식한다. 《휘청거리는 오후 1》

**청천벽력**(青天霹靂) 뜻밖에 일어난 큰 변고나 사건을 이르는 말. ¶귀한 맏아들로 애지중지 응석받이로만 자랐던 인철에게 그건 청천벽력이었다. 《살아 있는 날의 시작》

**청탁**(清濁)**을 가리지 않다** 옳고 그름을 가리지 아니하다. ¶그 시절의 이상은 비록 좌절됐습니다만 나는 그때의 내가 좋고 자랑스럽습니다. 그때의 나하고 청탁 안 가리고 타협의 타협을 거듭하면서 일용할 양식을 벌어들이는 데 급급한 현재의 나하고 동일인이라는 확신을 주는 것도 딸의 아버지 노릇을 통해서라면 이해가 되

시겠습니까? 〈꿈꾸는 인큐베이터〉

**체머리 흔들다** 싫증이 나서 진절머리를 내거나 모른다고 머리를 자꾸 흔든다. '체머리'는 좌우로 자꾸 흔드는 머리. 또는, 그런 병적 증상. ¶"평생 무시당하면서 살긴 싫어, 싫어, 싫어." 나는 이렇게 체머리를 흔들며 대들었다. 〈티타임의 모녀〉

**초가삼간 다 타도 빈대 죽는 것만 시원하다**(俗) 비록 자기에게 큰 손해가 있더라도 제 마음에 들지 아니하던 것이 없어지는 것만은 상쾌하다는 말. ¶그 여자는 결코 자기가 기생하고 있는 숙주를 멸망시킬 만큼 어리석지 않다는 것과 그 여자의 엄마에 대한 적의는 결코 초가삼간 타는 것보다 빈대 타 죽는 것이 더 시원한 식의 순수한 것이 아님을 뒤늦게 깨달아 가고 있었다. 《도시의 흉년 2》 ¶"…아씨가 그만 일로 폐농을 허실라치면 빈대 죽는 거 고습다고 초가삼간 태우는 것과 진배읎는 멍텅구리 짓이구먼요." 《미망 2》

**초극미**(超極微)**하다** 상상을 초월할 만큼 극히 작다. ¶그녀는 대답 대신 고개를 저었다. 초극미한 세계에 대한 경탄보다도 불가해한 것에 대한 이물질이 오한처럼 기분 나쁘게 그녀를 엄습했다. 〈울음소리〉

**초려**(焦慮) 초사(焦思). 애를 태우며 생각함. 또는 그런 생각. ¶사랑하는 이의 안부를 위한 초려 끝에 도달한 기원의 자세를 그녀 또한 닮아 가고 있지 않은가. 《목마른 계절》

**초록**(草綠)**은 동색**(同色)(俗) '풀색과 녹색은 같다.'는 뜻에서, 처지가 같은 사람들끼리 한패가 되는 경우를 이르는 말. ¶"저어, 이런 고급 요정에서 자장면을 시켜도

욕 안 먹을까요?" 누가 초록은 동색 아니랄까 봐 철민이까지 느닷없이 자신의 세련되지 못한 구석을 과장하면서 촌스럽게 굴었다.《서 있는 여자》

**초롱초롱** 눈이 정기가 있고 맑은 모양. ¶아이의 눈은 어둠을 꿰뚫듯이 초롱초롱해졌다.〈울음소리〉

**초를 치다** 상대방의 기를 꺾어 놓아 기분을 잡치게 하거나 일을 망하게 하다. ¶"안녕히 주무세요, 아버지." 콩쥐가 발딱 몸을 일으키더니 생경스럽도록 명랑한 목소리로 말했다. 그의 정사에 초를 친 것도 바로 그 아버지 소리였다고 그는 깨달았다.《살아 있는 날의 시작》¶그러나 그 일이 있은 후 윤상하 선생의 그 정력적인 문필 활동은 가위로 실을 끊듯이 중단되고 그 원로 문인은 차츰 잊혀져 갔다. 하긴 그때 이미 칠십 고령이었으니 그건 괘치 않다고 치더라고 첫밭에 초를 쳤다고는 하나 그래도 큰 뜻을 내세워 제정한 문학상까지도 그 후 유야무야가 돼서 2회로 이어진 일이 없는 걸 보면 그 사건이 그분에게 미친 충격은 의외로 컸던 듯도 싶다.〈침묵과 실어〉

**초연(硝煙)** 화약의 연기. ¶그러나 그뿐, 결국 성하의 화창한 날의 나직한 기와집들과 일요일의 아이들과 전쟁의 초연과는 무관했다.《목마른 계절》

**초조(初潮)** 초경(初經). 여성이 처음으로 시작하는 월경. ¶…나는 그때 일을 초조의 기억처럼 평생 동안 지우지 못했다.〈저녁의 해후〉

**초혼(招魂)** 사람이 죽었을 때에, 그 혼을 소리쳐 부르는 일. ¶…장 속에서 망인이 평소에 입던 저고리를 꺼내 놓으면서 초혼을 부를 때 쓰라고 일렀다.〈지 알고 내 알고 하늘이 알건만〉

**촉루(髑髏)** 해골. ¶아직 가로수는 촉루처럼 앙상하고, 먼 산은 희끗희끗 잔설을 이고 있고,《휘청거리는 오후 1》

**촉상(觸傷)** 찬 기운이 몸에 닿아서 병이 일어남. ¶"아니, 아까까지도 죽는 시늉을 하더니 어딜 가냐. 감기 촉상해 가지고 누구 속을 썩일려구." "옷 맞추러요."《도시의 흉년 1》

**촉새** 침착하지 못하고 방정맞은 짓을 하는 사람을 비겨 이르는 말. ¶남 나무라 무엇하랴. 누구보다도 내가 그렇게 살아왔다는 증거로 나는 하필이면 나의 촉새 같은 입놀림을 생각해 냈다. 나는 나의 촉새 같은 입을 그에게 들킬까 봐 그렇게 열심히 갈비를 뜯고 있는지도 몰랐다.〈복원되지 못한 것들을 위하여〉

**촌닭 관청에 잡아다 놓은 것 같다**㊌ 번화한 곳에 가거나 경험이 없는 일을 당하여 당황하고 어리둥절해서 어쩔 줄 몰라 하는 모양을 이르는 말. ¶"…집에서 볼 땐 모르겠더니 당신 그런 점잖은 장소에 갖다 놓으니까 어쩌면 그렇게 촌닭 잡아다 논 것 같수?…"《휘청거리는 오후 1》

**촐촐하다** 시장기가 조금 있다. (산) 벌써 며칠째 남편에게만 겨우 곡기 있는 걸 먹였을 뿐 아내는 촐촐히 굶고 있다.〈남자도 해방돼야 하는 까닭〉

**총찰(總察)을 하다** 모든 일을 맡아 총괄하여 살피다. ¶노파 혼자 방 밖에 나오는 일은 화장실 출입이 고작인데 그때마다 할머니가 따라 나와 총찰을 했다.《도시의

흉년 3》

**추비하다** 거칠고 더럽고 낮다. ¶"잘 늙고 싶었는데…" 전처만이 길게 한숨을 쉬었다. 그 보기 좋던 은빛 수염이 추비하게 늘어져 보였고 안정도 흐릿했다.《미망 1》¶하석태 씨가 한숨을 쉬었다. 그동안 머리만 많이 센 게 아니라 목 언저리도 많이 추비해진 게 별안간 연지 눈에 띄었다.《서 있는 여자》

**추접다** 더럽다.〈방언〉¶…다달이 알토란 같이 모일 줄 안 12월은 온데간데없고 그는 여전히 고달팠고, 쿠사잇 소리 들어 싸게 추저운 단벌치기 신세를 못 면했다.《미망 3》

**춘삼월**(春三月) 봄 정치가 한창 무르익는 음력 3월. ¶스물아홉이면 또 몰라, 서른여섯이나 일곱이나 그게 그건데, 조금만 더 기다리면 춘삼월 호시절인데 뭐가 그렇게 급해맞아서 이 엄동설한에 면사포를 쓰나 그래.〈참을 수 없는 비밀〉

**춘수만사택**(春水滿四澤) 도연명의〈사시(四時)〉에 나오는 시구로, '봄물은 못마다 가득 차도다'는 뜻. ¶발을 벗고 개펄에 들어서서 몸이 저려 오게 시렸으나 춘수만사택이란 시구가 떠오를 정도로 봄기운이 느껴져 참을 만했다.《그 산이 정말 거기 있었을까》

**춘향**(春香) 봄의 향기. ¶(식당 속은)…김치 냄새도 젓갈 냄새도 말끔하게 가시고 창문으로 들어오는 오월의 밤바람이 몹시도 선정적인 춘향으로 코끝을 간지럽힌다.《살아 있는 날의 시작》

**춘화**(春畵) 춘화도. 남녀 간의 성교하는 모습을 그린 그림. ¶나는 문득 아까 화

랑에서 구두닦이 소년이 비춰 준 손전등 불빛으로 본 춘화 생각이 났다.《도시의 흉년 3》

**출가외인**(出嫁外人) 시집간 딸은 친정 사람이 아니고 남이나 마찬가지라는 뜻으로 이르는 말. ¶"어쩌면 그러는 동안 저한테는 한마디 말이 없었죠?" "출가외인인 걸 알려 뭣해…"《살아 있는 날의 시작》

**출분**(出奔) 도망하여 달아나는 것. ¶엄마는 그때부터 대처로의 출분을 꿈꿨다. 마침 오빠의 소학교 졸업을 기회로 그 꿈은 구체화됐다.〈엄마의 말뚝 1〉¶…남자와 여자가 같은 방에서 하룻밤을 보내고 아무 일도 없었다는 걸 세 번씩이나 개가한 어머니에게 곧이듣게 할 수는 없으리라는 담벼락 같은 절망감이 마침내 나를 출분케 했다.〈무중(霧中)〉

**출정**(出廷) 법정에 나가는 일. ¶"뭐 하는 그림이니?" "우리 아빠 출정 나가는 그림…이 사람은 순경." 아이는 친절하게도 선으로 연결되지 않은 사람에 대해서까지 설명을 붙였다.《도시의 흉년 3》

**출출하다** 배가 고픈 느낌이 있다. ¶영감은 건너편 포장집 모퉁이에 세워 놓은 빈 지문을 날라다가 달면서 문득 출출했다. 점점 걷잡을 수 없이 출출해 그는 경정경정 뛰어다니면서 네 개의 문짝을 날라다가 급하게 달았다.《살아 있는 날의 시작》

**충일**(充溢) 가득 차서 넘침. ¶그녀의 두터운 손은 내 두 손을 흡족하게 채우고 아울러 내 가슴에 따뜻한 것이 되어 충일했다.《도시의 흉년 1》

**충충하다** (빛깔이나 분위기가) 흐리고 무겁다. ¶집 앞의 우물은 정말 물이 충충

했다. 《그 산이 정말 거기 있었을까》 ¶그러나 문안 쪽으론 또 한 겹 철조망이 쳐진 채 길은 없어지고 사람의 발길을 거부하는 것 같은 푸르름만이 충충하게 괴어 있었다. 〈엄마의 말뚝 1〉 ¶여름 방학에도 풀장만은 개방을 하는 모양으로 늘 물이 충충하게 고여 있었다. 〈배반의 여름〉

**취록(翠綠)**  남파랑을 띤 녹색. ¶초희는 어떤 보석상 쇼윈도 앞에서 무심히 걸음을 멈추었다. 기품 있는 취록색 에메랄드 목걸이가 눈을 끌었다. 《휘청거리는 오후 1》

**취중에 진담이 나온다(㊉)**  취하면 대개 허튼 수작만 할 것 같으나, 함부로 지껄이는 듯한 말도 실은 제 진심을 털어 내놓는 것이라는 말. ¶“···저런 소리는 술이 허는 소리지 우리 서방님이 헐 소리가 아니다라고 한 치만 능쳐도 좀 속이 편해.” “흥 취담에 온갖 진담이 다 든 건 어쩌구요.” 《미망 2》

**측은지심(惻隱之心)**  불쌍히 여겨 언짢아하는 마음. ¶미숙하고 수줍은 소녀티와 시들시들한 중년티가 뒤죽박죽돼 나이를 분간할 수 없는 이 보잘것없는 여자는 사람에게 측은지심이랄까, 보호해 주고 싶다는 충동을 일으키는 뭔가를 지니고 있다. 《도시의 흉년 1》

**측은지정(惻隱之情)**  불쌍히 여겨 언짢아하는 정. ¶서 여사의 푸념은 민망하도록 길 것 같다. 그래서 진이는 가로막지 않는다. 행여나 노인네의 하소연이 황 소좌의 측은지정을 불러일으키지나 않을까 하고. 《목마른 계절》

**츱츱하다**  너절하고 염치가 없다. ¶먹는 것에 츱츱한 걸 가장 좋지 못한 일로 교

육받아 온 우리는 남에게 그런 혐의를 받는다고 상상하는 것만으로도 소름이 끼쳤다. 《그 많던 싱아는 누가 다 먹었을까》 ¶“···돈 계산부터 츱츱하게 하면서 손님을 기다렸답니다. 손님이 안 드셨으면 어쩔 뻔했을까 모르겠어요. 손님, 고마워요.” 《겨울 나들이》 ¶“···그 장담이 공수표가 되니 인심이 어떻게 됐겠나. 그러잖아도 없는 사람이란 공돈에 츱츱하게 마련인데. 뻔할 뻔자.” 《상(賞)》

**층하(層下)**  다른 것보다 낮잡아 보아 소홀히 대접함. 또는 그런 차별. ¶콩깻묵 둔 밥은 엄마하고 나하고 먹었지만 물론 거기에도 층하가 있었다. 밥그릇 위는 비슷하게 섞인 것 같아도 밑으로 들어갈수록 엄마 밥에서는 콩깻묵이 더 많이 나왔다. 《그 많던 싱아는 누가 다 먹었을까》

**치가 떨리다**  몸이 떨릴 만큼 몹시 분하다. ¶성남댁은 분해서 부들부들 치가 떨렸다. 〈지 알고 내 알고 하늘이 알건만〉

**치근하다**  축축하고 끈적끈적한 모양. ¶휘청거리는 발에 붉은 호청이 치근하고 감긴다 싶더니, 다시 내 시야를 온통 호청이 뒤덮었다. 《나목》

**치기만만(稚氣滿滿)하다**  유치한 기분이나 기운이 가득하다. ¶“엄마, 네가 의사가 돼야 내가 〈의사 남상이〉를 쓸 거 아냐. 너를 위한 투자가 아니라 어디까지나 나를 위한 투자야. 부담 느낄 거 하나도 없어. 적어도 노벨상감이니까. 상금만 해도 내가 투자한 것의 몇십 갑절을 뽑고도 남을 테니까.” 이런 치기만만한 대사를 여러 가지로 감정의 변화를 주어 가며 연습하고 또 연습했다. 《오만과 몽상 1》

**치를 떨다** 몹시 분하거나 지긋지긋하여 이를 떨다. ¶철들고 나서 어른들의 말다툼 속에 나오는 상피 붙는다는 말뜻을 알고부터 그 불결감에 치를 떨며 부자연스럽게 억압해야 했던 동기간의 순수한 애정이 억압당했던 것만큼 농밀한 것이 되어서 괴어 왔다.《도시의 흉년 1》

**치마꼬리** 풀치마 자락의 끝. '풀치마'는 양쪽으로 선단이 있어 둘러 입게 만든 치마. ↔통치마. ¶외삼촌은 웃으면서 나에게 손을 벌렸지만 나는 할머니 치마꼬리에 휩싸여 막무가내 그 앞으로 가지 않았다. 〈엄마의 말뚝 1〉

**치마폭이 넓다㈜** 남의 일에 공연히 간섭하고 수다를 떠는 사람을 이르는 말. ¶"우리 형수님은 말야, 아주 마음 좋은 분이긴 한데 말이야, 좀 치마폭이 넓다 할까 늘 남의 걱정에 마음 편할 날이 없거든. 특히 나 때문에 밤잠도 제대로 안 온다는 거야."《나목》

**치적치적** 축축하고 질척질척한 느낌. (산) 지금 밖에서 장맛비가 치적치적 내리고 있다. 〈우산〉

**치지도외(置之度外)** 내버려 두어 문제로 삼지 아니함. ¶(할머니의)…타고난 성미가 성미지라 암상은 여전했지만 식구들은 다 노망으로 돌리고 치지도외했다.《도시의 흉년 1》¶(노인은)…바로 가르쳐 드려도 믿지를 않고 한사코 자기가 옳다고 주장하는 건 묘하게 신경에 거슬렸다. 숫제 치지도외하기로 했다. 〈해산 바가지〉

**칙살맞다** 하는 짓이나 말 따위가 얄밉게 잘고 더럽다. ¶공 회장은 손수 조그만 국자를 갖다가 떠서 감칠맛 있는 혓소리를 짝짝 내며 맛을 본다. 눈을 가느스름히 뜨고 칙살맞은 혓소리를 짝짝 내며 맛을 본다.《휘청거리는 오후 2》

**칙칙폭폭** 증기 기관차가 연기를 뿜으면서 달리는 소리. ¶기차는 칙칙폭폭 무서운 속도로 서울을 향해 달리고 있었다. 〈엄마의 말뚝 1〉

**친구 따라 강남 간다㈜** 자기는 하고 싶지 않으나 남에게 끌려서 덩달아 하게 되는 경우를 이르는 말. (산) 열대 지방을 여행할 엄두를 내지 못했는데 친구 따라 강남 간다고 평소 흉허물 없이 편하게 여기는 이들이 일행이 된다기에…따라나서게 되었다. 〈흔들리지 않는 전체〉

**칠전팔기(七顚八起)** 여러 번의 실패에도 굽히지 않고 다시 일을 시작하는 것. ¶칠전팔기도 더 되게 고전하고 나서 면허를 딴 운전은 좀처럼 늘지 않았다. 〈꿈꾸는 인큐베이터〉

**침윤(浸潤)** 사상이나 분위기 따위가 사람들에게 번져 나감. ¶송림 사이, 세속에서 버림받은 아늑한 공간, 아직 그곳까지 외부의 침윤이 미치지 않고 있다니 얼마나 다행한가?《목마른 계절》

**칭병(稱病)** 병이 있다고 핑계함. 칭질. ¶입덧이 심할 때만 해도 칭병하고 누워 있기가 훨씬 수월했다.《미망 1》

# ㅋ

**칼자루를 쥐다** (어떤 일이나 상황의) 결정 권이 있다. ¶남자와 여자 사이에서는 무조건 남자 쪽이 칼자루를 쥐고 있었다. 칼자루를 쥐고 있다는 건 좋은 일이었다. 애쓸 필요 없이 저절로 정당할 수 있었으니까.《살아 있는 날의 시작》¶매장에서 점원과 청소부의 관계는 서로 이용하고 이용당하는 대등한 관계지만 그래도 칼자루를 쥐고 있는 쪽은 점원이었으므로 이윤의 분배의 몫은 점원 쪽이 많았다.〈공항에서 만난 사람〉

**칼칼하다** 맵거나 텁텁하거나 해서 목을 자극하는 맛이 조금 있다. ¶…부엌 쪽에서 끼쳐 오는 칼칼한 북엇국 냄새나 다 보통 술 깬 날 아침과 다름없었다.〈그의 외롭고 쓸쓸한 밤〉

**컷속** 일의 갈피. ¶"남 사는 컷속을 어떻게 아니? 더구나 남자 여자가 어울린 컷속을…"《서 있는 여자》¶생전 그 컷속을 익힐 수 있을 것 같지 않던 소심한 골목과 층층다리와 비탈이 깨친 글자처럼 하나하나 분명해지기 시작했다.〈엄마의 말뚝 1〉

**코 아래 진상** 먹을 것을 바치는 일. ¶"얘난 또 너희 영감이 우리 조 군을 딱지 놓나 했다. 하긴 코 아래 진상도 자기 싫으면 퇴할 수밖에 없는 거지만 말야."《휘청거리는 오후 1》¶"근데 웬걸 두 축이나 팔아주세요?" "우리 쥬디가 좋아하거든. 크리스마스에 부치려고 한복은 한 벌 해

다 놓았는데 코 아래 진상이 빠져서 그러잖아도 궁리 중이었는데 마침 잘 됐어."〈쥬디 할머니〉

**코딱지만 하다**(비) '매우 작다'를 속되게 이르는 말. ¶"이 코딱지만 한 집 하나 사는데 저 양반 어찌나 엄살을 부리는지, 장롱 하나 변변한 것 못 사 달래고 이 거지 같은 걸 그냥 끌고 왔지 뭐야…"《도시의 흉년 2》¶…어머니 말을 빌리자면 코딱지만 한 집으로 이사를 했으니 어머니가 남부끄러워하는 건 당연했다.〈그 남자네 집〉

**코맹맹이** 코가 막혀서 소리를 제대로 내지 못하는 상태. ¶목소리는 자신과 위엄이 넘쳤으나 수다를 떨 때는 요사스럽게 잠기는 코맹맹이 소리를 낼 줄 알았다.《도시의 흉년 1》

**코빼기도 못 보다** 도무지 나타나지 않아 전혀 볼 수 없음을 낮잡는 뜻으로 이르는 말. ¶…초저녁부터 저희 방으로 들어가면 다음 날 아침까지 코빼기도 볼 수 없으니 이 세상에 서러운 것 중에 말 붙일 데 없는 서러움이 제일이더라는 하소연이 먹혀들 만큼 나이든 이는 나밖에 없었으나〈저문 날의 삽화 2〉

**코찡찡이** 병으로 코가 막혀 말소리가 찡찡하거나 코가 찌그러진 사람의 별명. ¶"…태임이 신랑을 구했어요. 코찡찡이 홀아비도 과람한 그년헌테 헌헌장부 빼어난 신랑을요."《미망 2》

**코흘리개** 늘 코를 흘리는 아이. 또는 '철없는 아이'를 이르는 말. (산) 우리 자랄 때는 너나없이 참 코를 많이 흘렸다. 여북하면 아이들을 부르는 다른 말로 가장 흔한 말이 '코흘리개'였을까. 〈없어진 코흘리개〉

**콧등이 시큰하다** 어떤 일에 슬퍼서 눈물이 나오려 하다. ¶금잔화의 탐스러운 꽃송이가 부옇게 흐려 보이고 콧등이 시큰한 것은 새삼스럽게 아버지의 죽음이 슬퍼서인 것 같지는 않았다. 《나목》

**콧방귀만 뀌다** 남의 말을 들은 체 만 체 말대꾸를 않다. ¶엄마는 콧방귀를 뀌면서 도리어 할머니를 비웃었고 그러면 자연히 수빈이에 대한 호칭 문제는 흐지부지되고 고부간에 악의에 찬 말다툼이 벌어졌다. 《도시의 흉년 1》

**콩 볶듯** 총소리가 요란한 모양을 이르는 말. ¶포성이 또 들렸다. 조금 또렷이 들리고 또 들렸다. 멀리지만 콩 볶듯이 계속해 들리기도 했다. 《나목》 ¶…앞산과 뒷산에서 총소리가 며칠 계속해 콩 볶듯이 나더니만 이어서 죽은 듯한 정적이 왔다. 〈겨울 나들이〉

**콩 심은 데 콩 나고 팥 심은 데 팥 난다**㊱ 모든 일은 원인에 따라서 결과가 생긴다는 말. ¶"이놈아 인제 허파에 바람일랑 쭈욱 빼고 정신 좀 차려. 이 세상에 믿을 거라곤 콩 심은 데 콩 나고 팥 심은 데 팥 나는 땅뗑이밖에 없어." 〈주말 농장〉

**콩 튀듯 팥 튀듯** 몹시 화가 나서 펄펄 뛰는 모양을 이르는 말. ¶우리는 엄마를 덩달아 콩 튀듯 팥 튀듯 뛰기만 할 뿐 어찌할 바를 몰랐다. 《그 산이 정말 거기 있었을까》 ¶나는 콩 튀듯 팥 튀듯 분을 못 참

았다. 〈티타임의 모녀〉

**콩가루 집안** 분란이 일어나거나 가족들이 모두 제멋대로여서 엉망진창이 된 집안. ¶…그래도 법도 있는 집안에서 이럴 수가, 암 이런 법은 없구 말구요. 누가 보면 콩가루 집안인 줄 알겠어요. 〈마른 꽃〉

**콩꼬투리** 콩알이 들어 있는 콩의 꼬투리. ¶치마 앞에는 납작한 콩꼬투리가 꽤 많이 담겨 있었다. 《목마른 계절》

**콩나물시루** 사람이 몹시 많아서 빽빽함을 이르는 말. ¶"그럼 그 방엔 아주 여럿이 있었겠군요?" "그럼요, 콩나물시루 같았는걸요." 《목마른 계절》

**콩밥을 먹다**㊚ '감옥살이 하다'를 속되게 이르는 말. (산) …그렇게 여러 사람이 콩밥을 먹고 그리고 두부를 먹게 된 기록은 생존한 대통령 중 아마 그가 최고가 되지 않을까. 〈두부〉

**콩을 팥이라 해도 곧이듣는다**㊱ 남의 말을 곧이곧대로 잘 믿음을 이르는 말. ¶영감이 콩을 팥이라면 팥이라고 따라 부르기만 할 뿐 아니라 팥으로 보일 수도 있는 홍 씨였다. 《미망 1》

**쾌미감(快美感)** 황홀한 쾌감. ¶아릿한 아픔이 곁들었으면서도 비할 나위 없는 쾌미감의 여운은 아직도 싱싱하고 강렬하여 그녀는 거의 질식하고 말 것 같았다. 《목마른 계절》

**쿠룩쿠룩** 터져 나오는 웃음을 참을 때 나는 소리. ¶허성 씨의 이 말에 초희는 짓눌린 듯 쿠룩쿠룩 웃음을 오래 웃었다. 《휘청거리는 오후 1》

**쿠사리**㊚ '핀잔'을 속되게 이르는 말. ¶"…그냥 아침부터 재단사 아저씨한테 쿠사리

만 맞고, 점심 먹고 나니까 오전에 한 게
모조리 불량이라잖아…"《오만과 몽상 1》

**큰집**⑪ '교도소'를 속되게 이르는 말. ¶큰
집에 들어가 있는 사람 쉬이 나오고 더디
나오는 건 뒤에서 돈쓰기에 달렸다는 말
이 내 의식에 따끔따끔 걸렸다. 〈조그만
체험기〉

**큰코다치다** 크게 봉변을 당하거나 무안
을 당하다. ¶"쉿, 말조심해요. 그 집 노인
네 듣는데 행여 허튼소리 삼가요. 노인네
라고 무관하게 알았다간 큰코다칠 테니."
《목마른 계절》 ¶"그러게 내 뭐랬시니까.
왜놈한테 알랑대서 나라 팔아먹는 일에
앞장선 걸 출세한 걸로 아는 것도 친구라
고 상종했다간 큰코다칠 거라고 안 했시
니까."《미망 2》

# ㅌ

**태산 명동(泰山鳴動)에 서일필(鼠一匹)**ⓢ 무엇을 크게 떠벌리기만 하고 실제의 결과는 보잘것없이 변변치 못하였다는 것을 이르는 말. ¶조사 결과 사건 자체를 헛짚었든지 소문보다는 경미한 사건이었든지, 신문은 쉽게 흥분했던 것처럼 쉽게 식어 버려 그 뒷소식은 오리무중이 되었고, 혐의자들도 거의 다 석방되었다. 태산 명동에 서일필 격으로 오로지 아버지만이 기소되고 재판에 회부됐다. 〈추적자〉

**태평성대(太平聖代)** 태평한 세상이나 시대. ¶앞날을 걱정하는 건 태평성대에나 할 짓이다. 전시에는 그날 안 죽는 게 가장 중요한 과제라는 걸 모르면 그걸 아는 자의 짐이 되기 십상이다. 《그 산이 정말 거기 있었을까》

**터덜터덜** 지치거나 무거운 발걸음으로 힘 없이 계속 걷는 모양. ¶차 잡기 어려운 시간에 괜한 거짓말을 해서 아까운 차편을 놓치고 터덜터덜 지하철 입구를 찾아 걷기 시작했다. 〈복원되지 못한 것들을 위하여〉

**터주가리** 터주로 모시는 짚단. (동) 꽈리나 무가 있는 곳과 반대쪽엔 터주가리가 있었다. 터주가리란 터줏대감을 모셔 놓은 곳으로 짚으로 된 원추형의 어른 키만 한 고깔인데 집집마다 뒤란엔 그게 있었다. 《옛날의 사금파리》

**턱찌끼** '턱찌꺼기'의 준말. 먹고 남은 음식.

¶친할머니는 배로 늘어난 병자로 눈코 뜰 새 없이 바빠지고 할아버지는 화초 할머니가 남긴 턱찌끼나 얻어먹는 신세가 되었다. 〈저물녘의 황홀〉

**털벌레** 털이 부스스하게 난 벌레. ¶인철이 말꼬리를 부드럽게 처뜨리면서 그 여자의 손을 슬쩍 어루만졌다. 그 여자는 털벌레라도 닿은 것처럼 기겁을 해서 그것을 털어 버리고서는 일어나서 뒷걸음질쳤다. 《살아 있는 날의 시작》

**털어서 먼지 안 나는 사람 없다**ⓢ 누구나 그의 결점을 찾으려고 뜯어보면 조금도 허물이 없는 사람은 없다는 말. ¶이 땅에 미만한 털어서 먼지 안 나는 사람 있나, 하는 더러운 인간관도 어쩌면 외도 안 하는 것도 남잔가, 하는 여자들의 남자 보는 눈에서 비롯된 것처럼 그것의 뿌리 깊기는 가히 고전적이었다. 《살아 있는 날의 시작》 ¶"저희들끼리 실컷 찧고 까불라구. 털어서 먼지 안 나는 사람 없다 카지만 난 잘못한 거 하나 없으니까." 〈지 알고 내 알고 하늘이 알건만〉

**토악질** 먹은 것을 게워 냄. ¶혁주는 울컥 치미는 혐오감을 얼버무리기 위해 돌아서서 담배를 피워 물었다. 차멀미 할 때 미식미식하다가 별안간 토악질이 치미는 것처럼 걷잡을 수 없는 혐오감이었다. 《그대 아직도 꿈꾸고 있는가》

**통각(痛覺)** 고통스러운 감정이 따르는 감

각. ¶ 친한 부자지간에나 가능한 그런 활기 넘치는 친화의 관계가 나에겐 견디기 어려운 통증을 일으켰다. 나는 그런 통각이 부끄러웠지만 어쩔 수가 없었다. 〈저 문 날의 삽화 1〉

**통한(痛恨)** 몹시 가슴 아프게 여기는 것. ¶ 할머니가 무당 말만 믿고 일각을 다투는 아버지의 병을 푸닥거리로 고치려 한 데 대한 엄마의 통한은 여간 집요하지 않았다. 《그 많던 싱아는 누가 다 먹었을까》

**퇴영(退嬰)** ① 물러나 어린애로 됨. ¶ "그럴 리가, 친할아버지가 그럴 리가, 할아버지는 저를 고아원에다 버렸다니까요. 아이스케키도 안 사 주고…" 그는 가뜩이나 보잘것없는 자신이 유아로 퇴영해 가는 것 같은 자포자기한 심정으로 이렇게 부르짖었다. 〈재이산(再離散)〉 ② 뒤로 물러나서 가만히 틀어박혀 있음. ¶ 분주하게 움직이고 떠들고 있었음에도 불구하고 어딘지 세상을 등진 퇴영의 집단같이 후지고 무기력하고 정지돼 보였다. 《도시의 흉년 3》

**퇴하다** 받지 않고 물리치다. ¶ 종상이도 그 잔치를 구경하면서 딸하고 한번 선을 뵌 일이 있는 신랑이라 그런지 남들의 자자한 칭송에 동감하면서도 한편 마음 한 구석이 아렸었다. 퇴한 자리건만 뒤늦게 아깝다는 생각이 들었다. 《미망 3》

**트릿하다** 맺고 끊는 데가 없이 희미하고 똑똑하지 않다. ¶ "아줌마들, 트릿하게 굴면 앞으로 국물도 없을 줄 알아요…" 《나목》

**튼실하다** 튼튼하고 실하다. ¶ 종상이가 안방에 들었을 때 태임이는 마침 바느질을 끝낸 여란이의 가을 겨울옷을 튼실한 가

죽 트렁크에 차곡차곡 쟁이는 중이었다. 《미망 3》

**틈서리** 틈이 난 부분의 가장자리. ¶ 모든 문은 열리기 위해 있는 줄 알았던 그녀에게 아버지 서재의 문은 최초의 불가사의였고 최초의 전혀 틈서리 없는 절망이었다. 《서 있는 여자》

**티끌 모아 태산(송)** 아무리 작은 것이라도 모이고 모이면 나중에 큰 덩어리가 됨을 이르는 말. ¶ 생각이 이에 미치면 오목이는 여지껏 힘들여 이룩했다고 믿었던 행복과 함께 티끌 모아 태산으로 한 푼 두 푼 모은 대견하고 단단한 적금 통장까지가 어디론가 모래처럼 흘러내리는 허망한 느낌에 사로잡히곤 했다. 《그해 겨울은 따뜻했네 2》 ¶ "…비록 그 가치가 티끌만 한 것일지라도 없을 땐 그거라도 모아야지 어떡해요. 티끌 모아 태산이란 말도 있잖아요?…" 〈저녁의 해후〉

# ㅍ

**파김치가 되다** 몹시 지쳐서 기운이 아주 느른하게 되다. ¶그들은 아주 가끔씩 따로따로 시내에 볼일이 생겼고, 시내에 나갔다 들어올 적마다 파김치가 되곤 했다. 〈저문 날의 삽화 5〉

**파다(播多)하다** 소문 따위가 널리 퍼져 있다. ¶새로 이사 온 지 사흘만 되면 그 집 주인의 직업은 물론, 부엌의 숟가락 수, 한 달에 연탄을 몇 개 때는 것까지가 신기한 소문이 되어 동네에 파다했다. 〈나의 아름다운 이웃〉

**파란만장(波瀾萬丈)** 사람의 생활이나 일의 진행이 여러 가지 곡절과 시련이 많고 변화가 심함. ¶"…평탄하게 산 여자도 아닌 파란만장하게 산 여자의 과거란 아무리 능란한 호리꾼도 서두르는 게 제일 금물이다 이 말씀이야."《욕망의 응달》

**파르르하다** 대수롭지 아니한 일에 발칵 성을 내다. ¶창희 년이 내 방까지 따라 들어와 따지는 거예요. 창희가 제 언니에 비해 성미가 좀 파르르하잖아요. 〈나의 가장 나종 지니인 것〉

**파리끼하다** '파르스름하다'보다 좀 더 차가운 느낌. ¶뺨이 파리끼한 게 그녀의 도도함을 한층 서슬 푸르게 했다.《미망 2》

**파리를 날리다** 영업·사업 따위가 번성하거나 바쁘지 않고 아주 한가하다. ¶그 말대로라면 내가 취직한 초열흘경은 파리를 날려야 하는 동안인데 나날이 매상이 급상승을 하고 있었다.《그 산이 정말 거기 있었을까》 ¶…시장 속 닭집은 파리를 날리고 꼬꼬센타는 성업중이었다.《오만과 몽상 1》

**파삭파삭** 습기 없이 바스러질 듯한 모습. ¶늘 뭔가를 주장하고 나설 것처럼 정직한 눈빛은 아슬아슬하도록 강경해지고, 생전 아무도 주장할 성싶지 않게 시들은 입술은 힘겨운 자제력으로 파삭파삭 메말랐다.《살아 있는 날의 시작》

**파수(破水)** 분만 때에 양수가 터져 나오는 일. 또는 그 양수. ¶언제 파수했는지 고쟁이는 이미 펑하게 젖어 있었다. 〈그 가을의 사흘 동안〉

**파양(罷養)** 양자의 인연을 끊음. ¶"영락없이 파양을 하잔 소리 같구려." "난 그런 건 몰라요. 괜히 덤터기 씌울 생각일랑 마시우. 양자 들일 때도 미리 귀띔 한마디 안 하신 양반이."《미망 3》

**파죽지세(破竹之勢)** 적을 거침없이 물리치고 쳐들어가는 기세를 이르는 말. ¶그때까지 이승만 정부가 장담해 온, 만약 전쟁이 나면 파죽지세로 밀고 올라가 점심은 평양에서 저녁은 압록강에서 먹으리라는 선전을 그대로 믿은 건 아니라 해도 세뇌 효과는 무시 못했다.《그 많던 싱아는 누가 다 먹었을까》

**파파늙은이** 파파노인(皤皤老人). 머리털이 하얗게 센 늙은이. ¶노 여사는 그 동

안 너무도 흉한 파파늙은이로 변해 있어서 모두 숨을 죽이고 입을 다물고 서로 쳐다보기만 했다. 〈천변풍경〉

**판에 박은 듯하다** 사물의 모양이 한결같이 똑같다. ¶…전 영감이 판에 박은 듯 자신을 닮은 어린것을 남기고 죽으면서 뒷일을 부탁하는 유언 한마디, 못 잊어 하는 내색 한번 없었다는 건 도무지 이해할 수가 없었다.《미망 2》

**팔난봉** 가지각색의 온갖 난봉을 부리는 사람. ¶자명의 어머니는 윤명의 아버지를 세상의 몹쓸 팔난봉으로 단정을 내리고 있었다.《욕망의 응달》

**팔랑팔랑** 얇은 물체가 매우 빠르게 흔들거리는 모양. ¶화랑에서 포식하고 온 날 나는 시집을 팔랑팔랑 넘겨 노란 프리지어를 한 송이 찾아냈다. 〈엉큼한 장미〉

**팔월 한가위에는 가난한 집 며느리도 배탈이 난다** 식량이 귀할 때 한 집안에서 가장 못 먹는 게 며느리이니까 가난한 집에서는 더욱 배를 주리며 살게 된다. 그런 며느리가 배탈이 날 정도로 충분히 먹을 수 있다는 뜻이니, 팔월 한가위의 풍성함, 특히 먹을 것의 풍성함을 나타낸 말. ¶"이득 본 줄 알고 이천 원씩 더 얹어준 건 어떡하구…" "이천 원씩 다섯 시간이라면 만 원이에요. 가난한 집 며느리도 배탈이 난다는 팔월 한가위에 만 원쯤 낭비한 걸 뭘 그렇게 오래 속에 담아 두고 그래요." 〈저문 날의 삽화 4〉

**팔이 안으로 굽는다㊁** 자기와 가까운 사람에게 정이 쏠림은 인지상정이라는 말. 팔이 들이굽지 내굽나. ¶팔은 안으로 굽는다고, 차차 그들이 베푸는 사랑이 아니

꼽게 느껴졌다. 누가 사랑해 달랬나?《미망 2》¶"아니다. 그럴 리가 있나? 팔은 안으로 굽게 마련인데. 그렇지만 여자 다루는 법에 대해선 조금 귀띔을 했지. 그 친구 영 답답해서. 다 좋은데 박력이 모자라."《그해 겨울은 따뜻했네 1》

**팔자 도망은 못한다㊁** 운명은 아무리 피하려고 하여도 피할 수 없다는 말. 팔자는 독에 들어가서도 못 피한다. ¶두 사람이 설사 미워했더라도 만나 함께가 되지 않고는 못 배겼을 것 같은 계획적이고도 집요한 운명의 촉수를 늘 느껴 왔기에, 사랑을 이룩했다는 승리감보다는 팔자 도망은 못 친다는 패배감 먼저 느껴야 했는지도 모른다.《미망 2》¶"어떡하니? 모든 걸 팔자거니 하고 참고 삭여야지. 팔자 도망은 아무도 못하는 거란다." 어머니의 말씀은 나에게 적이 위안이 되었다. 〈움딸〉

**팔자가 사납다** 기박한 운명을 타고나다. ¶제 팔자가 사나워서 과부가 됐다면 속상할 때는 더러 구박도 할 수 있으련만 이건 번연히 과부 만들 줄 알고 데려온 며느리니 늘 떳떳지가 못해 눈치 보고 상전처럼 떠받들던 게 아주 굳어 버렸으니 이제 와서 버릇 좀 고쳐 봐야겠다고 아무리 별러 봤댔자 말짱 허사였다.《미망 1》¶"저도 팔자가 사나워 이렇게 됐어도 아주 나쁜 년은 아니에요."《도시의 흉년 2》

**팔자를 고치다** 과부가 다시 결혼하다. ¶"언니, 언니가 지금 한두 살 먹은 어린애유? 망신살이 뻗어두 분수가 있지. 한번 팔자 사나운 여자가 팔자 고친다고 시원해질 줄 알우. 어림도 없어요…뭘 못해서 첩 노릇을 할 게 뭐유?"《도시의 흉년 1》

**팡파짐하다** 퍼진 모양이 꽤 둥그스름하게 넓적하다. (동) 윗방…한구석에 엉덩이가 팡파짐하고 목이 훤칠한 커다란 식초병이 있었다. 《옛날의 사금파리》

**팥으로 메주를 쑨대도 곧이듣는다**(속) 남의 말을 곧이곧대로 잘 믿음을 이르는 말. ¶ 영감이 하는 일이라면 팥으로 메주를 쑨대도 옳다고 믿게끔 길들여진 마누라 홍씨까지 어느새 망령이 났느냐고 대들 만큼 그 일은 누가 보기에도 부당해 보였다. 《미망 1》 ¶ 그의 눈은 어질뿐더러 팥으로 메줄 쑨대도 믿어 주고 싶게 성실해 보이기도 했다. 〈겨울 속 연인들〉

**패각**(貝殼) 조가비. 조개껍데기. ¶ 나에겐 또한 남편이나 자식들의 것 같은 스스로를 위한 패각도 없다. 〈어떤 나들이〉

**퍼더버리고 앉다** 다리를 오므리거나 뻗거나 아무렇게나 하고 제멋대로 편하게 앉다. ¶ 어멈은…부뚜막에 퍼더버리고 앉아 찬밥을 깍두기 국물에다 쓱쓱 비볐다. 《미망 3》 ¶ 여자가 평상에 퍼더버리고 앉아 넓적한 얼굴을 허물고 아이를 얼렀다. 〈애 보기가 쉽다고?〉

**펄러덩펄러덩** 넓은 것이 바람에 크게 휘날리는 모양. ¶ 나는 각종 학원의 아크릴 간판의 밀림 사이에 '부끄러움을 가르칩니다' '부끄러움을 가르칩니다'라는 깃발을 펄러덩펄러덩 훨훨 휘날리고 싶다. 아니, 굳이 깃발이 아니라도 좋다. 조그만 손수건이라도 팔랑팔랑 날려야 할 것 같다. 〈부끄러움을 가르칩니다〉

**펑퍼짐하다** 둥그스름하고 편편하게 옆으로 퍼져 있다. ¶ 윤상하 선생의 고가는 예나 다름없이 펑퍼짐한 언덕을 온통 마당

삼고 외롭게 서 있었으나, 주위의 규모가 일정한 작은 양옥이 다닥다닥 들어서서 그런지 왕년의 위엄과 기품은 간데없고 퇴락한 산신당처럼 흉흉해 보였다. 〈침묵과 실어〉

**편수** 밀가루 반죽한 것을 얇게 밀어 여기에 채소로 만든 소를 넣고 네 귀를 서로 붙여 끓는 물에 익혀 장국에 넣어 먹는 여름 음식. 특히 개성 지방에서 많이 해 먹는다. 변씨 만두. ¶ 태임이는 드난꾼들이 깰세라 가만가만 잽싸게 편수를 삶아 알맞게 익은 나박지와 함께 상을 봐 왔다. 양지머리를 곤 맑은 장국에 떠 있는 편수가 꽃봉오리처럼 어여쁘고 앙증맞았다. 《미망 2》

**편집광**(偏執狂) 어떤 사물에 집착하여 몰상식한 행동을 예사로 하는 정신 장애인. ¶ "당신 정말 끝끝내 이렇게 무슨 편집광처럼 굴기야?" "절 편집광을 안 만들려면 우선 당신이 제 말을 믿어 줘야 해요." "그래, 그래. 내 믿지. 당신이 보았다는 걸." 민우가 드디어 체념한 듯이 무성의하게 말했다. 《욕망의 응달》

**평안 감사도 저 싫으면 그만이다**(속) 아무리 좋은 일이라도 제 마음에 들지 않으면 억지로 시키기 힘들다는 말. ¶ "믿을 수가 읎네그려. 아무리 평안 감사도 제 싫으면 그만이라지만 있는 집 자식이건 읎는 집 자식이건 꿈에라도 한번 써 보고 싶어 하는 사각모를 마다하고 양말 공장 일 하겠다니." 《미망 2》

**폐촌**(廢村) 흔적만 있고 사람이 살지 않는 마을을 이르는 말. ¶ 여자들은 거기 누가 머물든 관심이 없었다. 누가 머물든 이제 폐촌처럼 퇴락하고 인기척이 숨을 죽인

마을을 해코지하지도 않았지만, 이롭게 해 줄 리도 없었기 때문이다. 〈그 살벌했던 날의 할미꽃〉

**포달을 부리다** 포달스러운 짓을 하다. '포달'은 암상이 나서 악을 쓰고 함부로 대드는 일. ¶여자가 발로 방바닥을 쾅쾅 구르며 포달을 부렸다. 여자가 던져 준 라이터는 그날 밤 없어진 그의 라이터였다. 〈유실〉

**포말(泡沫)** 물거품. ¶맨 나중 제일 구석진 곳에 포말의 집이라는 게 있다. 〈포말의 집〉

**포복절도(抱腹絕倒)** 배를 그러안고 넘어질 정도로 몹시 웃음을 형용하는 말. ¶오공과 유신 시대를 풍자한 콩트들은 어찌나 신랄하고 재미가 있는지 서서 몇 페이지만 읽고도 포복절도를 할 지경이었다. 〈복원되지 못한 것들을 위하여〉

**포악을 부리다** 포악한 말이나 짓을 하다. '포악(暴惡)'은 사납고 악함. (산) 만일 그때 나에게 포악을 부리고 질문을 던질 수 있는 그분조차 안 계셨더라면 나는 어떻게 되었을까, 가끔 생각해 봅니다만 살긴 살았겠죠. 〈한 말씀만 하소서〉

**포함을 주다** (무당이 귀신의 말을 받아서) 호령하다. ¶손태복 씨보다 마님이 먼저 입에 게거품을 물고 포함을 주었다. 《미망 2》

**포효(咆哮)** 큰 소리를 내거나 크게 외침. ¶그를 몸부림치게 하는 게 결코 낯모르는 사람들에 대한 친애감일 리는 없었다. 그것은 포효하고픈 울분이었다. 《휘청거리는 오후 1》

**퐁당퐁당** 겁 없이 어른에게 말대답하는 모양. ¶…아니 계집애가 어른한테 한마디도 안 지고 저렇게 퐁당퐁당 말대답을 해서야 장차 시집살이를 어찌할꼬…《미망 2》

**표리(表裏)** 안과 밖. ¶남자의 우월감과 열등감은 얼마나 얇은 백지장의 표리인 것일까. 《휘청거리는 오후 2》

**표표히(飄飄−)** 나부끼는 모양이 가볍게. ¶눈 속에 표표히 휘날리는 두루마기 자락과 뾰죽하게 동정을 지나 깃을 덮은 남바위의 뒷모습을 태남이는 무한히 경애하는 마음으로 뒤쫓았다. 《미망 2》 ¶숟가락 하나도 집안 것은 안 건드리고 오로지 당신의 단 하나의 재간인 바느질 솜씨만 믿고 어린 아들의 손목을 부여잡고 표표히 박적골을 떠났다. 〈엄마의 말뚝 1〉

**푸듯이** 조용하게 있다가 불쑥 말하지만 혼잣말처럼 힘없이 말하는 모양. ¶"그때는 좋았었지…" 나는 늙은이처럼 푸듯이 뇌까리고 벽에 걸린 기타의 젤 굵은 줄을 엄지와 검지로 잡았다 놓으니 음산한 저음이 둔중하게 울렸다. 《나목》 ¶…말희가 짐짓 비통한 얼굴을 하고 푸듯이 한마디 했다. "아냐, 이건 새 출발이 아냐, 자포자기일 거야."《휘청거리는 오후 2》

**푸르뎅뎅하다** 지저분하게 푸르스름하다. (산) 개성 사람 버선은 옥시설처럼 희고, 서울 사람 버선은 푸르뎅뎅하게 희고, 일산·금촌 사람 버선은 불그죽죽하게 희다고 했다. 〈개성 사람 이야기〉

**푸르죽죽하다** 칙칙하게 푸르스름하다. ¶…뜻밖의 순산이었다. 푸르죽죽한 조그만 핏덩이가 겨우 모깃소리만 한 첫울음을 울었다. 《도시의 흉년 1》

**푸새** 옷 따위에 풀을 먹이는 일. ¶새댁한테 속곳이나 양말, 버선 따위 빨래를 들키

면 영락없이 빨아서 푸새까지 해서 다릴
건 다리고 다듬을 건 다듬어서 갖다 놓는
지라 앞으로는 어떻게든 그런 신세만은 지
지 않으려고 단단히 결심을 하고 있었다.
《미망 3》

**푹하다** 겨울 날씨가 퍽 따뜻하다. ¶동짓
달이었다. 며칠 전 큰 눈이 한번 오고 나
서 푹한 날이 계속되고 있었다. 《미망 2》

**푼더분하다** 모자람이 없이 넉넉하고 두둑
하다. ¶"(양인이)…꼬리가 달린 것 같진
않던뎁쇼. 벗겨 보진 못했지만 바지가 넣
고 꿰맨 것처럼 꽉 껴서 푼더분한 데라곤
없으니 어드메 어드렇게 꼬리를 사려두었
겠시니까?" 《미망 1》

**푼푼하다** 모자람이 없이 넉넉하다. ¶타
고난 노랭이라고 간단히 치부해 버리자니
삼농에 들어가는 물자나 인건비 지출은
또 지나치리만치 푼푼했다. 《미망 3》

**풀 방구리에 쥐 드나들 듯**(속) 자주 드나드
는 모양을 두고 이르는 말. ¶…어멈은 대
청마루나 하루 두 번씩 휘어 물걸레질해
주고 나면 온종일 부엌을 풀 방구리 쥐 드
나들 듯하면서 주인집 먹다 남은 거 빼돌
릴 궁리만 했다. 《미망 3》 ¶…점심을 하
루 두 번 먹을 순 없고, 만만한 건 그저 고
급 호텔의 비싼 커피숍이었다. 처음엔 어
릿어릿 서툴기만 하던 데가 풀 방구리 쥐
드나들 듯하는 새에 능숙하고 만만해졌
다. 〈내가 놓친 화합〉

**풀풀** 풀이나 머리칼 옷자락이 날리는 모습.
¶약간 긴 듯한 머리가 풀풀 날리는 게 보
기 좋았다. 〈저문 날의 삽화 2〉

**품 안의 자식**(속) 자식이 어렸을 때는 부모
의 뜻을 따르지만 자라서는 제 뜻대로 행

동하려 함을 이르는 말. (산) 나는 그때 아
들에 대해 새롭게 알았다. 품 안의 자식인
줄로만 알았던 아들이, 알아 버렸다가 아
니라 알아야 할 무진장한 걸 가진 대상으
로 우뚝 섰을 때 얼마나 대견했던지… 〈한
말씀만 하소서〉

**풋풋하다** 푸르고 싱싱하다. (산) 나의 풋
풋하던 날의 감성을 마치 악마의 속삭임
처럼 감미롭고도 어둑시근하게 뒤흔들던
'악의 꽃'의 시인 보들레르도 같은 몽파르
나스 묘지에 묻혀 있었다. 〈몽마르트르
언덕과 몽파르나스 묘지〉

**풍광명미(風光明媚)** 자연의 경치가 맑고 아
름다움. ¶말이 지방 대학이지 서울과의
교통편은 출퇴근에 불편이 없을 정도로 좋
았고, 금상첨화로 풍광명미하기까지 했다.
《살아 있는 날의 시작》 ¶그녀의 볼은 고
향의 흙처럼 생명감에 넘쳐 있었고 그녀의
눈엔 풍광명미한 고향의 산천이 송두리째
담겨져 있었다. 〈땅집에서 살아요〉

**풍전등화(風前燈火)** 바람 앞의 등불이라는
뜻으로, 사물이 매우 위험한 처지에 놓여
있음을 이르는 말. ¶…근숙이 언니하고
둘만 남자 졸지에 운명이 풍전등화가 된
것처럼 불안했다. 《그 산이 정말 거기 있
었을까》

**풍차바지** 마루폭에 풍차를 달아 지은 어린
아이의 바지. '풍차'는 어린아이의 바지나
고의의 마루폭에 좌우로 길게 대는 헝겊
조각. ¶계집애들도 치마 밑에 엉덩이를
쉽게 깔 수 있는 풍차바지를 입을 때였다.
《그 많던 싱아는 누가 다 먹었을까》

**풍채바지** 풍차바지. ¶그때 나는 치마 속
에 쉽게 엉덩이를 깔 수 있는 풍채바지를

입고 있었다. 〈엄마의 말뚝 1〉

**피 보다**ⓗ 손해를 보거나 일 따위가 잘 안 되다를 속되게 이르는 말. ¶말이야 바른 대로 말이지 이번엔 나 구가 때문에 피 봤다, 피 봤어.《도시의 흉년 2》¶"친구들하고 등산 가기로 맞췄어요. 아버진 등산 간다면 허락해 주지 않거든요. 저도 부모가 이혼한 덕도 좀 봐야죠. 피만 볼 나이는 지났어요."《서 있는 여자》

**피가 거꾸로 솟다** 매우 흥분한 상태를 이르는 말. ¶"아아니 누가 함부로, 누구 승낙을 받고…" 진이는 온몸의 피가 거꾸로 치솟는 걸 느낀다.《목마른 계절》¶"…내가 아무것도 모르는 줄 알고 너 주둥아리 함부로 놀리지만 나 다 알아. 그 늙은 놈팡이를 보는 순간 내 피가 거꾸로 치솟는 것 같더라. 누구냐 응? 누구야? 그 늙은 놈이."《살아 있는 날의 시작》

**피가 마르다** 몹시 괴롭거나 애가 타다. ¶기다리는 시간처럼 더딘 건 없다는데 어떻게 된 게 한순간 피가 마르는 것처럼 지리한데, 약속 시간에서 한 시간을 넘기고 또 한 시간을 넘기기는 퍼떡퍼떡 눈 깜짝할 사이 같았다.《휘청거리는 오후 1》¶그 여자는 시계를 보았다. 고사 종료 시간에서 오 분을 남겨 놓고 있었다. 그 여자는 그 마지막 오 분 동안에 피가 마르는 듯한 조바심을 느꼈다.《살아 있는 날의 시작》

**피골상접(皮骨相接)** 살가죽과 뼈가 맞붙을 정도로 몹시 마름. ¶잠든 아기가 천사라면 잠든 노인은 신선이었다. 피골이 상접한 작은 몸에서 향내라도 풍길 듯이 비현실적으로 우아했다.《살아 있는 날의 시작》¶…병자는 눈 뜨고 바로 보기 민망하도록 피골이 상접해지더니 어느 날 숨을 거두었다.〈황혼〉

**피는 물보다 진하다**ⓢ 혈통은 속일 수 없어, 남보다도 집안 간의 연결은 강하다는 말. ¶피는 물보다 진하다가 아니라 이념은 피보다 진한 셈인가, 제기랄 하고 집구석에서 시누이, 올케끼리 마주 보고 앉았자니 답답하고 싱겁기가 이를 데 없다.《목마른 계절》

**피도 눈물도 없다** 인정이나 동정심이 없다. (산) 사회적으로 존경받는 부모가 무조건적인 사랑을 갈망하는 의존적인 자녀에겐 피도 눈물도 없는 위선자로 보일 수도 있다.〈한 길 사람 속〉

**피돌기** 몸 안에서 핏줄을 따라 피가 도는 일. (산) 경제라는 피돌기가 멈추지 않도록 활력을 공급하는 일이야말로 돈 있는 사람이 할 수 있는 고통 분담이다.〈지금 우리의 심정〉

**피장파장**ⓢ 서로 매일반이라는 말. ¶"영감 나무래 뭐 하겠시니까. 쟤 에미 버릇은 내가 망쳐 놓았고, 쟤 버릇은 영감이 망쳐 놓으려 드니 서로 피장파장이죠."《미망 1》

**피접(避接)**ⓗ '비접'의 원말. 앓는 사람이 다른 곳으로 자리를 옮겨서 요양함. ¶"…부잣집에서 어드렇게 사인교도 안 부르고 며느리를 걸려서 피접을 보내남…"《미망 1》¶"…딸자식도 자식이라 친정이라고 피접을 온 거 차마 내치진 못하지만 이왕 출가외인 된 거 천금 같은 내 손주에 비하겠느냐?"《미망 1》

**필름이 끊기다** 기억이 어느 순간부터 나지 않을 때를 이르는 말. ¶그는 처음 경험한

기억의 단절 상태, 젊은이들이 흔히 말하
는 필름이 끊긴 동안에 대해 두려움을 느
꼈다. 〈유실〉

**필부**(匹婦)  신분이 낮고 보잘것없는 계집.
¶철저한 필부로 살아서 비록 산 자취는
없다고 하나 예전 같으면 천수를 누렸다
할 환갑을 넘긴 나이니 오래 살았달 수 있
고 산 날이 오래니 죽을 날이 어찌 가깝지
않으랴. 〈저물녘의 황홀〉

**핑계 없는 무덤이 없다**(속)  무슨 일에라도
반드시 핑계는 있다는 말. ¶핑계 없는 무
덤은 없다고 이번 돌림병도 빌미는 거의
뉘 집 혼인 잔치, 아무개네 환갑 잔치 등
음식과 사람이 모여 흥청대는 것과 관계
가 있었기 때문에 사람들은 스스로 잔치
를 삼갔고 사람이 죽어도 손도 맞은 집구
석처럼 식구끼리 격식도 없이 치르고 말
았다. 《미망 2》

# ㅎ

**하꼬방**⒝ 판잣집을 속되게 이르는 말. 〈산〉 천변 쪽 하꼬방들은 전면 말뚝만 지상에 박고 뒷면을 개천 쪽으로 추녀처럼 내밀고 말뚝을 개천에 꽂고 있었다.〈50년대 서울 거리〉

**하나를 가르치면 열을 안다**⒮ 하나를 들으면 백을 안다. 촉기 빠르고 총명함을 이르는 말. ¶맏이가 미워서도 병약해서도 아니었다. 병약해진 건 청년기로 접어들어서였고 어려서는 씩씩하고 하나를 가르치면 열을 아는 총명한 아이였다.《미망 1》¶만득이는 총명하여 하나를 가르치면 열을 알고 생긴 것 또한 관옥 같았다.〈그 여자네 집〉

**하나를 보면 열을 안다**⒮ 일부만 보고 전체를 미루어 안다는 말. ¶"…하나를 보면 열을 안다고 아까 너 양말 신는 것을 보고 있으려니 남자들한테 얼마나 헤프게 구나가 빤히 보이는 것 같더라. 사내 녀석들은 일단은 도둑놈으로 보고 탐낼 만한 것은 감추고 사는 게 수야…"《도시의 흉년 1》¶세상에 그게 어떤 시누이인데 감히 제까짓 게 그렇게 박대를 할 수 있을까? 하나를 보면 열을 안다고 어린것도 그렇게 내버리다시피 할 것 같아 불현듯 뒤쫓아 가 빼앗아 오고 싶은 생각이 났다.《미망 1》

**하나만 알고 둘은 모른다**⒮ 사물의 한 측면만 보고 두루 보지 못한다는 뜻으로, 생각이 밝지 못하여 도무지 융통성이 없고 미련하다는 말. ¶"장모님도 참, 왜 하나만 알고 둘은 모르십니까. 그놈들을 벌하기 전에 왜 그런 놈들한테 호락호락 사기를 당했느냐가 우선 문제가 되고 사회적인 웃음거리가 되는 겁니다…"《도시의 흉년 3》¶"넌 하나만 알고 둘은 모르는 애구나. 며칠 있다 들어가면 엄마만 혼날 줄 알지만 결국은 네 손핼걸. 후기 학교 시험 볼 날을 놓치고 말았으니까. 넌 어떡하든 후기 시험을 봐야 해."《그해 겨울은 따뜻했네 1》

**하늘 무서운 말**⒮ 사람의 도리에 어긋나 천벌을 받을 만한 말을 이르는 말. ¶"…어르신네 돌아가시고 저만 입 다물고 있으면 그 애는 이 세상에 없는 거나 마찬가지가 아니겠시니까." "그런 하늘 무서운 소리 말아요. 하늘이 알고 그 에미의 넋이 아는 목숨을 감히 어찌 우리가 읎앨 수 있겠소."《미망 1》¶"애, 우리 피차 살 날이 창창한 것도 아닌 늘그막에 그런 하늘 무서운 소린 안 하도록 하자."〈해산 바가지〉

**하늘과 땅** 둘 사이에 큰 차이나 거리가 있음을 이르는 말. ¶전처만은 자신이 한 짓과 이성이가 한 짓과는 하늘과 땅만큼의 차이가 있다고 생각하고 있었다.《미망 1》

**하늘을 보아야 별을 따지**⒮ 어떤 성과를 거두려면 그에 상당하는 노력과 준비가 있어야 한다는 말. ¶"그래, 그래. 네 책상보만큼 애를 낳으면 한 죽도 넘어 낳겠다."

"호호…, 그러나저러나 하늘을 봐야 별을 따지." "휴…" 이번에는 기나긴 한숨이다. 《목마른 계절》 ¶ …하늘을 봐야 별도 딴다는 속담도 교하댁에 한해선 해당되지 않았다. 그녀는 그 사 년 동안에 아이를 둘이나 더 낳았기 때문이다. 〈가(家)〉

**하늘을 쓰고 도리질 한다**(속)　세력이 등등하여 그 세력을 믿고 두려운 것이 없는 듯이 행세함을 이르는 말. ¶ 어둑한 낙지 집에서 혓바닥에 쩍쩍 늘어붙는 낙지회로 소주잔을 기울일수록 이 두 남자끼리는 기세가 등등해진다. 하늘을 쓰고 도리질인들 못하랴 싶다. 《휘청거리는 오후 2》 ¶ (교하댁은)…세간을 나서 처음으로 제 집을 갖게 됐을 때처럼 다섯 자 키로 하늘을 쓰고 도리질을 할 기세였다. 〈가(家)〉

**하늘의 별 따기**(속)　무엇을 얻거나 성취하기가 매우 어려운 경우를 이르는 말. ¶ "그러니까 저 같은 사람이 은행 돈 만져 보기는 그야말로 하늘의 별 따기 아닙니까?…" 《휘청거리는 오후 1》 ¶ 워낙 자리가 좋으니까 말이 그렇지 남향에다 삼층이면 하늘에 별 따기 흔한 게 아니라구요. 〈흑과부〉

**하늘이 돈짝만 하다**(속)　어떤 충격으로 정신이 얼떨떨하여 사물이 제대로 보이지 아니함을 이르는 말. ¶ "…여자가 애를 비릇을 때 어드렇다는 건 너도 겪어 보진 못했지만 듣기는 했을라. 여북해야 휘어잡은 문지방이 물렁물렁해지고 하늘이 돈짝만 해져야 애가 에미 몸을 빠져나온다지 않던?…" 《미망 2》

**하늘이 무너져도 솟아날 구멍이 있다**(속)　아무리 어려운 경우에 처하더라도 살아 나갈 방도가 있다는 말. ¶ "잘 생각하셨어요. 참 잘 생각하셨어요." 나는 희색이 만만해졌다. 하늘이 무너져도 솟아날 구멍이 있다더니, 이런 경우를 두고 이름이었나 하는 생각이 들었다. 《도시의 흉년 3》

**하던 지랄도 멍석 펴 놓으면 안 한다**(속)　여느 때에는 시키지 않아도 일껏 잘하던 일도 더욱 잘하라고 남들이 떠받들어 주면 안 한다는 말. ¶ "멍석 깔아 놓으면 허던 장난도 안 헌다더니 내 자식 놈들이 그 짝이라네…" 《미망 3》 ¶ 하던 놀이도 멍석 깔아 놓으면 안 한다던가. 그러나 그건 철없는 어린애들한테 해당되는 얘기고 그녀의 나이도 어언 서른을 바라보고 있었다. 《미망 3》

**하루가 여삼추**(속)　짧은 시간이 매우 길게 느껴짐을 이르는 말. ¶ 이래저래 하루가 여삼추 같았다. 《미망 2》 ¶ 병원에선 달반도 후딱 갔는데 퇴원하곤 하루가 여삼추였다. 〈사람의 일기〉

**하룻강아지 범 무서운 줄 모른다**(속)　철없이 함부로 덤비는 경우를 이르는 말. ¶ "흥, 뻔때를 보여 줘야지. 하룻강아지 범 무서운 줄 모르고 덤벼도 분수가 있지, 우리가 누군 줄 알구. 제까짓 것들이 감히…" 《도시의 흉년 3》 ¶ 하룻강아지 범 무서운 줄 몰라도 유만부동이지, 하는 정도로 남의 일 보듯 하던 전쟁이 태남이의 귀띔으로 조선 독립과 맞물려 있다는 걸 알고 희망에 부픈 건 잠깐이었다. 《미망 3》

**하룻밤을 자도 만리성을 쌓는다**(속)　잠깐 사귀어도 깊은 정을 맺을 수 있음을 이르는 말. ¶ "벌써 역성이야. 하긴 하룻밤을 자도 만리장성을 쌓으랬으니까. 언니 참 그 뻐드렁니가 처음이유? 남자 경험 처음이냐 말야?"《그해 겨울은 따뜻했네 2》¶ "영감님도 참 음충맞긴. 하룻밤을 자도 만리장성을 쌓으랬다고 우리끼리 그런 사정도 못 봐줄까 봐 뭘 우물쭈물해요."〈유실〉

**하바리**囲 제일 뒤처진 사람을 속되게 이르는 말. ¶그러나 학교에선 수빈이도 나도 성적이 하바리에서 빌빌거리는 한심한 상태였다.《도시의 흉년 1》¶ "하빠리 막노동 자릴 누가 감히 사장님께 직접 부탁하겠어요? 하빠리 노동자야 부로커들 밥이죠. 그렇지만 사장님 같은 분이 유념만 해 주신다면 막노동꾼 하나 보내긴 손가락 하나 까딱하기밖에 더 되겠어요."《그해 겨울은 따뜻했네 2》

**하소하다** 하소연하다. 억울한 일이나 잘못된 일, 딱한 사정 따위를 간곡히 호소하다. ¶봄은 먼데 집집마다 식량은 바닥이 나고 있었고 하소할 데라곤 없었다.〈그 살벌했던 날의 할미꽃〉

**학을 떼다** 어떤 것에 질리다. ¶ "…혼자 사는 여자도 구하려니까 흔치 않은가 봅디다. 그중 몇 집이 겨우 구해서 월세를 주긴 주었는데 그 후에 학을 뗀 건 말도 못 해…."〈꽃을 찾아서〉

**학의** '적의(敵意)'의 오자. ¶내 앞에서 그는 어떻게든 서울 대학을 가야 된다는 부모의 광기에 꼼짝없이 사로잡힌 삼 년 재수생처럼 죽고 싶은 얼굴을 했다가, 엉뚱한 학의를 보였다가 했지만 나는 그를 쉽사리 자유롭게 해 줄 것 같지 않았다.〈지렁이 울음소리〉

**학질을 떼다** 괴롭거나 어려운 상황에서 간신히 벗어남을 비유하는 말. ¶ "아유 꼭

학질 뗀 것만큼이나 시원하네…"《목마른 계절》¶내가 가만히 조용히 있으니까 그가 학질이라도 뗀 것처럼 홀가분한 얼굴로 일어섰다. 그리고 말했다. "행복해, 부디 행복해야 돼."〈조각난 낭만〉

**한 귀로 듣고 한 귀로 흘린다**㈜ 남의 말을 주의 깊게 듣지 않고 무관심한 태도를 이르는 말. ¶싫어하는 과목 시간에는 수업은 한 귀로 듣고 한 귀로 흘리며 소설책을 읽는 못된 버릇이 있었고, 좋아하는 과목도 예습 없이 간간이 딴 생각도 좀 하면서 듣길 좋아했다.《그 많던 싱아는 누가 다 먹었을까》

**한 번 실수는 병가의 상사**㈜ 실수는 누구에게나 다 있다는 뜻으로, 처음의 실수를 위로하는 말. ¶ "여북해야 화적 떼가 되고 싶겠어?" "화적 떼는 내가 될 테니 형은 장삿길이나 잘 닦아요. 한 번 실수는 병가지상사라잖우?"《미망 2》

**한 사람 복으로 열 식구도 먹여 살린다** 집안에 한 사람만 복 있는 사람이 있어도 그 덕에 여러 식구가 먹고 살 걱정 안 해도 된다는 말. ¶ "…그만 하면 후하게 받은 거야. 한 사람 복으로 열 식구도 먹여 살린다더니 우리 아기 식복으로 우리 식구가 자그마치 한 해 동안이나 양식 걱정 안 하고 살게 됐으니 얼마나 고마우냐. 알겠는?"《미망 1》

**한 어미 자식이 오롱이조롱이**㈜ 한 어머니에게서 난 아이도 그 모양이나 성격 등이 다 다르다 함을 이르는 말. ¶신통한 것. 꼭 머슴애처럼 굴다가도 가끔가끔 그렇게 곰살궂은 데가 있단 말야. 오롱이조롱이라더니만 이런 재미에 세상 어버이들

이 여러 자식도 고된 줄 모르고 기르나 보지.《휘청거리는 오후 1》

**한 치 걸러 두 치**(속) 촌수나 친분은 멀어질수록 더욱 사이가 벌어진다는 말. ¶본처의 입장보다는 암만해도 한 치 건너 두 치인데도 하필 어젯밤에 아버지가 그곳에서 잤다는 것은 생각만 해도 치가 떨렸다.《도시의 흉년 2》¶내가 단지 어린애를 좋아해서 그 낯 안 나는 치다꺼리를 하고 있다고 여기는 우리 식구들의 생각은 실은 맞지 않았다. 한 치 건너 두 치라고 조카보다는 얌체 짓까지도 감싸 주고 싶은 동생에 대한 애정 때문일 것이다.〈꿈꾸는 인큐베이터〉

**한갓지다** 한가하고 조용하다. ¶…이런 저런 해결 안 된 일 때문에 마음들이 한갓지지 않아 신혼여행은 미국 가는 길에 하와이에 들러서 며칠 쉬다 가는 걸로 대신하겠다고 저희끼리 합의하였다.〈너무도 쓸쓸한 당신〉

**한강에 배 지나간 자리 있나**(속) 여자가 바람을 피워도 자취가 없다는 말. ¶"목욕 좀 해도 될까?" "그럼, 그럼. 그리고 며칠 쉬었다 가. 이왕 나온 김에 재미 좀 보고 들어가는 거야. 까짓거. 시쳇말로 한강 물에 배 떠나간 자국 있다던."《서 있는 여자》¶"…우리 식군 다 굶어 죽었다. 죽었어. 이 독살스러운 년아, 이 도도한 년아. 한강 물에 배 떠나간 자국 있다던? 이 같잖은 년아."〈부끄러움을 가르칩니다〉

**한낮이 나다** 한 인물이 나다. 인상이 몰라보게 좋아지다. ¶"그건 뭣에다 쓰게?" "우리 귀순이 종종머리 딸 때 쓰면 얼마나 곱겠시니까. 계집애가 한낮이 날 것입니

다요." "참 그렇겠네그려. 가져다 쓰게나."《미망 2》

**한다하다** 남이 우러러 보다. 뛰어나다. ¶"…제 고장에 헌다한 학교 놔두고 여나문 살밖에 안 된 계집애를 대처로 내보내? 혼자 있고 싶댄다고."《미망 3》

**한도바꾸** '핸드백'의 일본식 발음. ¶"…신여성이 되면 머리도 엄마처럼 이렇게 쪽을 찌는 대신 히사시까미로 빗어야 하고, 옷도 종아리가 나오는 까만 통치마를 입고 뾰죽구두 신고 한도바꾸 들고 다닌단다."〈엄마의 말뚝 1〉

**한물가다** 한창인 때가 지나다. ¶그 여자 스스로 한물갔다고 생각한 몸 마디마디에 간밤에 혁주와 나눈 즐거움의 여운이 생생하게 되살아났다.《그대 아직도 꿈꾸고 있는가》

**한발(旱魃)** 심한 가뭄. ¶잎새조차도 푸르지 못하고 붉은 빛이 도는 핏빛 칸나도 마치 오랜 한발 끝에 지심에서 내뿜는 뜨거운 화염처럼 처절한 저주를 주위에 발산하고 있었다.《목마른 계절》

**한배 낳다** 한 암컷이 새끼를 낳다. ¶"잠들면 안 된다. 조금만 더 어둡거든 집으로 가자." "예가 편한데." "송아지라도 한배 났다던? 짚더미가 편허게."《미망 1》

**한번 뱉은 말은 주워 담을 수 없다**(속) 한번 엎지른 물은 다시 주워 담지 못한다. ¶"당신 지금 얻다 대고 제 마누라 훈계하듯 수작 부리는 거예요?" 그의 마누라를 입에 담았다는 것만으로도 아차, 싶었지만 한번 내뱉은 말을 주워 담을 수는 없었다.《그대 아직도 꿈꾸고 있는가》¶"의당 그러실 겁니다. 그러문요." 사부인은 그의 말

을 수긍하고 반기기까지 하는 것 같았다. 결정적인 실언이었다. 그러나 한번 뱉은 말을 주워 담을 수는 없었다. 《아주 오래된 농담》

**한번 엎지른 물은 다시 주워 담지 못한다**㊀ 일단 저지른 일은 다시 회복하지 못한다는 말. ¶ "…그동안 저 계집애는 어느 가난뱅이한테 시집가서 지지리 고생을 하며 아차 내가 사람을 잘못 짚었구나 하고 그때 가서 후회해 봤댔자 엎질러진 물 주워 담기지 무슨 소용이 있겠니. 그게 바로 복순 거야…" 《휘청거리는 오후 2》

**한솥밥을 먹다** 함께 생활하며 지내다. ¶ "아아니, 학상. 학상은 나하고 그만큼 오래 한솥의 밥을 먹었으면서도 날 그렇게 몰라봐…" 《도시의 흉년 3》

**한술 더 뜨다** 이미 어느 정도 잘못되어 있는 일에 대하여 한 단계 더 나아가 엉뚱한 짓을 하다. ¶ 일제 시대의 시골 면의 총무부장이나 노무부장은 혼자 사는 과부가 제법 의지할 만한 벼슬이어서 그쪽에서 먼저 유혹을 했으리라고 다들 생각했고, 숙모는 한술 더 떠서 그 과부를 측은하게 여기는 도량까지 보이려고 했다. 《그 많던 싱아는 누가 다 먹었을까》

**한시반시(-時半時)** 아주 짧은 시간. ¶ (귀순이는)…여란이하고는 서로 한시반시를 떨어지지 않고 붙어 다니는 소꿉동무여서 태임이가 늘 눈여겨보면서 여란이하고 너무 층하지 않도록 거두고 다둑거려왔었다. 《미망 2》 ¶ "…세상에 어떻게 된 놈의 동네가 아이들을 한시반시 문 밖에 내놓을 수가 없다니까." 〈엄마의 말뚝 1〉

**한식경(-食頃)** 한 차례의 음식을 먹을 만한 시간. 한참 동안. ¶ 불과 한식경 사이에 그는 자신도 모르게 그의 어정쩡한 귀향을 금의환향으로 바꾸어 놓았다. 《미망 2》

**한유(閑裕)하다** 한가롭고 여유가 있다. ¶ 여름엔 요트가 한유로히 떠 있는 게 평화롭고도 이국적으로 보이던 강이 지금은 텅 비어 있는 것 같았지만 자세히 보니 새떼가 무리지어 떠다니고 있었다. 〈꿈꾸는 인큐베이터〉 ¶ 우리는 얼음 녹은 강물을 끼고 느리게 걸었다. 당장 비행기가 나타난대도 숨을 곳이 없다는 게 우리를 되레 한유롭게 했다. 《그 산이 정말 거기 있었을까》

**한집 사위 한 덩굴에 연다** 사위가 여럿인 집 사위들은 어딘지 닮은 데가 있다는 말. ¶ 나에겐 세 딸이 있었고, 그중 맏딸이 과년해 갔다. 누구든지 부잣집 맏며느리감이라고 칭찬이 자자했고, 남들이 그런 칭찬이 아니더라도 맏사위를 잘 봐야 내리 잘 본다거니, 한집 사위 한 덩굴에 연다거니 하는 미신을 굳게 믿는 나는 맏사위만큼은 어떻든 부자 사위를 봤으면 하고 조바심을 했다. 〈맏사위〉

**한탕주의(-)** 한 번의 시도로 큰 재물을 얻거나 크게 성공하려는 태도를 속되게 이르는 말. (산) 들어가기만 하면 과정의 온갖 부실함은 눈 감아줘 버릇해 온 연장선상에 우리 사회의 목적을 위해 수단 방법을 안 가리는 한탕주의가 판을 치고 있을지도 모르겠다. 〈책 읽는 소년〉

**한통속** 서로 마음이 통하는 한 동아리. ¶ "어쩜 남자들은 그렇게 약속이나 한 듯이 한통속이죠?" 《서 있는 여자》 ¶ 우월감과 열등감은 다 같이 이질감이라는 것으로

서로 한통속이었다. 〈엄마의 말뚝 1〉

**할금할금** 곁눈으로 살그머니 자꾸 할겨 보는 모양. ¶계집애가 곁눈질로 이쪽 방의 눈치를 할금할금 살펴 가며 페추니아 꽃잎을 물뜯어다가 소꿉에 담아 상을 차린다. 〈어느 시시한 사내 이야기〉

**할랑대다** '살랑대다'의 오자. 피부에 와 닿는 서늘한 감촉을 말함. ¶선풍기 바람이 시냇물처럼 쾌적하게 살갗을 휘감으며 할랑댔다. 〈울음소리〉

**함흥차사(咸興差使)** 심부름을 가서 오지 아니하거나 늦게 온 사람을 이르는 말. ¶"… 전화통에선 연방 불이 나는데 젠장! 배달 나간 놈은 함흥차사니 네놈 믿고 어디 뭘 해먹겠냐, 윤서야!"〈재수굿〉

**합죽하다** 이가 빠져 볼과 입술이 오므라져 있다. ¶아들에게 주머니를 몽땅 털리고도 합죽한 입 언저리에 여러 겹의 파문 같은 주름을 지으며 웃는 모습을 보면 동정받아야 할 사람은 우리 어머니라는 걸 알 수 있었다. 〈그 남자네 집〉

**항라(亢羅)** 명주·모시·무명실 따위로 짠 피륙의 하나로 구멍이 송송 뚫어진 여름 옷감. ¶흰 항라 적삼을 통해 부드럽게 살찐 팔과 치마의 어깨허리가 어슴프레 비쳐 보였다. 《미망 3》

**해가리개** 햇빛을 가리는 물건. ¶어쩌라고 국철을 기다리는 정류장은 해가리개 하나 없는 노천이었다. 〈너무 쓸쓸한 당신〉

**해구(海溝)** 바다 밑에 깊이 팬 도랑. ¶열은 마치 풍랑이나 그물로부터 영원히 소외된 해구를 발견한 어류처럼 안심하고 싶다. 《목마른 계절》

**해롱해롱** 버릇없이 경솔하게 자꾸 까부는 모양. ¶내가 좀 해롱해롱했던지 저희끼리 더 질탕하게 놀고 싶었던지 영택이는 나를 부축해 일으키면서 어머닌 이제 그만 올라가셔야겠어요, 했다. 〈저문 날의 삽화 1〉

**해맑다** 매우 희고 맑다. ¶마침내 눈물이 말라 당기는 눈으로 우러른 하늘엔 송편 같은 달이 높이 해맑게 떠 있었다. 《미망 1》 ¶해순은 밤새 몸을 뒤척였지만 진이는 푹 자고 아침엔 제법 개운한 듯 해맑은 얼굴을 하고 있었다. 《목마른 계절》

**해산 바가지** 해산구완하는 데 쓰는 바가지. ¶"여보 저 박 좀 봐요. 해산 바가지 했으면 좋겠네." 나는 생동한 소리로 환성을 질렀다. "해산 바가지?" 남편이 멍청하게 물었다. "그래요. 해산 바가지요." 실로 오래간만에 기쁨과 평화와 삶에 대한 믿음이 샘물처럼 괴어 오는 걸 느꼈다. 〈해산 바가지〉

**해산바라지** 해산을 돕는 일. ¶그 동안 만수네는 친정집 살림뿐 아니라 시집간 딸들의 해산바라지는 물론 세간난 아들네 생일잔치, 돌잔치, 손님 초대 등에 부지런히 불려다녔다. 〈저문 날의 삽화 3〉

**해악(害惡)** 해가 되는 나쁜 일. ¶언제든지 돌아갈 수 있는 안락한 장소가 있다는 건 그의 고생을 위해서는 해악이었다. 《오만과 몽상 1》

**해코지** 남을 해하고자 하는 짓. ¶나는 영택이가 딸들의 장래에 해코지나 하지 않을까 전전긍긍했고 〈저문 날의 삽화 1〉

**해후(邂逅)** 오랫동안 헤어졌다가 뜻밖에 다시 만남. ¶해후는 꿈결처럼 끝났다. 이 짧은 해후를 위해, 아니 열은 해후를 예상

못했을 터이니 다만 서승환 씨 집 창을 두 들겨 자기의 행방을 가족에게 전하기 위해 그는 생전 처음 비굴했을지도, 어쩌면 애용하던 시계쯤 풀어 주었을지도 모른다. 《목마른 계절》

**행차 뒤에 나팔**⊛ 일이 다 끝나서 필요 없게 된 뒤에 부산을 떨며 하는 행동을 이르는 말. ¶촌각을 다투는 일에 늑장 부리기로 유명한 법이란 행차 뒤에 나팔만도 못하지. 그때 그 건달 남편이 나서 준 거야. 《서 있는 여자》

**허겁지겁** 조급한 마음으로 몹시 허둥거리는 모양. ¶…친구 목소리를 못 들은 지가 일주일은 된다는 데 생각이 미치자 불현듯 좀이 쑤셔서 일손을 놓고 허겁지겁 전화통에 매달렸다. 〈해산 바가지〉

**허구(許久)하다** 날·세월 등이 매우 오래다. ¶아내의 비통은 허구한 날을 줄기차서 나는 내 몫의 비통조차 비켜 놓은 채 우선 그녀를 달래느라 서툴게 어물쩍댔다. 〈어느 시시한 사내 이야기〉 ¶우리 이웃의 몇 집에서 그녀를 배척하건 말건 그녀는 여전히 허구한 날 광주리를 이고 다녔고 품팔이도 다녔다. 〈흑과부〉

**허덕지덕** 정신을 못 차릴 정도로 힘에 부쳐 자꾸 쩔쩔매거나 괴로워하며 애쓰는 모양. ¶"하여튼 나 남의 일에 발 벗고 나서기 좋아하는 거 못 말려. 팔자라니까." 낙엽이 깔린 언덕을 허덕지덕 기어오르며 방 여사는 숨찬 소리로 말했다. 《살아 있는 날의 시작》

**허랑(虛浪)하다** 언행이나 상황 따위가 허황하고 착실하지 못하다. ¶"…평소 품행이 허랑한 학생 같으면 이만 일로 고자질 같은 건 않겠는데 하도 착실한 학생이었던지라 만의 하나라도 무슨 일이 있는 게 아닌가 싶어 알리는 거니 어머니가 한번 올라와 수소문을 해 보는 게 어떻겠느냐는 사연이었어요…" 〈겨울 나들이〉

**허룩하다** 줄거나 없어져 적다. ¶"…이번에 수희 한밑천 떼어서 내보낸 것만으로도 한 귀퉁이가 허룩한데 그래도 그년은 뭐가 부족한지 혼인하고 이날 이때 낮짝에 수심이 떠나지 않으니 그저 자식이 애물이라니까…"《도시의 흉년 2》 ¶…집안이 한때 허룩하도록 실어 보내야 하는 혼수를 장만하는 수고와 부담이 비행기 수화물 크기로 준다는 건 확실히 신나는 일이었다. 〈사람의 일기〉

**허방을 밟다** 예기치 않은 곳에서 발을 헛딛고 움푹 팬 데나 함정을 밟아 낭패 보는 것. 또는 바라던 일이 실패로 돌아갔을 때의 실망감을 이르는 말. (산) 카메라가 빌붙듯이 좇는 무대 위의 주요 인사들이 하나같이 너무도 곰삭은 구면이어서 변화의 예감으로 황홀해하던 것도, 심지어는 그동안 살아 낸 세월까지도 무엇에 홀려 허방을 밟은 것처럼 허망하게 여겨졌다. 〈두부〉

**허방지방** 다급하여 몹시 허둥거리는 모양. ¶배불리 먹었는데도 치마는 왜 그렇게 자꾸 흘러내리는지 노모는 치맛자락을 잡고 주체를 못하면서 질퍽한 골목길을 허방지방 걸었다. 《그해 겨울은 따뜻했네 1》

**허설쑤로** 허허실실로. ¶단독 주택에 사는 손자네서도 허설쑤로라도 대문 밖에 발을 내딛는 법이 없었다. 참 할머니 자존심 센 것 하나는 알아줘야 한다고 손자들도 그

점에 있어서는 혀를 내둘렀다. 〈엄마의 말뚝 3〉

**허섭스레기** 좋은 것은 빠지고 나머지의 허름한 물건. (산) 5천년 역사를 자랑하면서도 내세울 만한 문화재가 빈약한 건 각자 자기 집에 내려오는 조상의 유물 중에서 귀한 걸 못 알아 보고 막 굴리다 버리는 천박한 안목 때문도 있지 않을까. 대단치도 않은 허섭스레기들을 정리하면서 잠깐 해 본 생각이다. 〈버릴까 말까〉

**허수하다** 마음이 허전하고 서운하다. ¶차츰 나는 이 얼간이가 마음에 들었고, 풀빵집에서 못 만나고 마는 날은 하루를 헛 산 것같이 허수했다. 〈도둑맞은 가난〉

**허순하다** 느슨하다. ¶…둥구 배 위에서 허순하게 깍지를 낀 유연한 손가락의 무지갯빛 매니큐어와 커팅이 정교한 다이아몬드는 그 나름의 독립된 표정을 지니고 말희를 오만하게 얕보고 있는 것처럼 보였다. 《휘청거리는 오후 2》

**허위단심** 허우적거리며 무척 애를 씀. ¶허위단심 꼭대기까지 올랐는데도 동네는 계속됐다. 《그 많던 싱아는 누가 다 먹었을까》¶그렇게 허위단심 당도하면 요양원 내부는 눈이 부시게 밝아서 딴 세상 같았다. 〈저문 날의 삽화 2〉

**허위허위** 허우허우. 힘에 겨워 힘들게. ¶영구차가 가파른 오르막길을 허위허위 오르다 말고 딱 멎더니 스르르 뒷걸음을 쳤다. 차안에서 비명소리가 들렸다. 〈엄마의 말뚝 3〉

**허청허청** 다리에 힘이 없어 잘 걷지 못하고 비틀거리는 모양. ¶나는 기도가 즉각 반사될 것 같은 번들거림이 불안해서 허청

허청 마루를 건넜다. 〈저문 날의 삽화 1〉

**허턱대다** 아무런 생각 없이 자꾸 나서거나 행동하다. ¶"알았다. 다시 허턱대고 주둥아리 놀렸단 봐라. 아씨 미쳤다고 소문날라." 《미망 1》

**허투루** 대수롭지 않게. ¶"그럴 리가 있겠시니까?" "증말이야, 내 말 허투루 듣지 말고 자네도 조심하게…" 《미망 2》¶결코 넉넉할 수 없는 용돈도 한 푼을 허투루 쓰지 않구 꼼꼼히 챙겼다가 가까운 절에 가서 부처님 앞에 바치고는 정성껏 빌고 또 빌었다. 〈육복〉

**허파 줄이 끊어졌다**(속) 허파에 바람 들었다. 비실비실 웃으며 실없이 행동하는 사람을 두고 이르는 말. ¶우리는 가끔 눈만 반짝이는 얼굴을 마주 보고 허파 줄이 끊어진 것처럼 허리를 비틀고 한없이 웃어 제끼곤 했다. 《그 산이 정말 거기 있었을까》

**허허롭다** 허전하고 허망하다. ¶그게 곧 시간의 속도라는 생각이 그를 으스스하고 허허롭게 했다. 《오만과 몽상 2》

**허허벌판** 끝없이 크고 넓은 벌판. ¶십 년 전만 해도 영동 지구는 허허벌판이었다. 〈완성된 그림〉

**허허실실(虛虛實實)로** 되면 좋고 안 되어도 그만인 식으로. 되어 가는 대로. ¶그까짓 거 오늘은 이만 집으로 가 버릴까 보다고 비탈길을 돌쳐내려 오다가 만난 소년에게 허허실실로 순철이네를 물어본 게 마침 그 소년이 순철이었다. 《도시의 흉년 1》

**허허하다** 매우 허전하다. ¶셈을 끝낸 나는 마치 낯선 역에 내린 것처럼 조금 암담하고 조금 허허했다. 《나목》¶나는 내 열한 평이 무슨 뒷박이나 되는 것처럼 그걸

로 내 허허한 시야를 되려다 지친다.〈어떤 나들이〉

**헌신짝 버리듯** 요긴하게 쓴 다음 아까울 것이 없이 내버리다. ¶미선이처럼 용모나 성품이 다 함께 아름다운 애를 헌신짝처럼 버리고 정훈이의 마음이 자기에게로 옮겨 왔다는 것은 말희의 우월감을 만족시키기에 충분했다.《휘청거리는 오후 2》¶삼만 원이 넘는 돈을 헌신짝처럼 버리고 편히 잠들 수 있는 너는 뭐냐.〈도둑맞은 가난〉

**헌헌장부(軒軒丈夫)** 외모가 준수하고 풍채가 당당한 남자. ¶"…할아버지도 어머니도 그 아이헌테 지고 말았지만 난 그 아이를 이길 걸세. 관옥 같은 그 아이를 헌헌장부로 키울 걸세."《미망 1》

**헛똑똑이** 겉으로는 똑똑해 보이지만 실속은 없는 사람. ¶"…아빠, 아빠 딸이 똑똑하다고 생각 안 해?" "난 널 그런 똑똑이로, 그런 헛똑똑이로 기르진 않은 줄 알았는데."《휘청거리는 오후 1》

**헛바람** 실속 없이 자기를 부풀리려고 억지로 불어넣은 기운. ¶(그녀는)…헛바람 같은 거라도 넣어서 자기의 젊음을 끊임없이 부풀리고 남에게 과시하려 들었다.《휘청거리는 오후 1》

**헛살다** 누릴 수 있는 것을 누리지 못하고 살다. ¶그것으로 나는 우리 부부의 생애, 합하면 근 일 세기의 기나긴 생애를 말짱 헛산 것처럼 느꼈다.〈조그만 체험기〉

**헛헛하다** 채워지지 아니한 허전한 느낌이 있다. ¶방금 내 가슴을 찌른 건 능소화의 실체인가? 다만 능소화라는 울림인가? 영빈은 느닷없이 막막하고 헛헛한 기분으로 그렇게 생각했다.《아주 오래된 농담》¶나는 헛헛해서 매점 유리창 속에 고운 종이에 싼 먹을 것을 바라보며 군침을 삼켰지만 그것을 받아먹긴 싫었다.〈엄마의 말뚝 1〉

**헤까닥** 별안간 확 넘어가거나 반전하는 모양. ¶…그때 오빠도 개성에서 박적골에 당도했다. 세상이 헤까닥 바뀌었는데 박적골 쪽에선 아무런 소식도 없는지라 걱정도 되고 기쁨도 나누고 싶고 해서 달려온 모양이었다.《그 많던 싱아는 누가 다 먹었을까》

**헤까닥하다** 잠시 한눈을 팔거나 정신을 놓다. ¶"…어렵쇼, 헤까닥하는 사이에 살인자가 생명의 은인이 되고 마네. 그러면 대수유, 만사가 좋은 게 좋으니까."《욕망의 응답》

**헤까닥헤까닥** 세상이나 권력, 또는 윗사람 눈치 봐 가며 자기주장이나 태도, 표정이 표변하는 모습. ¶장사꾼에겐 안정된 사회보다 뒤숭숭하거나 헤까닥헤까닥 잘 바뀌는 사회가 더 유리하다는 숙부의 생각이 이번엔 들어맞지 않았다.《그 많던 싱아는 누가 다 먹었을까》¶…장소에 따라 사람들은 헤까닥헤까닥 민첩하게 잘도 표정을 바꾸었다.〈지 알고 내 알고 하늘이 알건만〉

**헤식다** 맺고 끊는 데가 없이 싱겁다. ¶(민준식은)…난데없이 멍청하게 헤식은 얼굴을 하고 킬킬킬 웃기까지 하며 엉뚱한 수작을 하기 시작했다.《목마른 계절》¶사람 좋게 뵈는 주인은 약간 무안한 듯 헤식게 웃으며 엉덩이를 들더니 가게 밖까지 나왔다.《도시의 흉년 2》

**헤실헤실**　싱겁고 어설프게 웃는 모양. ¶아씨는 구들장이 울릴 만큼 요란한 코 고는 소리에 느슨히 마음이 풀어지면서 뜻 모를 웃음을 헤실헤실 흘렸다.《미망 1》¶나는 점점 헤프게 헤실헤실 웃으면서 자작으로 연거푸 축배를 들었다. 복원되지 못한 것들을 위해서.〈복원되지 못한 것들을 위해서〉

**혀가 바람개비처럼 돌아가다**　잠시도 쉬지 않고 힘 안 들이고 수다를 떨다. ¶마님이 서슬 푸르게 말하는 바람에 아부에 이골이 나서 혀가 바람개비처럼 돌아가던 행랑것의 접시굽처럼 얕은 마음에도 문득 짚이는 게 있어 가슴이 덜컥 내려앉았다. 《미망 1》

**혀를 내두르다**　매우 놀라 말을 못하는 모양을 이르는 말. ¶종상이는 속으로 야, 요 맹랑한 놈 봐라, 태남이한테는 혀를 내두르면서도 겉으로는 짐짓 일고의 가치도 없다는 듯 뜨악하게 굴었다.《미망 2》

**혀를 차다**　아주 실망스러워하다. ¶"…그 양반이야 남자니까 제아무리 무서운 이북 땅이라도 새장이 들었겠지만 여잔 무슨 팔잘고…" 하며 혀를 찼다.〈돌아온 땅〉

**혁혁(赫赫)하다**　공로나 업적 따위가 뚜렷하다. ¶이 땅의 나쁜 계모의 전통은 유구하고도 혁혁하지 않은가.《휘청거리는 오후 1》

**현신(現身)하다**　아랫사람이 윗사람에게 처음으로 찾아가 인사를 하다. ¶그는 머리에 베레모를 쓰고 있다는 것밖엔 특징 없는 평범한 중년의 남자였다. 그러나 모든 엄마들은 황급히 앉은 자리를 정돈하면서 현신하듯 공구했다.《살아 있는 날의 시작》

**현하웅변(懸河雄辯)**　현하구변. 물이 거침없이 흐르듯 잘하는 말. ¶그자는 난립한 여러 입후보자 중에서도 군계일학으로 휜칠하고 구변은 현하웅변이었다.〈추적자〉

**현훈(眩暈)**　정신이 아찔아찔하여 어지러운 증상. ¶해는 아직 높고, 모든 것이 밝고 반짝거려 즐거운 현훈조차 느낀다.《목마른 계절》¶콧방울을 팽배시켜 이런 훈향을 가슴 가득히 들이마실 때의 즐거운 현훈, 뜨거운 부정을 청정하게 저지를 것 같은 설렘…〈지렁이 울음소리〉

**혈혈단신(孑孑單身)**　아주 외로운 홀몸. ¶종상이 역시…혈혈단신이었으므로…(천명이와) 비슷한 처지였다.《미망 1》

**협문(夾門)**　대문이나 정문 옆에 있는 작은 문. ¶빨랫줄과 장독대가 있는 담 모퉁이에 옆집 마당과 통하는 협문이 있었다.〈애 보기가 쉽다고?〉

**형만 한 아우 없다**⑳　모든 일에 있어 아우가 형만 못하다는 말. ¶"그래 앞으로 어쩔 셈이니?" "나도 마담뚜한테 중매 부탁할까 봐. 나도 언니처럼 되고 싶어. 형만 한 아우 없다더니 언니가 옳았어." "뭐라구?" 초희는 느닷없이 우희의 따귀를 찰싹찰싹 때렸다.《휘청거리는 오후 1》

**호(弧)**　원둘레. (산) 그곳 바닷가에 서면 바다가 크다는 느낌이 가슴이 뿌듯하게 차올랐다. 나는 그때 처음으로 수평선이 직선이 아니라 거대한 호라는 걸 알았다.〈한 말씀만 하소서〉

**호곡(號哭)**　소리를 내어 슬피 욺. 또는 그런 울음. ¶…저런 조용한 여인에게 저런 면도 있었나 하고 놀랄 만큼 호곡은 격정적이고도 한없이 길다.《목마른 계절》

**호떡집에 불난 것 같다** 와자자절하게 떠들어 시끄럽다. ¶"그런 일이 있었던가?" "그래, 그때 전화에다 대고 느이 남편이 어찌나 큰소리로 허풍을 떨던지 우리도 다 들은걸. 꼭 호떡집에 불난 것처럼 굴어서 남은 우리들은 그날 밤 대학 교수 흉보는 재미에 허리를 잡았단다."《서 있는 여자》

**호랑이 담배 먹을 적**ⓒ 지금과는 형편이 다른 아주 까마득한 옛날을 이르는 말. ¶"그때만 해도 호랑이 담배 먹던 시절이지. 요샌 우리들 시세도 비싸서 애 뱄다는 고자질 하나로 호락호락 모가지 달아나진 않을걸, 쳇."《오만과 몽상 2》

**호랑이 아가리에 날고기를 처넣다** 믿거라 하고 맡긴 걸 욕심 많은 상대방이 냉큼 자기 것으로 만들고 시침을 떼다. ¶"…느 아버지 아는 사람이라야 내가 빤히 알다시피 다 그렇고 그런 이들이고…그것들한테 뭘 부탁하느니 차라리 호랑이 아가리에 날고길 처넣지…"《도시의 흉년 1》 ¶"송금할 만한 친척이 그렇게 없으세요? 먼 친척이라도…" "먼 친척이야 있지. 그들을 안 믿어. 그렇게 송금을 하느니 차라리 호랑이 아가리에 날고기 처넣겠어."〈내가 놓친 화합〉

**호랑이 없는 골에 토끼가 왕 노릇 한다**ⓒ 뛰어난 사람이 없는 곳에서 보잘것없는 사람이 득세함을 이르는 말. ¶그렇게 해서 남상이는 순식간에 말마디나 하는 사람으로 부상되고 말았다. 그렇다고 호랑이 없는 골에 토끼가 왕인 것하곤 달랐다.《오만과 몽상 1》

**호랑이도 제 말 하면 온다**ⓒ 다른 사람에 관한 이야기를 하는데 공교롭게 그 사람이 나타나는 경우를 이르는 말. ¶호랑이도 제 말 하면 온다더니 작달막한 키에 잽싸게 생긴 김 교장이 새파란 토마토를 한 망태 따서 어깨에 멘 채 들어서더니《목마른 계절》

**호랑이에게 물려 가도 정신만 차리면 산다**ⓒ 아무리 위급한 경우를 당하더라도 정신만 똑똑히 차리면 위기를 벗어날 수가 있다는 말. ¶"원 사람이 나이는 어디로 먹어 갖고 저렇게 물러 터졌나 물러 터지길. 호랑이에게 물려 가도 정신만 차리면 산다는 소리도 못 들었어? 그런 궂은 일은 남편이 어련히 해결해 주겠지 하고 안에서 더욱 열심히 장사를 해야 할 게 아냐…"《도시의 흉년 2》

**호리꾼** 도굴꾼 또는 사람을 호리는 데 능하거나 남의 과거를 캐 보기 좋아하는 사람. ¶"…평탄하게 산 여자도 아닌 파란만장하게 산 여자의 과거란 아무리 능란한 호리꾼도 서두는 게 제일 금물이다 이 말씀이야."《욕망의 응달》

**호물딱하다** 이가 없어 입술이 안으로 함몰된 것 같은 모양. ¶그러다 떠돌 기력도 없어 아주 몸 붙여 산 지가 스무 해던가 여남은 해던가, 손까지 꼽아 가며 헤아리다 말고는 피식 웃었다. 호물딱한 입이었다.《그 산이 정말 거기 있었을까》

**호물때기** 오무래미.〈방언〉이가 다 빠진 입으로 늘 오물거리는 늙은이를 낮잡아 이르는 말. ¶어머니가 별로 소리를 내지 않고 한껏 느릿느릿 수저를 놀리면서 의치를 빼 놓은 호물때기 입을 이상한 모양으로 우물거리는 것을 보고 있으면 먹는다는 것이 무슨 저주받은 의무로 느껴져

나는 미처 배가 부르기도 전에 식욕부터 가셨다.《나목》

**호미로 막을 것을 가래로 막는다**(속) 일이 작을 때에 처리하지 않다가 결국에 가서는 쓸데없이 큰 힘을 들이게 됨을 이르는 말. ¶"…기소돼서 판사한테로 넘어가 봐. 그때야말로 큰돈 든다구, 큰돈. 호미로 막을 것 가래로 막는다구. 불기소처분하는 걸로 내가 아주 청부 맡고 아줌마는 이것만 준비하라니까, 이것만. 날짜가 없어, 날짜가." 그러면서 다섯 손가락을 두 번인가 세 번 폈다 접었다 하면서 안달을 했다. 〈조그만 체험기〉

**호박이 넝쿨째로 굴러 떨어졌다**(속) 뜻밖에 행운을 만났다는 말. ¶내가 무엇 때문에 뒷방에 숨어 있을까 보냐. 나는 그 작자를 똑똑히 봐 줘야 한다. ×× 두 쪽만 갖고 감히 어수룩한 우희를 넘본 빈털터리를. 호박이 넝쿨째 구른 가난뱅이의 얼굴을.《휘청거리는 오후 1》¶코찡찡이나 애 딸린 홀아비라도 저만 좋다면 내줄 판인데 종상이라니. 태임이를 위해서뿐 아니라 자신을 위해서도 호박이 넝쿨째 굴러들어 온 것만치나 과람한 복이었다.《미망 2》

**호상**(好喪) 오래 잘 살다가 죽은 사람의 상사. ¶합동 위령제에 끼지 않고 따로 지내는 장례식은 많은 조객들과 화환으로 호상처럼 붐볐다.《욕망의 응달》

**호시탐탐**(虎視眈眈) 남은 것을 빼앗기 위하여 형세를 살피며 가만히 기회를 엿봄. ¶골목의 불량배가 만만한 먹이를 만난 것처럼 그 눈은 매정했고 호시탐탐하다.《오만과 몽상 1》

**호의호식**(好衣好食) 좋은 옷을 입고 좋은 음식을 먹음. ¶…숙부네가 역시 동네 사람들한테 고발을 당했다. 정치 보위부 앞잡이가 되어 호의호식했다는 치명적인 제보에 의해서였다.《그 많던 싱아는 누가 다 먹었을까》

**호접**(胡蝶) 나비. (산) 이곳 역시 길가의 코스모스는 색색아지 무수한 호접이 춤추듯 미묘하게 하늘대고 만산홍엽은 꽃보다 요요했다.〈한 말씀만 하소서〉

**호청** 홑청. 요나 이불 따위의 겉에 씌우는 홑겹으로 된 껍데기. ¶어머니는 빤작빤작하도록 다듬질한 호청을 온통 돗자리 위에 깔고 요를 깔았다.《나목》

**혹 떼러 갔다 혹 붙여 온다**(속) 자기의 부담을 덜려고 하다가 다른 일까지도 맡게 된 경우를 이르는 말. ¶혹 떼러 왔다 붙이고 가도 분수가 있지, 걸을 수는 없어도 구부릴 수는 있었던 다리가 걷지도 구부릴 수도 없는 뻗정다리가 되고 말았다.《미망 1》

**혼곤**(昏困)**하다** 까라지거나 노그라져서 정신을 차릴 수 없이 곤하다. ¶그녀의 풍부한 가슴 언저리나 따뜻한 목덜미께에 머리를 대고 혼곤히 잠들고 싶었다.《나목》

**혼비백산**(魂飛魄散) 몹시 놀라 넋을 잃음을 이르는 말. ¶…나는 언니가 갖고 온 신랑감 사진에 엄마나 언니가 혼비백산하도록 화를 내고 욕을 퍼부었다.《도시의 흉년 2》

**혼외정사**(婚外情事) 배우자가 아닌 이성과 벌이는 정사(情事). ¶조강지처와의 섹스는 첫날밤부터 권태기였지만 혼외정사라고 해서 번번이 신선한 자극이 있는 건 아니었다.《아주 오래된 농담》

**혼인길** 혼인할 기회나 자리. 혼삿길. ¶(처녀가)…외간 남자의 방에 겁도 없이 드나들다니…아랫것들 눈에라도 띄었다면 흉악한 구설수에 올라 혼인길 막힐 게 뻔했다.《미망 1》

**혼잣손** 남의 도움 없이 혼자서 일하는 처지. 또는, 배우자가 없는 혼자의 처지. ¶과부 설움은 과부가 안다고 혼잣손으로 자식 기르고 사는 여편네끼리 도와 가며 살자고 서 마담이 말했다지만,〈흑과부〉

**홀앗이** 살림 살이를 혼자서 맡아 꾸려 나가는 처지. 또는 그런 처지에 있는 사람. ¶"…여간내기들이 아닌가 보던데. 홀앗이가 애들 기르기 힘들다는 거 나도 알아…"〈저문 날의 삽화 2〉

**홈질** 바늘땀을 위아래로 고르게 하여 꿰매는 바느질. (동) 엄마는 도란도란 이야기하시면서도 확실한 손길로 쉬지 않고 홈질 박음질을 곱게 빠르게 하셨고, 인두로 깃과 섶과 도련과 배래기의 선을 절묘하게 그으셨다.《옛날의 사금파리》

**화가 머리끝까지 나다** 극도로 화가 나다. ¶화가 머리끝까지 난 순사가 그 자리에서 태임이의 몸수색을 했고 태임이는 온갖 수모를 당하면서 연행됐다.《미망 3》

**화경(火鏡)** 햇빛을 비추어 불을 일으키는 유리. 볼록 렌즈. ¶…언젠가 잘 마른 짚북더미 위에서 그 짓을 하다가 그만 짚북더미로 불이 옮아 붙어 하마터면 집을 태울 뻔한 큰일을 저지르고 말았고, 그 바람에 나는 화경을 당장 빼앗기고 엉덩이가 부르트도록 얻어맞았다.〈엄마의 말뚝 1〉

**화광충천(火光衝天)** 불이 하늘을 찌를 듯이 몹시 맹렬하게 일어남. ¶우리 동네만 남겨 놓고 온 천지가 불바다가 됐다 싶게 시내 쪽 하늘에 화광이 충천하고 폭격과 포격이 잠시의 숨 돌릴 새도 주지 않고 도시를 짓이기는 날 아침에 하필 올케는 산기가 있었다.《그 많던 싱아는 누가 다 먹었을까》

**화냥기** 남자를 밝히는 여자의 바람기. ¶귀부인들이라 화냥기라는 상스런 말을 쓰는 일은 없다. 아유, 마담 그레이스는 섹시해 하면서 괜히 자기 몸까지 꼰다. 그러나 나는 그게 그거 같다. 섹시하다는 된소리보다는 화냥기라는 부드럽게 시작되는 우리말이 좋다.《도시의 흉년 1》

**화두(話頭)** (불교에서, 참선하는 이가 도를 깨치기 위하여) 실마리로 삼는 말. ¶그가 남긴 모자가 나에겐 모자라는 물질 이상이듯이 틈바구니란 말 또한 말뜻 이상의 것, 한없이 추구해야 할 화두임을 면할 수가 없다.〈여덟 개의 모자로 남은 당신〉

**화딱지**(비) '화'를 속되게 이르는 말. ¶"…친구 놈 보기에 내가 기껏 만 원 정도 사기당하기 알맞은 그릇으로밖에 안 보였다는 게 화딱지 날 뿐이오."〈저문 날의 삽화 4〉

**화발통** 넓게 확 뚫린 모습. (동) 기분 좋게 일어나 우선 바지 먼저 입으려는데 이게 웬일입니까? 자기 바지는 간 데 없고, 같은 명주 삼팔바지가 있긴 있는데 아랫도리가 화발통처럼 터진 여자 바지가 아니겠습니까?〈찌랍디다〉

**화상(畵像)**(비) 어떤 사람을 마땅치 아니하게 여기어 낮잡아 이르는 말. ¶엄마가 아버지한테 공연히 눈을 흘겼다. "이렇게 사람 못 믿는 건." "흥, 믿는 거 좋아하네, 천하에 못 믿을 건 생전 돈이라곤 못 벌어

본 화상의 돈 씀씀이더라." 엄마는 아버지를 외면한 채 혼잣말처럼 아버지의 자존심을 갉죽거렸다.《도시의 흉년 3》

**화수분** 재물이 계속 나오는 보물단지. ¶ "…언니 참 딸라 박스가 뭔지 모르지. 쉬운 말로 화수분이란 말예요, 화수분."《도시의 흉년 1》 ¶ "일간 산식이를 보내세요." "알았다. 그래도 화수분은 너밖에 읎어."《미망 2》

**화신(花信)** 꽃이 핌을 알리는 소식. ¶ "가봉하러 와요." 그것은 곧 화신이었다. 마담 그레이스는 절대로 옷을 제철보다 미리 해줘서 옷장 속에서 단 며칠이라도 기다리게 하는 일이 없었다.《도시의 흉년 1》

**화염(火焰)** 타는 불에서 일어나는 붉은 빛의 기운. ¶ 잎새조차도 푸르지 못하고 붉은 빛이 도는 핏빛 칸나도 마치 오랜 한발 끝에 지심에서 내뿜는 뜨거운 화염처럼 처절한 저주를 주위에 발산하고 있었다. 《목마른 계절》

**화초 중에서 으뜸가는 화초는 인화초(人花草)라** 세상 만물 중 인간처럼 아름다운 것은 없다는 말. 특히 아기의 귀여움을 칭송할 때 쓴다. ¶ 손님들한테 칭찬받고 귀염받기 위해 목욕하고 새 옷 입은 아기는 아침부터 벙실벙실 웃었다. 오만 가지 화초 중에서 으뜸가는 화초는 인화초(人花草)라던가?《그해 겨울은 따뜻했네 2》

**환갑 진갑 다 지내다** 세상을 살 만큼 살다. ¶ "…예전엔 급살을 맞으라는 욕이 욕 중에도 끔찍한 악담이더니만 요샌 급살맞기들이 소원인데 혹시 추한 꼴 보이게 될까봐 조심을 하는 데까지 해볼 참이네." "아무렴 그래야지. 환갑 진갑 다 지나고 철났

네그려."〈꽃을 찾아서〉

**환쟁이(비)** '화가'를 낮잡아 이르는 말. ¶ "저…이런 그림에 경험이 좀 있으신지?" "그야 난 본시가 환쟁이인걸." "그럼 전직도 역시…극장 같은 데도 계셔 봤겠군요." "아—니. 직장은 여기가 처음이고, 난 그냥 환쟁이였소."《나목》

**황공무지(惶恐無地)** 위엄이나 지위 따위에 눌리어 두려워서 몸 둘 데가 없음. ¶ 시민증만 있어도 북으로 안 갈 거라던 강 씨 생각이 났다. 모셔 놓고 절을 해도 시원치 않은 황공무지한 시민증이었다.《그 산이 정말 거기 있었을까》

**황소고집** 쇠고집. 고집이 몹시 센 사람. 또는 그러한 고집. ¶ (여란이는)…젖몽오리가 겨우 은행알만 한 수제에 황소고집이었다.《미망 2》

**황홀경(恍惚境)** 한 가지 사물에 마음이나 시선이 혹하여 달뜬 경지나 지경. ¶ 마약처럼 한번 맛들이면 도저히 끊을 수 없는 황홀경이 바로 미제의 맛이었다.《그 산이 정말 거기 있었을까》

**회(蛔)가 동하다** 구미가 당기거나 무엇을 하고 싶은 마음이 생기다. ¶ "…난 우동도 걸렀는데 네 녀석이 먹는 타령을 하니 뱃속의 회가 동하는구나."《나목》 ¶ "…내가 어마어마한 액수를 제시하면서 고쳐만 달라고 했더니, 하는 데까지는 해보겠다고 어렵게 승낙을 하더라. 제까짓 게 돈에 회가 동하지 않고 배겨. 팔자 고칠 액수를 제시했으니까.《아주 오래된 농담》

**회똣박을 쓰다** 얼굴에 분을 두껍게 바르다. ¶ 손님이 없는 술집에서 얼굴에 횟똣박을 쓰고 겨울인데도 가슴이 많이 나오는 드레

스 비슷한 옷을 입고 하염없이 거리를 내다보고 있는 작부와 눈이 마주치자 콩쥐는 형언할 수 없는 슬픔을 느꼈다.《살아 있는 날의 시작》¶불 파마로 머리를 볶은 처녀들 사이에 급속도로 화장법이 보급되었다. 회칫박을 쓰고, 입술을 새빨갛게 칠하고 눈썹을 그리고, 껌을 씹는 아가씨들이 늘어났다.〈부끄러움을 가르칩니다〉

**회진**(灰塵) 남김없이 소멸됨. ¶인제 내 내부의 땔감이 완전히 회진되었음을 나는 안다.〈어떤 나들이〉

**회한**(悔恨) 뉘우치고 한탄함. ¶…좀 더 일찍 그랬어야 하는 건데 하는 아픈 회한과 함께 그녀의 이런 생각은 일각을 다투는 시급한 일이 되어 그녀를 초조하게 한다.《목마른 계절》

**횡행**(橫行) 아무 거리낌 없이 제멋대로 행동함. ¶"너희 연놈들 편안하게 잘 놀아나라고 내가 일선 고지에서 한 고생을 생각하면 눈깔이 뒤집히고 오장육부가 뒤집힌다. 너희들은 뭐고 난 뭐냐 말이다. 응, 난 뭐냐 말이다." 그 휴가병은 오물과 함께 이런 말들을 웩웩 뱉으며 명동의 뒷골목을 비틀비틀 횡행했었다.《도시의 흉년 1》

**효수**(梟首) 죄인의 목을 베어 높은 곳에 매달아 놓던 형벌. ¶내가 왕년에 그토록 소망한 고상한 허식의 마지막 잔해인 가발이 내 손 위에서 효수당한 대가리처럼 징그럽게 흔들릴 뿐이었다.〈저렇게 많이!〉

**효자가 불여악처**(不如惡妻)(속) 악독한 아내라도 효자보다 오히려 낫다는 말. ¶"남의 일이니까 삼 년이 잠깐이지 중풍 들린 홀시아버지 시중 삼 년이 수월해? 그리고 제아무리 효자 효부도 악처만 못하단 소

리도 못 들었어. 마나님 얻어 드린 게 진태 엄마로서 큰 효도 한 거지."〈지 알고 내 알고 하늘이 알건만〉

**후광**(後光) 어떤 사물을 더욱 빛나게 하거나 두드러지게 하는 배경적인 현상을 이르는 말. ¶그때 오십 대의 송 부인은 참으로 똑똑하고 완벽했었다. 시어머니라는 후광을 입고 나무랄 데 없이 훌륭했었다.《살아 있는 날의 시작》

**후까시**(비) 머리숱이 많고 머리칼에 힘이 있어 보이도록 미장원에서 머리에 가하는 기교. ¶늘 후까시를 넣어서 사납게 곤두섰던 머리가 허술하게 이마와 뺨으로 흘러내렸고, 화장을 지운 얼굴 본바탕은 엷은 검버섯이 지도처럼 얼룩져 생기 없고 추해 보였다.《도시의 흉년 1》

**후뚜루** 휘뚜루. ¶신부님은 교회라는 공동체의 이익에 위배되는 사소한 잘못이나 무관심도 놓치지 않고 후뚜루 죄라고 지목하셨고, 나는 그 죄목에 승복할 수가 없었다.〈저문 날의 삽화 1〉

**후레자식**(비) 후레아들. 배운 게 없이 막되게 자라서 버릇이 없는 놈이라는 말. ¶"이런 후레자식 같으니, 어른한테 어디 함부로 말참견이야 말참견이, 그것도 눈을 똥그랗게 뜨고 훈계조로, 천하의 배우지 못한 후레자식 같으니…"〈엄마의 말뚝 1〉

**후분**(後分) 늙은 뒤의 운수나 처지. ¶"…아무리 천덕꾸러기로 태어나서 천덕꾸러기로 자랐기로소니 후분이야 설마 좋을 줄 알았지, 이렇게 죽을 게 뭐냐 말이다. 아이고 원통해라, 이 못난 것아."《욕망의 응달》

**후비적후비적** 구멍 속을 자꾸 돌려 파내

는 모양. ¶수레꾼과 숙부가 널과 같이 싣고 온 삽과 뿔괭이를 내려서 밭이 끝나고 둔덕이 시작되는 곳을 후비적후비적 후벼 파기 시작했다. 엄마와 올케가 비로소 통곡을 터뜨렸다.《그 산이 정말 거기 있었을까》

**후지다**⒝ 품질이나 성능이 다른 것에 비해 뒤떨어짐을 속되게 이르는 말. ¶혜진은 그 연탄을 때는 동네를 그녀가 살던 동네로서가 아니라 다만 딱하도록 후진 동네로서 바라보면서 경멸 섞인 연민을 느꼈다.《서울 사람들》

**후팁지근하다** 공기가 몹시 습기가 많고 무덥다. ¶끈적한 땀이 풀칠하듯 피부에 옷에 발라 놓아 그 후팁지근한 불쾌감에 곧 미쳐 버릴 것 같다.《목마른 계절》

**훈향(薰香)** 훈훈한 향기. ¶이런 꽃들이 어우러진 훈향, 갓 들어온 꽃의 신선한 훈향〈지렁이 울음소리〉

**훌러덩훌러덩** 몸에 붙어 있는 게 갑갑해 휠휠 벗어던지는 모양. ¶퇴원을 시키고 보니 밤송이 머리가 문제였다. 가발을 하나 씌웠으나 잘 어울리지 않았고 본인도 갑갑하다고 훌러덩훌러덩 벗길 잘했다.〈사람의 일기〉

**훗두루** 휘뚜루. ¶며느리는 속으로 이 집 손자·손녀는 이름도 제대로 몰라 늘 느이 아이들이라고 훗두루 몰아 부르면서 태임이한테만은 지나친 자상함을 드러내는 시아버지가 야속했지만 감히 내색하진 못했다.《미망 1》

**훗훗하다** 좀 갑갑할 정도로 훈훈하게 덥다. ¶방 안이 훗훗하고 마당에 만개한 영산홍이 창호지를 은은한 노을빛으로 물들이고 있었다.《미망 1》

**훠이훠이** 새나 귀찮은 것들을 쫓는 모습. ¶하여튼 엄마가 상관한테 선물 사 가지고 가라고 준 돈까지 그 작자한테 털어 줬다. 훠이훠이 멀리 오래오래 꺼지라고. 하긴 꺼져 봤댔자 개미 콧구멍만 한 그 바닥 속의 어디메겠지만 말야.《도시의 흉년 2》

**휘꺼덕하다** 지금까지 유지해 오던 상태가 정반대로 바꿔다. ¶"아직 몸이 무쇠처럼 튼튼하게 망정이지 만약 내 한 몸 휘꺼덕하면 어린 자식들 신세가 어떻게 될지 이제 나이가 나이인지라 하루 벌어 하루 사는 생활만은 어떻게든 면해 봐야겠단 생각이 간절하구면요…"《그해 겨울은 따뜻했네 2》

**휘둘러보다** (고개를 좌우로 놀리면서) 휘휘 둘러보다. ¶나도 입구에서 돌쳐나오려다 말고 회장을 지키고 있는 학생들이 안 된 생각이 들어서 한 바퀴 휘둘러봤다.〈포말의 집〉

**휘딱휘딱** 후딱후딱. 잇따라 일을 매우 빠르고 날쌔게 해치우는 모양. ¶그렇게 믿던 딸도 방학 때 색시 구하러 나온 미국 유학생과 맞선 본 게 인연이 닿아 즈이 오라비보다 더 휘딱휘딱 마치 번갯불에 콩 구워 먹듯이 예식을 치르고 신혼여행도 생략하고 미국으로 가 버렸다.〈저물녘의 황홀〉

**휘뚜루** ① 무엇에나 닥치는 대로 쓰일 만하게. ¶나는 가사 과목이라 수업 시간은 적고, 딴 작업이 없어 낮 동안도 시간이 많았다. 그래서…성적을 내고, 궤도를 만들고, 청소 감독을 하고 비품의 보수와 구입을 하는 일로부터 아이들의 문제를 카

운슬링하는 일까지 휘뚜루 맡아서 했다. 《도시의 흉년 3》 ② 아무렇게나 되는대로. ¶엄마는 통치마 입고 구두 신고 신식 교육 받은 여자들을 휘뚜루 신여성이라고 칭했고, 나도 그렇게 만들고 싶어 했다. 《그 많던 싱아는 누가 다 먹었을까》 ¶'성남댁 할머니'는 진태 엄마뿐 아니라 진태 아빠, 진태, 진숙이 등 이 집 식구는 물론 고모들, 파출부나 드나드는 손님에게까지 휘뚜루 통용되는 성남댁의 호칭이었다. 〈지 알고 내 알고 하늘이 알건만〉

**휘번드르르** 겉치장만 그럴듯하게 꾸민 모습을 이르는 말. (산) 말솜씨만 휘번드르르 청산유수면 공산당 아니면 예수쟁이더라느니 하는 말 말입니다. 〈두 번 못 박긴 싫습니다〉

**휘적휘적** 걸을 때에 두 팔을 자꾸 몹시 휘젓는 모양. ¶그는 애써 온화한 목소리로 그게 아니라고 말하고 휘적휘적 앞장섰다. 《미망 2》

**휘청휘청** 걸을 때 다리에 힘이 없어 똑바로 못하고 휘우듬하게 자꾸 흔들리는 모양. ¶허성 씨는 별안간 걷잡을 수 없이 피로가 몰려와 하품을 하고 휘청휘청 공장을 나섰다. 《휘청거리는 오후 2》

**휘하다** 휘휘하다. 무서운 느낌이 들 정도로 고요하고 쓸쓸하다. ¶원장 부부가 쓰던 방만이 가구를 모조리 옮겨 가고 벽지도 비교적 깨끗해서 표정 없이 다만 휘했다. 《그해 겨울은 따뜻했네 1》

**휭하니** 횡허케. ¶늘삿갓을 깊이 쓴 두 젊은이가 전처만 곁을 휭하니 지나쳤다. 《미망 1》

**흉보면 닮는다** 나는 저러지 말아야지 싶은 남의 단점을 자기도 모르게 흉내 내고 있을 때 쓰는 경계의 말. ¶안사돈은 야죽거리지도 않고 간결하게 말했다. 간단했지만 무시하는 투는 충분하게 여운이 되어 남아 있었다. 흉보면 닮는다고 오래도록 야죽거린 것은 오히려 이쪽이었다. 〈너무도 쓸쓸한 당신〉

**흉흉하다** 분위기가 술렁술렁하여 매우 어수선하다. ¶하늘엔 구름 조각 하나 없는데도 흉흉한 날씨였다. 《도시의 흉년 3》 ¶지독한 소나기였다. 빗방울도 굵었지만 천지가 곧 개벽을 할 것처럼 흉흉하고 아득했다. 〈저물녘의 황홀〉

**흐늑흐늑** '흐느적흐느적'의 준말. ¶그 여자 앞에서 숙부는 딴 사람처럼 흐늑흐늑해 보였고 숙부는 자신이 그 꼴이 된 걸 부끄러워하기보다는 즐거워하는 것 같았다. 도대체 무슨 재주로 숙부를 저렇게 흐늑흐늑하게 길들였을까? 《그 많던 싱아는 누가 다 먹었을까》

**흐드르하다** 얇은 피륙이 늘어진 모양. ¶투박한 검정 외투 밑으로 다홍 뉴똥 치마가 흐드르하게 늘어진 게 더할 나위 없이 촌스러우면서도, 친근감이 가는 소박함이 있었다. 《나목》

**흐들흐들** 매가리 없이 저절로 움직이거나 흔들리는 모양. ¶쾌재의 웃음이 흐들흐들 흘렀다. 〈어떤 나들이〉 ¶그런 얕은 수에 넘어가 흐들흐들 웃을 수도 없지 않은가. 〈지렁이 울음소리〉

**흐물흐물** 단단하지 못하고 무른 모습을 이르는 말. ¶그가 흘긋 내 눈치를 보고 나서 흐물흐물 웃었다. 〈저문 날의 삽화 3〉

**흑각비녀** 흑각으로 만든 비녀. '흑각'은 빛

깔이 검은 물소의 뿔. ¶허술하게 풀린 쪽에서 흑각비녀가 흘러내려 낡은 베개 모서리에 비스듬히 걸려 있다. 《나목》

**흔연대접**(欣然待接) 기꺼운 마음으로 잘 대접함. ¶그 여자는 친척들의 간섭이 자기의 앞길을 진정으로 염려하는 호의에서 우러난 것이라는 것도 알고 있었기 때문에 열심히 귀담아듣는 체하고 흔연대접해서 보냈지만 헤어져 살고자 하는 마음엔 변함이 없었다. 《살아 있는 날의 시작》

**흘레붙다** 교미(交尾)하다. ¶"저, 저, 짐승만도 못한 오랑캐를 봤나. 정말 길바닥에서 흘레를 붙으려는 거 아닌감."《미망 1》

**흙강아지** 온통 흙을 묻히거나 뒤집어쓴 강아지. ¶…아이는 손으로도 흙을 만지고 싶어 했고 나중엔 흙에 뒹굴고 싶어 했다. 그러고 나서 흙강아지가 된 아이를 씻기면 밭에서 갓 뽑은 무를 씻는 것처럼 살갗이 싱싱하고 건강했었다. 〈애 보기가 쉽다고?〉

**흙발** 흙이 많이 묻어 흙투성이가 된 발. ¶마루도 방도 험한 흙발이 지나가고 좀 사치스러운 듯한 세간은 저주와 악담으로 짓부숴졌다. 《목마른 계절》

**흡반**(吸盤) 빨판. 동물이 다른 동물이나 물체에 달라붙기 위한 기관. ¶말희는 보이지 않는 흡반을 미선이의 실연의 고통에 밀착시켜야만 그녀의 사랑을 믿을 수가 있었던 것이다. 《휘청거리는 오후 2》

**흥청망청** 돈이나 물건을 함부로 쓰며 마음껏 즐기는 모양. ¶…댁이 금시발복한 것처럼 흥청망청 헤프게 굴 사람이 아닌 걸 알아서 무엇보다도 마음이 놓이긴 하오만, 우리 아이가 헐벗고 굶주리겐 말아요."

《미망 1》

**희떱다** 말이나 행동이 분에 넘치며 버릇이 없다. ¶막도자기가 얼마나 싸다는 것쯤은 알고 있는지라 나는 허덕이며 희떱게 굴었다. 〈저문 날의 삽화 3〉

**희희낙락**(喜喜樂樂) 매우 기뻐하고 즐거워함. ¶식사를 하던 가정부들도 우두망찰 수저를 놓고 어쩔 줄을 모르고, 철부지 아이들만 희희낙락 넘어지고 자빠지고 옷을 더럽히며 장난을 멈추지 않았다. 《아주 오래된 농담》

**횡허케** 중도에 지체하지 아니하고 곧장 빠르게 가는 모양. ¶앞장선 올케는 횡허케 더 높은 비탈 쪽으로 향했다. 《그 산이 정말 거기 있었을까》

**히들히들** '흐늘흐들'과 비슷한 말. ¶…나는 여전히 히들히들 턱뼈가 물러난 듯이 헤프게 웃음만 흘렸다. 〈어떤 나들이〉

**히사시까미** 까미머리. ¶"신여성이 되면 머리도 엄마처럼 이렇게 쪽을 찌는 대신 히사시까미로 빗어야 하고, 옷도 종아리가 나오는 까만 통치마를 입고 뾰쪽구두 신고 한도바꾸 들고 다닌단다."〈엄마의 말뚝 1〉

**히죽히죽** 만족스러운 듯이 슬쩍 자꾸 웃는 모양. ¶"엄마를 쏙 빼닮은걸요." 을희가 또 히죽히죽 웃었다. 〈무서운 아이들〉

# 박완서가 만들어 낸 우리말의 아름다움

## Ⅰ. 들어가면서

소설은 문학이고, 문학은 언어 예술이다. 따라서 소설 역시 언어를 바탕으로 하지 않을 수 없다. 그렇다면 동시대의 작가들이 소설 속에 쓰는 언어는 거개가 비슷할 것 같지만, 전혀 그렇지 않은 것이 바로 소설을 읽는 재미이다.

분명 한 작가가 즐겨 쓰는 언어들은 독자들에게 그 작가의 작품을 읽는 기쁨을 준다. 특히 인기에 영합하는 동시대·동세대적 언어가 아니라, 그 시대를 반영하면서도 세월을 꿰뚫고 살아남아 있는 언어를 통해 그 작가의 생명력이 형성된다.

이 글에서는 이러한 인식을 바탕으로 작가 박완서의 작품 속 언어들의 참맛을 소개하고자 한다. 그의 전기적 사실과 관련하여 그의 작품에서 추려낸, 그만의 어휘를 통해 박완서 소설 읽기의 독특한 재미를 찾아본다.

## Ⅱ. '박완서'라는 소설가, 그리고 그의 어휘들

박완서는 1970년《여성동아》장편 소설 공모에《나목(裸木)》이 당선되어 문단에 발을 들여놓은 후 30여 년의 창작 기간 동안 수많은 작품을 발표한 다작(多作)의 작가이다. 그는 자신의 작품 속에서 6·25 전쟁과 분단이 남긴 정신적·물질적 상처를 묘사하는 것으로부터 출발하여 그 영역을 확대·변모해 왔다. 등단 초기 작품들은 6·25 전쟁으로 인해 현대인들이 어떻게 삭막해져 가는지를 그리고 있으며, 이후에는 그러한 전쟁 세대·중산층의 허위의식을 날카롭게 고발하는 작품으로 나아갔다.

박완서는 1931년 10월 20일 경기도 개풍군 청교면 묵송리 박적골에서 태어났다. 4세 때 아버지가 돌아가셨고, 어머니는 오빠와 함께 서울로 갔다. 조부모와 숙부모 밑에서 자라던 박완서도 8세 때 어머니를 따라 서울로 왔다. 서울 매동초등학교를 거쳐 14세가 되던 해에는 숙명여고에 입학했다. 1945년 다시 개성으로 이사하여 호수돈여고에 전학하였고, 여름 방학 때 박적골에서 해방을 맞이하였다.

이렇게 본다면 박완서는 개성과 서울을 중심으로 한 지역에서 성장·생활을 한 작가이다. 따라서 당연한 것이지만, 그 지방의 독특한 어휘가 그의 소설에 나타날 것으로 추정할 수 있다.[1] 즉, 작가의 성장기 지역어가 그 작가의 작품에 짙게 배어 있을 것이라는 추정이다.

그런데 박완서의 경우는 그렇지 않다. 그가 개성에서 상당 시간을 보냈다고는 하지만, 그의 소설에 표현된 어휘들은 그 지역의 독특한 언어가 아니라 거의 표준어에 가까운 현재의 언어이다.[2]

대신 박완서 소설의 재미는 '다섯 아이를 두고 살림에 전념한 전업주부로 살아 왔던' 그가 '중산층 주부들의 심리를 자신의 이야기처럼 사실적으로 그려 내'는 데에 있다. 어느 작가의 작품 치고 작가의 체험적 사실이 배어 있지 않은 것이 없겠지만, 박완서의 경우 '작가가 개인의 체험을 사실적으로 재현하는 듯하면서도 그에 못지않게 작가가 내세우려는 일관된 주제 의식을 보여 주고 있으며, 이 일관된 주제 의식은 인물의 성격화를 통해 가장 잘 드러난다'[3]고 할 수 있다.

---

1) 필자가 조사한 바에 따르면, 이문구의 소설에는 충남 보령·대천 지역어가 독특하게 표현되고 있으며, 송기숙의 경우 호남의 지역어가 살아 숨 쉬고 있다.

2) 이는 박완서가 앞의 이문구나 송기숙과는 전혀 다른 양상을 띠는 작가임을 말해 준다.

3) 이선미, 〈박완서 소설의 서술성 연구〉, 연세대 대학원 박사 학위 논문(2000. 12, 1쪽)

이런 인물들의 성격화에 일정한 기여를 하는 것이 그 인물들의 언어이며, 그 언어의 특징은 지역어나 계층어가 아니라 바로 작가 박완서가 개인적으로 만들어 낸 어휘들이다. 이러한 개인적 어휘들은 박완서라는 작가 개인의 것이기에 당연히 국어사전의 표제어로는 등장하지 않는다. 따라서 정확한 의미를 알기 위해서는 작가의 도움을 받지 않을 수가 없다.[4]

## Ⅲ. 소설가 박완서가 만들어 낸 우리말

여기에 소개하는 어휘들은 모두 박완서의 소설 작품에서 추려낸 것들이다. 먼저 표제어를 소개하고 이어 그 뜻을 풀이했으며, 용례를 한 개씩만 들고 작품명을 밝혔다.[5]

**가난한 집 굴뚝의 연기만 하다**   있는 둥 마는 둥 희미한 모양을 이르는 말. ¶다음 날은 가난한 집 굴뚝의 연기만 한 구름조차 없는 맑은 날이었고 조카딸 분이가 시집가는 날이었다.《미망 1》

**가변두리**   변두리. 외곽. '가'와 '변두리'의 합성어. ¶"…아빠, 제가 얼마나 비참한지 아세요? 저, 가변두리 싸구려 가구점 이층 같은 데 있는 거지 같은 예식장에서 결혼식을 올리고 나오는 신랑 신부만 봐도 눈물이 난다니까요…"《휘청거리는 오후 1》

**각죽거리다**   남의 비위를 건드려 불편하게 만들다. ¶그녀는 종상이가 동해랑집을 처가로서가 아니라 이성이를 마땅찮아하는 감정으로 싫어하는 걸 알면서도 각죽거렸다.《미망 3》

**곤달걀 다루듯이**   대단치도 않은 것을 조심조심 다루는 것을 이르는 말. ¶손태복 씨가 오만상을 찡그리며 마나님을 향해 팔을 뻗었다. 마나님이 영감님을 겨드랑 밑으로 안아 곤달걀 다루듯이 조심조심 자리에 눕혔다.《미망 2》

**구더기 밑살 같다**   아주 누추하고 상스럽고 구질구질한 모습을 이르는 말. ¶누가 못 할 줄 알고. 이 구질구질한 구더기 밑살 같은 성공에 흙칠, 아니 똥칠인들 못 할 줄 알구.《휘청거리는 오후 2》

**굴신스럽다**   궁상맞고 가난스럽다. ¶아이들도 아니고 나이도 알 수 없이 굴신스럽게 찌든

---

4) Ⅲ장에서 소개하는 어휘들은 작가 박완서 생전에 직접 그 의미를 밝힌 것들이다. 이를 위해 필자는 박완서의 소설 속 어휘들을 조사하였고, 이 중 국어사전에 올라 있지 않은 어휘들을 수차례에 걸쳐 작가에게 직접 연락하여 그 풀이를 받았다. 지면을 빌려서나마 작가에게 고마움을 표한다.

5) 글의 분량 관계상 대표적인 것들만 간추렸음을 밝혀 둔다.(《 》는 장편 소설, 〈 〉는 단편 소설임.)

여편네들한테 할머니 소리를 듣다니. 〈저녁의 해후〉

**극틀다**   서로 굵고 뜯다. ¶ "…어르신네 돌아가신 후에도 모자가 극틀지 않으면 먹고 살 수 없을 만큼 얻어 가진 게 없었드랬으니까요…"《미망 2》

**글겅글겅**   무언가 자꾸 먹고 싶어 하는 모양. ¶ …그 무렵에 동생들이 먹고 또 먹어 대는 꼴이라니 영락없이 밑 빠진 가마솥이었다. 먹고 또 먹고도 빼빼 말라서 글겅글겅 온종일 먹을 것에 환장을 해 쌓았다. 〈부끄러움을 가르칩니다〉

**깃것**   마전[포백(曝白)]하기 전의 광목이나 무명을 이르는 말. ¶ 이부자리와 버선, 말기 등을 꾸밀 광목필은 깃것인 채로 있었다. 《미망 2》

**꽃벼락**   머리 위에서 꽃이 많이 지거나 쏟아져 내리는 모양. ¶ 태남이는 좀 더 오래 이준 열사가 뿌린 꽃벼락을 맞고 싶은 눈치였다. 《미망 2》

**남의 모에 빠지다**   남과 비교해서 못하거나 뒤처지다. ¶ 저쪽은 집안이 어마어마한데 이쪽이야 인물 하나 남의 모에 빠지지 않는 것밖에 뭐 있냐는 핀잔을 허성 씨는 달게 받는다. 《휘청거리는 오후 1》

**너누룩하다**   ① 심하던 병세가 잠시 가라앉으면서 견딜 만해진 상태. ¶ 할아버지도 심한 해소의 발작이 겨우 너누룩해서 탈진한 채 벽에 기대 앉아 슬픔이 가득 고인 눈으로 남상이를 바라보고 있었다. 《오만과 몽상 1》 ② 떠들썩하던 것이 잠시 조용하나. ¶ "아이의 울음이 너누룩한 걸 기화로 그는 아이를 보행기에 앉혔다. 〈애 보기가 쉽다고?〉 (산) 밤새도록 내린 장대비가 잠시 너누룩해진 아침이었다. 〈시골집에서〉

**눈귀가 여리다**   조금만 슬퍼도 눈물이 잘 나는 성품을 이르는 말. '눈귀'는 눈초리란 뜻. ¶ "…내가 이래봬도 눈귀 하나는 여린 년이라 이 설움 저 설움 묵은 설움에다 그날의 몸 고달픈 것까지 그만 훌쩍훌쩍 울면서…"〈유실〉

**다뭄새**   입을 다문 모양. ¶ 의치를 빼놓은 입의 보기 싫은 다뭄새, 이런 것들을 피하듯이 나는 건넌방으로 건너와 불을 켰다. 《나목》

**담독하다**   당차고 독한 데가 있다. ¶ 태임이의 당차고 담독하고 오만한 성품에 대해 누구보다도 잘 알고 있었을 뿐 아니라 《미망 2》

**덧보다**   무심히 보지 않고 차근차근 유심히 보고 또 보다. ¶ "여보, 쟤가 제법 색시 티가 나는구려. 이제부터라도 슬슬 사윗감을 덧봐야 하지 않겠소?"《나목》

**도랑일 떨다**   제멋대로 마구 행동하다. 여기서는, 너무 똑똑하게 굴어서 아무 거리낌이 없다는 것을 좀 비꼬는 표현으로 쓰임. ¶ "가게 박 군하고 둘이서 제발 극장 구경 좀 갑쇼갑쇼 멍석 펴놓고 빌 땐 생전 극장 근처도 안 갈 듯이 도랑일 떨다가 혼자서 무슨 청승일꼬. 더군다나 가게 점심 내갈 시간에…"《그해 겨울은 따뜻했네 1》

**돈이 누룩 머리를 앓는다**   돈이 얻다 써야 될지 모를 정도로 많다는 말. ¶ "…젊어서 한창 난봉 필 때도 무명옷만 입으시던 양반이, 기껏 모양낸다는 게 반주 두루마기 고작이더니, 요즈음 삼팔이나 명주를 부쩍 바치시는 걸 보면 그 극성맞은 양반도 늙으셨는지, 돈이 누

룩 머리를 앓는지…, 애야 바늘귀 좀 꿰 주런?"《미망 1》

**말 가난** 말할 사람이 없어 말을 주고받지 못함. ¶모자지간의 이런 말 가난이 얼마나 끔찍한 것인지 나는 새삼 몸을 으스스 떨면서 깨우치고 있었다.《도시의 흉년 1》

**말뚝을 박다** 확실하게 정착을 하다. ¶이사 간 날, 첫날밤 세 식구가 나란히 누운 자리에서 엄마는 감개무량한 듯이 말했다. "기어코 서울에도 말뚝을 박았구나. 비록 문밖이긴 하지만…"〈엄마의 말뚝 1〉

**무쭈룩하다** 무거워서 밑으로 처지는 느낌이 들다. ¶온몸에선 땀이 비 오듯 하며 엉뚱한 곳으로 힘이 주어졌다. 아랫배가 무쭈룩했다.《미망 1》

**바닥 가난** 밑바닥 가난. ¶그가 동계 진료반에 참여한 일이야말로 우스꽝스러운 폼이었다. 더 웃기는 폼은 가출과 바닥 가난이었다. 그는 다시는 폼 잡지 않을 터였다. 다시는 그에게 어울리지 않는 바닥 가난으로 돌아가지 않을 터였다. 그 바닥 가난으로부터 묻혀 갈 것도 집어 갈 것도 없다는 걸 그는 다시 한번 다짐하면서 홀가분해지려고 했다.《오만과 몽상 2》

**발바닥 같다** 세련되지 못하고 무디다. ¶"황해도 송편은 발바닥 같다면서요?" 나는 웃으며 좀 엉뚱한 소리를 꺼냈다.《나목》

**발이 예가 뇌고 제가 뇌다** 당황해서 어쩔 줄을 모른다는 말. ¶어른 아이 할 것 없이 온 식구가 생전 처음 귀하고 정체 모를 손님을 맞아, 발이 예가 뇌고 제가 뇌고 손은 연방 헛손질만 할 뿐 어찌할 바를 몰랐다.《미망 1》

**벌산** 흩어져서 여기저기 싸돌아다니는 모습. ¶수지는 밖에서 벌산을 하는 아이들이라도 우선 그녀의 집에 가 있게 하려고 했지만 일남이가 막무가내로 싫다고 했다.《그해 겨울은 따뜻했네 2》

**비면하다** 무관심하다. 무심하다. ¶"…내 코앞에 닥친 일인데 내가 그걸 비면하게 들었겠어요?"〈무중(霧中)〉

**쉰 떡 미루듯** 달갑지 않아 멀찌감치 밀어 놓는 것을 이르는 말. ¶결혼만 하면 큰 수라도 날 듯이 서로 앞을 다투던 자매가 갑자기 결혼을 쉰 떡 미루듯 하는 데는 제각기 그럴 만한 이유가 있긴 있었다.《휘청거리는 오후 1》

**야시롭다** '야하다'의 방언. 천박하고 요염하다. 겉치레를 하지 아니하여 촌스럽고 예의범절에 익지 아니하다. ¶"차라리 엄마 솜씨나 어머니 솜씨가 낫지 않을까. 장모님 솜씨는 어째 좀 야시롭다."《그대 아직도 꿈꾸고 있는가》

**얄얄하다** 여유가 조금도 없다. ¶망건을 꾸밀 수 있도록 조각조각 마름질해 파는 검은 공단은 올을 다투게 얄얄해서 까딱 잘못하면 못 쓰게 되는 수가 있었다.《미망 1》

**열벙거지** 이성을 잃고 한 가지 일에 열을 올리는 모습. ¶"사모님도 참, 아 외상은 뭐 할려고 있는 줄 알아요? 아무리 내가 돈에 열벙거지 난 년이기로서니 딴 댁도 아니고 사모님이 맞돈 없댄다고 내가 이 좋은 딸기를 사모님 댁 애기들한테 한번 실컷 못 먹일 줄 알아요?"

이렇게 화까지 내면서 더 많이 덜어 내놓기가 일쑤였다. 〈흑과부〉

**옥시설** 흰색을 강조하는 말. ¶(산) 개성 사람 버선은 옥시설처럼 희고, 서울 사람 버선은 푸르뎅뎅하게 희고, 일산·금촌 사람 버선은 불그죽죽하게 희다고 했다. 〈개성 사람 이야기〉

**좀을 집듯이** 아주 조금씩 조금씩 소리 없이. ¶그런 소리를 귀에 못이 박이게 들었건만 진태 엄마 친구들은 벌써 어제부터 수군수군 속닥속닥 좀을 집듯이 성남댁 과거를 들추어 내더니 오늘은 숫제 성남댁도 들으라는 듯이 서로 목청을 돋우어 그 소문을 풍기고 있었다. 〈지 알고 내 알고 하늘이 알건만〉

**좁쌀 맞다** 성질이 대범하지 못하고 잘고 오종종하다. ¶(사윗감은)…여자 노리개를 파고 새기고 할 좁쌀 맞은 상이 아니었다. 〈맏사위〉

**주런히** 줄을 지어 나란히. (산) 구두를 닦거나 간단한 물건을 팔려는 장사꾼도 있었지만 거의가 그냥 서성이거나 그늘이나 담벼락에 주런히 기대앉아 있거나 낮잠을 자고 있었다. 〈녹색의 경이〉

**지렁이 오줌 같다** 성에 차지 않게 작은 물기나 샘을 빗댄 말. ¶수상쩍은 암자가 서너 군데, 지렁이 오줌처럼 가냘픈 약수가 한 군데에 있는 야트막한 등성이인 이 도시 속의 녹지대는 구차한 대로 인근 주민들의 유일한 산책로였다. 〈천변풍경〉

**푸듯이** 조용하게 있다가 불쑥 말하지만 혼잣말처럼 힘없이 말하는 모양. ¶"그때는 좋았었지…" 나는 늙은이처럼 푸듯이 뇌까리고 벽에 걸린 기타의 젤 굵은 줄을 엄지와 검지로 잡았다 놓으니 음산한 저음이 둔중하게 울렸다.《나목》

**한낮이 나다** 한 인물이 나다. 인상이 몰라보게 좋아지다. ¶"그건 뭣에다 쓰게?" "우리 귀순이 종종머리 딸 때 쓰면 얼마나 곱겠니까. 계집애가 한낮이 날 것입니다요." "참 그렇겠네그려. 가져다 쓰게나."《미망 2》

**흐드르하다** 얇은 피륙이 늘어진 모양. ¶투박한 검정 외투 밑으로 다홍 뉴똥 치마가 흐드르하게 늘어진 게 더할 나위 없이 촌스러우면서도, 친근감이 가는 소박함이 있었다.《나목》

### Ⅳ. 나오면서 : 작가가 창조해 낸 우리말의 아름다움

박완서는 근현대사의 경험들을 파노라마처럼 폭넓게 펼쳐 보이는 작가이다. 그래서 풍속 작가, 세태 작가라는 명칭이 그를 따라다니는 수식어가 되기도 한다. 방대한 양의 작품들은 동시대의 일상사 구석구석을 담아내고 있으며, 이 일상생활을 영위하는 인물들의 삶을 다양하게 형상화한다. 그러나 이런 다양한 삶의 양상을 파노라마처럼 펼쳐 보이는 작가의 시선은 세태나 풍속 묘사에 멈추지 않는다. 결국에는 다양한 생활

속에 자리 잡고 있는 인물들의 진지한 내면 탐색으로 귀결되어 당대인들의 내면 풍경을 조망할 수 있게 한다.

이러한 인물들의 내면은 물론 외양을 형상화하는 데에 일정한 기여를 하는 것이 바로 박완서가 개인적으로 창조한 어휘들이다. '가변두리'라는 단어를 보자.

이 단어는 국어사전에 나오지 않는다. 대략 '가'와 '변두리'의 합성이라는 것은 추정할 수 있지만 그 정확한 의미는 알 수 없다. 작가 박완서의 도움을 직접 받아 알아낸 의미는 '변두리', '외곽'일 뿐이다. 그렇다면 왜 '변두리'에 '가'를 붙였을까. 이것은 작품을 읽으며 알게 된다. "…아빠, 제가 얼마나 비참한지 아세요? 저, 가변두리 싸구려 가구점 이층 같은 데 있는 거지 같은 예식장에서 결혼식 올리고 나오는 신랑 신부만 봐도 눈물이 난다니까요…"라는 문장 속의 '가변두리'는 그저 막연한 '변두리'가 아니다. 인물의 비참한 심리를 더욱 비참하게 표현해 주는 말이다.

박완서는 그의 출신지·성장지·거주지의 언어가 아닌 현재의 표준어를 구사하면서도 소설 속에 등장하는 인물들의 성격을 형상화하는 과정 속에 작가 자신이 만들어 낸 개인적 어휘를 활용한다. 그런데 이렇게 창조된 어휘들이 독자들에게 엉뚱하다거나 외국어처럼 느껴진다거나, 아니면 생경스러운 것이 아니다. 어디서 들어본 것과 같은 착각을 일으킬 만큼 아주 친숙하게 다가오는 어휘들이다. 그렇기에 박완서의 작가적 역량은 그만큼 클 수밖에 없다.

작가가 개인적으로 만들어 내는, 창조해 내는 어휘들. 이것들이 바로 우리말을 더욱 살지게, 아름답고 풍성하게 하는 것이다, 라고 말하면 억측일까. 절대로 그렇지 않다. 바로 작가 박완서의 소설 속 어휘들이 이를 증명한다.